Eleonore Dehnerdt

Elisabeth
Die Reformatorin

Frühere Auflagen dieses Buches erschienen unter dem Titel „Die Reformatorin". Der Text dieser Auflage wurde von der Autorin überarbeitet und ergänzt.

Bibliografische Information der Deutschen Nationalbibliothek
Die Deutsche Nationalbibliothek verzeichnet diese Publikation in der Deutschen Nationalbibliografie; detaillierte bibliografische Daten sind im Internet über http://dnb.ddb.de abrufbar.

ISBN 978-3-95954-035-3

Verlag Jörg Mitzkat
Holzminden 2017
www.mitzkat.de

Eleonore Dehnerdt

Elisabeth
Die Reformatorin

Das Leben der Herzogin
Elisabeth von Braunschweig-Lüneburg,
Gräfin von Henneberg 1510-1558

Verlag Jörg Mitzkat
Holzminden 2017

Vorwort

„Zuvörderst ist mir Jesus Christ | Allzeit gewest das höchste Gut. | Durch seinen Geist gab mir der Mut, | Dass ich mich christlich hab' ermannt | Und pflanzt' sein Wort in dieses Land."

Es hätte etwas gefehlt, wenn im Jahr des 500-jährigen Reformationsjubiläums nicht dieser Roman über die Reformationsfürstin Herzogin Elisabeth von Calenberg-Göttingen vorgelegt worden wäre. Neben Elisabeth von Rochlitz, Maria von Jever, Sybille von Jülich-Kleve-Berg u.a. gehört sie zu den Fürstinnen, die die Reformation auf ihrem Herrschaftsgebiet vorangetrieben haben.

Eleonore Dehnerdt lässt ein Stück Zeitgeschichte aus der Perspektive einer Frau des 16. Jahrhunderts vor unseren Augen lebendig werden und schließt damit eine der vielen Lücken, die auch 2017 leider noch bei der Darstellung der reformatorischen Frauengeschichte klaffen.

Sehr sympathisch ist dabei, dass die Autorin die Biographie der Herzogin Elisabeth nicht als weibliche Heroengeschichte entfaltet, sondern das Bild einer facettenreichen Persönlichkeit zeichnet:

- Einer jungen Frau, die mit einem wesentlich älteren Mann verheiratet wurde.
- Elisabeth als eine mutige Frau, die weiß, wie sie ihre religiösen und politischen Ideen umsetzen und verwirklichen kann.
- Einer Frau, der wir im Süden Niedersachsens die Einführung der Reformation zu verdanken haben.
- Einer klugen Netzwerkerin, die einen Kreis von Gelehrten und Beratern um sich scharte.
- Einer hochgebildeten Frau, die zu den produktivsten Schriftstellerinnen und Lieddichterinnen ihrer Zeit zählte.
- Aber auch einer sorgenden Mutter und einer betrogenen Ehefrau, die zur Rache fähig ist.

Elisabeth von Calenberg-Göttingen hat im Land Niedersachsen an vielen Orten Spuren hinterlassen – gut, dass diese noch einmal in schriftlicher Form festgehalten wurden!
Eleonore Dehnerdt hat gut recherchiertes Material zusammengetragen und so ist ein spannender historischer Roman entstanden! Auf so unterhaltsame Weise Frauengeschichte vermittelt zu bekommen, ist eine Freude!

Hannover, den 4.9.2017 Dr. Heike Köhler

Inhalt

Zum Verständnis

Als ich das Material zur vorliegenden Biographie sammelte, war ich erstaunt, dass ein realer Lebenslauf alle für einen Roman so wichtigen Elemente enthält. Da ist eine echte Prinzessin, erste Heirat mit vierzehn Jahren (und dann gleich mit einem 55-jährigen gestandenen Herzog, Kämpfer und Lebemann), da sind politische und religiöse Wirrungen, Hexenverfolgungen, Kriegshandlungen, Geschichten von Adel, Reformation, Bauernkriegen, Familienleben und nicht zu vergessen eine zweite Liebe zu einem jüngeren Mann. Ich war begeistert, welch guter Romanstoff mir mit dieser Frau zuteilgeworden war. Eine Frau, die sich aufs Herrschen und Verhandeln verstand, die sich einmischte und kämpfte, Teilsiege errang und scheiterte.

Meine anfängliche Begeisterung, eine ideale Romanfigur gefunden zu haben, wich jedoch mit zunehmender Recherche dem Wissen, dass die Umstände ihres Lebens und der Zeit ausgesprochen vielschichtig, global und wechselhaft verlaufen sind. Dazu kam, dass bei mancher Lektüre, z. B. über die Hexenverfolgung und den Aberglauben der damaligen Zeit, keine märchenhaften Gedanken aufkeimen konnten. Die Unterlagen, die ich las, zeigten die raue Wirklichkeit des Mittelalters auf, ebenso handelte Herzogin Elisabeth oft so, dass mir, mit meinem heutigen Verständnis, auch manche Sympathie abhanden ging. Die größte Herausforderung war es deshalb, die Personen und die Zeit zu verstehen und zu achten.

Mir ist bewusst, dass auch wir in 500 Jahren ebenso Geschichte sein werden. Dann werden die Lebenden auf uns zurückblicken, wie wir heute auf das Mittelalter. Alles hat seinen Platz, seine Zeit, seine Erkenntnis und wirkt doch in der Geschichte fort.

Um der Erzählung nicht den komplizierten weltpolitischen Rahmen aufzudrücken und Verständnis für Herzogin Elisabeth entwickeln zu können, beschränkte ich mich auf wesentliche Daten und wählte als Erzählstimme die Erinnerungen einer Magd.

Mein besonderer Dank gilt Renate Tackmann (Hann. Münden) sowie Ernst August Nebig (Hannover). Sie nahmen mich freundschaftlich an ihre Seite und reisten mit mir an Elisabeth-Orte und gaben mir zur Recherche die aktuellsten Daten an die Hand. Beide sind inzwischen leider verstorben. Ihnen widme ich jedoch diese Neuausgabe.

Ich freue mich, dass nun der Mitzkat Verlag die vergriffene Biografie zum Ausklang des Reformationsjahres neu verlegt. In dieser Erzählung finden sich viele regionale Details und originale Texte, wie ich sie zur Recherche erarbeitet hatte.

Eleonore Dehnerdt

Meiner Herrin Elisabeth, Prinzessin von Brandenburg, will ich treu und ergebenst dienen bis zum eigenen Tode (Berlin, 1525)

Mir wurde gesagt, dass meine Herrin zwei Jahre jünger sei als ich. Ich sollte bei ihrer Vermählung mit Herzog Erich I., Herzog von Braunschweig-Lüneburg und Göttingen- Calenberg, zugegen sein und ihr dann als Kammermeisterin dienen.

„Wer, wer ist die gnädige Frau, der ich dienen soll?", hätte ich am liebsten gleich gefragt. Aber eine solch törichte Frage käme nie über meine Lippen; wurde ich doch seit meinem sechsten Lebensjahr in Adelskreisen erzogen, um meinen zukünftigen Aufgaben in Demut und Verschwiegenheit gerecht zu werden. Ich war im vergangenen Herbst sechzehn Jahre alt geworden. Mein Kopf zählte wie im Fieber alle jungen Prinzessinnen auf. Aber solange mir niemand sagte, zu wem ich geschickt werden würde, war eine solche Mühe vergeblich.

Meine Lehrmeisterin hatte jedoch das Feuer in meinen Augen bemerkt. Sie sah mich freundlich an und meinte endlich: „Agnes, du wirst Prinzessin Elisabeth, der Tochter des Kurfürsten Joachim I. von Brandenburg und seiner Frau Elisabeth, Tochter des dänischen Königs Johann I., dienen." Sie beobachtete mich genau und wartete darauf, dass ich begriff, was sie sagte. Vielleicht hätte mir zuerst einfallen müssen, dass dies für mich bedeutete, nun mein Leben lang in der Fremde zu wohnen. Aber das begriff ich erst später, als meine Herrin und ich viele Tage unterwegs waren, um in der neuen Heimat Einzug zu halten. Mir fiel jedoch ein, was über meine Kindertage gesagt wurde: Meine Mutter war Amme am Hof der Prinzessin Elisabeth gewesen. So erzählte es mir meine Mutter und später das Gesinde und die Adeligen. Also hatten wir beide an der Brust meiner Mutter getrunken, ehe ich mit sechs Jahren in die Erziehung Adeliger gegeben wurde.

In den nächsten Tagen wurde ich auf dem Schloss des Kurfürsten erwartet, um dann für immer meiner Herrin zu dienen. Ich musste also vom Gesinde und dem Adelshof, auf dem ich erzogen worden war, Abschied nehmen. Danach würde ich mit meiner Herrin das Bett teilen und ihr Gesellschaft leisten. Mir würde sie Ihre Wünsche anvertrauen, damit ich dafür Sorge tragen und angemessene Anweisungen erteilen könnte.

Am liebsten wäre ich gleich aufgesprungen und hätte allen die Neuigkeit erzählt. Aber meine Meisterin hielt mich an, zuerst in die Kapelle zu gehen und um Segen zu bitten.
Ich war noch nie alleine in der Kapelle gewesen. Sonst gingen die Bediensteten immer in kleinen Gruppen zu den Messen. Ich sah mir die Wände an und das Kruzifix. Dann kniete ich nieder. Ich fragte mich, wen ich um Segen bitten könne, wo doch kein Priester zugegen war. Ich sah mir alles genau an und dachte, dass Gott in der Kapelle sei, auch wenn niemand außer mir da ist. Das war mir zuvor nie in den Sinn gekommen.

Als ich später über den Hof schritt, um zu den andern zu gehen, fühlte ich mich stärker als eine Löwin.

Beilager in Berlin, Hochzeit, Residenz in Münden (1525)

Meine Herrin kam durch die linke Türe geschritten. Ihr neues Kleid saß tadellos und die geputzten Ketten glänzten im Fackellicht wie Sonnenstrahlen. Ich sah an ihrer Haltung, dass es ihr gut ging. In der Mitte des Zimmers blieb sie stehen und sah zur anderen Türe. Durch diese kam Herzog Erich I. Er stand meiner Herrin im Putz nicht nach. Hemden, Röcke und Wämser saßen über der engen Hose. Um seine Schultern lag eine Stola aus Hermelin, an den Lenden hing sein siegreicher Degen und auf der Brust prangten die Auszeichnungen des Königs. Die Ketten und das Rubinkreuz klirrten leise, wenn er sich bewegte.

Sie standen sich gegenüber und lächelten sich freundlich an. Danach wurden von außen beide Türen geschlossen und es kam mir so vor, als ob es noch nie so still in dem Raum gewesen wäre. Es war meine Herrin, die freundlich aber bestimmt das Wort ergriff: „Meine liebe Frau Mutter", sagte sie, „gab mir den Rat, dass es das Beste sei, mit dem Küssen zu beginnen." Und sie hob ihre Hand in die Höhe, damit der Herzog diese küssen könne. Der Herzog tat dies, wie es sich bei einer zukünftigen Herzogin gehörte. Und dann verhielt sich meine Herrin so, dass es mir bis heute den Atem verschlägt, wenn ich daran denke. Dabei begann sie, einfach nur ihren Aufgaben gerecht zu werden.

Ehe der Herzog etwas erwidern konnte, sprach meine Herrin: „Die Zeugen sollen nicht umsonst gekommen sein. Ich bin bereit, meine Aufgabe zu aller Zufriedenheit zu erfüllen." Und dann gab sie mir ein Zeichen, damit ich kommen und sie entkleiden solle. Ich tat es wie immer. Jeder Handgriff saß, und ich bereitete meiner Herrin kein Ungemach. Es war eine Gewohnheit, nach dem Nachtkleid zu greifen, wenn meine Herrin nackt war. Aber mit einer kleinen Handbewegung zeigte sie mir an, dass sie es nicht wünschte. Ich trat zurück in die Dunkelheit und sah auf. Da stand meine Herrin. Aufrecht stand sie, wie ein

Ritter vor dem Kaiser. Aber ich sah ihren Körper und es schnitt mir ins Fleisch. Sie war doch noch ein Kind! Mir schossen die Tränen in die Augen und ich wünschte mir, ich hätte ihr meinen üppigen Körper leihen können. In meinem Innern schrie ich zu meiner Meisterin und bat darum, die Kraft zu haben, meine Aufgabe zu erfüllen. Nun war ich nicht mehr als ein Schrank oder Stuhl. Ich hatte weder Ohren noch Augen. Diese mussten jetzt die Zeugen gebrauchen.

Ich muss an etwas denken, ich muss an etwas denken, damit ich mich nun ablenke, denn in diesem Augenblick tut sie mir nur leid. Diesen Augenblick will ich mir merken und werde nie wieder wünschen, dass ich gerne eine Prinzessin wäre. Sonst müsste ich wohl auch einen Mann heiraten, den ich erst am Tage zuvor gesehen hatte und der zudem noch älter war als mein eigener Vater. Aber so wie ich denken eben einfache Leute. Elisabeth war zufrieden, denn sie war immer bemüht, alles richtig zu machen. Sie war stolz darauf, zu dieser Heirat ausgewählt worden zu sein. Woran kann ich denken? Soll ich eine Geschichte erfinden oder in meinem Innern ein Lied summen? Nein, ich muss jetzt einen klaren Kopf behalten. Aus den viel gepriesenen Brautwochen vor der Hochzeit waren nur zwei Tage und eine einzige Brautnacht geblieben. Der Herzog konnte nicht früher aus Spanien zurückkehren. Die Trauung sollte erst später in Stettin stattfinden. Die Brautnacht war wichtig, denn Herzog Erich I. brauchte dringend Nachkommen. Im Grunde hatte er Glück gehabt, dass seine Frau gestorben war, denn sie hatte ihm keine Kinder geboren. Meine Herrin war jung und Herzog Erich I. konnte hoffen, einen Sohn zu zeugen, um somit sein Land weiter vererben zu können.

Während des Beilagers sollten im Gemach die beiden Zeugen zugegen sein und auch ich sollte in der Abseite stehen, damit ich meiner Herrin dienen könnte, falls sie mich riefe. Ein Priester und der oberste Amtsdiener waren als Zeugen berufen, und sie hatten sich mit mir im Schlafgemach eingefunden. Wir sprachen nicht miteinander, sondern jeder versuchte, sich so unsichtbar wie möglich hinter einem der vielen dicken Vorhänge zu verbergen.

Die Brautgabe war reich ausgefallen. Der Herzog bekam mit Elisabeth eine vermögende junge Gemahlin aus angesehenem Adelsgeschlecht zur Frau. Die Diener hatten schon den Hausrat, die silbernen Bestecke und Schalen in stabile Kisten verstaut. Der Schmuck war in Samttücher eingeschlagen und wartete darauf, in die mit Edelsteinen verzierten Kästchen gepackt zu werden. Das Gepäck sollte nach unserer Abreise zur Trauung in Stettin sicher nach Münden gefahren und dort in der Silberkammer eingelagert werden, damit beim Einzug der Herrin alles wohl geordnet sei. Meiner Herrin Mutter hatte außer mir noch vier weitere Dienstboten angewiesen, Elisabeth zu begleiten. Eine Schneiderin, eine Meisterköchin, ein Pferdemeister und der kundigste Schmied sollten auch auf das Schloss nach Münden gehen und dort dem Hofgesinde zugestellt werden. Die Meisterköchin und die Schneiderin dienten meiner Herrin Mutter schon lange. Ich hatte sie inzwischen kennen gelernt und war mit der Wahl sehr zufrieden.

Mehr als drei Wochen hatte ich Nacht für Nacht bei meiner Herrin gelegen und tags planten wir die Reisen, als endlich die Nachricht kam, dass Herzog Erich I. sich dem Schloss näherte...

Als Herzog Erich I. mit seinen Leuten nach Berlin geritten kam, eilte ihm eine große Schar entgegen. Sobald sie auf dem Fürstenhof einzogen, stand Elisabeth hinter ihrem Fenster und wir sahen, dass er der stattlichste aller Kämpfer war und ihm die Ritter emsig dienten. Sie sollte ihrem zukünftigen Gemahl erst später begegnen. Dann würden öffentlich die abgeschlossenen Verhandlungen bekannt gegeben werden und danach würde Elisabeth Herzog Erich I. das Schloss und die Ländereien ihrer Eltern zeigen. Am Abend sollten sie dann zusammenliegen.

Ich wunderte mich über die Ruhe meiner Herrin. Sie beobachtete alles genau und wenn sie zufrieden war, trug sie den Kopf so erhoben und aufrecht, wie mir noch nie zuvor eine Frau begegnet war.

Und da rief mich meine Herrin.

Ich weiß nicht, wie viel Zeit verstrichen war. Die Zeugen waren bereits gegangen. Selbst Herzog Erich I. war nicht mehr zugegen. Elisabeth hatte sich die Decke bis über die Schultern gezogen. Ihre Wangen waren gerötet und ich befürchtete, dass sie Fieber hätte. Ich eilte zu ihr und fragte sie nach ihren Wünschen. Meine Herrin schickte mich jedoch ihre Mutter holen, denn diese hatte darum gebeten, nach ihr schauen zu dürfen, wenn die Brautnacht zu Ende war. Die Kurfürstin kam mit einem heißen Trunk aus Eigelb und Zucker, dazu drei Feigen. Sie wies Elisabeth an, die Feigen gut zu kauen und dabei auf das Knirschen der kleinen Samenkörner zu hören. Dann reichte die Mutter ihr immer wieder den Becher mit dem süßen, warmen Eitrunk. Als Elisabeth zu ihrer Zufriedenheit die Feigen gegessen und den Becher geleert hatte, streichelte die Kurfürstin ihre Tochter, nahm sie in die Arme und sagte ihr, dass sie voller Liebe und Stolz zu ihr sei. „Soll ich diese Nacht an Eurem Bette bleiben?“, fragte die Mutter sogar. Aber da lachte meine Herrin. „Es wird Zeit, dass wir alle schlafen, denn morgen ist ein großer Tag und meine liebe Dienerin soll auch nicht länger stehen müssen.“ Wie immer war meine Herrin vernünftig. Sie hatte sogar an mich gedacht.

Ich wusch meine Herrin mit einer feinen Seife und legte ihr das Nachtkleid um. Ihre Mutter hatte eigenhändig das Laken abgezogen und untersuchte es genau. „Gut, gut“, murmelte sie. Sie war zufrieden.

Wenig später kam die Hebamme, um sich das Bettlaken zu holen. Sie streute über die feuchten Stellen Asche, um aus den Zeichen zu lesen, ob meine Herrin viele Kinder bekommen würde. Danach gab sie das Tuch einer Heilerin, die es zusammen mit dem Schweif einer trächtigen Stute verbrennen musste. Die Asche würde auf dem Weg nach Stettin verstreut werden und die Brautleute müssten darüber reiten. Und dann, sagte die Hebamme, würden die Nachkommen nicht auf sich warten lassen.

Es war geplant, dass das Paar gemeinsam nach Stettin reisen sollte. Aber es kam, wie es meistens geschah. Herzog Erich I. musste zuvor noch andere Geschäfte erledigen. Sie würden getrennt reisen und sich dann in Stettin zur Trauung treffen.

Die Hochzeit wurde um sechs Wochen verschoben. Deswegen konnte meine Herrin mit ihrer ergebenen Dienerschaft noch einige Wochen im Elternhaus in Berlin bleiben. Kurfürst Joachim von Brandenburg hatte Herzog Erich I. im Beisein von allen anderen verkündet, dass er mit seiner Tochter bald eine gebildete Frau sein eigen nennen würde. Seit ihrem zehnten Lebensjahr wurde sie wie seine Söhne in Schreiben und Mathematik unterrichtet. Auch wenn eine Frau nicht die natürlichen Geistesgaben eines Mannes besäße, so wäre sie doch jedem einfachen Manne überlegen und könne sehr wohl mit Geschick und Verstand dem Volke befehlen und durch ihr kritisches Auge Schaden von ihrem Hause abwenden. Und er bestätigte, was sonst immer nur hinter vorgehaltener Hand gesprochen wurde: Seine Tochter bräuchte keine Übersetzer für die Messen und Rechtssprüche. Sie sei des Lateinischen besser kundig als mancher Aristokrat. Als er sprach, färbten sich die Wangen meiner Herrin rot und sie sah zu Boden. Aber wir beide vergaßen die guten Worte nicht, die der Kurfürst im Beisein von Herzog Erich I. gesprochen hatte. Elisabeth musste einzig ihrem Vater noch versprechen, dass sie stets der katholischen Kirche verpflichtet bleiben würde und alle neuen Lehren, die Luther verbreitete, aufs schärfste mit Stumpf und Stiel ausmerzen wolle. Das fiel Elisabeth leicht. Mit großer Begeisterung gestand sie ihrem Vater, dass sie sich schon darauf freue, die falschen Lehren zu verfolgen und die Übeltäter auszurotten.

Ehe Herzog Erich I. abreiste, sprach er noch sehr herzlich mit meiner Herrin. Er sagte, dass er sie nur ungern verlasse und versprach ihr einen purpurnen Samt von seiner Reise mitzubringen. Er habe bereits zwei Berittene vorausgeschickt, die sein Anliegen vertreten würden. Er fügte hinzu, dass ein solch kluger Kopf stets auf dem edelsten Stoff seinen Platz finden solle.

Purpurner Samt! Keiner kann sich die Freude Elisabeths, ihrer Schneiderin, ihrer werten Mutter und von mir vorstellen. Als der Herzog gegangen war, tanzten wir wie ausgelassene Kinder in der Herrin Kammer.

Es lag am roten Samt, der uns über alles erhaben machte. Ja, Elisabeth frohlockte sogar, als sie dem Herzog zum Abschied winkte. Denn je schneller er fort ritt, umso schneller würde er doch damit zurückkehren.

Der Kurfürst erfuhr natürlich, was der Herzog über den Kopf seiner Tochter gesagt hatte und begann sich zu sorgen. Keiner verstand, was ihm Kummer bereitete. Aber die Mutter bat meine Herrin um ein ernstes Gespräch. „Die Adeligen bevorzugen einfache Frauen, die gesunde Kinder gebären und sich gerne schmücken." „Was ist an mir falsch?", empörte sich meine Herrin. „Ich habe stets nach den Wünschen meiner Eltern gehandelt und mich auf meine Aufgaben vorbereitet!" „Ihr seid eine wunderbare Tochter und Ehefrau", tröstete sie die Mutter. „Ihr habt eben nur den geradlinigen, gescheiten Sturkopf Eures Vaters geerbt. Und den verlieren in der heutigen Zeit die Frauen nur zu schnell. Egal, auf welch schönem Stoff er sitzt." Da begriff Elisabeth, was sie meinte. Diese Worte hätte ihre Mutter nie im Beisein des Vaters gesprochen. „So zählt eine Adelige, die ihrem Gemahl das Bier brauen kann, mehr als eine edle Frau, die sich auf das Rechnen versteht?" „So ist es, meine liebe, kleine Elisabeth. Aber Ihr habt Glück, Euer zukünftiger Gemahl schätzt an Euch die edle Form ebenso wie Euren scharfen Verstand." Meine Herrin seufzte erleichtert. Ihre Mutter fuhr fort: „Ihr werdet oft ohne Euren Gemahl sein. Er ist ein Mann des Krieges und kann nicht immer sein eigenes Land im Auge behalten. Seine vorherige Gemahlin verstand es, seine Geschäfte zu ordnen und ich fürchte, dass auch Ihr der Aufgabe gewachsen sein müsst. Meine liebe Kleine, Ihr werdet Euer Wissen nötig haben, damit Ihr den Überblick behaltet, wenn er außer Landes ist." Wie Recht die Mutter damit hatte!

Wir machten uns nach fast einem Monat auf den Weg nach Stettin. Wir wurden von vierzig geharnischten Reitern begleitet und waren dadurch vor Wegelagerern und Raubrittern sicher.

Ich erinnere mich an die folgenden Wochen nur schlecht, denn ich musste täglich mehrere Stunden lesen und schreiben lernen und das machte mich müde, sodass ich gerade noch in der Lage war, meiner Herrin zu dienen. In meinen Träumen versammelten sich Buchstaben, die auf mich einredeten, mir nach dem Leben trachteten, mir in beide Ohren bissen oder an den Finger kleben blieben.

Und das begann so: Nur wenige Tage, nachdem der Herzog abgereist war, schrieb meine Herrin den ersten Brief an ihn. Sie wollte ihm schreiben, wie viel Samtstoff sie bräuchte, denn sie befürchtete, das Kleid könnte nicht lang genug sein oder Stoff für den Hut könne fehlen. Sie wollte dem Herzog auch schreiben, dass sie treu und ergeben auf seine Ankunft in Stettin wartete. Zuerst sollte ich die Schneiderin kommen lassen, damit sie Maß nehmen sollte. Als meine Herrin bemerkte, dass die Schneiderin zwar wusste, wie viel Stoff sie benötigt, aber es nicht in Maß und Elle zu Papier bringen konnte, wurde sie ungehalten: „So können die, die um mich sind, mir nicht mit Sicherheit mitteilen, wie viel Stoff ich benötige, geschweige denn die Farbe der Bänder und Perlen aufschreiben? Sollen denn die Handwerksmeister und Kaufleute in allem über uns hinauswachsen?" Sie sah uns wütend an. Dabei gab es doch keine einzige Schneiderin an einem Hof, die es verstand, ordentlich zu schreiben. Plötzlich klatschte meine Herrin in ihre Hände. „Holt mir die Köchin, den Schmied und den Pferdemeister her. Sofort!“ Ich rannte ins Gesindehaus. Die Schneiderin suchte die Köchin. Wir hatten uns alle in der besseren Gesindestube einzufinden. Ohne den Grund zu wissen, waren wir aufgeregt und zitterten. Vielleicht, weil wir nicht wussten, was kommen sollte?

Unsere Herrin sah uns an und fragte uns: „Wollt ihr mir wirklich dienen und Gefahren von mir wenden?“ Wir nickten und waren gekränkt, weil sie uns doch schon kannte und wir uns nichts hatten zu Schulden kommen lassen. „Nun, um richtig dienen zu können, reicht es nicht aus, geschickte Hände zu haben und ein reines Herz. Ihr müsst auch eure Geschäfte so sorgsam wie ein Kaufmann führen und damit Betrug und Scharlatanerie ausmerzen.“ Es war niemand unter uns, der in dem Augenblick der Herrin in die Augen sehen konnte. Aber wir verstanden. Ein Lehrer sollte uns täglich unterrichten, bis wir anständig rechnen und lesen könnten. Alle, alle schüttelten darüber den Kopf, selbst die Eltern meiner Herrin fanden die Anweisung unnatürlich. Aber uns blieb nichts anderes übrig. Wir hatten zu lernen, ob wir es wollten oder nicht. Der Lehrer musste uns sogar noch nach Stettin begleiten, denn erst danach konnten wir die Prüfungen, die uns Elisabeth aufgab, zu ihrer Zufriedenheit lösen. Meine Herrin hatte sehr wohl bemerkt, wie schwer mir das Schreiben und Lesen fiel, denn ich konnte am Tage nicht mehr klar denken und des Nachts weckten mich Alpträume. Sie sagte jedoch öfter klar und deutlich zu mir: „Agnes, vielleicht wirst du mir einmal das Leben retten, weil du lesen und schreiben kannst.“

Als des Schmieds Frau von dem Ansinnen hörte, bekam sie Angst, denn sie fürchtete, wenn ihr Mann des Lesens kundig wäre, würden ihm andere misstrauen. Vielleicht würde er dann irgendwann deswegen noch als Zauberer gelten und gefoltert werden. Oder sie selber würde als Hexe verfolgt werden, die zu viel wusste. „Ein Schmied wie dein Mann ist mehr wert als das Gold in einer Schatzkammer, denn dein Mann versteht sich nicht nur auf ein gutsitzendes Eisen bei den Pferden, sondern auch auf ein scharfes Schwert. Darum hört auf zu lamentieren." Die Heilerin gab ihr den Topf mit der Asche des verbrannten Bettlakens. Die sollte sie dann auf den Weg streuen, wenn Elisabeth mit ihrem Gemahl gemeinsam zu ihrer neuen Heimat reiten würde.

Während mir in Berlin des Nachts die Buchstaben auflauerten, hatte meine Herrin eine schöne Zeit. Ihre Schwestern Anna und Margarethe nutzten die verbleibenden Tage, um mit ihrer fast verheirateten Schwester zusammen zu sein. Als der Abschied kam, weinten sie. Elisabeth lachte jedoch darüber und sagte, sie würden sie doch wohl besuchen kommen; und dann würde sie ihnen ihre vielen Schlösser und Burgen zeigen. Der älteste Bruder, Kurfürst Joachim II., begleitete uns auf der Reise. Die Eltern würden später in einer schnellen Kutsche ebenfalls rechtzeitig zur Hochzeit kommen. Die Schwestern und der kleine Bruder Hans sollten zu Hause bleiben. Zum Trost durfte Hans in der Zeit beim Falkner wohnen und dort die Falkenjagd erlernen.

Wenn ich an die Hochzeit denke, so schwirren mir heute noch all die Namen der Edelleute, die Kleider und Huldigungszeremonien ebenso wirr durch den Kopf wie zuvor die Buchstaben ihr Unwesen mit mir getrieben haben.

Ich war einzig darauf bedacht, meine Augen nicht von meiner Herrin zu lassen. Mir lag alles daran, dass sie schön war und ich sie zufrieden sah. Und sie war schön und zufrieden. Als ihr Gemahl eintraf, sah jeder, dass sie sich gut waren und freundlich miteinander plauderten. Später kam er mit seinem Knappen in unsere Gemächer und übergab meiner Herrin den purpurnen Samt. Sie strich immer wieder über den Stoff, der sich wie ein weiches Fell anfühlte. Danach erhob sie sich kurzerhand und gab dem Herzog einen Kuss. Mitten auf den Mund. Da begannen alle, die es gesehen hatten, zu lachen und zu johlen. Wir wurden heiter und selbst als die strengen Zeremonien stattfanden, konnte jeder die Freude spüren, die das Brautpaar erfasst hatte. Das Fest konnte beginnen.

Als die Schneiderin den Stoff in den Händen hielt, schossen ihr die Tränen in die Augen, denn noch nie hatte sie einen so wertvollen Stoff verarbeitet. Sie vermaß die Länge und die Breite und schrieb die Maße auf ein Stück Papier. Später sagte sie, dass der Stoff üppig sei und sie deshalb zu einem Mantel rate, damit er jederzeit über den Kleidern getragen werden könne. „Mit dem Mantel werde ich wahrlich eine richtige Herzogin sein", freute sich Elisabeth. „Aber zuvor muss mein blaues Kleid mit dem weißen Überwurf fertig werden, denn damit werde ich in Münden einreiten." Sie bat die Schneiderin, sich alle Damen auf der Hochzeit gut anzuschauen und Zeichnungen von den Kleidern anzufertigen, damit auch sie die neue Mode tragen könne. Die Schneiderin konnte in der Stettiner Schneiderei wohnen und dort mit den anderen ihre Erfahrungen austauschen.

Ich liebte es, mit meiner Herrin in die Schneiderstuben zu gehen und dort die Stoffe und Bänder zu sehen. Ich kleidete meine Herrin aus und an. Ihre Kleider waren mir so vertraut wie meine eigenen.

Als wir nach Münden aufbrachen, hatte die Frau des Schmieds Blumen auf den Weg gestreut. Das erfreute die Reisenden und keiner bemerkte die Asche des verbrannten Bettlakens, die ebenso auf der Straße lag. Das Brautpaar reiste in einer Kutsche. Doch schon am nächsten Tag war dem Herzog das Schaukeln und Stillsitzen zu viel geworden. Er wollte wieder auf sein Pferd und der Truppe vorausreiten. Mir kam es gerade recht, denn so konnte ich in der gepolsterten Kutsche bei meiner Herrin Platz nehmen.

Der Herzog hatte schon vor Wochen bekannt gegeben, dass zu Ehren des Einzuges seiner Frau in Münden ein Ritterturnier stattfinden sollte.

Welch ein Tag, als meine Herrin einzog! Vom Schloss und der Kirche wurden Fanfaren geblasen. Sie ritt auf einem Schimmel. Über ihrem blauen Kleid wehte ihr weißer Umhang, und ihr Hut war über und über mit goldenen Perlen bestickt. Vier junge Männer trugen einen Baldachin über ihr, damit sie nicht von der Sonne verbrannt würde.

Die ganze Stadt war auf den Beinen. Die Dienerschaft rief uns gute Wünsche entgegen und aus den Fenstern wurden Blumen geworfen. Auf den Flüssen Werra und Fulda schaukelten geschmückte Boote. Der Hofstaat hatte vor dem Schloss eine Gasse gebildet. Alle jubelten und verneigten sich aufs Lieblichste. Die angereisten Herzöge, Fürsten, Ritter und Adeligen hatten sich in vollem Putz auf ihre Pferde gesetzt und schwenkten ihre Fahnen.

So erschöpft wir auch von der Reise waren, wir vergaßen augenblicklich alle Müdigkeit und gerieten in einen Taumel voller Glückseligkeiten.

Am Abend wurden die köstlichsten Speisen aufgetischt und es gab keinen Diener, der nicht mindestens einen halben Krug Bier trank.

Drei Tage dauerte das Ritterturnier, bis der Sieger feststand. Es wurde zuerst mit der Turnierlanze auf dem Pferd gegeneinander geritten, bis einer der Kämpfenden aus dem Sattel gehoben wurde. Danach wurde abgesessen und die Gegner mussten sich zu Fuß im Schwertkampf beweisen. Ich stand während des Kampfgeschehens hinter meiner Herrin und konnte so aus nächster Nähe alles mitverfolgen. Aus Elisabeths Hand erhielt der Beste das Zeichen des Siegers. Das Tuch war von Mündens Meisterschneiderin angefertigt worden und mit dem Calenbergischen Wappen bestickt.

Es dauerte noch einige Tage, bis auch das letzte Zelt zusammengeschlagen wurde und ein einigermaßen geregeltes Leben möglich war. Meine Herrin hatte die Gabe, sich all die Namen der Edelleute zu merken. Herzog Erich I. hatte während des Turniers neben ihr gesessen und ihr geduldig alle Fragen beantwortet. Der Kanzleischreiber Lorleberger war ebenso immer an der Seite des Herzogs, denn er beriet ihn in allen politischen und finanziellen Angelegenheiten. Der Herzog war stolz auf Elisabeth und ich wunderte mich darüber, dass sich auch die Männer über die Mode unterhielten. Sie schauten genau hin, was die anderen Edelleute trugen; aus welchem Stoff die Hemden waren oder nach welcher Mode die Strümpfe geschnürt wurden. Meine Herrin konnte sich auch dieses alles merken und war zufrieden zu erfahren, dass ihr Gemahl stets modisch gekleidet war und zu den wenigen gehörte, die sich noch solch kostspielige Ritterturniere leisten konnten. „Die Ritter sind heutzutage im wirklichen Kampf wie die Schellen an den Schuhen. Sie klappern und beeindrucken – behindern aber das schnelle Voranschreiten erheblich." „Wie meint ihr das?", fragte Elisabeth nach. „Seht doch selbst, wie langwierig die Prozedur ist, bis ein Ritter in voller Ausrüstung auf sein Pferd kommt. In der Zeit hat er ja gegen das Fußvolk schon verloren." „Aber sie sehen sehr edel aus", warf Elisabeth ein. „Ja, meine Liebe, so edel, dass sie meinen, dem Adel nun Konkurrenz machen zu müssen und Ansprüche zu stellen. Meine Liebe, Ihr werdet noch spüren, was es damit auf sich hat. Sobald ein Fürst an Macht verliert, sind sie da und erpressen ihn. Wir müssen uns eben gut mit ihnen stellen." Während sich das Paar unterhielt, grüßten sie alle, die vorbeigingen und winkten. Und ich stand dabei und durfte alles mithören. Für Erich I. war dies alles eben ein großes Fest. Der Herzog benötigte im Krieg jedoch Kanonen und Schusswaffen dringender als die ehrwürdigen Ritter. Ein wendiges Landsknechtsheer oder ein williges Söldnerheer und genügend Schießpulver versprachen mehr Erfolg als die tapfersten Ritter. Schießpulver und Schusswaffen. Ich hatte noch nie eine Kanone gesehen, geschweige denn eine Handwaffe, mit der man schießen konnte.

Es waren gewiss an die sechzig Berittene da, aber mir haben sich nur zwei Männer wirklich eingeprägt.

Beim Ersten gefror mir das Blut in den Adern. Heinrich, Herzog von Wolfenbüttel, war der Neffe Erichs I. Die beiden Männer gingen betont freundlich miteinander um, aber jeder spürte die Kälte, mit der Herzog Heinrich meiner Herrin gegenüber auftrat. Zu Recht begannen wir, um das Leben unserer Herrin zu bangen, denn Herzog Heinrich hatte damit gerechnet, dass sein Onkel ohne Erben bleiben würde und er dann wieder seine Ländereien Braunschweig/Wolfenbüttel mit dem Herrschaftsgebiet Erichs I. vereinen könne. Mit dem Calenbergischen Gebiet wäre er viel mächtiger gewesen. Die Feste Calenberg hatte sich als erfolgreiches Bollwerk gegen die Bischöfe von Hildesheim bewiesen und die Handelswege um Hannover brachten gute Zolleinnahmen. Er hätte sich nicht mehr die Bodenschätze des Harzes teilen müssen und mit dem Solling ein wichtiges Jagdgebiet dazu erhalten. Northeim, Einbeck, Dassel, Hardegsen, Göttingen und Münden waren einträgliche Städte, denen man nur immer wieder ein Exempel statuieren musste, damit der neue Glaube nicht um sich griff. All die Burgen, Klöster und Schlösser... alles hatte Herzog Heinrich schon in seinen Händen geglaubt. Aber dann starb Erichs I. unfruchtbare Frau, Katharina von Sachsen, im vorigen Jahr unvermutet auf einer fröhlichen Fastnachtsfeier in Göttingen. Nun konnte er eine junge Frau ehelichen, die, wer weiß, vielleicht schon seinen Samen in sich trug... und damit einen Erben.

Wir kontrollierten alle Speisen, die unserer Herrin gereicht wurden, und niemand durfte in ihre Gemächer gelangen. Eine große Erleichterung griff um sich, als Herzog Heinrich mit seinen Rittern abgereist war. Seine Frau hatte ihm einen Sohn geboren. Er wurde auf den Namen Karl Viktor getauft. Das erzählte er so oft es ging. Wir waren froh, als wir es nicht mehr hören mussten.

Der andere Adelige, den ich in guter Erinnerung behielt, hatte keine weite Reise gehabt. Landgraf Philipp von Hessen hatte seinen Hof bei Kassel und war ein ausgesprochen umgänglicher Herr. Sobald er zugegen war, wurde die Stimmung heiter und seinem Versprechen von

Freundschaft und Unterstützung ließ er stets Taten folgen. Ich war erleichtert, den freundlichen Landgrafen in der Nähe und Herzog Heinrich in der Ferne zu wissen.

Meine Herrin war jedem gegenüber aufgeschlossen, unabhängig davon, welchem Stand jemand angehörte. Furchtlos mischte sie sich unter das Volk und wenn sie nicht gebraucht wurde, pflegte sie in die Stadt zu gehen und sich nach dem Wohlergehen der Leute zu erkundigen. Mir blieb nichts anderes übrig: Ich musste mit und mir war dabei nicht immer wohl. Viel lieber war mir der späte Abend, wenn ich meine Herrin ins Badehaus begleitete, das an das Schloss angebaut war. Die Bademeisterinnen verstanden ihr Handwerk. Fühlten sie einen Muskel, der sich verkrampft hatte, dann kneteten sie so lange, bis meine Herrin versicherte, dass es ihr besserging.

Es verging keine Nacht, in der nicht Herzog Erich I. sie in ihrem Schlafgemach besuchte und bei ihr lag. Sobald der Herzog klopfte, verabschiedete ich mich von meiner Herrin und schlief die Nacht mit den anderen zusammen. So lernte ich das übrige Schlossgesinde kennen, mit dem ich eine große Kammer teilte. Die Altfrau Bertha wies jedem seinen Platz zu und wenn es Ärger gab, wusste sie ihn zu schlichten. Einige Familien wohnten außerhalb. Das Hofgesinde schlief über den Ställen. Im Sommer wurden sie zwar von den lästigen Fliegen umschwirrt, aber im Winter waren die Kammern wärmer als die Räume des Schlosses. So rückten wir im Schloss in den kalten Zeiten in den Betten zusammen. Die Bediensteten des Schlosses konnten es sich nicht leisten, am Morgen nach Tieren zu riechen oder den Staub in den Haaren zu haben.

Aber es war ja Sommer, als die Herzogin nach Münden kam. Wer wollte da schon frühzeitig in die Betten! Das Gesinde saß lange um die Feuer. Die schlafenden Kinder wurden ins Haus getragen, und die Alten folgten ihnen erst weit nach Mitternacht.

Ich war von Herzen froh, dass ich nicht als einzige Fremde mit der Herzogin gekommen war. Die Schneiderin und die Meisterköchin hatten ohnehin ihren festen Schlafplatz in der Gesindestube. In dem Bett der beiden fand sich auch immer ein Plätzchen für mich. Gleich in der ersten Nacht gab es aber mit den anderen einen Streit. Vielleicht hätte ich den Vorfall auch vergessen, wenn er nicht solch schlimme Folgen gehabt hätte. Also, wir vier lagen nach unserer aufregenden Ankunft im Bett und die meisten anderen schnarchten schon. Wir unterhielten uns noch und konnten, obwohl wir müde waren, nur schlecht in den Schlaf finden. Da keifte eine junge Magd (sie hieß Neuberin, wie ich später erfuhr) durch den Raum: „Wenn ihr schon die andern beim Schlafen stört, dann sprecht wenigstens richtig deutsch und schwatzt nicht so blöd daher wie die neue Herrin!" Das traf uns bis ins Mark. Wir saßen kerzengerade und ich sprang gleich danach aus dem Bett und rannte zur Neuberin. Ich weiß nicht, was in mich gefahren war, aber ich packte das Weib dermaßen hart an, dass sie aufschrie und ich ihre Angst riechen konnte. „Sag das noch mal, du ungebildetes, nichtsnutziges Weib", brüllte ich sie an. „Bloß, weil du hier nur die Küche kennst und nicht weißt, welche Sprachen die Adeligen anderer Länder sprechen, musst du nicht unser aller Herrin beschimpfen! Hast du ihr nicht heute beim Einritt gehuldigt? Hast du nicht, wie die andern, vor Gott ein Gelübde abgelegt? Wenn du dabei übel dachtest, mögen dich alle bösen Flüche treffen!" Ich war so erbost, dass mir sogar die Tränen über die Wangen liefen. Die anderen versuchten mich zu beruhigen und sagten, es sei doch nur der Berliner Dialekt, den sie nicht kenne. „Meine Herrin", rief ich, „meine Herrin beleidigt niemand. Gott wird es zeigen."

Ich sollte Recht behalten. Fünf Tage später fand man die Neuberin ertrunken in der Fulda. Ihre Leiche wurde zwischen zwei Booten gefunden, als die Frachtschiffer am nächsten Morgen ihre Fahrt fortsetzen wollten.

Ich war gerade dabei, meiner Herrin die Haare zu richten, als gemeldet wurde, dass der Leibarzt Mithof den Herzog sprechen wollte. „Mach schnell, mach schneller", sagte Elisabeth, denn sie wollte auch zugegen sein. Nur halb fertig frisiert lief sie los und ich mit der Stola hinterher. Der Herzog schaute verwundert auf, als er uns so kommen sah. „Verzeiht die Verspätung", rief meine Herrin atemlos und setzte sich. Ich legte ihr die Stola um die Schultern und wusste nicht, wohin ich sollte. Also trat ich einfach zurück und wartete. „Ihr hättet nicht so zu eilen brauchen", meinte der Herzog. „Ich hätte Euch schon gesagt, dass wir nun eine Küchenmagd weniger haben. Sie wurde tot im Fluss gefunden. – Aber ich denke, da wird sich bald jemand Neues finden; und wenn Ihr möchtet, könnt Ihr mit Eurer Köchin die neue Frau aussuchen. So werdet Ihr über den Verlust leicht hinwegkommen." Die Herzogin wandte sich an den Leibarzt: „Mithof, sagt mir, was geschehen ist!" „Nun, ich erfuhr, dass all das Unglück doch einzig zu Eurem Glück beiträgt." „Ich nenne es kein Glück, wenn erst eine Magd sterben muss, damit ich eine Neue aussuchen kann." Dann stand Elisabeth auf und sagte: „Nun berichtet genau, was sich zugetragen hat." Der Herzog entschuldigte sich und überließ alles Weitere Mithof und seiner Frau.

Mithof erklärte uns, was geschehen war. Sie hatten die Tage vor der Ankunft alle Krankheiten, alles Unglück der ehemaligen Gattin Erichs I. und selbst ihren Tod in einen Topf gebannt, damit es der neuen Herrin nicht ebenso erginge. Zusätzlich hatten sie für jedes Unglück einen Nagel in den großen Ahorn geschlagen, damit er alles Unheil annehmen sollte. Wer nun als erstes durch die Türe schritt, wo der Topf stand, auf den würde sich das Unheil legen und es wäre fort. Ebenso würde es dem ersten Tier ergehen, das über den Ahorn flöge oder wenn es ein Hund wäre, der als erster am Baum zu schnüffeln begänne, dann würde er das Unglück auf sich nehmen.

Wohin der Topf gestellt wurde, wussten nur die Heilerin und die Altfrau Bertha. Aber die sagten mir, dass die Neuberin, da sie nachts noch in den Keller ging, als erste durch die Türe geschritten war. Meine Herrin versuchte zu verstehen, was Mithof sagte. Bei uns in Brandenburg hatten wir andere Bräuche. Es wurde für jede Krankheit ein einjähriges Tier geopfert, um die Geister zu besänftigen und deren Asche auf dem Friedhof verstreut. „Bei uns sind die wirksamen Rituale anders. Aber Ihr meint, somit ist der Fluch also gebannt?“ „Jawohl, gnädige Herrin. Wenn Ihr bei dem Gespräch heute Morgen nicht zugegen gewesen wäret: Ich hätte Euch nicht damit belästigt.“ „Meine liebste Mutter pflegte sich immer noch drei Tage und Nächte zu schützen, wenn die bösen Geister ausgefahren waren“, gab Elisabeth zu bedenken. „Das wird auch von Nöten sein“, erwiderte Mithof. „Da aber eine Magd umkam, wird auch eine Magd, die euch nahesteht, der Schutzschild sein.“ Mir schoss augenblicklich das Blut ins Gesicht. Meine Herrin sah meinen roten Kopf und die Angst in meinen Augen. „Agnes“, sagte sie, „dir krümmt doch niemand ein Haar! Wir werden doch beide in den Schutz Gottes gestellt werden.“ „Kanntest du die Magd?“, fragte mich Mithof. Ich konnte nicht antworten, denn mir war es nicht erlaubt zu sprechen, wenn andere in der Gegenwart meiner Herrin waren. Beide redeten auf mich ein, weil ich ja nun wichtig sei und zum Wohle meiner Herrin reden sollte. Ich sagte also, dass mir die Neuberin aufgefallen sei. Und ich konnte es nicht lassen hinzuzufügen, dass sie gewiss nicht freiwillig der Herrin Gutes getan hätte, sondern wohl eher wie Judas die gerechte Strafe erhalten habe. Danach durfte ich endlich wieder schweigen. Die beiden sprachen miteinander, als ob ich nicht da wäre. Und so war mir alles recht. Die nächsten drei Tage musste ich frischen Beifuß in meine Schuhe stecken, damit die Teufel vertrieben würden und mich bei Sonnenaufgang und Sonnenuntergang mit Johanniskraut abreiben. Das Kraut bestellte Mithof bei einer Kräuterkundigen, die das Johanniskraut in der Nacht zur Johanniswende gepflückt hatte. Sie hatte das trockene Kraut im Mörser zerrieben und mit Butter verknetet, damit es gut haften bliebe. Mir blieb nichts anderes übrig, als zu tun, was mir aufgetragen war. Meine Bettgenossinnen waren es, die mich am Abend und Morgen mit der grünen Butter einrieben. Trotz meiner Ängste, dass ich mit der Salbe eher die Fliegen und das Unglück anziehen würde, war es jedoch so, dass meine Haut weich und weiß wurde. Die andern wollten noch Tage danach meine Arme anfassen und sie staunten darüber, dass auch in meinen Adern sich das Blut blau gefärbt hatte. Ich war sehr stolz und meiner Herrin von Herzen dankbar.

Mein Platz war nicht an der Seite des unteren Gesindes. Aber ich musste doch alle kennen, um meiner Herrin wahrhaft zu dienen und sie beschützen zu können. Es waren an die 150 Personen, die für den Herzog arbeiteten. Alle bekamen ihr Gehalt zur rechten Zeit ausbezahlt. Am höchsten standen der Landdrost und die Amtsdiener. Die wichtigsten Berater waren der Kanzleischreiber Lorleberger und der Leibarzt und Astrologe Mithof. Ein Wagenknecht hingegen galt nicht viel und hatte unter den Pferdemeistern viel zu leiden. Unter dem Hofgesinde waren die Pferdemeister die Herren, die sich groß hervortaten, denn zu jedem prächtigen Schloss gehörten die edelsten Tiere, die den Besuchern vorgeführt wurden. Einhundertsechsundzwanzig Reitpferde standen in unseren Ställen. Das war bei Gott eine stattliche Zahl und wurde selten überboten. Die Pferde waren auch Elisabeths Glück. In ihrem Elternhaus hatte sie schon früh das Reiten und Jagen erlernt und stand darin den Burschen nicht nach.

Ich freute mich darauf, Nacht für Nacht zu meinen Landsleuten ins Bett zu kommen und zu erzählen, was sich alles zugetragen hatte. In einer Nacht warteten sie jedoch vergeblich auf mich.

Es war gewiss schon die Zeit eines Mondmonats um, als ich im Gemach meiner Herrin wartete, damit sich wie gewohnt die Tür öffnete... Aber es geschah nichts. Die Nachtwächter hatten Mitternacht schon lange ausgerufen. Meine Herrin schlief so wenig wie ich. Wir hörten den Wind in den Bäumen und die leisesten Geräusche. Ab und zu kreischten die Katzen. Dann stand Elisabeth auf und wies mich an, ruhig liegen zu bleiben und die weichen Kissen zu genießen. Auf bloßen Füßen glitt sie zur Türe hinaus und schloss diese leise wieder hinter sich. Wie sollte ich die weichen Kissen genießen, wenn sich in mir die Angst breitmachte, dass meiner Herrin etwas geschehen könnte? Vielleicht lebte auch der Herzog nicht mehr? Die Stunde, in der ich alleine in dem Bett lag, war eine Höllenqual. Ich vermutete Mörder unter dem Bett, Drachen hinter den sich blähenden Gardinen und Gift, das in die Kissen genäht wäre. Als sich die Tür öffnete, traute ich mich nicht einmal mehr meinen Kopf zu wenden. Aber es war meine Herrin, die sich mit kalten Füssen zu mir legte. „Was ist geschehen?", frage ich und rieb die Füße meiner Herrin zwischen meinen Händen. „Nichts ist geschehen Agnes, gar nichts", lachte meine Herrin. Ich verstand nicht, was sie meinte und als sie meine Sorge spürte, sagte sie mir, dass der Herzog so betrunken war wie sein Knappe. Der Herzog hätte auf dem Stuhl geschlafen und der Knappe auf dem Boden. „Und…?", fragte ich und verstand nicht, warum die Herrin nicht Hilfe geholt hatte. „Ich denke", wehrte meine Herrin freundlich ab, „solche Nächte sind eher gewöhnlich." Ich fragte nach, wo dann meine Herrin so lange geblieben wäre und sie meinte: „Wo denkst du hin, wie schwer es ist, einen solch großen Mann zu entkleiden und ins Bett zu bringen! Ich musste meinen Herrn Gemahl von einer Seite auf die andere drehen, um ihn aus den Kleidern zu bringen. Und dabei glaubte er auch noch gegen die Türken zu kämpfen, so, dass ich seiner Faust geschickt ausweichen musste… Dabei fielen mir erst die vielen Narben auf, die er am Körper trägt. Und ich begreife nun, was es bedeutet, so viele Schlachten zu schlagen und Belagerungen durchzuhalten." Meine Herrin geriet zu meiner Verwunderung immer mehr ins Schwärmen. Hatte sie nicht einfach ihren völlig betrunkenen, fünfundfünfzigjährigen Mann wie ein Kleinkind zu Bett gebracht? Doch sie erzählte munter weiter von seiner Pilgerreise nach Jerusalem, dass er dem kaiserlichen Heer von 15.000 Mann befahl und selbst schwer verwundet Kaiser Maximilian in der Schlacht bei Regensburg noch das Leben rettete… Ich war es nicht gewohnt, dass meine Herrin von sich erzählte und tat, als ob ich schliefe, damit es sie nicht später gereuen sollte. Was jedoch meiner Herrin das Gefühl gab, selbst ein wahrer Held zu sein und sie zudem noch erheiterte, erweckte in mir einen tiefen Zorn.

In aller Frühe ging ich zur Altfrau Bertha und fragte sie, wie ich mit Mithof sprechen könnte, ohne dass meine Herrin davon erfuhr. „Ich werde es schon richten, dass er dich finden wird, wenn du alleine bist." Bei Bertha war immer alles ganz einfach. Ich weiß nicht, über welche Mittel und Wege sie verfügte, aber ihre Ruhe machte mich immer zuversichtlich. Mithof fand mich schneller, als ich gedacht hatte. Und er meinte zu mir: „Eine gute Kammermeisterin hat wenig freie Zeit, es sei denn, die Herrin schaut so gerne in die Bücher, wie es nun die deine tut." Er wusste also Bescheid und er hatte wohl noch dafür gesorgt, dass meine Herrin so schnell nicht wieder zugegen sein würde. „Der Knappe des Herzogs war in der Nacht so betrunken, dass er weder in der Lage war, seinen Herrn ins Bett zu schaffen, geschweige denn meiner Herrin angemessen dienen konnte", begann ich mutig das Gespräch. Aber dann, ich gebe es zu, versagte mir die Stimme, und ich konnte nur noch wie ein Waschweib weinen und sagen, dass ich Todesängste um Elisabeth gehabt hatte. Mithof war erstaunt, wie sehr mir der Vorfall ans Herz ging, aber er verstand sehr wohl meine Sorge und versprach mir, für Ordnung zu sorgen, ohne dass ich den Zorn des Knappen auf mich zog. Und tatsächlich: der Knappe verrichtete am Abend blau geprügelt seinen Dienst und war niemals wieder in unserer Gegenwart betrunken.

Ich hatte gehofft, nie wieder lesen oder schreiben zu müssen. Aber meine Herrin fand es selbstverständlich, dass ich das, was ich gelernt hatte, auch wüsste. Es verging keine Minute, in der sie untätig war. Wartete sie auf Besucher, so studierte sie die Hofordnung oder die Karten. Kamen wir aus der Stadt zurück und hatten noch den Staub der St. Blasiuskirche an den Schuhen, so verlangte sie vom Schreiber die Zeichnung und Kostenrechnung über den Anbau zu sehen. Meine

Herrin wünschte nicht nur feines Essen und edle Kleidung, sie prüfte auch die Rechnungen und alles, was über den Hof und die Ländereien geschrieben stand. Wurden ihre Augen müde, so reichte sie mir das Papier, damit ich weiter vorlesen sollte. Ich setzte meinen Finger auf das Papier und der Schweiß perlte auf meiner Stirn. „Das muss sich bessern", drohte sie mir. Doch ich konnte nicht mehr als stottern. Später wurde sie milder und sagte: „Das kommt von ganz allein. Du musst nur immer tüchtig lesen." Und sie fügte hinzu: „Wer die Mühe des Schreibens kennt, wie sich die Muskeln verkrampfen und die Augen zu tränen beginnen, wird niemals den Finger auf das Buch legen und damit die Arbeit eines Schreibers zerstören." Danach traute ich mich fast nicht mehr, ein Buch oder Blatt in der Hand zu halten. Aber ich musste. Und irgendwann war ich darin sogar gut, denn ich wurde auch dazu beauftragt, aus der Amts- und Schreibstube im Schloss meiner Herrin Papiere zu überbringen. Mich, die Kammermeisterin, sah man mit einem Bündel Papier unter dem Arm die Treppen empor- und wieder hinuntersteigen!
Meine Herrin wurde von den vielen Papieren nicht erheitert. Wenn sie etwas gelesen hatte, machte sie sich Notizen und besprach sich mit dem Herzog oder den Beratern. Ich verstand nichts von ihren Sorgen, denn es ging immer um Geld. Der Herzog hatte unübersehbare Schulden. Deshalb wurden Gebiete verpfändet und immer wieder neue Steuern erhoben. Steuern für den Kaiser, Steuern für den Papst und selber brauchten sie ja auch Gelder, um alles zu bewirtschaften.

„Bei Gott, dieses Land ist schwer zu regieren", klagte der Herzog. „Als ich es von meinem Vater übernahm, war einzig Uslar bereit, mir zu huldigen. Es war ein langer Kampf, Göttingen zu gewinnen, das sich unter den Schutz Hessens gestellt hatte und sich zudem noch als Reichsstadt führte. Ein langer Kampf war es. Alle wussten, dass ich von meinem Vater Schulden geerbt hatte, die es zu begleichen galt." „Und, sind diese inzwischen abgetragen?" fragte Elisabeth mit aufrichtigem Interesse. Statt seiner antwortete der Kanzleischreiber Lorleberger:

„Die Wahrheit ist, dass sich die Schulden mehren, denn wir sind dem Kaiser zu Steuern verpflichtet und zahlen an die heilige Kirche ebenso unseren Tribut." Und er fügte hinzu: „Es soll uns ja nicht ergehen wie den armen Edlen Lüneburgern, die nicht einmal das Geld für den Papst aufbringen konnten und bei denen so ungehindert die Reformation Einzug halten kann!" Der Herzog erklärte, dass jedoch übers Jahr Göttingen, Hannover, Hameln und Northeim 13.000 Gulden aufbringen würden, und die 150 Adeligen und kleineren Städte würden ebenfalls das Ihrige dazutun. „Aber man muss alle ermahnen und das Geld eintreiben. Freiwillig kommt niemand daher", unterstrich der Herzog seine Aussage. Die Schulden drückten meine Herrin sehr. Der Herzog hatte sich jedoch daran gewöhnt. Er baute fleißig weiter und musste wieder für einen Kampf aufrüsten. Er fügte hinzu: „Dass ich so lange in Münden bleibe, wird nie wieder so sein. Wenn ich nicht im Kampfe bin, so muss ich mich mit den Räten der Städte, den Adeligen und der Ritterschaft verständigen oder auf der Burg Calenberg bei Hannover weilen, denn dieses Bollwerk muss noch weiter ausgebaut werden."

Der Herzog reiste ab. Meine Herrin begleitete ihn selbst noch eine gute Strecke mit dem Pferd und als sie wieder zurückkam, dachte ich eine traurige Frau vorzufinden. Aber sie war fröhlich und erklärte mit roten Wangen, dass sie nun täglich zu reiten gedenke.

Sie hielt nicht nur auf dem Pferd die Zügel in der Hand. Alle Bediensteten hatten ihr einmal in der Woche Rechenschaft abzulegen. Zudem wollte sie alle Rechnungen kontrollieren und im Laufe der nächsten Zeit das gesamte Regierungsgebiet bereisen.

Nach allen Gesprächen hatte es sich meine Herrin angewöhnt, die Zahlen, die sie erfahren hatte, in Listen zu setzen, um später noch einmal ihre Fragen zu stellen.

Ich hatte keine Probleme, meine Herrin an einem Tag sechs-, siebenmal umzukleiden, je nachdem, ob sie reiten wollte, zur Kapelle ging,

Gäste empfing oder in die Stadt wollte. Worauf ich jedoch nicht vorbereitet war: Meine Herrin liebte es zu reisen und fand es selbstverständlich, dass ich an ihrer Seite blieb. War gerade der Herzog fortgeritten, schickte sie bald darauf einen Boten nach Kassel zum Hofe des Landgrafen Philipps von Hessen und erklärte, dass sie seine ausgesprochene Einladung gerne annehmen würde und nachfragen wolle, wann es beliebte.

Die Antwort ließ nicht lange auf sich warten:

„Als der Bote eintraf, ließ ich sofort die Gemächer herrichten, und wir sind bereit, Eure Hoheit jederzeit zu empfangen. Für den Landweg sende ich Euch drei berittene Wachen mit, die Euch sicher zu uns bringen. Für das Gepäck könnt Ihr die Handelsboote nutzen, die täglich bei Euch anlegen. Falls Eure Kammerdienerin nicht gut zu Pferd ist, wird sich auch für sie ein Platz auf dem Boot finden. Es könnte jedoch sein, dass Ihr wie alle Adeligen eine Kutsche vorzieht. Das alles soll mir Recht sein."

Der Brief kam mit den berittenen Wachen. Nur zwei Tage waren vergangen, nachdem meine Herrin angefragt hatte. „Lies es selbst", sagte sie fröhlich und klatschte in die Hände. Ich las es sehr langsam. Denn es bedeutete, dass auch ich auf ein hohes Ross steigen musste oder mit einem der wackeligen Kähne vorliebnehmen sollte. Ich kannte Elisabeth inzwischen nur zu gut. Sie würde reiten wollen und dabei ihre arme Magd ganz und gar aus den Augen verlieren.

Meine Herrin beriet sich mit Mithof, wann es gut wäre zu reisen. Mithof war Astrologe und konnte die Sterne befragen, wann eine Reise einen glücklichen Verlauf nehmen würde. Die Sterne hießen uns, uns zehn Tage zu gedulden. Als uns die Sterne hold waren, wurde unser Gepäck zu den anderen Handelswaren in ein Boot gepackt und wir sattelten die Pferde. Die Sterne wurden befragt, das Wetter hingegen nicht. Wie hätte es sonst sein können, dass wir nach einer Stunde in einen heftigen Regen gerieten und in kürzester Zeit unsere Hüte durchnässt waren und wir zu tropfen begannen, wie die Bäume am Wegesrand? „Solange es nicht blitzt und donnert, ist es ein gutes Zeichen", meinte Elisabeth nur. Es schien ihr zu gefallen, der eigenen Mutter entronnen zu sein und endlich den Regen genießen zu können. Erst wollte ich meine Herrin ermahnen, dass sie auf ihre Gesundheit achten solle… aber dann erinnerte ich mich an den Landgrafen Philipp, zu dem wir reisten. Er hätte gewiss noch einen Tanz in den Wasserlachen vorgeführt.

„Welch schöne Frauen speit nun das Meer ans Land." Genau dies sagte der Landgraf, als wir in Kassel eintrafen. „Welch schöne Frauen…" Es waren aber nur meine Herrin und ich gereist. Er hatte also auch mich gemeint! Und das, obwohl wir nass waren bis auf die Haut. In der Gegenwart des Landgrafen wurde ich nicht wie eine Dienerin behandelt, sondern so zuvorkommend aufgenommen, wie es nur einer Freundin meiner Herrin zugestanden hätte. Seine Frau wartete am Abend bei einem wunderbaren Gastmahl auf uns. Ich musste immer vom einen zum anderen schauen. Ich wusste nicht, wer schöner war. Der Landgraf in seinem weißen Hemd, den offenen Haaren und ach: diesem Mund!; oder seine wunderschöne Gemahlin, die wie eine Königin ihre Perlen trug und deren Gesicht aussah, wie von einem Künstler gemalt. Vielleicht war ich auch so verwirrt, weil meine Herrin ja fast noch ein Kind war und ihr Gemahl ein alter Mann mit grauem Bart. Die Ehe meiner Herrin war eine ernste Angelegenheit. Das Landgrafenpaar war jedoch heiter und ausgelassen. Philipp von Hessen war erst einundzwanzig Jahre alt und seine Gemahlin, Christine von Sachsen, zwei Jahre jünger. Sie bewegten sich so elegant und anmutig, dass es schien, sie würden ein Schauspiel vorführen.

Ich begriff bald, warum der Landgraf meiner Herrin zugetan war. Es war nicht die übliche Zuneigung, die er bei allen Frauen zu zeigen pflegte. Der Landgraf wurde bereits mit dreizehn Jahren von Kaiser Maximilian für mündig erklärt und ergriff die Regierung. Er hatte damit dem Begehren der hessischen Ritterschaft einen Riegel vorgeschoben, die sein Land einnehmen wollte, weil sein Vater so früh starb. Sie wollten die Vormundschaft übernehmen, hatten sie erklärt. Aber seine kluge Mutter hatte geargwöhnt. Der Landgraf sah in meiner Herrin auch das Kind, das in eine frühe Verantwortung gedrängt wurde. Er wollte ihr so hilfreich zur Seite stehen, wie er es auch in seinen jungen Jahren erfahren hatte. Und Herzog Erich I. war ihm ohnehin wohlgesonnen und ein wichtiger Verbündeter. Da sie Nachbarn waren, lag ihm viel an einem guten Miteinander. Solange ich denken kann, stand er meiner Herrin, so gut es ging, mit Rat und Tat zur Seite.

Das Essen war so vorzüglich, dass sich meine Herrin nach den Köchen erkundigte. Vor allen Dingen die Soßen hätten einen vortrefflichen Geschmack. „Oh", meinte Philipp, „das liegt an der schönen französischen Hand, die den Speisen diese auserwählte Note gibt." „Habt Ihr etwa einen französischen Koch?", fragte Elisabeth nach. Die Antwort auf die Frage gab seine Frau: „Der Koch ist schon seit Jahren hier und er variiert täglich aufs Neue mit den Gerichten und den Gewürzen. Mein Gemahl unterliegt nur einer gewissen Sinnestäuschung, weil er die neue Küchenmagd aus Frankreich mitgebracht hat und ihm an ihr mehr gefällt, als nur ihre Arbeitshände." Keiner sagte etwas dazu. Und so plauderten wir über dieses und jenes. Bei belanglosen, netten Gesprächen war meiner Herrin jedoch meist nicht lange wohl und sie zog es vor, nach dem Mahl noch einmal dienstlich mit dem Landgrafen zu sprechen.

So hatte ich Zeit, nach unserem Gepäck zu sehen und die Kleider zu ordnen. Nach zwei Stunden sollte ich meine Herrin dann aus dem Residenzzimmer abholen. Ich freute mich darauf, denn so hatte ich Gelegenheit, durch den wunderbaren Park zu gehen. Und wir hatten Vollmond. Da das Schloss mit einem hohen Mauerwerk umgeben war, fühlten wir uns sicher und geborgen.

Als wir durch den weiten Park schlenderten, war Elisabeth in sich gekehrt. Ich wusste jedoch, dass sie sich zuvor gewiss angeregt unterhalten hatte. Ich erkundigte mich vorsichtig nach ihrem Wohlergehen und warum ihre Gedanken so schwer seien. „Er ist ein Lutheranhänger", sagte sie, „einer der aktiven Reformatoren." Meine Herrin sah nur auf ihre Füße und wohin sie treten sollte. Da hielt ich es nicht länger aus: „Seht ihr den Mond?", fragte ich. „Seht ihr, dass er einen so weiten Ring um sich trägt, wie ich es noch nie sah. Und das, so sagt man, sei wie ein Regenbogen und bedeutet Fruchtbarkeit." Elisabeth sah auf. Und dann sah sie es auch. Der Mond stand inmitten eines hellen weiten Kreises. „Ich wünschte, es könnte mir den Schrecken nehmen, den ich eben erfuhr." Der Mond konnte ihr nicht den Schrecken nehmen. Aber wie auf ein geheimes Zeichen hin, zeigten sich helle Punkte zwischen den Baumstämmen. Immer mehr kleine Lichter wurden angezündet und wie funkelnde Wolken schwebten sie auf und nieder. „Noch nie sah ich so viele Glühwürmchen", staunte meine Herrin. „Ich vergesse über den Geschäften die Natur zu rühmen. Komm, lass es uns noch dem Landgrafen und seiner Frau zeigen." Wir gingen zurück und meldeten unseren Wunsch an den Diener weiter. Bald danach kamen die edlen Herrschaften heraus. Gemeinsam gingen wir durch den Park. Es war, als ob wir im Paradies gewesen wären.

Es wunderte mich bald nicht mehr, dass Philipp von Hessen auch „Philipp der Großmütige" genannt wurde. Er hatte es sich zum Vorsatz gemacht, meiner Herrin täglich ein Geschenk zu machen. Er verkündete es am nächsten Tag, als die Herrschaften miteinander speisten. „Mein Wunsch ist es, dass auch Ihr ein glückliches Leben führt. Was es auch immer sei, eine seltene Pflanze, einen Bediensteten, einen Lehrer, einen Zuchteber, ... sagt es mir. Und wenn ich es entbehren kann, so sei es das Eure." Meine Herrin lachte: „Das meint Ihr im Ernst?" „Es ist mir lieber, mit Euch zu scherzen, aber jetzt scherze ich im Ernst." Elisabeth schaute erst zum Landgrafen, dann zu seiner Frau Christine.

Danach ließ sie sich ein weiteres Mal Gemüse nachlegen und genoss es vor allen Augen. „Die Hände, die das Gemüse gerichtet haben, hätte ich gerne an meinem Hof! Wir haben erst kürzlich eine Küchenmagd verloren." Der Landgraf sprach wortreich von der großen Ehre, die ihm zuteilwerde, nun seine allerschönste Magd an Elisabeth zu verlieren. Ich sah den Blick, den sich die beiden edlen Frauen zuwarfen, sehr gut. Damit stand außer Frage, dass meine Herrin ohne viel Worte zu verlieren, die Freundschaft der Landgräfin gewonnen hatte.

Als die schöne französische Magd erfuhr, dass sie zu uns nach Münden mit an den Hof kommen sollte, freute sie sich sogar und als sie sagte, dass sie Madelaine hieß, wusste ich, dass sie eine wirklich besondere Frau war, auch wenn sie nicht viel mehr sagte, obwohl sie der deutschen Sprache mächtig war. Ja, sie konnte sogar schreiben. Ehe wir „drei schönen Frauen" von des Landgrafen Bediensteten wieder sicher nach Münden zurückgebracht wurden, lernte ich in den nächsten Tagen so viel, wie ich nie zuvor und vielleicht auch danach nie wieder erfuhr. Das lag einzig daran, dass ich während der ganzen Zeit bei meiner Herrin war und sie überall hinbegleitete. Philipp von Hessen legte großen Wert darauf, dass meine Herzogin möglichst viel über die politischen, religiösen und finanzwirtschaftlichen Hintergründe der Länder erfuhr. Er konnte alles so gut erklären und war darauf bedacht, dass jeder seine eigene Meinung zu den Dingen fand. Das hatte ich sonst noch nie erlebt.

Er begann seine Reden immer mit einer Frage an Elisabeth. „Wisst Ihr, was Luther an der alten Kirche nicht gefällt und welchen neuen Geist er predigt?" Elisabeth wusste, welch große Hilfe die Kirche war, aber sie gestand, dass ihr wenig über die Mängel mitgeteilt wurden. Und von Luther wusste sie, dass er durch seinen Mut auch ihren Gemahl beeindruckt habe, so, dass Erich I. ihm einige Fässchen Einbecksches Bier hatte zukommen lassen, jedoch nicht seinen Lehren anhing. Der Landgraf forschte weiter: „Was missfällt Euch denn an den Lehren der Kirche?" Meine Herrin war sprachlos, dass sie überhaupt aufgefordert wurde, etwas an der Kirche zu kritisieren. „Hättet Ihr einfach die Güte mir zuzuhören, was ich Euch nun sage?", fragte Philipp. „Gewiss", antwortete Elisabeth, „doch ich denke, Ihr werdet damit nicht mein Innerstes ändern können." „Es liegt mir fern, Euer Innerstes zu ändern. Das vermag nur der Allmächtige allein. Aber gestattet mir, Euch zu sagen, was ich weiß und ich bitte Euch, denkt darüber nach." Was er sagte, war hart und deshalb prägte es sich mir ein. „Wie denkt Ihr über einen Mann, der sich Mätressen hält und von Ammen gesäugt wird, damit er bei guter Gesundheit bleibt? Es ist ihm egal, ob die Kindlein der Ammen deswegen verhungern." Meine Herrin wollte empört antworten, aber der Landgraf war noch nicht zu Ende: „Der selbige Mann benötigt auch noch das Blut junger Knaben, damit er sich seine jugendliche Frische bewahrt. Und dabei verloren drei Knaben ihr Leben." Philipp hob die Hände und sagte: „Antwortet nicht! – Ich sage Euch: Dieser Mann ist ein Papst." Meine Herrin war verwirrt: „Warum hätte ich nicht antworten sollen?" „Nun, ich denke, wenn sich ein solches Verhalten in Eurer Dienerschaft zutragen würde, hättet Ihr keine Mühe, ihn einen Übeltäter zu nennen und einer gerechten Strafe zuzuführen." Elisabeth wiegte ihren Kopf hin und her. „Schon das unentschlossene Wiegen Eures edlen Kopfes ist für andere ein Todesurteil. Allein die Missstände beim Namen zu nennen, hat schon manchen das Leben gekostet. Wer sieht denn noch der Wahrheit ins Gesicht und erkennt, dass die Mächtigen der Kirche sowie des Adels sich benehmen wie wild gewordene, blutgierige Tiere? Das edle, wahrhaft christliche Ansinnen steht in keinem Herzen mehr geschrieben. – Und der dies öffentlich macht und den normalen Bürger für seine Treue und Charakterstärke lobt, endet im Kerker oder auf dem Scheiterhaufen. Die Zeit verlangt zu handeln!" Meine Herrin schaute erstaunt auf und meinte: „Ich weiß auch um alte Werte, die ebenso heute dringend gebraucht würden." Philipp gab ihr Recht, indem er sagte, dass man sich täglich neu auf die Pflichten besinnen müsse und um Kraft bitten solle.

„Was ich aber meine, verehrte Herzogin, ist nicht nur das Private, wo sich jeder gerne wie Pilatus seine Hände in Unschuld wäscht, sondern die Zusammenhänge, in denen sie stehen und uns zu Mitschuldigen machen. Ich nenne Euch ein anderes Beispiel. Ihr wisst, dass es verboten ist, die Ärmel und Schleppen über ein gewisses Maß an Weite und Länge zu tragen?“ Meine Herrin nickte und sagte: „Es wurde wohl so angeordnet, damit sich das normale Volk nicht mit Schulden überhäuft...“ „Ihr sagt Recht. – Es ist jedoch auch uns Adeligen verboten, denn wir sind die Vorbilder und unsereins hat meist mehr Schulden, als der einfache Mann, dem niemand gerne leiht.“ Elisabeth nickte wieder. „Warum, meint Ihr, tragen wir trotzdem weite Ärmel und Schleppen, die von vier Dienern getragen werden müssen?“ Doch wieder wollte er auf seine Frage keine Antwort wissen. „Ihr könnt in Eurem Leben so viel Stoff tragen, wie Ihr wollt, denn Erich I. hat für drei Frauen und sich selbst bereits den Ablass bezahlt.“ „Deshalb kann er nach Gutdünken so viel für mich kaufen, wie er will?“ „Auch ich kann kaufen, so viel ich will, denn auch ich habe den Ablass entrichtet. Die Papiere dazu liegen wohl verwahrt in einer Schatulle.“ Philipp ließ eine kleine Pause entstehen, dann redete er weiter: „Und so kann der, der den Ablass zahlt, morden, stehlen und fluchen, ohne auch nur von weitem den Schein des Fegefeuers zu sehen... Aber die Armen, die mit Gott im Reinen sein wollen, geben ihren letzten Acker und ihr täglich Brot, damit ihre Seelen erlöst werden, während sich ihre Peiniger mit dicken Bäuchen neue Sünden und Strafen erdenken, damit sie ihre Lust und Raffgier befriedigen können.“ Nun hörte meine Herrin richtig zu. Noch nie sah ich sie mit solch großem Interesse den Worten eines andern lauschen. „Geht in ein Kloster und seht, wer dort die unteren Arbeiten verrichtet. Es sind nicht die Mönche und Priester. Nun, es sind arme Leute, die froh sind, ein kärgliches Mahl dafür zu erhalten und in der Nähe einer Reliquie zu sein, damit sie wenigstens auf ein seliges Ende hoffen können, wenn sie schon auf Erden kein Glück fanden. – Elisabeth, meine teuerste Herzogin. Ich denke, von fünf Menschen sind drei zu Müßiggängern geworden, die sich auf Kosten anderer sättigen und sie in elender Abhängigkeit halten. Denkt nur an eines und lest es selber in der Bibel nach: Alle, die an Christus glauben, sollen gerettet werden. Sie sollen in seiner großen Liebe Trost und Glückseligkeit finden. Einzig darum geht es Luther. Diese wahre Botschaft den bedrückten Seelen zuzurufen. Das Seelenheil ist für den armen Sünder und für den reichen Sünder gleichermaßen von Gott gewollt. Denkt um unserer Freundschaft Willen darüber nach, denn es will niemand begreifen!" Meine Herrin erhob sich und sagte: „Es soll nicht an mir liegen, etwas im Falschen zu lassen. Ich studiere die Bibel seit Kindesbeinen." „Dann", bat der Landgraf: „studiert die Bibel weiter, mit einem neuen Herzen und offenen Augen!"

Ich musste schmunzeln; denn wenn der Landgraf wüsste... Wenn er wüsste, dass meine Herrin immer ihre Augen offenhielt. Manchmal dünkt mich, sie würde diese nicht einmal zum Schlafen schließen wollen. Ja, sie lag Abend für Abend in ihrem Bett und ich konnte spüren wie hinter ihrer Stirn die Gedanken jagten und die müden Augen waren aufgerissen, als ob sie ein Schauspiel verfolgte.

Ich wunderte mich über meine Herrin, dass sie alles ertrug, was der Landgraf ihr zumutete. Ich spürte ihr die Last an, die sich damit auf sie legte und hätte gewünscht, dass ich sie trösten könnte, wie eine Mutter es tun kann. Aber ihre Mutter war weit.

Reich beschenkt kamen wir wieder in Münden an. Ich führte Madelaine, die französische Magd, in die Küche und bat meine liebe Küchenmeisterin, sie ordentlich einzuweisen und gut zu behandeln. Ebenso richtete ich aus, dass die Herzogin es der Magd freistellte, ihren Dienst zu beenden, wann sie es wünsche, um zu ihrer Familie und in ihre Heimat zurückzukehren. Später erfuhr ich von Bertha, dass Madelaine keine Verwandten mehr hatte. Mehr sagte sie jedoch nicht.

Ich genoss die Zeit in Münden, denn meine Herrin hatte sich einen festen Tagesablauf vorgenommen und es war dadurch einfach, allen Aufgaben gerecht zu werden. Ich wünschte, es wäre immer so geblieben. Wenn ich mich am Abend zu meiner Herrin legte, freute ich mich schon auf den kommenden Tag.

Nachwuchs stellt sich ein, Bauernkrieg und Hexenbulle verbreiten Schrecken (1525-1526)

Leiser als eine Schneeflocke fällt und vor aller Augen und Ohren verborgen, begann im Leib meiner Herrin ihr erstes Kind zu wachsen. Als auch der zweite Mond verstrichen war, sagte Mithof, dass es Grund gäbe, guter Hoffnung zu sein. An dem Abend schrieb meine Herrin einen langen, geheimen Brief an ihre liebe Mutter und bat sie, die Nachricht noch für sich zu behalten und zu beten, dass ein gesunder Junge in ihr wüchse. Die Mutter antwortete so freundlich, dass meiner Herrin die Tränen über die Wangen liefen und sie immer wieder sagte: „Lies, wie sie sich freut. Und lies auch, was sie weiterschreibt:

„...Und es ist auch so, dass es keine Schande wäre, wenn es ein Mädchen werden würde, das Euch ähnlich wäre, denn auch Ihr seid unser Glück und ein Sohn wird dann auch gewiss noch folgen. Ich werde Euch nun eine gute Hebamme schicken, der Ihr vertrauen könnt und die Euch beraten und begleiten kann. Ihr kennt sie bereits und ich weiß, dass Ihr Euch gut seid... Noch über zwei Monde und wir werden das neue Leben spüren.“

Sie schrieb auch ihrem Gemahl,

„... dass es wohl sein könnte, dass ich ein Kind von Euch trage...“

Die Antwort des Herzogs kam prompt. Er schrieb ihr, dass er vor Freude kaum hätte schlafen können und er nun versuche, über Braunschweig ein schönes Seidenkleid zu erwerben. Er habe deswegen sofort drei Berittene entsandt und würde selber dorthin reisen. Sie solle sich keine Sorgen machen, denn bei seiner Verwandtschaft sei er immer willkommen. Der Bote überreichte noch 20 Gulden vom Herzog und gab die dringende Anweisung an den Pferdemeister, Elisabeth dürfe nur noch mit den alten, gutmütigen Gäulen ausreiten. Meine Herrin war darüber erbost. „Ich werde eher die Fulda durchschwimmen, als mich auf einen alten Gaul zu schwingen!“ Ab sofort ließ sie sich bei weiten Strecken in einer Sänfte tragen und ich ging bequem hinterher.

Was meiner Herrin jedoch wirklichen Kummer bereitete und auch ihr Temperament nicht ausgleichen konnte, war, dass der Herzog nebenbei bemerkte:

„...Da Ihr nun durch Gottes große Vorsehung wohl schwanger seid, kann ich ja guten Mutes noch länger bleiben und komme nicht wie geplant in wenigen Tagen gen Münden...“

An dem Abend lag meine Herrin lange mit offenen Augen in ihrem Bett. Ganz still lag sie, aber zu beiden Seiten liefen aus Ihren Augen die Tränen und wollten nicht enden. Ich holte ein weiches Tuch und tupfte ihre Wangen immer aufs Neue trocken. Dann nahm ich all meinen Mut zusammen und sagte: „Eurer werten Frau Mutter würde es gewiss das Herz brechen, wenn sie wüsste, welchen Kummer Ihr habt. Sie weiß sehr wohl, dass eine Frau ihren Mann an ihrer Seite braucht und ich nur schlecht dienen kann.“ Ich schwieg eine Weile und gab zu bedenken: „Vielleicht würde sich die liebste Mutter glücklich preisen, wenn sie hierherkommen könnte? Der Herzog würde sich gewiss darüber freuen.“ „So wird es sicherlich sein“, sagte Elisabeth und schloss die Augen. Aber die Tränen versiegten nicht.

Es muss einen Himmel geben, der in den Herzen der Menschen wohnt. Als meine Herrin Kummer hatte, war bereits die Hilfe auf dem Weg. Bereits am nächsten Tag, gegen Abend, als wir zum Badehaus aufbrechen wollten, kam der Bote mit einem Brief. So wahr Gott mein Zeuge ist, mit dem Brief wuchsen meiner Herrin Flügel. Sie, die die Tinte liebte wie andere den Wein, hatte sich sogar das Papier an den Busen geheftet, als wir zur Badestube schritten. Und ich musste immer aufs Neue die Nachricht lesen. Selbst als sie in der Wanne lag, verlangte sie den Text zu hören:

„Mein liebes Kind, komme mit Anna und Margarethe. Erst wollte ich Euch nur eine erfahrene Hebamme schicken, aber seit ich um Euren Zustand weiß, hält mich nichts mehr zu Hause und ich packe schon alles zusammen. Bitte sagt mir noch, was ich Euch mitbringen kann. – Da ich jedoch weiß, wie gerne Ihr reitet und es Herzog Erich I. verbot, werden wir Euch ein Pferd einer friedlichen Rasse mitbringen. Sie sind kleiner und kompakt. Schöne Tiere mit viel Ausdauer und Kraft. Ihr werdet sehen, dass Ihr die Rasse liebgewinnt. Sie haben den Vorteil, dass man nicht so tief fällt, falls man stürzt. – Ich denke, manchmal müssen wir die Gatten einfach etwas überlisten, damit wir nicht nur ans Heim gebunden bleiben, wie ich bei vielen Frauen beobachten kann. Der faule Körper macht auch den Geist träge. Bitte schreibe mir eilends, falls Ihr noch etwas aus Eurem Elternhaus wünscht. Ich kann Euch schon verraten, dass mir Euer Vater ein wahres Kleinod für Euch anvertraute, das Euch, wie ich Euch kenne, ein schönes Lächeln entlocken wird. Ich herze Euch, und wir eilen zu Euch. In innigster Zuneigung: Eure liebende Mutter, Elisabeth von Dänemark und Kurfürstin von Brandenburg“

Als die Badefrauen vom glücklichen Zustand meiner Herrin erfuhren, besorgten sie sich Frauenmantel bei der Kräuterfrau. Aus dem Kraut kochten sie eine Suppe und gaben diese dem Badewasser zu. Anschließend massierten sie meiner Herrin feines Öl in die Brüste und den Bauch, damit sich die Haut gut ausdehnen könnte und das Kind gut wachse. Ach, ich wünschte, mich würden auch einmal diese geschickten Hände so liebevoll einreiben. Ich gestand es der Küchenmeisterin und diese meinte daraufhin fröhlich: „Warum sollten wir uns nicht ebensolche Freuden bereiten?“ Und so war es auch: Waren wir samstags eine nach der andern in den Zuber gestiegen und hatten uns gegenseitig den Rücken geschrubbt und später gegenseitig unsere widerspenstigen Haare ausgekämmt, so fügten wir der Prozedur ein weiteres hinzu: Die Küchenmeisterin ließ sich ein Teil ihres Gehaltes in Butter auszahlen. Und damit massierten wir uns ein, bis wir glänzten wie ein Silberteller. Anschließend rieben wir unsere fettigen Hände in den Haaren aus, sodass auch diese schimmerten wie ein nasser Fisch. Das Geheimnis unserer schönen Haut gaben wir jedoch nicht preis. Einzig Madelaine nahmen wir in unsere Gemeinschaft auf. Die Küchenmeisterin hatte Mitleid mit ihr, und da sie von den andern gemieden wurde, war sie uns eine treue Freundin.

Wir freuten uns genauso wie Elisabeth auf den Besuch der Kurfürstin und ihrer Familie und trafen alle nötigen Vorbereitungen.

Meine Herrin hatte ein liebstes Zimmer, in dem sie sich zum Schreiben aufhielt und kleinere Gesellschaften empfing. Das Schönste an dem Zimmer war der Blick über das Land, die Brücke, die Handelswege, Flüsse und Wälder. An dem Eckfenster zu stehen und in die Gegend zu schauen, war eine wahre Wonne. Von dort aus sahen wir Besucher in die Stadt ein- und ausreiten. Und wir sahen, wie sich die Bäume langsam bunt färbten und die Blätter mit dem Wind zu Boden glitten. Die Mutter meiner Herrin war schon immer eine besondere Frau mit verwegenen Einfällen. So wussten wir nicht, auf welcher Strecke sie reiste und wann sie ankommen würde. Aber sie schickte uns eine Nachricht, in der stand:

„Meine geliebte Tochter, unsere liebste Schwester. In gut zwei Tagen werden wir wohl in Münden eintreffen. Wir befinden uns alle vergnügt und bei guter Gesundheit. Ich nützte die Zeit der Reise, um mich in den Städten nach dem Fortgang der Religion und dem Befinden der Regierenden zu erkundigen. Als Frau des Kurfürsten von Brandenburg ist dies allemal nützlich, wie Ihr Euch denken könnt. Und doch eilt, was eilen kann, zu Euch!“

Wir freuten uns und ich war glücklich, dass ich lesen konnte. Solche Nachrichten gemeinsam mit meiner Herrin zu lesen, bereitete mir mehr Vergnügen, als die Inventarlisten der Burgen.

Wenn meine Herrin schrieb, so stand ich wie ein Wachposten am Fenster und sah dem Treiben auf der Brücke und den Straßen zu. „Agnes, du bleibst gradewohl immer am Fenster stehen", hatte mich meine Herrin extra angewiesen. „Denn bald wird meine geliebte Mutter über die Hügel kommen." Es war mir ein Vergnügen, aus dem Fenster zu schauen, obwohl der Herrin Mutter erst in zwei Tagen kommen sollte. Doch es waren keine zwei Stunden verstrichen, als ich in der Ferne einen Mann ausmachte, der ein ungewöhnliches Pferd am Zügel führte. Er war gekleidet wie die Bauern meiner Heimat... und das Pferd war kein Ackergaul, der Eggen und Pflüge zog. „Habt ihr einen Bauern aus Eurer Heimat bestellt?", fragte ich meine Herrin. Elisabeth schaute mich verwirrt an. „Wozu sollte ich einen Bauern herholen, wo doch hier alles so gut bestellt ist?" „Es kann sein, dass mich meine Augen trügen, aber es kommt mir so vor, als ob da drüben ein brandenburgischer Bauer mit einem seltsamen Pferd kommt." Meine Herrin lachte sehr selten. Aber auf meine Worte hin lachte sie von ganzem Herzen. „Mich dünkt, die Ankunft meiner lieben Mutter malt dir Geschichten in die Gegend." „Seht selbst, jetzt wird er vor der Brücke von den Wachen angehalten." Dann sah auch meine Herrin, was ich meinte. Der Bauer sprach mit den Wachen. Er zeigte auf das Schloss, das Pferd... Die Wachen nahmen ihm das Pferd ab, doch der Bauer durfte die Brücke nicht passieren.

„Ich will genau wissen, was da vonstatten geht." Ich konnte meiner Herrin kaum folgen, so schnell schritt sie auf kürzestem Weg die Wendeltreppe hinunter und stürzte ins Freie. Die Wache wollte das Pferd in den Stall bringen, aber Elisabeth rief die Wache zu sich. „Sag, was sich zugetragen hat!" forderte sie ihn auf. „Dieser komische Gaul wurde von einem seltsamen Mann gebracht, der sich gewiss eine Woche lang nicht gewaschen hat." Elisabeth sah die Wache erbost an. „Das ist alles, was ihr zu sagen habt? Das ist alles?" „Nein, nein", erwiderte der Befragte dienstbeflissen. „Der Kerl murmelte etwas davon, dass das Pferd von Eurer Mutter wäre und ihr damit unbeschwert reiten sollt." Elisabeth sah auf das Pferd. Sie strich dem artigen Gaul über den Kopf und sah seine samtig dunklen Augen. „Mutter", sagte sie. „Das kann nur meine Mutter sein." Und dann schwang sie sich, obwohl das Tier keinen Sattel trug, auf das Pferd und schnalzte mit der Zunge. Fröhlich rief sie mir zu: „Ich werde nun unseren Neuankömmling dem Pferdemeister vorstellen und du kümmerst dich mit der Wache um den guten, armen Mann." Elisabeth galoppierte frohgemut im Kreis und danach mit freudigem Jauchzen dem Reitstall zu. Ich konnte nichts ausrichten. Wenn sich meine Herrin etwas in den Kopf gesetzt hatte, tat sie es. „Nun, so bring mich zu dem armen Mann, von dem ich nicht denke, dass es ein verwirrter Mann ist, sondern ein anständiger Bauer aus meiner Heimat."

In seiner Angst hatte sich der Bauer bereits auf den Boden geworfen und flehte um sein Leben. Ich sprach ihn an: „Habt Dank, dass ihr das Geschenk für meine Herrin gebracht habt. Und seid willkommen in Münden." Ungläubig sah der Bauer auf und mir war, als ob ich ihn kennen würde. Um ihn zu ermuntern, sagte ich: „Sagt mir, was dich zu uns führt. Den Weg von Berlin nach Münden konntest du alleine wohl nicht bewältigen." Und da erzählte er, dass er die Erlaubnis der Kurfürstin bekam, die letzte Strecke voraus zu reisen. Sie habe ihm einen Wegeschein dazu geschrieben. „Doch den Schein hat, so wahr Gott mein Zeuge ist, das Pferd aufgefressen." Ich fragte ihn, ob es ihm Recht sei, wenn ich ihn in der Gesindestube unterbringen ließe, damit er sich waschen und mit neuen Kleidern versorgen könne. Später sollte er dann meiner Herrin Bericht geben. „Wenn ich bitten darf", sagte er erwartungsvoll, „führt mich zum Gesinde, das aus Berlin mit nach Münden gezogen ist, denn ich kenne alle, außer dir, da ich in Freundschaft zum Berliner Gesinde stand." Ich brachte ihn an der

Wache vorbei und ging mit ihm geradewegs zum Haus des Schmieds. Als uns der Schmied sah, warf er so plötzlich sein Eisen in die Ecke, dass ich befürchtete, die Schmiede würde in Flammen aufgehen. Er umarmte den Bauern so herzlich, dass mir schon vom Zuschauen fast die Knochen brachen. Dann rief er seine Frau und seine Kinder. Wie ein verlorener Sohn wurde er aufgenommen. Als ich dieses herzliche Schauspiel sah, wusste ich, dass der Bauer die Wahrheit gesagt hatte. Er versprach, am Nachmittag in sauberer Kleidung bei der Herzogin vorzusprechen und alles noch einmal genau zu erläutern. „Und hab keine Angst", fügte ich hinzu. „Mir scheint, je mehr Berliner hier sind, umso fröhlicher ist die Herzogin." Der Bauer war erleichtert.

Ich sprang, so schnell es mir mein Stand erlaubte, zum Reitstall. Es war, wie ich vermutet hatte: Da war meine Herrin und probierte eifrig mit dem Reitmeister verschiedenes Sattelzeug aus. Das Pferd hatte kurze Beine und einen breiten Rücken. Es dauerte eine Weile, bis alle zufrieden waren. Der Sattel saß und wieder sagte sie nichts, sondern schwang sich aufs Pferd und galoppierte davon. Sofort nahm sich der Reitmeister das nächste gesattelte Pferd und preschte hinterher. Ich konnte nur den Kopf schütteln, denn manchmal, manchmal hatte meine Herrin ein wenig zu viel Temperament. Sie ritt in ihrem guten Kleid.

Wenn ihre Mutter da gewesen wäre, hätte sie gewiss Elisabeth gerügt. Aber so saß meine Herrin erst nach drei vollen Stunden wieder ab und sagte: „Dieses Pferd ist wirklich wunderbar. Stellt es in einen guten, trockenen Stall und erkundigt euch noch einmal beim Bauern, ob es besonderer Pflege bedarf." Ich bat meine Herrin, das nächste Mal doch lieber die Reitkleidung zu wählen, denn das Kleid wäre aufwändig zu reinigen. „Dann soll sich die Waschfrau eben die Mühe machen, dazu ist sie ja da", lachte Elisabeth nur. Als ich das Kleid in die Waschstube trug, schüttelte die Magd den Kopf und meinte: „Meinem Kind hätte ich dafür den Hintern versohlt."

Der Bauer wurde wenig später zu uns gebracht und berichtete, dass wohl über zwei Tage die werte Frau Mutter nachkommen würde, er aber schon vorausgeeilt sei, weil er... Dann stockte er und sah zu Boden. „Nun, was verschlägt dir die Sprache?", forschte Elisabeth nach. „Wolltest du mir den Gaul früher bringen, so ist das zwar verwunderlich, aber ich frage mich, warum du überhaupt mitgereist bist. Das Pferd hätte sich doch von anderen führen oder reiten lassen." „Dass ich mitkam, werte Herrin, ist hierin beschlossen." Er kniete sich nieder und zeigte auf sein Herz. „Ihr seid sonderbar und gebt mir Rätsel auf. Doch ich mag keine Rätsel dieser Art", sagte Elisabeth streng. „Sag frei heraus, was du willst." „Ich möchte eure Köchin heiraten, denn wir waren, so wahr Gott unser Zeuge ist, schon in Berlin ein Paar und wurden dann getrennt." Jetzt verstand ich alles erst. Und auch meine Herrin begriff, was der Bauer sagte. „Warum hat die Köchin nie etwas gesagt?", wunderte sich Elisabeth. „Ich hätte gewiss nichts dagegen gehabt, wenn du gleich mit uns gekommen wärst. Einen Helfer mehr werden wir schon beschäftigen können." Der Bauer freute sich und stand auf. „So kann ich jetzt zu meiner Braut?" „Gewiss", sagte Elisabeth. „Meine Kammerfrau wird dich zu ihr bringen und ich hoffe, meine liebe Magd erinnert sich noch ebenso lebhaft an dich, wie du ihrer gedachtest." Der Bauer hörte gar nicht mehr richtig hin. Er wusste nur, dass er nun zu seiner Geliebten konnte und das wollte er sofort tun. Ich ging mit ihm den längeren Weg in die Küche, damit ich Zeit hatte, mir auszumalen, was gleich passieren würde. Der Bauer überließ mich jedoch nur kurz meiner Phantasie, weil er sagte: „Luther hat recht: Was Gott zusammenfügt, das soll der Mensch nicht scheiden. Auf sein Wort hin habe ich die Reise unternommen." „Bist du des Wahnsinns!", herrschte ich ihn an. „Wie kannst du hier so ungehindert von den Irrlehren Luthers reden? Das kann dich Kopf und Kragen kosten und den deiner Liebsten dazu, das weißt du doch wohl gut genug." „Ich dachte, da wir unter uns sind, könnte ich mich erklären...?" „Du erklärst mir nie wieder etwas, verstanden? Nimm dich in Acht. Das ist das Einzige, was ich dazu sage."

Ich hatte mir vorgestellt, dass die beiden Liebenden, wenn sie sich begegneten, herzen und küssen würden. Aber die Köchin sah nur kurz auf, als wir eintraten. Dann schlug sie das Kreuz. Sie rieb sich die Augen und sagte: „Ist es denn wahr? Du bist noch nicht tot?“ Es war eine sehr seltsame Begrüßung. Der Bauer ließ sich jedoch nicht beirren: „Nun lasse ich dich nicht mehr gehen, und auch ich werde so lange hierbleiben, bis wir Mann und Frau sind. Eurer Herrin Mutter hat uns schon ihren Segen gegeben.“ Später, erst viel später verstand ich all dies. Damals wusste ich auch noch nicht, dass die französische Magd ein Brandmal auf dem Rücken hatte und dies immer gut verborgen hielt. Wie einem Pferd war ihr mit einem glühenden Eisen ein Kreuz eingebrannt worden als Zeichen dafür, dass sie einer falschen Christenlehre anhing und nun vogelfrei war. Ich wusste wenig. Bertha war es, die mit allen abseits sprach und alle Geheimnisse wusste. Sie konnte wie eine Mutter die Gemüter besänftigen und legte doch über alles ihr Schweigen, als ob sie taub und blind sei.

Die Meisterköchin blieb jedoch seltsam ernst, obwohl sie sich über ihren geliebten Bauern ja hätte freuen sollen.

Nur zu gerne hätte ich es gesehen, dass auch der Herzog hier gewesen wäre und ich endlich wieder mit der Meisterköchin und der Schneiderin das Bett hätte teilen können. Im Bett spricht es sich ganz anders als auf den Fluren.

Als ich den Bauern wieder zur Familie des Schmiedes brachte, wo er vorerst mit wohnen konnte, fragte ich: „Warum sprecht ihr so viel von Luther?“ „Nun, Luther spricht zu allen Leuten, Adel, Bauern, Gesinde, Familien. Selbst Kinder sind bei seinen Predigten zugegen und die Lieder, die er schreibt, summen auch einem Dummkopf lang genug in den Ohren, um die Gesinnung zu ändern.“ „Hast du Luther schon einmal gesehen?“ fragte ich erstaunt. „Das soll nicht heißen, dass ich ein Anhänger von ihm bin. Oh nein, uns Bauern bringt er die gute Nachricht von der Freiheit eines Christenmenschen und dann sollen wir uns weiter von den Herren knechten und ausbeuten lassen!" Der Bauer sprach mit Herzblut in der Stimme. „Bist du etwa einer der aufständischen Bauern, die einen neuen Krieg ins Land bringen?" Mit meiner Frage tat sich ein Abgrund vor mir auf. Was sollte ich denn meiner Herrin sagen? Der Bauer hatte wohl gesehen, dass ich bleich geworden war, und er sagte besänftigend: „Ich will nichts mehr als endlich freien! So wahr mir Gott helfe." Ich versuchte ein Lächeln, aber mir war nicht wohl zumute. Als mich die Frau des Schmieds hereinbat, nahm ich die Einladung dankbar an. Ich sollte mich mit an den Tisch setzen; dabei fiel mir auf, um wie vieles ich besser gekleidet war als die Familie. Doch ehe ich richtig schauen konnte, wo ich gelandet war, wurde der Bauer mit Fragen überschüttet. Und ich saß mit offenem Mund dabei und staunte. Ich wusste nicht, dass es noch so eine ganz und gar andere Welt gab als die meine. Der Bauer sprühte vor Kraft und Witz. „Oh, mir steckt die Liebe in den Knochen, sie sind heißer als deine Eisen im Feuer, mein Freund." So gerne er sich mit der Liebe aufgehalten hätte, er wurde nach politischen Vorkommnissen befragt. Mir wurde immer klarer, dass er nicht nur auf den Äckern unterwegs war. Langsam fragte ich mich sogar, ob der Schmied für die Bauern noch anderes als Eggen und Pflüge schmiedete und schärfte. Wie sollten sonst die Bauern zu ihren Waffen gekommen sein? Aber im Grunde verstand ich so wenig von all dem, was gesprochen wurde. Ich konnte auch gar nicht mitreden. Um wenigstens nicht nur dumm dabei zu sitzen, warf ich während einer kleinen Pause ein, dass ich mich über die Wegelagerer und Straßenräuber ärgere. Aber anstatt mir Recht zu geben, antworteten alle wie im Chor: *„Morden und Rauben ist keine Schand', tun's doch die Edelsten im Land."* So war es also: Es wurden wie selbstverständlich Sprüche zum Besten gegeben, die ich noch nie gehört hatte. Ich ging verwirrt und langsam zum Schloss zurück. Erleichtert stellte ich fest, dass Altfrau Bertha auf mich wartete. „Ich will noch mit dir reden", sagte sie. „Ich glaube nicht, dass ich eine aufmerksame Zuhörerin abgebe", gab ich zu bedenken. „Das wäre ja auch zu viel verlangt, nach all dem, was du heute erlebt hast, stimmt's?" Woher wusste sie? „Im Grunde", sagte sie, „im Grunde ist es ganz einfach: Da sollte die Köchin nach Münden ziehen und der Geliebte sollte in Berlin bleiben. Es ist doch gut, dass Mittel und Wege da waren, damit die beiden wieder vereint sind. So viel Freuden bleiben einer Magd während ihres Dienstes ja nun wirklich nicht." „Aber", warf ich ein „warum gab er sich nicht gleich zu erkennen und ist mit uns gereist?"

„Nun Agnes, vielleicht war er nicht da und er konnte es nicht erfahren?"

Mir dämmerte nun langsam, dass Bertha es nicht einfach mit mir hatte. „Vielleicht war er bei Luther?", fragte ich ungläubig. „Oder er war bei den aufständischen Bauern?" Ich wartete gespannt auf eine Antwort. „Woher soll ich das wissen, mein Kind? Wir wissen gar nichts. Und so soll es bleiben. Es ist nun einzig wichtig, eine schöne Hochzeit zu halten und unsere Herrin nicht zu beunruhigen. Ich bitte dich also, vergiss, was du nicht verstehst und freue dich mit der Herzogin auf den Besuch ihrer Mutter. Freu dich auf die Hochzeit unserer lieben Köchin und halte jegliche unnötige Aufregung von der Herrin fern." Ich verstand, wie sie es meinte und sagte es ihr. „Aber es ist schwer, denn ich möchte keine Geheimnisse vor meiner Herrin haben." „Was die Dienstboten angeht, so bitte ich dich einzig, keine Geheimnisse vor mir zu haben", bat mich Bertha. „Mein Kind, du kannst mir vertrauen, dass es auch mein Anliegen ist, alle Gefahren von unserer Herrin zu wenden. Aber die Dienstboten sind wie meine Kinder, ich werde sie im Zaum halten und ich werde sie so nehmen, wie Gott sie gemacht hat. Ich muss hier in Münden für Recht und Ordnung sorgen. Du aber musst, egal wo du bist, nur der Herrin dienen. Mir liegt ihr Wohlergehen genauso am Herzen wie dir. Wer immer hier im Schloss Münden regiert, wird von mir umsorgt. – Aber es ist auch so, dass landauf, landab mal die Lutherischen und dann wieder die Katholischen zu brennen haben, grad wie es den Fürsten gefällt. Und dann sind es oft die Bauern, die schlechter als das Vieh behandelt werden.

Diesem grausamen Treiben werde ich weder von der einen noch von der andern Seite voreiligen Beistand leisten. Meine Aufgabe ist es, das Wohl der Herrschaften sowie das Wohlergehen der Dienerschaft im Auge zu behalten." Ich sah sie an und wusste, dass ich mich auf sie verlassen konnte. „Ich danke dir", sagte ich. „Und ich danke dir." Dann nahm mich Bertha in die Arme und wir hielten uns eine Weile und das tat sehr gut. Als wir uns dem Schloss näherten, meinte sie: „Wenn du Zeit für dich brauchst, um dich zu sammeln oder zu stärken, dann denke daran, die Kapelle ist immer offen. Du gehst zwar jeden Morgen mit deiner Herrin zur Messe, aber ein Gebet in der Stille gesprochen ist oft die ganze und einzige Hilfe, auf die wir bauen können. Vergiss das nicht." Wir trennten uns und ich war erstaunt, wie einfach Bertha die Dinge sehen konnte. Und dann wollte ich es auch wissen. Ehe ich ins Schloss ging, trat ich in die kleine Kapelle, die praktisch an das Schloss angebaut war. Ich war nicht die einzige, die im Raum war. Jemand hatte eine Kerze angezündet und sich davor niedergekniet. Ich setzte mich hinten auf eine Bank und lehnte meinen Kopf gegen die vordere Lehne. Ich dachte nichts. Aber ich spürte, wie mich eine große Erleichterung erfasste, einfach so sitzen zu können und vor allem, meinen Kopf anzulehnen und die Augen schließen zu können. Und dann begann ich zu weinen. Ich wusste nicht warum. Vielleicht waren meine Augen und meine kleine Seele so erschöpft, aber ich hatte es nicht bemerkt. Der Gekreuzigte wartete geduldig, bis ich zu Ende geweint hatte.

Die Schneiderin sprach mit meiner Herrin, ob sie für die Köchin aus den Stoffresten einen schönen Sonntagsrock nähen könnte und sie damit zur Hochzeit überraschen dürfe. Elisabeth stimmte zu, und so sahen wir schon eine glückliche, verheiratete Meisterköchin vor uns. Wir steckten die Braut mit unserer Zuversicht an. Bertha sollte alles Weitere richten. Bertha hatte nicht nur vor, diese Heirat zu richten, sondern ebenso nahm sie es zum Anlass, mit Madelaine und dem Sohn des Schmieds zu reden. Sie hatte sehr wohl gesehen, wie sie sich angeschaut hatten... Und Madelaine brauchte dringend eine Familie.

Ich hatte es gut, denn ich trug immer wunderschöne Kleider. Elisabeth sagte, sie wolle sich ihrer Hofdamen nicht schämen müssen. Sie seien wie die Blumen in den Gärten und die Zierde eines gepflegten Schlosses. Ich genoss es, die Kleider zu raffen und die Blicke der anderen auf mir zu spüren. „Kein neues Kleid für eure Kammermeisterin", pflegte die Schneiderin immer scherzend zu sagen „Agnes verbraucht doppelt so viel Stoff, wie die werte Herzogin benötigt." Sie übertrieb dabei, denn so dick war ich wirklich nicht! Es war einfach so: Alles an meiner Herrin war zart. Ich konnte ihre Handgelenke mit Daumen und Mittelfinger umspannen und ihre Brüste waren so klein, dass man kaum eine Naht anfertigen musste. In den vergangenen Tagen meldete sich die Schneiderin fast täglich bei uns und dann probierte Elisabeth den Mantel aus rotem Samt an. Als die Puffärmel angefertigt wurden, sollte ich sie zum Spaß auch einmal probieren. Ich schlüpfte mit der Hand durch den gehefteten kurzen Ärmel, konnte ihn aber nicht einmal über die Unterarme ziehen. Ich war einfach kräftiger gebaut als Elisabeth. „Wenn meine liebe Mutter nun sieht, wie schön der Mantel wird...", freute sich Elisabeth. „Sie wird es sehen – und ich denke, sie wird begeistert sein", pflichtete ich ihr bei. Und die Schneiderin ergänzte: „Es war sehr weise, einen Mantel daraus zu machen, der vorne offen ist. Das wird die werte Frau Mutter gewiss auch meinen, denn wer weiß, wozu das noch gut ist..." Elisabeth freute sich über die Worte der Schneiderin. Diese hatte zwar von niemandem erfahren, dass sie guter Hoffnung war, aber manche Frauen haben eben das dritte Gesicht. Und dazu brauchen sie weder Knochen noch Sterne zu befragen.

Ich hatte weiterhin am Fenster zu stehen, um nach der Mutter meiner Herrin Ausschau zu halten. Zwei Tage genügten mir, um zu begreifen, dass es keinen aufregenderen Platz im ganzen Schloss gab, als das Eckfenster. Die Kurfürstin kam jedoch erst nach vier Tagen, als die Sonne schon längst hinter dem Horizont versunken war. Wir wurden durch den Tumult aufmerksam und dann liefen alle, wie auf ein geheimes Zeichen, durch die Flure und über die Treppen hinunter und der Kurfürstin entgegen.

Alle waren aufgeregt und fröhlich. Die Kutsche der Kurfürstin hielt auf offener Straße. Die Pferde scheuten anfangs, weil sie sich an die vielen Menschen und das Fackellicht erst gewöhnen mussten. Die Kurfürstin war eine sehr herzliche Frau, und als sie ihre Tochter sah, breitete sie die Arme aus und sagte: „Mein Kind, kommt, kommt endlich in meine Arme und legt euch an mein Herz!" Elisabeth ließ es sich nicht zweimal sagen. Sie fiel ihrer Mutter um den Hals und freute sich so sehr, dass ich ganz befangen wurde. Als der erste Jubel vorbei war, klatschte meine Herrin wie gewohnt in die Hände und rief in die Menge: „Wendet euch euren Aufgaben zu, empfangt meine werte Mutter und ihr Gesinde, indem ihr ordentlich dient. Morgen werdet ihr eure Aufwartung machen können!"

Da es die Kurfürstin verstand, ihre Eigenschaften als Mutter und Regentin zu vereinen, war auch Elisabeth guter Dinge und mir schien, als ob die Mutter nicht nur als Mutter, sondern als getreue Freundin zu ihr kam. Das Geschenk, das der Mutter am wichtigsten war, war die Hebamme, die sie aus Berlin mitgebracht hatte. Eine Hebamme, die ihre Tochter beraten sollte und für gesunden Nachwuchs zuständig war. Elisabeths Mutter und die gut dreißig Bediensteten, die die Kurfürstin begleitet hatten, ließen es sich in den nächsten Tagen richtig gut gehen. Das Essen fiel reichlich aus und die Feuer im Hof des Schlosses und in der Stadt brannten länger oder gingen erst gar nicht aus.

„Meine liebste Mutter", sagte Elisabeth „ich will euch alles zeigen! Die Silberkammer, die Gebeine der Verstorbenen, die Stadt, die Pferde, die Gegend..."

„Und dann, meine Liebe, werden wir noch zusammen reisen. So wahr Gott mein Zeuge ist. Ich werde mit Euch noch nach Kassel reiten und am liebsten würde ich mit Euch auch noch über Göttingen, Northeim, Hardegsen, Dassel bis nach Hannover reisen. Ist erst einmal das Kind auf der Welt, wird es nicht mehr möglich sein. Was meint Ihr, warum ich mit den drei besten Kutschen gekommen bin? Damit sie hier in Münden herumstehen?"

Elisabeth warf ein: „Und dann werden wir aber auch immer das neue Pferd mitnehmen, damit ich auch ausreiten und mir alles alleine anschauen kann." „Ihr seid schon immer gerne geritten und ich erinnere mich, dass Euch schon als Kind in den Kutschen übel wurde." „Nun, mir wird in den Kutschen nicht mehr übel, wenn ich dabei auch aus dem Fenster sehen kann, aber ein Pferderücken ist mir dreimal lieber."

Welch eine Frau die Kurfürstin war! Sie wehte nun wie ein Wind aus dem Norden durch das Schloss, durch ganz Münden und spukte in unseren Köpfen herum.

Als ich mich spät in der Nacht zu meiner Herrin legte, war ich ganz aufgewühlt und konnte keinen Schlaf finden. Sollte ich etwa überall hin mitreisen müssen? Elisabeth mussten ja gewiss noch mehr Gedanken im Kopf herumgehen. Doch sie schlief fast im gleichen Augenblick, als sie sich zu Bett gelegt hatte.

Welch Unterschied es doch macht, wenn eine Mutter zugegen ist, dachte ich. Eine Mutter oder ein streitbarer Mann.

So müde wir am nächsten Tag auch waren, wir standen stets zur gleichen Zeit auf und gingen vor dem Morgenmahl zur Hauskapelle. Die werte Mutter und die Hebamme kamen selbstverständlich mit.

Nach dem Morgenmahl, zu dem es auch gebratene Wachteln und süßen Kuchen gab, traf sich die Kurfürstin mit Lorleberger und Mithof. Sie wollte noch gründlicher als meine Herrin wissen, wie es um die Einnahmen und Ausgaben stand. Sie erkundigte sich genauestens danach, wie treu die Gebiete und Städte waren und fragte, ob sich die

Ritter loyal verhielten. Zu Elisabeths Erstaunen wollte sie auch einen genauen Bericht über die Ausbreitung der neuen Lehre Luthers.

„Wozu sollten wir uns mit den Lehren Luthers befassen?", fragte Elisabeth. „Weil er es ist, der dem Volk das Wort Gottes ausstreut und Alte und Junge Lust verspüren, selbst das Lesen zu erlernen." „Es ist jedoch nicht nur eine Lehre für die Herzen", ergänzte Mithof: „Der weitaus größere Sprengstoff liegt darin, dass inzwischen schon mehrere Gebiete evangelisch wurden, und somit verliert die Heilige Kirche oftmals ihren Besitz. Die Städte, Ritter oder die Landesherren bemächtigen sich dann der Ländereien, Klöster und Reichtümer und verweigern Rom die Treue." Die Kurfürstin ergänzte: „Es war nicht Luthers Wille, die Kirche zu spalten und dem Papst den Gehorsam zu verweigern. Er wollte einzig die Kirche reformieren, weil er dem Ablasshandel zürnte." „Er hat uns keinen Frieden gebracht. Es ist doch so, dass sich nun einer wider den andern erhebt, und die Menschen der Obrigkeit keinen Gehorsam mehr leisten wollen", warf Elisabeth ein. „Nun, meine Tochter", erwiderte die Kurfürstin, „es gibt durchaus Regenten, die aus allem das Gute zu nehmen wissen und damit dem Volk und der Obrigkeit dienen können. Seht Euch Philipp von Hessen an, er wird nun als einer der ersten Landesfürsten im nächsten Jahr zu Homberg einen Reichstag einberufen, um zu verhandeln, wie kirchliche Güter zu sozialen Zwecken genutzt werden können. Ebenso möchte er Schulen für Knaben und Mädchen einrichten. Habt Ihr schon davon gehört?" Mithof und Lorleberger sahen sich nur still an und so ergriff Elisabeth das Wort: „ Ich hatte die große Ehre, am Kassler Hof zu sein und mit Philipp von Hessen zu sprechen. Er hat mit mir jedoch mehr über die Sünden der Katholischen Kirche gesprochen, als von den Schulen." Es war Lorleberger, der nun das Wort ergriff: „Ihr könnt euch vorstellen, dass jeder vorsichtig ist mit seinen Äußerungen. Doch Philipp von Hessen prüft furchtlos alle neuen Lehren. Er verkehrt mit den Humanisten, befasst sich mit der Natural- und Finanzwirtschaft und versucht, aus allem eine dem Menschen dienliche Politik zu machen. Ihr habt sicher gehört, dass man ihn den Großmütigen nennt?" „Ja, ich habe es vernommen", bestätigte die Kurfürstin. Und sie fügte hinzu: „Könntet ihr es richten, dass wir noch einmal nach Kassel reisen? Ich habe großes Interesse an dem Regierungsstil des Landesfürsten." „Es wird Euch große Freude bereiten, in Kassel zu sein", bestätigte Elisabeth. Und sie ergänzte: „Wenn mein werter Gemahl keine Einwände hat, würde ich gerne auch in Begleitung Lorlebergers reisen, denn so könnte mein Rentmeister sich noch mit den Beratern Philipps austauschen." Die Kurfürstin war mit dem Wunsch ihrer Tochter einverstanden. Doch sie fügte hinzu: „Mich dünkt, meine Kleine bräuchte dringender einen Arzt an ihrer Seite." Mithof hatte den Hinweis verstanden und versprach, gleich ein großes Horoskop zu erstellen, damit an den Reisetagen nicht auch noch die Teufel unterwegs seien, und er würde meine Herrin immer begleiten, weil sie ein Kind in sich trüge.

Ich stand wie immer bei solchen Besprechungen im Hintergrund und doch begann jedes Mal mein Herz zu rasen, wenn meine Herrin Pläne machte oder Mithof Rezepte für die Gesundheit Elisabeths ausstellte. Wer weiß, was ich dabei immer zu tun hatte.

Doch ich bekam, Gott sei Dank, keine neuen Aufträge. Die Kurfürstin war es, die das Gespräch weiterspann: „Elisabeth, meine Liebste, ich bitte dich, Kontakt mit deinem Onkel in Mainz zu halten. Schreibe ihm regelmäßig und lass dich beraten, denn er versteht sich darauf, das Lehns- und Steuerwesen Preußens in eine neue Form zu bringen." „Ihr meint, Albrecht, Kurfürst von Mainz, löse die Probleme am besten?" Da lachte die Kurfürstin: „Niemandem auf Erden gelingt es, etwas zum Besten zu lösen. Mir scheint nur, dass wir manchmal schlimmen Schaden verhüten können. Und sei es der Schaden, der anderen droht." Dabei wurde sie wieder ernst. Meine Herrin brachte nun ihr Anliegen vor, von dem ich wusste, dass sie daraus schon lange eine Herzensangelegenheit gemacht hatte: „Wenn wir schon dabei sind, über die Verantwortung zu reden, die den Regierenden über die

Untertanen anvertraut wurde, so will ich noch einmal deutlich sagen, dass es mein Wunsch ist, dass die Alten und Kranken in unserer Stadt gut versorgt sind. Mithof, ich bitte Euch, zu Beginn und zum Ende der Woche ins Spital zu gehen, um nach den Kranken zu sehen. Ich werde auch mehrmals in der Woche selber mit Hand anlegen, denn das ist der Gottesdienst, der uns aufgegeben ist." „Habt Ihr ein Pesthaus, das außerhalb der Stadt liegt?", erkundigte sich die Mutter. Mithof antwortete: „Weiter abgelegen, außerhalb der Stadtmauern, leben die Aussätzigen und die Pestkranken." Daraufhin sprach die Kurfürstin in strengem Ton zu ihrer Tochter: „Dahin, meine liebste Elisabeth, werdet Ihr niemals gehen! Versprecht es mir! Ich sah schon zu viele, danach selbst ihr Leben aushauchen. Und dazu seid Ihr nicht geboren!" Meine Herrin wollte erst widersprechen, aber auch Mithof verbot Elisabeth den Ort zu betreten.

Ich war erleichtert, musste ich doch immer meine Herrin ins Siechenhaus begleiten. Das war mir schon genug. Elisabeth war dann wie ein Engel. Sie sprach freundlich mit den Alten und Kranken, streichelte ihre Hände und verband ihre Wunden. Die Köchin begleitete uns oft, denn sie hatte auf einem Holzkarren einen Topf mit warmer Suppe dabei. Wie schnell die Kranken dann aus ihren Betten kamen! Wie viele plötzlich laufen konnten! Und wie schnell sie ihren Löffel, den sie stets bei sich trugen, unter dem Hemd hervorholten! Wenn ich an die Besuche in den Siechenhäusern denke, kommen mir grausame Bilder in den Kopf, und ich rieche würzigen Wachholderduft. Mithof hatte mich nämlich angewiesen, stets ein Säckchen Wachholderbeeren mit mir zu führen. Wenn meine Herrin zu den Kranken ging, sollte sie drei Wachholderbeeren kauen, die ich zuvor siebenmal in die Luft geworfen hatte. Ich selber sollte sieben Wachholderbeeren im Mund behalten und schweigend siebenmal das Vaterunser beten. Wenn wir die Stätte der Alten und Kranken verließen, durfte ich erst wieder sprechen, nachdem ich die Beeren in einer Gasse ausgespuckt und sie siebenmal zertreten hatte. Immer, wenn ich auf Wachholder trampelte, überkam mich eine große Erleichterung und der ausströmende Duft war das sichere Zeichen, dass meine Herrin eine gute Tat getan hatte.

Ich musste wohl zu sehr in Gedanken gewesen sein, deshalb wusste ich nicht mehr, welche Wendung das Gespräch genommen hatte. Die Männer verabschiedeten sich. Jeder ging wieder seiner Wege, und ich folgte meiner Herrin und ihrer Mutter, nicht ahnend, wohin sie gehen wollten. Da sie von zwei Wachen begleitet wurden, die schwere Schlüssel mit sich trugen, fragte ich, wohin wir gingen. „In die Silberkammer", entgegnete mir Elisabeth freudig. „Ich werde meiner werten Frau Mutter meine Morgengabe zeigen und die Geschenke, die wir zur Hochzeit erhielten." Gewiss hätte jede andere Frau sich glücklich gepriesen, einen Blick auf den Schmuck, das Geld, das Silbergeschirr und die anderen Kleinodien werfen zu dürfen. Mich überfiel jedoch die Angst, ich könnte von all dem Glanz blind werden. „Wer zu lange einen Schatz anschaut, dessen Seele holt der Teufel", pflegte meine Meisterin immer zu sagen, wenn ich sehnsuchtsvoll auf ein Geschmeide geschaut hatte. „Wenn Ihr erlaubt", bat ich meine Herrin, „würde ich gerne derweil in die Kapelle gehen und ein Vaterunser beten." Ich wunderte mich über meine Worte, denn ich war sonst immer an der Seite meiner Herrin geblieben. „Geh in Frieden", sagte die Kurfürstin. Ich lief so schnell ich konnte von der wohlbehüteten Schatzkammer weg. Da ich versprochen hatte, in die Kapelle zu gehen, musste ich es nun auch tun. Ich öffnete die schwere Eichentür und schlüpfte ins Innere. Ich schlug das Kreuz, kniete nieder und murmelte: „Es tut mir leid, dass ich meine Herrin verlassen habe. Ich fürchte mich vor Gold und Silber und Edelsteinen." Ich wusste, dass es töricht war, so etwas zu sagen. Aber ich wünschte, dass mir jemand meine Angst nähme. Ich schämte mich deswegen und war froh, dass niemand zugegen war, denn ich dachte, kein guter Besucher zu sein. Doch wie auf ein geheimes Zeichen zeigte sich noch ein ganz anderer Gast. Eine Haselmaus musste sich verlaufen haben, denn sie spazierte den Mittelgang entlang, lief über den roten Teppich und sprang die Treppe zur Kanzel hoch. Es waren nur drei Stufen. Oben angekommen richtete sie sich auf und sah sich um. „Keine Bange, Kleine", sagte ich, „dir kann geholfen werden." Als ich hinausging, öffnete ich die Türe weit und stellte einen Stein zwischen die Schwelle. So konnte sie gewiss wieder ins Freie finden. Was ich nicht wissen konnte, war, dass sich die arme Maus nicht zufällig in die Kapelle verlaufen hatte, sondern mit zwei weiteren Mäusen von der Kräuterkundigen in die Kapelle gesetzt worden war. Da sie einen Trank zur Fruchtbarkeit brauen musste und dazu drei gesottene Mäuse brauchte, die drei Tage in einer Kirche gewesen waren, hatte sie vor meiner Anwesenheit die Tiere dort ausgebracht. Sie fand sie danach nicht wieder. Ich sprach mit Bertha darüber und sagte ihr auch, dass ich selbst immer an die Wunder der Heiltränke geglaubt hatte, aber nun verunsichert sei, da wir in Berlin ganz andere wirksame Mittel kannten. Der Sud aus Mäusen wurde nur für Feinde benutzt, aber nie für die Töchter, damit sie Kinder tragen könnten. „Agnes, was habt ihr genommen, damit die Frauen fruchtbar wurden?", fragte Bertha. „Nun", antwortete ich kleinlaut „so schnell machen wir uns keine Sorgen, sondern vertrauen auf Gott, dass die Kinder zur rechten Zeit kommen. Die fleischliche Liebe soll blühen und dann wird sich alles Weitere richten." „Damit kann ich die Kräuterfrau schwerlich trösten, denn das wird ihr kein Geld einbringen." „So soll sie der guten Frau eben dreimal Frauenmantel in heißer Milch gebrüht zu trinken geben und zu der Jungfrau Maria täglich dreimal beten heißen. So wird sie über drei Monate empfangen haben. Wer nicht zu Freuden und Vertrauen findet, den kann vielleicht die Jungfrau die Hoffnung lehren?" Ich war unsicher, was ich sonst noch sagen sollte, denn ich hatte keine Ahnung von der Wissenschaft der Kräuter. Aber ich musste doch irgendwie die entlaufenen Mäuse wieder gut machen. Doch dann kam mir endlich die rettende Idee. Hatte Mithof nicht versprochen, zu Beginn und am Ende einer Woche ins Siechenhaus zu gehen? Er würde gewiss einer bittenden Frau seinen Rat nicht abschlagen. Ich sagte es Bertha und diese bedankte sich dafür, denn sie hatte noch mehr Bedienstete im Sinn, die seinen Rat gebrauchen konnten. Mithof war nicht begeistert, nun auch noch immer einen Teil der Bediensteten vorzufinden, aber als Elisabeth davon erfuhr, war sie zufrieden mit mir. Sie bedankte sich sogar bei mir, denn sie wollte gerne für alle Untertanen, die Sorgen hatten, Hilfe finden. „Agnes, sag mir, wenn ich etwas für dich oder deine Freunde tun kann", ermunterte sie mich. „Du bist mir mit deiner Treue und Fürsorge täglich nah, wie sollte ich dir eine Bitte abschlagen können? Und dass du an die Mägde und Bediensteten denkst, rechne ich dir hoch an. Gott segne dich dafür." Das war viel unverdientes Lob. Sie wussten ja nicht, dass der Grund für dies alles eine entlaufene Maus war und ich nur meine eigene Haut retten wollte! Zum Ausgleich wollte ich umso gewissenhafter meine Arbeit verrichten und war nun nicht nur mit Wachholder und Vaterunser bei den Krankenbesuchen anwesend, sondern merkte mir die Anliegen der Menschen und bat um deren Heilung. Nie wieder wurde ich mürrisch, wenn meine Herrin in den Dörfern und Städten nach den Kranken sah. So sehr die Bürger unter den Abgaben an den Herzog stöhnten und oft noch das beste Huhn bei den Besuchen meiner Herrin und ihrem Gefolge auftischen mussten, so glaubten doch alle daran, dass, wer von der Herzogin berührt wurde oder den Mantel oder das Pferd der Herrschaft berühren konnte, sich gewiss sein konnte, dass er mit Glück und Reichtum gesegnet werden würde. Es waren immer die Ärmsten der Armen, für die meine Herrin zum Engel der Liebe und der Barmherzigkeit wurde.

So streng meine Herrin sich selbst gegenüber war und von den Bediensteten viel abverlangte, so mildtätig war sie denen gegenüber, die alles verloren hatten. Sie sprach viel mit ihrer werten Mutter darüber und ich staunte, dass Elisabeth in die Hofordnung schreiben ließ, dass an den Sonntagen auf dem Schlosshof jeder etwas zu essen erhalten sollte, der Hunger litt. Ebenso sollte jeder, der neu in die Stadt kam, am ersten Tag ein Brot und einen halben Liter Bier erhalten, damit er sich nicht elend ins Bett legen musste.

Ich hatte gedacht, dass die neu angereiste Hebamme zeitweise meinen Platz einnehmen und die Herrin begleiten würde. Aber es war nicht so. Die Hebamme wurde Mithof unterstellt und wohnte außerhalb des Schlosses bei angesehenen Bürgern. Elisabeth hatte angeordnet, dass sie bei allen Geburten, die in Münden stattfanden, gerufen werden solle. Es genüge ihr, wenn bis zu ihrer Niederkunft die Hebamme am Abend mit ins Badehaus ginge und sie von ihr mit Ölen eingerieben und beraten würde. „Ich bin ja nicht krank", sagte Elisabeth zu ihrer Mutter. „Ich werde eher krank, wenn man mich in die Räume einsperrt und mir das Reiten und Jagen verbietet!" „Habt Ihr hier schon gejagt?", fragte die Mutter nach. „Es ist nie dazu gekommen", beklagte sich Elisabeth. „Ich hatte gedacht, mein Gemahl würde mit mir zusammen auf Jagd gehen. Darauf hatte ich mich schon als Kind gefreut: Mit meinem Mann und einem gut ausgebildeten Jagdgesinde auf Jagd zu gehen..." „Vielleicht wird es bald so sein", tröstete sie die Kurfürstin, wohl wissend, dass der Herzog sicher andere Pläne hatte und sich die Träume einer Prinzessin selten in die Tat umsetzen ließen. „Es ist wohl so, dass wir Frauen auch unsere eigenen Pläne machen müssen und uns dabei auf unsere treuen Bediensteten verlassen können, wenn die Männer unterwegs sind." Und sie fügte hinzu: „Elisabeth, meine liebe Tochter, es ist von großer Bedeutung, dass Ihr gut für Euch sorgt! Und wenn ihr nichts dagegen habt, so würde ich mit Euch gerne nach Kassel reisen, danach können wir noch dem Kloster Bursfelde einen Besuch abstatten und ich denke, damit eure Wangen auch im Herbst noch einmal richtig Farbe bekommen, sollten wir noch eine Zeit im Solling verbringen. Dort wird dir genug Wildbret zu Füßen gelegt werden. Mich dünkt, wenn wir im Jagdschloss Nienover residieren, wird auch der Herzog nicht länger auf sich warten lassen. Eine Frau lockt ihren Mann nicht durch gute Worte und Liebreiz allein. Doch dort, wo sich das Jagdfieber einstellt oder sich Kriegsleute tummeln, wird auch dein Gemahl nicht fern sein." Die erfahrene Kurfürstin sollte Recht behalten. Wir planten die Reise nach Kassel, wollten von dort nach Bursfelde und weiter zum Jagdschloss Nienover reisen. Meine Herrin schrieb an Erich I., was sie sich vorgenommen hatten. Und sie schrieb dazu, dass sie dachten, Mitte November wieder in Münden zu sein, damit sie die Weihnachtszeit in aller Würde begehen könnten. Die Mutter würde von Nienover aus nach Berlin zurückreisen. Die Nachricht kam prompt.

„... Dachte ohnehin, eine Zeit in Nienover zu verbringen, um die Küchenvorräte aufzubessern. Ich werde alles für Eure Ankunft vorbereiten lassen und euch Gesellschaft leisten. Heinrich hat wohl auch ein Auge auf das Jagdgebiet geworfen und wollte selbstverständlich den Herbst dort verbringen, aber dem Treiben habe ich Einhalt geboten. Er achtet oft nicht die Grenzen, die uns von meinem Herrn Vater angezeigt wurden. Ich bin in großer Freude darüber, dann in Nienover meine schöne, angetraute Gemahlin vorzufinden..."

„Mutter, wie Recht Ihr hattet mit Euren Aussagen über meinen Gemahl! Woher kennt ihr ihn denn so gut?" „Ich kenne ihn weniger, als er Euch vertraut ist. Doch den Männern ist vieles gemeinsam. Wenn Ihr die Augen nicht vor dieser Wahrheit verschließt, könnt Ihr Euren Mann bald wie eine Stute am Zügel führen." „Mutter, wie sprecht Ihr von meinem Herzog!" Meine Herrin war empört. Und sie ergänzte: „Ich schwor Vater und Erich I., eine getreue Gemahlin zu sein. Und wenn es danach ginge, hätte ich all dem Gerede um Luthers Lehren schon ein Ende setzen müssen!" Die Kurfürstin achtete nicht auf den aufwallenden Zorn ihrer Tochter. „Elisabeth, sagt mir, welches Verhältnis Erich I. zu Heinrich hat, denn er ist ja oft bei Hannover und nutzt die Zeit, um sich mit Heinrich zu treffen." Elisabeth wurde unsicher und sagte ehrlich: „Mutter, ich kann Euch die Frage nicht beantworten. Auf dem Ritterturnier gingen die beiden Männer wie Freunde miteinander um. Aber mir war nie wohl dabei." Ich nickte dazu. Es war einfach so, dass auch ich eine große Abneigung spürte. Die Kurfürstin fragte weiter: „Wusstet Ihr, dass euer Gatte im Jahr 1521 Heinrich aus der Gefangenschaft befreite?" „Nein, Erich I. spricht nur wenig von dem, was war." „Ich will Euch nicht zu nahetreten oder ängstigen. Aber ich bitte Euch, nehmt Euch in Acht vor diesem Mann. Er schreckte nicht davor zurück, seinen eigenen Bruder zwölf Jahre gefangen zu halten, bis dieser auf die ihm zustehende Hälfte von Wolfenbüttel verzichtete." Sie schwieg eine Weile und meinte: „Der Kampf um die Güter und Ländereien macht aus Geschwistern oft die schlimmsten Feinde." Elisabeth erklärte ihrer Mutter: „Wir müssen klug handeln und können uns mit Heinrich nicht überwerfen, denn wir nutzen die Bodenschätze des Harzes zu gleichen Teilen. Doch fürchtet Euch nicht weiter. Wenn Heinrich in meiner Nähe ist, werden die Speisen kontrolliert und meine Kammermeisterin und Mithof haben dann schärfere Augen als ein Adler." „Das ist gut so und erleichtert mich. Denn sieh, auch wenn die Regenten oft dieselben politischen Meinungen teilen, in ihren Grausamkeiten in der eigenen Familie und den Bediensteten gegenüber unterscheiden sie sich doch. Heinrich ist sich nicht zu schade, die, die ihm heute helfen, morgen an den Pranger zu stellen und ihnen nichts zu verzeihen. Er ist ein großer Freund der Folter und sieht bei Hinrichtungen gerne zu. Leider kommt nun zu den ohnehin grausamen Rechtsprechungen das römische Recht hinzu, das jede Gnade ausschließt." Die Kurfürstin war ernst: „Mein Kind, Ihr habt einen weitaus liebevolleren Gemahl, als ihr ihn in Heinrich gefunden hättet." „Ich weiß es, werte Mutter", sagte Elisabeth. Doch dann rief die Kurfürstin ohne ersichtlichen Grund: „Ich vergaß ja das Wichtigste! Wie wir von den Männern sprechen, fällt mir ein, dass ich Euch noch nicht das Geschenk Eures werten Herrn Vater überreicht habe." „Ich habe ständig daran denken müssen und fragte mich, was es denn sei. Doch ich dachte mir, wahrscheinlich hatte Vater angeordnet, mir das Geschenk zum Abschied zu überreichen, damit ich mich weiter in Geduld üben lerne..." „Ihr seid den Gedanken eures Vaters sehr nah. Er bat mich, euch das Geschenk erst nach drei Tagen auszuhändigen, damit ihr euch in Geduld üben solltet." „Drei Tage, Mutter, sind doch schon lange um!" „Ja, ich habe es doch tatsächlich vergessen." Elisabeth war aufgesprungen: „Und, wo ist es?" „Ich ließ es in die Silberkammer legen." Die Mutter lächelte und sagte: „Habt Geduld, wartet noch bis morgen, denn ich möchte, dass es zuvor von einem Geistlichen gesegnet wird. Elisabeth, gebt Eurem Beichtvater Bescheid, dass er nach der Messe morgen früh ins Schloss kommen soll."

Meine Herrin war so aufgeregt, dass sie, als ihre Mutter nicht mehr zugegen war, immer wieder sich selbst laut fragte: „Was es bloß ist?" „Was mir mein Vater wohl übersenden ließ?" Und selbst mich fragte sie: „Was wird es wohl sein, das nun ohne mein Wissen in der Silberkammer ruht?" Aber woher sollte ich es denn wissen? Sollte ich mich etwa erkundigen? Mal blickte sie auf ihre Hände, ob wohl ein Ring bald ihre Hand schmücken würde, dann ging sie zum Spiegel, reckte ihr Kinn in die Höhe, strich sich über den Hals und das Dekolleté... und dachte dabei gewiss an eine fehlende Kette.

Es war eine Goldkette – aus hunderten kleiner Goldringe gefertigt. Dazwischen waren zu Tropfen geschliffene Granatsteine eingearbeitet. Die roten Steine glitzerten wie Blutstropfen. Die Mutter übergab dem Priester die Kette zum Segnen und der Tochter den Zettel, den der Vater für sie geschrieben hatte. Meine Herrin hatte jedoch ihre Augen schon auf das Kleinod geheftet und sagte leise zu mir: „Lies, was mein Vater schrieb." Ich nahm den Zettel aus Elisabeths Hand und las laut:

„Meiner hochverehrten, geliebten Tochter, geb. Prinzessin von Brandenburg, Herzogin von Calenberg – Braunschweig.

Dieses Kleinod wurde von spanischen Goldschmieden gefertigt. Dem lauteren Gold fügten sie die Blutstropfen der werten Heiligen bei. So geden-

ket, wenn Ihr die Kette erhaltet, daran, dass Ihr selber lauter bleibt und mit Eurem Blute treu zur Kirche steht und ihr der Mutter Kirche getreu dient bis in den eigenen Tod...“

Mich hatte ein Schauder ergriffen und ich hoffte, nie das blutige Gold in Händen halten zu müssen. Doch ich hatte mich getäuscht. Nach dem Segen reichte mir der Priester die Kette und sagte: „Agnes, nun legt das Geschmeide Eurer werten Herrin um.“ Die Kette war so lang, dass sie keinen Verschluss brauchte. Meine Finger waren steif, und ich traute mich nicht zu atmen. Meine Herrin bemerkte meine zitternden Hände nicht. Elisabeth ließ sich verschiedene Spiegel bringen und betrachtete sich von allen Seiten. „Das ist der richtige Schmuck für den roten Samtmantel“, frohlockte sie und fügte hinzu: „Ich werde mich meines Vaters und des Papstes würdig erweisen.“

„Warum bist du so blass geworden“, fragte mich später die Kurfürstin. „Ich bin blass geworden? Wann?“, versuchte ich auszuweichen. „Als du meiner Tochter das Geschmeide umgelegt hast.“ Die Mutter meiner Herrin war eine zu weise Frau, als dass ich ihr etwas hätte verheimlichen können. Und so sagte ich ihr die ganze Wahrheit. Dass ich mich vor wertvollen Gegenständen fürchten würde und selber nie mehr als nur meiner Herrin den Eid halten könnte. Aber sie sollte dem Papst, dem Herzog und dem Vater getreulich dienen – nicht weniger als es die Märtyrer taten! Elisabeth wiegte sich noch mit den Ketten vor den Spiegeln und sagte fröhlich: „So ist jedem das seine aufgetragen.“ Ich sah den freundlichen Blick, mit dem mich die Kurfürstin ansah gut und war verwundert, als sie sich zu mir wandte und sagte: „Agnes, du hast ein weises, demütiges Herz. Nur wenige Menschen begnügen sich mit dem, was sie auch tatsächlich tragen können. Die meisten mehren ständig ihre Macht und ihr eigenes Ansehen und werden doch nur schuldig dabei.“ „Mutter, wie redet Ihr mit meiner Kammermeisterin!“, beschwerte sich Elisabeth. „Ich erkläre auch Euch gerne, was ich meine", erwiderte die Kurfürstin freundlich: „Seht, es genügt den meisten nicht, das Land zu regieren, das ihnen anvertraut wurde. Es wird darin Beute gemacht, um weiteres zu erlangen... wer ein Amt hat, will das nächst höhere... wer König ist, will Kaiser werden... dabei vernachlässigt er, was ihm zuerst anvertraut wurde und sieht nicht die Feinde, die danach greifen..." „Ihr sprecht in Rätseln", beklagte sich Elisabeth. „Nun, ich nenne euch ein Beispiel, das wir Frauen verstehen. Stellt euch vor, ihr habt drei Kinder. Sie schlafen in drei Kammern, die vom Saal aus mit einer Tür abgetrennt sind. Nun ist es so, dass in allen Schlafkammern der Kinder ein Feuer ausbricht. Wohin würdet ihr zuerst gehen?" Bei dieser Frage sah die Kurfürstin auch mich an. Elisabeth sagte: „Ich gedenke ein Kind zur Welt zu bringen, das eine gute Amme hat." „Weicht meiner Antwort nicht aus", bat die Mutter, „denkt einen Augenblick nach." Und dann fragte sie mich: „Was würdet ihr tun?" „Ich würde in das nächste Zimmer rennen und retten, was zu retten ist, Gott gebe genug Zeit, alle Kinder zu bergen, denn es liegt nicht in meiner Hand, allem gerecht zu werden." „Du sprichst wieder weise", freute sie sich. „Aber ich würde doch nur tun, was jede Bauersfrau tun würde", erklärte ich. „Nun, Elisabeth, Ihr hörtet die Antwort Eurer Kammermeisterin, aber wie würdet Ihr handeln, wenn Ihr allein wäret und es brennen würde. – Doch wartet, ich will Euch die Aufgabe entsprechend Eurer Verantwortung nach schwerer machen. Stellt euch vor, in einem Gemach wäre euer einziger Sohn und Erbe, während in den anderen Räumen die Mädchen wären..." „Genug Mutter", rief Elisabeth: „Wie Ihr wisst, trage ich nur ein Kind im Leibe, das wäre durch mich gerettet." „Das war nicht die Antwort auf die gestellte Frage", gab die Mutter zu bedenken. „Doch dein Bild steht für die Liebe Gottes. In Jesus sind wir alle gerettet, weil er uns unter seinem Herzen trägt." Meine Herrin hatte ihr Geschmeide abgelegt und trat reumütig an ihre Mutter heran: „Verzeiht mir meine frechen Antworten", entschuldigte sie sich. „Ihr wolltet mir sicher etwas damit begreiflich machen." „Ach Kind, ich wollte Euch damit sagen, dass wir in unserem Leben nicht allem gerecht werden können und immerfort Schuld auf uns laden. Und dann gibt es Zeiten, in denen wir uns entscheiden müssen, weil wir nicht allen Herren gleichzeitig dienen können, wie so viele meinen." „Mutter, ich will mich aber nicht grämen, dass ich meinen Aufgaben nicht gerecht werden kann!" „Das sollt Ihr auch nicht. Aber manchmal muss man sein Herz fragen, was wirklich wichtig ist und uns aufgetragen wurde. Manchmal, meine Liebe, müssen wir uns auch entscheiden, damit wir nicht alles verlieren. Wir müssen etwas loslassen, weil wir einen vollkommenen Schatz hüten müssen. Sieh, auch ich hätte mir ein solches Geschmeide erringen können, aber ich zog es vor, meine älteste Tochter, meinen lieben Schatz, zu besuchen und meine Hände auf ihren Leib zu legen." Sie machte eine kleine Pause und fuhr fort: „Denke einfach nur immer wieder an meine Worte, ehe du zu schnell handelst. Wir müssen auch die Schuld ansehen können, die wir in unserem Leben auf uns laden und mit ihr leben. Wir sollen nichts beschönigen. Denn Christus starb einzig deshalb." Elisabeth versicherte ihrer Mutter, dass sie an ihre Worte denken wolle, sich aber zuerst von ihrem Geschmeide trennen müsse, damit es wieder sicher verwahrt werden würde. „Warum, Mutter, redet Ihr so viel vom Glauben? So mitten am Tag. Reicht es nicht, wenn wir dreimal täglich die Hände falten?" „Ich weiß nicht, was reicht. Aber vielleicht sinnt der, der das Wort Gottes mit eigenen Augen liest, auch unentwegt darüber nach?" „Habt Ihr denn die Heilige Schrift schon auf Deutsch gelesen?" „Aber gewiss doch. Es ist nun nicht mehr schwer, an die Übersetzungen zu kommen, denn die Druckereien arbeiten Tag und Nacht. Ich werde dafür Sorge tragen, dass Ihr auch in Münden solche Schriften erhaltet", versprach die Kurfürstin. „Vielleicht hat Philipp von Hessen schon ein Evangelium oder die Psalmen?" „Wir werden uns bei ihm danach erkundigen", versprach Elisabeth.

Meine Herrin ging an dem Abend spät zu Bett, denn sie schrieb an ihren Vater und ihren Onkel in Mainz einen langen Brief. Ich fragte sie, ob ich einen Schreiber holen solle, aber sie antwortete wie immer: „Meine eigene Handschrift ist das Siegel für die Echtheit meiner Worte, ich verstehe nicht, warum ich Briefe diktieren soll, die ausgetauscht und verfremdet werden. Und ich kenne auch die Handschriften meiner Lieben. Wenn ich die Worte mit der Handschrift meines Vaters lese, so höre ich dabei seine Stimme. Wenn ich die Briefe Erichs I. sehe, so ist es wie ein Kuss, der aus weiter Ferne zu mir herüberweht und mein Herz beflügelt." Wenn meine Herrin so sprach – was blieb mir da anderes übrig, als geduldig zu warten, bis sie sich endlich zu Bette begeben wollte? Ich wartete und wartete – und dabei fielen mir oft die Augen zu.

In den Kutschen der Kurfürstin reisten wir wahrlich fürstlich nach Kassel. Sie waren innen mit Samt bezogen und mit Goldfäden bestickt. Die weichen Kissen ließen sich auch so anordnen, dass man sich legen und schlafen konnte, während der Kutscher den Wagen lenkte, der von sechs pechschwarzen Pferden gezogen wurde. Ich reiste in der zweiten Kutsche, in der auch Mithof und ein Priester saßen. Wir schwiegen die ganze Zeit und ich denke, jeder war froh, seinen Gedanken nachhängen zu können und ein wenig zu schlafen oder nach draußen zu schauen.

Ich hatte nicht zu hoffen gewagt und hätte doch schwören können, wie wir vom Landgrafen begrüßt werden würden. Mir schlug schon mein Herz, als ich ihn von weitem kommen sah. ‚Welch schöne Frauen speit das Meer ans Land' konnte er diesmal nicht sagen, denn es hatte seit Tagen nicht geregnet. Er begrüßte zuerst Elisabeth und sagte: „Welch eine Ehre, dass Ihr mir von Eurem Mutterglück erzählen wollt!" Ich war sprachlos. Woher wusste er…? Vor der Kurfürstin verneigte er sich tief, küsste ihre Hand und meinte: „Vor solchen Heiligen falle ich gerne nieder." Ich hielt meine Hand vor den Mund, denn ich musste über die ungezügelten Komplimente lachen. Er sah mich an und meinte: „Wie gut, dass Ihr die Hand vor Eurem Mund habt, denn sonst hätte ich ihn zur Begrüßung gar geküsst!“ Es war ein einziges Gelächter, und ich traute mich lange Zeit nicht mehr, meine Hand von meinen Lippen zu nehmen. Philipp begrüßte auch Mithof und Lorleberger zwanglos und freundschaftlich. Christine von Sachsen war genauso schön wie zuvor. Die Landgräfin und die Mutter Elisabeths kannten sich bereits gut, und so war die Kurfürstin in besonderer Weise ihr Gast, denn sie brachte ihr Neuigkeiten aus ihrer Heimat mit.

Es hätte so schön sein können. Wir hätten die Tage genießen, hätten uns amüsieren und unterhalten lassen können... da für meine Herrin so gut gesorgt war, konnte ich mich bei den Hoffräulein aufhalten, die am Kasseler Hof ein gutes Leben führten. Doch meine Herrin kannte keine Ruhe. Sie hatte es sich in den Kopf gesetzt, dass Mithof sich mit den Kasseler Ärzten traf, Lorleberger bei allen Besprechungen zugegen war und sie wollte ihrer Mutter gerecht werden, indem sie nach Bibelübersetzungen von Luther fragte. „Aber natürlich habe ich die Übersetzungen. Sobald sie erschienen sind, wurde mir davon ein Exemplar ausgehändigt. Inzwischen hat die Auflage der Heiligen Schrift bereits die Auflage des Hexenhammers überboten.“ „Hexenhammer?“, fragte die Kurfürstin nach. „Habt ihr auch den Hexenhammer in Eurer Bibliothek?“ „Kommt mit und seht selbst. Ich habe den Hexenhammer und die dazugehörige Hexenbulle. “ Und dann, als ob es ganz selbstverständlich sei, beschloss Elisabeth, dass ich, da ich des Lesens kundig sei, in der Zeit, in der die Frauen im Bad lagen, daraus vorlesen solle. Ich warf ein, dass die feuchten Dämpfe der Tinte sicher großen Schaden zufügen würden und die Feuchtigkeit das Papier wellen würde. „Du brauchst ja nicht neben der Wanne zu sitzen“, wehrte sie meine Einwände ab.

So viel Papier! So viele Worte und tausend Teufel wohnten zwischen den Seiten!

Und sie flüsterten eines nur:

„Das Weib ist aus der krummen Rippe des Mannes und ist das schlechteste Wesen der ganzen Schöpfung... Sie ist boshaft, trägt das edle Haupt eines Löwen, den stinkenden Leib der Ziege und hat den Schwanz einer Viper... Lügnerisch ist sie... Die Weiber lassen sich wegen ihrer Blödigkeit und Lebhaftigkeit geistig gefangen nehmen ... Unheil, alles Unheil kommt von ihr... Es ist kein Wunder, dass unter den Weibern so viel Hexen wohnen, die sich mit den Dämonen verbinden... Sie bringen Unwetter, Hungersnöte und Seuchen über die Menschen; braten und kochen ungetaufte Kinder und stellen daraus eine Hexensalbe her..."

Während meine Herrin und deren Mutter im Bade lagen, fürchtete ich, meine Finger würden sich in Krallen verwandeln und wenn ich aufstünde, wäre mir ein Huf gewachsen.

So verging mein erster wunderschöner Abend mit grausamen Vorstellungen und in den Träumen flog ich selbst mit den Teufeln über das Schloss hinweg bis Berlin. Am nächsten Tag hatte ich zu lesen, wie man sich vor Hexen schützt und wie viel es kostet, von dem Wahn befreit zu werden. Mir war klar, dass dies nur gelang, wenn jemand sein Hab und Gut der Kirche vermachte und noch die eigenen Kinder in die Dienste der Kirche gab. Mir war das Essen verdorben, denn es fühlte sich an, als ob sich Steine in meinem Innern angehäuft hätten. Zum ersten Mal in meinem Leben war ich krank. Doch nicht krank genug, um nicht mehr den drittel Teil lesen zu müssen, der genau beschreibt, wie die Hexen gefoltert und wie sie zu brennen hätten und eine Geäscherte zuvor mindestens drei weitere anzuzeigen hätte.

Als ich am dritten Tag das Buch zurücktrug, fiel ich und hatte nicht mehr die Kraft, alleine aufzustehen. Da erst bemerkten die andern, dass der, der das Buch hält und daraus liest, selber krank wird. Man brachte mich zu Bett und ein Priester reinigte die Flure und die Luft in meinem Krankengemach mit Weihrauch. Der Landgraf kam sogar persönlich und versicherte mir, dass nie wieder schwache Weibspersonen solches lesen oder hören sollten, denn es sei für die Geistlichen und Juristen geschrieben. Er selber würde es jedoch als eine üble Erfindung der Geistlichen halten, um damit mehr Geld in die Kassen zu holen. Seit die Hexen und Zauberer verbrannt wurden, ging es den Bettelmönchen und der Kirche wieder gut, denn ihnen fiel die Hälfte des Besitzes der Verfolgten zu. „Nimm es dir nicht länger zu Herzen", sagte er so einfach zu mir. In mir jedoch fraß ein Wurm, den kein Weihrauch vertreiben konnte. Mir war nun ganz Kassel vergällt, obwohl in der Stadt unter Philipp dem Großmütigen keine angezeigte Hexe von ihm verfolgt wurde.

Sobald ich meine Augen schloss, griffen Hände nach mir, die mir die Kleider vom Leib rissen und in den Nächten zeigten spitze Finger auf mich und die Menge schrie: „Ins Feuer mit ihr. Sie soll brennen!" Es brannten mein Bett, das Zimmer, das ganze Schloss und die Straßen. Und dachte ich, jemand käme, um zu löschen, so trugen sie das Wasser nur, um mich damit zu ertränken. Mir nützte es nichts, dass ich schwimmen konnte, meine Füße waren an schwere Steine gebunden und das Wasser lief mir in Mund und Ohren... Ich fuhr aus dem Schlaf, weil mir die Luft fehlte oder ich erwachte von entsetzlichen Geräuschen, weil meine Knochen brachen. Die Kirchenglocken läuteten nicht mehr in ihrem warmen Ton, sondern schrillten und schluchzten, wie es am Jüngsten Gericht zu sein hatte.

Elisabeth und die Kurfürstin konnten sich jedoch mit anderen über die Machenschaften der Hexen und deren Verfolgung ohne Alpträume unterhalten. Sie trafen sich dazu noch einmal mit einem Juristen und Mithof wurde darin geschult, früh die Zeichen der Übel zu erkennen. Erich I. habe vor zwei Jahren im Calenbergischen Gebiet zwei Hexen verbrennen lassen, die ihm nach dem Leben getrachtet hatten. Und wer weiß, vielleicht hätten diese Weiber eine Heirat mit meiner Herrin vereitelt? Vielleicht hätten sie nicht nur nach dem Leben des Herzogs getrachtet, sondern auch gleich seiner Frau noch im Brautlager das Gift beigemischt?

Auch Philipp der Großmütige konnte sachlich über das Papier sprechen. Und wie es seine Art war, pflegte er Tage später, als ich mich erholt hatte und wieder bei meiner Herrin war, zu sagen: „Ich hätte das Schriftstück verbrennen sollen; ich denke, das ist die Arbeit kranker Hirne. Denn wenn deswegen eine so holde Frau über ihre eigenen anmutigen Füße fällt, wird es auch zu nichts anderem Guten nützen." Der Landgraf wusste nur wenig von meinem neuen Leiden. Ich bin ja nur einmal wirklich umgefallen und über meine eigenen Füße gestolpert. Aber in meinen Träumen wurden in den letzten Tagen meine Füße in den Eisen wundgescheuert und im eisernen Stier glühten die Kohlen und warteten darauf, dass mich die Wärter banden und in ihn hinein stießen... Aber ich sprach nicht darüber, denn ich fürchtete, sie hätten mich in ein Spital gegeben und ich hätte nie wieder meinen Verstand zurückgewonnen. Nein, ich tat einfach, was zu tun war und als der Landgraf mit mir sprach, lächelte ich und sagte: „Ein Mensch wie ich hätte nicht lernen sollen zu lesen." Aber damit hatte ich nur die Wut Philipps geweckt: „Könnten alle Frauen und Männer lesen, die verleumdet werden und könnten sie nachrechnen, wie einträglich diese grausamen Geschäfte für die Kirche sind, würden sie nur noch den Papst fürchten, aber nicht die Teufel! Wahrlich, die Hölle findet hier auf Erden statt und wird von den geldgierigen Priestern betrieben. Dabei ist uns Christenmenschen doch im Heiligen Wort einzig die Errettung aus unseren Nöten versprochen." „Nehmt Euch in Acht, ich befürchte, Ihr handelt euch sonst den Ärger des Papstes ein", warnte die Kurfürstin den Landgrafen: „Vergesst nicht, auch Luther haben sie mit dem Bann belegt!". „Ja, Luther haben sie mit dem Bann belegt und das erst gab ihm den Mut, die päpstliche Bulle zu verbrennen. Mich gelüstet damit fortzufahren!“ Der Landgraf hatte sich ereifert, aber wie immer fand sein Zorn eine gute Wendung: „Ich weiß, welches Bollwerk ich gegen die Aufhetzung des Volkes wähle. Ich werde eine Universität gründen, in der sich der Geist frei entfalten kann und alle Dispute zur Wahrheitsfindung dienen!“ Die Kurfürstin nickte wohlwollend mit dem Kopf und ermutigte den Landgrafen: „Nur zu mit Euren guten Taten und werdet nicht müde! Ihr seid mir ein Bruder in Christo.“

Ich fühlte mich noch lange schwach und es war mir, als könnte ich den Schmutz von mir nicht abwaschen, der sich mit dem grausamen Buch auf mich gelegt hatte. Ich ließ mich vom Alltag an die Hand nehmen. Meine Herrin freute sich, als ich wieder das Bett mit ihr teilen konnte. „Nun liegen wir wieder zu dritt im Bett und so ist mir am wohlsten“, sagte sie, als ich sie am Abend ausgekleidet und ihr die Haare ausgebürstet hatte. Das kleine Kind, das in ihr wuchs, war somit auch meines.

Die Kurfürstin sah am Abend nach uns, als ob wir kleine Kinder seien. Doch sie tat es, um ihre Hand noch einmal segnend auf den Leib Elisabeths zu legen. Und dann plauderten sie noch einmal über den vergangenen Tag und Elisabeth beschloss, Lorleberger wieder nach Münden zu schicken, damit dort die Geschäfte nicht liegen blieben.

Bei einem solchen Gespräch am Bett Elisabeths erfuhr ich auch die Wahrheit über den Bauern, der das Pferd nach Münden gebracht hatte. Er hatte sich im Mai, als meine Herrin mit uns nach Stettin zur Hochzeit reiste, dem Bauernaufstand angeschlossen und seine Brüder im Süden unterstützt. Da die aufständischen Bauern im Süden für „vogelfrei“ erklärt wurden und somit jedem schutzlos ausgeliefert waren, entschlossen sie sich zum Krieg gegen ihre Landesherren. „Sie hatten einen Schuh, der mit Bändern geschnürt war, auf einen Stock gespießt und zogen mit ihren unzureichenden Waffen gegen ausgebildete Kriegsveteranen.“ „Und unter ihnen war jener Bauer?“, fragte Elisabeth nach. „Was er gemacht hat, weiß ich nicht, jedenfalls hat er das Gemetzel überlebt." „Warum habt ihr mir nichts davon gesagt? Auch Erich I. berichtete mir nichts von den Unruhen, die die Bauern gestiftet haben." „Mein Kind", beruhigte sie ihre Mutter, „es war für Euch doch genug, zu heiraten und das Elternhaus zu verlassen. Wir wollten Euch nicht noch andere Sorgen aufdrücken", erklärte die Kurfürstin. „Aber dann habe ich jetzt einen aufständischen Bauern in Münden. Und den habt Ihr mir wie eine Laus in den Pelz gesetzt!", empörte sich Elisabeth. „Dieser Bauer wird euch treuer zur Seite stehen, als jeder andere", beruhigte die Mutter. „Er kam einzig zurück, um seine ihm bereits angetraute Frau zu ehelichen. Und es verhält sich auch so, dass wir hier die Bauern nicht zu fürchten haben, denn sie haben ein besseres Auskommen, da sie bereits Geld für ihre Ware erhalten." „Was ist denn im Süden des Landes für die Bauern anders?", erkundigte sich Elisabeth. „Oh, da spielen viele unterschiedliche Entwicklungen eine Rolle", erklärte die Kürfürstin: „Zum einen leben die Bauern in großer Abhängigkeit von ihren Landesherren, was dazu führt, dass sie ihnen hilflos ausgeliefert sind. Die Edlen machen sich über die Frauen und Kinder der Bauern her, und wenn sie etwas auf dem kargen Land erwirtschaftet haben, so werden unerbittlich die Abgaben fällig. Es gibt keinen Stand in ganz Deutschland, der so arm und verachtet ist wie der des Bauern. Im Grunde hatten sie sich daran gewöhnt, wie Sklaven ohne Rechte zu leben. Aber wenn einem die Kinder wegsterben und die einzigen gesunden Söhne auch noch für die eigenen Peiniger in den Krieg ziehen müssen und nicht die Felder bestellen können, so entsteht früher oder später eine nicht mehr zu bändigende Wut. Das Fass zum Überlaufen brachte jedoch die neue Verordnung, dass nicht nur der Zehnte Teil der Früchte der Ernte abgegeben werden sollte, sondern auch noch der zehnte Teil des Viehs. Damit verloren die Bauern ihre wirtschaftliche Grundlage. Sie hatten nichts mehr, womit sie Handel treiben konnten. Und Ihr könnt euch denken, dass sie immer die besten Tiere, die jung und gesund waren und sich zur Zucht eigneten, oder die besten, schlachtreifen Tiere verloren." Elisabeth entgegnete: „Aber wir treiben doch auch die Steuern ein! Und es ist richtig so!" „Gewiss treibt Ihr die Steuern ein, aber Ihr haltet euch an die Regeln. Die meisten Bauern haben mehrere Herren über sich, und wenn diese die Steuern mehrmals jährlich eintreiben, so kann sich jeder ausrechnen, dass für die Familie nichts mehr übrigbleibt." „Und herrscht nun wieder etwas mehr Gerechtigkeit?" erkundigte sich meine Herrin. Die Kurfürstin schüttelte den Kopf. „Elisabeth, mein Kind, wo denkt ihr hin! Der Tod der Bauern besiegelte doch deren Elend erst recht! Ich denke, fast alle Familien der nun Geächteten werden den Winter nur mit Mühe überleben. Die Landesfürsten wird das nicht weiter stören. Sie kümmern sich erst wieder um die Bauern, wenn sie die eigenen Kammern füllen wollen und ihnen ihr Wildbret nicht reicht." „Mutter, Ihr sagt das so frei heraus. Und ich denke, Ihr wollt mir damit auch sagen, dass ich selber sorgsam sein soll?" „Ja, mein Kind, das will ich wohl sagen. Versuche dich zu begnügen. Wir sind es so sehr gewohnt zu herrschen und Ansprüche geltend zu machen, dass wir dabei übersehen, welchen Preis andere dafür bezahlen. Und es werden immer mehr, die um das Hab und Gut anderer ringen." Wie gerne hätte ich nun die Kurfürstin noch viel mehr gefragt! Aber ich war wieder das Stück Mobiliar oder besser gesagt ein Kopfkissen, das zur Seite gerückt wurde, damit die Mutter besser Platz fand. Ich betete, meine Herrin möge die Fragen stellen, die mir auf der Zunge brannten. Was war wirklich geschehen? Warum ging es hier den Bauern besser? Sie waren doch auch hier elende Gestalten, die keine Rechte hatten. Einzig an den Sonntagen wurden sie mit allen andern in die Liste der Kirchgänger aufgenommen. Und wozu hielten sie eigentlich einen albernen Schuh in die Höhe? Und was hatte unser Berliner Bauer erlebt? Elisabeth fragte nur: „Ihr seid Euch also sicher, dass mir vom Bauern keine Gefahr droht und er mit der Köchin ein falsches Spiel spielt?" Das war das Einzige, was sie fragte. Ich musste also zu Bertha gehen, wenn ich Genaueres erfahren wollte. Und ich konnte nun offen mit der Köchin und dem Bauern sprechen. Jedenfalls dann, wenn es keiner zu hören bekam. Ich könnte ihnen dafür im Gegenzug von der Hexenbulle erzählen. Schließlich kannten sie diese nicht. Doch ich brauchte das Wort nur zu denken, schon kroch mir die Angst unter mein frisch gebügeltes Nachtkleid und meine Haut begann zu frieren und zu schwitzen.

Was Wunden reißt, wird sie auch wieder heilen. So geschah es jedenfalls bei mir und es geschah noch in der Zeit, als wir in Kassel weilten. Hatten mir die Buchstaben des Hexenhammers das Herz zerrissen, so wurde es durch die Buchstaben der Heiligen Schrift wieder geheilt. Und das kam so:

Die Kurfürstin erkundigte sich bei Philipp nach den Übersetzungen Luthers. Er hatte fast das gesamte neue Testament in einzelnen Evangelien vorliegen. „Wenn Ihr wollt, sucht euch ein Evangelium aus, und meine Schreiber sollen es bis zu Eurer Abreise kopieren", bot er uns an. Also gingen meine Herrin und ich in die Schreibstube und suchten ein Evangelium aus.

„Kommet her zu mir alle, die ihr mühselig und beladen seid. Ich will euch erquicken..."

Das waren die ersten Worte, die ich las. Elisabeth hatte sich das Lukasevangelium gegriffen und es dauerte nicht lange, da liefen ihr die Tränen über die Wangen und sie rief: „Dieses Evangelium möchte ich haben. Das ist die beste Weihnachtsgabe, die ich Münden bringen kann. Denn auch mich sah Gott freundlich an und ich trage nun ein Kind. Und wie er Maria und Josef zur Seite stand, so begleitet er auch uns auf allen Reisen."

„Es verhält sich seltsam", sagte Elisabeth später zur ihrer Mutter: „Ich kenne die Geschichten und die Worte. Mir sind auch die lateinischen Übersetzungen vertraut und ich verstehe den Sinn. Aber wenn man sie selber liest, so mitten im Alltag in der eigenen Sprache – da ist Gott unser Freund, der uns einlädt und liebt. Wenn hingegen die Geistlichen bei ihren Messen drohend die Fäuste ballen und wir auf Knien liegen, so bleibt mir auch die Liebe Gottes fern."

Vierzehn Schreiber kopierten in fünf Tagen das Lukasevangelium und die anderen bereits übersetzten Evangelien wurden in Wittenberg bestellt. Das Neue Testament hatte Luther bereits übersetzt und wo immer eine Druckmaschine im Land stand, klapperte und ächzte sie bei Tag und Nacht und spuckte mit schwarzer stinkender Tinte die gute Nachricht aus. Hunderttausend Exemplare waren bereits gedruckt und die Menschen verlangten nach immer mehr. „Die Übersetzungen Luthers übertreffen erstmals die Druckauflagen des Hexenhammers", erklärte die Kurfürstin. "Und das Schönste ist, dass die Bibel von allen gelesen werden kann und weitererzählt wird." Welch eine Erleichterung für mich. Ich wünschte mir, die Bücher des Hexenhammers würden auf einem Haufen verbrannt oder würden in den Gefängnissen und Löchern verrotten und nicht die Menschen. Wir würden also auch solch ein gedrucktes Evangelium erhalten. Meine Herrin sprach mir aus dem Herzen, als sie sagte: „Das Wort Gottes in Deutsch wird uns so in den nächsten Jahren Freude bereiten." Und sie fügte entschlossen hinzu: „Das bedeutet noch lange nicht, deshalb dem Papst untreu zu werden oder die Hexenbulle zu verbrennen."

Am liebsten hätte ich nie wieder etwas über Hexen und Zauberer gehört. Mir genügte die schöne Mühe, die Haare zu richten, die Kleider zu ordnen oder die köstlichen Speisen zum Munde zu führen. In Kassel gab es stets genug davon und darüber hinaus pflegten sich am Kasseler Hof alle durchreisenden Herrschaften und Boten einzufinden, und diese brachten die neuesten Nachrichten mit, noch ehe die Boten sie an ihre Empfänger ausgerichtet hatten.

Ich wäre noch gerne in Kassel geblieben oder viel lieber wieder nach Münden zurückgekehrt, aber meine Herrin und die Kurfürstin waren reiselustiger als ich. So musste ich die Kleider packen und Abschied nehmen.

Meine Herrin wollte einen guten Teil der Strecke selber reiten, damit sie die Felder besser im Blick hätte. Sie bediente sich dazu des neuen Gaules, den ihre Mutter mitgebracht hatte.

Wir hatten eine ausgesprochen vergnügliche Reise und waren umso enttäuschter, welch unwirtlichen Eindruck uns das Kloster Bursfelde bot. Obwohl wir angemeldet waren, hatten die Mönche keine besonderen Vorbereitungen getroffen. Wir bekamen Unterkunft und Essen, der Abt sprach mit meiner Herrin und deren Mutter, aber sie waren nicht erfreut, die Frauen zu treffen. Alles Wichtige, und mir scheint, auch alles Schöne wollten sie mit dem Herzog selbst besprechen. Da sie um den Zustand meiner Herrin wussten, gaben sie ihr nur ungewürzte Speisen zu essen und reichten ihr weder Wein noch Bier. Elisabeth beklagte sich nicht, aber sie legte auch keinen Wert darauf, die Freundschaft der Klosterbrüder zu gewinnen. Wenn wir in die Nähe von Klosterbrüdern kamen, flüsterten sie untereinander so, dass es den Anschein hatte, wir sollten nichts erfahren. Und dann kam auch noch der Tag, an dem die Kurfürstin sich erkundigte, wer denn im Loch so erbärmlich heulen würde... Es sei eine entflohene Bauersfrau, die vorgegeben hatte, eine Nonne zu sein. Sie habe sich somit Essen erschlichen und es zu ihren versteckten Kindern getragen. Sie habe damit Gott gelästert und würde nun wohl nach der Folter ihre Sünden beweinen. Die Kurfürstin erzählte uns später eine Geschichte von Luther. An seine Tür hatte auch eine ärmliche Frau geklopft und gesagt, sie sei eine entlaufene Nonne. Er hatte sie aufgenommen und als Magd angestellt. Wenige Wochen später war sie mit einigen wertvollen Gegenständen auf und davon. Doch nicht nur das: Sie hatte ihm ihr frisch geborenes Kind zurückgelassen. „Und?“, fragte Elisabeth. Auch ich wartete gespannt auf den Fortgang der Geschichte. „Nun“, fuhr die Kurfürstin fort und ließ sich viel Zeit, unsere

Neugierde zu befriedigen: „Also, Martinus Luther stand da mit dem kleinen Kind. Seine Frau Käthe war aber für einige Wochen verreist. Was sollte er mit dem Frischgeborenen anfangen?“ „Ja, was denn?“, drängte Elisabeth. Uns schien nun das Glück aller Mütter und deren Kinder von der Antwort der Kurfürstin abzuhängen. „Nun, er trug den kleinen Knaben ins Waisenhaus und bezahlte gleich für ein ganzes Jahr die Rechnung. Er versprach, solange für den armen Wurm zu bezahlen, bis er groß sei und ein anständiger Mensch aus ihm geworden wäre.“ Wir waren erleichtert und sehr zufrieden. „So verschieden können Menschen reagieren“, ergänzte die Kurfürstin. „Da ist die Frau Käthe aber sicher stolz auf ihren Mann“, rutschte es mir von den Lippen. Ich hatte es ganz ehrlich gemeint und gerade deshalb begann die Kurfürstin lauthals zu lachen. „Ihr kennt Käthe schlecht! Selbst wenn sie genauso gehandelt hätte, oder noch viel wahrscheinlicher hätte sie das Kind mit an ihre eigene Brust gelegt. Aber ihren Mann hat sie wegen seiner Leichtgläubigkeit sehr gescholten und verbot ihm, je wieder eine Magd einzustellen, die nicht von ihr auf Herz und Nieren geprüft worden war. Sie jammerte noch wochenlang um ihr verlorengegangenes Hab und Gut.“ Wir Frauen waren mit der Wendung der Geschichte, die sich in Wittenberg zugetragen hatte, zufrieden. Das nächtliche Wehklagen der Frau, die mit ihren toten Kindern im Loch lag, stimmte uns jedoch alle traurig. Hatten wir nicht erst vor kurzem erfahren, dass die Bauersfrauen im kommenden Winter nur schlecht würden überleben können? Und hatte die Frau nicht alles getan, was in ihren Kräften stand? Wir konnten den Kummer und die Schmerzen wohl verstehen und es war ein fragwürdiges Vorrecht, dass wir so sicher in den Betten lagen.

Dem Abt hatte sie jedoch in der folgenden Nacht zu laut geheult. Er ließ so lange große Steine in das Loch werfen, bis nichts mehr zu hören war. Da zogen wir es vor, früher als geplant nach Nienover zu reisen. Niemand gab sich Mühe, uns von den neuen Plänen abzuhalten. Das Leben der Mönche war eine Welt für sich. Wie dunkle Schatten huschten sie durch die Gemäuer und mich gruselte in ihren kalten Gebäuden und ich schauderte, wenn sie ihre Gesänge anstimmten.

Wir waren alle froh, entronnen zu sein! Auch ich setzte mich zeitweise aufs Pferd und ritt neben meiner Herrin durch die noch grüne Landschaft, auf der die Bauern die letzte Ernte einbrachten. Meine Herrin war sich nicht zu schade, die Menschen zu grüßen oder kurz mit ihnen zu sprechen. Ohne zu bitten, schenkten sie uns oft, was sie gerade in den Händen hielten, und wir spürten ihre aufrichtige Freude darüber, ihrer Landesherrin etwas von ihrer Güte zurückgeben zu können.
Nienover war das Gegenteil zu Bursfelde. Als wir Einzug hielten, eilten uns die Bediensteten entgegen, und da der Jäger des Herzogs auch von den Vorlieben meiner Herrin erfahren hatte, zeigte er ihr eifrig die Spieße und Gewehre, die in der Waffenkammer lagen. „Für die Wildenten legte ich gestern raffinierte Netze aus, ebenso Fallen für die Hasen. Ihr werdet Euch wundern, was uns alles auf den Tisch gelegt werden wird!"

Im Jagdschloss Nienover war meine Herrin wie verwandelt. Sie legte schon am frühen Morgen ihre Jagdkleidung an und trug den ganzen Tag keine andere Garderobe. Selbst ihre Hüte waren so gewählt, dass sie sich wendig zwischen Baum und Busch und auf dem Pferd bewegen konnte. Anders war ihre Mutter: „Reitet ohne mich und mit Gott", lachte die Kurfürstin und inspizierte lieber die Küche und alle anderen Räume, denn sie wollte sich mit dem Eigentum der Tochter vertraut machen.

Als die Kurfürstin mit mir allein war, zog sie mich ins Vertrauen und sagte leise: „Agnes, mir gefällt nicht, dass der schöne Raum, in dem ich nächtige, nach Parfüm riecht. Ein Mann will immer, dass seine Frau riecht wie nur sie alleine riecht. Falsche Frauen schmuggeln sich mit Parfüm ein, sie riechen auf der ganzen Welt gleich und sind schnell zu ersetzen... Aber sprich nicht mit Elisabeth darüber", bat sie mich. Da ich gewohnt war zu gehorchen, versprach ich gleich zu schweigen. Erst später wurde mir klar, was es bedeuten könnte, wenn hier öfter eine Frau zugegen war, die wir nicht kannten, die sich aber doch teures Parfüm leisten konnte. So wird wohl der Herzog, ehe er ehelichte, eine Mätresse gehabt haben? Aber, konnte man denn so lange noch das Duftwasser riechen? Doch ich überlegte nicht lange, denn es gab so viel zu tun! Da wir keine Dienstmagd vom Schloss gut genug kannten, hatte ich es mir in den Kopf gesetzt, selbst meine Herrin überallhin zu begleiten. Welch waghalsiges Unterfangen! Meine Herrin ritt schnell und sicher auf ihrem eigenen Pferd. Ich hingegen schenkte jedem Glauben, der mir versprach, mir eine lammfromme Stute auszuleihen. Die erste fromme Stute zwickte mich hinterlistig in den Arm, die zweite lahmte, noch ehe wir vom Hof waren. Daraufhin war Elisabeth so erbost, dass sie den Stallburschen anbrüllte. Ich durfte fortan ein Ross des Herzogs reiten. Auf dem Rücken des Hengstes lag die Welt weit unter mir und ich war, wenn ich wollte, schneller als meine Herrin. Nach wenigen Tagen hatte ich mich jedoch daran gewöhnt und ich fühlte mich selbst wie ein richtiger Jäger, obwohl ich ja nur in dessen Gefolge ritt. Meist ritt der Jäger voraus, meine Herrin hinterher und ich sah zu, dass ich beide nicht aus den Augen verlor. Aus den Händen meiner Herrin empfing ich Hasen und Rebhühner, und diese baumelten am Sattel meines Pferdes, wenn wir nach Hause ritten. In solchen Augenblicken fühlte auch ich mich wie eine Herzogin. Was sonst nur den männlichen Jagdgehilfen vergönnt war, Elisabeth scherte sich nicht darum. In diesem Aufzug überraschte uns Erich I. Wir waren gerade auf dem Weg ins Jagdschloss zurück, als er uns ohne Vorankündigung und ganz allein entgegenritt.

Meine Herrin freute sich so sehr, dass sie gar nicht wusste, was sie tun sollte. Der Herzog war jedoch abgesessen und half ihr vom Pferd.

Elisabeth glitt so schön in seine Arme, wie es immer in den Geschichten am Feuer erzählt wurde. In solchen Geschichten hingegen sind die Frauen nicht zuvor durchs Moor gewatet, um eine Ente aus dem Netz zu holen und sie steckten auch nicht mit schmutzigen Füßen in den Reitstiefeln.

Der Jäger gab mir ein Zeichen und so ritt ich mit ihm zurück. Der Herzog würde sich gewiss um meine Herrin kümmern.

Als sie später ins Jagdschloss kamen, hatte der Hase schon sein Fell an den Gerber verloren und schmorte nackt und hohl über dem Feuer. Die Hunde stritten sich um den Hasenkopf und knurrten wütend, wenn sich ihnen jemand näherte... Und ich war wieder eine normale Bedienstete, die bei den andern schlief und in der Küche aß. Das Gesinde bewunderte meine Kleider, fragte mich nach dem fernen Berlin und erkundigte sich nach Münden. Mir schien, sie kannten die Bediensteten Mündens besser als ich, und so konnte ich selber einiges Neue erfahren. Für mich war es einfach, in Nienover zu sein, denn es waren nur elf Bedienstete anwesend, die, wenn der Herzog nicht auf dem Schloss zugegen war, sogar im Dorf wohnten. Im Jagschloss selber wohnten nur der Jäger und ein altes Paar. Sie hielten es warm und sauber und riefen die Dienerschaft, sobald sie gebraucht wurde.

Im Solling wurde es früher dunkel als in Münden und die Nächte waren still und unheimlich. Der Wald schien in der Dämmerung selbst das Schloss verschlingen zu wollen, denn die Zweige schauten zum Fenster herein und klopften mit dem Wind gegen die Scheiben. Ich war froh, am Abend nicht nach draußen zu müssen. Und da es mir erlaubt war, das Evangelium den Bediensteten vorzulesen, saßen wir Abend für Abend in der warmen Küche und ich las, bis mir die Augen vom Licht der Kerzen tränten. Ich hatte niemanden gerufen und doch waren alle da. Vom Stalljungen bis zum Verwalter – alle wollten Gottes Wort auf Deutsch hören. Sie murmelten die Worte noch am frühen Morgen und bis in die Nachmittagsstunden vor sich hin, damit sie es auswendig hersagen konnten. Meine Herrin war sehr stolz auf mich und sagte es mir. Ich glaube, es war das erste Mal, dass sie mich lobte und das vor ihrer Mutter. Mit der Ankunft des Herzogs brauchte mich meine Herrin nur noch zum Ankleiden und Baden. Da sie weiter keine Aufgaben für mich hatte, ging ich auch der Kurfürstin zur Hand. Diese unterhielt sich so freundlich mit mir, als ob sie meine eigene Mutter wäre. Die Kurfürstin sagte, dass sie viel über Luther wisse und sie guten Kontakt hätten, da ihr Onkel, Kurfürst von Sachsen, immer auf dem neuesten Stand sei. Man nannte ihn auch „den Weisen," und ich verstand später immer besser, warum er so genannt wurde. Er hatte einen Priester zur Kurfürstin entsandt, der ein rechtschaffener Mann war, welcher die Lehren Luthers sorgfältig prüfte und in weiten Stücken als wahrhaft empfand. Johann Friedrich der Weise blieb trotzdem zeitlebens katholisch. Sein Bruder, Johann der Beständige, übernahm später sein Amt und war für die Lehren Luthers ebenso aufgeschlossen.

Die Kurfürsten von Sachsen waren es, die erst Luther das Leben retteten und später viele Anhänger Luthers unter ihren Schutz stellten und die ihnen die gebührende Ehre erwiesen. Die Kurfürstin erklärte mir, dass Luther, dessen Eltern ein hartes Leben hatten führen müssen, um die Familie zu ernähren, sich darauf verstünde, dem einfachen Volk das Wort Gottes zu verkünden. Am leichtesten wäre es, die frohe Botschaft mit Liedern zu verbreiten. „Wo Luther ist, ist auch Musik. Es gibt viele Lieder, die noch schneller durch die Lande reisen als die Bibelübersetzungen", erklärte die Kurfürstin. „Kennt Ihr ein solches Lied?", fragte ich gespannt. Sie antwortete fröhlich: „Aber natürlich kenne ich viele Lieder. Eines davon ist ein Psalm, den er ausschmückte und eine Melodie dazu machte; wenn du willst, bringe ich es dir bei. Ich lehre dich, die zweite Stimme dazu zu singen und dann überraschen wir das herzogliche Paar." Und sie sang mir vor:

„Ein feste Burg ist unser Gott, ein große Wehr und Waffen.
Er hilft uns frei aus aller Not, die uns nun hat betroffen.
Der alt böse Feind, mit Ernst ers jetzt meint;
Groß Macht und viel List, sein grausam Rüstung ist;
Auf Erd ist nicht seins gleichen.

Mit unsrer Macht ist nichts getan, wir sind gar bald verloren;
Es streit für uns der rechte Mann, den Gott hat selbst erkoren.
Fragst du, wer das ist? Er heißt Jesus Christ,
der Herr Zebaoth, und ist kein andrer Gott;
das Feld muss er behalten."

Sie sang es Satz für Satz und ich wiederholte das Gesungene. Es war auch nicht schwer und nach zwei Tagen machten wir damit Elisabeth und Erich I. unsere Aufwartung. Die beiden geizten nicht mit echter Freude, wobei Herzog Erich I. zu bedenken gab: „Nicht, dass mit den schönen Liedern auch die Reformation hier Einzug hält. Das sei ferne!" Und Elisabeth ergänzte: „Im gesamten Calenbergischen Land herrscht das Reformationsverbot. Lasst uns alle sorgsam darauf achten, dass wir den religiösen Eifer mehren, ohne damit Unfrieden zwischen den Gläubigen zu säen."

Später vertraute mir die Kurfürstin an, dass sie befürchtet habe, der Herzog würde sie deshalb gar von seinem Hof weisen. Ich tröstete sie: „Ich kenne Erich I. noch nicht lange, aber ich kann mir nicht vorstellen, dass er je die Hand gegen Elisabeth oder Euch erheben würde. Er ist ein sehr freundlicher Gebieter." Die Kurfürstin war sichtlich erleichtert über meine Worte und ich verstand, dass, egal wie hoch der Stand einer Mutter auch immer sei, sich jede Frau Sorgen um ihr Kind macht und sich über gute Nachrichten freut.

Die Kurfürstin wurde jedoch bald unruhig, da sie nach Berlin zurückmusste. Der Winter würde bald Einzug halten und sie wollte den Weg nicht im Schnee zurücklegen. Der Herzog gab ihr noch zusätzlich zwei gute Männer mit, welche die Kurfürstin im Calenbergischen Gebiet begleiteten und für eine gute Unterbringung sorgen sollten. Es solle der Mutter seines gesegneten Weibes und deren Gefolge an nichts fehlen, wies er die beiden an.

Die Mutter reiste ab, und meine Herrin und ihr Gemahl ritten noch eine ganze Strecke zum Abschied neben ihr her. Wie ich erwartet hatte, war Elisabeth fröhlich. Der Herzog war ein guter Ersatz für die Mutter. Und es schien, als könne die glückliche Zeit noch ein wenig anhalten.

Mit der Zeit fürchtete ich mich auch nicht mehr vor der Dunkelheit des Waldes. Da in einem Verschlag neben der Küche ein zahmer Uhu und eine kleine Eule untergebracht waren, sah ich die Gefiederten, wie sie des Tages schlummerten und am Abend aus der Hand des Alten ihre Fleischbrocken holten. Das vertrieb mir die Angst vor den Schreien der Greifvögel bei Nacht. Die beiden riefen genauso gruselig wie ihre wilden Genossen und waren mir doch vertraut. Meine Herrin und ich baten sogar darum, die Tiere selbst füttern zu dürfen. Und so suchten wir bei Tage wie die Kinder nach Gelegenheiten, vom Jäger oder in der Küche etwas für die Raubvögel zu erbetteln. Da wurde sogar eine erschlagene Ratte zu einer begehrten Trophäe.

Der Herzog hatte vor, noch auf Wildschweinjagd zu gehen, verbot jedoch Elisabeth, mit zur Jagd zu kommen, da es ein zu schweres Geschäft für eine Frau sei und das Töten von Wildschweinen ihrer Frucht schaden könne. Meine Herrin war deswegen wütend und zürnte Erich I. Ich tat, als ob ich nichts gehört hätte und mischte mich nicht ein. Sie einigten sich dann jedoch darauf, dass Elisabeth an der Lichtung verbleiben sollte, wo sie das erlegte Wild ablegen und ausweiden würden. Damit war meine Herrin einverstanden. Schön war sie und stolz, als ihr Erich I. vier Schweine, acht Hasen und drei Füchse zu Füßen legte. Ich trug reiche Beute zu den Greifvögeln. Sie fraßen und kröpften so viel in sich hinein, dass sie danach Mühe hatten, mit ihren schweren Bäuchen wieder auf die Stangen zu fliegen.

Mit den erlegten Wildschweinen stand für meine Herrin fest, dass sie nach Münden zurück solle, damit das gesamte Schloss Mündens in den Genuss der Schwarzkittel käme. Der Herzog wollte über wenige Wochen mit dem Fleisch des Rotwildes nachkommen. Wir packten unsere Sachen zusammen und verabschiedeten uns vom Gesinde und den Vögeln. Zwischen Farnwedeln und duftendem Heu durften die Schweine ihre Fahrt nach Münden antreten. Keiner kam auf die Idee, über Bursfelde zu reisen. Wir wählten die kürzeste Strecke, die der Herzog kannte. So würde er immer reisen, sagte er zu uns. Ich habe dies jedoch nie erlebt. Als er einige Zeit später nach Münden kam, reiste er über Bursfelde und hatte danach statt der vier Hirschen nur noch zwei, bei denen auch noch das Geweih fehlte.

Als wir in Münden ankamen, nutzte ich die ersten freien Minuten, um mich mit Bertha und der Köchin zu unterhalten. Ich wollte einfach alles wissen über die Bauern und den Krieg, den es gegeben haben sollte. Aus mir sprudelte auch alles, was ich wusste: „Sechstausend Bauern starben in dem ungleichen Krieg. Sie wurden niedergemetzelt und ihre Familien wurden zusätzlich noch von ihrem Land vertrieben. Niemand weiß, wie sie diesen Winter überstehen werden. Die Bauern werden schlechter behandelt als das Vieh, das wenigstens einen Stall hat und genug zu fressen. Stellt euch vor, als wir in Bursfelde waren..." Die Küchenmeisterin hatte jedoch kein Interesse an meinen Erzählungen. „Ihr bringt uns Wildbret ins Haus und wollt noch, dass ich dastehe und schwatze?" Ich wollte aber noch mehr wissen. Was der Schuh zu bedeuten hatte und warum die Bauern einfach so in den Tod liefen. „Frag meinen Bräutigam, der sagt dir alles genau. Aber geh dazu in das Haus des Schmieds, da seid ihr sicher."

Ich ging jedoch zu Bertha und fragte nach. Sie sagte: „Einer Köchin, die Schweine zu zerlegen hat und zudem noch in wenigen Tagen heiratet, solltest du nicht mit solchen Fragen kommen. Außerdem muss sie sich doch klug verhalten und darf sich nicht anmerken lassen, was sie selbst über den Bauernkrieg weiß. Es wird ihr schwer genug sein, nun einen Bauern zu ehelichen. Erzähle ihr keine dunklen Geschichten von Bauersfrauen! Sie ist hier Köchin und hat damit ein besseres Los. Wenn du wirklich wissen willst, was geschah, dann geh zum Schmied." „Ich möchte aber von dir noch mehr erfahren, denn wenn du mir etwas erklärst, dann kann ich es besser verstehen", bat ich Bertha. Und ich sagte ihr, dass ich ihr stattdessen von der Hexenbulle erzählen könnte, denn ich wüsste, was in ihr steht. Ehe mich die Altfrau aufklärte, lachte sie mich aus: „Wer etwas taugt und ein mutiges, anständiges Herz hat, braucht für eine gefährliche Information kein Tauschgeschäft, denn er steht immer mit seinem eigenen Leben und Gewissen für das ein, was er erfragt." Doch sie war wie immer milde mit mir, weil ich doch in einer Situation wie ihrer sei. Es gehe darum, mit dem Wissen Unheil zu verhindern und zu lernen, darüber zu schweigen und zu behüten. Ich verstand nicht, was sie meinte, denn ich war wirklich einfach nur neugierig. Bertha suchte sich einen Stock und zeichnete alle ihr bekannten Fürstentümer in den Staub. Danach unterteilte sie die Gebiete in viele Herrschaftsbereiche, diese wiederum in Teilherrschaftsbereiche... Es wollte kein Ende nehmen. „Das soll ich mir merken?", fragte ich sie entsetzt. Und es fielen nur die Namen Adeliger und kirchlicher Würdenträger – aber kein Wort über nur einen einzigen Bauern oder wenigstens eine Bauersfrau. Bertha hatte Gefallen an meiner Empörung gefunden. „Das wollte ich ja bezwecken", erwiderte sie zufrieden. „Wie du siehst, bleibt da wenig Platz für einen Bauern. Die Länder sind verpachtet, die Bauern Leibeigene. Die freien Bauern dürfen weder jagen noch fischen und es ist den Landesherren egal, wenn das Rotwild ihre Sämereien abfrisst und die Wildschweine ihre Äcker verwüsten. Deshalb kommen an vielen Orten die Bauern heimlich zusammen und sie sagen sich: Müssen Adelige, Fürsten, Äbte und Bischöfe die Herrschaft ausüben? Als Adam grub und Eva spann, wo war denn da der Edelmann? Die Bauern fragten sich, wem denn das Land gehört, das Gott schuf." „Sie wollten also keine Obrigkeit anerkennen?", entfuhr es mir. „Nun, das stand nicht im Vordergrund", erklärte mir Bertha. „Es war die Not, die die Armen zusammenbrachte. Und dann erreichte sie die Lehre Luthers. Sie begriffen, dass der, der sie liebt, auch Erbarmen mit ihnen hat und Gott sie in die Freiheit eines Christenmenschen führen will." „Und dann malten sie einen schönen Schuh auf die Fahne und kämpften?" „Sie malten keinen einfachen Schuh auf die Fahne. Es ist der Schuh eines Bauern, der gebunden wird, damit er bei der schweren Arbeit nicht verloren geht. Es ist nicht der Schuh eines Adeligen oder der Stiefel eines Ritters. Sie wollten sagen, dass ihr gebundener Schuh es wert ist, geachtet zu werden. Und ihre Waffe war die Harke. Womit sie ihr Brot verdienten, damit wollten sie sich auch zur Wehr setzen." „Und, haben sie gewonnen?" Bertha schüttelte über meine blöde Frage ungläubig den Kopf. Und ich wusste ja im Grunde selbst, dass die Bauern nun noch mehr leiden mussten. Aber auch das verstand ich nicht. Sie hatten sich doch gewehrt. Ich sagte Bertha, dass ich sehr gut wüsste, wie der Wahlspruch der Bauern hieß, denn die Köchin hätte es mir einmal gesagt: „Mit Gott! Mit dem Gekreuzigten! Aber gegen die Ungerechtigkeit der Grundherren." Bertha schaute mich fast mitleidig an und fragte mich: „Und du glaubst, dass ein solcher Wahlspruch zum Sieg verhilft?" „Wenn Gott hilft?" Ich glaube, Bertha war nicht zufrieden mit dem, was ich gelernt hatte, denn sie meinte: „Vielleicht ist es besser, du verstehst nicht alles. Aber das wisse: Gott will immer helfen, aber oft stellen sich ihm dabei Menschen in den Weg, die Kronen, Zepter und Kreuze tragen." Bertha entließ mich. Ich sollte ihr nichts über die Hexenbulle sagen, aber mit meinem Wissen der Heilerin dienen. Mit ihr sollte ich mich geheim treffen und ihr alle Fragen beantworten, die sie mir stellte. Die Heilerin würde mich ansprechen und einen Ort nennen. Bertha rief mich noch einmal zurück, als ich bereits ein Stück gegangen war: „Wenn du Mut besitzt und wirklich wissen willst, was geschieht, dann geh zum Schmied. Wenn dir jedoch eine warme Stube und ein ruhiges Gewissen lieber sind als der Gestank von heißen Eisen, dann denke nicht weiter darüber nach."

Elisabeth bekommt ihr erstes Kind und verrät ihre lutherische Mutter (1526)

Die Meisterköchin und der Bauer würden heiraten. Ebenso würden auch der Sohn des Schmieds und die schöne Madelaine den Bund der Ehe schließen. Altfrau Bertha hatte ihre Arbeit gut gemacht. Sie sah die Bediensteten des Hofes gerne in geordneten Verhältnissen leben. Als Ehestifterin tätig zu sein, war ihr eine besondere Freude.

Die Schneiderin und ich durften die Meisterköchin in die Kirche geleiten. Ihre Verwandtschaft hatte sich die weite Fahrt nicht leisten können. Die Schneiderin war so aufgeregt, als ob sie die Mutter der Braut wäre und später saß sie neben mir und schnäuzte sich lautstark in ein Taschentuch. Wir waren es aus unserer Heimat gewöhnt, dass sich eine Braut Thymian in die Schuhe steckt, um die Treue des Ehemannes zu festigen. Wie glücklich war der Bauer, als der Priester dem Paar das Band um die Hände schlang und das Sakrament damit besiegelte. Meine Herrin war sehr freundlich: Sie schenkte den Brautleuten Bettlaken, Tücher, zwei Becher und das Recht auf ein Stück Land. So stand die Köchin nicht nur in einem neuen Rock in der Kirche, sondern sie wurde gleichzeitig zu einer kleinen Bauersfrau, die einen eigenen Garten bewirtschaften konnte. Den gesamten Hochzeitstag erreichten die Brautleute noch weitere Geschenke: Sie bekamen noch zwei Hühner und eine junge Ziege, erhielten ein federnes Bett und eine Waschschüssel. Ich versprach beiden Paaren, ihnen das Evangelium im neuen Zuhause vorzulesen, sobald die Adventszeit beginnen würde. Die französische Magd würde nach der Eheschließung in die Schmiede ziehen. Während der Zeremonien war die schöne Magd so aufgeregt und zitterte so sehr, dass ihr Mann kurzerhand seinen starken Arm um sie legte. Da es ihm gelang, sie zu beruhigen, atmeten wir auch erleichtert auf.

Da das Landgrafenpaar in Kassel über die Hochzeit ihrer ehemaligen Magd informiert wurde, schickten sie dem Paar einen Käfig voller Hühner und einen anderen Käfig, in dem eine ganze Schar Enten schnatterte. Das Besondere daran war jedoch, dass diese von einem Paar überbracht wurde, das am Kassler Hof angestellt war und auch aus Frankreich stammte. Am Festabend holten sie ein Saiteninstrument aus ihrem Gepäck und sangen für die Braut ein Lied nach dem anderen. Es waren Lieder in einer Sprache, wie ich sie als Kind schon gehört hatte und wie sie auch in Kassel erklungen waren, wenn sie sich getroffen hatten zum gemeinsamen Musizieren und Tanz. Es war ein Fest für das Gesinde! Elisabeth hatte für jedes Brautpaar vierzig Liter Bier spendiert und die Gäste waren fröhlich. Da vergaßen alle, dass Madelaine eine Fremde war und die Mündener sie nicht in die eigenen Reihen aufnehmen wollten. Den ganzen Tag über dachte die Meisterköchin jedoch an den alten Brauch aus Berlin: Sobald sie einige Schritte ging, schaute sie in die Richtung ihres Bräutigams und murmelte: „Ik tret, ik tret up Thymian, lach du mir keene andre an." Dass sie Thymian in den Schuhen stecken hatte, roch jeder, der in ihrer Nähe war und als ich mich zu meiner Herrin legte, hörte ich noch beim Einschlafen die Stimme der Braut: „Ik tret, ik tret up Thymian..." So wird ihr Gatte gewiss treu sein.

Der November legte seine Nebel über die Flüsse und Niederungen, die Vögel sangen nicht mehr und einzig die Krähen umkreisten laut hörbar die Türme und krächzten von den Ästen herunter. Mir war es, als ob sie um Futter bettelten und ich verstand meine Herrin, die genau nachzählte, ob noch genug Vorräte in den Kammern waren, damit das Gesinde über den Winter wohl versorgt sei.

Erich I. hatte einige Pferde neu beschlagen und Elisabeth hatte ihm einen wollenen Umhang filzen lassen, damit er bei Unwettern gut geschützt sei. Dann brach er auf, um im Harz nach den Bergwerken zu schauen und in Goslar Verhandlungen zu führen. Heinrich würde auch dort sein und er würde sich mit seinem Neffen schon einigen.

Als der Herzog mit einem Trupp treuer Männer aus Münden ritt, fragte mich meine Herrin: „Habe ich etwas vergessen? Vergaßen wir, meinem Gemahl etwas einzupacken?“ Ich zählte ihr zuliebe alles auf, was wir getan hatten und wusste zur gleichen Zeit, dass der Herzog das warme Wams gewiss schon nach der nächsten Biegung seinem Knappen reichen würde mit den Worten: „Wenn du willst, behalte den Rock!“

Bald darauf verschluckte der Schnee die Landschaft und die weißen Hügel in den Straßen wuchsen gleich dem Leib meiner Herrin. Wenn sie nicht unterwegs war oder Gespräche führte, legte sie eine Hand sacht auf ihren Bauch und freute sich still.

Wir wurden mit süßem Gebäck und gebrannten Mandeln verwöhnt, noch ehe die Weihnachtszeit begonnen hatte. Diese teilten wir mit den Besuchern, die auf dem Weg durch das Land bei uns Rast machten. Elisabeth pflegte sich aufrichtig zu freuen, wenn Adelige oder Ritter bei ihr weilten. Am Heiligen Abend teilte sie an jeden, der kam, Äpfel aus. Sie sorgte dafür, dass im Siechenhaus und in der Aussätzigensiedlung am Heiligen Abend Kerzen brannten und ließ die Nachricht verbreiten, dass dort am Weihnachtstag nach der Messe ihre Kammermeisterin die Weihnachtsgeschichte auf Deutsch lesen würde. Die Kammermeisterin war ich, aber ich wurde überhaupt nicht gefragt, obgleich ich mir Weihnachten hätte schöner vorstellen können.

Als ich dann aber am Weihnachtstag nicht alleine durch den Schnee lief, sondern meine Herrin mich mit Zuckerzeug begleitete, schämte ich mich, weil ich ja die warme Stube nicht hatte verlassen wollen. Wir gingen zum Siechenhaus und staunten schon auf dem Weg dorthin. Es waren nicht nur die gewohnten armseligen Gestalten in den Betten, die uns erwarteten. Nein, es hatte sich herumgesprochen, dass wir das Wort

Gottes auf Deutsch lesen würden und so kam, wer zwei Beine hatte, um den Vortrag zu hören. Auf jedem der Betten saßen gut ein Dutzend Menschen. Sie standen in den Ecken, saßen in den Fensternischen, warteten unter den Fenstern und verstopften die Straßen. Als wir kamen, machten sie eine Gasse frei, bekreuzigten sich und zeigten ihre Verehrung. Als wir vorbeigingen, schloss sich die Traube umso enger und drängte uns nach. Im Flur des Siechenhauses gab meine Herrin den Sack mit dem Zuckerzeug in die Runde, damit jeder sich etwas nehmen sollte. Aber wer hatte denn mit so vielen gerechnet? Meine Herrin gebot, dass alle still sein sollten und sagte dann zu den Anwesenden: „Es liegt nun an meiner treuen Kammermeisterin, die mit viel Mühen das Lesen erlernte, euch die gute Nachricht der Weihnacht vorzulesen." Dann nahm sie eine Fackel und gab sie einem Burschen, der neben mir stand. Zögernd und so laut ich konnte, begann ich zu lesen:

„Es begab sich aber zu der Zeit, dass ein Gebot von dem Kaiser Augustus ausging, dass alle Welt geschätzt würde."

Als ich einen Satz gelesen hatte, wurde er weitergesagt zum Fenster und den Türen hinaus auf die Gassen, von einem zum andern. Dann las ich weiter:

„Da machte sich auf auch Josef aus Galiläa, aus der Stadt Nazareth, in das jüdische Land zur Stadt Davids, die da heißt Bethlehem, weil er aus dem Hause und dem Geschlecht Davids war, damit er sich schätzen ließe mit Maria, seinem vertrauten Weibe; die war schwanger. Als sie dort waren, da kam die Zeit, dass sie gebären sollte. Und sie gebar ihren ersten Sohn und wickelte ihn in Windeln und legte ihn in eine Krippe; denn sie hatten sonst keinen Raum in der Herberge."

Ein Murmeln erfüllte den Raum und die Straßen. Nach gut einer Stunde gingen wir weiter und es war, als ob der Stern mit seinem hellen Schweif auch über uns leuchtete, und unsere Herzen waren so froh, wie wir es noch nie zuvor gespürt hatten. Meine Herrin bestand darauf, auch mit zu den Aussätzigen zu gehen, obwohl sie Mithof, ihrer Mutter und Erich I. hatte schwören müssen, dass sie die Stätte so lange nicht mehr betreten sollte, bis das Kind gesund zur Welt gekommen und bei einer Amme sei. Aber was sollte ich an solch einem Tag protestieren? Meine Herrin war sich sicher, dass, wenn dann überhaupt, am heiligen Christtag Wunder geschehen könnten, die Aussätzigen gesunden könnten und sie selbst von heiligen Engeln umstellt sei. So zogen wir mit unseren Fackeln und einem Handkarren zum Dorf hinaus, immer weiter, bis zu den Wohnungen der Aussätzigen. Hinter uns her liefen die Leute aus dem Dorf, die noch einmal die Geschichte hören wollten. Ich stellte mich in der Mitte des Aussätzigendorfes neben den Karren und meine Herrin hielt mir die Fackel:

„Und es waren Hirten in derselben Gegend auf dem Felde bei den Hürden, die hüteten des Nachts ihre Herde. Und der Engel des Herrn trat zu ihnen, und die Klarheit des Herrn leuchtete um sie; und sie fürchteten sich sehr. Und der Engel sprach zu Ihnen: ‚Fürchtet euch nicht! Siehe, ich verkündige euch große Freude, die allem Volk widerfahren wird; denn euch ist heute der Heiland geboren, welcher ist Christus, der Herr, in der Stadt Davids. Und das habt ihr zum Zeichen: Ihr werdet finden ein Kind in Windeln gewickelt und in einer Krippe liegen.' Und alsbald war da bei dem Engel die Menge der himmlischen Herrscharen, die lobten Gott und sprachen: Ehre sei Gott in der Höhe und Friede auf Erden bei den Menschen seines Wohlgefallens."

So wahr Gott mein Zeuge ist, wenige Fackeln und das Wort Gottes verwandelten die dunkle Wohnstatt der Aussätzigen in einen hellen Tempel. Wenn ich aufsah, so konnte ich in die offenen Münder der Kranken schauen und selbst wenn kein Zahn mehr darin schimmerte, aus ihren Augen rannen Tränen, und sie lobten Gottes Liebe mit einer größeren Macht, als es der Goldglanz einer heiligen Reliquie bezeugen konnte. Die Worte, die ich las, verwandelten sich, während sie über meine Lippen kamen, zu einer Heilsalbe und einem köstlichen Geschmeide, dass jeder Bettler, so er bereit dazu war, empfangen konnte.

Spät in der Nacht gingen wir, von den mutigen Mündener Bürgern umringt, nach Hause zurück. Niemand fand dafür Worte und doch wusste jeder, dass nach dieser Weihnacht nie wieder etwas sein würde wie zuvor. Und mehr als um Brot und Arzenei bettelten nun die Aussätzigen um ein Wort aus der heiligen Schrift.

Später begriff ich, was dies für die Kirchenkassen bedeutete. Wenn es anhalten würde, dass das Wort Luthers, für dessen Druck er nie Geld annahm, auch ohne Bezahlung den Menschen erzählt werden würde, so würden immer weniger Gläubige zu den Reliquien pilgern müssen und dafür ihr Hab und Gut in die Hände der Geistlichen legen. Gottes Wort der Vergebung umsonst! Undenkbar! Auch Münden lebte von den Pilgern, die in die St. Blasius – Kirche kamen, um bei den Reliquien Vergebung zu erlangen.

Ein neues Jahr war angebrochen. Noch mussten die Pferde die Lasten auf Schlitten über die Straßen ziehen, doch Erich I. versprach zu kommen, sobald die Straßen frei wären. Zuvor bereiste er seine Ländereien erneut, um die Gelder für den neuen Krieg einzutreiben. Welch eine Welt war es, in der die Deutschen einen König hatten, der nur des Französischen mächtig war und die ihm dienen mussten – auch dann dienen, wenn er sogar gegen den Papst und Franz I. anritt!

Ich war froh, dass ich nicht alles verstehen musste. Meine Herrin ließ sich jedoch von Lorleberger genauestens unterrichten und war zufrieden, dass das nördliche Regierungsgebiet eine ebenso gute Verwaltung hatte wie Münden. In Neustadt bei Hannover konnte sich Erich I. auf genauso getreue Verwalter stützen, wie sie es auch in Münden tun konnte. Die Festung war ein wirksames Bollwerk gegen angreifende

Feinde und Erich I. konnte sich auf die Kanonen, die in der Gießerei in Neustadt angefertigt wurden, verlassen.

Mit dem Frühjahr kamen die Schwalben und der Herzog. Doch der Leib meiner Herrin feierte schon Erntedank und die Hebamme sagte, es würde nicht mehr lange andauern und sie würden ein Kind in Händen halten. Geduldig ließ Elisabeth alles über sich ergehen, wozu Mithof und die Hebamme rieten. Sie trank die Eselsmilch mit gemahlenem Quarz, legte sich nur noch auf die rechte Seite des Bettes und trat zuerst mit dem rechten Fuß auf, bis sie am frühen Morgen auf dem Weg zur Messe an meinem Arm plötzlich stehen blieb und sagte: „Das Wasser läuft aus mir, ich denke, es ist an der Zeit, die Hebamme zu rufen." Ich ließ meine Herrin nicht allein, sondern begleitete sie die Treppen hinauf und brachte sie zu Bett, bis mich die Hebamme verjagte wie einen Schwarm Tauben nach der Saat. „Geh endlich, geh", herrschte sie mich an und wedelte mich dabei mit ihren Handrücken zur Tür hinaus. Ich lief zur Altfrau Bertha und die nahm mich in den Arm und sagte, es sei wohl das Beste, wenn ich nun in die Kapelle ginge, um für meine Herrin zu beten. Sie würde nach mir schicken lassen, wenn alles vorbei wäre. Ich ging in die Kapelle, obwohl ich nicht beten konnte, denn um was sollte ich bitten? Ich hatte ja keine Ahnung, was nun zu tun war! Nur eine einzige Sorge beherrschte mich: Meine Herrin, würde sie diese Geburt überleben? Waren nicht schon so viele Frauen im Kindbett gestorben? Und sie war doch so zart und klein. Sie war ja immer noch selbst ein Kind mit kleinen Brüsten und schmalem Becken. Mir liefen schon die Tränen aus den Augen, ehe ich die Kapelle erreicht hatte. Es war mir nicht möglich, einen klaren Gedanken zu fassen. Ich musste mich wohl auf der Bank vor- und zurückgewiegt haben, denn als mich Madelaine fand, hatte ich mir meine Stirn an der Vorderbank blutig geschlagen. „So beruhige dich doch", flüsterte sie. „Es ist doch nur Gottes Wille, der geschieht. Und wie Maria ihren Sohn zur Welt brachte, so wird der Allmächtige auch unserer Herrin

Elisabeth beistehen." Ich wollte antworten und sagen, dass ich es glaubte und Gott vertraute, aber als ich meinen Mund öffnete, drang nur ein lautes Schluchzen aus ihm. Da erzählte mir die französische Magd noch einmal die Geschichte aus der Bibel und erklärte mir, dass Elisabeth die Tante und Freundin Marias war. Ob ich mich noch an die Weihnachtsgeschichte erinnern würde? Die im anderen Evangelium, wo von Zacharias die Rede war und seiner Frau Elisabeth. Und wie sich Maria ganz allein aufmachte, um Elisabeth zu besuchen...? Ich erinnerte mich dunkel. Und da fragte mich die Magd: „Meinst du nicht auch, dass die Heilige Maria nun alle beschützt, die Elisabeth heißen? Damals ging sie zu Elisabeth und heute wird Maria bei unserer Elisabeth sein. Es wird alles gut. Ich spüre es." Da begriff ich es langsam. Meine Herrin hatte in der Jungfrau Maria die beste Freundin, die es gab. „Ich bleibe bei dir", versprach mir die französische Magd. „Altfrau Bertha schickte mich zu dir. Sie sagte, dass während einer Geburt weder der Vater des Kindes noch eine gute Kammermeisterin allein sein solle." Und so saßen wir da. Hand in Hand. Stunde um Stunde.

Als Bertha kam, um uns zu holen, war es bereits tiefe Nacht. Bertha sagte uns, dass wir ein gesundes Mädchen hätten. Sie verbesserte sich gleich darauf: „Der Herzog hat eine gesunde Tochter bekommen und Elisabeth hat ausdrücklich befohlen, dass du, Agnes, das Kind sehen sollst, ehe es zur Amme gebracht wird."

Ich hatte Mühe, meine Hand aus der Hand der Magd zu lösen. In den letzten Stunden schienen unsere Hände ineinander gewachsen zu sein. Bertha löste unsere Hände und sagte: „Nun Kinder, freut euch doch!"

Das Kind hieß wie jedes erstgeborene Mädchen aus adeligem Geschlecht nach der Mutter: „Elisabeth". Weil sie so klein war, nannten wir sie Elisa. Sie war wie ein kleines Vögelchen, das die Augen geschlossen hielt und sanft atmete. Ich konnte mich nicht sattsehen und seufzte, als Elisa fortgetragen wurde. Wie gerne hätte ich sie mit ins Bett genommen und die ganze Nacht Wache gehalten!

In der folgenden Zeit sehnte sich meine Herrin nicht nur nach ihrem Gatten, sondern auch nach ihrem Kind. Doch sie hielt sich an die Vorschrift, dass die kleine Elisa nur kurz in den Morgenstunden zu ihr gebracht werden durfte und sie am Abend das Kind nach dem Bade zu Bett brachte. Begann das Kind zu weinen, so hatte die Amme die Aufgabe, das Kind zu trösten, selbst wenn Elisabeth schon ihre Hände nach dem Kind ausgestreckt hatte. So sehr sich meine Herrin immer auf ihr Kind freute, so schwer konnte sie sich von dem kleinen Wesen trennen. „Ich werde nur so unzureichend meinen Aufgaben gerecht", klagte sie Mithof. „Zum einen habe ich meinem Gatten keinen Erben geboren, denn es ist nur ein Mädchen und dann hänge ich an dem kleinen Geschöpf, wie es eine Bäuerin tut, die es Tag und Nacht bei sich trägt." Mithof tröstete Elisabeth: „Die Sterne sagen mir, dass das nächste Kind ein Sohn sein wird und auch die Hebamme las aus der Nabelschnur, dass ihr bald einen Sohn empfangen werdet."

Ich dachte jedoch das Gleiche wie meine Herrin: Wie sollte sie empfangen, da Erich I. bald nach der Geburt abgereist war? Ich lag all die Nächte bei ihr und spürte, wie sehr sie sich nach der Nähe ihres Kindes und der Gegenwart ihres Gatten sehnte. Aber wir beide blieben allein.

Niemand am Hof ahnte, dass meine Herrin unter der Trennung litt, denn Elisabeth war freundlich und aufmerksam. Als Landgraf Philipp in Homburg einen Reichstag einberief, erwartete sie genauen Bericht. Es war erstaunlich, wie loyal sich der Landgraf die verschiedenen Meinungen angehört hatte und niemanden zwang, seinen eigenen Überzeugungen zu folgen. Luther hatte ihn zuvor ermahnt, er solle seine eigene Meinung zurückhalten, denn er wäre in vielen Dingen auch ihm zu revolutionär. Philipp der Gutmütige gab sich zufrieden, wusste er doch, was er in seinem Land als nächstes in Angriff nehmen wollte: In Marburg eine Universität gründen und in den Dörfern und Städten Schulen einrichten, die kostenfrei von allen Kindern besucht werden sollten. Ebenso fand der erste Reichstag in Speyer statt. Es war nicht von ungefähr, dass sich dort Philipp wieder für die evangelische Sache stark machte, und auch Elisabeths Großonkel, Johann von Sachsen, appellierte an die Vernunft der Beteiligten, den Lehren Luthers nicht mit dem Kriegsbeil zu begegnen. Es herrschte eine große Unsicherheit, wie sich die Landesfürsten in der Religionsfrage verhalten sollten. Um wenigstens keinen Streit aufkommen zu lassen, wurde festgelegt, dass es vorerst Sache der Landesherren sei, wie sie mit den Konfessionen verfuhren. Jeder Landesherr sei für die religiöse Zugehörigkeit seiner Untertanen zuständig und er solle darüber entscheiden, ob sie altgläubig bleiben oder lutherisch werden sollten. Die Städte und Dörfer hätten ihren Landesherren ebenso Folge zu leisten. Da Luther des Blutvergießens müde war, stimmte er den Beschlüssen zu und hoffte auf eine friedliche Ausbreitung der wahren Christenlehre. Somit begann das Landeskirchentum, in dem genau festgelegt war, welche Städte und Gebiete reformiert waren und welche nicht.

Doch was an großen Tischen so planbar aussah, entpuppte sich im Laufe der Jahre als unhaltbar, denn die Religionszugehörigkeit war die Sache jedes einzelnen Bürgers. Niemand wollte sich das Recht absprechen lassen, seinem Herzen zu folgen.

Meine Herrin ließ sich genauestens unterrichten und versuchte, sich geschickt zu verhalten. Und doch waren ihre Worte oft zu schnell ausgesprochen und konnten nicht mehr rückgängig gemacht werden, selbst wenn sie es danach bitterlich bereute. Einer der ersten größten Fehler war es, als sie ihre eigene Mutter an den streng katholischen Vater verriet. Wir hatten ja beide erlebt, dass die Kurfürstin eine Anhängerin Luthers war. Als Elisabeth zu Ohren kam, dass ihre Mutter das Abendmahl in beiderlei Gestalt zu sich genommen hatte, als ihr Vater verreist war, wurde sie wütend. „Wie kann meine Mutter das meinem liebsten, streng altgläubigen Herrn Vater und Kurfürsten von Brandenburg antun!", brüllte sie und rannte in der Stube herum. „Wie kommt sie dazu, ihm derart in den Rücken fallen? Meine Frau Mutter hat nicht nur die Hostie zu sich genommen, sondern auch vom Wein, dem Blut des Herrn getrunken. Das ist das verräterische Zeichen, dass sie zum lutherischen Glauben übergetreten ist". Elisabeth war entsetzt, dass ihre Mutter, die doch ebenfalls davon unterrichtet gewesen sein musste, dass es Sache der Landesherren war, über die Konfessionen zu entscheiden, so einfach ihrem wankelmütigen Herzen gefolgt und konvertiert war. Im nächsten Brief schrieb sie an ihren Vater:

„... Und ob er wüsste, was alle Lande weiß, dass die werte Frau Mutter an Ostern während seiner Abwesenheit das Abendmahl in beiderlei Gestalt genommen habe? ..."

Als der Kurfürst diese Zeilen las, war er dermaßen erbost, dass er anordnete, seine ungetreue Frau hinrichten zu lassen. Er sperrte sie im eigenen Schloss in den Turm und erwartete ihre Absage an die lutherische Lehre und die Rückkehr zum katholischen Glauben. Er gab ihr ein Jahr Zeit, die Sache zu bedenken, danach solle sie brennen. An ihr sollte ein Exempel statuiert werden, um zu zeigen, was mit all denen geschehen sollte, die sich seinen Anordnungen widersetzten.

So saß die arme Kurfürstin im Turm und wurde kaum besser behandelt als ein Verbrecher. Nach einigen Wochen gelang es ihr jedoch, bei Nacht auf einem Pferd zu fliehen. Sie hatte nur ein Ziel: Ihren Onkel Johann von Sachsen. In zerrissenen Kleidern, abgemagert und schmutzig, trat sie vor ihren Onkel und warf sich vor ihm auf den Boden. Johann von Sachsen soll lange Zeit sprachlos gewesen sein und verstand nicht, welch Elend sich vor seinen Augen abspielte. Seine immer so fröhliche und stolze Nichte, kurfürstliche Mutter und gläubige Christin, war vor ihm auf die Knie gefallen und bettelte um seinen Schutz wie eine Verbrecherin! Er nahm die Kurfürstin mit offenen Armen bei sich auf, ließ ihr ein Bad herrichten und neue Kleider reichen. „Ich darf auf keinen Fall zurückgebracht werden. Hatte mein Gemahl für mich den Feuertod geplant, so will er mich nun bei lebendigem Leibe einmauern lassen. Und das scheint mir der schlimmste Tod zu sein." Johann von Sachsen wusste, dass die Kurfürstin die Wahrheit sprach, denn er kannte ihren grausamen Gatten. Sie wäre nicht die erste, die er in aller Öffentlichkeit, an Händen und Füßen gebunden, aufrechtstehend in eine Mauer einschloss. Oft dauerte es Tage, bis sie vollends erstickt oder verdurstet waren. Und nie wurden die Gebeine aus dem Gemäuer genommen und in die gesegnete Erde gelegt.

Als der Kurfürst von der Flucht und dem Aufenthaltsort seiner Frau erfuhr, ergriff ihn erneut ein großer Zorn. Er ordnete an, den Kerkermeister und alle Wachen einem abscheulichen Tod zuzuführen, da sie seiner Frau zur Flucht verholfen hatten. Zudem sandte er Berittene zu Johann von Sachsen mit folgender Nachricht:

„...Mit Bestürzung habe ich vernommen, dass meine untreue, verurteilte Gemahlin zu Euch geflohen sei und ihr Euch nicht zu schade seid, diesem Frauenzimmer Essen und ein Dach über dem Kopf zu gewähren. Da sie es wagte, im eigenen Hause zur Verräterin am päpstlichen Glauben zu werden und heimlich das Abendmahl in beiderlei Gestalt empfing, fordere ich Euch auf, unverzüglich die Kurfürstin gebunden zu mir zu bringen, damit sie ihren Irrtum bereut oder sie ihrer gerechten Strafe anheim geführt werde... „

Johann von Sachsen ließ sich nicht beeindrucken und diktierte seinem Schreiber:

„... Da meine werte Nichte aus freien Stücken zu mir kam und sie mich zudem um Schutz und Unterkunft anflehte, ist es meine Pflicht als Christenmensch, solch bedauerlichem Elend meine Barmherzigkeit zuteilwerden zu lassen. Ihr könnt nicht von mir verlangen, dass ich die Kurfürstin wie eine Gefangene herausgebe, zumal ich die Hoheit nicht entführt oder gezwungen habe. Ich versichere Euch aber, mit all meinen mir zur Verfügung stehenden Mittel zwischen Euch zu vermitteln, dass einem glücklichen Fortbestand Eurer geschlossenen Ehe nichts im Wege steht. Nennt mir Eure Bedingungen und ich werde auch mit der Kurfürstin in Verhandlung treten. Ich bitte Euch, seid bereit für einen Ausweg aus dieser so misslichen Lage...“

Der Fall war politisch viel zu wichtig, als dass er von den anderen einfach übergangen werden konnte. Der König Österreichs erklärte, die Fürstin habe nicht das Recht, ihren Mann zu verlassen. Und sie solle unverzüglich zu ihm zurückkehren. Auch Philipp von Hessen schrieb der Kurfürstin, die er schätzte:

„... Ich bitte Euch aufrichtig zu Eurem Manne zurückzukehren, denn was wäre das für eine Welt, in der die Frauen entfliehen und der christliche Glaube die Eheleute trennt...“

Doch die Kurfürstin wusste nur zu gut, was geschehen würde, wenn sie zurückkehrte. Und sie erklärte, dass

„...Ihr Herr Gemahl, Kurfürst von Brandenburg, schon länger als zwei Jahre mit ihr weder Tisch noch Bett geteilt habe und dies nach geltendem Gesetz ihr das Recht verleihe, sich von ihrem Mann zu trennen. Sie sei jedoch bereit zu ihrem Gatten zurückzukehren, wenn dieser ihr Glaubensfreiheit, Sicherheit für ihr Leben und die Wiederaufnahme des ehelichen Lebens versprechen würde...“

Der Kurfürst versprach nichts von alledem, sondern forderte weiterhin von Johann von Sachsen die Auslieferung der Kurfürstin und von seiner Frau, der Irrlehre abzusagen.

Johann von Sachsen beauftragte eine theologische Kommission in Wittenberg, sich mit der Lage auseinanderzusetzen. Sie brauchten lange, bis sie eine Entscheidung fällten. Diese sagte aus, dass in der Religionsfrage Glaubensfreiheit zwischen den Eheleuten herrschen solle und niemand den anderen zwingen könne.

Diese Schlacht hatte die Kurfürstin also geschlagen. Aber um welchen Preis? Nie wieder konnte sie nach Berlin zurück und der Kurfürst sorgte nicht für ihren Lebensunterhalt. Trotz der verschiedenen Vermittlungsversuche wurde ihr die zustehende Versorgung nicht gewährt. Sie lebte zeitlebens in ärmlichen Verhältnissen, was weder ihrer Geburt noch ihrem Stand entsprach. Sie hatte alles verloren und doch verstand ich durch ihr beispielhaftes, unbeugsames Handeln, was das Wort Jesu bedeutete:

„Wenn das Weizenkorn nicht in die Erde fällt und stirbt, bleibt es allein; wenn es aber stirbt, wird es viel Frucht bringen. Wer sein Leben behalten will, wird es verlieren. Wer aber von seinem Leben ablassen kann, wird sich ein ewiges Leben bewahren."

Hatte nicht die Kurfürstin dieses getan? Und nun hatte sie eine andere Familie gefunden: Sie beriet die Freunde Luthers, vermittelte entlaufenen Nonnen eine anständige Ehe und war um die Anliegen Luthers bemüht. Eine solche Frau war mir zuvor noch nie begegnet.

Wie gütig sie war, erlebte ich später, als sie mit ihrem ältesten Sohn, Kurfürst Joachim II., meine Herrin besuchte: Kein Wort des Vorwurfs über den Verrat an den Vater kam über ihre Lippen. Wie beim ersten Besuch schloss sie Elisabeth in die Arme und sagte: „Mein geliebtes Kind, wie glücklich bin ich, Euch zu sehen und Eure kleine Tochter herzen zu können…" Welch eine Mutter! Eine großartige Mutter für ihre Kinder und das ganze Land! Und welch Glück für meine Herrin. Die Kurfürstin unterstützte meine Herrin, wo immer es ging, und ihr Bruder versprach, stets alles in seiner Macht Stehende zu tun, um seiner Schwester ein guter Fürsprecher und Helfer zu sein. Das waren gute Aussichten, zumal Joachim II. ein aufwendiges Hofwesen hatte und über ein schlagkräftiges Heer verfügte.

Die Kurfürstin begleitete uns ins Siechenhaus und ermunterte meine Herrin, mit der Familie des Landgrafen Philipp noch mehr in Kontakt zu sein. Auch wenn die Freunde einem nicht immer Rat und Hilfe gäben, wie wir es uns wünschen, so seien sie doch wichtig. Und so kam es, dass bald darauf Philipp und seine Frau Christine uns einen Besuch abstatteten. Philipp hielt nicht viel davon, seine Kinder in die Erziehung anderer Familien zu geben. Wann immer es ging, brachte er die schnell wachsende Schar mit. Es sollte kein Jahr vergehen, in dem nicht ein Kind in der Wiege lag.

Elisabeths Bruder freundete sich bald mit dem Landgrafen an und erkundigte sich wissbegierig über die Einrichtung einer Universität und den Betrieb von Schulen. Elisabeth gestand aufrichtig, dass sie froh seien, den Sold für die Angestellten und die Hofhaltungen zahlen zu können. An mehr könne sie nicht denken. Ihr Mann sei auch ein Mann des Krieges und würde eher noch einige Kanonen bauen lassen, als teure Lehrer ins Land zu holen, von denen man auch nicht wüsste, was sie sonst noch für Lehren verbreiteten. „Und ich muss sagen", betonte sie, „dass mir der Besitz von fünf Kanonen einen ruhigeren Schlaf beschert als fünf Professoren es zuwege brächten." Darüber musste die Kurfürstin lachen: „So wart Ihr schon als kleines Kind, Ihr wolltet nicht einsehen, dass ihr nur mit Puppen spielen sollt und habt Euren Brüdern die Soldaten entwendet." „Nicht nur die kleinen Soldaten", ergänzte Joachim II. „Ihr wolltet auch, wie ich, mit sechs Jah-

ren ein eigenes Pferd besitzen und habt so lange geweint und getobt, bis man Euch versprach, nach einem zu schauen." „Ich erinnere mich", freute sich Elisabeth. „Es war ein kleines, braunes Pferd und ich bekam es mit einem wunderschönen Sattelzeug zu Weihnachten. Das Pferd von Mutter und das blinkende Geschirr und den weichen Ledersattel von Vater. Und ab dem Tag war ich erwachsen."
Erich I., der von dem Besuch wusste, schrieb an Elisabeth:

„Meine von Herzen geliebte Gemahlin, ich bitte Euch, die besten Grüße an Eure Frau Mutter auszurichten und lege noch einen Brief an Euren Bruder bei, in dem ich ihn herzlich darum bitte, über Calenberg zu reisen, damit ich einige Zeit mit ihm verbringen kann. Vielleicht können wir uns in Einbeck, nahe Dassel, treffen und gemeinsam nach Calenberg reisen. Auch würde ich ihm gerne Hannover zeigen und meinem Neffen Heinrich vorstellen… Ich lege Euch noch 40 Taler für Eure werte Mutter bei, weil ich von Ihrem Unglück hörte und so kann sie sich ein wenig Trost verschaffen. Ich kann Euch weiter mitteilen, dass wieder eine Ladung des feinen Goldfadens eingetroffen ist, dessen Ihr für die Stickereien Eures roten Samtmantels bedürft. Ich habe das Kleinod bereits in meinen Besitz bringen können…"

So sehr sich die Kurfürstin über die 40 Taler freute, ihre Augen leuchteten jedoch wegen eines anderen Gedankens. „Wart Ihr schon einmal in Einbeck und Calenberg? Kennt ihr Hannover und den Hof Heinrichs?", fragte sie Elisabeth. Meine Herrin schüttelte den Kopf. „Im letzten Jahr kam ich nur bis zum Jagdschloss Nienover und dann hielt mich unsere kleine Elisa in Münden." „Nun", beschloss die Mutter „was kann es besseres geben, als mit einem starken Bruder zu reisen und endlich wieder den Gatten zu sehen, nach dem Ihr Euch sehnt?" Und sie fügte hinzu: „Ich wünsche Euch so sehr, dass Eure Ehe glücklich sei! Und dazu müsst Ihr auch Zeit mit Eurem Mann verbringen können. Sonst, mein Kind, erinnern sich unsere Männer bald nur noch an uns, wenn sie die Kinder sehen oder sie uns brauchen, um ihre Position zu zeigen." „Mutter, wie Ihr sprecht!", entrüstete sich Elisabeth. Aber die Kurfürstin erwiderte schlicht: „Ich habe alle Freiheit, nun sagen zu können, was mein Herz will. Und mein Herz sagt Euch auch, dass ich in der Zeit Eurer Abwesenheit Elisa hüten werde, wie meinen eigenen Augapfel und Eure mildtätigen Geschäfte weiterführe." Da freute sich Elisabeth, sprang auf und herzte ihre Mutter: „Das ist eine Freude, Mutter, dass Ihr wisst, was vonnöten ist und was mein Herz braucht." „Wer sein Herz sprechen lassen kann, wird auch die Herzen erreichen", erklärte die Kurfürstin schlicht. „Weibergeschwätz!", meldete sich Joachim II. zu Wort. „Aber mit meiner kleinen tapferen Schwester reise ich mit oder ohne Herz gern!"

Es war also beschlossene Sache. Elisabeths Feder flog über das Papier, als sie an den Herzog schrieb:

„Mein von Herzen geliebter Gemahl, meiner treusorgenden Frau Mutter verdanke ich es, dass Ihr nicht nur meinen Bruder bald sehen, sondern auch Eure treue Gemahlin an Eurer Seite haben werdet. Sobald es die Geschäfte zulassen, werden wir mit kleinem Gefolge nach Einbeck reisen. Mithof wird uns die Ehre erweisen und an meiner Seite sein. Wobei ich ohne Neid weiß, dass seine Freude, Euch zu sehen, größer ist als die, eine schwache Frau zu beraten. Falls Ihr schon vor uns in Einbeck seid, so sauft nicht alles Bier zu neige, damit wir uns auch noch laben können... Vielleicht könnt Ihr schon die Herren von Hardegsen und Adelebsen informieren, dass die Herzogin in der Gegend sein wird und auf dem Weg nach Einbeck dort rasten möchte. Ich freue mich über die Maßen, wenn Ihr mir die Länder nördlich der Leine zeigt, denn somit werde ich zum ersten Mal im nördlichen Regierungsbezirk sein. Ich sitze gut im Sattel und fühle solche Kräfte, dass es mir nicht schwer fiele, gegen die Türken zu reiten..."

Johann II., der überall seine Nase hineinstecken musste, lachte über die Zeilen seiner kleinen Schwester. Trotzdem bewunderte er Elisabeth, die wohlgemut und zielstrebig die Dinge anpackte. Mithof bestätigte Elisabeths Lob über das Einbecker Bier.

„Es ist nicht zu unserem Schaden, wenn wir einige Tage in Einbeck weilen", erklärte Mithof. „Ich kenne dort eine passable Herberge und das Bier ist an keinem Ort so köstlich und bekömmlich, wie in der Brauerei." Er hatte dabei dem Sohn des Kurfürsten, Joachim II., freundschaftlich zugelächelt. Aber dann besann er sich auf meine Herrin, schlug sich gegen den Kopf und rief: „Vielleicht wollt Ihr zuvor lieber länger auf der Burg Adelebsen oder in Hardegsen weilen?" Entgegen seinen Erwartungen sagte Elisabeth: „Ich denke, eine gute Herberge und ein fröhlicher Gemahl sind für mich die größte Freude. Mir wird wohl bei unserer Reise genug Zeit bleiben, alles in Augenschein zu nehmen. Und da ich vorhabe, die Reise auf dem Pferd zurückzulegen, wird es mir ein Leichtes sein, die Gegenden um Adelebsen und Hardegsen zu inspizieren. Vor allem die Burg Hardeg will ich kennenlernen. So kann ich mit eigenen Augen sehen, wo der Vater meines Gemahls seine letzten Jahre verbrachte. Die Gestalt Herzog Wilhelms des Jüngeren ist mir ja vertraut, da sie auf seinem Sarkophag in der St. Blasius – Kirche abgebildet ist." „Könnt Ihr nach der Geburt überhaupt schon wieder so lange im Sattel sitzen?", fragte Mithof. „Ich sitze und reite so gut wie nie!", erwiderte sie. Ich war so stolz auf meine Herrin. Sie kannte keine Untätigkeit und selbst, wenn sie schwach war, wollte sie sich nicht schonen. Hätte ihr Schwiegervater noch gelebt, so hätte er sie gelobt. Der Herzog wirkte auf der steinernen Abbildung auf seinem Sarg immer noch lebendig und kampfbereit. Als ob er sich in voller Rüstung nur kurz zum Schlafen hingelegt hätte und gleich wieder mit Schwert und Schild bewaffnet aufspringen würde… So war auch meine Herrin. Ihre Schwäche währte ebenfalls nur kurz und selbst, wenn sie ruhte, lauerte ihr wacher Verstand auf den nächsten Einfall, plante die nächste Tat.

Wir waren alle sehr zufrieden: Mithof, weil er wieder den Herzog sehen wollte und endlich die Apotheken in Hannover und Braunschweig besuchen konnte… Joachim II., weil er seine Aufgaben als Regent wahrnahm und hoffte, wichtige Kontakte zu knüpfen… Meine Herrin, weil sie endlich wieder reiten, ihre Länder und ihren Gemahl sehen sollte… Die Kurfürstin, weil sie während unserer Abwesenheit ein Zuhause hatte und wichtige Aufgaben übernahm… Und ich konnte mich während der Reise darüber trösten, dass ich nicht mehr auf einem zu schnellen Ross oder einem lahmen Gaul reiten musste, sondern die wunderbare Stute meiner Herrin unter mir hatte. So lobte ich fortan die Zeit, in der meine Herrin kein Kind trug. Und ich lobte die liebevolle Kurfürstin wie meine eigene Mutter. Sie ließ es sich nicht anmerken, in welcher Angst sie lebte. Zu Heinrich nach Braunschweig hätte sie nie reiten dürfen, denn dieser hätte sie nur zu gerne an ihren Mann ausgeliefert. Die Kurfürstin konnte auch nicht in das königliche Elternhaus nach Dänemark zurückkehren, denn das wäre ein politischer Skandal gewesen.

Mithof bestand darauf, noch mehrere Herbergen anzusteuern, damit die Reise nicht so anstrengend sei. „Wenn es sich vermeiden lässt“, bat Elisabeth, „verschont mich mit dem Kloster von Bursfelde.“ „Das ist wahrlich kein Ort für Frauen“, gab er ihr Recht. „Doch ich kenne kleine Klöster und ehrbare Schenken, die Eure Hoheit mit großer Freude aufnehmen werden.“

Herzog Erich I. hat zum Unglück Elisabeths eine Mätresse (1527)

Nach fünf Tagen erreichten wir unser Ziel. Erich I. war ein sehr herzlicher Mann. Als er Elisabeth in Einbeck traf, drückte er seine Freude darüber aus, indem er die Ratsherren und Adeligen aus der Nähe einlud, seine Gäste zu sein. Er lobte meine Herrin und war stolz, wenn sie an seiner Seite schritt. Nach einigen Tagen reisten wir weiter nach Calenberg. Der Herzog verwöhnte seine Gemahlin und ihren Bruder, wo immer es ging. Er ließ es sich nicht nehmen, dass wir in Calenberg mit Kanonenschüssen empfangen wurden. Damit erwies er Johann II. seine besondere Reverenz. Wir hätten noch wenige Minuten zu reiten gehabt und sahen die Burg vor unseren Augen, als wir auf dem Rücken unserer Pferde den ersten Schuss hörten. Wie er uns Frauen damit erschreckte! Die Überraschung begriffen zuerst nur die Männer. Doch dann stellten wir uns in einer Linie auf, als ob wir in der ersten Reihe zum Angriff reiten sollten. Auch ich sollte mit in die Linie. Ein zweiter Schuss fiel und dabei konnte ich die Rauchfahne entdecken, die sich zwischen den Mauern erhob. Beim dritten Schuss erschrak ich nicht mehr und Elisabeth freute sich bereits. „Dreizehn, ich habe dreizehn Kanonen", berichtete Erich I. stolz und wir zählten mit. Bei jedem Donnerknall lief ein Zittern durch den Körper meines braven Pferdes und ich hatte das Gefühl, gleich zerrönne es unter mir wie ein Haufen Sand. Ich traute mich jedoch nicht, ihm aufmunternd auf den Hals zu klopfen oder ihm gut zuzureden. Die andern saßen aufrecht und wie zu Statuen erstarrt auf den Pferden. Als ob der letzte Schuss ein Zeichen gewesen wäre und die Schlacht begönne, stürmten sie danach mit lautem Geschrei los. Ich verstand es so wenig wie mein Pferd und so schauten wir erst dem Schauspiel zu und sammelten neuen Mut, ehe wir den andern folgten.

Calenberg war ein Gebäude aus Mauern, Türmen, Verliesen, voller Pracht und Reichtum. Auf meine Herrin warteten die goldenen Fäden und einige Ballen feiner Seide. Mägde und Bedienstete huschten umher und fragten unentwegt, was wir wünschten. Und doch nahm auch das Elend meiner Herrin dort seinen Lauf.

Vielleicht war das Unglück der kommenden Jahre allein meine Schuld. Wenn ich rechtzeitig geschwiegen hätte... Wenn ich einmal die Unwahrheit gesagt hätte... Vielleicht wären sie alle noch am Leben, die in diesen Verliesen starben, die zu Hameln gefoltert und die in Münden deswegen verbrannt wurden... Wenn ich an Madelaine denke, überkommt mich deswegen der Kummer immer aufs Neue. Ach, hätte ich doch geschwiegen, hätte ich doch alles auf mich genommen. Ich hatte es doch in der Hand!

Das Unglück begann so:
Meine Herrin bezog auf der Burg Calenberg das Herzoginnenzimmer, das dem Gemach Erichs I. gegenüber lag. Ich brauchte nicht bei den anderen zu schlafen, sondern hatte ein herrschaftliches Zimmer, das gleich neben dem Schlafgemach meiner Herrin lag und über eine Hintertreppe leicht zu erreichen war. Klopfte meine Herrin an die kleine Tür, konnte ich es so deutlich hören, dass ich sogar aus dem Schlaf erwachte.

Als ich in mein Zimmer getreten war, war mir gleich der süße Geruch aufgefallen. Sogar das Kissen und die Stühle rochen danach. Ich erinnerte mich an das Jagdschloss in Nienover. Im Gastzimmer von Elisabeths Mutter hatte es auch so gerochen. Doch hier roch es nicht nur, es stank nach dem Parfüm, als ob ein Fläschchen umgefallen war und es nicht mehr aus den Stoffen zu waschen wäre. Mir fielen die Worte der Kurfürstin ein. Falsche Frauen brauchen Parfüm, die eigene Frau ist wie das eigene Fleisch. Und ich solle schweigen. Ja, damals hatte sie gesagt, ich solle schweigen. Ach, wäre sie hier gewesen!

Einige Tage später, als ich meine Kleider ordnete und mich in meinem schönen Zimmer umschaute, weil sich die Herzogin am Arm ihres Gatten und in Begleitung des Bruders die ganze Burg anschaute, kam meine Herrin herein. „Pfui“, sagte sie zu mir. „Pfui, in aller Welt! Hast du dir in den wenigen Tagen, als es kaum etwas zu tun gab, gleich einen Buhlen geschaffen, der dir duftende Wässer schenkt?“ „Ich habe keinen Buhlen, glaubt mir! Ich hänge an nichts anderem als an Eurem Wohl und vermisse nichts!“ Vor Empörung waren mir die Tränen der Wut in die Augen gestiegen und doch sank ich wie eine Bittstellerin auf die Knie. „Und mit welchem Geld habt ihr dann den Hurengestank in den Raum gebracht?“ Ich konnte nicht antworten, denn ich lag am Boden, als ob mir bereits ein Dolch durch den Rücken gestoßen worden wäre.

Doch der Herzog kam mir zu Hilfe. Er hätte mich beschuldigen können und damit hätte er seiner Gemahlin keine Rechenschaft geben müssen. Er sagte jedoch: „Diese brave Magd hat nichts mit dem Geruch zu tun.“ Und er sagte zu mir: „Steh auf und vergiss den Schreck.“ Wie sollte ich den Schrecken vergessen, wenn mit ihm so viel Elend begann?

Elisabeth begriff es schnell. Ehe ich wieder auf den Beinen stand, war sie zur Tür hinaus und rannte zu den Ställen. „Sie wird nun reiten, ohne zu wissen wohin, bis sie oder das Pferd tot zusammenbrechen“, rief ich Johann II. zu. Er hatte begriffen, dass ich meine Herrin nicht mehr einholen konnte und er versprach Erich I., seiner Schwester nachzujagen und sie wohlbehalten wiederzubringen. Ehe er jedoch lospirschte, rief er Erich I. zu: „Anketten müsste man die eigenen Frauen, anketten!“

Als ich meine Herrin am Abend nach dem Bad ankleidete, stand sie steif und aufrecht. Auch wenn mir die Tränen aus den Augen rannen, so konnte ich nichts damit gutmachen. Ich musste mir zur Nacht durch die Türen alles mit anhören! Die Tage zuvor hatte ich nichts gehört, weil ich nichts hören wollte und es so auch gelernt hatte, aber nun drangen die leisesten Geräusche und Worte nicht nur in meine Ohren, sie gruben sich in meine Eingeweide.

„Ihr habt hier also ständig Hurengesindel zu Gast?“, forschte meine Herrin und ich erschrak über ihren Mut. „Es ist nicht, wie ihr denkt. Ich unterhalte keine Hurenwirtschaft.“ „Der Gestank belehrt mich aber eines Besseren.“ „Der Geruch gehört zu Anna von Rumschottel. Sie entstammt dem Landadel und ist schon seit vielen Jahren meine Mätresse. Sie tröstet und liebt mich, wenn ich sie brauche.“ „Aber ihr habt nun eine Frau, die Euch liebt, die euch Kinder schenkt… und ihr habt mir bei der Trauung eure Treue versprochen!“ „Jeder hat eine oder mehrere Mätressen…“ „Ich weiß, so wurde nicht nur über meine Mutter das Unglück gebracht. Doch mir, so schwöre ich bei Gott, würde das Unglück, einen untreuen Gatten zu haben, meine Gebeine zerfressen. Ich halte mich an die Gesetze Gottes und will Euch stets treu zur Seite sein. Wenn Ihr mich braucht, will ich bei Euch sein. Ein Exempel an Tugendhaftigkeit will ich mit Euch zusammen statuieren.“ Es war lange still. Dann sagte Erich I.: „So will ich dem ein Ende machen. Doch es wird kein Leichtes sein, denn die Rumschöttlerin erhält ihren gesamten Lebensunterhalt durch mich und es geht ihr dabei gut – und sie ist sicher.“ „Dann zahlt der falschen Frau eine Abfindung. Setzt eine großzügige Leibrente aus. Mit 1000 Talern im Jahr wird sie auch weiterhin gut leben können.“ „Das werde ich tun“, versprach Erich I. Dann hörte ich nur noch Seufzen und Weinen. Wie eng das bei der Liebe zusammen liegt: Das Seufzen und Lachen und das Seufzen und Weinen. Meine Herrin lachte heute nicht. Und ich glaube, sie hat auch keinen Augenblick gelächelt. Doch der Herzog entlockte ihr die Seufzer, damit sie besser weinen konnte und später sagte er: „Mein Kind, mein armes, kleines, liebes Kind.“

Meine Herrin bestand darauf, dass das Schlafgemach der Rumschöttlerin mit würzigen Kräutern und Weihrauch gereinigt werden solle und die Exerzitien von einem Priester ausgeführt werden sollten. Ich hatte in den nächsten Tagen Kopfschmerzen, denn der Rauch hatte sich in den Ecken eingenistet und ich sollte keine Fenster öffnen, damit die schlechte Luft draußen bliebe. Ich war deshalb froh, wenn ich meine Herrin begleiten konnte. Elisabeth interessierte sich für alles. Sie besuchte die Verwaltung in Langenhagen, ließ sich die Zollhäuser zeigen und machte auch vor der Gießerei nicht halt, obwohl es darin stank und eine Hitze herrschte, als ob wir die Hölle selbst betreten hätten. In riesigen Töpfen glühte das flüssige Eisen, um in die Formen gegossen zu werden.

Selbst als Mithof in die Hannoversche Apotheke ging, war es für meine Herrin eine Selbstverständlichkeit, ihn zu begleiten. Ich ging mit, in der Hoffnung, dem Gestank meines Zimmers zu entgehen. Doch ich hatte mich getäuscht. Gewiss standen dort auch die Kräuter, die ich von meiner Kindheit her kannte: Goldraute, Schafgarbe, Malve, Akelei, Pfefferminze… doch ihr Duft konnte nicht den Gestank anderer Arzneien verdrängen. Mithof ließ sich von den neuen wirksamen Heilmitteln einiges abwiegen und in seinen großen Lederkoffer packen. Er wollte für meine Herrin und den Herzog stets Hilfe in seiner bescheidenen Apotheke haben. Er nahm eine Tüte „Allerlei", das gegen alle Gebrechen half, ein Gläschen „Nichts", das gemahlenes Zinkoxyd enthielt und „Schwarzer Degen", was jedoch als einzigen Wirkstoff Birkenblätter enthielt. Er ließ sich auch noch braunen Dost abwiegen, da die krampflösenden Öle der Pflanze bei Husten und Heiserkeit halfen. „De smalle Sophie" bestand aus fein zerriebenem Gartensalbei und „Stinkosant", ein Harz aus Rinden, konnte die Wirkungen der anderen Heilmittel steigern. Mithof unterhielt sich noch mit einem anderen Bürger der Stadt, da sich dieser für die Wirkung der Medizin interessierte und eine Sammlung zur speziellen Wirksamkeit der Heilmittel zusammenfassen wollte. Eine Enzyklopädie wolle er schreiben, damit jeder nachschlagen könne, was bei welcher Krankheit helfen würde. Darin sollte alles Wissen gesammelt und niedergeschrieben werden. „So tut das“, ermutigte ihn Elisabeth.

Während sich die Bürger in der Apotheke Datteln, Zucker, Mandeln und Spirituosen aussuchten, wanderten meine Augen weiter zu den seltsam aussehenden stinkenden Pulvern, die in Schalen offen standen. Es war jedoch oft nur die Asche von Kamille, Dill, Petersilie, Weinrebe... Hinter dem Tresen, vor unlauteren Händen sicher, standen in Hirnschalen gewachsene Kräuter. Wenn sie jemand kaufen wollte, wurden sie frisch abgeschnitten. Die Pflanzen, die in den Hirnschalen gerechtfertigter Menschen wuchsen, waren zehnmal so teuer. Solch eine leere Hirnschale zu erwerben, war wohl nur reichen Leuten möglich. Ich überlegte, wozu meine Knochen einmal zählen würden, wenn ich gestorben wäre.

Ich kam zu keinem Ergebnis und ließ mich auch nur zu gerne von all den vielen Dingen in der Apotheke ablenken. Dann wurde es am Eingang unruhig und wir schauten auf. Ein Mann war gekommen, aus dessen mitgebrachten Säcken noch das Blut tropfte. Er hatte unser aller Aufmerksamkeit und war sich seiner Wichtigkeit bewusst. Selbst die Herzogin grüßte er nur kurz, um dann mit dem Apotheker in einem Nebenraum zu verschwinden. Welch ein Glück, dass meine Herrin und Mithof auch sehen wollten, was in den Säcken war. So konnte ich auch mit in den Raum schlüpfen. Er brachte die Beute der Vollmondnacht mit: zwei Hunde, drei Katzen, sechs Igel und zwei Störche. Sie hatten ihr Leben erst halb ausgehaucht, und so konnte das Fett gut von den Leibern getrennt werden. Mithof ließ sich alles erklären und mir klopfte mein Herz immer schneller in der Brust, je mehr ich von den Heilmitteln erfuhr. Das Fleisch wurde zu frischen Umschlägen bei gleicher Krankheit verwendet. Hatte jemand eine kranke Lunge, so band man ihm die Lunge einer Katze oder eines Storches um die Brust, litt jemand an Würmern im Darm, so half ein Brei aus Därmen, mit einem lebendigen Wurm zusammen auf den Leib gebunden. Der Rest der Tiere wurde getrocknet oder verbrannt und die Asche in sauberen Leinensäcken aufbewahrt. Die Regale waren voll mit Aschen und verschiedenen Fetten, die zur Salbengewinnung dienten. Den höchsten Anteil machte das Hirschhorn aus, das in den Apotheken abgegeben wurde und zu Hirschhornmehl verarbeitet wurde. „Alcis ungulae (Elendsklauen)" stand auf den Behältern. Fast genauso begehrt war „album graecum (weißer Hundskot)". Meine Herrin las alles auf Lateinisch, doch ich verstand nur, was auch auf Deutsch geschrieben stand. Und ich konnte alles lesen, da es säuberlich geschrieben war: „Schlangenbälge", „Spinngewebe", „Wildschweinzähne", „Wolfsleber", „Otterleber", „Ochsengalle", „Fuchslunge", „Hundefett", „Gänsefett", „Kapaunenfett", „Menschenfett"... In offenstehenden Papiertüten gab es geraspelt, gebrannt und zubereitet Medizin aus Menschenknochen, Schaben, gebrannten Störchen, Kuckucken, Igeln, Hasen, Maulwürfen, gedörrten Kröten, Fröschen, Skorpionen, Regenwürmern...

Mithof untersuchte alles genau, denn man wusste nie, ob die Asche eines Kuckucks auch wirklich von einem Kuckuck stammte. In der Hannoverschen Apotheke lag jedoch oft ein Flügel oder der getrocknete Kopf des Gefiederten zum Beweis daneben. Mithof und meine Herrin waren angetan von der Vielfalt der Apotheke. Es fehlte auch nicht an Grünspan, Quecksilber, Petroleum, rostigen Sargnägeln, Glockenschmiere und abgeschabten Metallspänen von Kirchenkelchen.

Besonders stolz war der Apotheker auf seine gute Verbindung zum Harz, denn aus den Höhlen wurden wahre Schätze zutage gefördert. Die ergiebigste Höhle war die Einhornhöhle bei Scharzfeld, die nur einen kurzen Ritt von Northeim lag, jedoch nicht mehr zum Regierungsbezirk Erichs I. gehörte. Und da, je schlimmer eine Krankheit sei, auch umso wunderlicher die Mittel sein müssten, gab es dort Hilfe für Krankheiten, die nie zuvor geheilt worden waren. Unser aller Interesse war geweckt und wir hörten mit offenen Mündern, dass ein Wissenschaftler dort die Knochen eines Einhornes zusammengesammelt hatte und damit in ferne Länder reiste, um den Menschen dieses

Wunder vor Augen zu führen. Dort liege auch noch alles voller Schädelknochen von Höhlen- und Braunbären. Die Knochen von Nashörnern, Wisenten, Höhlenhyänen und Höhlenlöwen, Riesenhirschen und noch viel größeren Tieren wurden gefunden, dazu Zähne, die sechsmal so groß waren wie die eines Riesenhirsches. Ein solches Tier hätte noch niemand mit lebendigem Leib gesehen. Doch das Allerwunderlichste dabei sei, dass die Höhle selbst ein einziges Maul sei, in dem mannshohe Gebilde, spitzen Zähnen gleich aus dem Boden ragten und von der Decke hingen. Der Apotheker sagte, er wäre selbst schon da gewesen und würde sich mit seinem Leben dafür verbürgen. Er zeigte uns das Pulver, das von den fürchterlichen, tropfenden Zähnen abgerieben wurde. „Was ist die Wirkung des Pulvers?“, wollte Mithof wissen. „Wir wissen es noch nicht, wir machen unsere Versuche und sammeln die Ergebnisse“, gestand der Apotheker. „Doch ich verlange ein gutes Stück Geld, denn selbst wenn es noch viele große Zähne sind, so gibt es sie nur im Harz.“

Wir waren beeindruckt. Wie die Strophen eines Liedes wiederholten sich die Namen der Arzneien in meinem Kopf und Elisabeth und ich erzählten uns immer wieder, was wir gehört und gesehen hatten, um es uns besser merken zu können.

Ich vergaß nie den Tag, an dem ich das erste Mal einen solchen Laden betrat und lesen konnte, was auf den Säcken und Gläsern stand. Mithof erklärte uns, dass er es beherrsche mit Wein, Bier, Branntwein, Pflanzenölen, Butter, Milch, Essig, Eingeweiden von Heringen, Kandis, Zucker, Sirup, Mehl und Hafergrütze, Salz, Speck, Schmalz, Schwefel, Teer, Eierschalen, Hundefett und vielem mehr Salben Umschläge zu machen und dass er wirksame Tinkturen und Getränke damit herstellen könne.

Ich hatte gedacht, ich könnte auch in Braunschweig mit in die Apotheke kommen und auch meine Herrin hatte Gefallen an der Medizin gefunden. Als jedoch Erich I. erfuhr, dass Elisabeth und ich mit in der Apothcke waren, war er außer sich und bangte um unser Leben. Weder meine Herrin noch ich verstanden seine Aufregung, zumal der Apotheker uns gelobt hatte, weil wir lesen konnten, und er hatte zu meiner Herrin gesagt: „Eine solch wunderbare Magd hätte ich auch gerne. Sie würde mir nicht nur das Bett richten, sie könnte mir auch helfen, ein Arzneibuch zu schreiben." Der Herzog untersagte uns, auch nur einmal die Braunschweiger Apotheke zu betreten. Zu schnell könnten wir in den Verruf kommen, selber Heilkräuter und Zaubermittel herzustellen und dann wären den üblen Gerüchten Tür und Tor geöffnet. „Erzählt es um Himmels willen nicht Heinrich, wenn wir in Braunschweig sind!", bat er uns eindringlich. „Er sieht hinter jeder Tür einen Teufel stehen und traut keinem Apotheker über den Weg." „Aber Ihr braucht Euch doch nicht zu fürchten", sagte Elisabeth. „Was wir tun, ist doch immer zu Eurem Besten." „Was meine Gesundheit angeht, so bin ich bei Mithof und meinem Leibarzt hier in guten Händen. Aber ihr Weiber dürft Euch nicht einmischen. Zu Braunschweig brannte der Apotheker und Heinrich selbst war es, der die Folter und das Schauspiel am meisten genoss. – Wie viel schneller brennt eine Frau, wenn sie in Verdacht gerät!"

Meine Herrin gestand mir später, dass sie nur zu gerne einmal von Northeim aus nach Scharzfeld in die Höhle reiten würde, um alles mit eigenen Augen anzuschauen. Und da erinnerte ich sie an die Hexenbulle und daran, dass wir Frauen wohl dem nicht standhalten könnten, da wir doch nicht die Kraft der Männer hätten. Da sah sie mich scharf an und sagte: „Warum sollen nur Männer solch großartige Wunder anschauen? Jesus hat doch auch keine Frau von sich gestoßen. Sie sind mit ihm gewandert, haben bei ihm geruht und ihn mit Öl liebkost. Warum also sollte ich nicht auch an der Seite eines ehrbaren Mannes die Höhle anschauen?" „Vielleicht", und ich traute mich nur ungern weiter zu sprechen, „sind die ehrbaren Männer eben nicht so, wie Jesus war." Darüber lachte meine Herrin. Sie lachte das erste

Mal endlich wieder, seit sie von Anna von Rumschottel gehört hatte. Ich nahm mir vor, meine Herrin nun öfter zum Lachen zu bringen.

Erich I. war sichtlich stolz, Elisabeth und Joachim II. Braunschweig zu zeigen und ihnen die Gastfreundschaft des Neffen zukommen zu lassen. Meine Herrin genoss den Aufenthalt und ließ sich nur zu gerne von den Braunschweiger Mägden hofieren. Ich verstand nicht, wie sie vergessen konnte, dass Heinrich ihr schlimmster Feind war. Er war es doch, der sich die Ländereien Erichs I. zurückwünschte. Er hatte bereits einen Erben und seine Frau war wieder schwanger. Das erste Kind Heinrichs war auch ein Mädchen. Sie konnte schon lesen und war wie die meisten Mädchen von Pferden begeistert. Die Eltern hatten sich bereits mit Elisabeths Vater darauf verständigt, dass Elisabeths jüngster Bruder gut mit dem Mädchen zu verheiraten sei. So würden die Familienbande weiter gefestigt. Meine Herrin plauderte mit Heinrichs Frau, als ob sie eine Freundin wäre und ließ sich nichts von ihren Sorgen anmerken. Da ich befürchtete, dass sie dabei übermütig werden würde, achtete ich auf alles, was sie aß und mit wem sie Kontakt hatte. Ich erlaubte mir sogar, darüber mit Mithof zu sprechen und der gab mir Recht. „Eine gute Dienerin ist auch eine, die ihre Ohren aufsperrt, um Gerüchte und Ränke zu erfahren", gab er mir mit auf den Weg. Und so mischte ich mich mutig unter die anderen Bediensteten und tratschte mit den Kammerjungfern. Ich traute meinen Ohren nicht, was sie alles zu erzählen hatten! Als ob sie nur darauf gewartet hätten, endlich jemanden zu finden, der informiert werden wollte. Für solche Dienste wurden jedoch Gegenleistungen erwartet. Ich sollte ebenso aus dem Leben meiner Herrin plaudern. Aber so dumm war ich nicht und deshalb erfand ich immer neue, spannende Geschichten, die sich früher in Berlin abgespielt hätten. Ich erzählte von meiner Erziehung zur Kammermeisterin, dem Prunk im Schloss meiner Herrin... Meine Worte verfehlten ihre Wirkung nicht. So erfuhr ich, dass Heinrich ebenfalls eine Geliebte hatte.

„Eine Geliebte?", fragte ich entsetzt, denn diese Frauen brachten oft mehr Unglück über die Familien, als es Mätressen ohnehin taten. „Du kennst sie bereits und verstehst dich ganz gut mit ihr", spannte mich die Magd auf die Folter. „Nein", sagte ich entschieden, „ich halte nur mit ehrbaren Menschen Kontakt!" „Aber du verstehst dich doch so gut mit der Hofdame der Gemahlin Heinrichs" „Meinst du etwa, Eva von Trott ließe sich so hinreißen?" „Ja, die schöne Eva von Trott mit ihren schönen, gestärkten, weißen Halskragen pflegt die Liebe zum Herzog Heinrich." „Ein solches Gerücht könnt ihr aber nicht so einfach in die Welt setzen!" „Während ich nur ein Gerücht in die Welt setze, hat sie schon zwei Kinder von Heinrich in die Welt gesetzt. Ich bin Zeuge, dass sie jedes Mal, wenn sie hochschwanger war, vorgab, ihre Eltern in Hameln zu besuchen. Ich selber reiste mit ihr dann über Seesen, wo sie auf der Stauffenburg ihre Kinder entband. Dort werden die Kinder erzogen und Heinrich liebt sie mehr als seine legitimen Kinder." Ich wollte es nicht glauben und sah doch danach mit eigenen Augen, dass sich Heinrich und Eva von Trott heimliche Blicke zuwarfen und der Bauch Evas wohl wieder zu wachsen begann. Mir war vor Schreck mein Mund wie versiegelt. Ich sprach mit niemandem darüber. Nicht mit meiner Herrin und auch nicht später in Münden. Als die Braunschweiger Magd wissen wollte, was denn Herzog Erich I. so trieb und ob etwa auch meine Herrin untreu sei? Sie sei ja noch so schön und jung. Da wurde ich ungehalten und sagte, dass meine Herrin ehrbar sei und Erich I. Elisabeth zärtlich liebe. Die Magd sah mich jedoch nur mitleidig an. „Dann willst du nur nicht wissen, was jeder weiß und was die Spatzen von den Dächern pfeifen, aber meinetwegen bleibe dumm. Ich verschweige Heinrichs Frau ja auch, was ich weiß und alle schweigen dazu. Sie ist es, die deshalb Seite an Seite ahnungslos mit ihrer Nebenbuhlerin lebt. Aber sollte ich mir den Mund verbrennen? Heinrich würde mich sofort unter irgendeinem Verdacht in die Folterkammer bringen." Es stimmte, was mir die Magd erzählte: Unter den Bediensteten ging eine große Angst um, da Heinrich zur Abschreckung alle, die etwas stahlen oder sich sonst etwas zu Schulden kommen ließen, aufs härteste bestrafte. Und jeder hatte Angst, der Nächste zu sein. Hier gab es keine hilfreiche Bertha. Die Löwen, die in Stein und Marmor gehauen in ganz Braunschweig anzutreffen waren, wirkten auf mich nicht kraftvoll und siegessicher. Sie schlichen bösartig durch die Gassen und schlugen ihre Zähne in unschuldige Kehlen. Eines Nachts träumte ich, ganz Braunschweig sei wie das Maul der Scharzfelder Höhle. Die Türme neigten sich wie spitze Zähne zur Erde, aus der ebenfalls mannshohe Zähne brachen, um meine Herrin zu zermalmen. Während des Traumes schrie ich so laut, dass es den anderen zu Ohren kam. Mithof befragte mich nach dem Grund meiner nächtlichen Schreie und ich erzählte ihm, was ich im Traum gesehen hatte. Daraufhin sprach er mit Erich I. und er sagte, dies könne ein Omen sein und wir Frauen sollten so schnell es ginge, ohne Aufsehen zu erregen, aus Braunschweig abreisen.

Da Erich I. noch mit Heinrich nach Goslar reisen wollte, musste sich meine Herrin von ihrem Gemahl trennen und die lange Reise ohne ihn antreten. So sehr sie sich über die Begleitung ihres Bruders freute, als wir aus Braunschweig ritten, rannen ihr die Tränen über die Wangen und die Bänder ihres Hutes waren nass. Je länger wir ritten, umso mehr wuchs in mir der Zweifel, ob der Herzog und Heinrich tatsächlich gemeinsam nach Goslar ritten oder ob sich ihre Wege einvernehmlich trennten und sie zu Eva von Trott und Anna von Rumschottel aufbrachen. Ich schwieg über meine Gedanken und auch meine Herrin war schweigsam.

Es tröstete uns, dass in einer der Kutschen Medizin, goldene Fäden, Stoffe, Gewürze und ein neuer Teller und Kelch für das Abendmahl mitreisten. Die Kutsche wurde so sorgsam bewacht wie die Wiege eines kleinen Kindes. Wir freuten uns darauf, die Schätze wohlbehalten nach Münden zu bringen. Trotzdem verweilten wir noch länger in Einbeck, da wir von dem guten Bier einige Fässer nach Münden schaffen wollten. Es fanden sich auch Bauern, die dazu ihre Fuhrwerke und Pferde zur Verfügung stellten.

Ich merkte sehr wohl, dass Joachim II. und Mithof schon vor unserer Ankunft Geheimnisse miteinander austauschten. In Einbeck sollte ich dann den Grund erfahren. Die Männer wollten sich das abenteuerliche Wunder der Scharzfelder Höhle nicht entgehen lassen. Sie schlugen uns vor, mit ihnen nach Northeim zu reiten. In Northeim würde meine Herrin gut bewirtet werden und sie könnte sich die Stadt anschauen... Joachim II. und er würden in der Zeit in einfachen Kleidern und ohne Aufsehen zu erregen, in Scharzfeld um die Erlaubnis bitten, die Höhle sehen zu können. In Northeim wechselten sie ihre prächtigen Rösser gegen unauffällige Pferde aus. Meine Herrin konnte nicht verstehen, warum die Männer nicht ihre Positionen nutzten und sich zu erkennen geben wollten. Es wäre ein Leichtes für sie gewesen, über das Residenzschloss Herzberg zu reisen und von dort erfahrene Führer mitsamt einer Erlaubnis zum Besuch der Höhle mitzunehmen.

Die Männer erklärten sich uns jedoch nicht weiter. Wie übermütige Bauern planten sie nun ein Abenteuer, obwohl sie wie Könige hätten reisen können.

Elisabeth atmete tief durch, als sie von dem Vorhaben hörte. Gewiss freute sie sich darauf, Northeim einen Besuch abzustatten, aber ich konnte es an ihrer angespannten Haltung sehen, dass sie es vorgezogen hätte, mit den Männern zu reiten. Sie hätte sich genauso gerne all ihrer Pflichten und Ämter entledigt und wäre als einfache Frau verkleidet mitgekommen. Ich selbst hätte auch meinen Spaß dabei gehabt, denn unter dem normalen Fußvolk kenne ich mich gut aus und fühle mich wohl.

Aber so wurde meine Herrin von den Northeimer Räten durch die Stadt geführt, und sie zeigten ihr die große Stadtkirche und den Marktplatz. Da die Geistlichen der Stadtkirche mit den Mönchen und Nonnen im Streit lebten, wurde sie von einem Abt durch die Klosteranlagen geführt. Doch er misstraute den guten Absichten Elisabeths und zeigte ihr nicht die unterirdischen Gänge, die zu den Kammern führte, in denen Lebensmittel und Kostbarkeiten lagerten. Zu sehr fürchtete er, danach der Stadt oder meiner Herrin selbst einen Tribut zollen zu müssen.

Als Joachim II. und Mithof nach zwei Tagen spät in der Nacht in Einbeck ankamen und wir beieinandersaßen, erfuhren wir, dass auch Joachim II. und Mithof nicht ihr gewünschtes Ziel erreicht hatten. „Diese Halunken führten uns erst zwei Stunden durch den Wald, um dann zu sagen, dass es niemandem erlaubt sei, Fremden die Höhle zu zeigen, geschweige denn, ihnen etwas daraus mitzugeben." „So konntet Ihr gar nichts ausrichten?", erkundigte sich Elisabeth. „Dabei wart ihr nach Eurer Ankunft dreckiger als Wildsauen, die aus der Suhle kommen!" „Nun, wie man es nimmt", antwortete Mithof. Vielleicht lag es am Bier und der lauen Nacht: Die beiden erzählten ehrlich, wie es ihnen ergangen war: „Nachdem wir den Betrug gemerkt hatten, wurde Joachim II. so wütend, dass er einem Scharzfelder seinen Degen an die Kehle hielt und sagte, er würde ihn auf der Stelle aufspießen, wenn er ihn nicht zur Einhornhöhle bringen würde. Daraufhin versprach dieser, dass er sie zu einer Nebenhöhle führen würde, die nicht bewacht wäre." „Und wie weiter?", drängte Elisabeth. Joachim II. berichtete: „Also ritten wir noch ein Stück, bis uns angewiesen wurde, abzusitzen und einen kleinen Berg zu erklimmen. Und da tat sich auch ein großes schwarzes Loch vor unseren Augen auf. Als Mithof und ich hinunter spähten, gaben uns die üblen Burschen einen Stoß und wir rutschten auf der glitschigen Erde weit in den dunklen Bauch des Berges hinein." Elisabeth hatte vor Entsetzen beide Hände über ihren Mund gelegt. Mithof gestand: „Wir landeten in einem großen, dreckigen Tümpel und das Loch, durch das wir gestoßen worden waren, lag weit über uns…“ Der Abend verging mit den unterschiedlichsten Erzählungen, wie sie wieder aus der Höhle herausgekommen waren. Mal war Joachim II. der Held, dann war wieder Mithof der Retter. Als meine Herrin und ich zu Bett gingen, war es uns, als ob wir selbst dabei gewesen wären, und wir waren mit den Tagen doch noch zufrieden.

Als wir nach Münden zurückkamen, staunten wir über Elisa. Das kleine Mädchen war gewachsen und Elisabeths großes Glück. Die Kurfürstin bestand darauf, dass sie, solange sie noch in Münden war, sich um Elisa kümmern werde, denn nun wolle sie es genießen, mit ihrem Enkelkind zu spielen, da sie ihre eigenen Kinder selber nur zu früh in die Erziehung anderer Menschen gegeben hatte.

Dann reiste die Kurfürstin wieder mit Joachim II. nach Sachsen zurück. Sie wollte noch eine geraume Zeit bei den Kindern Joachims II. bleiben. Danach würde sie wieder zu ihrem Onkel gehen und sich weiter für die Anhänger Luthers einsetzen. Zuvor gab sie uns noch die Schätze Luthers für die kommende Weihnachtszeit weiter: Sie erklärte uns das Krippenspiel, das sich Luther ausgedacht hatte. Dazu hatte sie die Texte aufgeschrieben, die die Kinder zu sprechen hätten. Die Kinder verkleideten sich als Josef und Maria, es gab Engel und Hirten, selbst die drei Weisen aus dem Morgenland fehlten nicht. So wurde die Geburt Jesu nachgespielt. In der Adventszeit war Elisabeth damit beschäftigt, eine Gruppe von Kindern in die Texte einzuweisen. Sie wollten dann mit echten Schafen zum Siechenhaus gehen und ins Dorf der Aussätzigen. Die Krönung der Aufführung war jedoch der Chor aus Engeln, der, ehe das Spiel begann, sang:

„Vom Himmel hoch, da komm ich her, ich bring euch viele neue Mär;
der guten Mär bring ich so viel, davon ich singen und sagen will.

Euch ist ein Kindlein heut gebor'n, von einer Jungfrau auserkor'n, ein Kindelein so zart und fein, das soll euer Freud und Wonne sein!

Es ist der Herr Christ, unser Gott, der will uns führ'n aus aller Not. Er will eu'r Heiland selber sein, von allen Sünden machen rein."

Immer, wenn ich in Münden war und besonders zur Weihnachtszeit, wünschte ich, es würde alles so bleiben, wie es war. Aber stets gab es irgendwelche Neuigkeiten, die das Handeln des herzoglichen Paares erforderten. War Erich I. zugegen, so beriet er sich sorgenvoll mit Lorleberger, weil Karl V. zum zweiten Mal Krieg gegen Franz I. führte und bereits den Papst in Gefangenschaft genommen hatte. Erich I. musste Gelder eintreiben, denn es wurde von ihm Unterstützung erwartet. Elisabeth nahm an allem Anteil und unterstützte ihren Mann, wo immer es ging. Ach, es gab genug Dinge, die erledigt werden wollten. Warum musste sich dann in den nächsten Jahren, als meine Herrin Kinder trug, noch so viel Böses einmischen? Da war der böse, giftige Wurm, der meine Herrin immer wieder auf das Krankenlager zwang, ihr die Kräfte raubte und zum Äußersten trieb.

Obwohl ihr Erich I. versprochen hatte, dass er sich von Anna von Rumschottel trennen würde, erfuhr sie sehr bald, dass die Frau es verstand, an seiner Seite zu sein und ihr Gatte sich dies gerne gefallen ließ. Elisabeth bat Erich I., endlich zu handeln. Solle sie ihn in einer untreuen Umarmung wissen müssen, sobald er nicht in Münden sei? Bedeute ihm die Rumschöttlerin mehr als das Leben seiner Frau? „Nein", schwor er. „Das Glück meiner liebsten Gemahlin liegt mir am Herzen, wie der Sieg im Kampf und Ihre Schmerzen drücken mich, wie die Fesseln des Papstes mir ins eigene Fleisch schneiden." So beteuerte der Herzog seine Liebe und wischte die Tränen meiner Herrin mit seinen eigenen Händen fort. Ich konnte nicht anders, als alles mit anzuhören. „Ist dies nicht unser größtes Glück und Kleinod?", fragte

Elisabeth und führte seine Hand auf ihren Leib. „Und bezeugt nicht dies Bildnis, wie reich wir gesegnet sind?“ Elisabeth zeigte auf das frische Gemälde, das sie in ihrem roten Samtmantel zeigte, mit den goldenen Ketten und dem wunderbaren Hut mit der verwegenen Feder. „Und du, mein lieber Gemahl, siehst königlich aus. Ja, königlich bist du. Für mich bist du kein Herzog, sondern ein König“, beschloss Elisabeth ihre Rede. Ja, so sprach Elisabeth. Nie erlebte ich meine Herrin sanfter und liebevoller, als zu der Zeit, als sie ihren Gemahl um seine Treue anflehte.

Erich I. versprach ihr seine Liebe und Treue. Aber er hielt sie nicht. Ging Erich I. auf Reisen, so hatte Elisabeth einen Spion beauftragt, ihr Bericht zu geben, ob sich ihr Mann mit der Rumschöttlerin traf. Er tat es.

Meine Herrin wurde krank. Es gab Tage, an denen sie kaum das Essen bei sich behalten konnte und ich musste sie oft am Arm führen, weil sie manchmal in eine Ohnmacht fiel.

Was war nur aus meiner stolzen Herrin geworden? Die Hebamme sorgte sich, und ich hatte das Gefühl, eher einer Kranken zu dienen als der Elisabeth, die sich am liebsten auf ein Schlachtross schwang und damit zur Jagd ritt.

Elisabeth brauchte Mithof nicht zu erzählen, wie es ihr erging. Er sah und wusste es ja selber. Als Leibarzt lag es jedoch an ihm, für Abhilfe zu sorgen.

„Warum ist mir mein Gatte nicht treu, obwohl er es mir doch immer verspricht?“, fragte Elisabeth. „Mich dünkt, der gnädige Herr wird mit einem Liebeszauber belegt“, antwortete Mithof. „Es gibt Zaubertränke und zauberische Sprüche, die, zu gewissen Zeiten gesprochen und verabreicht, einem Manne den eigenen Willen nehmen.“ „Anders könnte ich auch nicht verstehen, dass mir Erich I. nicht in Treue zugetan ist“, sagte Elisabeth und fuhr fort: „Aber nicht nur mein liebster

Gemahl wurde verhext, man trachtet auch nach meinem Leben und nach der Frucht meines Leibes... Die Calenbergischen Hexenweiber um die Rumschöttlerin haben auch hier ihre Hände mit im Spiel, denn wie sonst sollte ich mir meinen elenden Zustand erklären?" Mithof überlegte lange und versprach Elisabeth, für drei Tage in Klausur zu gehen und die Sterne zu befragen. Sie könnten ihm sagen, von woher sich das Unheil ausbreitet; außerdem habe er in alle großen Apotheken die Nachricht gesandt, damit sie die Weiber ausfindig machen sollten, die Zutaten für Liebestränke gekauft hätten.

Die Nachricht, dass meine Herrin wohl durch Giftmischerei und Zauber ihre Gesundheit eingebüßt hätte, verbreitete sich in Windeseile. Überall wurde ich darauf angesprochen; ob denn nun schon die Übeltäter gefasst worden seien? Altfrau Bertha war zutiefst besorgt. Sie ahnte nichts Gutes. Mithof hatte sie befragt, ob sich vor ihren Augen oder hinter ihrem Rücken unlautere Machenschaften ergeben hätten und ob sie einen Verdacht habe. „So wahr Gott mein Zeuge ist und wir alle von Gottes Vergebung leben: Ich verbürge mich mit meinem eigenen Leben, dass niemand im Gesinde ist, der das Unglück der Herrin im Auge hat." Mithof sagte ihr: „Du weißt, welchen Weg wir nun einschlagen müssen. Es liegt nicht in unserer Hand, die Übeltäter zu finden. Auf Befehl unserer Herrin werden wir die unklare Sachlage der Justiz übergeben." „Übereilt nichts", bat die Altrau Mithof. „Der elende Zustand könnte auch von der Schwangerschaft der Herrin herrühren." „Auch das haben wir bedacht und wollen mit einem großen Verfahren in Münden warten. Die Sterne sagen mir auch, dass der große Eiterherd in Hannover am Rübenberge liegt und die Wurzeln in Hameln, dem Geburtsort der Rumschöttlerin zu verorten sind." Und nach einer Pause fügte er hinzu: „Ich hoffe, dass sich alles noch zum Guten wendet."

Erich II. wird geboren und die zauberischen Hexen verfolgt (1528-1534)

Selbst wenn wir uns über jede gute Stunde freuten, so gab es keinen Zweifel daran, dass jemand meiner Herrin Leid antun wollte.

Als die Zeit der Niederkunft kam, wollte meine Herrin nicht von meiner Hand lassen, als mich die Hebamme wegschickte. Zum ersten Mal sah ich in ihren Augen Angst. Ich musste gehen. Doch ich ging nicht, wie bei der Geburt von Elisa, in die Kapelle. Ich ging hinunter in die Küche und setzte mich zu den anderen an den Tisch. Die Zeit verstrich mit nutzlosem Warten. Ich war so froh, dass wenigstens die Küchenmeisterin den Mägden Gemüse zum Putzen und Schneiden gab. Ich hatte mich zu Madelaine gesetzt. Diese legte zwischendurch die Hand auf ihren Leib, wohl um dem kleinen Leben zu sagen, dass es noch viel Zeit hätte. Niemand wollte reden. Die gedrückte Stimmung unserer Herrin hatte sich auch unserer Gemüter bemächtigt. Irgendwann begann jemand ein Gebet zu murmeln und wir waren dankbar, darin einstimmen zu können. Später kam eine Magd und sagte, sie hätte schon das Weinen eines Kindes vernommen, aber sie könnte sich auch getäuscht haben. Wenn die Helferinnen der Hebamme kamen, um heißes Wasser oder Tücher zu holen, schwiegen sie. Das machte mich so wütend, dass ich große Lust verspürte, sie wegen ihrer gemeinen Verschwiegenheit zu schlagen. „Sagt mir wenigstens, wie es meiner Herrin geht“, bat ich sie. Doch sie sahen mich an, als ob ich eine Fremde sei. Altfrau Bertha sagte, wir könnten nun nicht mehr tun, als abzuwarten, und wir sollten uns in unser Schicksal fügen. Da besann ich mich darauf, dass es mir vielleicht möglich war, auch bei Mithof zu warten. Ich klopfte vorsichtig an seine Tür und er eilte so schnell zu derselben, dass ich mich erschrak. „Wie geht es der Herrin? Und, ist es ein Sohn?“ Er hatte also geglaubt, dass ich Bescheid wüsste. Ich schüttelte den Kopf und erklärte ihm, dass auch ich nicht wusste, was sich hinter den geschlossenen Türen abspielte. „Und ich dachte, ich warte nun besser bei Euch, als in der Küche." Mithof war freundlich zu mir und in seiner Gegenwart verging die Zeit auch schneller. Er hatte bereits verschiedene Arzneien vorbereitet, um damit Elisabeth zu dienen. Auch er redete nicht viel, sondern murmelte vor sich hin, um sich zu konzentrieren. Nur kurze Zeit später ließ ihn die Hebamme rufen. Als er wieder zurückkam, erklärte er mir, dass ein Sohn geboren sei, ihm aber die Nabelschnur zweimal um den Hals gewickelt war, sodass er noch etwas blau im kleinen Gesicht wäre. Er mischte nun ein Elixier aus Tintenfischtinte und Windenwurzeln. Damit müsste dann die Hebamme in gleichmäßigen Kreisen die Füße des Säuglings einmassieren, damit sich die Verwicklung löse und die Bläue in die Füße gezogen würde. „Und die Herrin?", fragte ich. „Ihr fragt zu früh. Ich sah sie noch nicht." Er brachte die Salbe ins Gemach der Herrin. Als er wiederkam, sagte er: „Die Herzogin verliert zu viel Blut. Geh in die Küche und weise die Magd an, alle Lebensmittel, die eine rote Farbe haben, herzurichten. Ich werde daraus einen Brei für die Herzogin kochen. Und sage Bertha, sie soll das beste Legehuhn stechen und ausbluten lassen, damit es anstelle unserer Herrin blutet."

Ich ging nicht, ich rannte in die Küche und schaffte die Früchte mit herbei. Rote Beete, Karotten, Hagebutten, Brombeeren... Bertha schickte zur Heilerin, damit sie das beste Huhn stechen solle. Es wurde an einem Bein an einen Baum gebunden und zeterte lautstark, solange es noch dazu in der Lage war.

Es war ein Sohn! Der Priester wurde gerufen, um die Taufe vorzubereiten. Zwei Kuriere sprengten los, Erich I. zu holen. Unterwegs wechselten sie die Pferde aus und erreichten am Abend des folgenden Tages Calenberg. Erich I. war auf dem Rückweg noch schneller, als er nach Münden ritt. Da er von seinem besten Gaul nicht lassen wollte, stand er schweißgebadet im Hof und der Schaum tropfte von seinen

Nüstern. Dem Herzog war keine Müdigkeit anzumerken. Er rannte die Stufen hinauf, als ob er sich zuvor ausgeruht hätte. Das Kind war noch im Schlafgemach der Mutter und sollte so lange bei der Mutter bleiben, bis sich Elisabeth in der Lage fühlte, selber aufzustehen. Das hatte Mithof beschlossen. Die Hebamme saß auf meinem Platz am Bett meiner Herrin und ließ sich nicht vertreiben. Wir bereiteten alles zur Taufe vor. Ich zog meine Herrin mit besonderer Sorgfalt an und führte sie am Arm. Auf allen Wegen blieb ich bei ihr und später ruhte sie sich aus. Sie war so schwach, dass wir sie wieder zu Bett brachten. Der Herzog plante für das folgende Jahr ein großes Fest, um seinen Erben in die Gesellschaft einzuführen.

Bei aller Freude fiel es Erich I. schwer, seine Frau so schwach zu erleben. Als er erfuhr, dass die Nabelschnur seinem Sohn im Mutterleib um den Hals geschlungen war, sorgte er sich sehr. Er sagte, dass er nun einige Tage bei seiner Familie bleiben müsse, um allem Übel zu wehren.

Mit der Geburt Erich II. war es des Herzogs wichtigstes Ziel, seinem Sohn alle Wege für die zukünftige Regentschaft zu sichern. Aus Freude über seinen Sohn ließ er in der Nähe Einbecks eine neue Burg errichten. Die „Erichsburg“ sollte für seinen Sohn sein und seinen Herrschaftsanspruch unterstreichen. Die Burg sollte der Feste Calenberg nicht nachstehen und Erich II. als Heimat und zur Verteidigung dienen. Erich I. ließ Architekten und Bauherren nach Münden kommen. Während Elisabeth immer noch im Kindbett lag, weil sie starkes Fieber bekommen hatte, breiteten die Männer wenige Zimmer weiter ihre großen Pläne aus, um die mächtige Burg in der Mitte des Calenbergischen Gebietes zu planen.

Die Hebamme wehrte sich nicht mehr gegen meine Gegenwart, zumal sie von Woche zu Woche müder wurde. Lediglich am Vormittag übernahm Mithof die Wache am Bett meiner Herrin. Sonst saß die Hebamme tags und nachts auf dem Stuhl an ihrem Bett und versorgte das Neugeborene, das von einer Amme gesäugt wurde. Sechs Wochen harrte die Hebamme aus, ehe sie wenigstens die Nachtwache an mich abgab. Ich sollte aber auf dem Stuhle sitzen und mich nicht hinlegen, damit ich nicht einschliefe. Doch Elisabeth hatte andere Pläne. Sie ließ sich eine Glocke bringen, womit sie schellen konnte und ich neben ihr gleich erwachte. Die Glocke erklang jedoch nie. Wenn meine Herrin unruhig wurde, legte ich ihr Erich II. in die Arme und wir waren alle drei glücklich. Wir waren sehr glücklich. „Die Mühe hat sich gelohnt, meine werte Herrin", sagte ich. Wir freuten uns so über das kleine Wesen, streichelten ihm die Wangen und bestaunten die kleinen Fingerchen. Es war keine Hebamme da, die uns den Knaben gleich aus den Armen riss. „Und ich werde dafür sorgen, dass dieses kleine Kind sicher aufwächst. Den Aufgaben, die auf ihn warten, soll er gerecht werden", sagte Elisabeth zu mir. Wer die Schuld an dem kränklichen Zustand meiner Herrin hatte, konnte Mithof noch nicht genau sagen. Sie waren sich jedoch darin einig, dass jemand der Herrin schaden wollte und sogar nicht davor zurückgescheut hatte, die Frucht ihres Leibes zu gefährden.

Als sich Lorleberger, Mithof und Erich I. mit Elisabeth darüber besprachen, sagte Elisabeth: „Ich will, dass von einem erfahrenen Rat Ermittlungen eingeleitet werden, die dem Treiben ein Ende bereiten." Der Herzog und Mithof stimmten zu, dass eine Kommission gebildet und erfahrene Ermittler eingesetzt werden sollten, die alle Schwachstellen auszuräumen hatten. Erich I. versprach einmal mehr, die Rumschöttlerin aus seiner Nähe zu verbannen, um seine Familie nicht in Gefahr zu bringen.

Aber was verstehen schon Kommissionen von den Menschen! Sie sehen überall Teufel und Hexereien, ohne nachzufragen, ohne auch nur einen einzigen Augenblick an das folgende Unheil zu denken. Wie hätte es sonst so enden können! Als die französische Magd hörte, dass sie deswegen in Hannover am Rübenberge, auf dem Calenberg und in Bursfelde verdächtige Weiber, die mit Kräutern handelten und wohl ihre eigenen Kinder getötet haben sollen, in die Kerker warfen und folterten... da weinte Madelaine laut und wollte vor Kummer darüber kaum mehr essen. Das kam der Kommission zu Ohren und sie durchsuchten das gesamte Haus des Schmieds. Im Zimmer der schönen Magd fanden sie zwei Kissen, die mit Lavendel gefüllt waren. Daraufhin wurde die Magd zur Rede gestellt, was sie mit dem Lavendel vorhatte und woher sie ihn hatte... Sie sagte, sie hätte ihn aus Frankreich. Einen Teil habe sie von früher und weitere Lieferungen bekäme sie, wenn jemand aus Frankreich käme und an sie dachte. „Und wozu braucht eine einfache Frau so viel Lavendel?" „Ich sammle den Lavendel, um unsere Kinder darin zu betten, wenn sie krank sind", antwortete sie schlicht. „So war es bei uns Brauch." Und jeder konnte sehen, dass sie guter Hoffnung war und wohl einige Kinder gebären würde. „Warum, Weib, habt ihr geheult, als ihr hörtet, dass übles Gesindel in die Kerker geworfen wurde?" Da begann sie wieder zu weinen und die Worte, die über ihre Lippen kamen, waren nicht deutsch, sondern französisch. „Nun spricht der Teufel aus ihr!", rief einer. „Nein", erklärte ihr Mann. „Es ist die Sprache ihrer Heimat und es stünde Euch selber gut an, diese Sprache zu verstehen, denn es ist die Sprache der Könige." Und er stellte sich vor seine Frau und sagte: „Dass meine Frau so weinte, liegt daran, dass sie ihre eigenen, unschuldigen Eltern im Turm verlor. Die Verfolger ließen es sich jedoch nicht nehmen, den Waisenkindern noch mit einem heißen Eisen ein Kreuz auf das Gesäß zu brennen. Ihre zwei kleineren Geschwister starben an der Tortur." Anstatt dass die Kommission nun endlich von der Magd abließe, sagten sie: „Da sitzt also das Übel vor unseren Augen! Bereits gebrandmarkt und will uns entwischen!" Ehe die Männer die Magd aus dem Raum schleppten, rief sie: „Philipp von Hessen hat für mich bezahlt! An meine Herren und die Kirche. Ablass für mich und meine Eltern. Ihr könnt ihn fragen. Er hat noch die Ablassbriefe. Ich bin ein gerechtfertigter Mensch."

Was wirklich geschah, konnte mir die Magd nie erzählen, denn ihr Mann durfte sie erst drei Wochen später aus dem Gefängnis holen und sie war mehr tot als lebendig. Sie hatten ihr die Zunge abgeschnitten und mit einem Beil die gezeichnete Hinternbacke abgetrennt. Nun sei sie vom bösen Bann erlöst, hatten die Richter gesagt. Als sie jedoch nach drei Wochen starb, weil die Knochen im Gesäß vereiterten, durfte sie nicht einmal auf dem Friedhof begraben werden.

Ich schloss mich dem Trauerzug an. Altfrau Bertha und die Küchenmeisterin begleiteten mich. Der Bauer hatte auf dem Feld der Aussätzigen eine Grube ausgehoben. Dort hinein legten sie die verstümmelte Magd mit ihrem ungeborenen Kind. Des Schmieds Sohn weinte so laut und schlug mit den Fäusten auf die Erde, dass sein Vater ihn ohrfeigte, damit er Ruhe gab. Wir alle hatten Angst, dass er sonst der Nächste sein würde. Kein Priester war zugegen, um die Angehörigen zu trösten und keine Messe wurde für die schönste Magd, die ich je sah, gelesen.

Wir hatten Madelaine doch aus Kassel geholt und nun hatte sie ein solch trauriges Ende in Münden gefunden! Meine Herrin hatte von allem Nachricht erhalten, und sie ließ sich keine Gefühle anmerken. An Philipp schrieb sie:

„... Es hat sich auch zugetragen, dass Madelaine, jene schöne französische Magd, in Verdacht fiel, dem Bösen nicht wehren zu können und als sie dann gerechtfertigt war, starb sie im Kindsbett...“

Sie war aber nicht im Kindsbett gestorben. Sie war verhungert und ihren schlimmen Verletzungen erlegen. Die Frau des Schmieds hatte ihren Sohn gebeten, ihr den Lavendel mit ins Grab zu geben, damit sie an Leib und Seele heil am Jüngsten Tage auferstehen sollte. Und mich bat sie, etwas aus der Heiligen Schrift zu lesen, das der tiefen Gottesliebe ihrer Schwiegertochter entspräche, denn ich könnte doch in den

Schriften lesen. Ich hatte darüber keinen Schlaf mehr gefunden. Auf der letzten Ruhestätte der Verbannten sollte ich aus der Heiligen Schrift lesen?

Da in den Tagen Erich I. wieder bei seiner Frau lag, besprach ich mich darüber mit der Schneiderin, die mit mir das Bett teilte. „Wenn ich den Mut aufbringe und ein Tuch entwende, worin wir unsere liebe Magd in die Erde legen können, so wirst du auch einen Vers lesen können! Wir wissen doch alle, dass Madelaine nichts Böses im Schilde führte." Die Schneiderin beschämte mich. Ich hatte ihr nicht so viel Mut zugetraut.

Da merkte ich, wie feige ich war. Am liebsten wäre ich krank gewesen und hätte deshalb nicht dem Begräbnis beiwohnen können. Aber ich war nicht krank. Ich sagte meiner Herrin Bescheid, wohin ich ginge und Elisabeth sagte nur: „Ich wünschte, die Magd würde nicht bei den Aussätzigen liegen müssen." So ging ich mit den anderen. Und als der Schmied allen gesagt hatte, dass seine geliebte Schwiegertochter nun der Erde und Gott überlassen werde, gab mir des Schmieds Frau ein Zeichen, damit ich nun etwas aus der Heiligen Schrift lesen sollte. Ich war aber zu feige gewesen, mir die Papiere auszuleihen, um sie zu einem entweihten Ort zu tragen. Deshalb hatte ich einen Vers auswendig gelernt. Der Schmied wartete darauf, dass ich nun vortreten und lesen würde, wie ich es doch sonst auch oft tat. Was hatten sie sich nur gedacht? Ich ging an das Grab und sagte zu den anderen, was ich zu sagen hatte:

„Verzeiht mir, dass ich kein Evangelium mitbrachte, um zu lesen. Ich traute mich nicht, es an diesen Platz zu tragen... Aber alle, die wir hier sind, wissen, dass die Verstorbene an die Kraft Gottes glaubte. Und so will ich euch den Bibelvers sagen, der wie Gold vor meinen Augen leuchtete, als ich an die liebe Magd dachte. Der Apostel Paulus schrieb es in einem Brief nieder und Luther übersetzte seine Verse:

„Ich aber bin gewiss, dass mich nichts trennen kann von der Liebe Gottes. Weder Tod noch Leben, weder Engel noch Gewalten, weder Gegenwärtiges noch Zukünftiges, weder Hohes noch Tiefes, weder irgendwelche Kräfte noch irgendein anderes Geschöpf... Nichts kann uns scheiden von der Liebe Gottes, die in Jesus Christus ist, unserem Herrn."

Ich trat zurück und fühlte mich leer und hilflos. Ich musste die Angehörigen enttäuscht haben. Dabei waren doch alle schon traurig genug. Aber da erklang eine feste Stimme: „Ja", rief die Frau des Schmieds: „Am Jüngsten Tag wird auch sie auferstehen." Die Worte der Frau hallten in meinem Innern nach.

Stand zu Erich II. Geburt der Österreichische König Pate, so fand ein Jahr später bereits für den kleinen Erichs II. die Verlobung statt. Philipp von Hessen und Herzog Erich I. waren sich einig, dass sie ihre Verbindung festigen wollten und deshalb ihre Kinder miteinander verlobten. Auch die Mütter waren zufrieden. Selbst wenn die Kinder den Ammen noch nicht entwöhnt waren, würden Agnes von Hessen und Herzog Erich II. gewiss ein gutes Paar sein.

Später erzählte mir die Schneiderin, dass Philipp von Hessen auf dem Weg nach Münden bei den Gräbern der Verstoßenen vorbeigeritten war und sich das Grab seiner ehemaligen Küchenmagd hatte zeigen lassen. Er war abgesessen und hatte gebetet. Danach sei er zum Haus des Schmieds gegangen und habe ein Geldgeschenk überreicht und gesagt, dass er den Tod seiner schönen Magd bedauerte. Ihm wären sogar vor Rührung die Tränen über die Wangen gelaufen, als er zu dem jungen Witwer sagte, dass mit dem Tod der lieben Madelaine gewiss auch die schönsten und liebsten ungeborenen Kinder gestorben wären.

Sein Verhalten sprach sich in ganz Münden herum und die Menschen wunderten sich. „Er hat eben ein großes, unerschrockenes Herz", sagte Altfrau Bertha, als sie es hörte.

Mir machte die Verlobung viel Freude, denn endlich sah meine Herrin ihre Freunde wieder. Die Landgräfin und Elisabeth erzählten sich von ihren Kindern und tauschten sich über die neue Mode aus. Ich hatte meine Herrin zu dem Anlass drei Stunden lang zurechtgemacht. Niemand sah ihr an, dass sie nicht so gut bei Kräften war, denn ich hatte ihr Gesicht gepudert und mit dem Saft der roten Rüben ihre Wangen eingerieben. Damit die Stirn schön frei und hoch war, hatte ich ihr den Haaransatz der Stirn rasiert. Kein Härchen blickte unter ihrem Hütchen und dem perlengeschmückten Tuch hervor. Die Gespräche mit der Landgräfin gaben ihr zudem neuen Lebensmut.

Meiner Herrin ging es körperlich zwar besser, aber ihre Sorgen mehrten sich wohl mit jedem Tag. Hatte sie sich früher mit leichter Hand in die Regierung eingearbeitet und sich mit Lorleberger und Mithof besprochen, so grübelte sie nun darüber nach, was passieren würde, wenn Erich I. von einer seiner Reisen nicht wiederkommen würde. Sehr wahrscheinlich würde sie sofort von Heinrich aus Braunschweig in der Regierung abgelöst werden, und die ihr zustehenden Witwenanteile bezogen sich auf den nördlichen Teil des Gebietes. Dort waren jedoch die Länder und Städte verpfändet, und sie fürchtete sich vor den zauberischen Weibern, die sie im Norden vermutete. Die einzigen unverpfändeten Länder waren Münden, Göttingen und Sichelnstein. Sie musste Erich I. dazu veranlassen, den Ehevertrag abzuändern und ihr die Rechte über die ertragreichen Gebiete im Falle seines Todes als Witwensitz überlassen. Erich I. verstand nicht, warum Elisabeth auf eine Änderung pochte. Sie habe doch alles, was sie brauche und für Erich II. baue er nun einen wahrlich fürstlichen Sitz. Elisabeth warf ihm vor, dass er nicht sehe, in welch elendem Zustand sie sich befände und dass es ihr Kummer bereitete, ihren Lebensabend in Armut zu verbringen. Das ging dem Herzog zu weit. Er wollte davon nichts wissen, zumal er ganz andere Sorgen hatte. Die Städte seines Landes schickten sich immer mehr an, dem Papst untreu zu werden. Während andere katholische Landesherren dem Treiben gleich Einhalt geboten, die eingeschmuggelten lutherischen Theologen ausfindig machten und die Aufrührer nicht am Leben ließen, hatte er nicht die finanziellen Mittel, die Aufrührer im Schach zu halten. Die Herzogin erinnerte ihn jedoch nicht nur daran, dass er auch der Rumschöttlerin ihr übles Handwerk verbieten sollte. „Im Kerker erst wird sie uns nicht mehr schaden können", fügte sie hinzu. Und sie wollte, wenn der Herzog nicht in der Lage sei, sie zu fassen, eine eigene Truppe aufstellen, die ihre Verfolgung übernehme... Und was meine Herrin aussprach, das tat sie auch.

Elisabeth ließ mit ihren Ansprüchen nicht locker und beauftragte Lorleberger, ihr verschiedene Vorschläge zur Änderung ihres Wittums auszuarbeiten. „Wenn mein Mann nicht in der Lage und Wollens ist, für mich zu sorgen, so werde ich es tun", so hörte ich sie immer wieder bei sich selbst schwören.

Erich I. reiste ab. Er hatte in Münden alles geregelt, was ihm wichtig erschien. Erich II. wurde mit anderen Edelknaben erzogen, und er brauchte sich um seine Bildung und Erziehung nicht zu sorgen. Was aber dringend nötig war: Sein Vater musste seine Zukunft absichern. Er konnte jedoch nur kurz über die im Bau befindliche Erichsburg reisen, da er dringend in Hannover gebraucht wurde, weil dort die Reformation in gewalttätiger Form um sich griff und er zügig einschreiten musste. Göttingen hatte sich schon die Freiheit genommen und sich der Reformation angeschlossen. 1529 wurde vor dem Rathaus die erste lutherische Predigt gehalten und ein Jahr später eine lutherische Kirchenordnung eingeführt. Dort hatten die Franziskanermönche und -nonnen freiwillig die Stadt verlassen. In Hannover jedoch gab es blutige Kämpfe, da die religiösen Anliegen mit den politischen verknüpft wurden. Die Handwerker der Gilden pochten auf die „Freiheit der Christenmenschen". Mit brachialer Gewalt drangen sie in die Kirchen ein, zerstörten Altäre und Kruzifixe und feierten darüber das Ende der religiösen Unterdrückung. Der Kampf zwischen Katholiken und Lutheranern dauerte Jahre fort und zeitweise musste der Herzog die Zufuhr und den Handel nach Hannover unterbinden, da weder die Waren noch die Reisenden sicher waren.

Erich I. geriet dabei auch selbst in Gefahr und musste mit dem patrizischen Rat der Stadt und den Mönchen aus Hannover fliehen, um nicht angegriffen zu werden. Er erinnerte die Städter an den Eid, den sie ihm geschworen hatten und ließ diesen erneuern. Daraufhin kamen der Rat der Stadt und er selbst auch wieder zurück. Gewiss hätte der Herzog die Städte gerne katholisch gesehen. Es gab jedoch ein überzeugendes Argument: Wenn eine Stadt gegen den Willen des Landesherrn lutherisch werden und nicht die Repressalien des Regenten fürchten wollte, so kaufte sie sich frei und zahlte hohe Summen an den Regierenden. Und ein paar tausend Gulden waren für die Hofhaltung und den Bau der Erichsburg dringend nötig. Des Herzogs Gläubiger wollten ja auch ihr entliehenes Geld zurück.

Während sich der Herzog meist in Hannover oder auf der Erichsburg aufhielt, ließ es sich meine Herrin nicht nehmen, die Amtsgeschäfte in Münden und den anderen Städten des südlichen Bezirkes voranzutreiben. Sie achtete darauf, dass die Ausgaben in Maßen blieben und setzte sich gegen Wilderei und Diebstahl vehement zur Wehr. „Was unser ist, muss unser bleiben“, wies sie Lorleberger an. Und er solle darauf achten, dass die Zölle und Steuern genau eingehalten würden.

Ich bewunderte meine Herrin. Sie überließ die Geschäfte nicht ihrem abwesenden Gatten, sie regierte mit sicherer Hand, egal, ob ihre Tage glücklich waren oder nicht. Spätestens an jedem dritten Tag schrieb sie an den Herzog und berichtete ihm vom Wohlergehen der Kinder und davon, was sich in Münden zutrug.

Elisabeth schrieb nicht nur an ihren Gemahl. Sie korrespondierte ebenso häufig mit ihrem Vater und schrieb ihm, wie unglücklich auch sie über die Zustände sei und dass sie mehr Sicherheit bedürfe. Sie war hin- und hergerissen zwischen Vater und Mutter. Von ihrem Vater konnte sie in der Not finanzielle und militärische Unterstützung erwarten. Ihre Mutter war es jedoch, die ihr Trost und mütterlichen Rat zukommen ließ. Elisabeths Vater wurde zu einem immer gefährlicheren Gegner Luthers. Und dieser zahlte es ihm zurück, indem er den Kurfürsten denunzierte und seinen Lebenswandel öffentlich anprangerte. Der Kurfürst war nämlich über die Abwesenheit seiner Gemahlin nie traurig gewesen. Ganz im Gegenteil, endlich konnte er sich ungeniert seiner Berliner Mätresse widmen. Luther war darüber erzürnt, dass der Kurfürst den Ehemann seiner Mätresse kurzerhand ausweisen ließ, um Ruhe vor seinem „gekränkten Nebenbuhler" zu haben. So weit war es also gekommen, dass die Rechte eines Ehemannes derart mit Füßen getreten wurden. Luther prangerte Elisabeths Vater deshalb öffentlich an, weil er Ehebruch und Hurerei in übler Form beging.

Elisabeth, die sich weder mit ihrem katholischen Vater noch ihrer Mutter, weder mit dem evangelischen Philipp von Hessen noch mit ihrem papsttreuen Gemahl streiten wollte, wählte ihre Worte gut und versuchte, sich keine Feinde zu machen.

Elisabeths Vater bekämpfte auch das von Luthers Freund ausgearbeitete Augsburger Bekenntnis so heftig, dass sich einige Fürsten genötigt sahen, einen gemeinsamen Bund zur Verteidigung der Lutherischen Lehre zu bilden. So gründeten Landgraf Philipp von Hessen und Kurfürst Johann von Sachsen, zu dem Elisabeths Mutter geflohen war, mit anderen Fürsten und Landesherren den Schmalkaldischen Bund. Dieser richtete sich gegen Kaiser Karl V. und seine Parteigänger, zu denen auch Elisabeths Vater, Kurfürst Joachim I., gehörte. Der Bund sollte über ein schlagkräftiges Heer verfügen, damit sie sich gegen Angriffe verteidigen konnten.

Der Riss, der sich durch Familien und Länder zog, ging auch durch die Familie meiner Herrin. Erich II. wurde nach dem Wunsch des Vaters streng katholisch erzogen, während Agnes von Hessen von ihren Eltern im lutherischen Sinn unterrichtet wurde. Und hatte nicht der Reformwillen Luthers auch Vater und Mutter meiner Herrin entzweit? Was meine Herrin dachte, war mir oft ein Rätsel. Wonach entschied sie? Woran hielt sie sich fest? Doch noch während ich mir darüber den Kopf zerbrach, arrangierte Elisabeth eine Hochzeit zwischen der ältesten Tochter Heinrichs und ihrem jüngsten Bruder, um die Beziehungen zum Braunschweiger Hof zu verbessern. Heinrich versprach indessen, Elisabeth dafür einen guten Dienst zu erweisen, denn ihre Familien sollten in Freundschaft und nicht in Feindschaft enden. Elisabeth hoffte darauf, dass Heinrich ihren Mann ermahnen würde, ein treuer Gatte zu sein.

Aber nichts geschah. Erich I. hatte weiterhin seine Mätresse. Sollte sie festgenommen und des Landes verwiesen werden, so war sie nicht mehr da, wo sie vermutet wurde. Die Häscher kamen immer zu spät und jedes Kind konnte sich ausrechnen, dass es wohl der Herzog selber war, der dafür sorgte, dass sie rechtzeitig entwischen konnte. Elisabeth wusste ebenso, wem die Rumschöttlerin ihre Freiheit verdankte: Ihrem eigenen Gemahl, der ihr die Treue versprochen hatte.

Es gab Tage, da lief meine Herrin wie ein krankes Tier auf und ab und wusste sich nicht zu helfen. Als sie erneut schwanger wurde, war sie nicht frohgemut und zuversichtlich. Hinter jedem Unglück vermutete sie eine Verschwörung. Ehe sie auf dem braven Pferd ausritt, ließ sie es genau untersuchen, ob nicht jemand einen Nagel unter den Sattel gelegt hatte oder ein Dorn im Huf steckte.

Als am Abend eine Badefrau das Wasser zu heiß nachgoss, geriet sie außer sich und ließ sie sofort in den Turm werfen. Dort war die Frau wochenlang ohne Nahrung und wollte noch immer nicht gestehen, wer sie zu der Tat angestiftet hatte. Erst unter der Folter sagte sie aus und so kamen noch vier weitere Frauen hinzu, die ebenso gefoltert wurden und danach als Krüppel weiterleben mussten.

Alle in Münden hatten Angst, sie würden etwas falsch machen und die nächsten sein, die in Ungnade fielen. Ich musste ständig an Braunschweig denken. Als wir dort waren, hatten die Bediensteten auch alle Angst gehabt. Und nun schlichen diese hungrigen, hinterlistigen Löwen auch hier herum.

Elisabeth bat ihren Gatten, er möge nach Münden kommen und in der Zeit bis zur Entbindung ihren Leib und sein eigen Fleisch und Blut schützen. Doch Erich I. kam nur kurz und wollte auch nichts davon hören, dass Elisabeth einige Zeit im Jagdschloss Nienover verbringen wollte, um wenigstens der Jagd beizuwohnen. Schließlich hatte sie anordnen lassen, dass dort große Schutzgebiete für das Wild eingerichtet wurden und die Bevölkerung nicht mehr jagen dürfe. Und nun war ihr auch die Freude verwehrt, das Wildbret zu sehen und die Enden der großen Geweihe zu zählen.

Ich versuchte meine Herrin aufzuheitern. Ich wollte ihr vorlesen oder mit ihr spazieren gehen, aber dafür, so sagte sie, habe sie keine Zeit. Und es war auch so, dass an den Vormittagen Elisabeth immer eine Stunde zu Elisa ging und danach zu Erich II. Elisa wurde schon im Klavierspiel und Gesang unterrichtet und Erich II. lernte mit Feder und Tinte umzugehen. Er übte den Kampf mit einem kleinen Holzschwert und konnte die biblischen Geschichten erzählen. Am Abend schrieb sie dem Herzog, welche Fortschritte sie beobachtet hatte.

Als sich der Bauch meiner Herrin zu wölben begann, aber ihre Zeit noch nicht gekommen war, litt sie an leichten Blutungen, die weder durch Bäder noch durch Medizin zu stillen waren. Mithof ließ nun täglich ein Huhn stechen und es sah so aus, als ob wir wohl bald keine Eier mehr in Münden hätten, da zu dem Zweck reihum jede Familie ein Huhn bringen musste – und es musste das beste Legehuhn sein.

Da es Erich I. nicht gelungen war, die Rumschöttlerin dingfest zu machen, schickte meine Herrin eigene Spione und Soldaten los, um die Giftmischerin ausfindig zu machen. Für sie bestand kein Zweifel, dass sie ihren Mann verhext hatte und ebenso ein weiteres Mal versuchte, ein Kind in ihrem Leibe zu töten. Als der Trupp jedoch meldete, dass die Rumschöttlerin wieder entflohen sei und nun im benachbarten Fürstentum Minden weilte, befahl die Herzogin, keine Rücksicht auf die Grenzen und Hoheitsrechte zu nehmen, sondern unverzüglich der Rumschöttlerin nachzueilen, sie gefangen zu nehmen und ebenso all jene, bei denen sie Schutz fand. Die Männer kamen ohne die verhasste Mätresse zurück und nahmen statt ihrer den Amtmann Schleppegrell gefangen, da sich Anna von Rumschottel bei ihm aufgehalten hatte. Anna von Rumschottel hatte er entfliehen lassen. Der Befehl Elisabeths blieb nicht ohne Folgen: Sie hatte rechtswidrig gehandelt und die Rechte des Bistums Minden nicht gewahrt. Das blieb nicht ohne Ärger und selbst ihr Vater und Erich I. beklagten sich bitter darüber. Amtmann Schleppegrell musste wieder freigelassen werden und die Herzogin hatte ein hohes Bußgeld zu zahlen.

Als die kleine Anna Maria geboren wurde, atmeten wir alle auf. Gewiss würde sich unsere Herrin beruhigen und über die nun drei gesunden Kinder freuen. Doch die Hoffnung währte nur wenige Tage, denn als die erste Amme sagte, dass sie keine Milch mehr habe, wurde eine andere bestellt. Doch auch ihr versiegte nach kurzer Zeit die Milch. Es wurde uns allen unheimlich und auch Mithof wusste keinen Rat. Danach ordnete Elisabeth an, dass eine Kommission in Münden, Nienover, Hannover und Calenberg alle verdächtigen Weiber ausrotten sollte. Sie bat ihren abwesenden Gemahl, Anna von Rumschottel als Hexe auszurufen, damit sie endlich in Sicherheit leben könne. Doch Herzog Erich I. gab meiner Herrin keine Antwort.

Ohne den Herzog um Rat zu bitten, packten wir unser Reisegepäck zusammen. Elisabeth ließ die besten Pferde vor die Kutschen spannen und rief eine große Eskorte Wachen zusammen, die uns begleitete. Ein Priester und Mithof sollten ebenfalls mit uns reisen, dazu drei Ammen, die weinten, weil sie aus Münden fortmussten, und die Hebamme. Elisabeth sagte niemandem, wohin die Reise ging, so sehr fürchtete sie sich, dass uns jemand nachstellen würde.

Selbst Mithof dachte, sie würde bei ihrem Vater, dem Kurfürsten Joachim I. von Brandenburg, Zuflucht suchen. Aber er sollte sich täuschen. Meine Herrin gab Anweisungen, ins sächsische Liebenwerda zu reisen. Dort war sie im Schutze ihres Onkels, Johann von Sachsen, der auch damals ihre Mutter aufgenommen hatte.

Als wir nach der anstrengenden Reise ankamen, schrieb meine Herrin an Erich I.:

„Mein lieber Gemahl!
Mir ist alles zu viel geworden und ich fand vor Sorgen nicht mehr in den Schlaf und fürchtete, dass gar unsere liebste kleine Tochter verhungern müsse... Ich bin nun in Liebenwerda, wo mir niemand ein Leides will. Gebt mir eine Zeit, in der ich wieder zu Gesundheit komme und mein Seelenheil wiederfinde.

Schickt mir Geld und lasst mir regelmäßig Nachricht zukommen, wie es Erich II. und Elisa ergeht, die ich unter viel Tränen zurückgelassen habe..."

Meine Herrin verstand nicht, warum weder Nachricht von Erich I. kam noch Unterhalt für sie geleistet wurde.

Obwohl sie sich nun in Sicherheit fühlte und Anna Maria sich gut entwickelte, hatte sie doch keine Mittel mehr, um den Haushalt aufrecht zu erhalten. Zusätzlich hatte sie großen Kummer, da sie nicht wusste, wie es den beiden anderen Kindern ging. Sie schrieb an ihren

Vater und berichtete, in welch misslicher Lage sie sich befand. Nicht nur, dass ihr Gemahl sie mit einem zauberischen Weibe betrüge, er würde auch nicht für sein eigen Fleisch und Blut Sorge tragen.

Die Antwort ihres Vaters war niederschmetternd: Sie möge unverzüglich nach Münden zurückkehren, er wolle nicht gegen seinen eigenen Schwiegersohn in Verhandlungen treten müssen. Und sie solle nicht vergessen, dass es der Mann sei, der eine Mätresse entlässt und nicht die Frau. Eine Frau solle nicht nach ihrem weibischen Gutdünken einen Mann bevormunden.

Elisabeth schrieb erneut, dass sie nicht zurückkehren könne und Hilfe bräuchte, da Erich I. ihr nicht antworten würde.

So schickte der Vater seinen Ratsmann Speckwage, damit dieser Verhandlungen aufnehme.

Speckwage sorgte dafür, dass die Korrespondenz zum Herzog sowie nach Münden wiederhergestellt wurde.

Meine Herrin hatte Vertrauen in Speckwage und nach langer Zeit schlief sie endlich wieder tief und fest. Am nächsten Tag machte sie sich unverzüglich daran, an Erich I. einen Brief zu senden, von dem sie wusste, dass er ihn erhielt, weil Speckwage dafür Sorge trug:

„Herzliebster Herr,
Ihr sollt wissen, dass ich hier mitsamt Eurer Tochter bei guter Gesundheit bin. Ich bitte Euch sehnlichst, mir Nachricht von meinen Kindern zu senden und ihnen und mir Geld zu schicken, denn ohne Geld kann ich nicht haushalten. In meiner großen Not wandte ich mich an meinen Vater, der mir versprach, meine unglückliche Sache in die Hand zu nehmen. Bedenket doch, welch liebe Frau ich bin und auch weiter sein will und habt Erbarmen mit mir. Und wenn Ihr nicht mit mir Einsicht habt, dann denkt an Euer eigenes Seelenheil und daran, wie Ihr an Eurem eigenen Fleisch und Blut handelt. Bekümmert mich nicht weiter, denn es ist schon lange zu viel für mich gewesen.

Ich wünsche Euch eine gute Nacht und hoffe auf unsere fröhliche Zusammenkunft. Geb's Gott, dass Ihr mit Hilfe meines Vaters auch ein Einsehen habt und mir die begehrte Leibzucht zugesteht, damit ich sicher mit unseren Kindern wohnen kann.

Eilt mit Eurer Nachricht, schreibt mir, ehe die Nacht darüber geht..."

Als meine Herrin den Brief Speckwage gegeben hatte, richtete sie sich auf und strich ihre Kleider gerade, so, wie sie es früher zu tun pflegte. Sie warf ihren Kopf in den Nacken und sagte laut: „Das wollen wir doch sehen, ob wir vor unserem Herrgott Recht behalten!" „Gewinnen müssen wir den Streit erst noch – und es ist noch lange nicht Frieden", stellte Speckwage fest. Mithof war selber in Not. Zum einen wollte er alles tun, damit von der Herrin Unheil abgewendet wurde, zum anderen war er ebenso Erich I. gegenüber ein guter Freund und Berater. Meine Herrin wies Mithof an, wieder ohne sie nach Münden zu reisen, aber ihre Unterkunft geheim zu halten. Er solle in Münden nun die Teufel austreiben, damit sie dort wieder sicher wohnen könne. Speckwage würde so lange für sie verhandeln, bis sie zufrieden sei, selbst wenn es dazu nötig war, dass sie sich persönlich an den Papst und den Kaiser wenden müsse. „Ich bitte Euch, zügelt Euer Temperament und lernt die Dinge zu nehmen, wie sie sind", bat Mithof. „Ich werde der verkehrten Welt nicht meinen Segen geben", widersprach Elisabeth. „Was Recht ist, muss Recht bleiben! Erst muss ich mir Recht schaffen, dann gibt es immer noch genug zu tun und zu vergeben!"

Die Männer schauten sich an und wussten, dass sie ihr Bestes geben mussten. Mir selber huschte ein Lächeln über die Lippen, als ich dem Gespräch zuhörte. Ich kannte meine Herrin. Ging es ihr gut, war sie sanft und hilfreich. War sie verlassen und hatte Angst, kämpfte sie wie ein Soldat.

Während meine Herrin in Liebenwerda wieder zu Kräften kam, brannten in Münden mehrere Feuer. Ebenso wurden in Calenberg, Hannover und Minden Frauen eingekerkert, gefoltert und, so sie dies überlebten, verbrannt. Am Tage fühlte ich mich in Liebenwerda wohl, aber in der Dunkelheit lauerten mir die Abscheulichkeiten auf, die sich nun überall abspielten. Es ging nicht darum, jemanden zu maßregeln. Nein, die Teufel wurden ausfindig gemacht und vertrieben. Ein einfacher Leberfleck oder ein Muttermal waren Anlass genug, Verdacht zu erregen. Sie wurden mit Nadeln untersucht, um zu sehen, ob sie auch bluteten... egal wie jemand darauf reagierte, ob er lächelte oder zusammenzuckte... es folgten weitere Beweisführungen: glühende Nägel wurden ins Fleisch gestoßen oder unter die Fingernägel getrieben. Es konnten auch sechs Kerzen, aneinandergebunden und unter die Achselhöhlen gehalten, die Menschen zum Geständnis bringen. Oder sie wurden in eine Rüstung eingequetscht, gestreckt und mit einer Maulsperre versehen. Danach wurden ihnen so lange die übelsten salzigen Getränke oder Jauche eingeflößt, bis sie gestanden und trotzdem an der Qual mit aufgedunsenen Leibern verstarben. Und was nützte einer Frau die Wasserprobe, wenn ihre Unschuld dadurch bewiesen war, dass sie, an Händen und Füßen zusammengebunden, im Wasser unterging? Der Teufel, so sagten sie, konnte schwimmen, aber eine Unschuldige bewies ihre Unschuld, indem sie im Wasser versank. Alle Unschuldigen hatten ihr Leben ausgehaucht.

Ich vermisste die Altfrau Bertha, denn ich hatte so viele Fragen und Kummer. Was geschah während unserer Abwesenheit? Wer war verdächtig? Wer würde jemanden verraten? Die Furcht war in Münden schon zuvor umgegangen, aber nun würden sich die Menschen gegenseitig misstrauen und wollten das Unglück ersäufen oder wenigstens verbrennen sehen.

Meine Herrin kämpfte mit allen ihr zur Verfügung stehenden Mitteln. Sie erbat sich vom Vater und Bruder Unterhalt und instruierte Mithof und Speckwage in den Verhandlungen genauestens. Auch Lorleberger wies sie aus der Ferne an, wie er weiter in der Verwaltung verfahren solle. Sie schrieb sich mit Erich I. und als sie ihn traf, war sie so liebreizend wie zu ihrer Vermählung. Sie hatte alle Ketten umgelegt, und ich musste schon Tage zuvor ihre Haare bürsten und ihren Körper einölen. Sie lächelte, sie weinte und zürnte. Ich diente ihr mit allem, was sie brauchte und ich bangte, sie würde sich übernehmen, denn sie ritt auch mit ihm aus, obwohl sie noch nicht bei stabiler Gesundheit war.

Wenn sich meine Herrin etwas in den Kopf gesetzt hatte, war sie stur und unerbittlich. Und nach Monaten der verschiedensten Schachzüge war sie am Ziel: Erich änderte den Heiratsvertrag und sprach ihr anstatt des bisherigen Amtes Calenberg, das mit dem Schloss Calenberg, Neustadt und Hannover wenig Einnahmen brachte, den wesentlich ertragreicheren und politisch wichtigeren Oberwald mit den Städten Münden, Göttingen und Northeim als Witwengut zu. Somit wurde meiner Herrin das ertragreichere Erbe zuteil. Erich II. würde zu seiner Regentenzeit mit den ärmlichen, nördlichen Gebieten Vorlieb nehmen müssen.

Und sie errang noch einen zweiten Sieg: Sie hatte Erich I. so lange in den Ohren gelegen, bis er den Antrag unterschrieb, dass Anna von Rumschottel durch zauberisches Wesen bewiesen habe, dass sie eine Hexe sei und sie deshalb gefangen genommen werden und den üblichen Prozeduren unterzogen werden müsse.

Diese Handlung blieb nicht ohne Folgen. Zum ersten Mal in der Geschichte entledigte sich eine Frau der Mätresse ihres Mannes, indem es ihr gelang, sie als Hexe zu denunzieren. Die Angst ging nun bei den Landesherren um. Wie, wenn es ihre Frauen Elisabeth von Calenberg nachtaten?

Weil meine Herrin zu Johann von Sachsen den Kontakt aufrechterhielt, erfuhren wir von den Folgen ihres Handelns: Die Herzöge und Fürsten bangten nun tatsächlich, dass auch ihre Ehefrauen auf die Idee kämen, ihre Mätressen und Liebschaften als Hexen zu denunzieren. So versuchte nun einer nach dem anderen seine Mätressen in Sicherheit zu bringen. Heinrich, der seine Liebschaft nicht mehr geheim halten konnte, war so dem beißenden Spott ausgesetzt. Und der kam von Luther selbst. Dieser hatte nicht nur Elisabeths Vater gemaßregelt, weil er seiner Frau so übel mitspielte, er verteilte auch eine öffentliche Schmähschrift gegen Heinrich von Braunschweig. Er nannte ihn darin nicht Heinrich von Wolfenbüttel, sondern einfach „Hanswurst". Darin schrieb er:

„Über Hans Worscht!
...Wer seinem Ehegemahl nicht seinen Eid hält, der trägt alles aus dem Haus und nichts bringt er ein... Seine Kinder lässt er fingernackig gehen... Er wird nicht nur Menschen, sondern Gott selber treulos und meineidig... Noch nie hat jemand den Ehestand lästerlicher geschändet als Heinrich von Wolfenbüttel!"

Was war geschehen? Wir wollten es genauer wissen und fragten, wer uns denn die Geschichte erzählen könnte. Dass Heinrich eine Geliebte hatte, erfuhr ich ja schon in Braunschweig: Es war die Hofjungfer der eigenen Frau. Und dass Eva von Trott bereits zwei Kinder von ihm hatte, wusste ich von der Magd.

Die ganze Geschichte erfuhren wir erst, als wir in Münden zurück waren. Mithof erzählte sie uns. Er wusste fast so viel über die Skandale der Adeligen wie die Mägde. Nur: Die Mägde wissen es meist früher, denn sie schütteln die Betten der Herrschaften auf und wissen, wohin sie gehen.

Elisabeth fragte Mithof, was es mit der Schmähschrift auf sich habe. Das sei ja eine Kriegserklärung an die altgläubigen Landesherren.

Von Luther denunziert zu werden, hieße den Papst gegen sich zu hetzen.

Mithof sagte, eben das wolle Luther ja bewirken. Er ließ die Schrift verbreiten, damit jeder nachfragen solle, was passiert sei. Jeder wollte besser als der andere wissen, was im Hause des altgläubigen Heinrich zu Wolfenbüttel geschehen war.

Dann erzählte er meiner Herrin endlich, was sich zugetragen hatte. Erst zierte er sich noch ein wenig, aber dann überkam auch ihn die Lust an der Geschichte Heinrichs:

„Ihr wisst, dass Heinrich die Hofjungfer seiner Frau als Geliebte hatte?" Meine Herrin schüttelte ungläubig den Kopf. Hatte sie es wirklich nicht gewusst? Ahnten es damals weder die Frau Heinrichs noch meine Herrin? „Nun, so muss ich ein wenig ausholen", räusperte sich Mithof. „Eva von Trott stammt aus einem althessischen, adeligen Rittergeschlecht und kam mit 16 Jahren an den Hof Heinrichs." „Ich habe sie gesehen, als ich in Braunschweig war. Wir haben doch alle zusammengesessen", warf Elisabeth ein. Ich nickte mit dem Kopf und wartete gespannt. „Nun, das Fräulein wurde die Geliebte des Herzogs." Während ich dies bereits wusste, ließ Mithof Elisabeth etwas Zeit zu verstehen, was er sagte. „Sie wurde von Heinrich inzwischen dreimal schwanger. Jedes Mal vor ihrer Niederkunft sagte sie ihrer Herrin, dass sie in ihre Heimat wollte, um dort einen Besuch zu machen. Aber sie bekam dort ihr Kind." „Ach", sagte Elisabeth. Doch mir war es nicht genug, zuhören zu müssen. Und ich mischte mich ein: „Es stimmt aber nicht, dass sie zuhause ihre Kinder entband. Sie kam nie dort an, sondern ging nur zu ihrer Niederkunft nach Seesen. Eine Braunschweiger Magd sagte mir, dass sie mit Eva von Trott auf die Stauffenburg nahe Seesen ging und sie dort die Kinder gebar und in Obhut gab." Elisabeth sah mich an: „Du wusstest davon?", fragte sie mich. „Ja, die Magd erzählte mir vieles, aber ich gebe nichts auf das Geschwätz einer Magd und werde deshalb nicht einen Hof denunzieren." Nun mischte sich wieder Mithof ein: „So weiß Eure Kammermeisterin Dinge, die mir verborgen blieben, aber nun verstehe ich mehr von der ganzen Geschichte – auch davon, dass Eva von Trott in Gandersheim verbrannt wurde und nicht in Braunschweig, denn Gandersheim liegt nahe Seesen und die Mönche und Nonnen dort sind unabhängig und trotzdem Heinrich zugeneigt." „Sie wurde verbrannt?", fragten meine Herrin und ich entsetzt. „Langsam, langsam", sagte Mithof und fuhr fort: „Es war wohl so, dass Eva von Trott ein weiteres Kind erwartete und sagte, dass sie zu ihrer Familie nach Hessen wolle. Die Frau Heinrichs hatte jedoch Verdacht geschöpft und als zusätzlich Heinrich zu Ohren kam, dass Ihr, gnädige Herzogin, die Mätresse Eures Mannes als Hexe ausrufen ließet, bekam er es mit der Angst zu tun. Wie, wenn nun auch seine Frau auf die Idee käme zu behaupten, Eva von Trott wäre eine Hexe? Er würde die Geliebte und Mutter seiner Kinder verlieren..." Meine Herrin war sprachlos. Und so fuhr Mithof fort: „Heinrich grübelte darüber nach, wie er Evas Tod vortäuschen und sie doch für immer behalten könnte. Er beauftragte den Braunschweiger Bildhauer Simon Stappen, ihm einen lebensgroßen Holzkopf zu schnitzen, der Eva von Trott wie aus dem Gesicht geschnitten wäre. Als Eva von Trott angab, über Bad Gandersheim zu ihren Eltern zu reisen, streuten sie gemeinsam mit den Mönchen die Legende, Eva von Trott wäre an der Pest gestorben. Ihren Leichnam, der ja nur aus einem Strohkörper und dem geschnitzten Holzkopf bestand, verbrannten sie auf dem Feuer und ließen sich die Urkunde ihres Ablebens ausstellen." Uns lief das kalte Grausen über den Rücken. . „Aber wo ist sie jetzt?", fragte Elisabeth nach. „Wir wissen es nicht", antwortete Mithof. „Irgendjemand muss sie versteckt haben." Und an mich gewandt fragte er: „Wo, sagtest du, entband sie ihre ersten Kinder? Wo waren sie damals untergekommen?" Ich sah zu Boden und stotterte herum, denn wenn ich nun etwas sagen würde, hieße dies vielleicht, dass Eva von Trott verfolgt werden würde. „Verzeiht mir, dass ich vorher unvorsichtig war und etwas auf das Geschwätz einer Magd gegeben habe", versuchte ich mich aus der Schlinge zu ziehen. „Aber du wusstest doch auch schon lange vor mir, dass Eva von Trott die Geliebte war, nun wirst du wohl auch noch sagen können, wo sie sich versteckt halten könnte!“ Elisabeth war empört. Wie so oft hatte Mithof ein Einsehen mit mir und sagte zu meiner Herrin: „Ich werde danach deine Kammermeisterin unter vier Augen sprechen, da wird sie wohl reden. Aber Ihr wisst nun, warum über Heinrich von Braunschweig gespottet wird.“

Als ich mit Mithof alleine war, sagte ich ihm, dass ich mich zwar Altfrau Bertha anvertrauen würde, es aber sehr unschicklich fände, mit dem Geschwätz anderer Leute zu meiner Herrin oder ihm zu kommen. Mithof beruhigte mich und sagte mir, dass er es wissen wolle, um Heinrich etwas mehr unter Kontrolle zu haben. Er sei doch nach wie vor ein ernst zu nehmender Gegner. Mithof versprach nichts zu unternehmen, denn es habe schon so viel Blutvergießen wegen der Rumschöttlerin gegeben und ihm täte Eva von Trott auch leid.

Elisabeth wird evangelisch und beginnt das Land zu reformieren (1534)

Meine Herrin war wieder schwanger, aber diesmal war sie fast so unbeschwert wie beim ersten Kind. Und es war auch gut so, denn kaum eine Magd fand sich bereit, meiner Herrin zu dienen, zu sehr fürchteten sie sich davor, wie ihre Vorgängerinnen in ein falsches Licht zu geraten und der Hexerei beschuldigt zu werden.

Elisabeth wollte, ehe das Kind geboren würde, noch einmal ihre Mutter in Lichtenberg besuchen und dabei hatten wir eine unvergessliche Begegnung:

„Heute Nachmittag wird uns ein Ehepaar besuchen, aber ich verrate nicht, wer es ist", sagte die Kurfürstin fröhlich zu Elisabeth. „Bin ich denn richtig gekleidet?", fragte Elisabeth erschrocken. „So sagt mir doch endlich, wer es ist, damit ich mich vorbereiten kann." „Es ist nicht nötig sich vorzubereiten, denn wenn das Herz und die Gottesliebe zählen, so ist jeder Putz umsonst und schmälert höchstens das Ansehen." „Mutter, sag mir doch, wer es ist. Soll ich meinen Bauch einschnüren?" Die Kurfürstin erschrak: „Habt ihr etwa in den Schwangerschaften den Bauch eingeschnürt?" „Nur manchmal", gab meine Herrin kleinlaut zu. – Auf Befehl der Kurfürstin durfte ich nie wieder während einer Schwangerschaft Elisabeths Bauch einschnüren.

Wir waren allesamt aufgeregt, wer denn wohl zu Besuch kommen würde, denn die Kurfürstin hatte vor dem Küchenpersonal in die Hände geklatscht, wie es auch meine Herrin tat, um jemanden anzutreiben. Die Bediensteten blieben jedoch weiterhin vergnügt, weil sie sich selbst auf die Besucher freuten.

Zur festgesetzten Stunde kamen sie und ich sah sie zum ersten Mal: Das Ehepaar Luther brachte sogar noch Johann von Sachsen mit; ebenso drei Theologen und vier Studenten. Die Kurfürstin hatte wohl damit gerechnet, dass Luthers nicht alleine kommen würden. Es wurde aufgetischt, es wurde gelacht, gestritten und anschließend trennten sich alle als Freunde. Es war ganz einfach gewesen. Auch ich wurde nicht vom Tisch geschickt. Käthe Luther übernahm es, einzuschenken und nachzureichen. „Wer Speck auf dem Leib trägt, muss mehr ernähren", sagte sie zu mir. Und wie immer aß ich auch mehr als meine Herrin, obwohl sie ein Kind trug. Und so war es: Wo Luther zugegen war, war er immer der Hausherr. Und keiner wehrte sich dagegen. Er war herzlich und zugewandt und wenn jemand Sorgen hatte, so kümmerte er sich darum. Es war egal, ob es sich um den Kummer mit Kindern, Ehepartnern oder um säumige Steuern handelte. „Ich habe Euch zwar noch nie gesehen", sagte Luther offen zu meiner Herrin, „aber ich denke, wenn ihr Euer Leben ganz zur Sache Gottes macht, so seid ihr eine wichtige Verbündete." Das tat meiner Herrin sichtlich gut. Luther schien wie ein Mann, der wusste, dass sie wichtig war und einiges bewegen konnte. Nach diesem Besuch konnte meine Herrin Martin und Käthe nie mehr vergessen. Als wir in Münden waren, schickte sie ihnen drei große Laibe Käse, damit Käthe ihren Gästen gut auftischen solle, und zwei Fässchen Einbeckschen Bieres, damit ihnen der Mut nicht sinken möge. Käthe konnte zwar vortrefflich Bier brauen, aber „das Einbecksche war eben doch das Beste und so bekömmlich wie Muttermilch für den Säugling", versicherte ihr Luther.

Das nächste Mädchen, das geboren wurde, erhielt den Namen Katharina. Es war meiner Herrin nicht unangenehm, dass so auch die Frau Luthers hieß. Katharina war schon immer ein guter Name gewesen und wir freuten uns darauf, was aus dem Kind einmal werden würde. Es war seltsam, dass wir beide mit der Geburt des Kindes eine neue

Zuversicht spürten, und meine Herrin richtete in Münden ein großes Fest aus und beschenkte die Armen.

Erich I. war auch zugegen und er freute sich, seine Frau bei guter Gesundheit vorzufinden. Als dann auch noch die Kurfürstin und der Bruder Elisabeths zu Besuch kamen, waren einige Tage so unbeschwert wie damals zu den Zeiten, als wir nach Einbeck, Hannover und Braunschweig gereist waren. Damals, so schien es mir, wussten weder meine Herrin noch ich, was uns die Jahre danach noch einbringen sollten. Und als wir in Angst lebten, hatte ich nicht geglaubt, dass sich die Zeiten auch wieder ändern würden.

Erich I. blieb nicht lange. Er versprach jedoch seinem Sohn, dass er bald für längere Zeit mit auf die Erichsburg dürfe, denn das solle sein zukünftiges Zuhause sein. „Wenn Erich II. reist, dann nicht ohne seine Mutter!", stellte Elisabeth klar. Also planten sie die nächste Reise und meine Herrin war sehr zufrieden.

Im Jahr 1535 starb Elisabeths Vater, Kurfürst Joachim I. von Brandenburg und mit ihm ein erbitterter Gegner Luthers. Als Elisabeth vom Tod des Vaters erfuhr, bereitete sie alles vor, um den Feierlichkeiten beizuwohnen und ihren Pflichten nachzukommen.

Ihr starker Vater war nun nicht mehr da. Die Brüder hatten dem Vater versprechen müssen, die katholische Sache im strengen Sinne weiterzuführen, denn er hatte das Regierungsgebiet unter den beiden aufgeteilt. Natürlich gelobten die beiden, sich daran zu halten, aber nachdem die Erde über ihn geworfen worden war, erbarmten sie sich. Joachim II. richtete für seine Mutter eine Geldrente ein und sorgte dafür, dass sie als Markgräfin von Lichtenberg in der Nähe Torgaus leben konnte.

Als meine Herrin von der Reise zurückkam, war sie eine andere Frau. Als ob zu Lebzeiten ihres Vaters zwei Seelen in ihrer Brust gestritten hätten, so strahlte sie danach eine große Ruhe aus. Sie ließ Erich I.

gewähren und übernahm doch alle anderen politischen Aufgaben, um ihn zu unterstützen und das Land in Frieden zu halten. Sie hatte es sich in den Kopf gesetzt, dass sie die große Schuldenlast abbauen wollte, und die Anliegen der Bürger sollten zu ihrem eigenen Anliegen werden. Aufs Neue wünschte sie sich, dass sie ihren Untertanen eine gute Mutter sei wie damals, als sie noch ein Kind war und gerade Herzogin wurde. Dabei nahm sie sich Philipp von Hessen zum Vorbild. Und noch etwas anderes nahm seinen Lauf: Meine Herrin machte keinen Hehl mehr daraus, dass sie Calenberg gern evangelisch sehen würde. Sie besprach sich mit ihren Brüdern und Landgraf Philipp, schrieb Briefe und verursachte dadurch viel Ärger. Denn wenn es Elisabeth wagen würde, hinter dem Rücken ihres Mannes zu handeln, wäre dies ein Fall für das Reichsgericht.

Meine Herrin begab sich auf gefährliches Gebiet, denn wenn die Städte evangelisch würden, könnte Heinrich gegen sie Krieg führen. Das könnte nur allzu schnell geschehen. Ohne dem Schmalkaldischen Bund anzugehören, würde sie alle in große Gefahr bringen. Falls ihr Gemahl stürbe, würde Heinrich sicher die Vormundschaft Erich II. an sich reißen und sich ganz Calenberg einverleiben. Er würde zeitgleich eine Gegenreformation durchführen. Da war sie sich sicher. Elisabeth schlug Erich I. vor, doch die Vormundschaft für seinen Sohn zu regeln, falls er vor dessen Volljährigkeit verstarb. Die Vormundschaft solle gemäß den derzeitigen Verhältnissen auf sie selbst, Philipp von Hessen, ihren Bruder Joachim II. und Heinrich aufgeteilt werden. So würde das Land ausgewogen unterstützt und beraten werden, bis der Sohn in der Lage wäre, allein zu regieren.

Erich I. war zuerst sehr ungehalten über das Misstrauen, das Elisabeth Heinrich gegenüber hegte. Warum sollte nicht sein Neffe Heinrich allein die Vormundschaft übernehmen? Doch meine Herrin ließ nicht locker. Sie wusste, was sie wollte und erklärte ihrem Gemahl, dass Heinrich selbst genug Söhne habe und Calenberg ihm gewiss willkommen sei. Erich II. stünde ihm dabei doch nur im Wege. Außerdem sei abzusehen, dass Heinrich sofort über die reformierten Städte herfallen würde, nicht nur um eine Gegenreformation durchzuführen, sondern auch um zu plündern. „Wenn ich bis zur Volljährigkeit Erichs II. regieren kann, wird unser Sohn jedoch ein friedfertiges Land vorfinden, in dem die Finanzwirtschaft stimmt. Ich habe ohnehin vor, in Münden eine Kanzlei einzurichten, damit nach den neuesten Erkenntnissen der Finanzwirtschaft verfahren wird. Die Zeiten ändern sich und wir dürfen nicht versäumen, die Länder in Ordnung zu halten." Erich I. verstand, was seine Frau meinte, und er hatte sich ja auch in der Vergangenheit stets auf ihren Kopf und ihre Diplomatie verlassen können. Je mehr er darüber nachdachte, umso schlüssiger fand er die Idee Elisabeths. Elisabeth hatte den Vormundschaftsvertrag so vortrefflich vorformuliert, dass er nur noch zu unterzeichnen brauchte.

Für meine Herrin war damit förmlich besiegelt, dass sie bis zur Volljährigkeit Erichs II. die Geschicke des Landes lenken würde und ihr die anderen Vormünder lediglich als Ratgeber zur Seite standen. Meine Herrin hielt es nun für angebracht, alles, was sie für richtig hielt, umzusetzen. Sie schrieb sich mit ihren Brüdern, die seit dem Tod ihres Vaters ebenfalls der evangelischen Sache zugeneigt waren und versuchte hilfreiche Kontakte aufzubauen. Manchmal jedoch ging sie den Brüdern und selbst Luther zu weit, weil sie zu offen war und andere dadurch in Schwierigkeiten gerieten. Was für sie das Signal zum praktischen Handeln darstellte, entwickelte sich auch zum Konflikt mit Erichs I. Schaukelpolitik. Der Herzog konnte sehr gut damit leben, dass seine Frau Luther zugetan war, denn auch er bewunderte diesen mutigen Mann. Er war aber dem alten Glauben verpflichtet und sah keinen Grund, daran etwas zu ändern. Anders sah es bei Elisabeth aus: Sie hatte es sich in den Kopf gesetzt, die Reformation zu fördern und wenn es sein müsste, Heinrich auch energisch entgegenzutreten. Sie wollte ja nur, dass Erich I. in Heinrich nicht nur einen liebevollen Verwandten sah, sondern auch einen, der ihm großen Schaden zufügen konnte.

Erich I. litt unter den Feindseligkeiten, die zwischen seiner Frau und Heinrich immer offener zu Tage traten. Deshalb lud er seinen Neffen Heinrich und seine Gattin zu einem Treffen nach Gandersheim ein. Dort sollten sie sich endlich aussprechen und einen Vertrag unterzeichnen, der beinhalten sollte, dass in erster Linie die Familie und nicht andere politischen Interessen im Vordergrund der Handlungen stehen sollten. Die Familie dürfe nicht geschwächt werden und etwa Philipp v. Hessen oder der evangelischen Lehre Vorschub geleistet werden. Seine Frau hatte ihr Herz nicht an die Braunschweiger Linie gehängt. Das pfiffen inzwischen schon die Spatzen von den Dächern und die Lutherischen verbündeten sich insgeheim mit Elisabeth. Sie versprach, „ihr“ Land schon noch zur evangelischen Sache „herumzubringen“ und es sei auch nicht abwegig, dem Schmalkaldischen Bund in Bälde beizutreten.

Wir machten uns also auf den Weg nach Gandersheim. Mithof freute sich auf die Abwechslung und begleitete uns ohne Murren. Erich II. reiste in einer separaten Kutsche mit einem Lehrer und zwei Kindermädchen. Er würde die Zeit auf der Erichsburg verbringen können, wo inzwischen für ihn schon Personal eingestellt worden war und zwei eigene Pferde auf ihn warteten. Erich II. wollte jedoch viel lieber auch nach Gandersheim und seinen Großonkel Heinrich sehen, denn er hatte schon so viel von ihm gehört, und er hatte ihm das schönste Zaumzeug für ein Pferd geschenkt. Meine Herrin vertröstete ihn und erklärte, dass er in der Zeit doch auch von einem der besten Falkner aus Dassel unterrichtet werden sollte, denn dort flögen die Falken wie schwarze Pfeile durch die Luft, wenn ihr Herr nach ihnen rief. „Wie schwarze Pfeile?“, fragte Erich II. erstaunt. „Ja, sie schauen mit ihren scharfen Augen, wo ihr Herr steht. Dann fliegen sie schnurgerade zum Falkner und setzen sich, brav wie ein Lämmchen, auf seine Hand." „Ihr habt es schon einmal gesehen?" Da lachte Elisabeth und antwortete: „Mein liebes Kind, ich habe es nicht nur in Dassel gesehen; ich verstehe mich selber auf die Falkenjagd und was so zärtlich scheint, ist doch ein hartes Stück Arbeit. Alle meine Brüder wurden in der Falkenjagd unterrichtet, aber es ist nicht leicht, das Vertrauen eines guten Tieres zu gewinnen. Und wenn Ihr es erst einmal auf Eurem ausgestreckten Arm haltet, merkt ihr, wie schwer ein solcher Vogel werden kann und wie sich seine Krallen durch das harte Leder bohren wollen." Erich II. war begeistert: „Liebe Mutter, kommt Ihr mit zu dem Herrn mit den Vögeln?" „Wenn ich alle Geschäfte erledigt habe, werde ich auf die Erichsburg nachkommen und mit Euch nach den Falken sehen. Zuvor übt Ihr jedoch fleißig, damit ich sehen kann, was Ihr gelernt habt." Erich II. versprach brav zu üben und seine Augen leuchteten bei dem Versprechen. Er hatte endlich vergessen, dass er unbedingt auch seinen Großonkel sehen wollte. Er war ein artiges, folgsames Kind und die Eltern hatten ihre Freude an ihm.

Während meine Herrin in dem Vertrag genau geregelt haben wollte, welche Rechte Heinrich in Calenberg hatte und was ihm untersagt war, gingen Mithof zeitweise andere Gedanken im Kopf herum. Mir ging es nicht anders und ich nahm allen Mut zusammen, ihn anzusprechen: „Habt ihr etwas über Eva von Trott erfahren?", fragte ich ihn zögerlich. Da nahm er mich beiseite und meinte verschwörerisch: „Vielleicht kannst du mir helfen?" „Ich?" „Ja, du kannst dich unter den Mägden umhören, die wissen am meisten und auch beobachten, wohin Heinrich so ausreitet, während wir noch drinnen sitzen."

Ich hatte also einen geheimen Auftrag. Ich hatte ihn zwar nicht von meiner Herrin erhalten, aber er war gewiss von Nutzen für unsere gemeinsame Sache.

Die Gelegenheit, mich umzuhören, kam schneller als erwartet. Als ich nämlich meine Herrin zu Bett bringen wollte, meinte sie: „Es reicht, wenn du mich wäschst und mein Nachtkleid richtest. Ich werde mich zu meinem Gemahl legen." Ich wunderte mich nicht mehr darüber. Seit meine Herrin ihre Gesundheit wiedererlangt hatte, wartete sie nicht mehr, ob Erich I. zu ihr ins Gemach kam. Sie war es, die sich schönmachte und an Erichs I. Schlafgemach klopfte. Wenn er noch nicht zu Bett gegangen war, so legte sie sich trotzdem auf sein Kissen. Ich wusch sie und rieb ihre Haut mit einem duftenden Öl ein. Meine Herrin war schön. Sie war kein Kind mehr, sondern hatte nun den verführerischen, gesunden Körper einer Frau. Ich sagte ihr, dass jeder Mann sich glücklich preisen könne, eine solche Frau sein Eigen zu nennen. Elisabeth sah mich fröhlich an. Sie hatte es mir also nicht übelgenommen, dass ich ihr meine Bewunderung ausdrückte. Ganz im Gegenteil. Und dann sagte sie: „Du hast auch eine lange Reise hinter dich gebracht. Frage doch in der Küche, ob sie noch eine Scheibe Fleisch und einen Tee für dich haben. Denn Fleisch und Tee, vor der Nacht zu sich genommen, stärken die Glieder." Danach sprach sie wie zu sich selbst: „Ob die Pferde gut versorgt sind? Ich traue den Gandersheimern nicht und wir haben keinen eigenen Stallburschen hier. Vielleicht sollte ich noch schicken lassen?" Öffnete mir nun auch die Herzogin den Weg, mich umzuhorchen? „Es ist für mich ein Leichtes, von der Küche aus in den Stall zu schauen. Jedenfalls werde ich den Stallburschen nach allem befragen." Meine Herrin trat mit mir aus der Kammer. Sie klopfte an Erichs I. Tür. Der Herzog öffnete sie. Splitternackt stand er da und zog seine Frau an sich. Er hatte auf sie gewartet! Woher wusste er, dass sie kommen würde? Ich schlug meine Augen nieder und ging zur Küche... Ich hätte mir den Weg sparen können, denn es war niemand dort. So war es in Häusern, in denen Mönche das Sagen hatten. Sie waren unwirtlich für Gäste und doch spürte man ihre dunklen Leidenschaften.

Es war schwierig, im Dunkeln zu den Ställen zu finden, zumal mich plötzlich eine große Angst überkam und ich tausend Augen auf mir spürte, obwohl ich niemanden ausmachen konnte. Ich fand den

Stallburschen, der Nachtwache hatte und erkundigte mich bei ihm nach unseren Pferden. Er zeigte mir die Tiere und ich sah, dass sie gut versorgt waren. „Warum steht hier ein gesatteltes Pferd?", fragte ich verwundert, als ich mit ihm wieder auf den Hof trat. „Herzog Heinrich schaut noch nach den Netzen, die ausgelegt wurden. Es ist gut, die Tiere bald zu greifen, damit sie nicht die Netze zerreißen."

So war es also. Gewiss sagte Heinrich, er sähe nach den Netzen und stattdessen ritt er zu seiner Geliebten! Als ich Mithof dies am nächsten Tag mitteilte, winkte er ab: Er hatte die Sache selber im Blick gehabt. Heinrich sei nur zwei Stunden weg gewesen. Zur Stauffenburg hätte er es nicht in der kurzen Zeit geschafft. Wer reitet schon einfach nur hin und gleich wieder zurück?

Ich traute meinen Augen kaum, als ich am nächsten Tag auf dem Markt zu Gandersheim genau jene Magd traf, die mir in Braunschweig die ganze Sache erzählt hatte. Da ich mit meiner Herrin unterwegs war, flüsterte ich Elisabeth zu, dass sie mich kurz entschuldigen solle, ich würde in geheimer Mission handeln und käme später in unser Quartier nach. Ehe ich einen der verwunderten Blicke Elisabeths auffangen konnte, war ich auch schon hinter dem Marktstand verschwunden und überlegte, in welcher Gasse ich warten konnte, um auf die Magd zu treffen. Sie hatte mich noch nicht bemerkt und verhandelte mit der Marktfrau. Wenn ich wenigstens einen Korb dabeigehabt hätte, wäre es einfacher gewesen, weil ich mich dann neben sie hätte stellen können. Ich beobachtete die beiden, die dann aber wie alle anderen aufsahen, weil sie meine Herrin bemerkt hatten, die durch die Marktgasse ging. Die Frauen traten zurück und verneigten sich. Alle, außer der Magd, die wie ich hinter einen Stand gesprungen war und sich verborgen hielt. Meine Herrin ging vorbei und lächelte freundlich. Dabei fiel mir auf, dass sie etwas unsicher wirkte, da ich so plötzlich verschwunden war. Als sich die Aufregung gelegt hatte, sprang ich zu dem Stand, an dem die Magd ihren Korb hatte stehen lassen.

Ich nahm ihn auf und sagte zu der protestierenden Marktfrau: „Keine Sorge, ich weiß, was ich tu." Dann ging ich direkt zu der Magd, die sich immer noch verborgen hielt. „Ich freue mich, dich zu sehen. Hier ist dein Korb. Erschrecke dich nicht, denn auch ich bin allein unterwegs und kann tun und lassen, was ich will." Ich hatte den richtigen Ton getroffen. Die Magd entspannte sich und sagte dann: „Mir bleibt nicht viel Zeit, denn ich werde gleich wieder abgeholt und muss noch Einkäufe erledigen." „Wo bist du, können wir uns treffen?" Da erschrak sie und sagte: „Nein, nie, ich erledige nur die Einkäufe für die Burg und ich warne dich, dich dieser zu nähern, denn das wäre dein sicherer Tod. Es spukt auf dem Schloss. Nur wer in Begleitung eines Mönches kommt, erreicht die Pforte." Ehe ich verstanden hatte, war sie fort. Wie vom Erdboden verschluckt. Sie war nur ein paar Schritte nach vorne getreten und schon hatte ich sie aus den Augen verloren.

Ich sagte meiner Herrin, was geschehen war. Diese beriet sich mit Mithof und danach hatte ich eine gute Idee: Wie wäre es, wenn wir Erich I. ganz ehrlich fragen würden? Meine Herrin sagte, das wäre die Sache Mithofs und er solle das Gespräch in Gang bringen. Ich dürfe jedoch auch zugegen sein. Erich hörte sich an, was wir zu sagen hatten. Er vermied dabei uns zu fragen, woher wir etwas wussten, denn das hätte alle in Schwierigkeiten gebracht.

Als wir ausgesprochen hatten, rieb er sich seinen Bart mit beiden Händen und sagte: „Bei allem, was ihr wisst und was geschieht: Die Frau Heinrichs liebt ihren Gemahl und er liebt sie, deshalb hat er ihr nie etwas von seiner Liebschaft erzählt. Und als sie es erfuhr, da war sie erst traurig und dann doch erleichtert, als sie hörte, dass Eva von Trott an der Pest gestorben ist." „Meint sie denn im Ernst, sie sei tot?", fragte Elisabeth nach. „Ja, sie denkt, sie ist tot und jeder andere sollte es auch denken." Mithof räusperte sich und sagte: „Aber die Lutheraner sagen etwas anderes und fordern schon lange von den Mönchen, sie sollen den Sarg Eva von Trotts öffnen, damit sie die Überreste sehen können."

Da lachte Erich I. „Darauf können sie lange warten! Und nun, denke ich, haben wir dem leidigen Thema genug Zeit gewidmet. Ich will nichts mehr davon hören." Uns war klar, dass der Herzog selber in einer Zwickmühle war. Es ärgerte ihn ebenso, dass sein Neffe so in Verruf geraten war. Als ich später Mithof fragte, was er von der Sache hielte, meinte er: „Die Angelegenheit ist viel zu wichtig, um sich nicht damit zu beschäftigen. Was aber auch von Belang ist, ist die Tatsache, dass Heinrich zwei Frauen hat, die ihn lieben und ihm Kinder schenken... Das ist auch für ihn nicht einfach." „Aber gibt es das denn, dass man zwei Frauen liebt?", fragte ich ungläubig. „Da lachte Mithof und stellte fest: „Nun, Heinrich beweist es uns. Aber für meinen Geschmack halte ich mich daran, dass mir eine Frau, die mich liebt, genügt! – Und nun Agnes, grüble nicht so viel."

Heinrich und Elisabeth unterzeichneten den Vertrag, dass sie miteinander Frieden halten und sich gegenseitig respektieren wollten, denn beiden lag daran, Erich I. keine Sorgen zu bereiten. In Wirklichkeit vergaßen beide sehr schnell das Papier. Was sie jedoch abgemacht hatten und woran sie sich auch hielten, war, dass Julius, der dritte Sohn Heinrichs, mit nach Münden gehen sollte, um dort gemeinsam mit Erich II. erzogen zu werden. Die beiden waren gleich alt. Die Beine von Julius waren jedoch sehr schwach, denn er hatte als Kind die Krankheit, von der die Lähmungen zurückblieben und die Kinder hinken und humpeln ließen. So stand er auch oft wie ein kleiner schiefer Baum und beobachtete, was er sah. Deshalb sollte er nicht wie seine älteren Brüder zum Kämpfen und Regieren erzogen werden, sondern einmal ein gutes Studium der Wissenschaften aufnehmen.

Herzog Erich I. reiste mit uns zur Erichsburg, wo Erich II. sehnsüchtig auf Mutter und Vater wartete. Er zeigte seinen Eltern stolz, dass sich der Falke auch auf seinem Arm wohl fühlte und wollte nicht nach Münden zurückkehren. „Es ist meine Burg, also kann ich hier bleiben", behauptete der Junge. „Später, wenn Ihr ein stattlicher Herr seid, könnt ihr hier wohnen. Jetzt müsst Ihr jedoch nach Münden zurück und noch viel lernen und Eurer Mutter gehorchen." Erich II. willigte ein und seine Eltern versprachen ihm, dass er im Sommer und in den Wintermonaten für einige Zeit kommen dürfe, um die Länder kennen zu lernen und sich in der Jagd zu üben. „Und wenn Ihr artig lernt und dem Falkner Freude bereitet, werdet Ihr später einmal einen eigenen Falken in Händen halten", versprach seine Mutter. Da Erich II. alles wissen wollte, was Elisabeth von Falken wusste, fuhr er in unserer Kutsche mit zurück. Elisabeth hatte den Arm um ihren Sohn gelegt und erzählte ihm von der Zeit, als sie noch Kind war und immer ihren Brüdern nachschleichen musste, die zum Falkner durften... Ich saß den beiden gegenüber. Es war ein ungewohntes Bild. Wie nah sie sich waren und wie zärtlich sie sich liebten.

Im Jahr 1538 trafen sich die Mitglieder des Schmalkaldischen Bundes in Braunschweig. König Christian von Dänemark, ein Onkel mütterlicherseits von Elisabeth, war erschienen, ebenso wurde über die Aufnahme ihres Bruders Johann von Küstrin verhandelt. Dies stärkte meiner Herrin den Rücken, und sie fürchtete nicht mehr um ihr Land und Leben, falls sie sich selbst zum Luthertum bekannte.

Erich I. war nur noch selten in Münden und wenn meine Herrin Rat oder Hilfe brauchte, standen ihr Mithof und Lorleberger zur Seite. Ebenso hatte sie eine treue Schar von Mägden und Bediensteten. Wir wunderten uns nicht, als uns die Herrin sagte, dass über Ostern der evangelische Pfarrer aus Großen-Schneen bei Göttingen käme und dass, wer von ihren Hofdamen und Mägden mit ihr das Abendmahl in beiderlei Gestalt nehmen wolle, dies das erste Mal mit ihr gemeinsam tun könne. Sie hatte nur die Frauen gefragt, damit Erich I. nicht einen Verrat vermuten solle. Es war ja schon genug, dass sie ihn weder um Erlaubnis fragte noch davon in Kenntnis setzte. Als sie dies ankündigte, dachte ich bei mir: Sie handelt nun, wie ihre eigene Mutter. Sie nutzt die Abwesenheit ihres Gatten, um zum lutherischen Glauben überzutreten. Nur, Herzog Erich I. würde deshalb gewiss nicht so reagieren wie der Kurfürst es getan hatte. Ein wenig überkam mich aber doch die Angst, hier in den Mauern Mündens deshalb eingemauert zu werden.

Welch ein Tag, an dem ich Seite an Seite mit meiner Herrin das erste Mal den Kelch empfing! Der kleine Schluck Wein berauschte meine Sinne und mir schien an dem Tag nichts unmöglich, denn alle, die wir aus dem Becher getrunken hatten, fühlten uns wie Schwestern, die selbst der Tod nicht scheiden kann. Wir wussten, dass dies auch unseren Tod bedeuten konnte, denn wir hatten uns öffentlich entschieden. Aber wir fürchteten uns trotzdem nicht.

Als die Nachricht Erich I. überbracht wurde, reagierte er sanft und sagte zu dem aufgebrachten Boten:

„Weil mich meine Gemahlin in unserem Glauben nicht behindert, so wollen wir sie auch ungehindert lassen."

Während wir um die Osterzeit das Abendmahl lutherisch zu uns nahmen, zelebrierte Erich I. mit seinem Sohn gemeinsam das Abendmahl auf altkirchliche Weise. Der Herzog wollte damit signalisieren, dass er dem alten Bund treu blieb.

Wenn meine Herrin etwas tat, dann war sie peinlich genau. Die Kleidung hatte stets korrekt zu sitzen, der Tisch musste richtig eingedeckt sein und die Kinder, die inzwischen alle mitessen durften, hatten sich artig zu benehmen. Sie wollte auch in ihrem Glauben vorbildlich sein und die Gerichtsbarkeit gerechter geregelt wissen. So stellte sie zusätzlich einen Juristen ein, der den Fürstlichen Rat ergänzte und ihr Anliegen einer modernen Kanzlei vorantrieb. Sie kannte Luthers Schriften und die politischen Auseinandersetzungen der Christen, aber ihr fehlte ein geistlicher Berater, dem sie vertrauen konnte und der eine Autorität darstellte. So schrieb sie an Philipp:

„Hochverehrter Landgraf Philipp von Hessen,

ich bitte Euch zuvörderst, Eure hochgeschätzte Gattin zu grüßen und ihr von Herzen eine gute Gesundheit zu wünschen. Mein Herr, die Kinder und ich sind wohlauf und wie Ihr vernommen habt, möchte ich meinem Land die luthersche Lehre nicht vorenthalten. Die Menschen dürsten nach Gottes Wort, wie auch ich eine arme Kreatur bin, ohne die Hilfe Gottes, unseres Herrn. Mein Geschlecht und meine Erziehung können jedoch nicht bewirken, was ein guter Theologe bewirken kann und so bitte ich Euch herzliebst, dass Ihr mir Euren Prediger Antonius Corvinus freigebt, damit er hier in Münden lehrt und mir hilft, die Landstriche in Frieden zu halten und die Seelen zu stärken. Da er zu Wittenberg Theologie studierte, wird er meine herzliche Verbindung zu Luthers stärken und ich bin festen Willens, in meinem Land den neuen Glauben auszubreiten und die Lieder zu verbreiten, die dem einfachen Volk von Gottes Liebe erzählen. Er wird, da er selbst Mönch war, die Klosterleute zu nehmen wissen und da er ein Freund der Humanisten und ausgezeichneter Theologe ist, wird er sich bei Verhandlungen gewiss in der Rede vortrefflich äußern können. So wie er Euch zu den Konventen in Nürnberg, Schmalkalden, Hagenau, Worms und Regensburg begleitete, so wird er auch in Zukunft das Calenbergische Anliegen auch ohne meine Gegenwart vertreten können. Euer Theologe käme doch zudem wieder in seine vertraute Heimat, da er schon in Goslar Prediger war. Bedenkt, dass er im Calenbergischen Land so viel mehr bewirken kann, als derzeit in Witzenhausen. Mein Ansinnen geht so weit, dass ich ihn, so Gott die Wege ebnet, später zum Superintendenten einsetzen will. Er hat viel Ansehen bei der Bevölkerung und mit ihm könnte die Reformation auf einen guten Boden gestellt werden, da er sich darauf versteht, Kirchenordnungen zu verfassen und Streit zu schlichten... Doch was soll ich Euch dazu noch mehr sagen, da Ihr doch alles schon wisst und Euch meine erbärmliche Lage bewusst ist. Denket nur daran, um wie viel mehr hier noch der alte Feind zu wüten versteht, dann wisst Ihr, warum ich gutes, geistliches Bollwerk dringend benötige.

Mein werter Gemahl beauftragt mich nun immer häufiger, in den Städten zu vermitteln. Derzeit weilt er in Northeim, wo sich die lutherisch gewordene Stadtkirche und der Rat bis aufs Blut mit dem Kloster überwarfen und nun den Bürgern bei Strafe den Gang in die Münsterkirche verwehren. Zum Aufruhr kam es, als ein Gildenmitglied während einer Versammlung auf das Neue Testament zeigte und rief: „Mönch, du lügst! Es sind lauter Lügen, die du verbreitest..." Nun hören die Northeimer Bürger die Predigten zu Göttingen, da sie ja auch meinen altgläubigen Gemahl fürchten und sich deshalb vom geschätzten Bürgersohn Tilo Kreiz trennten. Der Abt war gegen ihn getreten und ließ ihn der Stadt verweisen. Jeder versucht nun, den Herzog für sich zu gewinnen, und so bat mich mein Gemahl zu kommen und mit zu verhandeln, denn die Northeimer wissen wohl, auf welcher Seite sie mich finden. Daran ersehet Ihr deutlich, welch dringende Angelegenheit auf mich wartet; und da sich kaum reformierte Prediger und Amtsmänner im Lande befinden, ist die Not groß.

Ich denke immerwährend an den Bibelvers:

Die Ernte ist groß, aber es sind wenige Arbeiter, welche die Ernte einbringen.

Ich bitte Euch herzinnigst, säumet nicht, meinem Gesuch nachzukommen, Corvinus freizugeben und nach Münden in meinen Dienst zu entsenden..."

Meine Herrin verstand es, ihren Willen durchzusetzen. Manchmal verschlug es mir die Sprache oder ich sah zu Boden, wenn sie mit allen Mitteln versuchte, an ihre Ziele zu gelangen. Aber auch diesmal hatte sie Erfolg.

Und bald darauf war Corvinus einfach da. In seinem weiten Mantel und dem schwarzen Mützchen stand er bescheiden und lammfromm in der Tür. Doch so ruhig er wirkte, in ihm glühte ein Feuer, stärker als im Ofen des Schmieds, und seine Gedanken und Taten waren die Glut, unter denen harte Herzen zu schmelzen begannen.

Wir liebten es alle, schweigend ein Stück des Weges mit ihm zu gehen, denn seine Gegenwart strahlte eine große Kraft aus.

Hielt er die Gottesdienste, so saßen meine Herrin und ich oft mit tränennassen Gesichtern in der Bank und schämten uns nicht. So glühend er uns das Wort Gottes auslegte, so geradlinig setzte er die Erkenntnis um. Wir hatten also einen Hof- und Stadtprediger, der nicht nur eine Predigt hielt und uns Kirchenlieder lehrte, er begleitete uns auch zu den Kranken und Siechen.

Meine Herrin begann bald, zusammen mit Corvinus, die Klöster und Städte zu besuchen. Nach wenigen Tagen reisten wir das erste Mal gemeinsam nach Northeim, um uns die Belange anzuhören. Es war ein Samstagabend, als wir uns der Stadt näherten, denn Corvinus sollte am nächsten Tag eine Predigt halten. Wir wunderten uns, weil uns die Tore nicht gleich geöffnet wurden. Der Grund war ganz einfach: Immer an den Samstagen wurde der obere Stadtwall geöffnet und das Wasser lief von Süd nach Nord durch die Gassen und Winkel und spülte den Unrat von den Straßen. „Dat Water kümmt, dat Water kümmt!“ riefen sich die Northeimer laut zu, damit jeder noch rechtzeitig seine Hühner und Kinder ins Haus nehmen konnte. Die schmutzige Brühe floss zuletzt in den Ruhmefluss und die Straßen waren für den Kirchgang sauber. Wir ritten durch die feuchten Gassen zum Marktplatz, wo uns eine große Menschenmenge zujubelte. Wie konnte es sein, dass die Menschen jubelten, wenngleich sich der Rat der Stadt und die Mönche am liebsten nicht hätten blicken lassen?

Ich verstand es erst später. Wir übernachteten bei wohlhabenden Bürgern und der Orden der Kalandsbrüder begrüßte Corvinus besonders herzlich, obwohl sie wie die Mönche um ihre Existenz und ihren Besitz bangten.

Ich war froh, dass ich nicht bei den Sitzungen zugegen sein musste. „Die Verhandlungen sind etwas für Männer“, sagte meine Herrin. „Und wenn ich schon kein Mann bin, dann sollte ich wenigstens ohne Hofdamen kommen.“ Ich wusste, was dies für mich bedeutete. Ich konnte in der Zeit meine eigenen Wege gehen und das war zuweilen auch sehr nützlich.

Als Corvinus am Sonntag in der Stadtkirche zur Predigt kam, fiel ihm, noch ehe der Gottesdienst begonnen hatte, der Büßerturm auf, den reiche Northeimer Bürger in der Kirche hatten errichten lassen. „Steht dort oben etwa jemand? Ihr pflegt noch den Brauch, die Sünder öffentlich in der Kirche zu denunzieren?“, fragte er in den Kirchenraum hinein. „Ach, ihr braucht mir keine Antwort zu geben“, ergänzte er gleich danach. „Ich sehe ja selbst, dass so ein armes Frauenzimmer nun mit bitteren Blicken gestraft werden kann… Nur, was meint ihr denn, was unser Herrgott getan hätte? Einzig zum Beispiel seiner Liebe würde die Frau dastehen. Sie würde von eurem erbärmlichen Balkon dem treuen Heiland Danke sagen, weil er ihr vergab, wie er auch der Sünderin vergab, als sie beim Ehebruch ertappt worden war und sie zu ihm gezerrt wurde… Ich sage euch, wer eine ohnehin gefallene Person noch derartig an den Pranger stellen muss, lenkt doch nur von seinen eigenen Sünden ab. Nicht ich werde hernach die Frau freilassen und ihr die Vergebung zusprechen, sondern der soll sie vom Büßerturm entlassen, der sie darin sehen wollte.“ Und er fügte hinzu: „Schämen soll sich einzig der, der die Frau gedemütigt sehen wollte.“ Und zu der schamroten Frau, welcher der Aufstand unangenehm war, rief er hoch: „Du brauchst Gottes Vergebung nicht mehr. Er hat dir schon längst vergeben. Versuche du nun, den Menschen zu vergeben!“ Der Gottesdienst begann endlich und wir atmeten auf… Aber kaum, dass er den Text verlesen hatte, donnerte unser friedlicher Corvinus derart von der Kanzel, als ob er uns allen den Kopf zu waschen hätte, damit die Verhandlungen in den nächsten Tagen auch ordentlich verlaufen konnten. Wie gut, dass wir Lieder mitgebracht hatten! So hatten wir wenigstens auch unsere Freude miteinander. Um die wenigen Gesangbücher scharten sich die Leute und es schallte in der großen Kirche und stieg mit dem Glockengeläut zum Himmel hinauf.

Wie üblich wurden immer alle Kirchgänger in ein Buch eingetragen und wenn jemand fehlte, wurde nach dem Grund gefragt. Es war überall dasselbe, in allen Kirchen und Klöstern wurde genau Buch geführt, wer zu welchen Gottesdiensten zugegen war. Und wehe, jemand fehlte, ohne krank zu sein.

Die Feindseligkeit des Rates und der Mönche hatte einen einfachen Grund: Die Stadt wollte sich die Güter des Klosters einverleiben und hatte Angst, der Herzog würde die Hände nach den Ländereien und dem Reichtum der Klöster ausstrecken. „Die freien Klöster und die Güter sollen den Menschen zugutekommen. Den Armen soll geholfen, Schulen sollen gebaut und das Siechenhaus finanziert werden. Die Aufgaben müssen durchgeführt werden und ein Amtmann soll alles kontrollieren. Solange jedoch die Mönche und Kalandsbrüder noch in ihrem Amt bleiben und ihren gottgefälligen Aufgaben nachkommen, dürfen sie von niemandem angegriffen oder denunziert werden", sagte meine Herrin strikt. „Ich hoffe, mich haben alle verstanden?" Verstanden wurde sie von allen Mitgliedern des Rates und der Klöster – aber was dies bedeuten sollte, wollte niemand wissen und jeder versuchte auch weiterhin, etwas dazu zu gewinnen. Mehr konnten meine Herrin und Corvinus nicht erreichen, als sie das erste Mal zusammen da waren. Meine Herrin hielt sich mit ihren Forderungen an die Empfehlungen des Schmalkaldischen Bundes. Den Amtmann, den meine Herrin einsetzte, verjagten die Northeimer bereits nach wenigen Tagen. Die Northeimer dachten, die Herzogin wollte sich nur selber bereichern und begriffen nicht, dass ein gemeinsames Gut durch die Klöster geschaffen werden sollte, das allen nützen konnte. Es dauerte noch einige Jahre, bis halbwegs Frieden eingekehrt war.

Landgraf Philipp geht eine Doppelehe ein und Herzog Erich I. stirbt in Hagenau/Elsass (1538-1540)

Ich dachte erst, es sei ein übles Gerücht, das sich in Münden jemand ausgedacht hatte oder es wäre ein weiterer Witz, der über Philipp von Hessen gemacht würde. Wir wussten ja alle, dass er Weiberröcken zugeneigt war und während meine Herrin vier Kinder zur Welt brachte, hatte Philipps Frau, Christine, bereits sieben Kindern das Leben geschenkt. Nun wurde gemunkelt, er hätte eine adelige Geliebte und dieser bereits ein Schloss geschenkt und eingerichtet. Da meine Herrin ständig mit Philipp in Kontakt stand, schrieb sie ihm, dass sie wissen wolle, was an der Geschichte wahr sei und was erfunden. Philipp antwortete darauf, dass, egal, was die Leute reden würden, nun alles seine Richtigkeit hätte, da es sich nicht um eine Mätresse, sondern um seine Frau handelte. Mit dem Brief ging sie zu Corvinus. Und ich ging natürlich mit und stellte mich besonders hilfreich an. Meine Herrin legte Corvinus den Brief vor und sagte: „Was weißt du zu der Angelegenheit? Und komm mir nicht mit deinem Schweigegeheimnis, wenn die Dinge eine politische Bewandtnis haben!" Corvinus stotterte herum. Er lief hin und her, und die Augen meiner Herrin wurden zu schmalen Schlitzen: „Dein unruhiger Gang und die Stotterei überführen dich, dass du mir etwas verschweigen willst. Aber um Himmels Willen, was gibt es denn zu verschweigen, das nicht früher oder später zum Verhängnis werden kann!" Das war wohl das Stichwort für Corvinus. „Ihr habt Recht. Und mich dünkt, es ist schon ein Verhängnis, was mit so gutem Willen geboren wurde!" Da Corvinus in Schweigen verfiel, versuchte es meine Herrin von der anderen Seite: „Also, dann erzähl mir doch, was so gut begann und wie sich das Blatt wenden konnte." „Was Gutes begann?" Corvinus schaute irritiert auf. „Nun, dann eben, was überhaupt geschah." Und meine Herrin setzte noch hinzu: „Ich höre." Corvinus begann bei Adam und Eva, dem „einen Fleisch". „Komm endlich zur Sache", unterbrach ihn Elisabeth. „Was hat Eva mit Philipps Frau zu tun?" „Nun, sehr viel. Adam und Eva waren ein Fleisch. Die Ehe Philipps hingegen war ja nicht geprägt von gegenseitiger Zuneigung, es war eher eine Abmachung der Eltern." „Aber was ist da der Unterschied?", fragte Elisabeth. „Auch meine Ehe haben sich die Eltern ausgesucht und wir wurden ein Fleisch." „So hört mir doch richtig zu. Hört genauer hin, was ich sagen will! Und fragt nicht ständig dazwischen. Wir alle wissen, dass der Landgraf gerne mit den Frauen scherzt. Er scherzt mit seiner Frau, mit Euch. Nun ist es jedoch so, dass jeder Mann gerne mit der Frau, die sein Herz und seinen Leib begehrt, eins sein will." Meine Herrin schwieg nun wirklich und ich konnte es nicht lassen, in mich hineinzulachen, denn ich hatte noch keinen Adeligen kennen gelernt, der seiner Frau die Treue gehalten hatte. Keinen einzigen. Corvinus fuhr fort: „Als Gott Philipp von Hessen schuf, also schon bei seiner Geburt, hat er bei ihm etwas anders gemacht." Corvinus wischte sich den Schweiß von der Stirn. Wir waren mucksmäuschenstill. „Also, wo Gott einem Mann zu jeder Seite eine Samenkapsel in den Hoden legte, da legte er Philipp zwei rechts und eine links hinein." Meine Herrin und ich hörten still zu. „Nun", fuhr Corvinus fort, „das machte dem Landgrafen zu schaffen. Er suchte Melanchthon und Luther auf und sagte, dass er eine solch große Samenproduktion hätte, dass er deswegen schon oft nicht hätte das heilige Abendmahl nehmen können. Und da er nicht in Sünde leben wollte, so würde er gerne Margarethe von der Saale ehelichen, denn sie sei nicht bereit, nur seine Geliebte zu sein. Sie würde ebenfalls geheiratet werden wollen." „Geheiratet!", entfuhr es meiner Herrin. „Ja, geheiratet. Philipps Frau war damit einverstanden, dass ihr Mann noch eine Ehe einging. Und so hat Philipp vor einiger Zeit auch seine siebzehnjährige Geliebte, Margarethe von der Saale, geheiratet." „Geheiratet?", fragte Elisabeth nach. „Ja", sagte Corvinus. „Geheiratet." „Das ist ja ein Skandal", antwortete Elisabeth entsetzt. „In der Carolina steht darauf die Todesstrafe. Philipp wird doch von niemandem mehr erst genommen werden. Philipp ist doch kein Stück besser als Heinrich! Wie konnte Luther so etwas dulden?" „Nun", entschuldigte Corvinus seinen Glaubensvater: „Philipp hat auch Luther manchen Gefallen getan. Und dann erzählte Philipp ja auch so herzzerreißend die Geschichte des Alten Testamentes, wo auch Jakob erst Lea untergeschoben wurde, ehe er in zweiter Ehe seine geliebte Rahel bekam. Auch Jakob hatte zwei Frauen. Die erste, weil der Vater es so wollte, die zweite, weil er sie liebte." Elisabeth konnte es nicht fassen. „So einfach erklärt sich Philipp die Gelüste seines Fleisches? Und auch du, Corvinus, lässt dich mit der alten Geschichte von Jakob einwickeln?" „Wie immer er es erklärt, es ist bereits geschehen. Im März haben sie mit dem Segen Luthers und Melanchthons heimlich geheiratet." Elisabeth schwieg. Dann sagte sie zu mir: „Ich habe genug gehört, bring mich von hier fort."

Meine Herrin wartete nur darauf, dass ich die Türen hinter uns geschlossen hatte, dann wetterte sie los. Was sie sagte, kann ich nicht wiedergeben. Ihre Wangen glühten, und sie fühlte den Verrat mit dem ganzen Leibe. „Er ist ein Verräter der guten Sache, des wahren Glaubens... ein läufiger Hund, der über Zäunen wildert..." Dann befahl sie mir, Feder und Schreibzeug zu holen. Noch nie musste ich ihr das Papier reichen, aber sie schickte mich hierhin und dahin. Mal sollte ich die Fenster schließen, dann wieder öffnen... Was sie schrieb, las ich jedoch in der Nische auf der Wendeltreppe, da ich es zum Boten bringen musste. Ihre Worte an Philipp klangen jedoch sehr vernünftig und niemand hätte vermutet, unter welch wütenden Beschimpfungen der Text zu Stande kam:

„Mein verehrter Landgraf Philipp von Hessen,

wie Ihr wisst, bin ich eine gelehrige Schülerin Eures geistigen und politischen Wandels... Ihr seid mir Schirm und Schild... aber wie kann ein

Schirm decken und ein Schild wehren, wenn er voller Löcher ist und den Hauch des Todes anzieht...?

Wart Ihr zuvörderst immer ein Vorbild und untadelig, so habt ihr nun die gerechte Sache verraten und gebt unsere heilige Sache den Feinden anheim...

Ich bitte Euch herzinnigst, bittet den Kaiser und Rom um Vergebung und sagt ihnen, Ihr habt falsch gehandelt, damit nicht Ihr und unser heiliges Werk der Vernichtung anheimfällt... Gebt Euch nicht dem Spott Heinrichs preis, denn wenn er erfährt, dass ihr eine Doppelehe eingegangen seid, so wird er nicht müde werden, Euch zu schmähen und suchen, Euch gar zu vernichten und die Lutherische Sache als Teufelswerk zu bezeichnen, unter dem die Menschen ihren Verstand verlieren. Ich bitte Euch: Kommt Heinrich zuvor. Entschuldigt Euch reumütig, zahlt Ablass... tut alles, damit es nicht zum Ende der guten Lutherischen Botschaft wird und den Schmalkaldischen Bund schwächt. Wenn ihr Euch dem Kaiser freiwillig zu Füßen werft, wird er Euch wohl eher verzeihen, als wenn er von andern die traurige Mär erfährt...

Eure ergebene Elisabeth von Calenberg, die Eures festen Charakters noch mehr bedarf als Eures großmütigen Schutzes"

Das war eine Post, die ich dem Boten überreichte! Mit einer Nachricht, die Elisabeth nicht einmal ihrem Gatten anvertrauen wollte. Aber ihr blieb nichts anderes übrig, denn sie selber konnte sich nun auch nicht mehr ganz auf Philipps Seite stellen. Das Bündnis hatte einen empfindlichen Schlag bekommen. Philipp, einer der wichtigsten Bündnispartner im Schmalkaldischen Bund, hatte einen solch großen Skandal heraufbeschworen. Mir erschien die Geschichte mit Heinrichs „Eva von Trott" noch fast manierlicher, denn er hatte nicht alle geltenden Gesetze außer Kraft gesetzt, sondern hatte aus Scham versucht, seine Taten zu verheimlichen. Obwohl er sich so ungeschickt angestellt hatte, dass alles noch komplizierter wurde. Ich gebe zu, ich lief an dem Tag noch unter einem Vorwand zur Schneiderin und erzählte, was geschehen war; und danach musste ich noch zu Bertha und genau berichten. Später hetzte ich zum Haus des Schmieds. „Der Landgraf glänzt, aber er bringt uns kein Glück", sagte der nur. Und sein Sohn ergänzte: „Was nützt ein neues Hufeisen, wenn der Gaul danach lahmt?"

Als sich in Nürnberg die Altgläubigen zu einem Bund zusammenschlossen, wurde von Erich I. erwartet, dass er auch beitreten würde. Erich I. fand jedoch immer eine Ausrede, dem Bündnis nicht beizutreten oder es zu unterschreiben. Neben Herzog Heinrich hatten bereits der Kurfürst Albrecht von Mainz, der Erzbischof von Salzburg, Herzog Wilhelm von Bayern, Herzog Ludwig von Bayern und Georg von Sachsen zugestimmt. Nun drängte Heinrich Erich I., er solle unverzüglich Ernst machen, damit er nicht die Unterstützung des Kaisers verlöre. Erich I. sagte seinem Neffen, dass er nicht das Geld hätte, um seine Mitgliedschaft zu bezahlen.

Erich I. entschied nichts. Was sollte er tun, da die Vormünder seines Sohnes nun in der Mehrzahl evangelisch waren? Und dann gab ihm Elisabeth den Brief ihres Bruders, Joachim II. von Brandenburg, zu lesen:

„... Lasst Euch nicht von anderen unter Druck setzen... Ich empfehle Euch noch auszuharren und nichts zu entscheiden, denn der Kaiser ist des Nürnberger Bündnisses müde und ersuchte mich um eine reichsweite Einigung in der Religionsfrage... Falls Herzog Erich I. sein Beitreten nicht länger hinauszögern kann, so soll er doch ein Gesuch an den Kaiser richten, dass er ihm aufgrund seines hohen Alters den Beitrag erlassen solle..."

So wusste Elisabeth mehr als der Herzog und sie korrespondierte, ohne ihn zu fragen. Der Herzog war empört, weil sein eigenes

Weib sich dauernd ungefragt in seine Angelegenheiten einmischte. Elisabeth versicherte ihm immer wieder, sie täte alles doch nur zu seinem Besten. Sie sehe doch, dass es ihm schon länger nicht mehr gut ginge, er oft nach Luft ringe und sein Herz festhielte. Aber er höre nur schlecht auf den Rat Mithofs und so sollte er sich doch wenigstens von ihr helfen lassen. Aber Erich zürnte seiner Frau. Es stünde ihr nicht an, nur weil er nicht bei guter Gesundheit sei, seine Amtsgeschäfte zu erledigen. Die beiden stritten sich so lautstark und lange, dass meine Herrin wegen ihres Geschreis heiser wurde. Die restlichen Tage schwiegen sie. Elisabeth tat es danach leid, dass sie nicht milder gewesen war und umwarb ihren Mann so gut sie konnte.

Als Erich I. abreiste, sprach er jedoch noch immer nicht mit meiner Herrin. Er ritt einfach vom Hof, und meine Herrin warf vor Enttäuschung und Wut einen Krug gegen die Wand. Ich traute mich nicht, die Scherben zu beseitigen, sondern verhielt mich vollkommen ruhig, bis sie mich anwies, eine Magd zu holen.

Wem sollte Erich I. nun Glauben schenken? Seinem Neffen Heinrich – oder wusste Elisabeths Bruder doch mehr? Um das herauszufinden, musste er über Gent nach Hagenau reiten und den Kaiser persönlich befragen.

In Gent erklärte sich Erich I. gegenüber Kaiser Karl V. und König Ferdinand. Die beiden gaben ihm ein Schutzversprechen, dass sie seinen Sohn, sein Land und seine Leute schützen würden, falls er selber nicht mehr am Leben wäre. Sie sagten jedoch auch ohne Umschweife, dass es an der Zeit sei, dem Nürnberger Bündnis beizutreten. Sie würden ihm auch, da er schon siebzig Jahre alt war, aufgrund seines Alters den Beitrag erlassen.

Ob der Kaiser Erich I. ansah, dass er krank war? Hatte ihn sein Auftreten so milde gestimmt? Oder hatte auch hier meine Herrin mit der flinken Feder und ihrer unermüdlichen Korrespondenz ihre Finger im Spiel gehabt?

Nach der Audienz blieb Erich I. nichts anderes übrig, als nach Hagenau zu reisen, wo er dann endgültig den Vertrag siegeln sollte. Auf dem Weg nach Hagenau wollte er nicht länger seiner Frau zürnen und schrieb ihr:

„Meine werte Gemahlin, Elisabeth zu Calenberg, treusorgende Mutter,

Ich kann Euch mitteilen, dass der Kaiser und der König unserem Sohne, seinem Land und allen Leuten ein Schutzversprechen gab, da sich unser Land zwischen allen Fronten behaupten muss. Das Versprechen lasse ich Euch alsbald zukommen. Ebenso wurde ich aller Zahlungen enthoben. Um nicht in Ungnade zu fallen, reise ich nach Hagenau, da mir der Nürnberger Vertrag zur Siegelung auferlegt wird. Fürchtet Euch nicht, ich werde lange verhandeln, wie es im Einzelnen zugehen soll und möchte zuvor von allen die Siegelung der Sicherheit unseres Landes gegenüber. Wenn die Herren einen Friedensvertrag gesiegelt haben, werden sie es nicht wagen unser Land anzugreifen. Es drückt mich schwer, dass ich das Alter auf mir spüre und unser Sohn noch so jung ist. Ach, gebe es der allmächtige Gott, dass ich unseren lieben Sohn, Erich II., frei halten könnte von allen Bündnisversprechungen..."

Zu der Zeit, als der Brief eintraf, waren meine Herrin und ihr Sohn krank. Sie mussten sich den schlimmen Wurm bei einem fahrenden Händler geholt haben. Elisabeth war mit Erich II. in seiner Nähe gewesen, als er mit seinen Falken durch die Lande zog und seine Dienste anbot. Meine Herrin tat Erich II. den Gefallen und hatte den fahrenden Falkner für einige Zeit in ihren Dienst genommen. Doch der Falkner erkrankte und konnte keine Speisen mehr bei sich behalten.

Als er starb, war seine Haut so gelb wie die Füße der Vögel. Der Mann schloss die Augen und hinterließ unserem Schloss drei wunderbare Falken, die nun in einem großen Käfig im Schlossgarten standen. Als ob die Vögel um den Tod ihres Herrn wüssten, verweigerten sie lange Zeit die Fleischbrocken aus den Händen anderer. Doch die Krankheit des Falkners hatte sich auch im Gedärm meiner Herrin und Erichs II. eingenistet. Erst bemerkten sie es kaum. Aber dann drehten sich nach jeder Mahlzeit die Gedärme im Leib und entleerten sich im Überschwang. Die beiden tranken den Sud des Schwarzkümmels und aßen hartes Brot, damit sich der Darm beruhigen und verfestigen sollte, aber es wollte nicht besser werden.

Obwohl alle Angst hatten, sich von der Krankheit anstecken zu lassen, blieb ich doch meiner Herrin eine treue Bettgenossin. So kam es, dass mein Traum nicht nur mich weckte, sondern auch meine Herrin, die am Tage ständig davon sprach, dass sie wohl noch ihr Leben aushauchen würde, wenn sie die Nahrung nicht bei sich behalten könne. Am Abend kam Corvinus und gab uns seinen Segen und schloss auch den Herzog in sein Gebet mit ein. So schlief ich beruhigt und es klangen die Worte von Corvinus noch in meinen Ohren. Ich sah, wie aus seinem Mund eine Schar Engel flog und mit fröhlichem Lachen und blanken Schwertern zum Fenster hinausflog. „Wohin fliegt ihr?“, rief ich. Da sie mir keine Antwort gaben, breitete ich selbst meine Falkenflügel aus und segelte ihnen hinterher. Die lichten Gestalten flogen wie der Wind über Bäume und Wiesen hinweg. „Hier“, rief ein Engel, „hier unten ist er.“ Ich wusste nicht, was er meinte, aber da ich den anderen nachflog, sah ich, dass es der Herzog war, den sie ausfindig gemacht hatten. Ich freute mich, Erich I. zu sehen und wollte nach ihm rufen. Doch mein Mund war ein Schnabel und daraus tönte der schreckliche, heißere Schrei eines Raubvogels. Als ob mein Ruf einen Drachen geweckt hätte, so erhob sich ein gepanzertes Ungeheuer, das auf den Herzog zulief. Mit seinen gierigen Augen suchte er den Herzog, der sich nicht vor ihm verbergen konnte. Erich I. griff nach seinem Herzen und fiel zur Erde. Da versperrte eine große Schar Engel meinen Blick. Sie flatterten durcheinander und schlugen mit ihren Schwertern auf den Drachen ein. Aus vielen Wunden blutend, wand sich dieser bald am Boden. Er wirbelte so viel Staub auf, dass sich die Luft verdunkelte, und als ich wieder sehen konnte, schlug er mit seinem mächtigen Schweif gegen Erich I., dass er durch die Luft flog und gegen einen Baum prallte... Ich schrie: „Mein Herr, mein Herr!" Jämmerlich klangen die Worte, die im Bett über meine Lippen kamen und mich und meine Herrin weckten. „Beruhige dich", sagte Elisabeth. „Das war nur einer der bösen Träume. Morgen, du wirst sehen, wirst du gesund den Tag begrüßen, während ich froh bin, mich im Raum von einem Stuhl zum anderen zu bewegen."

Die nächste Nachricht von Herzog Erich I. überbrachte ein berittener Bote nach Münden:

Der werte Herzog, Erich I. war in Hagenau (Elsass) gestorben, wo er dem Reichstag beigewohnt hatte. Er starb auf dem Rücken seines Pferdes, als sie sich in ihr Nachtquartier zurückzogen. Sein Knappe habe jedoch noch einen Priester rufen können, der ihn segnete.

Der Bote verbeugte sich tief und trat zurück. Meine Herrin antwortet ihm ruhig: „Ruh dich aus, du bist weit geritten." Sie bewegte sich langsam, als ob sie sich jeden Schritt und jedes Wort genau überlegen musste. Dann setzte sie sich, und da ihr die Tränen aus den Augen rannen, brachte ich ein weiches Tuch, damit sie sich schnäuzen könne. Aber sie nahm mich nicht wahr. „Meine armen, armen Kinder", sagte sie immer wieder. „Ich bringe es nicht über mein Herz, es ihnen zu sagen." Da rüttelte ich meine Herrin und sagte zu ihr: Nehmt das Tuch und wischt Euch die Tränen fort. Ich hole Corvinus, damit er Euch beisteht. Der wird wissen, was nun als erstes zu tun ist. Wie kann man auch einer Gattin zuerst eine solche Nachricht überbringen!" „Halte ein", sagte sie und räusperte sich. „Ich muss nun die Zügel in der Hand halten. Sag Mithof, Corvinus, Lorleberger und meinen geliebten Kindern Bescheid, dass sie sich im Saal einfinden. Dann werde ich zu ihnen kommen." Während meine Herrin ihr Gesicht wusch und sich fasste, hatte ich nun an ihrer statt ihre Langsamkeit und Tränenflut übernommen. Ich gab kein gutes Bild ab, als ich die Männer suchte und stotternd hervorbrachte, dass sie zu meiner Herrin kommen sollten. Danach ging ich zu den Kindern. Wenn mir nicht Bertha begegnet wäre, hätte ich wohl noch länger vor der Tür gestanden. Ich sagte auch den Kindern, dass sie sich einfinden sollten. Sie sahen mir nur allzu gut an, dass etwas Schlimmes passiert war. „Du weinst ja", sagte Elisa. „Ja", sagte ich. „Es gibt Tage, da weinen Dienerinnen, Herzoginnen, Kinder und ein ganzes Schloss." Bertha ahnte, was geschehen war und sagte dasselbe wie meine Herrin: „Die armen, armen Kinder." Dann ging Bertha zu jedem der Kinder, dem Alter nach, nahm sie kurz in den Arm und sagte: „Elisa, Erich, Anna Maria und Katharina, ich weiß nicht, warum die liebe Kammermeisterin Eurer werten Mutter weint. Ich denke, ihr müsst nun sehr stark sein." Ich war so erleichtert, dass Bertha den Kindern so nahe war, denn meine Herrin tat sich schwer damit und wer sollte denn die Kleinen trösten?

Ich brachte die Kinder zum Saal und holte meine Herrin. Dann wartete ich vor der Türe und mein Herz war so schwer, als ob meine Herrin in Wehen läge. Eine tiefe Wehmut überkam mich und eine bohrende Angst machte sich breit. Da legte sich eine vertraute Hand auf meine Schulter. „Der Herr ist wohl für immer gegangen", sagte Bertha. Ich nickte und wusste nichts zu sagen. „Ich habe es gespürt, als er fortritt, dass er nicht wiederkommt. Er spürte selbst den Tod in sich. – Sieh, wir haben nun eine harte Zeit vor uns und die Herrschaften brauchen uns mehr denn je." Ich nickte wieder und Bertha sagte: „Der Junge ist erst zwölf, das wird am Schwersten werden... Gebe Gott, dass die Herrin und Erich II. bald genesen. Dann wird unsere Herrin wieder stark sein." Nach einigen Tagen ging ich in die Kapelle, um allein zu sein. Aber ich war nicht allein. Hier und dort saßen die Unglücklichen in den Bänken und beteten. Auch Erich II. war gekommen und kniete vor dem Altar. Lange saß er da und ich selbst wollte nicht eher gehen, als bis auch er sich erhoben hatte. Da öffnete sich die Tür und ein junger Mann warf sich wild und laut klagend auf den Boden. Er stieß mit seinem Kopf dermaßen hart gegen den steinernen Boden, dass sich mit jedem Schlag eine größere Blutlache bildete. „Mein Herr, mein Herr", jammerte er. Mir war klar, dass er nicht zum Beten, sondern zum Trauern und am liebsten zum Sterben hierhergekommen war. Da stand Erich II. auf und ging zu dem Geplagten. Er hielt seinen Kopf fest und sagte: „Erkennst du mich?" Der Tobende wollte nicht innehalten zu klagen und gab keine Antwort. „Erkennst du mich?", fragte Erich II. noch einmal. Nun sah ich selbst, dass es der Knappe des Herzogs war, der sich seinem Elend anheimgab. Der Knappe besann sich: „Ihr seid Erich II., meines Herrn Sohn." Und als ob es Erich II. nicht schon wüsste, rief der Knappe: „Mein Herr ist tot. Euer werter Vater starb in meinen Armen!" Da hob Erich II. den Knappen vollends vom Boden empor und sagte: „Willst du mich zu deinem Herrn, dann schlag ein." Der Knappe war verdutzt. Dann begriff er, was Erich II. meinte. Er ergriff seine Hand und kniete vor ihm nieder. Erich II. zog ihn ein weiteres Mal in die Höhe und dann umarmten sie sich und ließen ihrem Schmerz freien Lauf.

Ich hatte den Knappen nie gemocht. Aber von dem Augenblick an, als sich die beiden weinend in den Armen lagen, wünschte ich, diese Freundschaft würde nie enden.

Ich verstand wenig von dem, was meine Herrin bewegte. Sie erteilte Aufträge und besprach sich mit ihren Ratgebern. Sie bat um einen Beistand in der Zeit der Trauer und schickte einen Boten nach Braunschweig, damit der beste Bronzegießer zu ihr kommen solle und sie bei ihm eine Grabplatte für Erich I. in Auftrag geben konnte. Tagelang legte sie sich nicht hin, sondern schlief an ihrem Schreibsekretär ein. Als ich sie zu Bett bringen wollte, fuhr sie mich an, dass die Dinge nicht im Schlaf zu klären wären. „Ihr werdet morgen mit neuen Kräften an die Arbeit gehen", beharrte ich. Wie sollte sie denn bei Kräften bleiben, wenn sie aufhörte zu essen und zu schlafen? Es war doch besser, wenigstens etwas zu sich zu nehmen, auch wenn es danach wieder im Abort landete. Aber sie sagte nur: „Lass mich allein und wenn du nicht schlafen kannst, so sticke wie all die andern." Ich war wütend. Es war nicht meine Aufgabe, Kleider zu besticken, auch wenn alle anderen sich gerne mit Nadel und Faden zeigten und niemand untätig vorgefunden werden wollte. Meine Herrin hatte anordnen lassen, dass alle Hofkleider mit dem Schmalkaldischen Wahlspruch bestickt werden sollten.

„verbum Domini manet in aeternum"

Alle Mädchen und Frauen, die eine Nadel halten konnten und gelernt hatten zu handarbeiten, saßen über den Stoffen und übertrafen sich in Schnörkeln und Schönheit der Worte. Es erzürnte mich jedoch, mit welch großem Selbstmitleid die Stickerinnen ihre Tränen auf die Handarbeiten fallen ließen.

„Des Herrn Wort bleibt in Ewigkeit",

stickten sie in die Gewänder. Aber wer sprach die Worte Gottes noch frohgemut aus?

Wir fragten uns alle, wann denn der Leichnam unseres Herzogs nach Münden überführt werden würde. Hätte ich nicht gelauscht, so hätten wir nicht erfahren, dass die Stadt Hagenau erst die ausstehenden Schulden Erichs I. bezahlt haben wollte, ehe sie seinen Leichnam freigab. „Ich weiß nicht, woher ich das Geld nehmen soll", klagte Elisabeth und auch die anderen wussten keinen Rat. Elisabeth ordnete an, dass Heinrich vorerst nichts vom Ableben seines Onkels erfahren solle. Erst im Beisein aller Vormünder solle das Testament Erichs I. eröffnet werden. Sie ging mit Lorleberger und Mithof die Angelegenheiten immer wieder durch. Sie wussten, dass Heinrich sofort Erich II. zu sich nehmen und ganz Calenberg von ihm regiert werden würde. Das Testament hatte dies jedoch ausdrücklich ausgeschlossen. Der Herzog hatte darin schon vor einigen Jahren auf ihre unermüdlichen Bitten hin alles geregelt. Das Wittum für Elisabeth war abgesichert. Die Mädchen sollten bis zu ihrer Verheiratung bei der Mutter bleiben. Jedes Mädchen sollte 16.000 Gulden Heiratsgut erhalten und bis dahin 500 rheinische Goldgulden jährlich. Zu Vormündern hatte er Elisabeths Bruder, Joachim von Brandenburg, Philipp von Hessen, Elisabeth und Heinrich mit gleichen Rechten gewählt, solange Elisabeth Witwe bliebe.

Zur Verwaltung des Gebietes sollte ein Regierungsausschuss gebildet werden. Ich dachte, das wäre eine gute Lösung und verstand nicht, warum meine Herrin nicht schlafen wollte. Erst als ich einen Blick auf die aufgelisteten Namen warf, war mir klar, dass sich diese Herren nicht zusammen an einen Tisch setzen würden. Die Bürgermeister der Städte, der Abt zu Bursfelde, etliche Adelige, ein Erbmarschall, ein Probst. Vor ihnen sollte meine Herrin alles, was sie unternahm, rechtfertigen.

Nicht eingeschlossen waren die Ritter, die ihre Rechte einforderten und sich nahmen, was sie wollten.

Bald darauf wurde ein Schreiben von Heinrich überbracht:

„Meiner bedauernswerten Witwe Elisabeth von Calenberg,
wie mir der Neustädter Rat mitteilte, verstarb unser geliebter Herzog.... Ich drücke mein herzinnigstes Beileid aus und werde ohne Verzug meiner Verantwortung gerecht werden... Ich werde Erich II. schützen und das Land verwalten... Ich werde die Räte anweisen, Euch auf Eurem

Witwengut einzurichten und die Reformierung nicht länger voranzutreiben...“

Meine Herrin aß nichts und trank nur mit Mühe die Medizin, die ihr Mithof gegeben hatte. Nach drei Wochen konnte ich ihre Rippen zählen, wenn sie aus dem Bad kam, und ich sie ankleidete. „So kann es nicht weitergehen“, sagte ich ganz offen zu meiner Herrin. „Ein Pferd, das einen Pflug zu ziehen hat, braucht gutes Futter und selbst die Hühner benötigen ihre Körner und die Ruhe bei Nacht, damit sie munter im Sand scharren und ihre Eier legen. – Wollt Ihr Euch denn zum Herzog ins Grab legen und Eure Kinder im Stich lassen?“ Ich hatte die Worte wirklich nicht zu hart gesagt. Aber meine Herrin sah mich nur mit einem strafenden Blick an und sprach nicht mit mir. Aber als ich am Abend mit meiner Herrin vom Badehaus zum Schloss zurückging, beugte sie sich vornüber und ihre Hände verkrampften sich vor ihrer Brust. Der kalte Schweiß war auf ihre Stirn getreten und danach fiel sie zu Boden und weinte bitterlich. Wir trugen sie zu Bett und dort lag sie wie ein Kind und wollte weder lesen noch mit irgendjemandem sprechen. Wir sahen alle, wie sich nun auch die Haut meiner Herrin zu färben begann wie ein welkes Blatt und die Schmerzen in ihrem Leib ließen nicht nach.

Das war meine Zeit. Nun brauchte mich meine Herrin und ich zeigte, was ich konnte. Ich bettete sie wie ein Säugling und rieb sie mit duftenden Ölen ein, damit neue Lebensgeister in sie steigen sollten. Dann holte ich das Neue Testament und las ihr daraus vor. Ich wiederholte das Gelesene so oft, wie sie es wollte, denn sie hörte mir zu und war ganz ergriffen von den Worten. Corvinus sagte mir, dass er es selbst nicht besser machen könne und dies erfüllte mich mit großem Stolz. Zu meiner Herrin sagte er, dass sie nun „ihr Kreuz auf sich nehmen müsse“ und nicht den Mut verlieren dürfe. „Ihr habt gut reden“, sagte Elisabeth. „Ihr wisst nicht, dass bei der Abfassung des Testamentes in Innsbruck auch Heinrich anwesend war und darauf gedrungen hatte, dass das Testament nur gültig sein sollte, wenn Erich I. sein gesamtes Land zum alten Glauben zurückführte." „Und", fragte Corvinus zurück „wurde dies im Testament erwähnt?" „Ich denke nicht", sagte Elisabeth. „Heinrich kennt das gesiegelte Testament nicht, aber er weiß, dass das ganze Gebiet zum alten Glauben zurückgebracht werden sollte." Und sie fügte besorgt hinzu: „Was der Kaiser gesiegelt hat, dazu brauchte Erich I. viel Verhandlungsgeschick. Ich hatte ihm zuvor eingebläut, dass er auf keinen Fall die Glaubensfrage ins Spiel bringen soll. Ebenso soll nicht Heinrich der alleinige Vormund sein." Als Corvinus gegangen war, sagte sie zu mir: „Wir müssen verhindern, dass Heinrich zu früh das Testament sieht. Erst wenn die anderen Vormünder um uns stehen wie Mauern, wird er die Wahrheit erfahren. Ich möchte auch nicht, dass er das ganze Testament zu Gesicht bekommt. Es sollten ihm zwei Seiten reichen, und die werde ich ihm abschreiben und den Text gefällig formulieren."

Auch wenn meine Herrin Angst hatte, ob sie die Krankheit überstehen würde, ich glaubte fest daran, dass sie wieder gesund werden würde. Erich II. war ja auch auf die Beine gekommen und, wie Knaben so sind, tobte er wieder durch das Schloss und versuchte, die anderen adeligen Knaben zu Streichen anzustiften.

Noch lag das Testament versiegelt und meine Herrin wurde mit jedem Tag kraftloser. Ich konnte kaum mit ansehen, wie sie bald darauf auch die Besuche an ihrem Bett verweigerte und sagte, sie sei zu keiner Korrespondenz mehr fähig. Ich hielt mich nicht an ihren Auftrag und sagte den Kindern, sie sollten alle bei ihrer werten Mutter eine Aufwartung machen, damit sie wisse, was für prächtige Kinder sie ihr Eigen nannte. Schließlich waren all ihre Kinder am Leben und sie waren eine wahre Freude.

Meine Herrin konnte ihren Kindern die Besuche nicht abschlagen, und ich achtete darauf, dass es sie nicht zu sehr anstrengte. Elisabeth wollte nur noch schlafen und wenn ich sie betten wollte oder eine Tasse an ihre Lippen setzte, wehrte sie ab und sagte: „Ach, lass mich schlafen." Ich wollte sie aber nicht schlafen lassen, denn sonst hätte sie nicht mehr aufwachen wollen. Ich bat die Mädchen, auch die Musikinstrumente mitzubringen, damit ihre Mutter wieder lächeln sollte. Da Erich II. gesund war, konnte auch er seine Mutter besuchen. So stand er unbeholfen vor dem Bett der Kranken und sagte: „Meine liebste Mutter, ihr werdet doch nicht auch in den Himmel gehen und uns allein zurücklassen?" „Nein, nein", sagte Elisabeth. „Vielleicht werde ich einfach nur geprüft, ob ich treu bin auch im Angesicht der Not. Mein Sohn, versprecht mir, dass Ihr den Willen Eurer Mutter tut, damit das Land gesegnet sei und ich wieder vom Bette aufstehen kann." Erich II. versprach alles zu tun, damit seine Mutter wieder gesund werden würde. Elisabeth strich ihrem Sohn über die Haare und sagte: „Sechs Jahre, mein liebster Sohn, werde ich das Vermächtnis mit Euren Vormündern getreulich verwalten, und wenn Ihr die Regierung antretet, sollt Ihr ein wohlbestalltes Land vorfinden." „Ich danke Euch, Frau Mutter", sagte Erich II. und küsste ihre Hand. Was er nicht sagte, ich aber nur zu gut wusste: Am liebsten wäre er zu seinem Onkel Heinrich geritten und hätte Vater zu ihm gesagt und sich in seinen Armen ausgeweint. Des Vaters Knappe, den Erich II. in der Kapelle zu sich geholt hatte, war wohl der größte Trost über den Verlust des Vaters.

Erich II. war im Schlosshof und ich sah vom Fenster aus, was seine Mutter nicht sehen konnte: Er hatte die Falken in seine Obhut gebracht, zähmte und fütterte sie. Wie es sein sollte, band er ihnen die Kopfhaube um, wenn er sie aus dem Käfig holte und legte sie an eine lange Leine. Wenn ein Falke auf seinem Arm saß, entfernte er die Haube ohne fremde Hilfe, indem er, wie er es gelernt hatte, ein Band der Kopfhaube zwischen die Zähne nahm und mit der anderen Hand die Schnürung löste und die Haube absetzte. Ich war erstaunt, mit welcher Ausdauer der Junge übte und ich wollte später zu ihm gehen und ihn bitten, mit den Falken hinter dem Haus zu üben, damit es die

Mutter nicht sehen könnte, falls sie aufstünde. Sie hätte vielleicht gesagt, dass die Falken zur Erichsburg gebracht werden oder in die Obhut nach Nienover gegeben werden sollten. Es hätte mir leidgetan, wenn der Junge auch diese Freude verloren hätte.

Ich verstand nicht, warum gerade in der momentanen Lage Lorleberger nach Langenhagen geschickt wurde, um dort als Rentmeister zu arbeiten. Warum sollte jemand gehen, wo wir alle dringend brauchten? Ich ging zu Bertha und wollte meiner Empörung darüber Luft machen. Aber die Altfrau verbat mir den Mund und sagte, sie wolle sich mit mir unter der großen Buche außerhalb Mündens treffen. Am Abend, wenn die Glocken zur Nacht geläutet hätten. Ich brauchte also wieder einen Vorwand, um das Gelände verlassen zu können.

Ich sagte Elisabeth, dass mich der Lärm der Marder zur Nacht stören würde und ich nachsehen wollte, welche Wege sie nähmen, damit die Jäger den Tieren eine Falle stellen können. Ich wusste, dass sie mich gehen lassen würde. Sie war nur zu gerne allein. Aber auch ich war froh, der Krankenstube zu entrinnen und endlich wieder die Erde unter den Schuhen zu spüren. Die frische Luft erzählte, dass es ein guter Tag gewesen sein musste und sich die Natur auf die Ernte vorbereitete. Ich war lange vor Bertha am verabredeten Platz. Sie schien nicht viel Zeit zu haben und war kurz angebunden. „Versteh mich nicht falsch", sagte sie. „Ich bin dankbar darüber, wie du unsere Herrin pflegst. Aber du weißt nicht, dass Heinrich nun selbst ein Testament beim Kaiser einreichte und das lautet so, dass er das gesamte Land verwalten will und unsere Herrin zwar ihren Witwensitz behalten kann, aber ihr eine Religionsfrage nicht zusteht. Er macht bereits mit Hannover Pläne, wie sie dies auch ohne die Zustimmung aller Vormünder erreichen. Er zieht die Untertanen unserer Herzogin bereits auf seine Seite. Lorleberger wurde nach Hannover abgeordnet, damit Heinrich dort nicht sein Unwesen treibt und ihm unsere Einnahmen zufließen... Der Landgraf Philipp will sein Versprechen halten und unsere Herrin schützen… Und das bedeutet Krieg!“ Ich sah sie entsetzt an. „Wie meinst du das?“, fragte ich. „Es ist nicht genug, dass der Herr gestorben ist, nun wird Heinrich um jedes Stück Besitz kämpfen wie ein Raubtier Beute macht. Aber es sind viele Wölfe und Raubtiere, die sich bereits auf den Weg gemacht haben…“ „Und, und was kann ich tun?“, brachte ich stotternd hervor und spürte schon die Angst in mir. „Beten, mehr beten als tun. Und wenn du öfter in die Kapelle gingest, wüsstest du mehr.“ Dann ging Bertha. Sie ging nicht zum Schloss zurück. Ich wusste nicht, wohin sie unterwegs war und es war mir auch egal. Mir war die Freude über den Spaziergang gründlich vergangen. Beten sollte ich. Beten und in die Kapelle gehen. Hatte sich denn alles wider mich verschworen? Sollte ich bald wie eine Gefangene mit meiner Herrin in Münden eingeschlossen sein und sollten uns Corvinus und die Kinder genommen werden? Während ich zurückging, erfasste mich eine große Wut. So hatte ich mir meinen Dienst nicht vorgestellt. Ich ging geradewegs in die Kapelle und haute mit den Fäusten auf den Altar. Ich hatte gedacht, allein zu sein. Aber im Dunkeln lachte jemand und da wurde mir erst bewusst, was ich getan hatte. Der so bitter gelacht hatte, zeigte sich mir. Es war des Schmieds Sohn, den ich nicht in der Kapelle vermutet hatte. „Es nützt nichts, auf den Tisch zu hauen“, sagte er zu mir. „Agnes, bei uns kleinen Leuten nützt es gar nichts.“ Dann ging er hinaus mit seinen schweren Schritten. Ich war erleichtert, dass es nicht Corvinus war, der mich auf den Altar schlagen gesehen hatte. Ich nahm mir vor, bald wieder in die Kapelle zu gehen und mich dann anständig zu benehmen.

Ehe ich jedoch zum Gemach meiner Herrin zurückging, hatte ich noch nach dem Marder zu sehen. Schließlich war ja dies meine Ausrede gewesen. Ich hörte ihn oft im Wilden Wein fauchen, wenn er darin herumsprang. Wie ein Henker ging er darin Kontrolle, um zu sehen, wann die jungen Vögel groß genug seien, um sie zu verschlingen. Die Drosseln klagten später noch tagelang. Ich stand unter dem Wein und überlegte, wo er sich denn sein Quartier eingerichtet hatte. Dann ging ich noch am Vogelkäfig vorbei, wo die Falken bereits ihre Köpfe unter die Flügel gesteckt hatten. Ich sah mir das Bild an und dachte: Ja, wie schön ist es, sich so geborgen zu wissen. Ehe ich mich in erbaulichen Gedanken ergehen konnte, tat es einen lauten Schlag und etwas Dunkles fiel auf die Voliere. Die Falken erschraken sich genauso wie ich. Doch dann stürzte der dunkle Schatten auf mich herab und ich erkannte, dass es der Marder war. Er sprang auf meine Schulter, und als ob er sich geirrt hätte, machte er einen weiteren Satz und verschwand im dichten Weinlaub. Er hatte gewiss mit dem Gewicht eines Wassereimers auf meiner Schulter gestanden, denn ich war unter ihm in die Knie gesackt. Aus seinem freundlichen Gesicht grinste mich kurz sein Maul voller spitzer Zähne an. Nicht ich hatte ihn entdeckt, sondern er hatte mir gezeigt, wer der Stärkere war. Mit schlotternden Knien ging ich zurück und konnte meiner Herrin von dem Ungeheuer berichten. Vorsorglich schloss ich nun am Abend alle Fenster – denn, wer weiß, ob er sonst zu uns noch ins Zimmer gekommen wäre?

Hatte meine Herrin auch ihren Gemahl verloren, so gewann sie zugleich mehrere Ratgeber. Sie bat alle befreundeten Fürsten und Reformatoren, ihr doch zu helfen und für sie gute Juristen nach Münden zu entsenden. Sie erhielt die Unterstützung. Einer Idee der Ratsherren war es auch zu verdanken, dass wir den verstorbenen Herzog in Hagenau einlösen konnten. Jeder Kirchgänger sollte eine einmalige Sondersteuer von sechzehn Pfennigen leisten, damit die Schulden bezahlt werden konnten. Das Geld sollte innerhalb eines Jahres eingetrieben werden. Da ich nicht eher richtig ruhen konnte, bis unser Herzog in Münden war, gab ich mein ganzes Erspartes Corvinus und sagte ihm, das solle er meinen sechzehn Pfennigen hinzufügen und wenn jeder geben würde, was er könne, so würde die Zeit der Schande abgekürzt werden. Denn es war doch eine Schande, den eigenen Herrn nicht ins Haus zu holen! Da war ich mir mit Bertha einig. Wir wollten erst wieder zufrieden sein, wenn die Gebeine unseres Herzogs da waren, wo sie hingehörten. Schließlich hatten Erich I. und meine Herrin schon vor zehn Jahren ein wunderschönes Epitaph in Auftrag gegeben. Dieses zierte schon den Innenraum der Kirche und wartete auf seine Gebeine. Es zeigte Erich I. mit seiner ersten Frau, Katharina von Sachsen und meine Herrin Elisabeth. Im Hintergrund war die Kreuzigungsgeschichte zu sehen. Ich wollte erst zufrieden sein, wenn der Herzog dort ruhte. Es wäre doch sonst so, als ob er nur auf Reisen sei! Da Elisabeth nicht zu Kräften kam, wurde das Testament ohne sie geöffnet. Ohne meine Herrin, ohne Heinrich und ihr Bruder wollte nur einen Vertreter schicken, da er es ungehörig fand, Heinrich sein Recht abzusprechen, der einzige Vormund Erichs II. zu sein. Schließlich sei dies der normale Gang und Heinrich sei der einzige männliche Agnat. Elisabeth solle sich daran halten. Auch sei sie verpflichtet, die Reformation zurückzunehmen, wenngleich sein eigenes Herz inzwischen der Reformation gehörte. Er riet ihr ab, die von Corvinus erlassene neue Kirchenordnung weder zu drucken oder zu versenden. Und wie sie es überhaupt gewagt hatte, Heinrich nichts vom Testament zu erzählen, damit er sich darauf einstellen könne, dass er nur ein Vormund unter anderen sei?

Mit jedem Tag, an dem meine Herrin kräftiger wurde, kamen auch mehr Briefe. Ein Brief vom Kaiser, sie möge die Reformierung zurücknehmen. Briefe von Heinrich, er bestehe darauf, das Testament zu sehen…

Ich wartete jedoch darauf, dass endlich der Herzog seinen Frieden finden würde. Ich wartete mit ganz Münden, denn wie sollte eine Sache gelingen, wenn nicht alles seine Ordnung hatte?

Meine Herrin war so wütend über ihre eigene Schwachheit, dass sie sich zwang, wieder aufzustehen und bei Tisch zu sitzen. Mit ihrem Ehrgeiz vertrieb sie die bösen Geister, die in ihren Körper gefahren waren. Mithof befahl meiner Herrin, dreimal täglich eine grüne Suppe mit neunerlei Kräutern zu sich zu nehmen. Während mir beim Geruch der Suppe übel wurde, sorgte sie bei Elisabeth für rote Wangen.

Meine Herrin ließ sich die Geschäfte von Heinrich nicht so einfach aus der Hand nehmen. Sie beredete ihren Bruder und der entsandte Speckwage, damit er Elisabeth wieder beistand. Er hatte damals meine Herrin unterstützt, als sie nach Liebenau ging. Nun sollte er meiner schwachen Herrin abermals beistehen. Elisabeth reiste auf die Erichsburg, um sich zu beraten. Ich war auch zugegen, doch ich hielt mich viel bei Erich II. auf, da auch er mitkommen durfte. Ohne viele Worte zu machen, wusste der Junge so gut wie ich, dass das Leben erst weitergehen konnte, wenn seinem Vater die letzte Ehre zuteilgeworden war. Meine Herrin schrieb auf der Erichsburg Teile des Testamentes ab und übersandte es Heinrich. Dabei, so wurde gesagt, fehlten einige Seiten und sie blieb dem Original nicht ganz treu.

Noch während wir auf der Erichsburg weilten, erreichte uns ein Brief Lorlebergers aus Langenhagen. Während wir ihn lasen, standen uns die Haare zu Berge und es war, als ob wir die wilde Horde hören könnten und Lorleberger zu Hilfe eilen müssten:

„Meine hochverehrte Herzogin, gnädige Elisabeth zu Calenberg!

Ich muss Euch von einem bösen Spiel berichten, das uns widerfahren ist und das ein großes Unglück über uns hätte bringen können, sich nun aber doch zum Guten gewandt hat.

Doch lasst mich von Anfang an berichten:

Der große böse Feind, Junker Christoffer, mit seinen wilden berittenen Adeligen umstellte gar bei Nacht und Nebel mit dreihundert Pferden die Vogtei. Sie wollten mich gefangen nehmen und Lösegeld erpressen. Indes, als ich sah, dass sie den Eingang verstellt hatten, versuchte ich aus der Hintertür und durch die Gartenpforte zu entkommen. Doch die üblen Kerle hatten auch diesen Weg ausfindig gemacht und lagen auf der Lauer... Sie griffen mich, verbanden mir die Augen und setzen mich zu einem anderen auf sein Pferd und jagten davon. Die Barbaren verwüsteten die Kanzlei und zerbrachen alles, was zerbrechlich war. Das einzige Glück ist, dass sie nicht die Räume anzündeten und so die Papiere vernichteten. Nach der üblen Tat sprengten sie davon. Sie ahnten nichts von dem Mut des Vogtes, der die Sturmglocke läutete, und von der Kraft der Bauern, die, so belehrte mich ihre Tat, mit unserer Kanzlei und der menschenfreundlichen Politik wohl so zufrieden waren, dass sie sofort alles sattelten, was zu satteln war, und sich bewaffneten. Sie sprengten der wilden Horde nach. Da sich die Halunken trennten und in mehreren Gruppen fortritten, nahmen sie die Verfolgung der Gruppe auf, die gen Gifhorn flüchtete. Sie schlugen diese im Kampf und nahmen alle Adeligen gefangen. Damit die Adeligen wieder freikamen, musste Junker Christoffer sie mit 11.000 Talern einlösen und mich noch obendrauf geben.

So wahr Gott mein Beschützer war, kam ich frei und hatte die Taschen bei meiner Heimkehr noch voller Geld...“

Wie waren wir stolz auf unseren Lorleberger! Auch wenn die Tat davon zeugte, wie instabil die Lage war, so hatte Lorleberger in Langenhagen die Herzen der Bevölkerung für sich gewonnen und wir hofften, dass Heinrich nicht weiter die Räte abspenstig machte. Wie gerne wäre ich nach Langenhagen gereist, aber meiner Herrin und Erich II. wurden spontane Reisen streng untersagt. Wenn Elisabeth etwas geschehen würde, wäre Erichs II. Zukunft gefährdet gewesen. Würde Erich II. ums Leben kommen, würde sofort ganz Calenberg Heinrich zugeschlagen werden, da das Erbe an einen männlichen Nachfahren geknüpft war. Erich II. verstand nicht, warum er nicht einfach zu Onkel Heinrich konnte. Er hatte doch die Jahre zuvor zusammen mit dessen Sohn Julius in Münden das Schreiben und Lesen gelernt und sie hatten sich Freundschaft geschworen.

„Ich muss zu Julius“, beharrte er steif und fest, als wir die Nachricht erhielten, dass Heinrichs Frau gestorben war. „Er braucht mich nun, weil seine Mutter tot ist", bettelte er meine Herrin an. Elisabeth sagte zu ihm: „Ihr seid tapfer und gut. Denn ein wahrer Freund steht dem andern bei, wenn er gebraucht wird. Aber seht doch selbst, Julius hat doch noch zwei ältere Brüder, die werden ihn schon trösten." „Nein, die trösten ihn nicht", behauptete er. „Julius hat mir erzählt, dass sie immer nur über ihn lachen, weil er sein Bein mit sich schleppte wie eine geschlachtete Ente. Ja, sie sagen immer, sein Bein wäre ein totes Tier." „Elisabeth erwiderte: „Das sagten sie doch, als sie Kinder waren. Der Vater würde so etwas gewiss nicht dulden. – Aber Erich, mein liebes Kind, mir kommt eine Idee: Julius hat doch eine ältere Schwester, die meinen Bruder geheiratet hat, denen schreiben wir einen Brief, damit sie auf Julius gut Acht geben." Sie machte eine Pause und sagte dann: "Und nun, mein Liebster, holt mir doch Euren Knappen, der Eurem Vater so treu diente. Bringt ihn zu mir und ich will ihm den Auftrag geben, Euch zu erklären, warum Ihr nun nicht mehr nach Braunschweig oder Wolfenbüttel dürft. Würdet Ihr das machen?" Erich II. tat es nur zu gerne. Wie ein Wiesel rannte er los und kam bald danach mit dem verblüfften Mann zurück.

Der Knappe wurde angehalten, das Leben Erichs II. zu schützen, und dazu sollte er nun Tag und Nacht um Erich II. sein. Meine Herrin fragte den Knappen, ob er wüsste, dass die Erbfolge nur bei einem männlichen Nachkommen stattfinden würde. Als er es bejahte, fragte Elisabeth, ob er wisse, was das mit sich bringen könne. Da antwortete der Knappe geradeheraus: „Dass die andern seinen Tod wünschen. Im Falle Erichs II. wären dies Heinrich von Braunschweig oder dessen Söhne." Erich II. hatte dabeigestanden und sah von einem zum anderen. „Es ist schwer, einem Kind, das sich nach Familie und Freunden sehnt, zu erklären, dass dies sein Untergang sein könnte." Zum ersten Mal, seit ich meiner Herrin diente, sah ich eine abgrundtiefe Trauer in ihren Augen. Sie stand auf, ging zu Erich II. und legte den Arm um ihn. Dann sprach sie zum Knappen: „Dieser Sohn ist der rechtmäßige Erbe und Nachkomme Erichs I., meines lieben Mannes. Du kannst ermessen, dass wir ihn auf seine Aufgaben vorbereiten und tun, was immer in unseren Kräften steht. Und doch ist es so, dass sein eigen Fleisch und Blut danach trachtet, sich sein Gebiet einzuverleiben. Ich glaube nicht an die vorgetäuschte Freundschaft Heinrichs, denn er hintergeht uns, wo auch immer er kann. Wo sich eine Witwe Schutz erhoffen sollte, da tut sich an allen Orten ein weiter Abgrund auf. Ich bitte Dich, schütze du mein Kind, dass es sicher lebt im eigenen Land und wohin immer es geht. Und Gott sende euch dazu seine Engel."

War Heinrich wirklich so schlimm? Täuschte sich meine Herrin in ihm oder handelte sie weise? Niemand konnte es wissen. Und die Zeit war schwer.

Ich freute mich für Erich II., dass er den ehemaligen Knappen seines Vaters an seiner Seite hatte. Ich freute mich, denn Erich II. hatte genug Kindermädchen und Lehrer. Einen Knappen sein Eigen zu nennen, bedeutete jedoch, einen Freund an der Seite zu haben.

Als die Überführung unseres Herzogs aus Hagenau endlich stattfand und die Begräbnisfeier abgehalten wurde, schritt Erich II. nicht allein neben seinen Schwestern und seiner Mutter. Gleich einem Herold stand in glänzendem Putz sein Knappe neben ihm, der die kleinsten Anzeichen Erichs II. deutete und auf ihn Acht gab. Was war er denn anderes als eine Kammerdienerin! Ich hatte ebenfalls ein schönes Kleid angezogen und war meiner Herrin behilflich, wo immer es ging. Der Knappe sorgte sich ebenso um den jungen Erben. Dies mit anzusehen, war mein größter Trost bei all der Trauer um den Herzog.

An dem Tag nahm ich mir ein Herz und trat zu dem Knappen. „Verzeih mir, wenn ich dich anspreche", sagte ich. „Wenn ein Knappe von einem Hoffräulein angesprochen wird, so ist es eine Ehre." „Ich wollte dir keine Ehre erweisen. Ich wollte mich entschuldigen und meinen Dank ausdrücken." „Das verstehe ich nicht." „Nun, es ist schon viele Jahre her. Du warst sehr jung. Erich II. war noch nicht einmal geboren, als du völlig betrunken beim ebenfalls betrunkenen Herzog Dienst hattest." „Ihr meint den Tag, als ich am Morgen dafür geschlagen wurde, weil ihr mich angezeigt hattet?" „Ihr wusstet, dass ich es war?" „Wer eins und eins zusammenzählen kann und über die Prüderie von Jungfrauen Bescheid weiß..." Ich überhörte großzügig die Hälfte seiner Worte und sagte tapfer: „Ja, ich habe dich in blanker Angst angezeigt. Heute wünschte ich mir, ich hätte den Mut gehabt, gleich zu dir zu kommen." „Aber das hast du ja heute getan. Sag, wo drückt der Schuh jetzt?" „Es drückt kein Schuh. Ich wollte mich für das entschuldigen, was damals war." „Das ist alles?" Ich nickte. Der Knappe sah mich an. Spöttisch, prüfend. Dann nickte er. „Ist schon gut, Agnes", sagte er.

Danach ging ich in die Kapelle. Die Sonne fiel durch die kleinen Kapellenfenster, als ob Ostern wäre, und ich spürte, wie alle, die eine Seele in sich trugen, verbunden waren mit dem Himmel und Gottes großer, unendlicher Liebe. In der Nacht schliefen meine Herrin und ich geborgen und frei. Als ich am Morgen die Fenster öffnete, hatte eine neue Zeit begonnen.

Meiner Herrin muss es so ähnlich gegangen sein. Sie trat zu mir ans Fenster und sagte: „Nun, da der Herzog nach Hause gekommen ist, sollen alle an der Güte Gottes teilhaben. Wir werden eine Speisung für Arme einrichten. Jeden Tag soll, wer auch immer will, durch unsere Güte satt werden." "Meint Ihr nicht, wir holen damit das Gesindel in die Stadt?" „Wer einem meiner Geringsten etwas tut, der hat es mir getan", sagte meine Herrin. Elisabeth hatte Recht. Das einzige, woran es sich zu halten lohnte, waren die Worte aus der Bibel. Ich kannte sie und wusste, was sie meinte. Und an solchen Tagen wie heute, an denen Gott eine neue Zeit anbrechen ließ, sollte man andere daran teilhaben lassen.

Elisabeth kämpft um die Vormundschaft und regiert entschlossen (1540-1542)

Während Heinrich versuchte, Kaiser und König für sich zu gewinnen, hatte Elisabeth die besten Berater aus Brandenburg und Hessen bekommen. Gemeinsam mit den treuen einheimischen Räten führte sie ihre eingeschlagene Politik weiter. Wer nicht mitziehen wollte, sondern sich auf die Seite Heinrichs stellen wollte, sollte, soweit es in ihrem Ermessen stand, entlassen werden. Elisabeth ordnete an, im ganzen Land lutherische Predigten in Deutsch abzuhalten und Kirchenlieder zu singen. Ebenso sollte das Land entschuldet werden und dazu die beiden Kanzleien als vorbildliche gerechte Anlaufstellen dienen. Keiner sollte mehr Unrecht erleiden. Die Juristen sollten auch für die Rechte der normalen Bürger zuständig sein, die Finanzwirtschaft modernisiert und deshalb Preußen um Rat gefragt werden.

Meine Herrin ging aufrecht. Wo immer sie auftrat, verneigten sich die Menschen vor ihr und jeder spürte, dass sie nun die Regierung übernommen hatte. Und wenn meine Herrin aufrecht ging, wünschte ich, dass ihr alle Pläne gelingen sollten. So ordnete ich jedes Mal voller Stolz ihre Ärmel und Röcke, wenn sie sich erhob und setzte.

Ich hatte mich mit Bertha verabredet, denn ich wusste aus Erfahrung, dass sie mir helfen konnte, meine Gedanken zu ordnen. Ich brauchte auch nicht lange herumzureden, denn sie wartete auf Fragen und war glücklich, wenn sie jemandem helfen konnte. „Könnte es sein, dass Heinrich einfach mit seinem Heer nach Münden reitet und die Stadt bezwingt?", fragte ich frei heraus. Bertha sah mich an und lachte: „Auch ehrgeizige Männer brauchen Macht und Mittel, um Städte einzunehmen. Heinrich würde dies nie wagen, zumal er ja noch auf legalem Wege Mittel sucht, um Calenberg regieren zu können. Nein, mein

Kind. Heinrich plagen doch gerade ganz andere Sorgen." „Aber welche anderen Sorgen plagen denn Heinrich?" „Zum einen hat er seine Frau geliebt und die ist nun tot." „Ich denke, er hat sie nicht geliebt. Er hat doch noch seine Eva..." „Nun, seine liebe Frau hat ihm doch fast ein Dutzend Kinder geboren... Und viele davon wurden gezeugt, nachdem er das Liebesverhältnis mit Eva begonnen hatte. Außerdem fand eine Magd die Liebesbriefe, die sich Heinrich und seine Frau geschrieben haben." „Liebesbriefe?" „Du hast schon recht gehört. Es waren keine Briefe über Geschäfte, sondern sie fühlten sich zueinander hingezogen." Nun war ich an der Reihe zu sagen, was ich wusste, denn meine Herrin hatte es nur zu gerne den anderen gesagt: „All die Jahre lebte Heinrich vom Geld seiner Frau. Im Grunde genommen investierte sie ihr gesamtes Gut in die Anliegen Heinrichs. Ich weiß nicht, vielleicht hat er sie nur ausgenutzt?" „Sei nicht so vorschnell mit deiner Zunge", warnte mich Bertha. „Agnes, wir verstehen nur sehr wenig von dem, was in anderen Menschen vorgeht... jedenfalls wird Heinrich nun auf dem Reichstag in Regensburg nichts zu lachen haben." „Warum denn?" „Ich dachte, du weißt mehr als ich!" „Was soll ich denn wissen?" „Dass die Lutheraner Heinrichs elende Tat in Bezug auf Eva von Trott dort ausbreiten wollen und damit den alten Glauben mit seiner Zwielichtigkeit an den Pranger stellen." Ich gab kleinlaut zu bedenken, dass die Doppelhochzeit Philipps auch kein großartiges Gegenstück bildete. „Das bleibt noch unter uns! Das ist noch nicht überall bekannt. – Außerdem sind auf dem Reichstag auch die Eltern von Eva von Trott, sie haben Heinrich verklagt und verlangen die Herausgabe ihrer Tochter. Die Eltern sind vor Gram ganz elend, weil sie weder ihre geliebte Tochter noch deren Kinder sehen." „Aber warum heiratet denn Heinrich nicht gleich seine Geliebte? Das wäre doch am besten." „Eva von Trott zu heiraten ist unter seinem Stand. Das könnte er nicht machen. Vorsichtshalber ließ er Eva nun von der Stauffenburg auf seine stark befestigte Burg „Liebenburg" bei Schladen bringen. Ich hörte es so munkeln. Mehr weiß ich nicht, liebe Agnes."

Ich ging in die Kapelle und dort seufzte ich und betete für meine Herrin. Ich betete auch für das Land und den evangelischen Glauben, den ich lieben gelernt hatte. Danach ging ich zu den Falken. Ich hätte sie nur zu gerne durch die Gitterstäbe angefasst. Aber sie saßen nur stolz auf den Stangen und ließen sich nicht locken.

Meine Herrin war endlich wieder gesund und stark. Doch das schreckte niemanden ab, ihr das Leben zu erschweren. Das Blatt hatte sich gegen sie gewendet. Die Schuldner Erichs I. wollten ihr Geld. Die entlassenen Ritter drohten, sich zusammenzufinden, um ihren ausstehenden Sold plündernd in Calenberg einzutreiben. Und dann verkündete Heinrich, dass der Kaiser ihm gewährt hätte, über Calenberg und Erich II. als erster Vormund zu entscheiden. Nun sei es amtlich und Herzogin Elisabeth solle unverzüglich die Regierung an ihn übergeben. Ebenso würde der Schmalkaldische Bund nicht mehr die Hand über Calenberg halten, wenn nicht der Beitritt nachgeholt und die Gelder entrichtet werden würden.

Meine Herrin schlug die vorgeschlagenen Treffen mit Heinrich aus. Sie hätte dabei nichts gewinnen können. Außerdem hatte sie keinen kaiserlichen Brief gesehen. Ganz Münden war in Aufregung. Uns war, als ob der Herzog ein weiteres Mal gestorben wäre und wir schutzlos in den Mauern wohnten.

Es wurde Weihnachten und mir wurde bewusst, dass es Maria und Josef damals noch viel schlechter gegangen war. Sie mussten mit ihrem Kind fliehen, weil andere nach seinem Leben trachteten. „Maria hatte wenigstens noch Josef", sagte ich zu meiner Herrin. „Ja, einen ‚Josef' zu haben, ist gut. Ich muss mich nun damit abfinden, dass eine Witwe nicht viel gilt. Selbst, wenn ich mich besser um die Finanzen kümmere, als mein seliger Gemahl, das zählt alles nichts." Wenige Tage später verriet sie mir, auf welche Idee ich sie gebracht hatte. „Ich will nicht zu sehr mich selbst beweinen, denn ich bin nicht die einzige

Witwe. Aber es ist so, dass Jesus in den biblischen Geschichten immer Trost und Hilfe sendet. Ich will eine Sammlung anlegen mit den Worten Christi, die er über die Witwen spricht. Ich möchte ein Trostbuch zusammenstellen, das Witwen in ihrer Einsamkeit trösten kann und ein Bollwerk gegen die Angst sein soll. Corvinus soll mich dabei unterstützen, denn er kennt die Bibel ja in- und auswendig und weiß immer, wo etwas steht."

Wenn meine Herrin etwas sagte, hatte sie es immer schon halb getan. Fortan lagen in ihren Schubladen zwei weitere Stapel Papier. In dem einen sammelten sich Notizen, um Witwen zu trösten, im anderen schrieb sie gute Regeln auf, an die sich eine Frau halten könnte, wenn sie heiratete. Schließlich war ihre Tochter Elisa kein Kind mehr. In ihrem Alter war meine Herrin bereits Herzogin gewesen.

Da sich Elisabeth weder dem Nürnberger Bündnis anschließen wollte noch dem Schmalkaldischen Bund beitreten konnte, versuchte sie, ihre Macht Heinrich gegenüber anders zu demonstrieren. Sie rief die Landstände zusammen. Am 23. Januar sollten sich alle in Pattensen treffen und die Herzogin würde mit den Beratern die Lage erörtern und um ihr Vertrauen werben. Die Stände sollten einen Monat Zeit haben, um sich zu beraten und in Verhandlungen zu treten. Dann sollte jedoch ein einträchtiger Weg gefunden worden sein.

Heinrich entging nicht das Vorhaben Elisabeths und so forderte er die Räte auf, für seine eigene Sache einzustehen und seine Anliegen zu vertreten. Wer wollte schon von einem Weiberrock regiert werden? Und er versprach ihnen, was immer er konnte.

Da Heinrichs falsches Werben Elisabeth zu Ohren kam und die Räte verunsichert waren, berief Heinrich einen eigenen Landtag in Seesen ein. Dort würde er gewiss die Oberhand behalten. So hatte er gedacht. Meine Herrin reagierte jedoch sofort. Sie verbot allen Landständen, sich mit Heinrich zu treffen und erinnerte sie an den Willen Erichs I. und der Verpflichtung ihm gegenüber. Was sie jedoch nur zu gut wusste: Die Adeligen und Räte wollten sich zum großen Teil am liebsten von allen Regenten trennen. Sie wollten selbständig ihre Ländereien verwalten und keine Steuern zahlen. Heinrich versprach ihnen ihre Unabhängigkeit mit solch schönen Worten, dass sie unschlüssig wurden und sich meiner Herrin entzogen.

Meine Herrin wollte sich das jedoch nicht anmerken lassen und schrieb an Heinrich:

„... *Ich bin keineswegs so verlassen wie Ihr denkt, und Ihr tut gut daran, Euch in Acht zu nehmen und Euch nicht in unser Land einzumischen und Unfrieden zu verbreiten. Bringt Euer eigenes Dasein in Ordnung und gewahrt in Anstand die gottgegebenen Grenzen...*"

Elisabeths Bruder und Philipp warnten Heinrich davor, sich Calenbergs zu bemächtigen. Meine Herrin befürchtete jedoch das Schlimmste, und so blieben die entsandten hessischen und brandenburgischen Räte bei uns in Münden, bis sich ruhigere Zeiten einstellen sollten. Die Herren korrespondierten unentwegt mit anderen und wollten Heinrich mit ihrer Anwesenheit in seine Grenzen weisen.

Heinrich hielt indessen ein Schreiben des Kaisers in der Hand, wonach er die Regierung übernehmen sollte. Als seine Abgesandten das Schreiben meiner Herrin überbrachten, ließ sie diese Boten kurzerhand gefangen setzen und gab den Wortlaut nicht weiter.

Wir erfuhren, dass Heinrich bereits aufgerüstet hatte und das Schreiben überall austeilte.

Meine Herrin baute auf den nächsten Landtag, der in Pattensen stattfand. Mich machte das sehr nervös, denn ich verstand mich auf die feine Kleidung meiner Herrin und auf ihre Jagdgarderobe. Aber nun verlangte sie, dass ich sie mit ihrem gesamten Putz ankleiden solle. Ich bürstete den roten Samt bis er glitzerte und legte meiner Herrin gut ein Dutzend Ketten um den Hals. Die Amtskette legte ich noch über alle anderen prunkvollen Ketten. So saß sie wie ein Kardinal zwischen den Räten und führte selbstsicher die Verhandlungen.

Es ging um Zahlen, Schulden... Die meisten Zugeständnisse machte meine Herrin den Rittern gegenüber. Wie stolz diese auf uns herabschauten! Wussten sie doch nur zu gut, dass meine Herrin ohne die Gunst der Ritter vollkommen wehrlos war, denn Elisabeth wollte nicht nur auf Philipp und ihren Bruder vertrauen müssen. Sie brauchte ein Land, das sich wenigstens selber schützen wollte und zusammenhielt.

Was niemand wusste, weil sich meine Herrin in den Verhandlungen stark und überlegen zeigte; des Nachts weinte sie sich in den Schlaf, so wie damals, als sie ihren Mann und ihre Kinder vermisste. Aber diesmal, so wusste ich, waren es weder Mann noch Kinder, um die sie weinte, sondern die Zugeständnisse, die sie machen musste, damit ihr Land treu blieb, bis sie Erich II. huldigen würden. Sie hatte versprochen, keine Steuern zu erhöhen, die Adeligen verlangten mehr Mitspracherecht und Selbstständigkeit... Das war mehr, als meine Herrin leisten konnte.

Und dann kam dazu noch ein Brief vom Kaiser, der ihre finanzielle Unterstützung im Türkenkrieg dringend erwartete. Ohne Aufschub sei die in Speyer beschlossene Türkenhilfe zu entrichten. Da sich meine Herrin der Aufgabe nicht entziehen konnte, sagte ihr Philipp zu, dass er mit den Landräten verhandeln würde, damit sie die Kosten übernehmen sollten. Er würde als Mann die Gelder einzutreiben wissen. Aber keiner der eingeladenen Räte kam!

Obwohl ihr Bruder Elisabeth warnte, den Kaiser nicht erneut um Hilfe anzuflehen, sondern unverzüglich zu zahlen, setzte sich meine Herrin hin und griff zur Feder:

„An meinen hochverehrten, geliebten Kaiser, der aus Gottes Gnaden der Witwen Schutz und Waisen Hüter ist…

Entschuldigt mir untertänigst, dass ich am 14. Mai nicht die Zahlungen leisten konnte… Als Vormünderin meines Sohnes wurde ich weder zum Reichstag geladen noch kam mir ein Schreiben des Rechtsbescheides zu… Die Ausschreibung kam mir am 17. Mai durch Albrecht von Mainz zu Händen… Wegen hoher Belastungen des Kammergutes mit Schulden und wegen erst kürzlich übernommener Tilgungspflicht, kann ich meinem armen Land keine weitere Bürde hinzufügen… da eine Steuer die andere hindert, kann ich weder Ritter noch Fußvolk stellen. Mir ist es derzeit nur möglich, den Sold auf drei Monate zu erstatten…

Ich bitte Euch gnädigst, Euch an das Trostschreiben vom 17. März zu erinnern und den Heimsuchungen Herzog Heinrichs ein Ende zu setzen, denn Heinrich entzweit das Volk und rüstet gegen mich.

Ich schreibe Euch untertänigst als arme, nachgelassene Witwe, die um Gnade für den rechtmäßigen Erben und dessen Schutz fleht. Ich bitte Euch: Erinnert Euch an das Versprechen, das Ihr meinem Gatten gegeben habt…“

Was war es für eine Zeit, als meine Herrin um ihr Land und die evangelische Sache kämpfte. Heinrich hatte die neue Anordnung seiner Vormundschaft im ganzen Reich gestreut. Meine Herrin hielt ihm das gezeichnete Testament Erichs I. entgegen und sie rief das Reichskammergericht an, wohl wissend, dass sie eine Entscheidung durch die Kammer verzögern musste, denn da sie auf der lutherischen Seite war, hatte sie automatisch Kaiser, Papst und König gegen sich und hegte zu Recht die Befürchtung, sie würden allein aus Glaubensgründen Heinrich ihr Land in die Hände legen.

Elisabeth rang um die Unterstützung ihres Bruders und Mitvormundes, Kurfürst Joachim von Brandenburg. Er hatte ihr zwar

Speckwage geschickt, hatte Elisabeth aber immer zur Zurückhaltung gemahnt.

In ihrer Verzweiflung und um ihren Bruder milde zu stimmen, kaufte sie trotz der angespannten finanziellen Lage einen kostbaren Hengst und ließ ihn Joachim überbringen. Dabei war ein Brief, er möge doch all seine Kräfte aufbieten, um seiner armen Schwester und dem Wort Gottes aufzuhelfen.

Der Hengst und ihre Bitten liefen nicht ins Leere. In einem Brief, den er zusammen mit Philipp verfasste, erinnerten sie den König daran, dass gegen die Türken Lutheraner wie Altgläubige zusammenhalten müssten und, da eine Hand die andere wüsche, so könne der König auf des Kurfürsten Joachims Anführerheer gegen die Türken bauen, wenn er sich gegen Heinrichs Ansinnen auf Calenberg stellen würde.

Der König konnte auf das Heer Joachims von Brandenburg nicht verzichten, denn er hatte die am besten ausgerüsteten Kämpfer und stellte die schnellsten Kampfrösser im Land.

Ich glaube, es war Philipp von Hessen zu verdanken, der den Kurfürsten zu dem Schreiben bewogen hatte. Der Hengst und die Bitten meiner Herrin mögen den stolzen Regenten allein nicht bewogen haben. Aber zwei Männer, die gemeinsam in die vermeintliche Einhornhöhle gestoßen worden waren und nun schwere Verantwortungen trugen, die werden sich wohl gegenseitig einen Gefallen tun... und dabei meiner Herrin geholfen haben.

Frühling und Sommer vergingen in bangem Warten, wie sich König Ferdinand aussprechen würde. Meine Herrin lenkte sich mit Bibellesen und Krankenbesuchen von ihren Sorgen ab, und Elisa bekam endlich die Aufmerksamkeit, die sie schon immer gerne haben wollte. Denn ihre Mutter hatte ihr gesagt: „Es wird bald Zeit, dass Ihr einem Mann angetraut werdet. Ich will Euch nun auch selbst unterrichten und die Schneiderin soll meiner lieben Tochter nun einige wohlgefälligere Kleider nähen, damit jeder Eure Schönheit rühmt." Elisa ging wie auf Wolken. Und da der rote Samtmantel meiner Herrin zu klein geworden war, gab sie ihn Elisa und sagte: „Dieses Kleinod trug ich, als ich noch im Schutze Eures werten Vaters hier wohnte. Legt ihn in die Hände der Schneiderin, damit sie Euch eine Freude bereite." Elisa umarmte ihre Mutter und mit Freudentränen trug sie den Stoff in die Schneiderei.

Meine Herrin wagte es, trotz aller Ermahnungen durch ihren Bruder, an alle Städte, Klöster und die Ritterschaft die neue Kirchenordnung zu entsenden. Sie fügte ein Ermahnungsschreiben hinzu und betonte ausdrücklich, dass sie das Mandat habe, ihr Land zu den wohlweislich göttlichen Ordnungen anzuhalten.

Und dann kam endlich der Bote mit dem Schreiben König Ferdinands vom 7. Juni 1542:

„... Es ist ein ungeheures Versehen, dass die Vormünder Eures werten Sohnes nicht zum Reichstag geladen wurden... Die Bedrohung, die Herzog Heinrich für Euch darstellt, wird seine königliche Majestät nicht länger dulden und wirksame Schritte gegen ihn einleiten... was die Türkenfrage betrifft, so werde ich mit Eurem werten Bruder, dem obersten Feldherrn, verhandeln..."

Meine Herrin tanzte, ja, sie tanzte mit dem Schreiben in der Hand durch den Raum und sang Lieder, bis sie sich wieder gefasst hatte und alle Berater zu sich rief.

Es war so schön, meine Herrin glücklich zu sehen.

Mir wurde bewusst, dass wir wunderschöne Sommertage hatten. An den Nachmittagen wurden Tee und Kuchen im Freien gereicht und wir wünschten uns Frieden, der für immer anhalten sollte. Doch ich hatte nicht das Vergnügen, wie es die anderen Hofdamen genossen. Sie konnten immer in den sicheren Mauern Mündens sein und gingen mit den Töchtern spazieren. Ich war ja nicht nur für die Kleider und den Leib meiner Herrin zuständig. Ich musste mit zu den Kranken, wohnte mit meiner Herrin den Speisungen bei, begleitete sie täglich zur Messe... Aber was hieß schon, dass ich sie täglich zur Messe begleitete, wenn es meist anders kam? In wenigen Tagen war der Calenbergische Landtag in Hannover. Ich musste die Kleider meiner Herrin ordnen und da ich mit der Dienerschaft Hannovers nicht zufrieden war, ließ ich mir noch von den Badefrauen das Nötigste einpacken. Als ich meine Herrin fragte, ob nicht noch eine erfahrene Badefrau mitreisen sollte, sah sie mich entrüstet an: „Ich reise nicht zu meinem Vergnügen. Es geht einzig darum, unsere Macht zu demonstrieren und zu festigen. Dazu dient mir das kalte Wasser aus einer Quelle besser als der Seifenschaum einer heißen Wanne." Ich hatte meine Herrin ja nicht ärgern wollen, wusste ich doch nur zu gut, dass sie in zwei Tagen in der Lage war, zu toben und eine Schüssel voll Wasser zum Fenster hinaus zu kippen, wenn die Wassertemperatur nicht stimmte. Ich packte ein, was ich konnte, damit solch unliebsame Überraschungen ausblieben. Ich freute mich darauf, Lorleberger zu sehen. Und ich wollte mir die Geschichte seiner Entführung noch einmal von denen erzählen lassen, die dabei waren. Die anreisenden Adeligen, Bürgermeister und Ritter waren mir nicht so wichtig. Ich war auch nicht für deren Wohl zuständig und hatte keine Lust darauf, mich von einem der Herren berühren zu lassen. Nur zu gerne griffen ihre Hände den Frauen unter die Röcke, sobald sie nichts anderes zu tun hatten. Ich hatte meine Art gefunden, wie ich damit umgehen konnte, und es kam mir gerade recht, dass ich eine so fromme Herrin hatte, die auch uns Bedienstete in ihren Schutz und ihre Obhut nahm. Wenn wir uns über das Benehmen der Räte beschwert hätten, so wäre sie den Herren öffentlich entgegengetreten. Das wussten die Herrschaften und zögerten mehr als an anderen Höfen.

Elisabeths Berater waren weise Menschen, und gemeinsam mit den Abgeordneten des Landtages konnten sie von mehreren Städten ein Darlehen für die Türkenhilfe erhalten. Dies schrieb meine Herrin noch am selben Tag König Ferdinand. Wie das Darlehen zurückzuzahlen sei, war noch nicht ausgemacht, aber der König war erst einmal besänftigt und es war, wie meine Herrin gern sagte, wenn sie allein war:

„Wir werden uns behaupten. Wer das Gute will, muss auch das Recht auf seiner Seite haben!"

Ich war so naiv zu glauben, dass mit jedem Sieg, den meine Herrin errang, Frieden einkehren würde. Wie dünn der Boden unter ihren Füßen geworden war, zeigte der Beschluss des Kammergerichtes, dass selbst ein existierendes Testament nicht in der Lage sei, die Fürsorgepflicht Heinrichs außer Kraft zu setzen. In allen Stücken habe Elisabeth geltendem Recht entgegengewirkt. Und da Erich II. nun 14 Jahre alt sei, läge es an ihm, sich seinen Vormund zu wählen.

Doch auch darin hatte meine Herrin vorgesorgt. Vorsichtshalber hatte sie Erich II. vor Notar und Zeugen angehalten, die Kuration Herzog Heinrichs abzulehnen.

Mir tat Erich II. inzwischen leid. Wie die Falken saß er in einem Käfig und wurde am Band meiner Herrin gehalten. Die Nachrichten huschten über ihn hinweg wie Schatten, die er nicht zu deuten wusste. Hatte er Fragen an seine Mutter, so sagte diese: „Wir müssen uns klug verhalten, mein Sohn." Mehr war nicht aus ihr herauszubringen, und so ging Erich II. einmal mehr mit den Fragen zu seinem Knappen und sie ritten durch die Wälder. Erich II. wusste nicht, warum er nicht mehr auf die Erichsburg durfte. Dort hatte er sich doch immer sicher gefühlt. Und wenn sein Knappe dabei wäre, würde ihm niemand ein Leid antun.

Meine Herrin sprach zu wenig mit ihrem Sohn. Er wusste nicht, dass Philipp befürchtete, Heinrich würde nicht nur die Grenzverletzungen ausweiten, sondern am nördlichen Ende Calenbergs mit seinem Trupp einfallen und die Erichsburg erobern. „Bedenkt doch, dass er in nur einer Nacht mit sechstausend Mann bei Einbeck sein kann! Die hessischen Räte drängten Elisabeth, dort einen erfahrenen Kriegsmann zu stationieren. Herrmann von Gladebeck sei der Richtige. Meine Herrin hatte sich auch darüber Gedanken gemacht, schlug die Empfehlung aber aus, da er unerhört hohe Forderungen gestellt habe, die sie sich nicht erlauben könne.

Ihrem Sohn sei es jedoch nicht gestattet, in der Zeit auf der Erichsburg zu weilen. Sie wollte auch alles vermeiden, was Heinrich zu sehr reizen könnte. Was hätte sie davon, wenn sie im Kampf alles verlieren würde? Das Land und Erbe, ihren Witwensitz und ein Land, in dem sie die Reformation vorantreiben konnte.

Die Schlinge legte sich Heinrich selbst um den Hals. Und meine Herrin tat, was sie sonst nie tat: Als ob sie weder Heinrich noch Philipp kennen würde, hielt sie sich aus dieser wichtigen Angelegenheit vollkommen heraus. Sie hielt sich so gründlich heraus, dass sie sogar mit mir darüber plauderte. Aber vielleicht plauderte sie nur mit mir darüber, um sich selbst zur Ruhe zu mahnen?

Es begann damit, dass wir am späten Abend wie üblich auf dem Weg ins Badehaus waren, als mehrere Reiter über die Brücke gesprengt kamen: „Heinrich greift Goslar an! Er will den Lutheranern den Garaus machen!" „Wohin soll die Kunde noch überbracht werden?", fragte meine Herrin. „Wir müssen noch zum Landgraf Philipp von Kassel, das ist ein Fall für den Schmalkaldischen Bund. Ungestraft soll doch niemand mehr lutherische Städte angreifen." „Lasst uns morgen die Sache mit den Räten besprechen und holt euch neue Pferde aus meinen Ställen, wenn ihr weiterreiten wollt." Ich hatte während des Gespräches mit Schrecken zugehört und es war für mich selbstverständlich, dass ich nun mit meiner Herrin umkehren würde und sie sich bis weit in die Nacht beraten würde. „Wohin willst du?", fragte mich Elisabeth, als ich mit ihr zum Schloss zurückwollte. „Nun, ins Schloss, Ihr müsst doch die Nachricht überdenken." „Es gibt Nachrichten, die überdenkt man am besten im warmen Bad." Ich verstand nicht, was sie meinte. Sie sah mein Zögern und fragte mich: „Könnte ich Heinrich bei Goslar die Stirn bieten? Goslar entzieht sich meinem Regierungsgebiet. Geht mich das etwas an?" Ich wusste nicht, was ich sagen sollte. Deshalb fuhr sie fort: „Ich meine damit, ich werde mich heraushalten. Dass Philipp reagieren muss, bleibt unbestritten, denn er hat im Schmalkaldischen Bund den Vorsitz. Und mich dünkt, er wird die Gelegenheit nicht an sich vorbeiziehen lassen, Heinrich endlich eine Schmach zuzufügen." Ich wollte das Gespräch nicht unterbrechen und antwortete eifrig: „Ihr meint, er will sich auch dafür rächen, dass Herzog Heinrich ihn überall denunziert, weil er eine Doppelehe führt?" „Ja, ich denke, der Anlass wird ihm gerade recht kommen." „Ihr meint, der Landgraf würde mit dem Heer des Schmalkaldischen Bundes…?" „Das könnte ich mir vorstellen." „Aber, gnädige Herrin, was werdet Ihr tun?" „Wie du siehst, werde ich baden und dann wie gewohnt zu meinen Kindern gehen und sie fragen, was sie gelernt haben." „Das ist alles?" „Du weißt doch, es gibt immer noch genug zu tun." Danach lächelte sie mich gütig an und sagte: „Geh, derweil ich bade, und hole mir den Corvinus. Denn ich denke, seinen Beistand brauche ich noch für die Nacht."

Während meine Herrin mit großem Gleichmut ein Bad nahm, raffte ich die Röcke und rannte los, um Corvinus zu suchen. Am liebsten hätte ich es laut in die Gegend geschrien: „Heinrich greift Goslar an!" Schlimmer als das schnelle Laufen war, dass ich nicht schreien durfte. Die Ruhe meiner Herrin war nicht die meine. Mit jedem Schritt, den ich tat, lief ich einem Feuer davon.

Bertha sah mich laufen und sie rannte neben mir her. „Wohin willst du?" „Zu Corvinus." „Er ist nicht in der Amtsstube. Er ging noch ins Siechenhaus und will einem Sterbenden beistehen." Bertha versuchte mit mir Schritt zu halten und schrie mir zu: „So hol doch erst einmal Luft, du kannst ja nicht einmal reden, wenn du ihn triffst." Und als ich nicht hören wollte, rief sie: „Mit leeren Händen hat noch nie jemand das Feuer gelöscht." Das verstand ich erst recht nicht. Und so rannte ich weiter. Ich sorgte durch meine Kurzatmigkeit im Siechenhaus für Aufregung. Die Leute dachten, die Herrin sei gestorben oder noch Schlimmeres. Zu wem ich wolle? „Corvinus", stieß ich hervor. Corvinus kam und sah in die angstvollen Gesichter. „Aber Kindchen", sagte er zu mir. „wer wird denn, bloß weil er den altmodischen Segen für ein neugeborenes Fohlen will, sich so außer Atem bringen?" „Ach, ein Fohlen", sagten die Leute. „Es ist nur ein Fohlen." Corvinus wandte sich an die Leute und sagte: „Aber wenn es das Fohlen unserer Herrin ist, so muss ich natürlich sofort zur Stelle sein."

Corvinus bedeutete mir, mich bei ihm einzuhaken und legte bedeutungsvoll seinen Zeigefinger auf seinen Mund. Ich sollte also schweigen. So ging er mit mir schweigend bis in die Amtsstube und rückte mir einen schönen Sessel zurecht: „Und nun sprecht." „Ich möchte Euch bitten, in ungefähr einer Stunde zu einem Trostgebet bei meiner Herrin zu sein." „Dafür rennt ihr durch die Gegend, um mir zu sagen, dass ich in einer Stunde bei der Herzogin sein soll?" „Ja", gab ich kleinlaut zu. Corvinus wiegte den Kopf hin und her. „Ich denke, du weißt mehr, als du mir nun anvertrauen kannst. Aber sei unbesorgt, richte deiner Herrin aus, ich werde mich zur rechten Zeit einfinden. Und so du willst und es dich tröstet, so bleibe doch auch du zum Segen mit dabei."

Ich ging ins Badehaus und holte meine Herrin ab. Corvinus kam und Elisabeth erzählte ihm, was sie gehört hatte und fügte hinzu, dass sie es aber außer den Räten niemandem weitersagen wollte. „Ich möchte nicht, dass sich unser Land spaltet, und ich kann es mir nicht erlauben, in Streitigkeiten verwickelt zu werden..." Corvinus, der uns ja trösten sollte, ging unablässig auf und ab und raufte sich die Haare. „Goslar, mein geliebtes Goslar!" Da schlug sich Elisabeth an die Stirn: „Wie konnte ich vergessen, dass Ihr in Goslar ja selbst eine Amtsstelle innehattet. So wütet Heinrich nun in Eurer ehemaligen Gemeinde?" Corvinus nickte mit dem Kopf. Dann fiel er auf seine Knie und weinte bitterlich.

An dem Abend lag meine Herrin wie immer mit offenen Augen in ihrem Bett. Diesmal war ich es, deren Tränen nicht versiegen wollten. Ich weinte um eine Stadt, die ich noch nie gesehen hatte. Dort war Krieg und Geschrei und die Lutheraner, Corvinus' geliebte Schäfchen, wurden zusammengetrieben, damit die tapfersten unter ihnen brennen sollten. In meiner Verzweiflung fiel mir nichts Besseres ein, als Heinrich den Tod zu wünschen. Ihm und allen seinen Söhnen.

Die Tage vergingen und es kamen keine neuen Nachrichten. Meine Herrin vermied es, an Philipp zu schreiben oder ihren Bruder um Rat zu fragen. Niemand blieb jedoch verborgen, dass sich Kriegsknechte formiert hatten und durch die Lande zogen. So unverbindlich es ging, schrieb meine Herrin an den Landgrafen:

„... Falls Ihr der Herr der Knechte seid, bitte ich Euch mir geheim mitzuteilen, welchen Zweck die Rüstung hat und ob der Zug durch die Lande meines Sohnes geht, damit ich Vorbereitungen treffen kann..."

Weder die sonnigen Tage noch die blühenden Wiesen vertrieben in mir den Kummer, dass nun wohl der Landgraf Philipp von Hessen an der Spitze des Schmalkaldischen Bundes gen Braunschweig ritt. Elisabeths Bruder, der ebenfalls im Schmalkaldischen Bund war, müsste mit allen anderen Bündnispartnern ebenfalls dazu stoßen. Ob sie schon unterwegs waren?

Am meisten litt Corvinus. Mehrmals am Tag hielt er Bittgottesdienste ab und bat die Bürger, sich ein reines, friedliches Herz zu bewahren, denn was ist der Krieg zwischen Altgläubigen und Lutheranern anderes als ein Krieg zwischen Brüdern, die doch den einen Vater hätten?

Mir war es nicht gegeben, so friedlich wie Corvinus zu bleiben, so sehr ich mich auch darum mühte. Lehrt nicht schon die primitive Natur, dass der Stärkere sich durchsetzen würde?

Dann ritt endlich ein Bote in Münden ein und während er die Botschaft an meine Herrin überbrachte, versammelten sich die Angestellten und Bürger Mündens auf dem Schlosshof. Sie fürchteten, sie müssten selbst zu den Waffen greifen. Als meiner Herrin der Aufruhr gemeldet wurde, trat sie ans Fenster und hielt zum ersten Mal eine Rede auf den Hof hinab. Sie ließ anordnen, dass Erich II. neben ihr stehen sollte, damit die Menschen ihren zukünftigen Regenten in Sicherheit sehen konnten. Sie trat also mit Erich II. ans Fenster und rief hinab:

„Meine lieben von Gott geliebten Untertanen! Zuerst schreckt euch nicht, denn im Lande Calenberg wird keine Auseinandersetzung stattfinden. Es ist jedoch zu vermelden, dass der Schmalkaldische Bund eine Fehde gegen Heinrich von Braunschweig ausrief, da dieser die reformierte Stadt Goslar aus niedrigen Gründen angegriffen hat. Ich bitte Euch nun, der ernsten Lage mit eurem festen Glauben entgegenzutreten und auch, da es nicht an uns ist zu kämpfen, so doch auf Knien zu liegen und um das Leben derer zu bitten, die uns lieb sind und der gerechten Sache dienen."

Die Menschen redeten durcheinander und zerstreuten sich nur langsam. Als ich in Erichs II. Gesicht sah, wusste ich plötzlich nicht mehr, ob ich Heinrich den Tod wünschen sollte, denn Erich II. hatte immer an Heinrichs Familie gehangen und sich gewünscht, wie sein Vater ein friedliches Miteinander zu haben.

Ritt nun Elisabeths ältester Bruder, Kurfürst Joachim II., gegen seinen jüngsten Bruder, Hans von Küstrin, an, der doch die älteste Tochter Heinrichs geheiratet hatte? Nein, das konnte nicht sein, mahnte ich mich. Er würde sich gewiss, wie meine Herrin neutral halten. Aber wann konnte ich das erfahren? Ich nahm mir vor, nun, so oft es ging, möglichst unbemerkt bei Besprechungen dabei zu sein. Aber, als ob meine Herrin mich durchschaut hätte, nahm sie mich immer weniger mit in ihr Arbeitszimmer. Es fiel mir schwer, mich damit zu begnügen, meiner Herrin die Kleider zu richten und im Ungewissen zu sein, was um uns herum geschah. Ich hielt mich an Corvinus und sagte ihm, dass ich fürchtete, nichts von dem, was wir aufbauen, könne bestehen. Der bestätigte mir, dass nichts ist, wie es unsere Augen sehen und alles, was uns sicher erschien, im nächsten Augenblick zerbrechen könnte. Und er erzählte mir: „Damals, als ich Mönch war, habe ich mein Leben an Gott gebunden, das ist das Einzige, das immer bleibt. Egal, welcher Arbeit wir nachgehen, ob wir Diener oder Herren sind: Gott bleibt der Gleiche. Und dazu muss man weder Mönch noch Nonne sein." Corvinus hatte gut reden. Seine Arbeit war wie das heilige Amt. Er hatte immer mit wichtigen Dingen zu tun und konnte sich mit anderen darüber unterhalten. Er konnte große Dinge tun. Ich dagegen grämte mich drei Tage lang, als ich meiner Herrin die Stirn an der rechten Seite zu weit ausrasierte. Gewiss sah es niemand unter dem Hut. Aber das war eben meine Welt: Kämmen, Bänder schnüren, Gefahren im Voraus erkennen und dabei stets eine angenehme Unterhaltung zu führen.

Und dann ritten drei Boten auf den Hof. Einer schien es eiliger zu haben als der andere und sie sahen aus, als ob sie sich tagelang nicht gewaschen hätten. Sie überbrachten Elisabeth eine Nachricht, wurden aber gleich danach ins Badehaus geschickt, und meine Herrin ließ ihnen frische Kleidung bringen. Sie sollten sich am Hof erholen, bis ihre Reisekleidung in anständigem Zustand war.

Wer wollte nicht wissen, was sie zu berichten hatten? Wer immer konnte, machte sich im Badehaus zu schaffen. Der Knecht musste plötzlich Holz liefern, Bertha dort die Wäsche kontrollieren, die Waschfrauen die Kleider holen. Ich überlegte ebenso, wie ich unbemerkt ins Badehaus kommen könnte. Doch gerade, als ich dachte, mir fiele etwas ein, rief mich Elisabeth und wies mich an zu packen, denn sie wollte im Land Calenberg ihre Präsenz zeigen. Auch Erich II. sollte sie begleiten, und sie würden über Nienover zur Erichsburg reiten. Sie sah mich an und sagte: „Und du kommst mit, denn du kennst dich aus und mir ist eine bekannte Kammerdienerin mehr wert als drei dahergelaufene Mägde." Ich verneigte mich und fragte nach den Wünschen meiner Herrin – ob ich etwa auch ihre Jagdkleidung einpacken solle? Ich sah es in ihren Augen aufleuchten, aber Elisabeth meinte: „Ich wünsche, ich kann im Herbst auf Jagd gehen. Nun aber werde ich, so es die Zeit erlaubt, nur ein paar Fasanen und Auerhühner schießen." Und sie fügte hinzu: „Da mir Heinrich meine Landsleute nicht mehr abspenstig machen kann, will ich die Städte und Adeligen noch besser hinter mich bringen." „Was ist mit Herzog Heinrich?", fragte ich. „Die Boten widersprachen sich, ich werde auf genauere Auskunft warten müssen."

Es war mir ja egal, wie genau die Nachrichten waren. Wenn meine Herrin reisen wollte und das sogar mit Erich II., musste etwas geschehen sein. Als ich Elisabeth ins Badehaus gebracht hatte, raffte ich die Röcke und rannte in die Küche. Dort saßen die Boten, wie ich vermutet hatte, und ließen es sich schmecken. Die Küchenmeisterin und Bertha wussten sehr wohl, wie sie an die begehrten Nachrichten kamen. Sie schenkten das Bier nach, ehe der Becher leer war und als ich kam, hatten die Männer bereits glänzende Augen und eine schwere Zunge. Es war mir egal, dass mein Platz nicht in der Küche war. Ich rückte mit auf die Bank und zog mein Kleid etwas tiefer, damit die Männer meine Brüste sehen konnten. „Was haben wir denn da Schönes?", sagte einer und zeigte mit dem Finger, den er nicht einmal mehr richtig gerade halten konnte, auf mich. „Nun, ich bin ein Hoffräulein und möchte wissen, was mit Heinrich ist. Kämpft der Schmalkaldische Bund noch?" Ich erntete eine unhöfliche Lachsalve. „Kämpft der Schmalkaldische Bund noch?", wiederholte der, den ich gefragt hatte. Es tat mir schon leid, dass ich mich für ein solches Gelächter feilgeboten hatte. Aber da griff Bertha ein und sagte: „Nun sagt der Vertrauten der Herzogin genau, was sich zugetragen hat, denn sie kann der

Herzogin alles genau berichten." Die Worte verfehlten nicht ihre Wirkung. Der Bote sprang auf und grüßte mich, als ob ich ein Feldhauptmann wäre: „Ich melde, vom 30. Juli bis 15. August rückte der Schmalkaldische Bund gen Braunschweig und eroberte das Land. Herzog Heinrich und seine zwei ältesten Söhne sind nun in Gefangenschaft auf der Feste Ziegenhain. Der Landgraf Philipp ließ sie eigenhändig dorthin bringen." "Wie nun, hat er sie selbst hingebracht, oder gab er den Auftrag, sie dorthin zu bringen?"

Ehe ich meine Frage zu Ende gebracht hatte, sprang ein anderer Bote auf, salutierte vor mir und rief: „Philipp von Hessen wollte sie auf seine Feste nach Ziegenhain bringen, aber Herzog Heinrich und seine Söhne fanden Aufnahme in Bayern!" Ich sah von einem zum andern: „Also wo ist Herzog Heinrich nun? Und ist er gefangen oder ist er geflohen?" Da mischte sich Bertha ein und sagte: „So weit waren wir auch schon. Jedenfalls ist die Fehde vorbei. Der Schmalkaldische Bund hat Heinrich aus Wolfenbüttel vertrieben und sein Land besetzt." „Und Heinrich?" „Ich denke, das wissen die Boten selber nicht genau. Und wenn wir sie noch weiter befragen und trunken machen, fangen sie noch an, sich darüber die Köpfe einzuschlagen." Da ich dem Schauspiel nicht beiwohnen wollte, verabschiedete ich mich und huschte auf geheimen Wegen zum Badehaus zurück.

„Ich dachte mir, dass du den Klatsch suchst", sagte Elisabeth beiläufig. Ich wollte mir keine Blöße geben und antwortete selbstbewusst: „Fragt sich nur, wo Herzog Heinrich wirklich ist." „Warum interessiert dich das so sehr?" „Eure Feinde sind meine Feinde", gab ich zur Antwort. „Nun", sagte Elisabeth, „die Frage kann auch ich noch nicht beantworten. Aber das wird sich klären. Und dann ist es auch so, dass es unter Umständen auch von Vorteil ist, einen Feind zu haben, denn dann kann man sich gemeinsam gegen ihn verbünden. Wenn der Feind wegfällt, braucht man keine Verbündeten mehr." Ich fragte nicht weiter nach, obwohl ich es nicht ganz verstanden hatte. Aber vielleicht war das der Grund, warum meine Herrin sich nicht in die Auseinandersetzung eingemischt hatte und nun nicht einmal offenkundig ihre Freude und Erleichterung zeigte?

Ich verstand jedoch, dass meine Herrin die Zeit nutzen wollte. Endlich konnte sie ungehindert regieren. Endlich konnte sie die Kirchenordnungen drucken und im ganzen Land verteilen lassen. Nun würde ihr Bruder nicht mehr zu sehr dagegen protestieren können.

Da meine Herrin als Deckblatt für die Kirchenordnung ein Portrait von sich drucken lassen wollte, verzögerte sich unsere Abreise um einige Tage. Während Philipp von Hessen Elisabeth nahe legte, endlich dem Schmalkaldischen Bund beizutreten, saß sie stundenlang vor dem Maler still. Der Künstler zeichnete meine Herrin auf ein Blatt Papier und ritzte später das Bildnis in eine Holzvorlage. Ich hatte meiner Herrin zuvor die Falten an den Ärmeln und am Kragen zurechtgelegt, der Hut saß vortrefflich und zwei zarte Straußenfedern hingen an ihm herab. Die weiten Ärmel hatte ich mit mehreren Bändern gerafft und die Goldketten zuvor poliert. Die Amtskette zeigte deutlich, wer nun regierte. Ich war mit meinem Werk zufrieden und war stolz auf meine Herrin. Selbst, wenn man auf dem Druck keine Farben sehen konnte, ich hatte gut dreißig Bordüren, Ketten und Streifen in ihre Tracht gebunden, denn die kamen bei dem Druck wunderbar zur Geltung. Jeder sollte an dem Bildnis ihre Macht und Freundlichkeit erkennen. Doch nicht nur ihr Portrait zierte die neue Kirchenordnung. Sie war nicht nur von Corvinus allein geschrieben worden – auch Elisabeth hatte Hand an den Text gelegt.

Meine Herrin wollte reisen und doch nicht ablassen zu schreiben. So kam es, dass wir nun immer mit Papier, Federn und Tinte unterwegs waren. Mir wurde die Pflicht übertragen, stets alles sauber und zur Verfügung zu halten. Lieber hätte ich jedoch eine Schar Enten transportiert. Die hätten mir weniger Ungemach bereitet. Wurden uns die Tintenfässchen angepriesen, weil sie dicht verschlossen seien, so genügte es schon, ein wenig daran zu wackeln und die Tinte lief aus der Verschraubung. Setzte ich einen Korken darauf, so löste auch er sich oft nach kurzer Fahrt auf den wackeligen Karren. Inzwischen sah ich nicht nur die holperigen Wege vor unseren Augen, ich sah gleichzeitig mit Bangen, wie sich in dem verschlossenen Holzkasten die Tinte in den Gläsern hin und her bewegte und danach trachtete, nach draußen zu schwappen, an dem Glas herunter zu laufen und sich über den ganzen Kistenboden auszubreiten. Es schaffte mir einzig Erleichterung, dass ich das Papier, genügend Federn und scharfe Messer gesondert mitführte und nicht, wie bei den ersten Reisen, zusammen mit der Tinte aufbewahrte. Damals hatte ich geweint, als ich den Kasten öffnete, und meine Herrin hatte mich übel beschimpft. Trotzdem, nach jeder Ankunft lag es weiterhin an mir, die Schreibutensilien sauber und mit möglichst wenig Verlust zu präsentieren. Die Themen erweiterten sich. Zu der Sammlung der Trostworte für Witwen kam nun eine Sammlung für einen Sendbrief an die Untertanen. Diesen sollten dann alle Bürger, Prälaten und die Ritterschaft erhalten. „Wozu einen Brief an die Untertanen?", fragte ich ungläubig. „Nun, was nützt es mir, wenn man ein Land reformiert, aber keine Anweisungen erteilt, wie man darin eine christliche Besserung erreicht und gottselig leben kann? Jede Amtshandlung und die Neigungen des Herzens sollen in Gottes Namen geschehen." Und sie fügte hinzu: „In gut einem Jahr will ich auch eine Hofgerichtsordnung fertig erstellt haben, da soll sich dann eines ins andere fügen."

Sie ernannte Corvinus zum Superintendenten mit Sitz in Pattensen und erließ die Klosterordnung und die Anweisungen für die Schulen für Mädchen. Es sollten alle Kinder zur Schule gehen. Die Knaben sollten eine Schule haben und die Mädchen sollten den Buben nicht nachstehen. Die Klosterordnung regelte genau die Besitzverhältnisse der verlassenen Klöster. Nicht die Städte und Landesherren sollten sich bereichern – auch sie selbst würde die Güter nicht an sich reißen, sondern die Ländereien und Besitztümer sollten treuhänderisch verwaltet werden und sozialen Aufgaben zukommen. Siechenhäuser, Schulen und Armenspeisungen – das wären gottgefällige Aufgaben, die im ganzen Land vorangetrieben werden sollten.

Ich weiß nicht, ob es je eine Kammermeisterin gegeben hat, die mit ihrer Herrin so viel Reisen musste wie ich. Zwei Monate waren wir unterwegs, weil meine Herrin ihre politische Macht festigen wollte. Oft hatte sie dabei Erich II. an ihrer Seite und somit war auch der Knappe mit uns unterwegs. Danach blieb Erich II. in Münden und wir reisten mit Corvinus zu Städten und Klöstern, um Visitationen durchzuführen. Meine Herrin notierte sich genau alle eingetragenen Nutzungen der Ländereien, notierte alle Wertgegenstände und Barschaften der Klöster und Kirchen, damit bei der Auflösung der Klöster nicht Städte oder Adelige den Besitz an sich brachten. Wie immer misstrauten die Northeimer meiner Herrin ein weiteres Mal und behinderten die Einsicht in das St. Blasius Kloster. Ich hatte schon Angst, dass jemand meine Herrin angreifen wolle und bat Elisabeth, doch früher als geplant weiter zu ziehen. Und dann war es auch nur ein kurzer Ritt zum Nonnenkloster in Weende, wo uns freundliche Nonnen voller Vertrauen empfingen. Ihnen zeigte Elisabeth auch ihre Gedichte und Gebete, die sie geschrieben hatte und sie lobten Elisabeth und ermutigten sie, weiterhin auch geistliche Texte und Lieder zu schreiben.

Meiner Herrin bereitete es so viel Freude, selber zu reimen, dass sie zu bekannten Melodien Liedtexte schrieb. So erfand sie ein Lied, das wir jedes Jahr zum Jahreswechsel in Münden in der Kirche sangen:

„Und wolle Gott, dass unser Gesang
allzeit geschehe dem Herrn zum Dank.
Wir wünschen Euer Gnaden ein gutes Jahr,
das Gott mit Güte mache wahr.
Halleluja!
…
Mit Eurer Gnaden sei Gottes Hand
die uns behüt vor Sünd' und Schand',
sie verleihet uns ein fröhlich Jahr
in Furcht und Liebe, das werde wahr.
Halleluja!"

Somit begann ich auch, Gedichte und Lieder zu sortieren, und wenn meine Herrin zu müde war, um zu schreiben, setzte sie sich und schloss die Augen und ich las ihr aus dem Evangelium vor. „Halt", sagte sie, sobald sie eine Stelle gefunden hatte, die zu den vorgesehenen Schriften passte. „Agnes, notiere die Bibelstelle und schreibe dazu, was ich dir sage." Ich kopierte die Bibelstelle und schrieb dahinter, wie es meine Herrin zu verwenden gedachte. Meist schon am nächsten Tag trug sie ihre Gedanken in die Schriften ein.

Elisa heiratet und Elisabeth und Erich II. verlieben sich (1542-1544)

Die Lieder zum neuen Jahr waren noch nicht verklungen und es war bitterkalt, als ich das erste Mal den Namen des Mannes las, den meine Herrin für den Rest ihres Lebens liebte.

Ich sollte keine Briefe lesen, die meine Herrin noch nicht versiegelt hatte. Aber manchmal schrieb meine Herrin auch länger an einem Brief. Und so lag das Blatt unnütz auf dem Tisch herum. Ich wollte nur einen kleinen Blick darauf werfen, aber als ich merkte, dass es sich um die Verheiratung Elisas handelte, sah ich doch genauer hin. Schließlich musste ich ja auch informiert sein, wenn sich eine Verlobung anbahnen sollte. Und ein klein wenig erzählte ich auch immer Bertha. Schließlich war die Altfrau auch mir stets behilflich, und es diente immer zum Wohl der Herrschaften.

Der Brief war an den Grafen Wilhelm IV. von Henneberg gerichtet. Elisabeth hatte weder ihren Bruder noch Philipp und erst Recht nicht Heinrich gefragt, als sie sich die überschuldete, altgläubige Grafschaft Henneberg ausgesucht hatte, um ihre älteste Tochter dahin zu verheiraten. Das Land grenzte an Hessen, Sachsen und das Bistum Würzburg. Dort, wo die Bauernkriege gewütet hatten, fand meine Herrin einen fruchtbaren Boden für die Reformation vor. Denn wie anders hätte sie sonst in dem Brief geschrieben:

„Durchlauchtester Graf Wilhelm IV. zu Henneberg und Schleusingen,

es ist wohl eine große Gnade Gottes, dass Ihr nun auch einer Verbindung unserer Häuser mit Wohlwollen gegenübersteht. So hat Gott unsere Gebete erhört und Euren Sohn, Graf Georg Ernst, aus dem Türkenfeldkriege zurückkehren lassen. Somit könnt Ihr mein Ansin-

nen, unsere Kinder miteinander zu verehelichen, nicht mehr in Abrede stellen.

Damit dem Glück und Wohle unserer lieben Kinder jedoch nichts im Wege steht, stelle ich noch folgende Bedingungen:

Der zukünftige Gemahl meiner lieben Tochter, Graf Georg Ernst, soll – ehe wir die Verlobung in Augenschein nehmen – zum Protestantismus übertreten und das Land soll reformiert werden. Ebenso sollen seine Brüder, die Grafen Christoph und Poppo, einen schriftlichen Verzicht auf das Erbe leisten und auch nicht, wenn sie heiraten, durch ihre Ansprüche das Land teilen können. Somit hat das Paar die nötige Grundlage zum Wirtschaften und Regieren.

Meine tugendsame Elisa wird von Haus aus eine großzügige Morgengabe einbringen und damit der Grafschaft Henneberg zum Segen sein...“

Als ich den Namen „Poppo“ las, musste ich lachen. Wie kann ein Graf Poppo heißen? Ich stellte mir dabei eher einen Spieler vor, der auf dem Markt seine Kunststücke feilbot. Aber schließlich sollte Elisa nicht den Spieler heiraten, sondern dessen älteren Bruder Georg Ernst. Ich kannte den Grafen Georg Ernst. Er war am Hofe Philipps gewesen. Dort mussten ihn meine Herrin und Elisa gesehen haben. Mir war jedoch nicht aufgefallen, dass sie einander zugetan gewesen waren.

Als im Februar die unterzeichneten Verzichtserklärungen der Brüder eintrafen und die Grafschaft reformiert wurde, setzte meine Herrin die Verlobung in Münden im Juni fest.

Es wurde Sommer und wir waren alle heiterer Stimmung, von der Herrin und der Braut angefangen bis hinunter zur Magd. Alle wollten sich neu einkleiden und waren aufgeregt. Elisa verhielt sich ausgesprochen würdevoll, als sie ihrem Bräutigam begegnete. Wie meine Herrin damals war sie stolz und zeigte keine Ängste. Meine Herrin war zufrieden und hatte auch für das Brautlager alles gut vorbereitet. Ich erinnerte mich an das Brautlager meiner Herrin. Und ich war froh, dass Elisas Bräutigam jünger und Elisa seine erste Frau war.

Altfrau Bertha, die Küchenmeisterin, die Schneiderin – alle, alle hatten genug zu tun. Trotzdem fiel jedem auf, dass sich meine Herrin stets zum jüngeren Bruder des Bräutigams, Poppo, hielt. Poppo war jedoch alles andere als ein Straßenspieler. Da er Domherr von Würzburg und Straßburg war, trug er eine einfache Kutte, obwohl andere Domherren sich durch mehr Putz hervortaten.

Wenn ich meine Herrin suchte, fand ich sie bei Poppo. Suchte sie Rat, so ging sie nicht zu Corvinus oder Mithof, die ebenfalls anwesend waren, nein, sie fragte Poppo. Wollte sie einen Gang durch die Stadt oder den Park machen, so verschmähte sie meine Gegenwart und suchte stattdessen die Gesellschaft Poppos. Was alle Augen sahen, kam doch erst über unsere Lippen, als Elisabeth eine teure Goldkette aus der Silberkammer holte und sie beim Silberschmied umarbeiten ließ. Diese Kette hängte meine Herrin Graf Poppo eigenhändig um den Hals mit den Worten: „Dass der gnädige Herr meiner nicht vergesse und zur Hochzeit von seinem Bruder und meiner Tochter gerne nach Münden kommen wolle."

Wenn auch alle sagten, dass sich Elisabeth als Witwe nicht schicklich anstellte, so sage ich: Sie war verliebt bis über beide Ohren. Nicht weniger als eine Magd, wenn ihr ein Prinz den Hof machen wollte. Nur, diesmal waren die Rollen umgekehrt: Meine Herrin verstand zu regieren und hatte an Poppo gemessen ein reichliches Auskommen. Wir alle sahen Poppo an, dass ihm die Sache nicht geheuer war und er fast erleichtert aus Münden ritt. Aber meine Herrin ging immer zum Fenster, als ob er etwas vergessen hätte und zurückkehren würde. Und sie seufzte mitten am Tag – einfach so, von den Nächten ganz zu schweigen. Ich hätte ebenso gut neben einem unruhigen Fohlen liegen können!

Nur wenige Wochen, dann sollte die Hochzeit sein. Meine Herrin betrieb alles, was sie tat, mit großer Leidenschaft. Und ich dachte bei mir: Nun, da Poppo nicht zugegen ist, muss sie ihre Zuneigung an anderen Stellen fließen lassen. Für mich war im Grunde nicht die anstehende Hochzeit das große Ereignis, sondern die damit verbundene Wiederkehr Poppos. Wie würde Poppo meiner Herrin begegnen? Wie würde sich meine Herrin verhalten? War eine Hochzeit der beiden denn nicht vollkommen ausgeschlossen? Poppo war drei Jahre jünger als Herzogin Elisabeth und jünger als ihr eigener Schwiegersohn. Würde meine Herrin nicht ihren großen Witwensitz verlieren, wenn sie sich wieder vermählte? Sollte ich dann etwa mit ihr auf das einzig für Poppo übrig gebliebene kleine Schloss Ilmenau ziehen müssen?

Das Feuer wütete im Herzen meiner Herrin und mir brannte davon der Kopf. Elisabeth stand wie damals, als sie noch keine Kinder hatte, am frühen Morgen auf und jagte auf dem Pferd durch die Gegend. Alle konnten sich zusammenreimen, warum sie keine Ruhe fand. Ich überlegte mir sogar, ob ich meiner Herrin sagen sollte, dass ich verschwiegen und hilfreich sein wollte, wenn sie sich heimlich mit Poppo treffen wollte. Aber so oft ich nach den richtigen Worten dafür suchte, sie kamen mir nie über die Lippen und ich fand nie den richtigen Ort dazu. Hätte meine Herrin wenigstens von sich aus mit mir gesprochen! Aber wenn ich sie ansprechen würde – wer weiß, wie sie reagiert hätte?

Es war gewiss genug zu tun in den Tagen und immer, wenn ich befürchtete, die Pläne meiner Herrin nicht einhalten zu können, zeichnete mir die Unruhe rote Flecken auf meinen Hals. Da meine Herrin schlecht schlief, hatte ich ihr oft mitten in der Nacht vorzulesen. Die tröstliche Sammlung für Witwen erweiterte sich um eine Sammlung für Ehefrauen und Ehemänner. Meine Augen waren müde, und wenn ich endlich schlafen durfte und in dem Land der Träume wohnte, weckte mich meine Herrin: „Agnes" rief sie. „es ist schon hell, ich reite vor dem Morgenmahl." Ich wusch sie, kleidete sie an und hätte mich am liebsten wieder gelegt, denn meine Herrin ritt nicht kurz vor dem Morgenmahl, sondern lange davor. Ich dachte, dass die armen Stallburschen und Gäule ebenso hochgeschreckt wurden und viel zu früh die Geschirre in den Ställen klirrten. Ich musste wach bleiben, denn für meine Herrin hatte der Tag begonnen. An manchen Tagen ritt sie nicht nur einmal, nein, sie ritt auch noch am Nachmittag mit den Gästen oder den Kindern. Es kam nicht selten vor, da half ich an nur einem Tag meiner Herrin in dreizehn verschiedene Trachten, und es sollte wie immer schnell gehen und tadellos sitzen. Während mir dabei vor Aufregung fast die Hutnadeln aus den Händen fielen, versuchte meine Herrin auch noch in aller Seelenruhe zu schreiben. Und ich glaubte meinen Augen kaum, als ich den Text erfasste, den sie an die Räte ihres Landes schrieb:

„... Ich bitte die geneigten Räte um Hilfe für eine arme, zurückgelassene Witwe.

Welche Änderungen könnten wir im Leibzuchtvertrag eintragen, damit ich auch bei einer Wiederverheiratung im Besitze meiner Leibzucht Münden bleiben kann? ..."

Wie schnell sich die Räte plötzlich einig sein konnten, war mir neu. Einhellig entzogen sie sich einer Antwort und sagten, dies könne allein Erich II. bei seiner Volljährigkeit entscheiden, da es in erster Linie ihn beträfe. Als Elisabeth das Schreiben las, schlug sie wütend mit der Hand auf den Tisch und beherrschte sich dann wieder. Es war nicht nur das schöne Münden, an dem meine Herrin hing. Der Solling war ein wildreiches Jagdgebiet, darin ließen sich alle Sorgen vergessen.

Wir hatten die Goldketten und Ringe geputzt. Meine Herrin ließ sich für die Hochzeit ihrer Tochter noch einen Hut aus blauem Samt arbeiten, und Elisas Brautkleid stand den Gewändern einer Königin nicht nach. Sie sollte an der Hand ihrer Mutter an den Altar geführt werden.

Wir Frauen sprachen von nichts anderem als von Kleidern, Männern und der Liebe. Die Arbeiten, egal wie schwierig sie waren, erledigten sich fast nebenbei.

Und dann kam endlich die Familie der Braut. Und wir schauten in das Gesicht von Elisa und lasen in den Gesten vom Grafen Georg Ernst. Was sahen wir darin? Und was bedeutete die demütige Verbeugung Poppos vor meiner Herrin und der Kuss auf ihre Hand, die er zu lange hielt?

Philipp kam mit seiner Familie. Er hatte auch seine Kinder dabei und seine älteste Tochter, Agnes, die bereits als Kind mit Erich II. verlobt worden war. Sie war nun die Braut eines Kurfürsten von Sachsen. Meine Herrin und der Landgraf hatten sich darauf geeinigt, dass Erich II. nun die jüngere Anna ehelichen würde und die beiden waren auch bereits verlobt. Wie schön das Mädchen aussah! Aber Erich II. hatte mit seinen fünfzehn Jahren keinen Blick dafür.

Wir waren alle aufgeregt, versuchten, so gut es ging, nichts zu verpassen und sobald wir eine freie Minute hatten, tuschelten wir miteinander. Lediglich die Kammerjungfer, die Elisa zugeteilt wurde, war schweigsam und ernst. Die Männer erzählten sich davon, was sie im Türkenkrieg erlebt hatten. Graf Georg Ernst hatte Erichs I. und ebenso das Leben anderer gerettet und tapfer gekämpft. Das machte Elisa stolz und Erich II. sagte, dass er endlich mitreiten wolle, die Bauern würden doch auch schon bereits mit zwölf Jahren in den Kampf ziehen dürfen. „Wir brauchen Euch hier", sagte meine Herrin, als es ihr zu Ohren kam. „Vergesst Ihr denn ganz, welche Gnade und Verantwortung auf Euch wartet?" Und wie immer entschuldigte sich Erich II. bei seiner Mutter und versprach, seine Zunge besser zu hüten.

Was meine Herrin mit der Hebamme, der Heilerin und Mithof besprach, entzog sich meinen Ohren. Was sich meinen Augen jedoch nicht verbergen konnte, war das Glück meiner Herrin und auch die Freude Poppos, wenn sie zusammen ausgeritten waren und wieder zurückkehrten. Elisabeth hatte es sich in den Kopf gesetzt, dem Bruder ihres Schwiegersohnes eines ihrer besten Pferde zu schenken. Er solle unter drei Hengsten aussuchen, und damit er richtig entscheiden könne, mit ihr um die Wette reiten. Ich glaube nicht, dass Poppo schneller reiten konnte als meine Herrin, wenn sie siegen wollte. Aber wer auch immer am schnellsten war, es schmälerte nicht die gemeinsame Freude an der Sache. „Welcher Gaul macht wohl beim Grafen Poppo das Rennen und welche Wahl wird er treffen?", fragte ich den Stallmeister, als ich ihn traf. Da leuchteten seine Augen und er sagte verschmitzt: „Die Frage ist doch die: Wird sich ein friedlicher Mann in einer Kutte für ein Kriegspferd entscheiden können?" Ich merkte sehr wohl, wie doppeldeutig er geantwortet hatte. Aber er tat es mit einem solchen Humor, dass ich darüber lachen musste und mich an die Zeit erinnerte, als Philipp noch mit uns scherzte. Diese fröhlichen Unterhaltungen wurden jedoch immer seltener, da Elisabeth ihm aus dem Weg ging, weil sie nicht schon wieder auf eine Mitgliedschaft im Schmalkaldischen Bund angesprochen werden wollte. Sie hatte doch genug Ausgaben. Und wenn ich an diese Hochzeit und den Aufwand dachte, so war mir klar, dass die anstehende Hochzeit Erichs II. gewiss Unmengen verschlingen würde. Denn wenn es nach Erich II. ginge, hätte er gewiss gerne ein ebenso aufwendiges Ritterspektakel veranstaltet, wie es zu seines Vaters Zeiten stattgefunden hatte.

Die Hochzeit verlief friedlich. Corvinus hielt die Traupredigt, wie er es von Luther gelernt hatte. Und dann sangen wir alle und beim Anblick der Brautleute und dem Chorgesang rieselte wohl jedem ein Schauer über den Rücken.

Elisa sollte sich in wenigen Wochen unter dem Schutz einer starken Ritterschaft nach Henneberg aufmachen. Im Herbst würde sie von ihrer Familie Besuch erhalten und im nächsten Jahr würde Philipp alle nach Kassel einladen, weil er sie um sich haben wollte. „Schließlich haben wir noch Pläne", ergänzte seine Frau geheimnisvoll. Graf Georg Ernst, der ein Freund des Landgrafen war, aber doch aus Tradition den Altgläubischen treu geblieben war, zeigte sich sichtlich erleichtert darüber, auf Befehl des eigenen Vaters lutherisch zu werden und das Land zu reformieren. Die Grafen von Henneberg waren dafür meiner Herrin sogar dankbar! Philipp, der schon lange die Henneberger gerne lutherisch gesehen hätte, beklagte sich: „Und ich habe Euch als Vorbild gedient und stets versucht, euch zum rechten Glauben zu bekehren!" Philipp beschwerte sich im Scherz: „Aber dann hört ihr lieber auf die Worte eines Rockes und die Eures Vaters." Was Philipp sagte, ging im Gelächter unter, aber meine Herrin erfüllte es mit Stolz und sie sagte zu Elisa: „Wir haben ein gutes Werk begonnen und was immer in meiner Macht steht, ich möchte Euch für alle Zeit unterstützen, damit Euer Land gesegnet sei." Elisabeth sprach auch in meiner Gegenwart manchmal so herzlich mit Elisa, wie sie es auch von ihrer Mutter kannte. Als sie Elisa jedoch fragte, ob sie vergessen habe, ihr etwas mit auf den Weg zu geben, ob sie mehr Silber, eine Bibelübersetzung oder mehr Vieh wünschte, antwortete Elisa schlicht: „Meine liebe Mutter, besser als Ihr für mich Sorge tragt, findet es wohl keine andere Tochter vor. Aber da Ihr mich um einen Wunsch fragt, damit ich auch in Zukunft zufrieden wohnen kann, so bitte ich Euch, gebt mir die alte Magd mit, die uns all die Jahre als Kindermädchen begleitet hat. Denn ihren Händen würde ich auch gern meine Kinder anvertrauen." „Die alte Magd, welche die Schwester der guten Altfrau Bertha ist?" „Ja, diese bescheidene, fromme Frau meine ich." Da nahm Elisabeth die Hände ihrer Tochter in die ihren und streichelte sie: „Ihr trachtet nicht nach Gold und Glanz, sondern nach Frieden für Euer eigenes Haus. Ich bitte unseren lieben Vater im Himmel, dass er ihn Euch geben werde und will Euch dazu geben, was ich kann." Dann umarmten sich die beiden, so wie es auch immer die Mutter meiner Herrin getan hatte. Es war das erste Mal, dass sie sich in die Arme nahmen und mein Herz schloss das Kind in diesem Augenblick ebenso ein.

Meiner Herrin Mutter kam erst zwei Tage nach dem Fest, denn ein Fieber hatte sie an einer zügigen Reise gehindert. Und was Altfrau Bertha für die Dienerschaft bedeutete, war die Kurfürstin für die Familie meiner Herrin. Die Kinder fielen ihrer Großmutter um den Hals und bestürmten sie mit Fragen und Geschichten. Die Kurfürstin brachte die neuesten Nachrichten von Luther mit und somit scharten sich Corvinus, Philipp von Hessen, die Familie von Henneberg und viele mehr um sie. Egal, ob sie im Hof nach dem Rechten sah oder in Münden unterwegs war – alle wollten mit ihr reden und genossen ihre Freundlichkeit. Als meine Herrin ihrer Mutter jedoch vorwarf, dass sie keinen Unterschied zwischen Adel und niederer Herkunft machen würde, meinte die Kurfürstin nur: „Sagte nicht auch Jesus, dass der Vater und Mutter sei, der den Willen des himmlischen Vaters tut?“ Meine Herrin gab ihr Recht und dann ergänzte die Kurfürstin: „Elisabeth, mein liebes Kind, ich wünsche Euch, Ihr könnt einmal eine Woche bei Luthers im Haushalt und bei Tische sitzen, dann wüsstet Ihr, was ich meine. Es zählt nicht Wissen und Titel, sondern ein liebendes Handeln und eine Weisheit des Herzens, die sich darin ausdrückt, maßvoll und doch mutig zu sein.“ Corvinus und Poppo pflichteten ihr bei und Poppo meinte: „Auch wenn ich nun unter den Adeligen einer der Ärmsten bin, so drängt mich doch nichts in die machtvollen Strukturen, die ihren Erfolg am eigenen Kriegsvolk und den Mitteln zur Bestechlichkeit festmachen. Im Gegenteil, ich empfinde eine große Lust daran, die Kutte, die ich trage, nie wieder auszuziehen.“ Corvinus nickte und meiner Herrin schoss das Blut in die Wangen. Ihre Mutter wusste sehr wohl, wer Poppo die Kette geschenkt hatte, die er um den Hals trug. Und verschmitzt, wie sie immer war, erwiderte sie Poppo: „Ihr gefallt mir in Eurer Kutte und die goldene Kette scheint ein Geschenk an Eure löbliche Einstellung zu sein. Ihr habt es nicht mehr nötig, Euch mit dem Prunk der Kirche zu überhäufen und Euch wie Eure Glaubensbrüder noch Schellen an die Schuhe zu nähen und Glöckchen um den Hals zu hängen, wie es die altgläubigen Mönche gerne tun." Nun wurde auch Philipp wieder munter und erzählte, dass mancher Kirchendiener vor lauter Prunk einen schwereren Gang hätte als ein Kriegsmann in Ritterrüstung. Begeistert warf Elisabeth ein: "Da gibt es doch eine Bibelstelle, wo Paulus zu den Ephesern von der Ritterrüstung des Glaubens sprach... Da werden die Kriegswaffen gegen die Waffen des Heiligen Geistes ausgetauscht. Wie heißt es da noch genau?" Daraufhin erwiderte Corvinus: „Wie schön, dass ihr danach fragt, denn diese Bibelstelle hat mir schon immer gefallen und sie gefällt all denen nicht, die weiterhin das Schwert in die Hand nehmen müssen. Aber verzeiht mir meine Frechheit, denn alle im Schmalkaldischen Bund meinen, für die gerechte Sache zu streiten und dabei trifft das Schwert nur ihre früheren Schwestern und Brüder. Aber die Bibelstelle sollten wir auch nicht zu sehr auf das Kriegsvolk um uns beziehen, sondern auf die listigen Angriffe, die der Teufel täglich in unseren Herzen und Köpfen aussät." Da Corvinus weiter schwieg, fragte die Kurfürstin enttäuscht nach: „Und wie hieß nun die Anweisung? Oder habt ihr sie vergessen?" Es lag wohl eher daran, dass Corvinus etwas Zeit brauchte und erst noch etwas von den köstlichen Speisen zu sich nehmen wollte. Er wischte sich über den Mund, rückte seinen weißen Kragen zurecht und sprach:

„Paulus schrieb an die Epheser:
Darum ergreift die ganze Waffenrüstung Gottes, damit ihr an bösen Tagen Widerstand leisten und alles vollbringen und standhalten könnt! So haltet nun stand, an euren Lenden gegürtet mit Wahrheit und angetan mit dem Panzer der Gerechtigkeit und beschuht an den Füßen mit Bereitschaft für das Evangelium des Friedens, und ergreifet bei dem allem den Schild des Glaubens, mit dem ihr alle feurigen

Pfeile des Bösen werdet löschen können. Und nehmet an euch den Helm des Heils und das Schwert des Geistes, welches das Wort Gottes ist. Mit allem Gebet und Flehen betet zu jeder Zeit im Geiste…"

Danach redeten alle durcheinander, um die Verse zu deuten. Bei mir verwirrten sich jedoch die Gedanken, wenn so viele Verse hintereinander vorgetragen wurden. Und es lag ja auch nicht an mir, sie zu deuten oder darüber zu sprechen.

Ich hätte mir gewünscht, die Kurfürstin bliebe für immer bei uns. Die Männer rieten meiner Herrin zwar so gut sie konnten, aber eine erfahrene Mutter verfügte noch über andere Kräftigungsmittel. Sie selbst war ein Schild und ihre liebreichen Worte und ihre Freundlichkeit die beste Waffenkammer, die es gab. Wenn sie in Münden war, rückten wir alle zusammen. Und als Corvinus in der St. Blasius Kirche noch den Gottesdienst hielt, ehe sich die Festgesellschaft trennte, saßen alle Bürger und Adeligen zwar auf ihren ausgewählten Plätzen, aber als wir alle aus einem Kelch tranken und dasselbe Brot aßen, waren wir alle Brüder und Schwestern, Väter und Mütter. Die Orgel ließ den Fußboden erzittern, rauschte durch die Kirche und trug unsere Lieder durch die ganze Stadt.

Philipp reiste mit seiner Familie nach Kassel zurück. Corvinus machte sich frohgemut zu seinem Hauptsitz nach Pattensen auf und auch die Grafen von Henneberg packten ihre Wagen und sattelten die Pferde. Meine Herrin fand keine Zeit mehr, mit Poppo alleine zu sein. Als die Grafen von Henneberg zum Aufbruch bereit waren, begleitete ich meine Herrin zum Hof, um ebenfalls Lebewohl zu sagen. Elisa hatte schon am frühen Morgen zu weinen begonnen und ihr Gemahl wusste nicht recht, wie er sie verabschieden sollte. Meine Herrin hielt das gesattelte Pferd am Zaumzeug, das sich Poppo ausgesucht hatte. Und dann kam er. Gut sah er aus in seinen Reithosen und nach seiner Fröhlichkeit zu schließen, konnte der Tag an seiner Seite nur ein guter

Tag werden. Ehe er aufsaß, sagte er zu meiner Herrin: „Verzeiht mir, wenn ich zuvor weder den Mut noch den richtigen Zeitpunkt fand, mich für all Eure Güte zu bedanken. Da es mir von Gott nicht gegeben ist, große Geschenke zu machen, will ich Euch doch zum Zeichen meiner guten Wünsche für Euren Leib und Euer Seelenheil zwei Zeichen meiner Zuneigung hierlassen." Er griff in die braune Ledertasche, die er umgehängt hatte und holte eine Schachtel hervor. „Was so schlicht in weißem Zucker eingehüllt liegt, ist ein getrockneter Fruchtaufstrich, den die Türken herstellen und es ist das Köstlichste, was mir je begegnete und wohl auch das Einzige, was wir von ihnen annehmen sollten." Danach griff er sich in die Brusttasche und holte ein kleines Kruzifix hervor. „Dies ist das Kruzifix, das ich als Kind erhalten habe. Ich trug es immer bei mir. Doch an dem Tag, als ich zum lutherischen Glauben übertrat, fasste ich am Abend nach dem Kreuz und stellte mit großem Schrecken fest, dass ich den Christus, der daran hing, verloren hatte. Ich wollte schon beginnen zu klagen und zu suchen, da wurde mir der verlorene Christus zum Gleichnis. Auch unser Christus hängt nicht mehr am Kreuz, er ist auferstanden von den Toten und mit ihm leben auch wir. – Nehmt es aus meiner Hand als Zeichen, dass euch die Kraft Gottes nicht verlassen will." Meine Herrin reichte mir die Schachtel und das Kreuz, dann bedankte sie sich und küsste die Hände Poppos.

Die Henneberger Grafen saßen auf. Die Wagen wendeten in einem großen Bogen noch einmal im Hof, dann schnalzten die Reiter mit ihren Zungen und ritten durch die Tore hindurch zum Hof hinaus. Später hörten wir, wie sie über die Brücke ritten und nach geraumer Zeit verloren sich die Geräusche im Wald. Alle hatten wir die ganze Zeit stillgestanden. Und ruhig ging auch jeder wieder an seinen Platz zurück.

Die Kurfürstin hatte Elisa versprochen, mit ihr zu reisen und eine gute Weile bei ihr zu wohnen, bis sie sich eingelebt hatte. „Eure Mutter wird in Calenberg dringender gebraucht, da müsst Ihr eben mit mir Vorlieb nehmen", scherzte sie mit Elisa. Doch Elisa war zufrieden mit der Entscheidung.

Ich wäre selber gern mitgefahren und hätte mir alles angeschaut, aber mein Platz war bei meiner Herrin, und ich überlegte schon, was geschehen würde, wenn Elisabeth Poppo vermissen würde... Wie würde es meiner Herrin dann gehen? Noch war sie munter und voller Pläne.

Wie dankbar bin ich Poppo, dass er meiner Herrin das Kreuz geschenkt hatte. Wenn sie nun zu Bett ging und unruhig wurde, so griff sie unter ihr Kissen und nahm das Kleinod in die Hand. Sie drückte es gegen ihre Stirn oder hielt es gegen ihren Busen gepresst. So kehrte Frieden ein, und ich fand endlich nach vielen Wochen meinen Schlaf wieder.

Während mein Leben ruhiger wurde, lag es nun an der Küchenmeisterin, den außergewöhnlichen Wünschen meiner Herrin gerecht zu werden. Elisabeth hatte sie beauftragt, dass sie auch diese türkischen Köstlichkeiten herstellen sollte. In der Küche wurden die unterschiedlichsten Fruchtmuse gekocht, auf Tüchern getrocknet und mit Zucker bestreut... allein meiner Herrin wollte nichts so munden wie ihr die Leckerei aus Poppos Hand gemundet hatte.

Da meine Herrin ihren Sohn auf die Regierungsübernahme vorbereitete, wollte sie noch mit ihm eine Reise unternehmen und ihn dabei an einigen Höfen und vor allem in Wittenberg Luther vorstellen. Wir blieben lange bei Elisabeths Mutter auf dem Schloss Lichtenberg. Von dort aus besuchte meine Herrin mit Erich II. die führenden Köpfe der Lutheraner. Diese prüften das Wissen Erichs II. „Sehr nett der Sohn und er scheint viel zu wissen", sagte Luther zu meiner Herrin. An Corvinus schrieb er jedoch ehrlich, dass

„der junge Herr zwar gelehrig sei, aber ihm eine gewisse Standfestigkeit fehle. Mich dünkt, dass der junge Erich noch nicht aus Überzeugung verankert ist. Eher bestünde die Gefahr, dass er wankelmütig sein könne und wohl gerade dem treu ist, der ihm am besten nach dem Munde redete…"

Corvinus zeigte Elisabeth den Brief und diese meinte: „Nichts anderes spüre ich auch in meinem Herzen." Und sie sagte Corvinus, dass sie mit ihrer Mutter besprochen habe, dass es deshalb wichtig sei, Erich II. früh zu verheiraten und eine starke lutherische Frau an die Seite zu stellen. Ihre Mutter würde an den Dresdener Hof reisen, denn Moritz von Sachsen hätte doch noch eine unverheiratete Schwester, Sidonie. „Gute Frau", entrüstete sich Corvinus „vergesst ihr denn euer Verlobungsversprechen mit Philipps Tochter? Brecht nicht euer Wort, weil ihr euch einen Vorteil erhofft. Darauf legt sich der Segen Gottes nicht. Auch nicht, wenn Moritz nicht nur eine unverheiratete Tochter hat, sondern Euch die politische Stärke von Moritz imponiert."

Meine Herrin liebte es nicht nur, ihre Kinder oder ein Pferd zum Gehorsam und zu guter Leistung zu bringen; auch ihre Untertanen sollten ganz in ihrem Sinne handeln. Als der Winter dem närrischen Treiben auf den Straßen weichen musste, hatte sie eine neue Hofgerichtsordnung erstellt und den Sendbrief an Untertanen, Prälaten und die Ritterschaft fertiggestellt. An den Adel schrieb sie darin:

„Es gilt vor Gott wenig, dass man vor der Welt edel geboren wurde, wenn man nicht gottselig und fromm dabei ist. Und ich halte Euch an, allzeit diese gläubige Fröhlichkeit und ein gerechtes, barmherziges Leben und Regiment zu halten…"

Der Bevölkerung schrieb sie, dass sie eine schwere Zeit hätten, da sich einer gegen den andern erhob und doch gelte dies:

„Wo man Gott nicht zum Freund, sondern wider sich hat, da helfen weder Festung noch Mauern, noch Wälle, noch Geschütze, noch Rüstung..."

Meine Herrin hatte Corvinus ihre Sammlung vorgelegt, damit er prüfen sollte, ob sie auch mit der Heiligen Schrift übereinstimmte... Corvinus fand den Sendbrief so hervorragend, dass er ihn, ohne meine Herrin zu fragen, in Hannover in Druck gab. Die Schriften wurden im ganzen Land verteilt. Die Kanzleien in Münden und am Rübenberge wurden erneut reformiert und sollten nun den Bürgern freundlich gegenüber gesonnen sein. Ihren Anordnungen schickte sie voran:

„Damit soll nun endlich allem Mutwillen und bösen Treiben in unserem Fürstentum Einhalt geboten werden und so viel wie möglich in äußerlichem Verhalten und Besitztümern noch mehr Friede, Einigkeit und Recht geschaffen werden, auch soll hier niemand Unrecht und Gewalt erleiden ..."

Ich war sehr stolz auf meine Herrin. Mehr als zu Lebzeiten Erichs I. ordnete sie die Verhältnisse im Land und wollte, dass niemand mehr Unrecht erleiden sollte. Wohin wir kamen, es fand sich immer jemand, der uns stolz seinen Druck des Sendbriefes zeigte. Und als ob ich selbst die Schreiberin gewesen wäre, las ich immer wieder freudig das Vorwort meiner Herrin:

„Ein christlicher Sendbrief der durchleuchtigsten, hochgeborenen Fürstin und Frauen, F. Elisabeth, geborene Marktgräfin zu Brandenburg ec., Witwen all F.G. und ihrer F.G. herzlieben Sohnes Herzog Erichs II.

Untertanen geschrieben zur christlichen Besserung und zum neuen gottseligen Leben, so in dieser letzten bösen Zeit die hohe Not fordert, betrifft. Mit einer Vorrede von Antony Corvini"

Auch Mithof lobte meine Herrin, dass sie mit der neuen Hofgerichtsordnung zu den vorbildlichsten und gerechtesten Herrschern gehören würde. Und mit dem Sendbrief erweise sie sich als eine gute Mutter für ihr anvertrautes Volk.

„Ich wünsche mir doch nur, dass mein geliebter Sohn, wenn er bald die Regierung antritt, ein geordnetes, gottgefälliges Land vorfindet", sagte Elisabeth zu Mithof. Und auch Mithof machte keinen Hehl aus seinen Gedanken: „Die Zeit, in der Ihr Euren Gatten und Sohn vertretet, ist die einzige Zeit, in der nicht gefordert wird, dass der Herzog mit in den Krieg reitet und damit immer weiter das Volk verschuldet. Und jetzt erst verstehe ich, warum ihr nicht in den Schmalkaldischen Bund eintretet. Ihr wollt, so lange es geht, die hohen Kosten von eurem Land abwehren." „Ja", sagte Elisabeth. „Aber mich dünkt, ich verliere darüber einen meiner liebsten Freunde und Verbündeten, Kurfürst Philipp von Hessen."

Es stand schon lange fest, dass wir im Frühsommer 1544 mit Erich II. nach Kassel reisen sollten, damit er seine zukünftige Frau, Anna, besser kennen lernen sollte. Dazu hatten sich auch noch die Grafen von Henneberg angemeldet. Elisa, die nun Gräfin von Henneberg war, würde mitreisen und danach endlich für einige Zeit wieder in Münden sein und ihre Familie besuchen können.

Da meine Herrin hoffte, auch Poppo zu treffen, hatte ihr die Schneiderin zuvor noch zwei Garderoben nach der neuesten Mode schneidern müssen. Ebenso war auch Moritz von Sachsen mit seiner Familie nach Kassel geladen worden. Kurfürst Moritz von Sachsen war einer der einflussreichsten und mächtigsten Gestalten im Schmalkaldischen Bund. Philipp hatte es damals geschickt eingefädelt, als er seine älteste Tochter Agnes mit der Familie verheiratet hatte. Erich I. und meine Herrin hatten ihm damals keine Schwierigkeiten bereitet, als das Verlöbnis gelöst wurde und dafür die jüngere Tochter, Anna, mit Erich II. verlobt wurde.

Lange bevor wir nach Kassel reisten, wohl zur gleichen Zeit, als meine Herrin sich die Stoffe für die neuen Kleider aussuchte, traf sie sich mit der Heilerin. Sie traf sich nicht heimlich, wie es jemand tut, der Böses im Schilde führt. Die Heilerin kam zur bestellten Zeit und wenn jemand fragte, warum, so sagte meine Herrin, dass sie alle Kraft der Erde und des Himmels bedürfe, damit Elisa Kinder tragen könne. Ich hörte aber nur zu genau hin. Und es fielen die Worte „Liebestrank – ohne allzu großen Rausch". Und der Name „Sidonie" fiel. Sidonie war die Schwester der Fürsten von Sachsen und eine Freundin von Agnes.

Als es Zeit war, nach Kassel aufzubrechen, kam die Heilerin mit uns. Sie sollte sich als Waschfrau ausgeben, denn während der Festtage wäre es sicher gut, wenn sich jemand um die Wäsche kümmern würde. Wir hatten noch nie eine Waschfrau mitgenommen! Niemand von uns fragte nach. Niemand gab der falschen Waschfrau die Wäsche – bis Elisabeth in Kassel befahl, die schmutzige Wäsche der Heilerin zu geben, damit sie nicht umsonst mitgekommen sei und in der Waschstube herumstünde.

Ich weiß nicht, ob es doch ein Zaubertrank war, der Sidonie von der Heilerin eingegeben wurde, jedenfalls war die Schwester des Moritz von Sachsen anwesend und sie hieß Sidonie. Elisas Mann hatte im Türkenkrieg einem Bruder Sidonies das Leben gerettet. Und solche Dienste wurden mit einer lebenslangen Freundschaft belohnt. Jeder konnte es sehen: Die Grafen von Henneberg und die Fürsten von Sachsen verstanden sich gut.

Sidonie hatte blonde Haare, die sie in einem Zopf geflochten um den Kopf legte. Sie schmückte sich nicht mit ausladenden Hüten, sondern trug meist ein Tuch, das zwischen die Haare geschlungen war. Sie kleidete sich, wie es die jungen, unverheirateten adeligen Frauen gerne taten. Nach der neuen Mode trug sie keine weiten Ärmel, sondern enganliegende Ärmel, die am Handgelenk mit einem anderen Stoff abgesetzt waren und sich wie ein kleiner Rock über die Hände legen konnten. Ich musste ständig auf die kleinen Handröckchen schauen, die mit jeder Bewegung wie kleine Flügel hin und her schwangen. Die Ärmel ließen auch die Schultern frei und lenkten den Blick auf ihren Hals, die Schultern und das Dekolleté. Sie war nicht die Einzige, die durch diese natürliche Anmut bestach… Anna von Hessen, die Verlobte Erichs II., war gewiss noch liebreizender. Doch Erich II. – ich konnte es mit eigenen Augen bezeugen! – hatte, nachdem er Sidonie gesehen hatte, nur noch Augen für sie. Anstatt sich mit den anderen im Gespräch zu üben oder mit Anna eine schöne Konversation zu führen, suchte er jede Gelegenheit, sich mit Sidonie zu treffen.

Was wollte er denn von Sidonie? Sie war doch zehn Jahre älter als er selbst! Vielleicht wäre Erichs II. Verhalten nicht so sehr aufgefallen, wenn wir nicht extra nach Kassel gefahren wären, damit Erich II. mit seiner Verlobten Anna zusammen sein könnte.

Meine Herrin beobachtete alles mit großer Gelassenheit. Ob es daran lag, dass sie selbst auch nur Augen für Poppo hatte? Meine Herrin spazierte, sobald sie abkömmlich war, mit Poppo durch die Gärten, während Erich II., der doch nur halb erwachsen war, sich ein Boot auslieh, um auf den kleinen Seen in Kassel mit Sidonie in der Sonne zu schaukeln. Der Knappe war ein feiner Knappe! Er verstand sich genauso gut auf Heimlichkeiten in Liebesdingen wie auf den Kampf. Was kann eine Kammermeisterin in einer solchen Zeit anderes tun, als zu warten?

Ich hatte meiner Herrin bereits die Haare gelöst und wollte sie entkleiden, als es an unserem Schlafgemach klopfte. „Poppo“, dachte ich.

„Nun klopft Poppo und ich werde mich zurückziehen und in der Nacht nicht wiederkehren, um meine Herrin zu entkleiden..." Elisabeth schaute erstaunt auf: „Sieh nach, wer zu solch später Zeit anklopft." Ich ging zur Tür und traute meinen Augen kaum. Da stand Erich II. und machte einen wahrlich erbärmlichen Eindruck. Wenige Schritte hinter ihm stand sein Knappe und als ich zu ihm sah, zuckte er mit den Schultern, als ob er mit der ganzen Sache nichts zu tun hätte... „Es ist Euer werter Sohn Erich II." „So soll er kommen..." Erich II. trat ein, ging zu seiner Mutter und fiel vor ihr auf die Knie: „Helft mir, liebste Frau Mutter, helft mir, damit ich nicht ein unglückliches Ende nehme." „Niemand hat vor, Euch ein unglückliches Ende zu bereiten. Ihr wisst sehr wohl, dass wir alle Euer Glück und Wohlergehen im Auge haben und dafür Tag und Nacht beten." Elisabeth bat Erich II. aufzustehen und wie ein Sohn, der Vertrauen in seine Mutter habe, von seinen Sorgen zu berichten. Ich rückte ihm einen Stuhl zurecht und schaute nach, ob wir die Tür auch gut verschlossen hätten. Erich II. redete ohne viel Umschweife: „Werte Frau Mutter... Ihr wisst, dass ich Euch immer ein treuer und gehorsamer Sohn war und ich stets Euren Willen und den Willen meines geliebten Vaters geachtet und getan habe... Ich war ein Kind, als ihr mich mit Anna verlobtet. Doch heute bin ich ein Mann und erkenne, dass es nicht Anna ist, der ich mich anvertrauen und mit der ich unser Land regieren will, sondern es ist Sidonie aus Sachsen, die unserem Hause gewiss ebenso viel Ehre einbringen wird. Seit ich sie sah, von einem Augenblick zum andern, will ich nichts mehr in meinem Leben, als sie zur Frau nehmen..." Elisabeth lächelte: „Langsam, langsam. Meint Ihr, wir könnten so einfach unser Wort brechen? Denkt Ihr, ein Mann Eures Standes könnte sich so einfach eine Frau aussuchen?" „Nein, Mutter, ich weiß ja, dass ich Euch in Schwierigkeiten bringe und das freundschaftliche Verhältnis zu Philipp von Hessen aufs Spiel setze... Ich bitte Euch jedoch trotzdem von Herzen: Löst die bestehende Verlobung und verhandelt mit Sidonies Vater." „Der

Schritt ist folgenschwer", grübelte Elisabeth. „Seid ihr Euch denn der Zuneigung Prinzessin Sidonies gewiss?" „Ja, liebste Mutter. Erst wehrte sie mich ab und sagte, dass es einer alten Jungfer nicht anstünde, einen zehn Jahre jüngeren Mann zu heiraten. Aber auch sie liebt mich. Sie hat es mir gesagt." „Liebe", sagte meine Herrin. „Ach, Kind, warum muss Euch so etwas quälen?" „Es quält mich nicht, werte Mutter. Und doch quält es mich genug, dass ich Euch um mein Leben bitte, die Verlobung zu lösen. Bei Gott, ich schwöre Euch, dass ich es Euch vergelten werde, so ich es kann." „Mein liebster, einziger Sohn, grämt Euch nicht. Ich denke, dass die liebe Anna nun ebenso bei ihrer Mutter ist und weint, weil ihr sie verschmäht. – Nun ist es so, dass wir Frauen wohl mehr Verständnis für unsere Kinder aufbringen als es die Väter tun. Ich versichere Euch, ich werde Euer Anliegen bedenken. Ich muss mich aber zuvor beraten, ehe ich dem Landgrafen gegenübertrete. Also geduldet Euch. Diese Nacht werde ich Pläne schmieden und mich morgen darüber beraten." „Das heißt, Ihr löst das Verlöbnis?" „Ich will sehen, was wir tun können. Schweigt nun jedoch und verhaltet Euch Anna und Sidonie gegenüber wie es dem derzeitigen Stand gebührt." Als Erich II. begriff, dass sich seine Mutter für ihn und Sidonie einsetzen würde, rannen ihm die Tränen über seine flaumigen Wangen. Er küsste seine Mutter stürmisch und sprang aus dem Zimmer. Ich hörte, wie er noch auf dem Flur lautstark seinen Knappen umarmte und ihn dieser ermahnte, still zu sein.

Ich dachte, meine Herrin würde wegen der Nachricht nun die ganze Nacht über wach liegen und grübeln – so wie sie es Erich II. versprochen hatte. Aber nachdem ich sie fertig entkleidet hatte und sie sich im Nachtgewand ins Bett gelegt hatte, griff sie zu dem kleinen Kreuz, küsste es und schlief ein, noch ehe ich bei ihr lag. Ich konnte es nicht fassen. Warum hatte sie sich nicht aufgeregt? Hatte meine Herrin etwa den Liebeszauber um ihren eigenen Sohn legen lassen, damit sie mit Sidonie starke verbündete hätte? Ich lag wach und stellte mir vor, was gewesen wäre, wenn Poppo geklopft hätte. Warum trat Poppo nicht einfach ein? Warum hielt sich meine Herrin zurück? Und was würde geschehen, wenn die Verlobung tatsächlich gelöst würde? – Wenn, dann müsste es gleich geschehen, solange noch die Henneberger Grafen und Sidonies starke Brüder zugegen waren. So wären sie sicher. Doch dann schlief ich ein und meine Gedanken vermischten sich mit Träumen…

Anna von Hessen kniete in einem schlichten Kleid am Straßenrand, hielt einen kleinen, nackten Buben in den Armen und rief zu Erich II.: „Diese Nachkommen verschmäht Ihr?“ Nur einen Steinwurf entfernt stand Sidonie in einem Brautkleid und warf Blumen in die Lüfte. Als die Blumen zu Boden fielen, vertrockneten sie und wurden zu Heu und dornigem Gestrüpp. Erich II. kam mit einer Fackel und entzündete das Verdorrte, als ob er einen Scheiterhaufen in Brand setzen wollte… Sidonie konnte sich vor Schreck nicht von der Stelle rühren, schrie aber um Hilfe. Doch Erich II. lachte nur hämisch und ging fort. Ich wollte der Prinzessin helfen, suchte nach einem Eimer, damit ich Wasser tragen könnte und rief nach meiner Herrin. Doch sie kam nicht, um Hilfe zu bringen, sondern schritt selbst in einem Hochzeitskleid einher, setzte sich damit auf ein Schlachtross, zog ein Schwert und schlug alles nieder, was ihr in den Weg kam. Mit einem weiten Sprung setzte sie das Pferd über Sidonie und Anna hinweg, hieb mit dem Schwert die Blätter von den Ästen und selbst einem Habicht, der durch die Lüfte flog, trennte sie den Kopf ab…

Ich schrie laut und wachte davon auf. „Du hast schlecht geträumt“, sagte meine Herrin. „Sorge dich nicht um Dinge, die du nicht lenken kannst. Sei froh, dass du eine Kammermeisterin bist, die nicht solch schwere Entscheidungen treffen muss wie ich.“ Ach, meine Herrin hatte gut reden! Von meinen Träumen konnte mich niemand entlasten. Ich sehnte mich nach Münden zurück. Dort könnte ich in die Kapelle gehen und in meiner Not mit dem Kopf gegen die Steinplatten schlagen, bis Bertha mich festhalten würde. Konnte es wirklich sein, dass Erich II. und Sidonie ein Liebestrunk eingegeben worden war, der, sobald die Wirkung nachließ, zwei enttäuschte Menschen zurücklassen würde? War dies der Beginn eines großen Unglücks? Und würde meine Herrin sich in einem Brautkleid in eine erbarmungslose Kämpferin verwandeln? Ich zitterte und fror, obwohl es im Zimmer und unter den Decken warm war. Damit meine Herrin meine Unruhe nicht mehr bemerkte, stopfte ich mir eine Ecke des Kissens in den Mund und biss die Zähne fest zusammen. Meine Füße stemmte ich gegen die Bettlade, damit sie nicht zucken sollten. So lag ich und verbiss meine Angst in ein Stück Stoff. Sobald ich die Augen schloss, wurde ich zu einem Fisch, der im Mund gefangen am Haken baumelte. Deshalb ließ ich meine Augen offen. Ich schloss sie auch nicht, als die Schatten nach mir griffen und mich die Lampen, Schränke und was auch immer im Zimmer war, vorwurfsvoll und drohend ansahen. Was sollte ich denn tun? Warten, ich konnte nur warten, bis endlich meine Herrin ihre Augen aufschlug und es Tag wurde.

Ich erwartete nichts Gutes, denn meine Träume waren stets die Botschafter für die Zukunft gewesen. So kam es, dass ich zwar lächelte, als meine Herrin die Nachricht überbrachte, dass das Verlöbnis mit Anna von Hessen gelöst sei und sie nun mit Prinzessin Sidonies Vater verhandeln würde. Ich lächelte, weil ich mich ja auch mit dem jungen Paar freute, das seine Liebe so offenkundig zeigte. Fortan brauchte ich meine Herrin in Kassel nicht mehr zu begleiten. Um sie herum sprang Prinzessin Sidonie und erfüllte ihr alle Wünsche, die sie äußerte.

Anstatt mich auf eine schöne Liebeshochzeit zu freuen, war mir mein Herz schwer geworden, denn ich hatte Anna von Kassel schon lange in mein Herz geschlossen und konnte nicht mit ansehen, welchen Kummer sie hatte, während alle andern ihren Geschäften nachgingen.

Ich hatte mich im Park auf eine Bank gesetzt, um auf meine Herrin zu warten, als Poppo auf mich zutrat. Als ich aufstehen wollte, winkte er ab und setzte sich zu mir. „Du bist betrübt Agnes, während die andern lachen? Worin besteht dein Kummer?“ Ich schämte mich, weil ich meine Sorgen nicht besser verbergen konnte. Poppo war immer aufrichtig. Er wollte die Wahrheit wissen und keine Ausflüchte hören. Ich musste also, wenn ich meinen Mund auftat, die Wahrheit sagen. Das war nicht leicht. Aber Poppo hatte anscheinend viel Zeit. Er lehnte sich zurück, schloss die Augen und ließ die Sonne auf sein Gesicht scheinen. Nach einer Weile sagte ich: „Ich habe schlecht geträumt in der Nacht, ehe das Verlöbnis mit Anna von Hessen gelöst wurde. Erich II. bekam keinen Erben, Prinzessin Sidonie brannte...“ mehr konnte ich nicht sagen. Was wäre denn gewesen, wenn ich gesagt hätte, dass Erich II. dazu das Feuer gelegt hatte und meine Herrin trotz Brautkleid in den Krieg zog? Poppo schwieg. „Hast du die Gabe, in die Zukunft zu schauen?“, fragte er. „Es ist keine Gabe, werter Graf. Es ist ein Elend mit solchen Gedanken zu leben. – Seht doch, wie fröhlich die andern an meiner statt sind!“ Poppo wurde nachdenklich. „Wem Gott eine Gabe gab, dessen Herz will er damit nicht ängstigen, sondern stärken. Vergiss das nicht.“ „Wie sollte ich mich stark fühlen, wenn ich ein Elend kommen sehe?“ „Vielleicht musst du dich selber schützen, damit du nicht an der Liebe Gottes zu allen Menschen zweifelst. Siehe, auch Jesus brauchte Judas, damit er ihn verraten würde. Nur so konnte unser Heiland das große Werk vollbringen.“ Ich verstand, was Poppo sagte, aber was hatte das mit mir und meiner Herrin zu tun? Ich traute mich nicht nachzufragen. Es war Poppo, der von allein weitersprach: „Niemand versteht, warum es einen Judas und die böse Zeit geben musste; genauso wenig verstehen wir die heutigen Tage. Es ist und bleibt alles ein Geheimnis, aber wir sollten immerfort auf die Güte und Vergebung Gottes bauen, egal was geschieht, denn wir wissen nie, was uns danach auch an Gutem erwartet, selbst wenn wir nichts dazu tun konnten.“ Dann schwieg er. Die Sonne schien auf uns und langsam, ganz langsam kamen meine Seele und mein Herz zur Ruhe. Graf Poppo blieb bei mir sitzen, bis meine Herrin kam.

„Es hat noch Platz an meiner Seite und es wäre mir eine große Freude, wenn ich die Ehre hätte, auch an Euren Gedanken teilzunehmen, werte Herzogin." Meine Herrin freute sich über Poppos Worte und nahm den freien Platz ein. „Ich bin zufrieden", sagte Elisabeth. „Wenn nur nicht der Landgraf, Philipp von Hessen, mit zweierlei Maß messen würde." „Wie meint ihr das?" „Nun, mein verstorbener Gemahl und ich haben ihm vor Jahren keinen Kummer bereitet, als er das Verlöbnis mit unserem Sohn gelöst und Agnes mit dem Hause von Sachsen verlobt hat. Wir willigten in den Vorschlag ein, auch mit der jüngeren Anna als Schwiegertochter vorlieb zu nehmen. Nun aber, da ich ihn bat, das Verlöbnis mit Anna zu lösen, lehnte er ab und fordert die förmlichen Entschädigungen, weil wir das Heiratsversprechen nicht einhalten würden. Er besteht darauf, dass ich seiner Familie 10.000 Gulden Entschädigung zahle. Wenn das Geld nicht innerhalb eines Jahres einträfe, würde er beim Kaiser klagen. Ebenso hat er das Verlöbnis zwar gelöst, aber gleichzeitig seine Vormundschaft für Erich II. zurückgezogen."

„Philipp ist nicht mehr der Vormund Erichs II.?" „So ist es", bestätigte Elisabeth. Ich werde mich nun an die Familie Sidonies halten müssen, wenn ich Unterstützung brauche." Poppo schüttelte den Kopf: „Ich habe bei der ganzen Sache kein gutes Gefühl. Die Leute munkeln schon, dass Ihr Euch von einer Heirat mit Sidonie mehr politische Vorteile versprecht als Euch Anna von Hessen bieten kann. Sie sagen, Ihr habt das neue Verlöbnis bewusst herbeigeführt." „Üble Reden!", empörte sich Elisabeth. Poppo ließ jedoch nicht nach, meine Herrin zurechtzuweisen, indem er noch bemerkte: „Ihr habt nur einen Sohn und könnt Philipp keinen zweiten im Tausch bieten, wie er es damals bei Agnes machte. Somit sind ihm mit Eurer neuen Wahl, die auf Sidonie fiel, alle Hoffnungen auf eine Vereinigung der Länder zunichtegemacht worden. Ich denke, er wünschte sich, Euer Gemahl würde noch leben, dann hätten sie die Dinge von Mann zu Mann geregelt." Meine Herrin war wütend, weil Poppo so mit ihr sprach. Sie stand auf und ging davon. Poppo ging ihr nach. Ich hielt es jedoch für das Beste, schon in unser Zimmer zu gehen und alles für die Nacht herzurichten.

Ich verstand nicht, warum meine Herrin die Vormundschaft, die ihr so viel bedeutete, so einfach aufgab. Hatte sie nicht dem Landgrafen vieles zu verdanken und war er nicht weiter ihr Vorbild für ihr eigenes Reformationswerk? Ich war nicht die einzige, die ihr Verhalten nicht verstand. Böse Zungen behaupteten, dass meine Herrin mit Sidonie von Sachsen wohl eine bessere Partie machen wollte, um ihr Land politisch zu stärken. Wie dem auch war, meine Herrin musste wohl oder übel ihren Erzfeind, Heinrich, um Erlaubnis fragen, der nun als Vormund den Wunsch Erichs II. unterstützen musste. Sie schrieb Heinrich die Bitte, der Eheschließung zwischen Erich II. und Prinzessin Sidonie von Sachsen zuzustimmen, damit sie die Brautverhandlungen führen könne.

„... Mein Lieber Sohn wird es Euch gewiss sein Leben lang danken, denn es ist sein Herzenswunsch, die Frau zu sich zu nehmen, die er liebt. Ich denke, Ihr könnt ermessen, welch Glück es ist, mit einem Menschen vermählt zu werden, den man von ganzem Herzen liebt und begehrt..."

Sie musste nicht lange auf Antwort warten: Heinrich stimmte zu. Das Hochzeitsfest sollte schon im Jahr darauf, im Mai 1545, stattfinden.

Im kommenden Winter saßen Erich II. und meine Herrin ständig zusammen. Erich II. durfte seine Hochzeit mit einem großen Ritterturnier begehen. Das würde die gesamte Ritterschaft stärken. Sidonies Brüder, die Herzöge Moritz und August von Sachsen, waren die Veranstalter des Turniers. Sie planten das Spektakel so frühzeitig, dass sich die eingeladenen Ritter schon Monate vorher in den Kämpfen üben konnten. Da diese aufwändigen Spiele von anderen Höfen nicht mehr praktiziert wurden, konnten sie sich der Sympathie der antretenden Ritter gewiss sein. Erich II. wusste, dass ihm die Adeligen und die Ritterschaft zugetan waren, und er zugleich mit der Heirat frühzeitig mündig werden würde. Dann könnte er tun und lassen, was er wollte.

Doch zuvor hatte seine Mutter noch zwei dringende Wünsche an ihn. Erich II. hatte seiner Mutter versprochen, ihr in allen Stücken entgegenzukommen. So schwor Erich II. in der St. Blasius Kirche, dass er während seiner Regentschaft sein Land weiterhin reformieren wolle und sich am Kaiserhof für Luthers Schutz verbürgen würde.

Den zweiten Wunsch hatte meine Herrin bereits schriftlich niedergelegt und als Erich II. unterschrieb, waren Mithof, Lorleberger und mehrere Amtsbrüder zugegen, die das Schreiben zur Richtigkeit siegelten.

Nachdem Erich II. unterzeichnet hatte, setzte sich meine Herrin an den Tisch und schrieb alles fein ab. Dann legte sie noch ein Begleitschreiben an Poppos Vater hinzu:

„…Wie Euer Hochwohlgeboren aus dem Schreiben ersehen könnt, stellt sich nun einer Vermählung mit Eurem hochgeschätzten Sohn, Graf Poppo von Henneberg, nichts mehr in den Weg, denn ich werde bis an mein Lebensende mein Wittum behalten, auch wenn ich mich mit Eurem Sohn vermählen würde. Somit habe ich alle Einnahmen aus dem Mündener Land bis weit über Göttingen hinaus. In diesem Gebiet liegen die ertragreichsten Landstriche. Die Handwerkerschaft gelangt zurzeit zu großer Blüte und die wald- und wildreichen Gegenden geben auch ein gutes Geschäft ab. Mein herzliebster Sohn hat es bereits gesiegelt und unterschrieben, und wie ihr seht, hat er auch zugestimmt, dass meinen Töchtern eine gute Hochzeitsgabe mitgegeben

wird. Sie liegt höher als ursprünglich gesiegelt wurde. Einer guten Verheiratung meiner zwei jüngsten Töchter wird somit nichts im Wege stehen.

Es zählt nun nicht länger, dass Ihr und Euer Sohn einer Heirat gegenüber abgeneigt seid, da ich genug Land und Mittel in den Besitz Eures geliebten Sohnes, Graf Poppo, bringe, um eine Familie zu ernähren...“

Wie froh war ich, dass ich lesen konnte und so meine Augen wie zufällig auf das Blatt Papier richten konnte. Und ich lobe die Tinte, die ihre Zeit brauchte, um zu trocknen, denn wenn es nicht so gewesen wäre, hätte meine Herrin sicher das Papier gefaltet, ehe ich wusste, was darin stand. Als Tage später ein Brief von Poppos Vater ankam, schlich ich mich heimlich in meiner Herrin Schreibstube, als sie ausgeritten war. Ich hatte mir Ausreden zurechtgelegt, falls mich jemand überraschen sollte. Mehr als an der bevorstehenden Hochzeit war ich an der Antwort von Poppos Vaters interessiert. Ich fand das Schreiben erst nach längerem Suchen, denn meine Herrin hatte das Papier zuunterst gelegt – wohl damit niemand so schnell darin lesen sollte? Ich überflog es, um zum Wichtigsten zu gelangen. Und da stand es auch:

„...Mein geliebter und bescheidener Sohn, Graf Poppo von Henneberg, dessen Charakter und Gottesfürchtigkeit aus einem reinen Herzen fließen, ließ mich jedoch wissen, dass es nicht in seinem Ansinnen steht, eine hochwohlgeborene Herzogin zu ehelichen, der er nicht in Gänze ein ebenbürtiges Erbe entgegenhalten könne. Vielmehr bessert sich nun mein geliebter Sohn seinen Lebensunterhalt auf, indem er in Preußen in Dienst gegangen ist. Dort ist er sehr zufrieden und kommt mit seinem Leben gut zurecht. Sein Erbsitz und Schloss in Ilmenau wird ebenso sorgsam gepflegt und darin wird er, wenn es an der Zeit ist, ein ruhiges Alter verbringen. Indes befürchten wir, dass Erichs II. großmütige Tat

angefochten wird und Eure Durchlaucht mitsamt meinem Sohn ins Unglück stürzten könnten... "

Am Abend setzte sich meine Herrin in die Schreibstube und als sie sich munter zur Nacht begab, wusste ich, dass sie früher oder später auch diese Schlacht für sich gewinnen würde.

Erich II. heiratet Sidonie von Sachsen und Herzog Heinrich verliert die Höckelheimer Schlacht (1545-1546)

Es war, als ob alle im Schloss und ganz Münden auf den Anbruch des neuen Jahres gewartet hätten. Im Mai sollte die Hochzeit sein. Doch bereits im Januar summte ganz Münden wie ein Bienenstock, wenn die Königin ihren Brautflug beginnt. Es wurde gebaut und gehobelt, gestrichen und geputzt, geschneidert und poliert. Die Stallknechte richteten die Pferdeboxen und reparierten das Zaumzeug. Die Fische in den Teichen wurden gefüttert, damit sie zum Fest auch schön dick sein sollten und es wurde verboten, vor dem Fest eine Sau oder ein Schaf zu schlachten. Während ich stundenlang übte, Haare zu toupieren und gleich einem gewundenen Turm auf den Kopf zu stecken, schritt Erich II. auf Anweisung seines Erziehers mal im Prunkgewand, dann wieder in Ritterrüstung hoheitsvoll durch die Gänge und die Treppen hinauf und hinunter. Ich konnte mir nicht vorstellen, dass etwas schwerer sein sollte, als eine hochgesteckte Frisur, der man nicht ansah, dass sie voller Zuckerwasser war, damit sie hielt. Doch Erich II. übte so lange einen hoheitsvollen Gang, dass mir erschien, es musste noch viel schwerer sein, sich in einer Rüstung schicklich zu bewegen.

Meine Herrin fertigte in dem Jahr ihr schönstes Schriftstück an. Da sie im Jahr nach Erichs II. Hochzeit die Regierungsgeschäfte an ihren Sohn abgeben wollte, hatte sie in ihrer gleichmäßigen Schrift ein Regierungshandbuch für ihn geschrieben. Das Buch lag auf einem kleinen Sekretär und wartete auf den Einband des Buchbinders. Der Silberschmied hatte den Auftrag erhalten, silberne Schnallen anzufertigen und allerlei Verzierungen vorzunehmen. Als der Einband geliefert wurde, rannen mir die Tränen über die Wangen, denn das Buch war wunderschön. Es war geschrieben mit unterschiedlichen Tinten und ausgestattet mit gemalten Kleinodien. Ich blätterte ein letztes Mal in dem Buch, denn ich wusste, dass es nun in die Silberkammer gelegt wurde, bis es am Tag der Regierungsübernahme Erich II. anvertraut werden würde.

Das Buch war in Kapitel geordnet und diese hatten viele Absätze. Meine Herrin hatte die Abschnitte verschiedenen Bereichen zugeordnet und sie hatte wirklich alles Wichtige aufgeschrieben, um Erich II. vor Schaden zu bewahren und ihm die Verantwortung für seine Untertanen, die Kirche und das Eheleben zu erleichtern. In der Einleitung schrieb sie:

„Unterrichtung und Ordnung der von Gottes Gnaden, Elisabeth, geborene Marktgräfin zu Brandenburg, Herzogin zu Braunschweig und Lüneburg (Witwe), aus ganz mütterlichem und wohlmeinendem Herzen dem hochgeborenen Fürsten, Herrn Erich II., Herzog von Braunschweig und Lüneburg, unserem freundlichen, herzlieben Sohn zur zukünftigen und angehenden Regierung, damit sein Regiment sich Gott gegenüber selig und im weltlichen Regiment gegen jedermann richtig verhalten und schicken soll, zur freundlichen und nützlichen Unterrichtung und gefälligem Tun."

Sie ermahnte ihn gleich darauf, dass er das Buch nicht unter der Bank liegen lassen, sondern oft darin lesen solle und dass der mütterliche Rat zu beherzigen sei. Damit Erich II. ihre Worte auch ernst nehmen sollte, zitierte sie noch zu Beginn aus dem Alten Testament:

„Gott sprach zu Abraham: Alles, was Sarah dir gesagt hat, dem folge."

Und am Ende des Buches einen Bibelvers, der noch einmal belegte, dass Männer auf Frauen hören sollen:

„... Und Mordechai ging hin und tat alles, was ihm Ester geboten hatte."

Ich war mir nicht sicher, ob Erich sich an die Anweisungen halten würde, denn er war wie sein Vater. Auch Erich II. wartete sehnlichst darauf, endlich in ferne Länder zu ziehen und im Dienste des Kaisers zu kämpfen. Was mit den Siechenhäusern, Klöstern und Bauern geschah, war für ihn unwichtig und Zeitverschwendung. Worüber sich seine Mutter den Kopf zerbrach, war für ihn Weibersache. Ich kannte den Inhalt des Buches und wusste, wenn Erich II. danach regieren würde, wäre es ein großes Glück für ganz Calenberg und seine Frau, denn meine Herrin hatte ihn auch angehalten, ein guter, treuer Ehemann zu sein.

Noch konnte ich mit meinen Händen über das Buch streichen und roch das Papier und die frische Tinte. Mit schwerem Herzen trug ich es wenige Tage später auf Befehl meiner Herrin in die Silberkammer. Schließlich kam erst die Hochzeit und bis zur Regierungsübergabe dauerte es noch ein Jahr.

Dann war alles so, wie es war, als ich selbst noch eine junge Frau war und mit meiner Herrin vor zwanzig Jahren das erste Mal in Münden einritt: Von den Türmen flatterten bunte Fahnen, die Ritter begutachteten den Turnierplatz und ihre Knappen polierten die Schilde und ölten die Scharniere. Die Küche hatte sich um ein vielfaches vergrößert und in zwei großen Hallen lagerten die Getränke, flatterte noch das Geflügel in den Käfigen, und die Müller warfen einen Sack Mehl nach dem anderen auf einen Haufen. Die Küchenmeisterin, Altfrau Bertha, der Schmied und wer immer auch zum Schloss gehörte, alle waren nun in ihrem Element und duldeten keinerlei Ablenkung. Mir war es gegönnt, immer wieder meinen Hals recken und die feierlichen Veränderungen beobachten zu dürfen. Während ich meine Herrin begleitete, konnte ich alle ihre Gespräche mitverfolgen und meine Blicke schweifen lassen.

„Es wäre wohl die größte Freude für den Herzog gewesen, diesem Tag beizuwohnen", sagte Elisabeth, als sie mit Corvinus den Hochzeitsablauf besprach. Corvinus war wohl der einzige, dem die Hochzeit nicht zu Kopf gestiegen war und er antwortete gelassen: „Nun, wäre Euer Gemahl noch am Leben, würde ich hier nicht stehen und dem Paar den Segen erteilen." „Aber es ist doch Sidonies und Erichs II. Wunsch, dass sie lutherisch getraut werden!" „Gewiss ist es so. Doch so wahr es ist, dass ein Pferd vier Beine hat und nur einen Schwanz, so sicher würde nun an meiner Statt ein katholischer Priester den Weihrauchtopf schwingen und Euren Sohn damit einzunebeln verstehen." „Ihr zweifelt an der lutherischen Einstellung meines Sohnes?" „Eurem Sohn fehlt der Vater. Wenn Erich I. noch leben würde, könnte er an den unterschiedlichen Glaubenseinstellungen der Eltern wachsen. Ein Mann könnte ihn bei seinen Fragen stärken."

„Er hat eine Mutter."

„Eine gute Mutter, gewiss. Sogar die beste Mutter, die ein Sohn haben kann. Und doch ist es so, dass es in jedermanns eigenem Charakter liegt, wie er mit Verlusten im Leben umgeht. Ihr als Frau könnt keinen Vater ersetzen. Je gründlicher Ihr das einseht, umso besser können wir für Euren Sohn sorgen." „Ihr sprecht in Rätseln, die mich erzürnen. Corvinus, ich bitte Euch, werdet konkret, wenn ihr Wünsche zur Erziehung meines einzigen Sohnes habt." Corvinus versprach Elisabeth, dass er ihr einen Vorschlag unterbreiten könne, damit Erich II. wichtige männliche Berater zur Seite gestellt werden. Doch meine Herrin wies ihn ab und sagte: „Er hat mich, das reicht." Dieses Gespräch war das einzige, das für einen kleinen Augenblick unsere gute Stimmung trübte. Ansonsten machten uns die Hochzeit und die Sommernächte trunken vor Glück. Es war, als ob das üppige Leben immerzu so fortwähren wollte.

Meine Herrin freute sich auf die Zeit, in der endlich Erich II. die Regierung antreten und zusammen mit Sidonie die Geschicke des Landes lenken würde. Elisabeth versuchte Sidonie und Erich II. nun häufiger in Aufgaben einzubinden. Sie träumte gewiss auch davon, dann endlich mit Poppo vereint zu sein, denn auch Poppo würde auf der Hochzeit zugegen sein und meine Herrin wollte sich öffentlich mit ihm zeigen.

Dann kamen die prunkvollen Tage, über denen ich alles andere vergaß. Wir waren noch erschöpft vom Feiern und doch musste mit den Festlichkeiten auch die politischen Bande gestärkt und die Macht gefestigt werden.

Wir freuten uns alle darüber, dass Sidonie guter Hoffnung war. Bereits nach dem Brautgelage versiegten die Blutungen und ihre Brüste begannen zu schwellen.

Auch Heinrich hatte in der Verbannung neuen Mut gefasst und setzte von Köln aus alles daran, sein Land wieder zurückzuerobern. Drei Jahre lang wurde es durch den Schmalkaldischen Bund besetzt gehalten, und er wollte endlich wieder selbst sein Land regieren. Während der Zeit waren auch viele Bürger und Adelige aus freien Stücken evangelisch geworden und hatten sich von ihrem Landesherrn, Herzog Heinrich, abgewendet. Elisabeth hatte Philipp mehrmals gebeten, Heinrich sein Land zurückzugeben, wenn er die Reformation im eigenen Land zuließe und alle andern Evangelischen ebenso schützen würde. Der Landgraf zürnte meiner Herrin deswegen. Er wusste sehr wohl, dass sich Elisabeth nur für Heinrich einsetzte, damit sie beim Kaiser in einem guten Lichte stehen konnte. Philipp blieb unerbittlich und so beauftragte Heinrich einen Kriegsobersten, für ihn Truppen aus Norddeutschland anzuwerben, damit er die abtrünnigen Städte, Braunschweig und Wolfenbüttel, zurückgewinnen könne. Wir erfuhren es von unglaubwürdigen Boten, und so gab meine Herrin den Auftrag an alle Städte und Dörfer, ihr unverzüglich zu melden, was vorging. In den kommenden Wochen sprengten Boten über die Brücke auf das Schloss zu und meldeten, dass sich das Heer Heinrichs ständig vergrößerte und er wohl bald mit den angekauften Söldnern um Braunschweig auch noch seine Landsleute werben wollte, um ein schlagkräftiges Heer zu bilden. Das Heer Heinrichs wuchs wie der Leib Sidonies. Wir hatten jedoch unsere liebste Hoffnung in Sidonie gesetzt und so war es uns ein Leichtes, den Anweisungen Elisabeths Folge zu leisten, weder für Philipp noch für Heinrich Partei zu ergreifen. Hatte Heinrich denn nicht auch das Recht, seine Länder wieder zurückzugewinnen? Und waren seine Länder nicht auch die Länder der gemeinsamen Vorfahren? Erich II. war seiner Mutter dankbar, dass sie nicht gegen Heinrich aufgebracht war.

„Eure Zeit zu regieren, ist noch nicht gekommen", sagte meine Herrin zu Sidonie und Erich II. „Grämt Euch deswegen nicht, glaubt mir, andere werden die Schlachten für Euch schlagen und Gott wird unser Schutz sein."

Meine Herrin war wie eine Glucke. Sie wollte alle Wege des Paares wissen und ermahnte sie ständig, auf sich Acht zu geben. Elisabeth achtete auf ihren Sohn, weil sie in ständiger Angst war, ihrem einzigen Erben könnte etwas zustoßen. Und sie hütete den Leib Sidonies, weil sie erst in Frieden schlafen könnte, sobald ein neuer Erbe geboren war. Meine Herrin, die doch bei ihrer Hochzeit noch viel jünger gewesen war, als Sidonie und ihre Ehe bereits mit vierzehn Jahren gemeistert hatte, schrieb nun Sidonie vor, wohin sie zu gehen und was sie zu sagen hatte. Ich sah sehr wohl die fragenden Augen Sidonies, wenn sie nicht verstand, warum ihre Schwiegermutter sie behandelte, wie ein kleines Kind. Dabei hatte sie, die in Sachsen aufgewachsen und mit ihren Brüdern an fast allen Höfen zu Gast gewesen war, ein unglaublich feines Gespür für politische Belange und war in der Schwangerschaft viel vernünftiger als meine Herrin. Ich beobachtete alles genau und schätzte an Sidonie, wie vorsichtig sie mit meiner Herrin umging und es immer besser verstand, ihre eigene Meinung einzubringen. Erich II. bewunderte seine Frau ebenso und sagte ihr, dass sie genau die Richtige sei, um bald das Land mit ihm zu regieren.

Die Bauern lieferten uns wunderbaren Hafer an den Hof, und wir saßen an einem Nachmittag bei Tee und frischen Beerenküchlein, als ein Bote eintrat und Elisabeth ihm die Erlaubnis erteilte, vor allen zu sprechen. „Aber er halte sich bitte kurz, denn wir unterbrechen nur ungern diese Gemeinschaft", fügte sie noch hinzu. Der Bote schaute unsicher in unsere Gesichter und sprach: „Herzog Heinrich von Braunschweig hat mit Hilfe der Landsknechte und Reiter den Großteil seiner Länder zurückerobert. Lediglich die Festungen Wolfenbüttel und Schöningen hat er noch nicht wieder in seine Gewalt bringen können. Er belagert nun die beiden Festungen und hofft auf die Aufgabe der Besetzer." „Weißt du, wie stark das angeworbene Heer Herzog Heinrichs ist?" „Man spricht von 3.500 Reitern und 10.000 Landsknechten." Wir atmeten alle tief durch und wussten, dass ein starkes Heer noch nicht das Ende der Probleme Heinrichs war. Die Kriegsleute warteten auf ihren Sold, den er ihnen nur zahlen konnte, wenn er sein gesamtes Land wieder einnehmen konnte. „Weiß Philipp von Hessen, zu welchen Gunsten die Auseinandersetzungen nun gedeihen?", fragte meine Herrin nach. „Sehr wohl sind mehrere der Geschlagenen auf der Flucht und haben gewiss schon Hessen erreicht und Philipp Kunde gebracht." Meine Herrin sah den Boten streng an und sagte: „Da Philipp bereits unterrichtet ist, brauchst du nicht zu eilen. Aber morgen reitest du zum Kassler Hof und gibst Philipp über die Lage einen genauen Bericht." „Aber er hat die Kunde doch schon vernommen", wand der Mann ein. „Das tut nichts zur Sache", unterbrach ihn Elisabeth. „Du sagst, du kommst in meinem Namen, um ihm die traurige Kunde zu überbringen. Und dann kommt deine eigentliche Aufgabe. Bleibe am Hof und komm erst dann wieder zu mir, wenn du in Erfahrung gebracht hast, was der Landgraf zu unternehmen gedenkt. Vergiss nicht diese wichtige Mission. Komm unverzüglich zu mir und sprich mit niemandem darüber. Wenn du mir ehrlichen Bericht gegeben hast, bist du ein freier Mann. Doch so lange du mir nicht sagen kannst, wie Philipp von Hessen zu handeln gedenkt, stehst du in meinem Dienst." Der Bote schlug die Hacken zusammen und verbeugte sich. Als sich die Tür hinter ihm geschlossen hatte, wollten alle wild durcheinanderreden. Elisabeth schlug jedoch mit der Hand auf den Tisch und wir schauten erstaunt auf. „Wir sind hier, um Tee zu trinken und die wunderbaren Küchlein zu genießen. Lasst uns dies nicht vergessen." Und zu Sidonie und Erich II. gewandt sagte sie: „Ich werde mich gleich mit dem Hofrat besprechen und ich würde mich freuen, wenn Eure Hoheiten auch zugegen wären, da wir einig zu handeln gedenken."

Wie sie einig handeln wollten, erfuhr ich nicht, denn mir waren die Türen zum Sitzungszimmer verschlossen. Ich erfuhr erst mehr, als nach drei Tagen der Bote aus Kassel zurückkam und ich glücklicherweise zugegen war. Das heißt, ich musste erst gehen und den Rat informieren. Ich musste auch Erich II. und Sidonie laden, denn der Bote sollte erst sprechen, wenn alle zugegen waren. Wie gut, dass Sidonie eine lange Schleppe trug und ich mich so hinter ihr verstecken konnte. Als alle da waren, begann der Bote mit dem Bericht. „Ich habe in Erfahrung gebracht, dass Landgraf Philipp von Kassel aufrüsten wird und von Kassel über Göttingen in die Gegend von Northeim ziehen möchte, um dort Heinrich zum Kampf zu fordern. Am 10. Oktober will er dort sein." „Er will den Kampf in unserem Land austragen?", warf Erich II. ein. „Höre erst zu, was der Bote alles zu sagen hat", bat Elisabeth. Und der fuhr fort: „Philipp von Hessen befahl die Kurfürsten von Sachsen zu den Waffen. Ebenso wies er Herzog Moritz von Sachsen an, sein gesamtes Heer und seine Kriegskunst in den Dienst des Schmalkaldischen Bundes zu stellen." „Aber mein Bruder Moritz ist krank. Er liegt schon seit mehreren Tagen in Dresden nieder", rief Sidonie. Sie konnte nicht verstehen, warum Philipp seinen Schwiegersohn verpflichtet hatte. Er musste doch ebenso wissen, dass er noch nicht bei Kräften war. Der Bote sah von Sidonie zu Elisabeth. „Was weißt du noch?", fragte Elisabeth. „Die sächsischen Heere sollen sich am 9. Oktober in Mühlhausen treffen und dort in den Oberbefehl des Landgrafen Philipps gestellt werden." „Konntest du etwas über die Gruppenstärke erfahren?", fragte Elisabeth nach. „Meint Eure Durchlaucht mit ihrer Frage, wie groß die Heere Heinrichs und die der Sachsen sind?" „Ja, du hast mich recht verstanden. Ich will wissen, ob die Heere des Schmalkaldischen Bundes Heinrich überlegen sind." Der Bote verneigte sich und berichtete: „Zuerst, erlaubt mir, Euch die unterschiedlichen Meinungen kundzugeben. Die Frage, die sich zuvor ergab und die von dem Grafen Moritz von Sachsen angezweifelt wurde, ist diese: Ob es nicht das Recht Heinrichs sei, sein eigenes Land wieder zurück zu gewinnen, da er ja der rechtmäßige Herrscher ist. Dies sei auch im Sinne des Kaisers und des Papstes; zumal Heinrich den alten Glauben hochhielt. Herzog Moritz bat ausdrücklich, dass Philipp nicht das Schwert ziehen solle, sondern mit dem Schmalkaldische Bund verhandeln müsse. Und auf Eure Frage über die Gruppenstärke weiß ich nichts zu berichten. Jedenfalls ist mir keine genaue Zahl bekanntgegeben worden." Weißt du sonst noch etwas?", forschte Elisabeth nach. „Nein, gnädige Herrin. Wie groß die Truppen sind, wird erst mit dem Eintreffen der Heere bekannt werden." Der Bote verneigte sich und wollte gehen. Aber meine Herrin hielt ihn, wie bei seinem ersten Besuch, wieder zurück. „Ich bin sehr zufrieden mit deiner Nachricht. Mir scheint, du hast ein gutes Händchen, an wichtige Informationen zu gelangen. Einen solchen Mann möchte ich erst aus meinem Dienst entlassen, wenn die Waffen schweigen." Sie machte eine Pause und redete freundlich auf den Mann ein: „Wenn du bei guter Gesundheit bist und noch einige Zeit in meinem Dienst stehen kannst, so wäre ich dir von Herzen dankbar und möchte dir einen guten Lohn zahlen." Der Bote fühlte sich sichtbar geschmeichelt und beruhigte meine Herrin: „Wenn ich Eurer Hoheit einen Dienst erweisen kann, so schätze ich mich glücklich und werde gerne mein Leben in die Hände meiner gnädigen Herzogin und ihrer liebenswerten Familie stellen." Diese Worte taten allen so gut, dass über die Gesichter ein Lächeln huschte. Meine Herrin erteilte gleich ihren Auftrag an den Boten: „Ich überlasse dir noch vier gute Männer vom Hof, die mit dir reiten und dir dienen können. Deine Aufgabe ist es, nach Northeim zu reiten und mir von dort täglich zwei Boten zu entsenden, die mir an den Mündener Hof genauestens Bericht geben, wie sich die Lage befindet. Alle werden gut besoldet und danach entlassen werden. Du jedoch sollst mit den anderen vier Männern immer vor Ort bleiben." Elisabeth wies einen Berater an, dem Boten die richtigen Männer zuzuweisen und noch gut ein Dutzend Pferde bereitzustellen. Ebenso sollten auf dem Weg Herbergen eingerichtet werden, wo die Boten ihre Pferde wechseln und sich erfrischen könnten.

Als alle Berater gegangen waren, wandte sich meine Herrin an Sidonie und sagte aufrichtig: „Was ist das für eine Zeit, in der Euer werter Bruder gegen den Verwandten Eures Mannes reitet. Ich versichere Euch, dass ich den friedliebenden Willen Eures Bruders schätze und wünsche, dass er bei guter Gesundheit ist und die Verhandlungen führen kann. Kurfürst Moritz versteht es, mit dem Landgrafen Philipp zu reden. Ich denke, er fühlt sich Philipp verpflichtet, weil er sein Schwiegervater ist. Ansonsten würde er nicht sein Heer aufrüsten, wenn ein Herzog sein eigenes Land zurückerobern will." Sidonie, die es satt hatte, so untätig in Münden zu sitzen, rief aus: „Am liebsten würde ich selber aufs Pferd steigen und meinem Bruder entgegenreiten sowie zwischen Philipp und Heinrich vermitteln." „Ich verstehe nur zu gut, wie es Euch geht. Auch mir sind die Hände gebunden, da wir, wenn wir uns zu sehr einmischen, auch unser eigenes Land verlieren können. Wir haben kein schlagkräftiges Heer. Und erst in einem Jahr werden unsere Untertanen mit ihrem rechtmäßigen Herrscher Erich II. und mit Euch, hochwohlgeborener Sidonie, wieder wahre Landesherren haben." Elisabeth seufzte tief und fügte hinzu: „So zieht der Vormund meines Sohnes gegen den Schmalkaldischen Bund... und unser Land, auf dem der Streit ausgetragen wird, muss beten, dass es dabei nicht vernichtet wird."

Meine Herrin hatte sich noch nie damit begnügt, nur zu beten. Wenn sie jedoch alles unter ihrer Kontrolle hatte, nahmen ihre Sorgen schnell ab.

Es war Sidonie, die mich nach der Besprechung bat, mit ihr in die Kirche zu gehen, um zu beten. Wir saßen still in der kleinen Kirche, deren Mauern sich an dem Tag wie ein Grab um uns legten.

Als ich Sidonie zu ihren Gemächern brachte, sagte sie wie zu sich selbst: „Ich habe immer geglaubt, dass die Liebe das Leben einfacher machen würde und Brüder und Schwestern sich stets wohl gesonnen sind. Aber die Schlange aus dem Paradies lispelt heute noch genauso laut wie damals im Garten Eden und bringt das Unheil zwischen Mann und Frau und entzweit Brüder und Christen." Ich gab Sidonie Recht. Sie war kein kleines Kind mehr. Und manchmal dachte ich, es müsste schön sein, ihre Kammermeisterin zu sein, denn sie war freundlich und immer darauf bedacht, Streit zu schlichten. Es gab auch immer etwas zu lachen, wenn ich in der Nähe ihrer Hofdamen war und das verstummte nicht, wenn ihre Herrin zugegen war.

Die Truppen Philipps zogen von Kassel nach Göttingen und Northeim und ebenso sammelten sich die sächsischen Heere bei Mühlhausen und marschierten über Worbis nach Northeim.

Ehe wir die ersten Nachrichten erhielten, bereitete uns Sidonie Sorgen. Hatte sie zuvor berichtet, dass sich das Kind in ihrem Leib munter verhielt und wohl ein richtiger Kämpfer werden würde, so klagte sie am nächsten Morgen über Rückenschmerzen und Übelkeit. Obwohl sich die Hebamme um sie kümmerte, eilte meine Herrin zu ihr und legte ihre Hand auf Sidonies Bauch. Sie berichtete mir, dass sich das Kind noch bewege, aber der Leib sich zusammenkrampfe, als ob das Kind geboren werden solle. Sidonie musste im Bett bleiben und mal war es die Hebamme, dann die Heilerin oder meine Herrin, die bei ihr waren. Selbst Mithof legte sein Ohr auf Sidonies Leib, um zu horchen, ob das kleine Herz noch schlug. Später begannen sie zu streiten, was zu tun sei, denn die Hebamme und die Heilerin aus Sachsen schlugen andere wirksame Maßnahmen vor, als sie Elisabeth und Mithof angebracht schienen. Einig waren sie sich jedoch darin, dass der Teufel das Kind beiseiteschaffen wolle, damit die Reformation aufgehalten werden solle. Würden die Höllenmächte nicht den Leib der Mutter traktieren und darauf herumspringen, dann hätte das Kind noch Zeit, um zu wachsen.

Meine Herrin ging unruhig auf und ab, sorgte sich um Sidonie und sah bei Tag aus dem Fenster und horchte nachts auf das Getrappel der Pferde. Wie lang zwei Tage sein können, wie unendlich lang! Ich konnte nichts anderes tun, als ebenso wach zu bleiben und zu horchen. Wir hätten genauso gut schlafen können, denn der erste Bote kam erst gegen Mittag. So schnell er auf den Hof ritt, so schnell rannten wir die Treppen hinunter, ihm entgegen. Die Menschen drängten sich auf dem Pflaster, als ob ein Empfang gegeben werden würde. Selbst ich hatte mich davon anstecken lassen, obwohl ich besser daran getan hätte, bei meiner Herrin zu bleiben, damit ich die Nachrichten auch hören konnte. Doch dazu war es jetzt zu spät. Ich hatte mich entschlossen, zu Sidonie zu gehen und ihr von der Ankunft des Boten zu erzählen, dann würde ich bei ihr bleiben und mit ihr gemeinsam gewiss alles erfahren, zwar später als meine Herrin, aber doch ebenso genau.

Mein Plan ging auf. Ich blieb an Sidonies Bett sitzen und übernahm es, die Kissen aufzuschütteln. Die Hebamme freute sich, selbst in den Hof gehen zu können. Ich wusste jedoch, dass sie sicher zu spät kam und höchstens noch das nassgeschwitzte Pferd ohne Reiter sah.

Sidonie hatte keine Eile, an die Nachrichten zu gelangen, denn Erich II. würde ihr genauen Bericht geben und sie wartete noch auf Post von ihrem Bruder Moritz, da er versprochen hatte, ihr alles genau zu berichten. „Wie geht es Euch, werte Sidonie?“, fragte ich, denn ich dachte, es wäre nicht gut, wenn sie sich zu sehr aufregen würde. Schlafen sollte sie, viel schlafen, hatten die Ärzte gesagt und ihr einen bitteren Brei aus Baldrianwurzeln verordnet. Alle zwei Stunden sollte sie zwei Löffel davon nehmen, zweimal darauf kauen und zweimal schlucken. So würden Mutter und Kind verbunden bleiben und schlafen. Es wurden nur doppelte Wurzeln verwendet, damit sich die Heilkraft verstärkte. Sidonie hingegen sah nicht aus, als ob sie müde wäre. Anstatt mir zu sagen, wie es ihr ginge, fragte sie mich zurück: „Woher kam der Reiter?" Ich zuckte mit den Schultern. „Als ich auf den Hof trat, versperrten mir die anderen ja bereits den Blick auf den Boten. Wenn ich aus dem Fenster geschaut hätte, wüsste ich mehr." Sidonie lachte: „Es ist eine hohe Kunst, nicht mit der Menge zu rennen, sondern sich einen klugen Platz zu sichern." Und schelmisch fügte sie hinzu: „Aber nun bist du hier. Die Hebamme hat ihr Vergnügen und wir wissen bald mehr." Sie hatte mich also durchschaut. Aber wenn man von Sidonie durchschaut wurde, so lächelte sie dabei und ich war erleichtert. Wir mussten doch länger warten, als uns lieb war. Erich II. kam erst nach gut zwei Stunden. „Und? Wie geht es meinem Bruder? Wo befinden sich die Truppen?" „Regt Euch nicht auf, meine Liebste, regt Euch nicht auf." Erich II. küsste die Hände Sidonies und wies sie an, lieber zuvor noch einmal zwei Löffel des Baldrianbreis zu schlucken. „Wenn ihr wüsstet, wie furchtbar diese elende Suppe schmeckt, würdet Ihr mich nicht zwingen, die Wurzel hinunterzuwürgen." Erich II. griff selbst nach Teller und Löffel und fütterte seine Frau. Einen Löffel. Noch einen Löffel. Selbst ich schluckte bei jedem Löffel zweimal, obwohl ich nur zuschaute. „Nun, los, jetzt müsst Ihr mir aber erzählen!" „Nun, der Schmalkaldische Bund ist Heinrich bei Weitem überlegen. Philipp stellt 1.600 Reiter und 7000 hessische Mannen, Johann Friedrich brachte 800 Reiter und ebenso 7000 Mannen und Moritz von Sachsen hat 1.000 Schlachtrösser und 4.500 ausgebildete Landsknechte unter sich. Heinrich hat davon erfahren und die Belagerung von Wolfsburg und Schöningen aufgehoben. Er reitet mit seinem Heer ebenfalls gen Northeim. Wenn es zu einer Schlacht kommt, wird sie sich dort ereignen." Erich II. schwieg. Ich dachte an die Northeimer und überlegte mir, ob Philipp auf die

Idee käme, die Erichsburg zu besetzen. Wo würden denn die Heere lagern? Oder ob Heinrich die Erichsburg für sich in Anspruch nehmen würde, um sich darin zu verschanzen? Schließlich war Heinrich oft genug dort zu Gast gewesen, und die Bediensteten würden ihm sicher aus Angst freiwillig die Tore öffnen. Doch ich sagte nichts, denn ich hatte Angst, Erich II. würde gleich selber losziehen, um dort anwesend zu sein. „Und?", fragte Sidonie. „Was gibt es sonst noch zu berichten?". „Nichts weiter, mein Herz. Wir wissen nicht mehr." Sidonie sah ihren Mann mit schmalen Augen an: „Wegen dieser wenigen Sätze musstet ihr Euch zwei Stunden besprechen? Mich dünkt, ihr verschweigt mir etwas oder wollt mich schonen. Es ist aber nicht angemessen, wenn Ihr Eurer Gattin Dinge verschweigt, die sie wissen sollte." Zum Zeichen ihrer Enttäuschung setzte sich Sidonie auf und verschränkte die Arme vor ihrer Brust. „Was habt ihr die ganze Zeit verhandelt?", forschte sie nach. „Ich habe meine Mutter gebeten, mit mir zur Erichsburg zu reisen, um die Burg als Verhandlungsort zur Verfügung zu stellen." „Und was hat sie geantwortet?" Erich II. schüttelte den Kopf. „Ihr kennt sie nicht so gut wie ich. Für sie zählt nur die Strategie, die sie sich zurechtlegt. Aber alle, die sich treffen, sind doch meine Freunde. Warum sollten wir nicht in meinem Namen miteinander verhandeln?" Sidonie hörte den Kummer aus Erichs II. Stimme heraus, deshalb streckte sie ihren Arm nach ihm aus und sprach tröstend auf ihn ein: „Mein Geliebter, lasst nur ein einziges Jahr ins Land gehen, dann werden wir beide gemeinsam unseren Freunden entgegenziehen und sie zum Frieden untereinander bewegen." Erich II. lächelte müde: „Mich hält allezeit meine Mutter zurück und Euch fesselt unser Nachkomme ans Bett." Wie wahr, dachte ich, wie wahr. Ich war dankbar darüber, dass Erich II. und Sidonie so ehrlich miteinander sprechen konnten.

Als ein Bote einen Brief für Sidonie ins Schloss brachte, überlegten Erich II. und meine Herrin, ob die Schwangere den Brief überhaupt erhalten solle, denn Sidonie hatte Blutungen bekommen und sie brauchte Ruhe. Doch der Brief kam von ihrem Bruder Moritz von Sachsen und die Tinte war gewiss so frisch wie der Schweiß des Pferdes. Wir wussten, dass wir die Post nicht öffnen durften, aber sollten wir Sidonie die Aufregung zumuten? Ich wandte mich an meine Herrin und sagte mutig: „Als Ihr krank wart, habt Ihr doch auch immer alles getan, was Ihr konntet und habt die Zügel auch vom Bett aus in der Hand gehalten. Fragt doch Sidonie selbst, ob sie das Siegel brechen will oder nicht."

„Ja, das wird wohl das Beste sein. Geh zu ihr, nimm den Brief mit, und frage, ob du den Inhalt vorlesen sollst." Meine Herrin verhielt sich gerade so, wie ich es oft tat, um an Nachrichten zu kommen. Denn ich wusste, dass sie mich danach fragen würde, was in dem Brief stand, und ich dürfte ihr die Antwort nicht verweigern.

Mit dem gesiegelten Brief rannte ich zu Sidonie und erschrak, als ich sie so blass vorfand. Ich entschuldigte mein stürmisches Eintreten und senkte meinen Kopf. „Was ist das in deiner Hand?" rief sie. „Post von Eurem werten Bruder. Wir waren unsicher, ob ihr Euch nicht zu sehr aufregt, wenn Ihr die Post erhaltet, aber wir beratschlagten und ich wollte Euch fragen, ob Ihr die Post öffnen wollt. Und so ihr möchtet, kann ich Euch die Nachricht vorlesen." „Du kannst lesen?", fragte Sidonie erstaunt. „Selbstverständlich kann ich lesen, denn so konnte ich meiner Herrin in vielem behilflich sein." Während ich sprach, wurde mir bewusst, dass es nicht selbstverständlich war, zu den wenigen zu gehören, die lesen und schreiben konnten. „Nun, so lies mir vor, was mein Bruder schreibt, aber lasst mich danach selber noch meine Augen darauf werfen, damit ich kontrollieren kann, ob es stimmt." Ich ging zu einem kleinen Tisch und löste das Siegel. Am Bett zurück, setzte ich mich auf den Stuhl, der an ihrem Bett stand. Es war der Sitzplatz der Hebamme, die kurzerhand aus dem Zimmer geschickt worden war. Ich faltete das Papier auseinander und staunte über die schöne, gleichmäßige Schrift von Herzog Moritz. „Welch saubere Schrift Euer

Bruder hat“, entglitt es meinen Lippen. „Mein Bruder schreibt nicht selbst. Er hat stets mehrere Schreiber um sich. – Aber nun lies!“

„Meine geliebte Schwester, Herzogin Sidonie von Calenberg,
mit Trauer vernahm ich die Kunde, dass Ihr nun das Bett hüten müsst, da Euch nicht wohl ist. Ich wünsche Euch, dass sich alles wieder zum Guten wendet. Da ich in Eurem Lande bin, will ich meiner geliebten Schwester einen Gruß und Bericht senden. Die Lage ist schwieriger als es scheint. Mich dünkt, dass Heinrich weder Hessen noch Sachsen angreifen will. Auch Euer Land ist nicht in Gefahr. Die Habsburger sehen keinen Grund, sich Heinrich in den Weg zu stellen, da er doch nur sein eigen Land zurückhaben möchte. Aber ein Sieg Heinrichs würde auch den Protestanten nicht gut zu Gesichte stehen. Ich habe die große Hoffnung, dass wir nun eine gute Grundlage zur Verhandlung haben, da Heinrich gewiss große Angst hat, dem starken Heer zu unterliegen. Ich werde zwischen Heinrich und Philipp vermitteln. Was wäre das für ein Sieg, wenn Heinrich sein Land zurückbekäme, es aber im Gegenzug selbst reformieren müsste und nie wieder gegen Protestanten aufstünde! Allein, Philipp von Hessen hat es sich in den Kopf gesetzt zu siegen und Heinrich erneut in Gefangenschaft zu bringen. Deshalb bat ich Philipp, mir Gründe für den Angriff zu nennen. Soll er mir doch einen Vorwand geben, damit mein Eingreifen von Nöten sei... Dies schreibe ich Euch, damit Ihr wisst, was in Eurem Land geschieht. Ich werde Euch auch berichten, wenn die böse Zeit hier ein Ende hat, denn ich weiß sehr wohl, welche Nachrichten freie Boten bringen. Meist verstecken sich darin mehr Lügen als Wahrheiten.

So betet für uns und die gerechte Sache, wie auch ich meine liebe hochwohlgeborene Schwester in meine Gebete einschließe.

Mit den freundlichsten Grüßen: Euer Bruder Herzog Moritz von Sachsen.

Mitsamt Grüßen von meiner Gemahlin Agnes, die sie mir schon vor langer Zeit auftrug mit der Bitte, Euch, so es möglich ist, zu besuchen."

Ich staunte über den freundlichen Brief. Ich hätte es einem Kriegsmann wie Moritz von Sachsen nicht zugetraut, dass er so an seine Schwester dachte. Ich reichte Sidonie das Papier und sie sagte erstaunt: „Du kannst wirklich lesen, Agnes! Und es erscheint mir sogar, du liest noch besser, als ich es kann." „Ich muss meiner Herrin ja oft vorlesen", erklärte ich mich. Und sie fragte weiter: „Willst du den Brief meiner werten Schwiegermutter bringen?" Ich wehrte ab und sagte, dass ich ihr die Nachricht auch mitteilen könnte. „Dann eile und halte dich an die Wahrheit." Ich lief wirklich schnell zu meiner Herrin und berichtete ihr, was Moritz von Sachsen geschrieben hatte. Ich sagte ihr jedoch nicht, dass Sidonie mir angeboten hatte, den Brief selbst zu bringen. Ich hatte gefürchtet, meine Herrin wäre zornig geworden, weil Moritz seine Schwester als die Herrin Calenbergs ansprach und meine Herrin übergangen hatte. Er hatte sogar vergessen zu grüßen. Ich aber richtete meiner Herrin die besten Grüße von Moritz aus.

Am nächsten Tag erfuhren wir, dass Heinrich bei Kalefeld sein Lager aufgeschlagen hätte. Moritz von Sachsen habe sein Lager getrennt vom Heer Philipps und den Truppen Johann Friedrichs aufgeschlagen. Er liege zwischen Hillerse und Höckelheim.

Am Abend kam ein Bote, der ausrichtete, dass Philipp nicht mit Heinrich verhandeln wolle. Moritz von Sachsen wäre jedoch ohne Verhandlung nicht bereit, ein Gefecht zu beginnen.

Tags darauf hörten wir von einem anderen Boten, Heinrich hätte mit einem Teil seines Heeres die Leine bei Edesheim überschritten. Er wollte Höckelheim besetzen und Stellung auf dem Eichelberg beziehen. Doch Philipp hatte sich bereits am Abend zuvor dort verschanzt und im Kloster Höckelheim warteten 400 Hakenschützen auf ihn. Diese hatten ihre Schießwaffen an den Fensterluken des Klosters in Position gebracht und eröffneten sofort das Feuer. Der Kampf dehnte sich über mehrere Stunden und wenn die Wasser nicht die Kämpfenden getrennt hätten, wären wohl noch mehr Verluste zu beklagen gewesen. Heinrich verlor mehr als hundert Kämpfer, von den Verletzten nicht zu sprechen. Von beiden Seiten wurden auch Kanonen eingesetzt, sobald sich eine Front gebildet hatte. Es wurde so lange gefeuert, bis sich Heinrich zurückzog.

Am selben Abend erreichte ein weiterer Brief Sidonie. Es war ein Brief ihres Bruders Moritz. Ich eilte zu ihr und durfte das Siegel brechen.

Meiner lieben Schwester Sidonie von Calenberg, hochwohlgeborene von Sachsen,
ehe Euch verkehrte Kunde erreicht, sei Euch dies mitgeteilt: Der Landgraf Philipp stieß hart und ohne vorherige Erklärung auf Heinrichs Heer. Heinrich erlitt schon große Verluste und so zog er sich wieder nach Kalefeld zurück. Jetzt, da auch endlich Philipp bereit ist zu verhandeln, nannte mir Philipp die Bedingungen, unter denen Heinrich sein Land zurückerhalten solle: Er sollte seine größten Festungen Steinbrück und Wolfenbüttel schleifen lassen, den Untertanen die evangelische Lehre gestatten, evangelische Geistliche einsetzen, den Streit mit Goslar bereinigen und 600.000 Gulden Kriegskosten bezahlen! Ich halte die Forderungen Philipps für unannehmbar. Welcher Landesherr kann es sich erlauben, seine eigenen Burgen zu schleifen und damit wehrlos zu werden? Ebenso kann Heinrich, der ohnehin Finanzsorgen hat, nicht so viel Geld aufbringen. Es gelang mir, einen Waffenstillstand zu erreichen und ich schlug ein Treffen vor. Am Sonntag gegen 9.00 Uhr werden sich Heinrich und Philipp im Kloster Wiebrechtshausen treffen und ich werde die Verhandlungen führen. Ich bin auch in der misslichen Lage, meinem Schwiegervater klar ma-

chen zu müssen, dass für mich noch kein Grund besteht, Heinrich anzugreifen, und er mir dafür Gründe geben muss. Denn auch ich muss mich vor dem Kaiser und Gott rechtfertigen. Mich dünkt, dass Heinrich vielleicht dankbar sein Land reformieren würde, wenn er dafür von allen anderen Verpflichtungen befreit werden würde. Das wäre doch auf lange Sicht ein größerer Gewinn als ein wütender Herzog, der auf Rache sinnt.

So bitte ich Euch, meine liebste Schwester, betet zu Gott, dass sich die Streithähne einigen, und sich beide damit zufriedengeben, den anderen nicht in der Gänze demütigen und vernichten zu wollen.

Euer ergebenster Bruder und Schwager Herzog Erichs II. Grüßt mir Eure hochwohlgeborene Mutter in Christo, Elisabeth von Calenberg, die landauf landab Mutter und Reformatorin genannt wird, und Euren werten Gemahl..."

Das war ein Brief, den ich meiner Herrin nur zu gerne zeigte. Corvinus und meine Herrin ordneten an, dass sich niemand zur Nachtruhe begeben solle, sondern alle, die an Leib und Seele gesund seien, sollten sich in der Kirche einfinden und bis in die Morgenstunden für die Verhandlungen beten.

Obwohl ich die Nächte zuvor in meinem weichen Bett gelegen hatte und trotzdem nicht schlafen konnte, überfiel mich in der Kirche eine große Müdigkeit. Am liebsten hätte ich mich auf die Kirchenbank gelegt und wäre augenblicklich eingeschlafen.

Als der Sonntag anbrach, wurde uns bewusst, dass wenigstens wir Frieden hatten. Münden lag im Spätsommerlicht und die Bürger gingen im Sonntagsrock in die Kirche und hatten dabei ihre Kinder an den Händen gefasst. Mich überkam eine große Dankbarkeit, als ich mit meiner Herrin direkt von der Kapelle aus zur Kirche ging. Während wir unsere Lieder sangen, trafen sich in Wiebrechtshausen die Heerführer und verhandelten. Heinrich war nicht allein im Kampf, er hatte auch seinen ältesten Sohn dabei. Ich beobachtete Erich II. während des Gottesdienstes. Es fiel ihm schwer, sich auf die Predigt oder den Text der Lieder zu konzentrieren.

Am Nachmittag machte er sich bei der Brücke zu schaffen, damit er als erster den Boten abfangen und zur Mutter begleiten konnte. Erst nach Mitternacht tauchte ein Reiter auf:

„Die Verhandlungen sind gescheitert! Die Waffenruhe soll jedoch noch bis morgen Abend fortbestehen." Er rief es, noch ehe er angekommen war. Was war das für ein ungezogener Bote! Wenn er nicht seinen Lohn gefordert hätte, hätte es auch gereicht, die Botschaft auf der Straße zu verkünden und wir hätten es so erfahren.

„Wie ich meinen Bruder kenne, wird er die Zeit weiter nutzen, um zu verhandeln. Es bleiben ja noch eine Nacht und ein Tag." Sidonie glaubte fest an ihren Bruder und wir konnten nicht verstehen, dass Philipp Heinrichs Truppen bereits angegriffen hatten, ohne die Verhandlungen einzuhalten. Wenn Philipp nicht einlenken würde, würde er doch das Reformationswerk zerstören. Nun war doch die beste Gelegenheit, mit Heinrich den Religionsfrieden auszuhandeln!

Erich II. bedauerte, dass Sidonie liegen musste, denn er wollte in den Saal und auf der Karte die Lager und Heere nachstellen. Ich holte meine Herrin und sie rief noch zwei Räte hinzu. Sie stellten die kleinen Figuren an die Plätze, an denen wir sie vermuteten. „Philipp wird nicht angreifen können, da er Heinrich nur über die Landstraße erreicht. Philipp lagert jenseits des Flusses."

„Aber falls Philipp doch angreift, muss Heinrich kämpfen oder zurückweichen, da er nicht ausweichen kann." „Auch das ist wahr." „Noch ist Waffenruhe und Moritz von Sachsen kann verhandeln."

Meine Herrin beendete das Gespräch und ging einfach aus dem Raum. Ich folgte ihr, drehte mich aber noch einmal um und sah, dass die Männer immer noch dabei waren, die Reiter hin und her zu bewegen.

Wenn ich an das Kloster Wiebrechtshausen dachte, so fielen mir die Nonnen ein, die zwar evangelisch werden, aber ihre Kutten weiterhin tragen wollten. Meine Herrin hatte ihnen versprochen, dass jede Nonne, die ihre Kutte ablegte, dafür eine Bibel in Deutsch bekommen würde. Obwohl die Frauen die Bibel auf Latein lesen konnten, sagte ihnen meine Herrin, dass es eine große Gnadengabe wäre, das Wort Gottes in der Sprache zu lesen, wie sie auf den Gassen gesprochen wird. Dann fragte sie die Nonnen: „Wer von den hochwürdigen Frauen möchte denn eine deutsche Bibel, damit ich sie noch heute bestellen kann?" Ein Finger nach dem anderen streckte sich zaghaft in die Höhe, bis meine Herrin zu zählen begann. Es waren so viele Bücher wie Nonnen. Ich war mir jedoch nicht sicher, ob mit dem Einzug der Bibeln auch die Kutten tatsächlich ihr Ende finden würden.

Ich hatte mir vorgenommen, gut zu schlafen, egal wie die Verhandlungen ausfielen. Meine Herrin schrieb noch bis in den späten Abend hinein Briefe, aber danach schliefen wir beide tief und fest.

Als meine Herrin das Mittagsmahl beendet hatte, wollte sie nach Sidonie schauen. Doch noch ehe wir uns auf den Weg machten, kam ein Bote und berichtete, dass Philipp bereits in der Nacht Heinrich angegriffen habe. „Aber es herrscht doch Waffenruhe", entgegnete meine Herrin. „Er hat es trotzdem getan." Wieder versammelten sich alle im Saal, und der Bote ließ Philipps Truppen eine Brücke schlagen.

„Und die Truppen Philipps fielen in der Nacht, südlich von Kalefeld, über Heinrichs Leute her. Das heißt, erst trafen sie auf die braunschweigischen Reiter. Aber die waren so verwirrt, dass sie..."

Der Bote nahm drei kleine Pferdchen, die auf Heinrichs Gebiet zur Abwehr stationiert waren und galoppierte damit zum Lager Heinrichs zurück.

„Als die überraschten Reiter sich zurückzogen, hatte Philipp leichtes Spiel. Er ließ fünf Schneisen durch die Landwehr hauen, auf denen sein Fußvolk in Heinrichs Lager vorrückte."

Und wieder wurden die Kämpfer auf dem Plan verrückt und dabei peinlich darauf geachtet, dass Philipps Leute in Richtung Feind sahen, während bei Heinrichs Kämpfern ein wirres Durcheinander entstand.

„Ein Teil von Heinrichs Fußvolk verweigerte den Kampf, weil sie sich bereits besiegt glaubten."

Deswegen wurde jede zweite Figur von Heinrichs Fußvolk auf dem Plan umgeworfen, obwohl sie ja nicht einmal gefallen war. Danach nahm der Bote ein Pferd Heinrichs aus dem Stützpunkt und ritt damit in das Lager Philipps. Die Erklärung dafür lieferte er erst danach:

„Nachdem Heinrich Kriegsrat hielt, ritt der beauftragte Kriegsführer in das Lager Philipps und sagte, dass Heinrich nun bereit sei, alle Artikel des Vertrages, die in der Wiebrechtshäuser Kirche genannt wurden, anzunehmen. Philipp möge jedoch seine Angriffe einstellen. Philipp entgegnete, er würde die Angriffe erst einstellen, wenn sich Heinrich und sein Sohn Victor als Gefangene ausliefern würden."

Der Bote führte nun seine Hand zurück in das Lager Heinrichs, und ich wartete darauf, dass er nun zwei Pferde von dort auf den Weg bringen würde. Doch er zog seine Hand wieder zurück.

Wir sahen alle gespannt auf den Boten. Aber er wusste nicht mehr. Nicht, ob Heinrich und sein Sohn Victor tatsächlich losgeritten waren, noch, was sonst geschehen war. „Ich ritt, so schnell ich konnte, im Auftrage Ihres Botschafters hierher. Die Kämpfe tobten in den Morgenstunden noch weiter." „Kennst du den genauen Wortlaut der Verhandlungen?", fragte meine Herrin. „Nein, werte Herzogin", sagte der Bote. „Die Forderungen Philipps und die Heinrichs lagen weit auseinander. Und was Herzog Moritz vorschlug, wurde von Philipp nicht akzeptiert. „Weißt du, was Herzog Moritz vorschlug?" „Ich kann Eurer Hoheit nur mit Vorbehalt antworten, da es sich meinen genauen Kenntnissen entzieht. Doch mich dünkt, er wollte die Freiheit aller Evangelischen und zukünftig keine Angriffe mehr auf Protestanten erwirken. Heinrich sollte dann in drei Wochen nach Dresden reisen und all seine Länder wieder rechtmäßig zugesprochen bekommen."

Meine Herrin seufzte: „Ein solcher Friede in der Religionsfrage wäre der größte und gottselige Gewinn! Würde er doch unsere Länder wenigstens in der Religionsfrage sichern." Erich II. sah zu seiner Mutter und sagte: „Vielleicht ist es noch nicht zu spät. Moritz von Sachsen konnte doch noch nicht seine Vermittlung zur Gänze einsetzen." Da lächelte meine Herrin endlich wieder. Ich dachte, der Bote würde sich nun verabschieden. Aber ohne gefragt zu werden, rief er: „Ich vergaß, noch etwas Wichtiges zu sagen!" Alle schauten auf ihn. Aber anstatt er zu den Figuren auf dem Plan griff, sagte er: „ Moritz von Sachsen versprach Heinrich von Braunschweig, dass er ihn bei allen Verhandlungen mit seinem eigenen Leben schützen wolle und ihn als freien Mann aus der Auseinandersetzung führen würde."

Meine Herrin sah den Boten an: „Weißt du das gewiss?" „Ja, denn Moritz erteilte den ausdrücklichen Befehl, Heinrich und seinen Sohn zu schützen. Heinrich bangt um sein Leben und wenn Philipp könnte, würde er ihn ohne zu zögern auslöschen."

Elisabeth bat daraufhin alle Anwesenden, diese Nachricht nicht in Münden weiter zu verbreiten, denn sie wollte nicht, dass Sidonie sich aufregte. „Meine Schwiegertochter soll sich nicht zu sehr um ihren Bruder sorgen und damit ihren Nachwuchs gefährden. In wenigen Tagen wird alles beschlossene Sache sein, dann müssen wir uns ohnehin auf die Machtverhältnisse einrichten, die neu geschaffen wurden." Erich II. ging wortlos aus dem Raum, ohne, dass er von seiner Mutter entlassen wurde. Er begab sich geradewegs zu den Ställen und ließ sein Pferd satteln. Sein Knappe ging ihm nach und wenig später sprengten sie auf den Wald zu.

Ich begleitete meine Herrin zu Sidonie, der wir fast alles genau berichteten. Bevor wir gingen, horchte meine Herrin noch nach den Herzschlägen des Kindes. Sie konnte nichts hören und fragte Sidonie, wann sich das Kind das letzte Mal bewegt habe. „Ich weiß es nicht mehr genau – ob es gestern war?" Daraufhin legte meine Herrin noch einmal ihren Kopf auf Sidonies Leib. „Ich kann nichts hören", sagte sie kläglich. „Die Hebamme horcht doch auch jede Stunde, sie muss die Schläge wohl gehört haben." „So soll die tüchtige Hebamme sofort wieder eintreten und beweisen, welch gute Ohren sie hat!" Ich rief die Hebamme herein und griff nach Sidonies Arm, denn ich wusste, dass nun meine Herrin wenig Rücksicht auf ihren Zustand nehmen würde. Elisabeth wies die Hebamme an, unverzüglich zu sagen, ob sie das Herz des Kindes hören könne. Doch so sehr sie sich mühte und um den Bauch Sidonies kroch, stotterte sie nur, dass sich das Kind wohl gedreht hätte. "Gedreht, es hat sich einfach gedreht. Und seit wann hat sich das Kind von deinen tauben Ohren fortbewegt?" Ich musste Mithof und Corvinus holen, dazu die alte Hebamme, die bereits meiner Herrin beigestanden hatte und nun die Mütter und Kranken Mündens versorgte. Ich durfte nicht mehr in Sidonies Stube zurück, hörte aber das laute Geschrei meiner Herrin bis auf die Gassen hinunter. „Die Herzogin wird die Hebamme ins Feuer schicken", sagte ich zu den andern. „Agnes, rede kein unsinniges Zeug", wies mich Bertha zurecht. „Die Hebamme wurde Sidonie aus Sachsen mitgegeben und genießt das Vertrauen ihrer Mutter. Was ihr nicht gelang, soll von niemandem angezweifelt werden. Schließlich sind es die Mütter und nicht die Schwiegermütter, die eine tüchtige Hebamme bestellen. Und daran hat niemand zu zweifeln." So war Altfrau Bertha. Selbst wenn wir Grund hatten zu zweifeln, verbot sie uns, die Arbeiten anderer zu beurteilen. „Wohin kämen wir denn, wenn wir alle verurteilten, die anders erzogen wurden und anders handeln als wir? Ihr seht doch selbst, dass bereits in Kassel oder Göttingen andere Bräuche gelten als hier und unterschiedliche Medizin verabreicht wird. Was wir auch immer tun, mal werden Menschen gesund – doch genauso oft gelingt es nicht, die bösen Teufel zu bändigen."

Egal, wie viele Ohren sich auf Sidonies Leib drängten, niemand vernahm mehr den Herzschlag des Kindes. Während meine Herrin wütend war und nach den Schuldigen suchte, wusste ich, dass sich die Engel zurückgezogen hatten, die dafür sorgten, dass diese kleinen Wesen auf die Welt kamen. Nun erklang nicht mehr der Herzschlag des Ungeborenen, der sich wie entferntes Pferdegetrappel anhörte. Ich kannte die Geräusche, die ein Kinderherz aussendet, um zu sagen, dass es bereits auf dem Weg ist. Alle Kinder meiner Herrin hörte ich so kommen, lange bevor sie auf der Welt waren. Ich hatte mir vorgestellt, dass sie auf kleinen Pferden über nasse Wiesen ritten.

Während Erich II. durch die Wälder streifte, beratschlagten Mithof und die Hebammen, was zu tun sei. Mithof riet zu berauschenden Getränken und der sanften Massage von Sidonies Leib. Vielleicht könnte dadurch das kleine Herz angeregt werden. Die sächsische Hebamme meinte hingegen, dass dies gewiss der Teufel sei und der wäre nur durch glühende Eisen zu vertreiben, die der Mutter in den Schoss gestoßen werden sollten. Meine Herrin sagte entschlossen: „Da meine liebe Schwiegertochter nicht in Sachsen, sondern in Münden liegt, werden wir zwei Tage lang nach des Leibarztes Mithofs Regeln verfahren, ehe die Weisheit Sachsens aufgeboten wird. Sie war jedoch damit einverstanden, dass der Hof Sidonies noch eine Hebamme und einen Arzt senden sollte.

Als Erich II. zurückkam, wurde ihm der Besuch bei seiner Frau untersagt. Sie solle sich nicht aufregen, hieß es.

Wenn meine Herrin untätig sein musste und die Geschicke nicht lenken konnte, griff sie zu Papier und Feder und schrieb sich ihren Kummer von der Seele. Da sie zu Poppo nur gelegentlich Kontakt hatte, schrieb sie sich häufiger mit ihrem Onkel Albrecht, Herzog in Preußen. Zu ihm hatte sie großes Vertrauen und da sie ihm bereits als Kind begegnet war, hegte sie eine große Sympathie für ihn. Ich war froh, dass sie sich Rat erbat und ihm ihr Leid klagen konnte. Wenn meine Herrin von Albrecht einen Brief erhielt, war sie meist freundlicher gestimmt als zuvor. Hatte sie ihm am Abend geschrieben, so schlief sie besser und auch mir ging es gut. Kam hingegen endlich ein Brief von Poppo, so war meine Herrin stets aufgeregt und brauchte lange, bis sie mit einem Brief an ihn zufrieden war und diesen endlich siegelte.

Da meine Herrin an dem Abend einen langen Brief an Albrecht schrieb, sah ich einer guten Nacht entgegen und konnte auch wirklich schlafen, bis uns die frühe Sonne weckte.

Am nächsten Tag kam ein Bote, der berichtete, dass sich Heinrich ergeben habe. Philipp hätte Heinrich gefangen genommen, obwohl er bereit gewesen wäre, alle Bedingungen anzunehmen. Heinrich wäre mit seinem Sohn in guter Absicht ins Lager Philipps geritten. Moritz von Sachsen habe sie begleitet. Doch Philipp verweigerte dem Braunschweiger Herzog den Handschlag. Seine hessischen Edelleute stellten sich sofort als Wachen um die beiden Bittsteller. Nun würde Heinrich auf die Feste in Ziegenhain gebracht und sein Sohn werde in Kassel gefangen gehalten.

Wir waren entsetzt. Sollte es denn nie Frieden geben?

Nur wenig später kam ein anderer Bote mit einem Brief von Moritz. Meine Herrin beschloss, dass Erich II. den Brief öffnen sollte und gemeinsam wollten sie entscheiden, ob sie ihn Sidonie zeigen würden.

„Meine geliebte Schwester Sidonie von Calenberg und Gemahl, mitsamt Herzogin Elisabeth zu Calenberg…“

In dem Brief stand, dass er noch sein Kriegsvolk auszahlen wolle, damit es heimwärts ziehen könne. Er selbst wollte dann aber mit einer kleinen Truppe noch einige Zeit in Kassel verbringen. Er würde dazu in den nächsten Tag über Münden reisen und Sidonie und ihrer Familie einen Besuch abstatten und Bericht geben.

Er fügte noch hinzu:

„… Da wir beide, Kraft unserer hohen Geburt und Heirat, in Pflicht und Willen stehen, was oft über unsere kleine Kraft hinausreicht, freue ich mich darauf, bei meiner geliebten Schwester für eine kurze Zeit Trost zu finden. Noch kann ich mich nicht damit abfinden, dass ich in den letzten Tagen zum Gespött aller wurde. Denn niemand dankt mir nun meinen Einsatz. Es scheint, dass sich zwei erbitterte Feinde gegenüberstanden, die das rechte Maß verloren hatten und einander erniedrigt sehen wollten…“

Erich II. beschloss, den Brief eigenhändig zu seiner Frau zu bringen. Er fragte seine Mutter nicht, sondern ging einfach. Ich atmete auf und wartete auf die Anordnungen meiner Herrin. „Bring mir die Altfrau Bertha und die Küchenmeisterin, richte auch schon die Kleider, denn wir erwarten ehrenwerten Besuch.“ Ich ging, um Bertha zu suchen. Endlich gab es wieder etwas zu tun.

Am nächsten Morgen in der Frühe wurde Sidonie auf ihrer Matratze von acht Männern in den großen Raum getragen und in ein prunkvolles Bett gelegt. Altfrau Bertha hatte angeordnet, dass Sidonie, da sie von Moritz von Sachsen besucht werden würde, in den prächtigen Raum umgebettet werden sollte. Es geschah alles, wie es Altfrau Bertha angeordnet hatte. Wir warteten einige Tage und dann ritt Moritz von Sachsen mit seinem Gefolge auf den Hof.

Da ich meine Herrin begleiten durfte, trafen wir uns am späten Nachmittag am Bett Sidonies. Drei prächtige Stühle standen aneinandergereiht, darauf setzten sich Erich II., Moritz von Sachsen und Elisabeth. Der Knappe Erichs II. stand hinter seinem Herrn. Ich stellte mich hinter meine Herrin und da Moritz seinen Berater mitgebracht hatte, wurde ihm noch ein Stuhl gereicht. Ich musste ständig von Sidonie zu ihrem Bruder schauen. Sidonie lag auf gestickten Kissen und ihre Freude, den Bruder zu sehen, malten ihr ein Lächeln auf die Lippen. Ihre roten Wangen und die glänzenden Augen rührten jedoch vom Fieber her, das sie ergriffen hatte. Herzog Moritz war eine prächtige Erscheinung, denn er trug seine herzoglichen Gewänder. Die Rüstung hatte er am Tag zuvor abgelegt. Niemand blieb verborgen, dass ihm die noch nicht überwundene Krankheit und die unglückliche Schlacht dunkle Ringe um die Augen gemalt hatten. Er wirkte müde und traurig, trotz seiner edlen Erscheinung. So sehr war ich damit beschäftigt, die Geschwister zu studieren, dass ich dabei vergaß, dem Gespräch zu folgen.

Elisabeth bat Herzog Moritz, noch einige Tage zu verweilen, doch er entschuldigte sich und sagte, dass es seine Pflichten nicht zuließen, länger als eine Nacht zu bleiben. Er verabschiedete sich von Sidonie, küsste ihre beiden Hände und sie die seinen.

Am nächsten Morgen begleiteten wir Herzog Moritz hinaus auf den Hof, und nach einem kurzen Gruß ritt er mit seinen Männern weiter nach Kassel.

Als ich in den großen Saal zurückging, fiel mein Blick auf den Schlachtplan. Vor wenigen Tagen hatten wir noch davorgestanden und die Reiter und Kämpfer in die richtige Position gebracht. Nun, da die echten Kämpfer nach Hause geschickt worden waren, interessierte sich niemand mehr für die kleinen Figuren, deren Strategien und Hinterhalte. Selbst als Moritz zugegen war, hatten sie sich nicht den Plan angeschaut und die Situation besprochen. Niemand war danach zu Mute gewesen, sich mehr als es sein musste, mit dem Kampf zu beschäftigen. Die spielerischen Turnierkämpfe zu Erichs II. Hochzeit schienen schon lange zurück zu liegen. Und im Leib Sidonies kämpften dunkle Mächte um die Frucht der Brautnächte.

Sidonies Fieber stieg in den nächsten Tagen und wenn sie sich erheben wollte, wurde ihr schwindelig und man musste sie auffangen. Altfrau Bertha sagte, dass nun gewiss das bereits tote Kind die Mutter vergiften würde. Es wäre nicht anders, als bei den Tieren. Wenn die Frucht nicht von alleine abginge, müsste man wohl den kleinen Körper im Leib zerteilen und mit bloßen Händen aus dem Schoß und Leib der Mutter holen. Darauf hatten sich auch Mithof und die Hebammen verständigt.

Es kam der Vormittag, an dem niemand von den Angestellten mehr zu Sidonie durfte. Die Ärzte und Hebammen gingen hinein. Sie hatten Messer und Tücher und einen Eimer glühender Kohlen dabei. Jeder im Schloss und auf dem Hof hörte die Schreie Sidonies. Sie jammerte und brüllte wie ein Tier, bis sie keine Stimme mehr hatte und nicht einmal mehr ihr Schluchzen zu hören war.

Erich II., der zu Beginn der Behandlung noch vor Sidonies Tür warten wollte, bis er endlich eingelassen werden würde, hielt es nicht aus. Er ging zu seinem Knappen, ließ die Pferde satteln und durch den Stallburschen seiner Mutter ausrichten, dass er für einige Zeit auf der Erichsburg sei und dabei die Gegend um Höckelheim und Northeim inspizieren wollte. Er kam erst nach zwei Wochen wieder zurück. Während der gesamten Zeit hatte er keine Nachrichten geschickt, weder seiner Mutter noch seiner Frau.

Erich II. verweigert die Regierung und Elisabeth heiratet Graf Poppo von Henneberg (1546-1548)

Nach dem kalten Winter sollte nun ein besseres Jahr beginnen. Gemeinsam mit meiner Herrin fuhr ich in einer kostbaren Kutsche nach Schleusingen. Einige Wachposten ritten mit ihren geschmückten Pferden voraus, die anderen galoppierten in geordneten Reihen hinter uns. Nur noch vereinzelt lagen schmutzige Schneereste am Weg. Wenn die Sonne schien, konnten wir unsere Mäntel ausziehen, sobald wir ins Freie traten, beschatteten wir unsere Gesichter mit den großen Hüten.

Den ganzen Winter hindurch hatte Poppo noch mit Elisabeth gerungen, sie möge sich doch von ihrem Sohn auszahlen lassen und von dem Geld die Grafschaft Römhild kaufen. So hätten sie einen eigenen, größeren Besitz, der auch, so Gott wolle, ihren gemeinsamen Kindern zukommen könne. Poppo rang darum, dass sie eine gemeinsame, wenn auch wesentlich bescheidenere Bleibe hätten, wo sie in Ruhe leben könnten. Meine Herrin bestand jedoch darauf, dass sie alles geregelt hätte, was anstünde. Sie würde weiter ihrer Verantwortung in ihrem Witwensitz Münden gerecht werden wollen. Ihr Sohn und die wichtigsten Vormünder hätten der Eheschließung auch unter den Bedingungen zugestimmt.

Ich wusste sehr wohl, dass Erich II. seine Mutter wohl gar nicht hätte auszahlen können. Trotzdem wäre es für Sidonie glücklicher gewesen, wenn sie von Münden aus hätte regieren können und die geordneten Verhältnisse meiner Herrin allein weitergeführt hätte. Es lag an Elisabeth, die sich nicht aus den politischen Machtverhältnissen und ihrer Anerkennung als Herzogin und Reformatorin lösen konnte. Meine Herrin konnte sich nicht damit abfinden, in der eher provinziellen Grafschaft Römhild ein unscheinbares Leben zu führen.

Es war das erste Mal, dass ich mit nach Schleusingen reiste. Der hennebergische Hof sollte ja nach der Hochzeit meiner Herrin auch zu meiner zweiten Heimat werden. Wir würden Elisa wiedersehen, die leider noch keine Kinder bekommen hatte, und zu den Festtagen an Ostern würden Erich II. und Sidonie nachkommen. Alle hatten zugestimmt, dass Elisabeth und Poppo nach der Eheschließung in der Leibzucht Münden residieren würden.

Ich war bei unserer Abreise so aufgeregt gewesen, dass ich zuvor kaum schlafen konnte. Nun schaukelten mich die knarrenden Räder in den Schlaf. Als ich erwachte, sah ich, dass meine Herrin ihre Augen geschlossen hielt. Über ihrem Gesicht lag ein zufriedenes Lächeln. Ich konnte mir denken, an wen sie dachte und worüber sie sich freute. So lange hatte sie um die Nähe Poppos gekämpft und endlich waren die Wege für eine Heirat geebnet.

Wenige Wochen zuvor waren die Brüder, Graf Poppo und Graf Georg Ernst, auf den Mündener Hof geritten, um die Ehebesprechung und den Handschlag zu vollziehen. Nun gab es keinen Zweifel mehr, dass Elisabeth und Poppo aus freien Stücken die Ehe eingehen würden. Meine Herrin schenkte Poppo zur Verlobung eine goldene Kette, an der ein „E“ aus Rubinen hing, dazu einen Türkisring und ein mit Edelsteinen besetztes Armband.

So war meine Herrin. Wenn sie jemanden liebte, war ihr nichts zu viel oder zu teuer. Sie hatte auch zum Osterfest für alle ein Geschenk mitgenommen, um ihre Zuneigung und Dankbarkeit auszudrücken. Hinter uns fuhren zwei Kutschen, die mit Hausrat und Lebensmitteln für Elisa bestückt waren. Meine Herrin wusste inzwischen, womit sie Elisas Mann, Georg Ernst von Henneberg, eine Freude machen konnte und hatte nicht gespart. Von Einbeck waren noch zwei Kutschen mit Bier in unserem Zug, die mit uns eintreffen sollten.

Elisa freute sich von Herzen, als wir kamen. Seit sie eine eigene Grafschaft hatte, war sie selbstsicher geworden und verhielt sich ihrer Mutter gegenüber großzügig und aufgeschlossen. Sie zeigte uns die Zimmer und stellte die Bediensteten vor. Die Festtage sollten wir am hennebergischen Hof verbringen. Wir machten auch Ausflüge zum Schloss Ilmenau, wo Poppo zufrieden seinen bescheidenen Wohnsitz hatte. Gut zwanzig Angestellte reichten ihm, um das Hofleben aufrecht zu halten. Die Bediensteten bewirteten uns reichlich. Sie hofften, dass mit der Eheschließung Poppos das Schloss zu neuem Glanz kommen würde, denn sie hatten gehört, dass meine Herrin wohlhabend sei. Sie wurden nicht enttäuscht, denn meine Herrin äußerte verschiedene Wünsche zum Umbau und zur Verschönerung des Schlosses, die sie aus eigenen Mitteln bestreiten wollte.

Ich erhielt in Ilmenau und im Hause Elisas eine eigene Kammer, gleich neben dem Schlafgemach meiner Herrin gelegen. Elisa erklärte mir, dass bei den Henneberger Grafen zwar auch Mann und Frau je eine eigene Schlafstube hätten, dass aber die Männer häuslicher wären und die Paare fast alle Nächte gemeinsam verbrächten. Ich war es von Erich I. gewohnt, dass er häufig abwesend war und nur die wenigste Zeit in Münden verbracht hatte. Für Elisabeth war es normal, allein zu sein und mich um sich zu haben.

Meine Herrin schickte mich jedoch bereits am ersten Tag in meine Kammer und sagte mir, dass sie mich nicht benötigen würde. Mich dünkt, ich war die einzige, die in den Nächten alleine liegen musste und am Morgen wartete ich sehnsüchtig darauf, dass endlich die Sonne aufging, um mir Gesellschaft zu leisten.

In Schleusingen wurde beschlossen, dass Elisabeth in Münden am 16. Mai die Regierung offiziell in Erichs II. Hände legen würde. Während zur Regierungsübergabe die hessischen und brandenburgischen Räte zum feierlichen Akt der Rechnungslegung und Administration zugegen sein sollten, wollten die Henneberger und meine Herrin ihre Hochzeit zwei Wochen später im kleinen Kreis der Familie feiern.

Wegen der anstehenden Ereignisse reisten wir bald wieder nach Münden zurück, um alles vorzubereiten. Sidonie und Elisa fuhren mit uns in der Kutsche zurück und wir schmiedeten Pläne, was wir anziehen sollten, welche Speisen aufgetragen werden sollten und wie wir die Gäste unterbringen würden.

Meine Herrin freute sich auf die Zeit, in der sie nicht mehr regieren musste. Sie wollte mehr Zeit für ihre neue Ehe haben und die sozialen und religiösen Belange vorantreiben.

Was wir Frauen uns so schön ausgemalt hatten, war jedoch ohne den Wunsch Erichs II. geschehen. Ohne mit seiner Mutter oder Sidonie zu reden, schickte er an die hessischen und brandenburgischen Räte ein schroffes Schreiben, dass er nicht vorhabe, die Regierung anzutreten; ebenso sei er anderweitig in dringender Mission unterwegs. Sie bräuchten zu dem von seiner Mutter veröffentlichten Datum nicht zu erscheinen.

Obwohl es hieß, Erich II. sei außer Landes, hoffte meine Herrin doch insgeheim, dass er zu dem genannten Termin erscheinen würde.

An dem Tag bat sie Sidonie, ein herzogliches Kleid anzuziehen und bereit zu sein. Meine Herrin hatte alle Bücher, Hofrechnungen und Rechenschaftsberichte noch bis tief in die Nächte auf Fehler durchgesehen und hoffte, die sauberen Abschlüsse ihrem Sohn übergeben zu können. Doch Erich II. kam nicht und er schickte nicht einmal eine Auskunft, wann er gedachte, den Akt der feierlichen Würdigung seiner Regierungsannahme nachzuholen. Selbst ich hatte bis zur Nacht hin gehofft, Erich II. würde doch noch einreiten. Das Regierungshandbuch, das meine Herrin mit so viel Herzblut geschrieben hatte und das sie aufwendig verzieren ließ, wollte Erich II. nie sehen. Seine Frau Sidonie kam nie in den Genuss, offiziell an seiner Seite die Regierung anzutreten. Und niemand würdigte die jahrelange Arbeit meiner Herrin, als sie für ihren minderjährigen Sohn regierte. Da Erich II. die Regierung nicht förmlich antrat, wusste niemand der Untergebenen, an wen sie sich nun halten sollten. Kraft welchen Amtes hatten sie Steuern zu entrichten, den Glauben auszuüben? In meine Herrin hatten die Räte und Untertanen Vertrauen und Elisabeth tat alles, um sie nicht zu enttäuschen. Sie achtete auch peinlich darauf, dass die aufgelösten Klöster und die dazugehörigen Güter nicht von Adligen oder Städten einverleibt wurden. Die Gebäude und Gelder sollten in eine Stiftung einfließen, mit der soziale Belange der Bevölkerung unterstützt werden sollten. Siechenheime und Schulen für die Kinder wären hierbei gottgefällige Werke. Meine Herrin wollte auch sich selbst nicht bereichern, sondern noch mehr Prediger und Lehrer anstellen. Doch ihr waren die Hände gebunden, da sie nicht mehr befugt war, das Land ihres Sohnes zu regieren.

Eine namenlose Trauer legte sich über meine Herrin und Sidonie. Die Räte und Corvinus befürchteten, dass nun eine schlimme Zeit anbrechen würde.

Sidonie und meine Herrin wussten, dass Erich II. mit dieser Tat weder hinter seiner Frau noch hinter dem Wirken seiner Mutter stand. Und es wunderte mich nicht, dass sich meine Herrin und Sidonie insgeheim einander die Schuld gaben, weil Erich II. nicht gekommen war. Sidonie war sich der bedrückenden Übermacht der Mutter bewusst und meine Herrin fand, dass es Sidonie nicht verstand, ihren Mann besser an sich zu binden. Jede wartete an dem Tag allein und hatte am Abend nur eine schweigsame Kammermeisterin zur Seite.

Ich war erleichtert, dass die Hochzeit meiner Herrin im Familienkreis geplant war, denn es war wie damals, als der Körper Erich I. noch in Hagenau lag und wir so lange wie gelähmt waren, bis er in

Frieden in der St. Blasius Kirche in Münden beigesetzt werden konnte. So war es auch jetzt. Welche glücklichen Pläne sollten wir denn schmieden, solange Erich II. nicht die Regierung angetreten hatte? Bedeutete sein Fernbleiben, dass er weder mit der Hochzeit seiner Mutter noch mit ihrem Witwensitz einverstanden war? Liebte er Sidonie nicht mehr? Hatte er damals, als ihr unter Schmerzen das Kind im Leib entfernt wurde, seine Zuneigung verloren? War er zu jung, um die Verantwortung für seine Frau und sein Land zu übernehmen? Wollte er den Landstrich wirklich nicht regieren und lieber als Kriegsmann seinen Weg gehen wie sein Vater? Aber der hatte wenigstens seinen Frauen Anerkennung und Verantwortung übertragen. Wer sollte denn wissen, was Erich II. wollte, wenn er es nicht sagte! Er hätte doch Sidonie die Regierungsaufgaben im Land übertragen können. Sie war schließlich alt genug. Wenn er sie unterstützt hätte, wäre sie gewiss eine ebenso gute Landesmutter geworden wie meine Herrin. Alle warteten darauf, endlich die Zeit der Vormundschaft abzuschließen und sich auf einen Regenten verlassen zu können, der sich um das Wohl seines Volkes kümmerte.

Meine Herrin ließ in Münden für Poppo einen herrlichen Saal einrichten und schmückte sein zukünftiges Schlafgemach mit erlesenen Stoffen. Sie bestand darauf, dass er einen Kammerdiener zuließ, ebenso bestellte sie ohne Poppos Wissen einen Bademeister, der ihm ebenso getreu zu folgen hatte wie sein Diener.

Mich erheiterte die Vorstellung, dass Poppo nun einen ständigen Begleiter hatte, dass er angezogen, gewaschen und gekämmt wurde, obwohl er zuvor darauf bestanden hatte, sein Leben als frommer, bescheidener Mann zu leben.

So sehr alle unter dem abrupten Sinneswandel von Erich II. litten, meine Herrin handelte besonnen und die Vermählung in der großen geschmückten Kirche war eine glückliche Stunde. Alle, die anwesend waren, gönnten meiner Herrin diesen liebevollen und umgänglichen Grafen. Selbst Elisa scherzte mit ihrer Mutter, dass sie nun wohl auch Schwestern sein könnten, da sie Brüder geheiratet hätten. Corvinus bestätigte die Aussage Elisas: „Zumal Eure Mutter den jüngeren Bruder gewählt hat, besiegele ich die neue Schwesternschaft zwischen Mutter und Tochter." Meine Herrin vergaß auch am Tag ihrer Hochzeit nicht die Armen der Stadt. Gemeinsam mit Poppo ging sie mit reichlich Speisen und köstlichen Küchlein zu den Siechen und Kranken. Ich trug die Schleppe ihres Kleides durch die Stadt und Poppo hatte ihr seinen Arm gereicht. Als es an der Zeit war, den Kranken aus dem Evangelium zu lesen, wollte ich die Heilige Schrift aus den Händen Elisabeths nehmen und wie üblich daraus vortragen. Aber sie schüttelte den Kopf und reichte die aufgeschlagenen Seiten Poppo, der ja auch in der Auslegung Erfahrung hatte. Meine Herrin war glücklich, als Poppo das Buch in Empfang nahm und langsam zu lesen begann. Danach erklärte er noch, was die Worte für die Menschen bedeuteten. Ich hatte mir, bevor wir gingen, wie gewohnt sieben getrocknete Wacholderbeeren in den Mund gelegt. Immer hatte mich der würzige Duft der Beeren ruhig und gelassen gemacht, weil sie allen bösen Geistern wehrten. Nie hatten sie mich gestört, selbst beim Sprechen und Lesen ruhten die Beeren friedlich in meinem Mund. Als jedoch Poppo so wunderbar aus der Heiligen Schrift las, mussten mir mein Atem und die Beeren in die falsche Röhre gefahren sein, denn ich begann zu husten, dass manche meinten, ich würde mein Leben aushauchen. Die ganzen nächsten Tage fürchtete ich noch, dass ich damit den Teufeln Tür und Tor geöffnet hatte, denn ich konnte mich erst wieder beruhigen, nachdem ich einige Schlucke Wasser zu mir nahm. Ich holte noch einmal sieben Wachholderbeeren aus meinem Säckchen und sprach danach das Vaterunser nur still mit, damit es mir nicht noch einmal so erginge.

Da Poppo versprochen hatte, mit in Münden zu wohnen, hatte meine Herrin einen aufmerksamen und hilfreichen Begleiter an der Seite.

Wir mussten uns trotzdem erst daran gewöhnen, dass meine Herrin nun nicht mehr allein war.

Die Unglücklichste in ganz Münden war wohl Sidonie. Ihr Mann hatte es vorgezogen, nach Regensburg an den kaiserlichen Hof zu reiten und um die Freilassung Heinrichs zu bitten. Dies hatte er nicht mit Sidonie besprochen, sie hatte es von anderen erfahren. Er war nicht zum Regierungsantritt erschienen und nun sah er ein weiteres Mal seine Frau nicht, wie sie in schönen Kleidern und ihren aufgebundenen blonden Haaren eine wahre Zierde darstellte. Erich II. ließ seine Frau an dem Tag allein, genauso wie seine Mutter, die ihre zweite Ehe einging. Mit der Wiederverheiratung seiner Mutter erlosch die Vormundschaft endgültig, denn als wiederverheiratete Frau durfte sie nicht mehr ihrem Sohn vorstehen. Als ob Erich II. diesen Tag schon längst herbeigesehnt hätte, nahm er nun keinerlei Rücksicht mehr auf die Pläne seiner Mutter. Aber genauso wenig erklärte er sich Sidonie gegenüber, wie sie sich verhalten solle.

Poppo, der sich auf die Familie seiner Gemahlin gefreut hatte und auch seinem Stiefsohn ein guter Freund sein wollte, fand erst gar nicht die Gelegenheit, Erich II. seine guten Absichten zu zeigen. Er hatte wohl Recht behalten, als er die Monate zuvor befürchtete, dass er Sidonies Familie gegen sich aufbringen würde, wenn er nach Münden käme.

Mir gefiel die Vorstellung gar nicht, dass ich nun wieder bei den anderen Frauen schlafen sollte. Meine Herrin wollte nicht einmal, dass ich ihr am Tag ihrer Hochzeit aus den Kleidern half. Dabei hatte ich ihr doch mehrere Dutzend Nadeln in die Haare gesteckt, damit die Frisur gut saß! Sie wolle allein und ungestört die Nacht mit ihrem Gemahl verbringen. Als ob ich sie auch nur ein einziges Mal gestört hätte! Ich konnte während ihrer Hochzeitsnacht nicht schlafen. Ich musste ständig an die Haarnadeln denken. Wie übel würden die meiner Herrin zusetzen! Noch nie hatte sie mich fortgeschickt, ehe ich ihr am Abend die Haare gebürstet hatte.

Wenn ich nicht die Lieder aus dem neuen Gesangbuch hätte singen können, wären die nächsten Wochen für mich bitter geworden, denn für meine Herrin war ich nicht mehr als eine Frau für die Garderobe und ein Bote, der ständig hin und her geschickt wurde. Aber sie hatte mir ihr neues Liederbuch anvertraut! Corvinus hatte es ihr gewidmet und als Hochzeitsgabe zugedacht. Luther und Melanchthon hatten die ausgesuchten Lieder so sehr gefallen, dass sie das Buch in Druck gaben und die Gemeinden in Hannover dadurch ihre ersten Gesangbücher erhielten. Luther und Melanchthon hatten Corvinus ermuntert und wünschten ihm, dass die Lieder

„... in allen Kirchen, daheim, unter dem Hausgesinde, in den Gärten, auf den Äckern, in den Heerlagern, in allen Werkstätten gehört und gesungen werden sollten."

Ich sang daraus mit den Hoffräulein, Anna Maria, Katharina und Sidonie. Wir hatten wahrlich unsere Freude dabei. Dazu gesellten sich auch noch die Männer, die einen anderen Ton dazu sangen. Ich schlug jedoch immer das Buch meiner Herrin auf, das sie mir anvertraut hatte, mit dem Befehl, ich solle fein säuberlich singen lernen, damit ich in den Kirchen ein Vorbild sei und ich sie im Gesang stützen könne. Wenn ich das Buch schloss, las ich immer, was auf der Titelseite des Buches stand:

„Die vornehmsten Artikel unserer christlichen Religion in christliche Gesänge gebracht, damit man Lust zu singen, die Jugend bilden, und es in der Kirche gebrauchen kann."

Ich sang nicht nur mit den anderen und in der Kirche. Ich trug das Gesangbuch immer bei mir und wenn ich zu Bett ging, so legte ich es unter mein Kissen. Wie meine Herrin, ehe sie mit Poppo vermählt wurde, am Abend nach dem kleinen Kreuz unter ihrem Kissen griff, so spürte ich das Buch unter dem Federkissen. Die Lieder wiegten mich in den Schlaf und sie verbanden mich auf immer und ewig mit all den Menschen, mit denen ich sie gemeinsam gesungen hatte, selbst als sich meine Herrin und Sidonie immer weniger verstanden. Die Lieder hatten in mir ein großes Vertrauen zu den Sängern geschaffen und mir jeglichen Argwohn für immer ausgetrieben.

Auch wenn ich manchmal unter den Launen meiner Herrin litt, so hatte sie mir doch mit den Liedern den größten Schatz meines Lebens geschenkt. Bei allem, was um mich herum geschah, ich hielt mich an die Lieder. Hatte Sidonie Kummer, so suchte ich ein Lied aus, um es mit ihr zu üben und wir vergaßen alle Traurigkeit. Hatte meine Herrin Sorgen, weil Erich II. sein hochverschuldetes Land nicht entlastete, sondern danach trachtete, als großmütiger Gönner Geld auszugeben, so sang ich auch ihr ein Lied vor. Mir halfen die Lieder zu spüren, dass auch alles sich wieder zum Guten wenden könne. Meine Herrin hingegen brachten die Lieder immer auf neue Ideen. Meist griff sie dann zur Feder, schrieb einen Brief und wies den Boten an „so schnell er nur kann", die Botschaft zu übermitteln.

Immer öfter stritt meine Herrin mit Sidonie, weil sie der Meinung war, Sidonie wäre zu sanft zu Erich II., und sie würde die Reize ihres Körpers zu wenig einsetzen. „Warum sonst ist er dauernd auf Reisen?", forschte sie nach. „Weil mein Gemahl schon immer davon träumte, zu kämpfen und sich zu beweisen", erwiderte Sidonie sachlich. Meine Herrin war erbost darüber, dass Erich II. sich in die Politik einmischte, ohne sein Land zu regieren und sagte: „Er ist erst siebzehn und doch hat ihn der Kaiser bereits zum Fürstentag nach

Regensburg geladen. Und auch wenn ich mich darüber freue; warum kommt er nicht zurück und berichtet uns, was war?"

„Vielleicht traf er andere Fürsten, mit denen er Pläne schmiedet, und er stellt sich in den Dienst des Kaisers?" Da wurde meine Herrin zornig und zischte: „Werte Sidonie, es ist die Aufgabe meiner Schwiegertochter, nicht mir die Fragen zu stellen, sondern mir Fragen beantworten zu können!"

„Wie sollte ich Euch Fragen beantworten können, wenn Ihr es doch immer so anstellt, dass Ihr alles zuerst in Erfahrung bringt? Ich wüsste keinen einzigen Umstand, den Ihr, liebe Schwiegermutter, nicht schon vor mir wüsstet." Nach dem kurzen Gespräch sollte ich meiner Herrin unverzüglich nachfolgen. Aber ich schaute mich noch einmal um, damit Sidonie erkennen konnte, dass sie mein Mitgefühl hatte. Meine Herrin suchte gradewegs Poppo auf und beklagte sich über den unverschämten Ton ihrer Schwiegertochter. Was Poppo sagte, hatte ich erwartet: „Wir müssen Nachsicht mit der Jugend haben. Sidonie ist jung, sie braucht unser Mitgefühl und die Kraft unseres Glaubens." Damit hatte er aber meine Herrin nur noch mehr aufgeregt. Wenn meine Herrin schnellen Schrittes ging, war es kein gutes Zeichen. Ich fragte: „Möchte meine gnädige Herrin vielleicht einen Ritt machen und dabei klare Gedanken fassen?"

„Du meinst wohl, ich sollte meinen Zorn kühlen?"

„Nein", verbesserte ich mich. „Ich dachte, beim Reiten kommen Eurer Hoheit doch oft gute Gedanken." Ich wusste sehr wohl, dass ich nichts hätte sagen dürfen. Ich hätte mich heraushalten sollen. Im Grunde hätte ich mir gewünscht, dass meine Herrin wie früher mit Sidonie und ihren Töchtern ausritt, damit sie alle neuen Mut schöpften. Aber das traute ich mich nicht zu sagen. Ich erschrak über die Worte Elisabeths: „Du meinst, ich brauche den Rat meiner Kammermeisterin, wenn mir die Kinder das Herz brechen?" Ich wünschte, ich hätte zuvor geschwiegen. Ich überlegte lange und sagte dann: „Ich habe keinen Rat. Es gibt nur einen, der raten kann. Von ihm erzählen die Lieder, die mich schon seit Wochen begleiten. Das einzige, was ich Ihrer Majestät geben kann, ist ein Lied aus dem Gesangbuch des Corvinus." Ich hatte also meinen Kopf aus der Schlinge gezogen. Trotzdem, meine Herrin bestand darauf, dass ich ihr ein Lied vorsang. „Gleich jetzt, wenn wir in der Schreibstube sind, denn ich will an meinen säumigen Sohn einen Brief schreiben. Selbst wenn mir die Finger wund werden sollten, ich werde nicht ablassen, ihn zu mahnen." Ich wusste, dass sie an Sidonie dachte. Sidonie schrieb sich auch mit Erich II. Doch ihre Briefe waren voller Zärtlichkeit und kein Wort des Vorwurfes kam über ihre Lippen.

Ich sang meiner Herrin vor, auch wenn es seltsam war, weil sie nicht mitsang, sondern mich prüfend und unwillig dabei ansah. Wie eine bittere Medizin war mein Gesang für sie. Danach griff sie zu Papier und Feder. Später warf ich einen Blick auf den Brief, um zu sehen, was sie ihrem Sohn geschrieben hatte. Doch der Brief war nicht an den jungen Herzog gerichtet, sondern an den Kaiser persönlich. Darin bat meine Herrin, dass er

„… den jungen Herzog, der sich mit mehreren hundert Pferden und Kriegsvolk freiwillig in seinen Dienst gestellt habe, doch bitte zurücksenden solle, da das Land nicht die Mittel dazu habe. Zudem habe der geliebte Sohn versäumt, offiziell die Regierungsgeschäfte anzutreten, zudem sei er doch erst siebzehn Jahre alt und solle nicht in Kriegsgeschäften sein Leben aushauchen. Vielmehr solle Er, Kaiser Karl V., die große Not seiner leidgeprüften Mutter und seiner Gemahlin Sidonie, Herzogin von Calenberg, geborene von Sachsen, bedenken, da sie noch keinen Erben haben und seine Gemahlin noch nicht guter Hoffnung ist. So bitte ich untertänigst im Namen meines verstorbenen Gemahles, Herzog Erich I. von Calenberg, meinem Sohn zu befehlen heimzukehren und seinem Land für einige Zeit vorzustehen…"

Ob Sidonie wusste, was meine Herrin geschrieben hatte? Und wie würde Erich II. reagieren, wenn er vom Kaiser mitgeteilt bekam, dass er wegen der Bitten seiner Mutter entlassen würde? Er, der sich endlich als Landsknecht beweisen wollte. Wie Moritz von Sachsen wollte er zu Felde ziehen und wie sein Vater in ferne Länder reisen.

Was auch immer der Kaiser und Erich II. dachten, wir erfuhren es nicht, denn der junge Herzog vermied es, in Münden zu weilen oder einen Brief zu senden.

Ich hielt mich an die Lieder und an all die Menschen, die sie aus reinem Herzen mit mir sangen. Vor den Gottesdiensten traf ich mich mit Sidonie und den zwei jungen Töchtern meiner Herrin, Anna Maria und Katharina, die sich mit ihren Hofdamen einfanden.

Weil der junge Herzog abwesend war, hatten wir Angst davor, wie es weitergehen würde. Als ob ein Wolf nun alle Nächte heulend über Münden uns aufs Neue die Angst lehrte, so wussten wir nicht, was uns die nächsten Tage bringen würden. Wir waren zu einer kleinen verängstigten Schar geworden, die sich gegen das Unheil zu schützen versuchte. Ich tat es mit den Frauen, indem wir sangen und nicht davon abließen, allen, die es wollten, die biblischen Geschichten zu erzählen und sie selber zum Lesen und Schreiben zu ermuntern. Denn dies, so erklärte uns Sidonie, mache die Menschen frei, selbst zu erkennen, was gut und was böse sei und sich nicht in die Hand der Menschen oder des Geldes zu stellen, die die größten Feinde des Menschen sein könnten. Woher nahm Sidonie die Kraft, noch immer auf einen guten Ausgang ihrer Lage zu hoffen? Ich fragte sie selbst, denn sie machte in ihrer Freundlichkeit keinen Unterschied zwischen den Angestellten und ihren Freundinnen. „Wer sagt denn, dass ich auf einen guten Ausgang warte?", fragte sie mich zurück. „Nun, Ihr singt fröhlich und bietet meiner Herrin die Stirn, wie es einer Herrin gebührt. Außerdem seid ihr Eurem Gemahl gegenüber sanft." „Alles, was ihr aufzählt, ist doch meine Pflicht. Aber ob eine Sache siegreich ausgeht, steht nicht in meinen Händen. Sieh doch, selbst Christus, der ein vorbildliches Leben führte, hat keinen Sieg bei den Menschen errungen, sondern wurde ans Kreuz genagelt. Dürfen wir für unser Leben mehr erwarten?“ Sidonie sprach, wie es Corvinus in der Kirche tat. Mir fiel mein Traum ein, den ich in Kassel geträumt hatte:

Sidonie, die Blumen in die Luft geworfen hatte, stand im Feuer, das Erich II. entzündet hatte. Meine Herrin hatte sich nicht um ihre Qual gekümmert, sondern sich als Braut geschmückt. Ich ging fort von Sidonie, damit sie meine Tränen nicht sah. Aber damals hatte mir Poppo erklärt, dass mich meine Träume stärken und nicht schwächen sollten. Ja, er sagte sogar, Gott schenkt uns die Träume, damit wir in der Welt nicht erschrecken. Aber, was wusste er schon von dem schwachen Herzen einer ganz normalen Frau!

Meine Herrin hatte Poppo an ihrer Seite und beide hielten die christliche Lehre in ihrem reformierten Land lebendig. Ich musste mit, als sie die Städte und Landschaften aufs Neue bereisten, um zu prüfen, ob die Errichtung von Schulen und Krankenhäusern voranginge und die Pfarreien besoldet würden. Die Begleitung Poppos war zwar tröstlich für uns, doch seine Gegenwart stieß bei vielen Ratsherren auf Argwohn. „Wozu soll ich Eure Arbeit noch beschweren“, sagte er zu Elisabeth, als sie einen Besuch in Hardegsen machte. „Ihr seid es, die den Hardegsern mit eigener Hand siegelt, dass sie Zuwendungen erhalten, um den Pastor Flügge weiter besolden zu können. Wenn sie mich sehen, fürchten die bedrängten Bürger doch nur, dass noch ein Herr sie ausbeuten möchte.“

Es war Poppo nicht möglich, einen guten Stand in Calenberg zu fassen und er besprach sich offen mit Elisabeth, wie sie diese Zeit am besten hinter sich brächten. „Überlass die Geschäfte Sidonie und komm mit mir nach Ilmenau“, bat er Elisabeth. „Ich kann weder mein Land noch meine Kinder im Stich lassen“, erwiderte Elisabeth. Sie einigten sich darauf, dass Poppo noch mit ihr die Reise beenden würde, um dann nach Ilmenau zu gehen und dort die Ausbauten vorzunehmen. Im Frühjahr des kommenden Jahres würde meine Herrin über längere Zeit dort zu einem Besuch weilen.

In Münden zurück, bereitete Poppo alles für seine Abfahrt vor. Meine Herrin gab ihm noch zwei Architekten und einige Bauleute mit auf den Weg. Sie sollten noch eine Silberkammer in Ilmenau einrichten, denn sie wollte auch dort einige ihrer wertvollen Gegenstände lagern. Die Keller in Ilmenau waren stabil genug und sicher. Meiner Herrin fielen noch so viele Sachen ein, dass Poppo nicht wie geplant mit einer kleinen Truppe nach Ilmenau aufbrach, sondern sechs voll beladene Kutschen, vier Bedienstete, Wachpersonal und ein gut' Dutzend gesunder Pferde mit nach Ilmenau reisten. Poppo küsste Elisabeth, ehe er aufsaß, noch mitten auf den Mund.

Die Herbststürme wechselten sich mit Schneestürmen ab und freiwillig hätte ich das sichere Schloss in Münden nicht mehr verlassen. Ich lag wieder Nacht für Nacht neben meiner Herrin und in meinen Träumen heulte der Wolf. Mal saß er unter unserem Fenster, dann hatte er den Turm erklommen und heulte von den Zinnen.

Erich II. hatte sich entschieden: Er kämpfte gegen den Schmalkaldischen Bund. Er kämpfte gegen unsere Freunde. Er kämpfte gegen unseren Gott und Luther.

Corvinus hatte vorsichtshalber extra eine Steuer der reformierten Kirchen für Erich II. einrichten lassen und dieser versprach daraufhin, sein eigenes Land und die Städte zu schonen. Doch keiner von uns glaubte an seine Versprechungen.

Im Frühling ließ Erich II. eine Gedenkmünze prägen, die ihn als stolzen Belagerer von Bremen feierte. Als Gegenzug von Erichs II. Angriff auf die reformierten Gebiete wurde unser Calenberg ebenso vom altgläubigen Bund angegriffen. Weite Landstriche wurden ausgeplündert und zerstört. So hatte Erich II. über sein eigenes Land die Vernichtung gebracht. Wir fürchteten uns in den Tagen, dass uns der Herzog auch noch über Münden diese Schrecken brächte. Poppo war nicht da und die Briefe von Albrecht, die meine Herrin zu trösten verstanden, hatten einen anderen Tonfall angenommen. Albrechts Frau war gestorben und der Herzog in Preußen war darüber schwermütig geworden. Ehe meine Herrin ihn tröstete, war ihr eine bessere Idee gekommen: Wer weiß, ob Erich II. seine beiden unverheirateten Schwestern mit altgläubigen Fürsten vermählen wollte und ihnen das gleiche Unheil drohte, wie ihrer werten Mutter, die von ihrem Gemahl verstoßen wurde? Und wie würde Erich II. nun mit Sidonie verfahren?

In einem glühenden Brief schrieb sie an den kinderlosen Albrecht:

„Mein werter Herzog, Albrecht von Preußen, so Euer Herz betrübt ist über den Verlust Eurer lieben Frau, so sollt ihr wissen, dass ich eine überaus fromme und tüchtige Tochter habe, die es versteht, wunderbar zu singen und Klavier zu spielen... Unser Haus würde es hochschätzen, wenn ihr den Bund der Ehe mit ihr eingehen würdet...“

Herzog Albrecht schrieb zurück, dass er nicht daran dachte, sich zu verheiraten. Auch sei er ein alter Mann und Anna Maria gerade 15 Jahre.

Ich fand, er hatte Recht mit seinen Worten. Meine Herrin dachte jedoch nur daran, dass sie erst 14 war, als sie heiratete und Albrecht mit seinen 57 Jahren nur unwesentlich älter wäre als ihr erster Gemahl. Es wäre eine gute Partie für Albrecht und für ihre Tochter.

Daraufhin bat Elisabeth Poppo, doch einen Besuch bei Albrecht abzustatten und mit ihm über ihre guten Absichten zu sprechen, denn sie selber sei unabkömmlich.

„... Unsere missliche Lage, mein liebster Gemahl, wird immer bedrückender. Meinem Sohn, den ich unter Schmerzen und viel Hoffnung geboren habe, gelang es zu unserem großen Leidwesen mit großer Kriegslist Bremen und weite nördliche Teile zum alten Glauben zu zwingen.

Was mir aber als ein noch größerer Schmerz in mein Herz stieß, ist ein Brief meines Sohnes, den er mir überbringen ließ. Er schrieb ihn mir, als er vor einigen Tagen in Hilwartshausen, nahe Münden weilte. Er, der nur eine kurze Strecke hätte reiten brauchen um bei seiner Gemahlin und Mutter zu weilen, zog es vor, bei den katholischen Benediktinerinnen einzukehren und von dort seine falschen Ränke zu schmieden. Wir sind voller Gram, denn der junge Herzog lässt sich feiern wie ein Held. Es werden Heldenlieder auf ihn gesungen, weil er bei Drakenburg Stellung hielt, als er vom Obristen Wilsberg im Stich gelassen wurde. Mein Sohn rühmt sich, obwohl bei der Schlacht 3.500 Mann ihr Leben ließen und weitere 2.000 gefangen genommen wurden. Mein Sohn durchschwamm sogar in seiner Rüstung die Weser. Einem normalen Ritter wäre dies nicht gelungen. Mein Sohn hat den gleichen kämpferischen Körper wie ihn auch sein Vater hatte, aber sein Herz und sein Verstand haben die Größe eines Vogeleis. So erdreistete sich mein Sohn, mir, seiner Mutter zu schreiben, er würde zwar gerne zu ihr kommen, jedoch müsste er nach Halle, denn des Kaisers Wunsch ginge vor...“

Sie schrieb ihm auch:

„... ich wüsste nicht, wie ich diese bösen Tage ohne Euch, meinen geliebten Gemahl, ertragen könnte. Ich denke an die Zeit, als wir vor wenigen Wochen, wie es Gott gebietet, zusammenlagen und uns herzten. So stärkt mich Eure treue Liebe, auch wenn wir getrennt sind und mir nichts anderes übrigbleibt, als mich nach meinem geliebten Fleisch zu verzehren. Ich verspreche Euch, dass ihr, wenn ihr das nächste Mal zu mir kommt, Eurer großen Vorliebe frönen könnt und wir gemeinsam in Nienover zur Jagd blasen werden. Ich werde Euch beweisen, dass ich

nicht nur flink mit der Feder bin, sondern mich ebenso darauf verstehe, selber einen Eber mit Stangen zu erlegen. Nienover verfügt über gut ausgebildete Jagdhunde, denen kein Hase zu entwischen versteht. So tröste ich mich in all meinem Elend mit den lieben Gedanken an Euch. Gebe Euch Gott einen gesunden Schlaf und Gesundheit…"

Was wir damals noch nicht wussten, war, dass Erich II. nicht die Wahrheit gesagt hatte. Er hatte die Schlacht nicht siegreich bestanden, sondern durch seine Unachtsamkeit viele seiner Kämpfer verloren. So hatte er, um vor dem Kaiser besser dazustehen, den Obristen Wilsberg zu Unrecht beschuldigt, um von seiner eigenen Schuld abzulenken. Erich II. hatte damals, als er meinte, auf dem Rückzug und in Sicherheit zu sein, seine Truppen geteilt und wurde dadurch zu einer leichten Beute. Der besungene Held, der in schwerer Rüstung durch die wilde Weser schwamm, war nichts mehr als einer, der seine Leute im Stich gelassen hatte, um sein eigenes Leben zu retten. Als der Kaiser von den wahren Begebenheiten erfuhr, schickte er Erich II. kurzerhand nach Hause.

Doch sein Zuhause war nicht mehr Münden, wie wir es uns gewünscht hätten. Der Herzog richtete sich in seiner Festung Calenberg ein und von dort erteilte er Anweisungen.

Als Sidonie erfuhr, dass ihr Gemahl nun auf der Festung Calenberg wohnte, packte sie ihre Sachen zusammen, rief ihre vertrautesten Mägde und einige tüchtige Handwerker und machte sich mit ihnen auf den Weg, um bei ihrem Mann zu wohnen.

Als die Reisetruppe aus Münden fuhr, sagte meine Herrin: „Wie viel Mut Herzogin Sidonie hat. So viel Mut und so wenig Stolz und fast keinen Schutz." Ich wusste, dass sich meine Herrin wegen ihres Sohnes schämte und wohl auch über sich selbst, denn sie hatte sich Sidonie immer mehr entzogen und ließ sie nicht an den Regierungsgeschäften teilnehmen. Ich wünschte mir, Erich II. würde sich über seine Frau freuen, die so treu zu ihm stand.

Herzogin Sidonie verließ das wohlbestellte Münden, in dem sie mit vielen freundlichen Frauen lebte und ein sicheres Zuhause hatte. Sie nahm es auf sich, an der Seite ihres unsteten Gatten auszuharren. Egal, wie groß ihr eigenes Unglück auch war, stets war sie darauf bedacht, die Lutheraner zu schützen und für die Elenden zu sorgen. Dies war das einzige, das meine Herrin noch mit Sidonie verband, sonst war Elisabeth gegen Sidonie hart geworden.

Erich II. rekatholisiert das Land und nimmt Corvinus gefangen (1548-1549)

Wie bei einem Kartenspiel, mal König, mal Bube oben liegt, so änderte sich auch das Blatt für Philipp von Hessen und Heinrich von Braunschweig. In den Kriegswirren wurde Philipp verhaftet und geriet in Gefangenschaft, während Heinrich befreit wurde und endlich wieder die Regierung in seinem Land übernehmen konnte.

Da die Städte Calenbergs die protestantische Seite unterstützt und verloren hatten, mussten sie an den Kaiser harte Strafen zahlen, um ihre Unabhängigkeit zu behalten. Er forderte von Hannover 20.000 Gulden und 12 Geschütze. Göttingen sollte 30.000 Gulden zahlen und 10 Geschütze abliefern. Während Hannover eine wesentlich reichere Stadt war und die Gilden der Stadt noch im gleichen Jahr 6 Geschütze ersetzen konnten, so begann die Stadt Göttingen mit dem Kaiser zu verhandeln, weil sie zum einen keine Geschütze besaßen und zunehmend verarmten. Sie baten Kaiser Karl V. mit 10.000 Gulden zufrieden zu sein, da sie schon an Herzog Erich II. 6.000 und an Heinrich 3.000 Gulden bezahlen mussten. Und selbst diese Summe musste sich die verarmte Stadt in vielen kleinen Beträgen zusammenborgen.

Doch dem Kaiser war dies alles nicht genug. Er führte die alten katholischen Bräuche wieder landesweit ein und erließ dazu ein Interim, in dem genau geregelt war, was noch zulässig war und welche Handlungen gotteslästerlich und strafbar waren. Diese Richtschnur sollte für alle Gültigkeit haben. Doch diese neuen Gesetze waren enger, als alle anderen zuvor, und nur die ängstlichen Katholischen stimmten dem Interim zu. Mutige Städte, wie Braunschweig, ließen den Kaiser wissen:

„…, dass keine wahren Lehrer des göttlichen Wortes, oder, wer auch nur ein einziges Mal die Wahrheit in dem ewigen Wort Gottes erkannt habe, ohne Verlust seiner Seele das Interim annehmen könne!“

Der größte Vorwurf an den Kaiser bestand darin, dass er sich über das Gewissen und den Glauben der Menschen hinwegsetzte. Da der Erzbischof von Mainz jedoch darauf bestand, das Interim auch in Calenberg auszuüben, beauftragte meine Herrin Corvinus, das Interim mit gelehrten Geistlichen genau zu studieren und einen theologischen Gegenentwurf zu verfassen.

Als Elisabeth den Entwurf von Corvinus mit dem Titel „Ratschläge und Bedenken“ in Händen hielt, berief sie eine Synode in Münden ein. Meine Herrin bewirtete in den Tagen 140 evangelische Pfarrer. Alle fanden in Münden Herberge und Platz im fürstlichen Saal, wo sie um den großen Tisch saßen und über das Papier sprachen.

Einige Pfarrer waren aus Angst vor der Reaktion Erich II. der Sitzung ferngeblieben. Aus Bursfelde war lediglich der furchtsame Abt erschienen, der nicht wie all die anderen die „Ratschläge und Bedenken“ unterzeichnen wollte. Alle hatten bereits unterschrieben, aber der Abt versuchte aus Angst vor Erich II. und der katholischen Kirche darum herum zu kommen. Doch dem wankelmütigen Abt spielten seine schlagfertigen und überzeugten Kollegen einen Streich. Wohin sich der Abt auch bewegte, ob er im Saal oder auf dem Abort gesichtet wurde, hörte er den Spottvers, den sich ein lustiger Kopf ausgedacht hatte und den alle nachplapperten:

„Herrn Abt zu Bursfelde!
Hier gibt's kein Gelde, es gilt die Seel, dazu die Haut,
schreibt drunter, so werdet ihr Christi Braut.“

Mich freute es, dass der Abt so zum Gespött wurde, denn er war wirklich ein Hasenfuß. Selbst als er unterzeichnete, dachte ich, dass er so wankelmütig sei wie der junge Herzog. Sobald sich die Mönche fürchteten, würden sie wieder auf die andere Seite schwenken.

Als er endlich den Entwurf unterschrieb, fühlte er sich einem Helden gleich, und als anschließend in der St. Blasiuskirche ein Gottesdienst abgehalten wurde, wo sich alle beim Heiligen Abendmahl mit Brot und Wein für die kommende Zeit stärkten, war der Abt wieder ganz vorne mit dabei.

Als Erich II. von den theologischen Handlungen seiner Mutter erfuhr, packte ihn ein großer Zorn. Er ritt durch Münden, ohne jemanden zu grüßen und weiter nach Hilwartshausen, wo er wieder bei den katholischen Nonnen Unterkunft fand. Von dort aus erließ er das scharfe Gebot, dass ganz Calenberg rekatholisiert werden solle. Die Klöster, Städte und jeder Bürger sollten mit sofortiger Wirkung zum alten Glauben zurückkehren und die evangelischen Pfarrer vertrieben werden.

Anschließend ritt der Herzog zur Erichsburg. Er berief weder die Räte ein noch sammelte er Ritter oder Adelige um sich, die ihn unterstützten oder berieten. Er ließ Geld eintreiben, von dem er spanische Kämpfer kaufte und in seinen Dienst stellte. Nicht seine Landsleute sollten sein Leben bewachen und ihn begleiten. Er setzte auf die spanischen Trabanten, deren Handwerk die Kriegskunst war. Diese sollten auch dem verwerflichen Treiben der Lutheraner ein für alle Mal ein Ende bereiten.

Der Abt von Bursfelde führte wieder den römischen Gottesdienst ein. Uslar, dessen Schloss ohnehin an die katholischen Wahlsburger verpfändet war, fügte sich ebenso ohne Widerstand den Anweisungen. Die Wiebrechtshäuser Nonnen wurden angewiesen, sofort ihren Habit, den sie abgelegt hatten, hervorzusuchen, und sich gemäß den katholischen Riten zu kleiden und zu verhalten. Die großen Städte waren es Leid, in alte Zeiten zurückfallen zu müssen. Dort hatten sich viele hinter die evangelische Lehre gestellt. Selbst das kleine Dassel, das lange zum Bistum Hildesheim gehört hatte, wollte sich auf die Seite der Reformierten stellen. Für sie war klar, dass die katholische Kirche nicht mehr zeitgemäß war. Sie planten ein großes Kirchengemälde, das den Himmel zur rechten und die Hölle zur linken Seite zeigt. Neben den Heiligen gingen auch die Reformatoren und evangelischen Landesherren gradewegs in den Himmel. Mit in der Reihe von Luther und seiner lieben Käthe gingen auch meine Herrin Elisabeth und Corvinus dem göttlichen Licht entgegen. Die altgläubigen Würdenträger verschluckte jedoch der Höllenschlund, ohne Federlesen mitsamt den Mördern und Betrügern.

Nicht genug, dass der Herzog die bekennenden Lutheraner in solche Not brachte. Erich II. verlangte von der Stadt Hannover, dass sie den Fußfall vor ihm machen, sich als aufsässige Rebellen zu erkennen geben und um Gnade bitten. Sie dürften keinem Bündnis beitreten und ferner nur ihren Herzog um Rat und Hilfe bitten. Ebenso sollten der Stadt die Schlüssel, die Büchsen, das Lot und das Kraut zukommen und innerhalb der Ringmauer für ihn ein Kastell errichtet werden. Dazu mussten sie ihm als Landesherrn eine Verehrung von 7.000 Gulden zukommen lassen.

Die Stadt Göttingen überzog er ebenfalls mit solch hohen Forderungen, dass sich meine Herrin an ihren Bruder, Joachim II. von Brandenburg, wandte, damit er beim Kaiser ein Wort für sie einlegte. Doch dieser antwortete, dass ihm darin die Hände gebunden seien.

So wütete der Herzog mit fremden Söldnern im eigenen Land, in dem er nie zu friedvollen Zeiten rechtmäßig die Regierung angetreten hatte, um das Vertrauen und die Unterstützung seiner Untertanen zu gewinnen.

Meine Herrin wurde krank vor Kummer und Sorge. Sie gönnte sich keine Ruhe und versuchte so gut es ging, das Schlimmste zu verhindern. Wieder hatte sie seit Tagen keine Nahrung zu sich genommen, da ihr das Essen im Leib große Schmerzen bereitete. Ich bat sie, sich ins Bett zu legen, damit sie wenigstens mit ihren Kräften haushalte, zumal sie vor Bauchschmerzen kaum noch aufrecht gehen konnte. Selbst Mithof sagte, dass sich Elisabeth auskurieren müsse.

So krank meine Herrin bereits war, kam dazu noch eine weitere schreckliche Nachricht. Der Bote, der um den Gesundheitszustand meiner Herrin wusste und um ihre große Zuneigung für Corvinus, fiel es sichtlich schwer zu sagen, was ihm aufgetragen war. So stotterte er und sprach: „Werte Herrin, ich muss Euch eine traurige Nachricht überbringen. Die spanischen Soldaten zögerten nicht, unseren verehrten Corvinus und Walter Hocker, Prediger zu Pattensen, wie Verbrecher zu binden und sie als Gefangene zur Festung Calenberg zu bringen. Die Spanier handelten im Auftrag unseres Herzogs. Die beiden Gottesmänner sind nun im Gefängnis von Calenberg, wo sie im irdenen Loch einsitzen.“ Die Nachricht traf meine Herrin so schwer, dass sie zusammenbrach und ich sie auf den großen Diwan legen musste, damit sie wenigstens wieder richtig atmen sollte.

Mich grauste bei der Vorstellung, dass Corvinus in dem mit Wasserlachen bedeckten Verließ einsaß, wo es doch auf Weihnachten zuging und der Frost in den Nächten das Gras gefrieren ließ.

„So liegt nun mein treuer Freund und Seelsorger in einem solchen Jammer. Was wir mit Herzblut und Gottes Gnade erbaut haben, dem trachtet mein einzig geborener Sohn nach dem Leben.“ Elisabeth schlug die Hände vor das Gesicht. Noch nie war meine Herrin so bekümmert, noch nie war auch ich so hilflos. „Agnes, bring mir Papier und Feder“, bat sie mich. „Ich muss meinem Sohn schreiben, und ich muss Corvinus schreiben und ihn trösten.“ Ich brachte meiner Herrin, was sie verlangte, doch ihre Hände zitterten so sehr und ihr Körper war so voller Unruhe, dass sie weder die Feder ruhig führen, noch das

Papier stillhalten konnte. Sie wollte darüber fast verzweifeln, da sprach ich sie an: „Werte Herrin, ich hole euch einen Schreiber, damit ihr ihm eure Worte diktieren könnt. Wartet eine kleine Weile, und Euch ist die rechte Hilfe zur Seite." Ich sprang aus dem Zimmer hinaus, die Stiegen hinab und klopfte an die Amtsstube. Der Schreiber, den ich wollte, hatte gleich seinen Kopf gehoben, als ich eingetreten war. „Komm mit mir", sagte ich. „Meine Herrin braucht einen schnellen, sauberen Schreiber." Der junge Mann drückte mir sein Tintenfass in die Hände und griff nach dem Holzbrett, das neben seinem Sekretär stand. Darauf legte er einige Seiten Papier und verschiedene Federn. Mit einer kleinen Kopfbewegung wies er mich an, für ihn die Tür zu öffnen.

Im Zimmer meiner Herrin rückte ich für ihn einen Stuhl vor ihr Lager. Als er darauf Platz genommen hatte, legte ich ihm die Platte auf die Knie und reichte ihm die Utensilien. Ich eilte in die Küche, um ein weiches Tuch zu erbitten und holte einen Krug voller Wasser, damit sich meine Herrin erfrischen konnte. Die Küchenmeisterin stellte mir mit einem aufmunternden Lächeln noch ein Fläschchen Minzöl hinzu. Sie hatte wohl gemerkt, dass ich es gebrauchen konnte. Und so war es auch. Noch ehe ich in die Stube eintrat, spürte ich, dass auch meine Hände zitterten. So stellte ich das Tablett ab, träufelte einen Tropfen Öl auf meinen Finger und betupfte damit meine Schläfen. Ich atmete tief ein und schöpfte neue Kraft. Der Schreiber hatte bereits das Datum und die Anrede auf das Papier gebracht, und Elisabeth fiel es sichtlich schwer, nun die ersten Worte zu finden. Ich goss ein Glas Wasser ein und reichte es meiner Herrin. Sie trank ein paar Schlucke und begann zu diktieren:

„An meinen werten Sohn, Erich II., Herzog von Calenberg!
Ich habe Euch mit Bangen getragen, mit Mühe und Arbeit erzogen, und als Ihr in die Schlacht gezogen seid, habe ich um Euch geweint und ließ in allen Kirchen für Euch beten. Doch dies alles liegt nicht so schwer auf mir wie Eure neuen verwerflichen Taten.

Die erkannte Wahrheit zu verleugnen, ist eine Sünde, die weder in diesem noch im jenseitigen Leben Vergebung findet. Und die Diener des göttlichen Wortes schänden und beleidigen, bedeutet nichts anderes, als den Heiland zu kränken, der unsere Sünden getragen hat... Ich kann von meiner mütterlichen Bitte nicht ablassen: Sehet von Eurem Vorhaben ab um Eures Friedens und Eurer Ehre Willen. Bedenket, dass des Herren Zorn über ein Land kommt, in dem seine Diener gedemütigt werden. Diener, die ihr Heim verließen, um uns armen, verängstigten Menschen die gute Nachricht zu verkünden, da wir zuvor in Angst lebten und verführt waren. Nicht die Mächtigen der Kirche brachten uns die gute Nachricht der Liebe Gottes, sondern Luther und seine Getreuen waren es, die uns den Weg zum Himmel frei machten. Denkt an die Diener Gottes, die keine Gelder anhäufen, wenn sie den Armen die Sünden vergeben.

Ferner denkt an Euer fürstliches Wort, das Ihr gegeben und auf das Ihr euren Eid gelegt habt, die reformierten Untertanen zu schützen. Welcher Landesvater wird seine Kinder so im Stich lassen und sein Wort brechen? Die Urkunde darüber halte ich in Händen und welche Schmach ist es für die ganze Welt, ein solches Siegel gegen das eigene Volk zu brechen!

Habt Ihr ein solches Verhalten gegenüber Eurer Mutter in Hispanien gelernt und das wohlwollende, christliche Leben Eurer Eltern und Eurer Heimat vergessen? Soll ich etwa den Tag verfluchen müssen, an dem ich Euch unter Schmerzen und großer Dankbarkeit geboren habe?

Meine Bitte lässt Euch nicht: Gebt die frommen Männer frei und in meine Hände, damit sie Euch freisprechen...“

Es fiel mir schwer mit anzuhören, was meine Herrin ihrem Sohn sagte, denn sie sprach in großem Leid. Als sie den Brief beendet hatte, diktierte sie einen Brief, der allen Landesräten ausgehändigt werden sollte und den der Schreiber auch dem Brief Erichs II. beilegen sollte. „Bist du bereit?“, fragte sie den Schreiber. Doch der hielt schon die mit Tinte gefüllte Feder über das Papier und wartete.

„An alle Landräte und die da tragen die Verantwortung und haben die Pflicht zur Ordnung und Regierung im Lande Calenberg!

Ist nur ein einziger guter Blutstropfen in Euch, der den Gekreuzigten liebt und bekennt, so ermahne ich Euch, gedenkt Eurer Eide und Pflichten, verstummt nicht in Feigheit, besprecht Euch mit dem Adel und den Städten, die armen unschuldigen Gefangenen zu vertreten und frei zu bitten. Will sie der Herzog nicht länger im Lande haben, so mögen sie den Staub von den Füßen schütteln, ihre Sache Gott befehlen und sich woanders hinwenden.

Dieses böse Spiel hat unser Sohn ins Haus gebracht und sieht er nicht davon ab, so wird er auch uns unter die Erde bringen."

„Die Briefe, werte Herrin, werden noch heute verschickt werden, keiner der Schreiber soll eher seinen Heimweg antreten, ehe nicht alle Kopien für die Landräte geschrieben sind." Der Schreiber war aufgestanden, verneigte sich vor meiner Herrin und wollte aus dem Zimmer eilen. „Halt, halt!", rief Elisabeth. „Wir dürfen nicht die Ärmsten vergessen! Corvinus soll ein Zeichen erhalten, dass er nicht vergessen ist." Sie schickten mich mit dem Schreiben an die Räte in die Amtsstube, wo ich den Befehl äußerte, dass keiner den Raum verlassen sollte, ehe alle Kopien säuberlich geschrieben seien. Ehe ich wieder zu meiner Herrin ging, ließ ich mir von Mithof ein mit Lavendelöl getränktes Tuch geben, das ich meiner Herrin über die schweißfeuchte Stirn legte. Elisabeth blickte dankbar auf, als sie den Duft wahrnahm. „Ach, wie schwer fällt es mir, dem alten gebeugten Corvinus zu schreiben, der Ehre und Dank verdient und den mein Sohn in ein Loch mit Ratten und Unrat steckte!"

Sie wandte sich an den Schreiber und diktierte:

„Lieber Corvinus,
mir tut dein Elend so herzlich leid und ich wollte, ich könnte den Brief mit eigener Hand schreiben. Doch ich liege hart danieder und ein Schreiber bringt meine Worte zu Papier. Es ist mir ein großer Schmerz, dass dir das Ungemach von meinem eigenen Fleisch und Blut angetan wird. Ich habe darüber viele Tränen vergossen, die durch die Wolken zu unserem Gott gedrungen sind. Ich werde alles in meiner Macht Stehende tun, um dein Unheil zu wenden. Harre aus mit dem Glauben, den du auch uns gelehrt hast und der mir das Licht auf dem Wege ist...

Noch lange diktierte meine Herrin dem Schreiber, um Corvinus Trost zukommen zu lassen. Danach fiel sie in einen langen Schlaf. Ich steckte Kissen um sie, damit sie nicht von dem Diwan fiele und ich wünschte mir, ich hätte zum Trost ihre Hand halten können, so wie es Poppo oft mit meiner Herrin tat. Auch wenn sie es aus Zuneigung zueinander taten, so war es doch wie ein stilles Gebet.

Zwei Tage später erhielten wir einen Brief von Corvinus. Obwohl wir um seine Lage wussten, rührte es mich an, die Worte zu lesen. Sah ich die Schrift seiner Hand, so konnte ich seine Stimme dabei hören. Wie oft hatten mich seine geschriebenen Zeilen erheitert und getröstet. Sein scharfer Verstand und sein Humor hatten immer alles überwunden. Aber nun lasen wir die nackte Wahrheit:

„... Man hat mich alten Mann am letzten Samstag aus meinem Zimmer gerissen und auf den Calenberg gebracht, wo ich nun im Gefängnis sitze... Trotz der schriftlichen Zusicherung des Herzogs auf freies Geleit werde ich ohne Ansehen meiner Person dort hart im kalten, vergitterten Keller gehalten. Ich bitte Euch das Büchlein, das ich im Auftrage geschrieben habe, dem Herzog auszuhändigen, damit mein Elend ein Ende finde..."

Als meine Herrin erfuhr, dass Erich ihren Brief an Corvinus abgefangen hatte, bat sie den Schreiber zu sich und diktierte erneut einen Brief an ihn. Sie schrieb auch an ihren Bruder, Joachim II., und bat ihn zu kommen… Joachim II. teilte den Schmerz mit seiner Schwester, da er sie immer in ihrem Reformationswillen unterstützte. Er wolle tun, was er tun könne und würde bald einen Besuch bei ihr abstatten. Wenn ihr der Besuch auch nicht zur Hilfe gereiche, so vielleicht doch zum Trost.

Niemand kam Corvinus zur Hilfe, denn alle Landesräte fürchteten die Konsequenzen Erichs II., wenn sie sich seinen Anweisungen widersetzen würden. Hilfe sollte von ganz anderer Seite kommen: Bertha sprach bei meiner Herrin vor. Während sie ihr Anliegen vorbrachte, hielt sie den Kopf gesenkt, weil es nicht zu ihren Aufgaben gehörte, sich in die Regierung einzumischen.

„Es ist wegen meiner Liebe zum Evangelium und unserem geistlichen Vater Corvinus, dass ich nichts unversucht lassen will." Elisabeth ermunterte die Altfrau: „So wir beim Abendmahl Schwestern wurden, so kannst du auch frei sprechen, denn vor Gott sind wir eine Familie." Da fasste Bertha Mut und sagte: „Wenn Corvinus in Calenberg einsitzt, so ist Sidonie nicht weit. Und wenn Sidonie in der Nähe der Gefangenen ist, so hat Gott schon seine Engel um ihn gestellt." Meine Herrin nickte. „Nun, ich dachte, vielleicht weiß Sidonie Dinge, die wir nicht wissen und kennt Wege, die uns fremd sind?" „Jetzt einen Vermittler zu schicken, würde für den Mann den Tod bedeuten. Und wenn ich meine Schwiegertochter besuchen wollte, so würde ich darum bangen, dass mein Sohn während meiner Abwesenheit mein Münden zerstört." „Ich habe nicht daran gedacht, Euch, kranke Herzogin, zu bitten. Ebenso wäre es für jeden Mann ein Todesurteil. Aber wenn ihr Sidonie eine Hebamme schicken wollt?" „Eine Hebamme?", fragte meine Herrin ungläubig nach und ergänzte: „Du wirst es genauso wie ich ahnen, dass Sidonie keine Kinder mehr tragen kann. Ihr Leib ist gewiss unfruchtbar geworden, als sie ihr das tote Kind mit heißen Zangen entrissen haben." „Es geht ja auch nicht um die Hebamme, sondern darum, mit Sidonie zu sprechen." Ich kannte Bertha nur zu gut und wusste, was sie meinte. So wie sie stets zur rechten Zeit am richtigen Platz auftauchte und doch schon alles wusste, so sollte nun die Hebamme bei Sidonie erscheinen. Meine Herrin fragte die Altfrau Bertha: „Aber was könnte eine Hebamme auf dem Calenberg ausrichten?" „Nun, Eure Kammermeisterin könnte sie begleiten. Und da Eure Kammermeisterin das Vertrauen Sidonies genießt und sie eines Glaubens sind, wird eine dazugehörige Hebamme nur recht sein." Altfrau Bertha machte einen Knicks und ging schnellen Schrittes aus dem Zimmer.

Was hatte sie mir da nur eingebrockt! Was hatte sie gesagt? Elisabeth sah mich an und meinte: „Hol mir Mithof und den Schreiber und während sie bei mir sind, kannst du dich derweil im Park ergehen."

Ich sollte mich im Park ergehen! Ich sollte langsam um das Schloss wandern, während meine Herrin mich in die Hölle schicken wollte? Was hatte sie vor? Wem wollte sie schreiben? Ich suchte Bertha und machte ihr Vorhaltungen, dass sie mich verkauft und verraten habe. „Wie bist du ausgerechnet auf mich gekommen?" „Sollte ich etwa die Schwestern Erichs II. auf einen Besuch schicken, dass er sie abfängt und mit Spaniern verheiratet? Sollte Poppo die Reise antreten und in Stücke gerissen werden?" „Nein", sagte ich. „Aber du hättest mich wenigstens in den Plan einweihen können und mich zuvor fragen können, ob ich mich der Aufgabe gewachsen fühle." Da fasste mich Bertha an den Schultern und rief: „Willst du dich weiterhin im Bade räkeln, während unsere Freunde jämmerlich zu Grunde gehen?" Ich schüttelte den Kopf. „Aber Bertha, warum hast du nicht zuerst mit mir gesprochen?" „Weil nur ein scharfes Auge den Faden durch das Nadelöhr zieht." Ich verstand nicht, was sie meinte. Und sie ergänzte: „Wenn dich jemand fragt, so weißt du nichts. Eben nur, dass du deiner Sehnsucht nach Sidonie nachgeben konntest, und die Hebamme nicht allein reisen sollte. Wir wissen, dass du immer im Sinne Corvins und

des neuen Glaubens handelst. Ich denke, am besten ist es, wenn ihr von Geistlichen begleitet werdet. Von Mönchen aus Bursfelde vielleicht?"
„Bist du von Sinnen?", rief ich aus. „Nein, ich bin bei klarem Verstand. Es ist stets hilfreich, in der Obhut von Menschen zu sein, die ihr Fähnchen nach dem Wind richten." Später, als ich über die Worte Berthas nachdachte, wusste ich, dass bei dieser Frau keine Schlacht verloren gehen konnte. Und mir wurde aufs Neue bewusst, dass ich ein feiger, träger Mensch war.

Meine Herrin sprach nicht mehr mit mir über den Vorfall. Sie sagte jedoch, dass sie wieder gesund werden wolle, damit sie endlich mit Poppo nach Nienover reisen könne. „Irgendwann müssen sich doch die Wolken wieder verziehen und dann werden wir alle Freunde und Städte besuchen. Und du kannst in Nienover wieder den Falken füttern und den Bediensteten aus der Heiligen Schrift vorlesen. Da du mit den Menschen dort singst und ihnen das Wort Gottes vorliest, haben sie dich in ihr Herz geschlossen. Und wer weiß, wenn die Prediger zu schweigen haben – ob wir Frauen dann die gute Nachricht verbreiten müssen?"

Ich traute meiner Herrin nicht, sie sprach zu viel mit mir. Wahrscheinlich dachte sie dabei an etwas ganz anderes.

Nicht nur die Reformation Calenbergs hatte einen herben Rückschlag erlitten. Da Erich II. den Auftrag erteilt hatte, alle Bücher der Lutherischen zu verbrennen, ging weit über Calenberg hinaus eine Bibliothek nach der anderen in Flammen auf. Corvinus, der ein Freund der geistlichen Dispute und der Literatur war, sollte keines seiner vielen gesammelten Bücher je wieder zu Gesicht bekommen.

Meine Herrin kam nicht zu Kräften. Ich wusste, dass sie gerade in den Zeiten, in denen sie liegen musste, nicht nachließ, große Pläne zu schmieden. Ihre Briefe an Albrecht hatten wenig erreicht und selbst die Besuche Poppos am Hof Albrechts in Preußen hatten die Männer zwar einander nähergebracht, aber nicht den Willen Albrechts auf Anna Maria gelenkt. Albrecht trauerte weiter um seine verstorbene Frau und gab zu bedenken, dass Anna Maria zu jung sei und keinen Gefallen an einem alten Mann finden würde. Dazu käme, dass auch eine andere Eheanbahnung geprüft würde und es wäre nicht an der Zeit, vorschnell die Dinge zu entscheiden.

Meine Herrin schrieb stundenlang an Albrecht und lobte die Vorzüge ihrer Tochter. Auf ihrem Krankenlager kam ihr jedoch noch eine andere Idee: Warum sollte sie dem Herzog nicht schreiben, was ihre Tochter selbst gesagt hatte? Ein letztes Mal wollte sie Albrecht erklären, dass Anna Maria ihn gerne nehmen würde. Und dann wollte sie Albrecht Zeit lassen. In ihrem nächsten Brief an den Fürsten stand:

„... Eure Bedenken, dass Ihr von meiner liebenswerten Anna Maria aufgrund Eures Alters verschmäht werdet, kann ich entkräften. So wahr diese Zeilen nun wieder mit meiner eigenen Hand geschrieben sind, sagte Anna Maria noch im Beisein Erichs II., dass „ich lieber einen alten, weisen Mann hätte als einen jungen Narren; denn ein Alter bleibt bei mir, was ein Junger nicht tut."

Wir atmeten auf, als wir erfuhren, dass sich Erich II. wieder im Ausland aufhielt. Graf Poppo kam zu uns. Er führte meine Herrin an seinem Arm an die frische Luft und schnitt mit eigener Hand Bärlauch, den meine Herrin zur Kräftigung essen musste. Er ließ auch die dünnen Äste der Birken schlagen, damit die Badefrauen die Zweige samt den jungen Blättern in die Wanne legten und mit heißem Wasser übergossen. Da hinein wurde meine Herrin gesetzt. Ich konnte es mit eigenen Augen sehen: Mit jedem Bad strömten ihr neue Kräfte zu und ihre Haare begannen zu glänzen. Mithof wunderte sich, dass sich der Graf auch auf die Heilwirkung von Pflanzen verstand und da er selbst Schmerzen in den Knochen spürte, riet ihm Poppo, unter das Laken frische Farnwedel zu legen, damit die Schwellungen aus den Gliedern genommen würden. Da dies Wundermittel ihm wahrlich schon nach wenigen Tagen deutliche Linderung verschaffte, ordnete Mithof an, dass alle im Schloss vom nächsten Sonntage bis zum Sonntage darauf eine gute Lage Farnwedel ins Bett nehmen sollten. Als die Bediensteten in die Wälder gingen, um die leuchtend grünen Wedel zu pflücken, wollten auch die Bürger nicht nachstehen und schnitten ebenfalls die grünen, fein gefiederten Blätter dicht über dem Boden ab. So gingen die Mündener Bürger nicht das letzte Mal mit einem Arm voll grüner Wedel durch die Stadt und legten sie auf ihre Matte. In den ersten Tagen waren die Wedel noch weich, doch schon bald trockneten sie und knisterten, sobald man sich darauf bewegte. Ich war froh, als ich das Kraut wieder entfernen konnte. Und da mir zuvor nichts schmerzte, wusste ich auch nicht, ob es half. Doch sobald nun Poppo aus der Türe trat, lobten ihn die Menschen, dass er sie mal von diesem, dann von jenem Leiden erlöst hätte.

Vielleicht lag es an der Gegenwart Poppos; meine Herrin gewann jedenfalls ihre Gesundheit wieder und trotz der unverändert misslichen Lage für Corvinus und ihr Land hatte sie wieder Freude am Leben.

Die Herrschaften planten ihre Reise zum Jagdschloss nach Nienover. Bald sprach meine Herrin nur noch von der Jagd mit Poppo; was sie dafür benötige und dass sie, da die Wildsauen Frischlinge führen würden, wenigstens den einen oder andern Eber jagen könnten. Ich richtete ihre Garderobe und freute mich ebenso auf die kommende Zeit.

„Ich bitte dich, packe noch einen separaten Beutel mit Haarnadeln und Kämmen“, rief mir meine Herrin fröhlich zu. „Gnädige Herrin, ich habe bereits alles, was von Nöten ist, gepackt.“ „So nehme einen neuen Beutel und stecke noch die neuen Spangen hinein, die mir der

Goldschmied anfertigte. „Ihr wollt in Nienover den Schmuck im Haar tragen?“ „Nein, ich will ihn nicht tragen, aber ich schrieb Sidonie, dass du immer noch die kunstvollsten Frisuren steckst, die einer Herzogin würdig sind. Und da sie von früher deine Kunst zu schätzen weiß, sollst du ihrer Kammermeisterin diese Fertigkeit beibringen.“ Ich wartete, was meine Herrin sagen wollte. Aber sie sagte nichts weiter. „Ich verstehe Eure Hoheit nicht. Ich soll ein Bündel für Sidonie schnüren? Treffe ich denn auf die junge Herzogin?“ „So wird es sein.“ „Könntet Ihr mir sagen, wie es vonstattengehen soll, da ich für die Reise plane?“ „Du packst alles so wie immer. Nur eben noch das Bündel mit den Utensilien, um der Kammermeisterin die Kunst des Haarbindens zu zeigen. Packe dein Werkzeug großzügig ein, denn es soll bei meiner Schwiegertochter bleiben und ihr ein Zeichen meiner Zuneigung sein.“ „Habt ihr die Zierkämme und Spangen für Sidonie anfertigen lassen?“ „So ist es. Und es ist so geplant, dass wir zusammen nach Nienover ziehen. Von dort wirst du mit der Kutsche weiter zur Erichsburg reisen und dort auf Sidonie treffen. In den Tagen wird die Kutsche Einbecksches Bier laden und noch genug Platz für meine liebe Kammermeisterin lassen. In Nienover sehen wir uns dann wieder.“

So war ich also die liebe Kammermeisterin. Ich sollte, verlassen von meiner Herrin, Poppo und den Wachsoldaten, allein mit den Bierkutschern zur Erichsburg bei Einbeck reisen. Während meine Herrin mit Poppo durch die Wälder ritt, lauerten mir vielleicht die Räuber auf. Ich wünschte, ich hätte es mit der Kunst des Haarebindens nicht so weit gebracht.

Als ich mich wegen der Reise grämte, fiel mir der Plan Berthas ein, den meine Herrin nun umsetzen wollte. Doch ich musste allein zur Erichsburg. Nicht einmal eine Hebamme begleitete mich. Und ich sollte mich wohl nach dem Ergehen Corvins erkundigen und Sidonie fragen, ob sie ihn schützen würde. Ich würde mit niemandem über diese Aufgabe sprechen. Dann dachte ich an Sidonie. Ich erinnerte mich an die Stunden, in denen wir zusammen sangen, daran, wie verliebt sie gewesen war und auch an die Stunden, als sie ihr Kind verlor. Eine große Liebe begann sich in mir auszubreiten. Das Bündel, in denen die Kämme, Nadeln und Spangen lagen, wurde schwerer und schwerer. Bald fragte ich meine Herrin, ob ich für Sidonie auch kleine Kuchen einpacken dürfte. Elisabeth freute sich über mein Ansinnen und ermutigte mich, Sidonie reichlich zu beschenken. Da erbat ich mir für Sidonie ein wenig von den Farben, mit denen die Schreiber ihre Bücher verzieren, denn Sidonie liebte es, ihre Briefe mit einer Blume oder einem kunstvollen Vogel zu schmücken. Als sich im Schloss herumgesprochen hatte, dass ich auf Herzogin Sidonie treffen würde, gaben mir die Töchter meiner Herrin Briefe und Geschenke mit. Angestellte und Bürger brachten ihre Gaben, sodass eine ganze Kutsche voll beladen war mit Geschenken für Herzogin Sidonie. Wie sehr freute ich mich nun auf diese Fahrt! Es war Mai, aber ich kam mit Geschenken für Sidonie, als ob bald Christtag wäre. Die Kutsche war durch die Fracht so wertvoll geworden, dass sie von Wachen umsäumt werden musste.

Ich blieb zwei Tage bei meiner Herrin in Nienover, dann stieg ich wieder in die Kutsche voller Geschenke. Zwei Wachen ritten voraus und zwei hinter mir her. Zwei Tage brauchten wir, bis wir Einbeck erreichten. Noch nie war ich als Fräulein allein gereist. Jedes Mal wurde mir ein Bett gerichtet, dem es an nichts fehlte. Und während die Kutscher, sobald sie die Pferde versorgt hatten, ordentlich dem Bier zusprachen, behüteten die Wachen jeden meiner Schritte. Meine Herrin hatte angeordnet, dass sie mich hüten sollten wie das Leben ihrer Herrin und so jemand schuldig an mir würde, würde sie keine Gnade walten lassen. So reiste ich selbst wie eine Fürstin.

Als wir in Einbeck ankamen, schickte uns Sidonie mehrere Berittene entgegen. Sie bestand darauf, dass diese mich sicher zur Erichsburg geleiten sollten. Die Wachen aus Münden sollten in der Herberge zu

Einbeck bleiben. Ich hatte aufgehört, mich zu fürchten. Die Wachleute ritten auf schwarzen Rössern, wie ich noch nie welche gesehen hatte. Das wollte ich meiner Herrin erzählen, dass der junge Herzog gedrungene schwarze Pferde besaß, die in kleinen Schritten neben der Kutsche gehen konnten. Als wir auf den Hof fuhren, kamen die Bediensteten heraus und stellten sich im Kreis auf. Sie taten, wie sie es immer tun, wenn meine Herrin kam. Obwohl sie wussten, dass nur ihre Kammerdienerin anreiste, machten sie mir ebenso höflich ihre Aufwartung. Sie führten mich in das große Gästezimmer, das mir in den Tagen ganz allein gehören sollte. Eine Kammerdienerin wartete darin auf mich und sie erklärte mir, dass sie zu meiner Verfügung stehe. Ihre Herrin Sidonie würde mich schon sehnlichst erwarten und wenn ich bereit wäre, würde sie mich zu ihr führen. Nachdem ich mich erfrischt hatte und meine Reisekleidung gegen ein manierliches Kleid eingetauscht hatte, führte sie mich in die Empfangshalle. Und da wartete Herzogin Sidonie wirklich schon. Sie eilte mir entgegen und niemanden verwunderte es, als wir uns in die Arme nahmen. Wie froh war ich, die junge Herzogin endlich wieder zu sehen! Wir redeten miteinander, wie wir es auch in Münden getan hatten. Zwischendurch sprach Sidonie sogar einige Worte Französisch. Ich fragte, wie das denn sein könne und sie erklärte mir, dass sie einen Lehrer eingestellt hatte, der ihr nicht nur Französisch, sondern auch Spanisch und Italienisch beibrachte.

Nach dem Abendmahl zeigte ich Herzogin Sidonie alle Geschenke, die ich aus Münden mitgebracht hatte. Ich nannte die Namen der Geber und erinnerte mich an ihre Worte. Sidonie weinte vor Freude und rief immer wieder: „Liebe, Agnes! Und ich dachte, Münden hätte mich vergessen!“ „Warum sollten wir Euch denn vergessen?“, fragte ich. „Ach“, antwortete sie „das erkläre ich dir, wenn wir ausreiten.“ Das war wohl das Schlüsselwort, wenn Sidonie einen Ort brauchte, wo keine fremde Ohren mithören sollten. So begnügten wir uns drei

Tage mit der üblichen Konversation und sangen gemeinsam Lieder, bis wir zusammen ausritten. Zuvor hatte sie mich ermutigt, ruhig in die Ställe zu schauen und mir vom Stallmeister die Pferde zeigen zu lassen. Die schwarzen Pferde waren nicht nur durch den Druck der Schenkel und der Zügel zu lenken, sie hörten auch auf die Befehle, die ihnen der Reiter zurief. Es waren spanische Kommandos, denn die Tiere waren in Spanien gezüchtet worden. Sie konnten geduldig Parade gehen und die Beine sogar seitwärts setzen.

Als wir zusammen ausritten, führte Herzogin Sidonie ein weiteres Pferd mit sich, das mit einer weichen Decke bepackt war. Wir ritten durch den Solling, dessen sanfte Hügel leicht zu bezwingen waren und von den Bergrücken aus hatten wir einen weiten Blick auf das fruchtbare Land. Unter einer ausladenden Eiche machten wir Rast. Sidonie nahm ein Seil, das ebenso an dem mitgeführten Pferd befestigt war, und wir schlangen es um den Baumstamm. Daran banden wir unsere Pferde fest und breiteten die Decke aus. Sidonie erklärte mir, dass sie ihre Pferde immer festbinden würde, damit sie nicht davonlaufen konnten, wenn sie sich erschreckten. „Ich verlasse mich lieber auf einen sicheren Strick als auf die vermeintliche Treue der Tiere." Ich bestätigte ihre Erfahrungen, denn ich musste schon einmal mit meiner Herrin bei Nienover durch den Wald zum Jagdschloss zurücklaufen, nachdem es unseren Gäulen wohl einfach zu lange gedauert hatte, bis wir wiederkamen. Sie waren in das Dorf zu ihren Besitzern galoppiert, und diese hatten sich über die Rückkehr der Tiere gefreut und nicht weiter nachgefragt. „Das Dorf, das bei Nienover liegt, ist der Herrschaft nicht nur freundlich gesonnen", erklärte ich. „Wie meint ihr das?" „Nun, meine Herrin erließ ein Verbot, dass das Vieh der Bauern nicht in der Nähe des Waldes gehalten werden darf, damit es dem Wild nicht das Gras wegfrisst. Sie überlegt sogar, ob sie einen Teil des Waldes umzäunen lassen soll, damit sich dort das Wild im Schutze des Gatters gut vermehrt. Die Bauern sollen dann im Winter die Schwarzkittel und das Rotwild mästen. Meine Herrin hat sogar angeordnet, dass auf der Wüstung, nahe dem Jagdschloss, ein Dorf aufgebaut wird. Dort finden sich immer mehr Bürger ein und bauen Hütten." Als ich sprach, fiel mir auf, dass meine Herrin selbst in dem Regierungsgebiet Sidonies immer noch selbstverständlich auf Jagd ging und weiterhin Anordnungen erteilte. Seit Erich I. nicht mehr zugegen war, hatte sie die Jagd zu ihrer Sache erklärt und jagte im August Hirsche und im Dezember Schweine.

Ich fragte Sidonie: „Können wir nun miteinander vertraulich sprechen?" „Deshalb kam ich mit dir hierher", gab mir Sidonie zur Antwort. Doch wir schwiegen. Wir schwiegen lange, denn unsere Gedanken waren schwer und der Kummer, der ja doch viel größer war, als die Freude der jungen Herzogin, bedrückte uns. Da ich die Stunde nicht ungenutzt verstreichen lassen wollte, fragte ich: „Hörtet Ihr von dem Unglück Corvinus und Hockers?" „Ich hörte sogar, wie mein Gemahl die Befehle zu ihrer Verhaftung erteilte. Er stellte den Geistlichen eine Falle. Bis zum Schluss wussten sie nicht, was den Soldaten aufgetragen worden war. Ich flehte Erich II. an, er solle sich nicht versündigen. Doch er hörte nicht auf mich. Er sah mich nur an mit Blicken voller Hass, weil ich mich schon zu lange mit einem verfluchten davongelaufenen Mönch abgegeben hätte. Wenn ich mir vorstelle, wie es Corvinus geht, bin ich voller Leid. Kannst du ermessen, wie es war, als Corvinus auf Deutsch den spanischen Kriegsleuten erklären wollte, dass er nicht ins Gefängnis gebracht werden soll? Doch der Herzog hatte es genauso geplant. Mir wurde es verwehrt, in die Nähe des Gefängnisses zu gehen. Obwohl ich Erich II. beschwor, dass er um seiner Seele Willen die Geistlichen schonen müsste. Doch mein Flehen und mein Zorn machten ihn nur noch härter. Es war so, dass er nichts mehr mit mir zu tun haben wollte, da ich den Feinden des Heiligen Vaters huldigen würde." „Und wie befindet sich Corvinus nun?" „Ich erteilte einigen frommen Bürgern, die in der Festung arbeiten, den Auftrag, Corvinus mit Essen und Trinken zu versorgen. Ebenso sollten sie ihm ermöglichen, Post auszutauschen. Es ist auch so, dass in der Nähe noch der evangelische Pfarrer Dedekind wirkt, der ihn regelmäßig besuchen kommt." „Aber wie kann es sein, dass Dedekind eingelassen wird?" „Weißt du nicht, dass er an einem Buch darüberschreibt, wie sich ein wahrer Mensch richtig zu benehmen hat?" Das wusste ich nicht und ich fragte: „Er schreibt ein Buch, wie man sich benehmen soll?" „Ja, so wie Herzogin Elisabeth für Erich II. ein Buch schrieb, wie man richtig regieren solle, so schreibt Dedekind ein Buch, wie sich die Menschen einander gegenüber benehmen sollen. Und da es für alle Stände gelten soll und er über die Verhaltensregeln mit allen spricht, werden ihm die Wachen die Zugbrücke herunterlassen und er kann wohl mit Corvinus korrespondieren." Sidonie war jedoch immer noch bedrückt und fügte hinzu: „Der Kerker zerfrisst mit der Zeit jedes Mannes Gemüt und die Gesundheit obendrein. Der Winter war hart im Verlies. Die feuchten Decken gefroren an den Körpern der Männer. Obendrein ließ mein Gemahl schon mehrmals das Fenster zum Verlies mit Brettern zunageln, damit Corvinus sich nicht mit seinen Besuchern unterhalten konnte. " Ich gestand der jungen Herzogin, dass wir es nur wagten zu reisen, weil Erich II. sich zurzeit wieder in Spanien aufhielt. „Ja, mein Gemahl reist ohne meine Gesellschaft zu Hochzeiten und anderen Festen. Und von dort lässt er mir dann Nachricht bringen, wohin er sich als nächstes begibt. Wenigstens solche Nachrichten lässt er mir noch zukommen. Doch er hat sich auch bei den Gelehrten und Altkatholiken viele Feinde gemacht, weil er die wertvolle Bibliothek von Corvinus niederbrennen ließ. Damit vernichtete er einen der größten deutschen Schätze an theologischen und wissenschaftlichen Büchern. Obwohl das gesuchte Schreiben Corvins von „Den Bedenken gegen das Interim" gar nicht mit dabei war. Meine Schwiegermutter verwahrt es und was sie einmal in Händen hat, das gibt sie nie wieder her." Ich fragte auch, ob sie wüsste, wann der Herzog wiederkäme. „Wir werden uns im Bade zu Ems wiedertreffen, denn ich werde dort eine Kur machen, damit sich meine Gesundheit wieder kräftigt."

„So habt Ihr noch guten Kontakt zu Eurem Gemahl?", fragte ich leise nach. Sidonie sah mich an und schwieg lange. Dann erklärte sie: „Der Herzog wird mich in Ems treffen, um mich zu fragen, ob ich meinem falschen Glauben abschwöre und in den Schoß der römisch-katholischen Kirche zurückkehre. Zuvor werde ich dazu in Ems von mehreren katholischen Geistlichen beraten und belehrt werden. Vor Gericht wird meine Antwort, die ich meinem Gemahl geben muss, festgehalten." Wir schwiegen lange. Dann fragte ich: „Was wird das bedeuten?" „Ich weiß es nicht", antwortete Sidonie. Ich wusste, dass sie der neuen Lehre treu bleiben würde und sagte: „Aber der Herzog kann sich nicht von Euch trennen und eine andere Frau vom alten Glauben ehelichen. Das hat selbst der Kaiser so bestimmt." Ich erinnerte mich jedoch daran, was mit der Mutter meiner Herrin geschehen war, als sie lutherisch wurde. Sie hatte allen Schutz ihres Mannes verloren. Was hatte es meiner Herrin Mutter, Elisabeth von Dänemark und Kurfürstin von Brandenburg, denn genützt, dass sie selbst ein untadeliges Leben führte? Sie hatte alles verloren. Welche Hoffnungen blieben denn Sidonie noch? War ihre Liebe stärker als die Machtansprüche Erichs II., der dem Kaiser gefallen wollte? Sidonie sagte wie zu sich selbst: „Mein Gemahl wird mir, wenn ich meine Entscheidung kundgetan habe, wohl den Tod wünschen." Ich schwieg, denn ich konnte Sidonie nicht beschwichtigen. Der junge Herzog war nicht wie sein Vater. Erich II. war nur bemüht, dem Kaiser zu gefallen. Und er hatte sich die Liebe leichter vorgestellt. Seine Frau war für ihn zu einer großen Enttäuschung geworden, die seinen wirklichen Plänen im Wege stand. Mehr zählte für ihn nicht. Selbst wenn er sich mit Kummer von seiner Frau wenden würde, er bliebe dem Kaiser treu. Und um mich zu trösten, sagte sie zu mir: „Gibt es ein größeres Glück auf Erden, als einem liebenden Gott treu zu sein und der Herrschaft des Aberglaubens und des Krieges zu entsagen?" Ich sah die tapfere Herzogin an. Ich wusste, dass sie aus einer der einflussreichsten reformierten Familien kam und einen großen wirtschaftlichen Reichtum mit in die Ehe brachte. Sie war nicht ganz verloren, denn sie konnte eigenständig ein großes Hofleben unterhalten. Aber ihre neue Heimat im Lande Calenberg war für sie zu einem unwirtlichen Platz geworden. Sollte es für sie noch schlimmer kommen? Wir saßen noch lange im Schatten des Baumes. Dann sagte die Herzogin: „Nun müssen wir zurückreiten. Sonst suchen sie uns noch." „Werte Herzogin", bat ich. „noch auf ein Wort: Bangt ihr um Euer Leben durch Eures Gemahls Hand?"

„Nicht er selbst wird Hand an mich legen. Ich hörte jedoch, dass die Pläne bereits geschmiedet werden. Er würde gewiss den belobigen, dem es gelingt, mir Gift unter das Essen zu mengen. Doch da bin ich auf der Hut, Agnes. Überlege doch selbst: Was soll der Herzog mit einer Gemahlin, die ihm keine Erben schenkt und deren Religion ihm abscheulich scheint?" Sidonie sah ihre Lage glasklar und ich dachte an Elisabeth und mir fiel ein, dass auch sie das Interesse an Sidonie gänzlich verlieren würde, wenn kein Erbe zu erwarten wäre.

Ich war zwei Wochen bei Herzogin Sidonie auf der Erichsburg. Ich wusste sehr wohl, was mich meine Herrin fragen würde, wenn ich sie wiedersähe: „Warst du auch in meinem geliebten Dassel? Sind die Bürger dort noch voll des Glaubens oder huldigen sie wieder den abergläubischen Bräuchen?" Das und noch vieles würde sie mich fragen. Das erste Mal war ich allein verreist und schon war ich eine Botschafterin. Ich würde meiner Herrin berichten, dass sich Sidonie um Corvins Wohlbefinden kümmerte, auch wenn sie auf ihren Gatten keinen Einfluss mehr ausüben konnte.

Auf dem Weg zurück schmerzte mein Rücken und ich konnte kaum die Arme heben. In den letzten Tagen hatten wir stundenlang Frisuren gesteckt. Ich hatte den Kammerfräulein und Hofdamen Unterricht gegeben und dabei kam mir die Idee, dass sie aufschreiben sollten, was ich ihnen beibrachte. Da die meisten nicht schreiben konnten, mussten sie die einzelnen Schritte aufmalen. Es erheiterte mich, dass der einen dabei wahrheitsgetreue Zeichnungen gelangen und bei anderen Frauen glichen die Gesichter und Frisuren eher der Abbildung eines Affen mit einer schlechten Perücke.

Als ich in Nienover aus der Kutsche steigen wollte, umringte mich eine Meute wildgewordener Hunde. Meine Herrin und Poppo kehrten gerade von der Jagd heim und dem Beutezug voraus ritten die Bläser. Diese waren umringt von kläffenden Hunden, denen noch Blut und Geifer um das Maul tropften. Manche hatte wohl der Stoß eines Ebers erwischt, denn sie hatten Verletzungen und humpelten. Doch das hielt sie nicht davon ab, sich auf mich zu stürzen, sobald ich meinen Fuß auf die Erde stellen wollte. So wartete ich, bis sich die wilden Hunde entfernt hatten und das Gekläff leiser wurde. Dann kam meine glückliche Herrin angeritten. Sie lieferte sich sogar noch auf den letzten Metern ein Wettrennen mit ihrem Gemahl. So übermütig waren die beiden, dass sie mich, mitsamt der Kutsche frischen Bieres, erst gar nicht bemerkten. Und dann wurde auf einem Wagen die Beute des Tages angefahren: Drei Eber, elf Hasen und fünf Füchse. Die Tiere hatten eine blutige Spur auf den Weg gezeichnet. „Dies gab ihm den Todesstoß", berichtete meine Herrin und zeigte zufrieden auf einen Eber, dem noch ein Stück der abgebrochenen Lanze aus dem Leib schaute. Ganz allein habe sie, nur mit Hilfe der Hunde und der ihr gereichten harten Stangen, das Tier erlegt. „Und dieser Stoß zwischen die Rippen und mitten ins Herz hat ihn zur Strecke gebracht." Meine Herrin war stolz und stark. Poppo hatte die beiden anderen Eber ausgespäht und erlegt. Obwohl Elisabeth und Poppo sichtlich Blessuren davongetragen hatten, wirkten sie nicht erschöpft. So war es jedes Mal bei der Jagd: Meine Herrin hatte Kräfte wie ein Mannsbild und spürte keine Schmerzen. Sonst ließ sie sich bedienen und beklagte sich bald über das zu kalte Wasser, dann, dass ich ihr zu viel an den Haaren reiße. Dass ihr bei der Jagd der brennende Schweiß in die Augen lief und sie Tage danach noch schmerzende blaue Flecken davontrug... darüber hatte sie sich nie aufgeregt.

Ich ließ die beiden allein, denn ich wusste, dass sie nach der Jagd erst eine Weile allein sein wollten.

Ich ging noch in die Ställe. Die Bierfässer wurden vorsichtig in den Keller gerollt, und im Schuppen stieß ein Jäger den Schweinen Haken in die Hinterfüße und hängte sie an die kalte Steinwand. Zwei Eber würden am nächsten Tag von ihren Käufern abgeholt werden. Das gab ein gutes Stück Geld für die Kasse meiner Herrin. Ich überlegte, ob dies nicht Erich II. und Sidonie zustünde? Doch der junge Herzog kümmerte sich nicht um sein Land und Sidonie war wie ein Gast, denn sie konnte ohne die Vollmacht ihres Gemahles nur wenig ausrichten.

Da ich noch mit meinen Gedanken allein sein wollte, schlenderte ich den Weg entlang zum Dorf Brügeborn. Zwei Häuser waren schon fertig erstellt und ein gutes Dutzend sollte noch hinzukommen. Die Männer schlugen Pfähle in den Boden und schlangen biegsame Äste um die Hölzer. Wo die Äste getrocknet waren, warfen die Frauen den frisch gekneteten Lehm dagegen und strichen die Wände glatt. Bald würde der Boden eingezogen und das Dach gerichtet werden. Das Schilf stand schon in Bündeln dazu bereit. Die neuen Bürger waren zufrieden und die Frauen mit ihren wachsenden Bäuchen fürchteten sich nicht mehr vor dem Winter. Meine Herrin hatte jedem viel Land zugeteilt und wenn große Jagden stattfanden, so sollte sich auch in Brügeborn jeder am Wildbret sattessen.

Der Wildreichtum des Sollings war so ergiebig, dass meine Herrin an einige befreundete Fürstenhöfe gepökeltes Fleisch und harte Wurst schickte. Die Einnahmen durch den Fleischverkauf hatte sie in wenigen Jahren vervielfacht. Heinrich hatte mit meiner Herrin deswegen Händel angefangen. Er behauptete, meine Herrin würde das Erbe des eigenen Sohnes plündern und außerdem stünde auch ihm selbst dort die Jagd zu. Wegen der Streitigkeiten schrieben sich die beiden bitterböse Briefe. Als Heinrich jedoch immer wieder Kundschafter schickte, die ihm berichteten, dass Elisabeth nach wie vor die Ländereinnahmen an sich nähme, wandte er sich an Erich II. und Sidonie und machte ihnen klar, dass meine Herrin die jungen Regenten in den sicheren Ruin treiben würde. Da Erich II. nichts mit der Angelegenheit zu tun haben wollte, besprach sich Sidonie sowohl mit Heinrich als auch mit meiner Herrin. Beiden konnte es Sidonie nicht Recht machen und so wandte sie sich an ihren Bruder, der eine Tochter Heinrichs geheiratet hatte. Sidonie war zwar in ihren Ländereien eine rechtlose Herzogin, doch sie hatte mit ihren Brüdern auf lange Sicht stärkere Verbündete als meine Herrin.

So glücklich meine Herrin mit Poppo war, es gab immer mehr Uneinigkeit, weil sich Poppo mit weniger begnügen wollte und er müde war, in den Familienstreit einbezogen zu werden. Meine Herrin plante nun in Ilmenau ihren Zweitwohnsitz auszubauen. Sie wies ihren Silberkämmerer an, ein gut' Teil des Schmuckes und wertvollen Hausrates nach Ilmenau zu bringen. Dem folgten 28 großformatige Ölgemälde, die im Familienbesitz waren. Da das Schloss Ilmenau über zwei große Gewölbekeller verfügte, lagen die Wertgegenstände dort ebenso sicher.

Als meine Herrin in Schleusingen noch mehr Land dazu kaufen wollte, das Philipp von Hessen gehörte, wies er dieses strikt ab und veräußerte das Land nahe Ilmenau an seine Schwester. Die beiden Frauen, die sich noch nie gut verstanden hatten, zögerten nicht, über die andere schlecht zu sprechen und sich gegenseitig das Leben schwer zu machen. Doch meine Herrin ließ sich nicht abhalten, das Schloss Ilmenau in großem Stile herzurichten. Da große Säle, Kirche und Keller vorhanden waren, brauchte sie nur noch die fürstlichen Gemächer anbauen zu lassen. Graf Wilhelm von Henneberg-Schleusingen stiftete dazu 200 Gulden und der angesehene Ilmenauer Bürger Christoph Gabriel übernahm die Bauarbeiten. Poppo und Elisabeth beauftragten einen Architekten, der einen Garten für die Küche anlegte und einen Garten, um darin zu lustwandeln.

In Münden zurück, schrieb sich meine Herrin fast täglich mit Albrecht, der sich nun, nachdem sich Anna Maria ebenfalls mit ihm schrieb und sie Bilder ausgetauscht hatten, doch dazu durchgerungen hatte, Anna Maria zu ehelichen. Meine Herrin nannte in ihren Briefen Albrecht „ihren lieben Sohn", obwohl ihre Tochter ja noch nicht mit ihm verheiratet war. Stundenlang schrieb meine Herrin, weil sie bis ins kleinste Detail sicher sein wollte, dass Anna Marias Glück nichts im Wege stehen sollte. Meine Herrin bestand darauf, dass die einzige Tochter Albrechts einen eigenen Wohnsitz bekam, damit sie Anna Maria nicht bevormunden sollte. Möglichst sollte Albrecht seine einzige Tochter ausbezahlen, damit sie keine Ansprüche mehr stellen würde. Es wäre eine unglückliche Sache, wenn die Frauen um das Erbe und die Regierungsgeschäfte streiten würden. Und Anna Maria könne niemand zumuten, dass sie mit einer älteren Stieftochter zusammen leben würde. Da Albrecht keinen männlichen Erben hatte, war auch noch offen, wer das Erbe antreten würde. Sie erinnerte Albrecht, dass er ein guter, treuer Mann sein solle und alle Verpflichtungen aus seiner ersten Ehe sollten einem neuen Glück nicht im Wege stehen. Und sie mahnte ihn, Maß zu halten und ebenso der ganze Hof; denn sie wusste wohl, dass in Preußen am Hof zu viel getrunken würde. Das müsste ein Ende haben! Und er habe darauf zu achten, dass unter den Bediensteten keine ehemalige Mätresse sei, denn von ihnen könne viel Unheil ausgehen. Meine Herrin machte aus ihrem Herzen keine Mördergrube, wenn sie Albrecht schrieb:

„... Täglich danke ich Gott, weil ich einen herzallerliebsten Mann habe und in meiner zweiten Ehe viele glückliche Stunden mit ihm verbringe...

Und nun bin ich doch getröstet, dass all die viele Liebe und Weisheit, die ich in Eurer Nähe und bei Euren lieben Briefen empfinde, ich zwar nicht selbst als Eure Frau genießen kann, so doch meine liebe Tochter in den Genuss Eurer Liebe kommen wird. Da mir diese Huld versagt ist, wünsche ich sie meiner Tochter, Anna Maria, umso inniger...“

Als ich die Zeilen gelesen hatte, überlegte ich, ob vielleicht ihr Großonkel Albrecht und Elisabeth ein Paar geworden wären, wenn seine Frau früher gestorben und meine Herrin noch nicht verheiratet gewesen wäre? Aber ich verwarf den Gedanken wieder, denn es war müßig, darüber nachzudenken. Aber auch so erreichte meine Herrin erneut ein Ziel, wenn auch über Umwege.

Meine Herrin war stolz auf die glanzvolle Verbindung im Hochadel, die sie nun mit ihrer Tochter besiegeln konnte. Der rote Adler Brandenburgs vereinigte sich nun mit dem schwarzen Adler Preußens. Die väterliche Dynastie ihres Vaters wurde hochgehalten.

Als der Herbst ins Land zog, wurde für Anna Maria der Hochzeitsring überbracht. Meine Herrin wollte zur Hochzeit, die im Januar an Albrechts Residenz in Königsberg stattfinden würde, nachkommen. Anna Maria sollte jedoch schon Ende Dezember an den brandenburgischen Hof zu ihrem Bruder reisen.

Die Freude über die bevorstehende Hochzeit verdarb uns Heinrich jedoch gründlich. Als ich mit meiner Herrin und Poppo im November wie üblich nach Nienover reiste, um eine stattliche Anzahl Rotwild und Schweine zu erlegen, stockte uns der Atem angesichts der Verwüstung. Erst vor kurzer Zeit musste Heinrich hier gewesen sein. Er hatte mit einem großen Aufgebot an Jägern in den Wäldern eine wilde Hetzjagd veranstaltet und hatte, ohne den Nachwuchs zu schonen, das Wild erlegt. Das war ihm jedoch nicht genug. Das Dorf Brügeborn, das so wunderbar aufgebaut worden war und in dem gut zwanzig Familien ein neues Zuhause gefunden hatten, hatte er vollkommen niedergebrannt und die Männer als Gefangene abgeführt. Aus dem Jagdschloss hatte er alles entwendet, was er gebrauchen konnte.

Als wir das Elend sahen, ging es uns zu Herzen, denn die Bürger hatten die Hoffnung auf eine gute Zukunft aufgegeben. Die Frauen waren krank vor Kummer und die Kinder versteckten sich vor uns. Heinrich hatte die Gräueltaten so geplant, dass wir noch die Brandherde riechen konnten. Meine Herrin erteilte den Auftrag, dass nun alle mit aufräumen und neuen Mut schöpfen sollten. Zwar halfen alle mit, die Spuren der Verwüstung zu beseitigen, aber es war niemand bereit, auf Befehl neue Hoffnung zu schöpfen. Obwohl meine Herrin am liebsten ein Heer angeheuert hätte, um es Heinrich zu vergelten, hielt sie ihren Zorn im Zaum und schrieb ihre Empörung über dies maßlose Verhalten an Heinrich selbst. Den Brief brachten drei Unterhändler nach Braunschweig, denen meine Herrin einiges von ihrem Schmuck mitgab, damit sie die Gefangenen freikaufen sollten. Wir warteten mit den verängstigten Menschen auf die Nachrichten aus Braunschweig. Da der neue Ort Brügeborn auf einer alten Wüstung erbaut worden war, wollten sich die Menschen nicht mehr an demselben Ort ansiedeln. Wo schon zweimal eine Ortschaft dem Erdboden gleichgemacht worden sei, wäre wohl der Teufel mit im Bunde.

Die Unterhändler kamen mit der Nachricht zurück, dass die Gefangenen freikämen. Heinrich habe ihnen dafür den ganzen Schmuck abgenommen und forderte noch mehr, denn erst dann könne er die Hungerleider auf den Weg schicken. Meine Herrin zürnte, zumal in dem mitgeschickten Brief Heinrichs zu lesen stand:

„... Ihr werft mir zu Unrecht ein Fehlverhalten vor. Ich schändete weder die Wälder noch zerstörte ich Brügeborn. Ich bitte Euch, von solchen Verleumdungen abzulassen..."

Heinrich leugnete seine Taten, obwohl wir es mit eigenen Augen gesehen hatten. Ebenso leugnete er die Gefangenen und forderte doch gleichzeitig Mittel, damit sie wieder freikommen konnten. Meine Herrin war voller Kummer. Als Poppo auch noch zu ihr sagte: „Ich bringe Euch kein Glück, Euer Sohn und Heinrich zürnen mir. Es ist wohl besser, wenn ich diesen Ort nicht mehr betrete." Da war meine Herrin so verzweifelt, dass sie mir befahl, unverzüglich einige Kleider zu packen, denn sie müsse mit Sidonie selbst sprechen. „Und morgen brechen wir auf!"

Sie bat Poppo, in Nienover zu bleiben, bis die Gefangenen eingetroffen seien und mit ihren Familien eine neue Unterkunft gefunden hätten.

Um schneller voranzukommen, wollte meine Herrin nicht in der Kutsche reisen. Das hieß, auch für mich gab es keine Kutsche. Dabei war ich doch keinen Sattel mehr gewöhnt! Elisabeth hingegen saß mehrmals täglich auf einem schnellen Hengst.

Meine Herrin ritt an der Spitze des kleinen Zuges und nahm keine Rücksicht auf meine Befindlichkeit. Bereits am ersten Abend schmerzten mir alle Knochen, als wir in der Herberge ankamen. Als ich im Bett lag, konnte ich mich nicht einmal auf die andere Seite drehen. Am andern Morgen musste ich von einer Bank aus aufs Pferd steigen, denn ich konnte mich nicht mehr in den Sattel schwingen. An den nächsten Tagen war es nicht besser, aber ich trank an den Abenden so viel Bier, dass ich die Schmerzen vergaß. Und wenn ich tagsüber auf dem Pferd saß, dachte ich zum Trost an den nächsten Schanktisch.

Als wir auf dem Calenberg ankamen, bestürzte es mich, wie kühl sich Herzogin Elisabeth und Herzogin Sidonie begegneten. Ihre Gesten und Worte waren zwar voller Höflichkeiten und in freundliche Worte gekleidet, doch das frühere Vertrauen und die Freude, die sie zuvor aneinander gehabt hatten, war verschwunden. Nicht einmal der Glaube, für den beide ihr Leben geopfert hätten, hatte noch verbindende Kraft. Dabei trugen doch beide schwer und hätten sich gegenseitig in ihrem Kummer trösten können, litten sie doch beide unter ein und demselben Mann. Ich hatte mich bei allen Gesprächen zu meiner Herrin gestellt. Sie legte keinen Wert darauf, mit ihrer Schwiegertochter allein zu sein. Ich sehnte mich nach der Zeit zurück, als ich mit Sidonie alleine ausgeritten war und wünschte mir, ich könnte ihr noch einmal zum Zeichen meiner Verbundenheit die Haare flechten. Aber ich war die Kammermeisterin meiner Herrin und durfte es nicht vergessen. Weder mein geschundener Körper noch meine Hinwendung zu Sidonie durften mich von meinem Dienst abhalten. Es sei denn, es käme doch noch irgendeine Möglichkeit?

Die Gelegenheit kam mit dem Gottesdienst am nächsten Morgen. Es war üblich, dass wir an allen Tagen am frühen Morgen eine Andacht abhielten. Sidonie hatte uns eingeladen, aber meine Herrin sagte, dass sie nicht wohlauf sei und erst später zu Tisch kommen würde. So ging ich mit Sidonie durch die kalte Morgenluft zu einer kleinen Kirche auf eine Anhöhe. „Es tut mir von Herzen leid", sagte ich. „Werte Herzogin Sidonie, es tut mir von Herzen leid, dass sich Erich II. auf Grund Eures Glaubensbekenntnisses von Euch abgewendet hat und Euch nun auf eine Burg abschiebt." Ich erschrak über meine groben Worte, aber mir fiel nichts Besseres ein, denn das war ja die Wahrheit. Sidonie wusste, wie ich es meinte, denn sie sagte: „Agnes, es ist noch schlimmer, als du denkst. Ich hatte nur noch nicht den Mut, meiner Schwiegermutter zu sagen, dass Erich II. unser Land Heinrich zum Kauf angeboten hat. Erich II. will für immer Landsknechtführer werden und nicht an Ländereien gebunden sein." „Hat sich vielleicht deshalb Heinrich schon so benommen, als ob er sich nun überall holen könnte, was er will?" „Ich weiß es nicht. Es sieht so aus, als ob er einfach den schutzlosen Raum ausnützt. Doch Heinrich wird Calenberg nicht kaufen können. Er wird versuchen, es auch ohne Kauf an sich zu reißen. Ihm fehlt das Geld ebenso wie Erich II. die Mittel fehlen, um noch mehr Kriegsleute um sich zu scharen." Ich wusste nicht, was ich sagen sollte und war froh, dass wir schon bei der Kapelle angekommen waren. Nur eine Handvoll Menschen hatte sich aufgemacht. Doch dem Prediger waren wir genug. Er las aus dem Wort Gottes und erzählte davon, dass Gott Wunder tun kann. Als wir sangen, fasste Sidonie nach meiner Hand und wir sangen gemeinsam weiter. Auf dem Rückweg bat ich Sidonie: „Sage meiner Herrin die ganze Wahrheit. Erich II. ist doch ihr Sohn." Sidonie nickte und gab zu bedenken: „Es ist doch seltsam, dass die Erben und Angehörigen es nicht zustande bringen, ein Land zusammenzuhalten. Und so kann es nur ein Glück sein, dass der jüngste Bruder meiner Schwiegermutter eine Tochter Heinrichs geheiratet hat und auch meine Familie gute Beziehungen zu Heinrich unterhält. Sie werden es wohl sein müssen, die das Schlimmste verhüten und vermitteln." Mir war zuvor immer nur in den Sinn gekommen, dass die armen Eheleute oft aus verfeindeten Familien kamen und es schwer hatten. Dass dies aber auch sein Gutes haben sollte, war mir neu. „Heute bin ich froh, eine einfache Kammerdienerin zu sein und keine Herzogin." Sidonie lachte. „Ach", sagte sie, „Agnes, du bist eine gute, unverheiratete Kammerdienerin, aber ich bin eine „verheiratete Witwe". Ich lebe das Leben einer Witwe, obwohl ich verheiratet bin. Schau: Einen Witwensitz will man mir als Trost verschaffen; und mein Mann ist für mich wie tot, obwohl er noch lebt."

Die Stunde, in der meine Herrin allein gewesen war, hatte ihr gutgetan. Als wir wieder zurückkamen, entschuldigte sie sich bei Sidonie, dass sie zu angespannt gewesen wäre und sich wünschte, dass sie zusammenhalten könnten, auch angesichts der schweren Situation. „Meine liebe Mutter, ich verstehe Eure Sorgen wohl und es besteht Grund genug, dass wir um die Ländereien, den Glauben und das Wohlergehen der Untertanen Angst haben." Endlich sprachen sie wieder miteinander, wie es sich zwischen Mutter und Schwiegertochter gehörte. Meine Herrin versprach, in Calenberg zu bleiben und gemeinsam mit Sidonie Verbündete zu finden, die das Land schützen würden, ohne es Heinrich zu überlassen. Als Sidonie meiner Herrin für die Heimreise eine Kutsche anbot und ihr auch noch zwei von den schwarzen Pferden schenkte, war meine Herrin beschämt und bedankte sich bei ihrer lieben Schwiegertochter.

Als wir in der Kutsche saßen, hätte ich die ganze Zeit am liebsten geschlafen oder gesungen, denn mir waren die Unannehmlichkeiten unserer Hinreise noch zu gut in Erinnerung geblieben. Während ich zufrieden war, legte sich die Stirn meiner Herrin erneut in Falten, und als ich mich nach ihrem Kummer erkundigte, sprach sie wie zu sich selbst: „Wie könnte ich für einige Wochen mein Land verlassen, da es von meinem Sohn geschändet wird und sich Heinrich die Reste wie ein Aasgeier holt? Ich werde wohl, da ich einem ungeratenen Sohn hinterherräumen muss, nicht das Vergnügen haben, meiner Tochter bei der Eheschließung die Hand auf die Schulter zu legen und das Glück Albrechts und Anna Marias segnen zu können."

„Selbst wenn ihr nicht mit nach Berlin und Königsberg reist, so habt ihr doch in Briefen schon alles aufs Feinste geregelt", versuchte ich meine Herrin zu trösten.

Da sich die politische Lage weiter zuspitzte, blieb ich mit meiner Herrin tatsächlich in Münden, und Anna Maria bereitete sich auf ihre Reise nach Berlin vor, von wo aus sie dann später nach Königsberg weiterreisen würde. Elisabeth sagte ihrer Tochter immer wieder, dass sie eine wunderbare Frau und Mutter werden würde und sie allzeit in ihrem Herzen und ihren Gebeten zugegen sein würde. So viel meine Herrin auch tat, es blieb mir nicht verborgen, wie oft sie wegen des Abschieds weinte.

Elisabeth gibt ihrer Tochter Ratschläge und verzeiht ihrem Sohn (1550-1553)

Anna Maria stieg vor unseren Augen in die Kutsche. Sie hatte einen Reisehut nach der neuesten Mode auf und meine Herrin fasste noch einmal nach ihrer Hand: „Grüßt mir meinen lieben Bruder, Joachim II. Sagt ihm, wie sehr ich ihm danke, weil er Euch nach Königsberg begleitet. Ihr werdet nun einige Tage auf dem Schloss sein, wo ich meine glücklichen Kindheitstage verbrachte. Und dann, meine Liebe, werdet ihr den ehrwürdigen Albrecht von Preußen ehelichen. Das wird Euch Eure Hoheit und Würde deutlich vor Augen führen. Ich wünschte, ich könnte auch eine solche Reise antreten." So sehr sich meine Herrin mühte, Anna Maria aufzumuntern; wie sollte sie denn verstehen, was meine Herrin meinte? Ihr Elternhaus stand in Münden und nicht in Brandenburg; und Albrecht von Preußen war noch viel älter als ihre Mutter. Ihre Mutter und Albrecht verstanden sich gut. Für Anna Maria war er kein wunderbarer Prinz. Und davon träumten doch alle adeligen Mädchen, so lange sie noch nicht versprochen waren.

Poppo, der oft reiste, und dem Brandenburg und der Hof Albrechts vertraut waren, freute sich auf die Reise. „Sorgt Euch nicht, wir sind in Gottes Händen", tröstete er Elisabeth, als sie von einem zum andern lief und ihre Fragen sich zu wiederholen begannen. „Ich danke Euch von Herzen, dass Ihr für mein Kind Sorge tragt, wie ein eigener Vater es nicht besser tun könnte", antwortete meine Herrin. Anna Maria und ihre Vertrauten sahen mit ernsten Gesichtern aus den Fenstern der Kutsche und winkten zum Abschied.

Graf Poppo ritt dem Zug nach Berlin voran. Eine Kutsche nach der anderen rumpelte vom Hof. Dreißig Wachen, ein gutes Dutzend Gesinde und eine Handvoll Hofdamen begleiteten Anna Maria. Meiner Herrin fiel der Abschied schwer. Doch ich dachte, dass es für das Kind besser sei, ihr Glück anderswo zu machen, denn in Calenberg ging die Angst um. Und doch grauste es mir bei dem Gedanken, dass die junge Anna Maria von einem Mund geküsst werden würde, der von einem grauen Bart umwuchert war und wenn sie ihrem Mann in die Haare fassen wollte, so fanden sich auf dem Kopf nur noch wenige davon. Das Kind würde dieselben Pflichten ertragen, wie sie auch meine Herrin auf sich genommen hatte. Und Jahre später erst hatte Elisabeth den Mann geheiratet, nach dem sie sich sehnte. Welches Schicksal wohl Anna Maria erwartete?

Nachdem der Tross vom Hof gefahren war, wurde es still. Wir standen noch eine Weile herum, als ob wir darauf warteten, die Reisenden würden es sich noch einmal anders überlegen und zurückkehren. Auch die Bediensteten, die Tage zuvor emsig gepackt und geplant hatten, waren unschlüssig, weil nun eine weitere Tochter das Haus verlassen hatte. Katharina, die jüngste Tochter meiner Herrin, sollte nicht mitreisen, da meine Herrin um ihre Gesundheit und Sicherheit bangte. Sie hatte Katharina versprochen, dass sie wohl über den Sommer einen Besuch in Königsberg machen würden. „Wer weiß, ob es tatsächlich dazu kommt", erwiderte sie auf die Versprechungen ihrer Mutter. „Mir ist es, als ob ich meine Schwester nie wieder sehen werde."

Niemand auf dem Hof wollte sich als Erster rühren oder weggehen. Doch dann sagte meine Herrin zu Katharina und mir: „Lasst uns nachschauen, ob nichts vergessen wurde." Und so gingen wir noch einmal durch die leere Lagerhalle und schauten in das kahle Zimmer Anna Marias. Elisabeth bestand sogar darauf, dass wir noch in den Ställen nachschauten, ob auch die richtigen Pferde und das ausgesuchte Zaumzeug mitgegeben worden waren. Wir fanden nichts, was es zu beanstanden gab. Alles, was wir Anna Maria Gutes tun konnten, war getan.

„Katharina, dann überlegt Euch, wie Ihr Anna Marias Gemach neu gestalten lassen wollt, denn es soll nun Euch zur Verfügung stehen. Ich hoffe, Ihr beweist darin einen guten Geschmack. Wir werden uns dann darüber unterhalten, wie wir es bewerkstelligen können, dass ich Eure Wünsche in die Tat umsetzen kann. Nur weil Ihr die Jüngste von allen seid, soll das nicht heißen, dass ihr mir weniger wichtig seid als alle anderen." „Danke, liebe Mutter", antwortete Katharina artig und ging. Als ich später nach ihr schaute, war Altfrau Bertha bei ihr und ermutigte sie, sich den neuen Raum so einzurichten, dass sie sich dort mit anderen edlen Damen zu Spielen und bei Festen aufhalten konnte.

Sobald Anna Maria nicht mehr in Münden war, kamen meiner Herrin Zweifel, ob sie nicht doch zu jung für eine solche Ehe war. Ihre temperamentvolle Tochter, die ihrem zukünftigen Gemahl in der Jagd und in den musischen Künsten weit voraus war, würde vielleicht nicht gehorchen. Wahrscheinlich könnte sie sich Albrecht nicht unterordnen und würde dem alten Mann zu viel abverlangen. Anna Maria war das widerspenstigste Kind in der Familie gewesen und nun ließen meine Herrin die Fragen nicht in Ruhe, ob sie ihrem Kind alles gesagt hatte, was sie wissen und beherzigen musste.

Noch am selben Abend stand meine Herrin, nachdem sie sich bereits hingelegt hatte, wieder auf und ging zu ihrem Sekretär. Ich tat, als ob ich schon schliefe, denn ich hatte keine Lust, in den kalten Räumen im Nachtkleid hinter meiner Herrin herzulaufen. Zwischen den halb geschlossenen Lidern sah ich, dass meine Herrin einen wollenen Umhang umgehängt und ihre Füße auf das dicke Bärenfell gestellt hatte. So blieb ich also liegen und schlief ein.

Ich dachte, sie hätte schon einen Brief an Poppo oder ihre Tochter geschrieben. Aber ich las:

„Mütterlicher Unterricht für Anna Maria, Herzogin in Preußen, 1550.

Ein freundlicher und mütterlicher Unterricht, aus mütterlicher Liebe und wohlmeinendem Herzen, für meine herzgeliebte Tochter zu Beginn des Ehestandes...“

Zehn Seiten hatte meine Herrin in der Nacht geschrieben und wie ich an der Gliederung für den Text ersehen konnte, würde das erst der Anfang sein.

Während Anna Maria in Brandenburg eintraf und von dort aus auch noch von den Brüdern Elisabeths, Kurfürst Joachim II. und Johann von Küstrin, nach Königsberg begleitet wurde, gab ihr Poppo über alles genauen Bericht. Meine Herrin schrieb, sobald sie eine freie Minute fand, alles an die Tochter nieder, was sie für hilfreich und nützlich erachtete. In den Stunden, in denen meine Herrin an ihre Tochter schrieb, wirkte sie zufrieden und stark. Doch mir kamen Zweifel, ob Anna Maria die Worte ihrer Mutter wirklich lesen und beherzigen würde. War die Wirklichkeit des Lebens und die Schwäche der Menschen nicht viel größer als die wohlmeinenden Absichten der Eltern? Hatte Erich II. dies nicht bewiesen? Was hatte das wunderbare Regierungshandbuch denn genützt? Wenn sich der junge Herzog daran gehalten hätte, so hätte er sein Land in Frieden regiert. Aber es lag ungelesen und unbeachtet in meiner Herrin eigenen Silberkammer.

Erich II, der Heinrich sein Land zum Verkauf angeboten hatte, hatte nicht damit gerechnet, dass dieser sein Schreiben dazu verwenden würde, ihn entmündigen zu lassen. Der Kaiser gab Heinrich Recht: Jemand, der sein Land nicht regiert, sondern nur nützt, um es gewinnbringend zu veräußern, stellte eine Gefahr für das gesamte Reich dar. Elisabeth wusste sehr wohl, dass Calenberg im Grunde nur mit ihrer Leibzucht Münden richtig regiert werden konnte, da es zuverlässigen Ertrag einbrachte. Und so fürchtete sie sich davor, dass Heinrich sie angreifen wollte. Sie war nicht die einzige, die sich vor einem Angriff fürchtete. Poppos Vater, Graf Wilhelm von Henneberg-Schleusingen, befürchtete ebenfalls, dass Heinrich nicht nur Münden angreifen wollte, er würde auch in Schleusingen einmarschieren, um Elisabeth ein für alle Mal zu besiegen. Er war gegen den Wunsch Elisabeths, ihr Ilmenau als Leibgedinge zu übertragen, da sie dann auch in Ilmenau nach dem Tod Poppos dieselben Machansprüche stellen könnte und ebenso Feinde auf den Plan rufen würde wie in Münden. Er begrüßte zwar die Reformation, die meine Herrin Schleusingen verordnet hatte und war ihr zugetan. Er unterstützte auch den Ausbau Ilmenaus und hieß seine neue Schwiegertochter willkommen – aber alle fürchteten sich vor Auseinandersetzungen. Meine Herrin hatte sich zu sehr für die Reformation eingesetzt und zeigte zunehmend einen unbeugsamen Machtanspruch, wenn es um ihren eigenen Besitz ging. Graf Wilhelm blieb vorsichtig. Ilmenau sollte der Witwensitz Elisabeths werden und nichts anderes. Hatte er doch alles Gut bereits Elisa und seinem Sohn Georg Ernst zugedacht und das mit dem ausdrücklichen Willen meiner Herrin, als Elisa ehelichte.

Als Poppo endlich im Frühjahr zurückkehrte, wies meine Herrin an, das ganze Schloss zu putzen und die Zimmer zu schmücken. Da Poppo über Goslar und Northeim kam, richtete ihm meine Herrin aus, dass sie ihm entgegenreiten würde. Sie müsse ohnehin nach Göttingen und Northeim. Nun, da meine Herrin Poppo entgegenritt, waren ihr meine Dienste ausgesprochen wichtig. Ich musste ihre Haare und ihre Haut mit verschiedenen Ölen zart und geschmeidig halten. In einem Tiegel verwahrte ich das wertvolle Lippenrot, das aus Blutläusen gewonnen wurde, und in einem anderen befand sich Honigwachs für die Haare. Ich träufelte meiner Herrin täglich ein paar Tropfen Minze und Rosmarin auf die Zunge, damit der Körper auf die Liebe vorbereitet werden sollte. Hatten sich die beiden erst einmal wieder, so bedurften sie keiner anregenden Mittel mehr.

Als die beiden einander trafen, war meine Herrin glücklich und wich ihm kaum von der Seite. Selbst als Poppo von der Hochzeit berichtete und meine Herrin alles bis ins kleinste Detail davon wissen wollte, hingen ihre Augen doch auch aus einem ganz anderen Grund an seinen Lippen. Elisabeth fragte genau nach, denn sie wollte wissen, ob sich Albrecht an die Abmachungen gehalten hatte. „Was wurde bei der Feier aufgetischt?", wollte sie wissen. „Allein für eine Mahlzeit wurden 120 Kälber, 364 Schafe und 52 Mastsauen in die Küche gebracht." Meine Herrin wiederholte die Zahlen und war zufrieden mit Albrecht. Immer wenn sie eine Zahl richtig wiedergegeben hatte, lächelte Poppo und küsste ihre Hände. Poppo versäumte es nicht, ihr vom Pferd zu helfen, nur damit er ihren Körper langsam an dem seinen heruntergleiten lassen konnte. „Danke für Eure Güte", sagte meine Herrin dann, lächelte und tätschelte ihr Pferd besonders liebevoll. Poppo berichtete, dass auf der Hochzeit auch Politik betrieben worden war. So hätte der Bräutigam, Albrecht, mit Hans von Küstrin und Johann Albrecht von Mecklenburg ein Defensivbündnis zum Schutz gegen das Augsburger Interim geschlossen. „Somit, meine Liebe, wurde die Hochzeit Eurer lieben Tochter auch zur Grundsteinlegung einer ständischen Opposition gegen Karl V. und seine protestantenfeindliche Politik. Und es werden immer mehr, die des Kaisers Willen nicht mehr hinnehmen wollen." Wenn Poppo nach seiner Rückkehr mit meiner Herrin sprach, war meine Herrin friedlich wie ein Lämmchen. Sie hatte ihn wohl so sehr vermisst, dass sie die Zeit nicht im Streit vergehen lassen wollte. Wenn wir gemeinsam mit Poppo reisten, war meiner Herrin auch plötzlich jedes Nachtlager recht. Als wir zum Beispiel zum Kloster nach Wiebrechtshausen kamen, wollte sie nicht bei den Nonnen schlafen, weil sich diese wieder in ihre Nonnenkleider gehüllt hatten. „Ist eure Angst vor Menschen größer als eure reine Liebe zu Gott?", schimpfte sie die Nonnen aus. „Ich werde nicht in euren heuchlerischen Betten schlafen, sondern meine Matte in der Kirche ausbreiten..." Die Matten breitete jedoch nicht meine Herrin aus, sondern Poppos Knappe und ich sorgten dafür, dass wir ein halbwegs annehmliches Lager in der kalten Kirche herrichteten. „Ich schlafe am Feuer des Gesindes", verabschiedete sich der Knappe und grinste mich an. „Wo bist du, falls wir dich brauchen?" „Da, wo das Feuer brennt. Poppo findet mich immer." Da, wo das Feuer brennt... Der hatte gut reden. Für mich gehörte es sich nicht, am Feuer beim Gesinde zu schlafen. Ich hatte meine Strohmatte in einer Nische ausgebreitet und an meinem Lager fünf Kerzen aufgestellt. Um die Matte der Herrschaften hatten wir ein Dutzend Kerzen gestellt und an den Wänden sorgten vier Fackeln für Dämmerlicht. Bei Tage war ich mit offenen Augen und einem Stock bewaffnet durch die Kirche gegangen, damit ich Mäuse und Ratten erschlagen könnte, aber ich sah keinen einzigen Nager. Und es war ja auch so, dass es hier außer kaltem Gestein und Segen nichts zu holen gab. Eine fünfte Fackel brannte am Eingang zum unterirdischen Gang. Das Gewölbe führte vom Frauenkloster Wiebrechtshausen bis in das Männerkloster St. Blasius, das mitten in Northeim stand. So konnten die Mönche und Bürger im Falle eines Angriffes durch den geheimen Gang aus der Stadt entfliehen. Meiner Herrin hatten die Northeimer Mönche stets den Zugang zum unterirdischen Gang verweigert und wir nahmen an, dass sie dort Wertgegenstände gelagert hatten. Immer, wenn ich an dem Eingang vorbeiging, spürte ich die Versuchung, die Fackel von der Wand zu nehmen und hineinzugehen. Aber ich tat es nicht, denn es war uns verboten. Und wer weiß, welche Geister in den feuchten Gängen hausten? Vielleicht waren dort Schätze verborgen, bei deren Anblick die Sinne verwirrt wurden?

Dass ich trotzdem in den unterirdischen Gang geriet, hatte einen ganz anderen Grund: Kurz vor Mitternacht begaben sich meine Herrin, Poppo und ich zur Ruhe. Wie ich so still da lag und horchte, ob sich nicht doch eine Ratte auf den Weg gemacht hatte, um unsere Kleider zu beschnuppern, hörte ich die Herrschaften leise flüstern. Ich vernahm auch die Wassertropfen, die weiter weg im Gewölbe gleichmäßig von der Decke tropften. Wie gut, dass wir wenigstens trocken liegen, wenn es so kalt ist wie in einer Grabeskirche, dachte ich noch, als plötzlich die gesamte Luft in der Kirche und die Wände zu atmen begannen. Ein Hauch von unten, ein Schall von rechts, ein zitternder Wind von der Decke herab. Was immer in der Kirche war: Es lebte und atmete und hauchte. Ein und aus. Immer lauter rauschte die Luft durch die Kirche, strömte über mich hinweg und ließ meine Gebeine erzittern. Ich meinte, selbst nicht mehr atmen zu können. Mir rann der Schweiß an den Lenden hinab und ich glaubte, mein Herz würde aufhören zu schlagen. Dann stand ich mit einem Ruck auf und rannte einfach fort. In meiner Not geriet ich in den unterirdischen Gang und stolperte über den unebenen, feuchten Boden. Von einem schwachen Fackelschein bis zum anderen taumelte ich, bis ich endlich den furchtbaren Odem der Kirche nicht mehr hören musste. Da fiel ich auf die Knie und betete, dass ich erlöst werden würde, denn was geschieht mit einem Menschen, den der Hauch Gottes berührt? Ich war noch ganz verzweifelt und in mich versunken, als mich ein Mönch an die Schulter fasste. Ich erschrak, denn ich dachte, der Leibhaftige wollte mich holen. Doch er fragte nur: „Marie?" „Marie?", fragte ich zurück. Doch da hatte er sich bereits wieder entfernt und in eine dunkle Nische gestellt. Ich saß nun so still wie ein Stein, damit mich keine Gespenster fangen sollten. Wenn ich Marie gewesen wäre, hätte er mich dann mitgenommen? Wäre dies der Tag meines Todes gewesen? Ich wartete nicht lange, da kam aus der Seite, von der ich in den Gang hineingelaufen war, eine Nonne, die eine Kerze bei sich trug. „Bernhard?", fragte sie, als sie unweit von mir war. Und noch einmal: „Bernhard?" Da löste sich der Mönch aus dem Schatten und fragte: „Marie?" „Ja, ich bin's, Marie." „So komm und beeile dich, wir sind nicht allein." „Allein, allein, allein", hallte seine Stimme nach. Auch ihre Schritte, die sich schnell entfernten, hallten von einer Wand zur andern. Dann war es plötzlich still, als ob sie durch eine Tür an der Seite aus dem Gang getreten wären.

Mir kam in den Sinn, dass ich ihnen nachgehen könnte, damit ich selbst endlich aus dem Gewölbe herausfände. Als ich mich jedoch anschickte, ihnen zu folgen, begriff ich erst, welchem Spiel ich beigewohnt hatte. Die beiden kannten sich. Und sie waren wohl ein Paar. Schon seit langem waren sie ein Paar und sie trafen sich hier heimlich. In diesen Gängen, die nachhallten wie die Steine, die von den Bergen ins Tal fallen. Und dann fiel es mir wie Schuppen von den Augen: Der Atem der Kirche war doch nichts weiter als der Atem meiner Herrschaften, der sich im Kirchengewölbe vervielfacht hatte! Und ich dachte, es wären Dämonen! Ich erinnerte mich an die Wucht des Atems, an das Auf und Ab und das Zittern in den Luftstößen. Es war der Atem der Lust gewesen, der jeden Stein der Kirche zum Leben erweckt hatte. Die Erinnerung an diese Mächte wollte meinen Körper zerreißen. So klang die Stimme der Sinne; der Atem, den Gott uns eingehauchte hatte, damit auch wir neues Leben zeugen.

„Marie."

Der Name klang in meinem Kopf wie die Schläge einer Glocke.

„Marie."

„Ja, ich bin's, Marie."

Ein unerträglicher Schmerz wütete in meiner Brust und mein Leib schmerzte, dass ich mich krümmte. Ich wünschte mir, jemand käme und würde mich beim Namen rufen. Und ich könnte sagen: „Ja, ich bin's." Und dann würden wir Hand in Hand gemeinsam forteilen.

Ich weiß nicht, wie ich mein Lager in der Kirche wiederfand. Am nächsten Morgen weckte mich meine Herrin und fragte mich, warum ich mich neben die Matte gelegt hatte und nicht zugedeckt war. „Ich weiß es nicht", sagte ich und spürte, dass mein Hals sich entzündet hatte und das Fieber in meinen Knochen wütete. Poppo, der dazugekommen war, streckte seine Hand aus und legte seine Finger an meine Schläfen.

„Ins Bett, Eure Kammerfrau muss sofort in ein warmes Bett gebracht werden, damit ihr das Fieber nicht die Kräfte raubt."

„Lass alles liegen", sagte meine Herrin mild. Sie fasste nach meinem Arm und führte mich aus der Kirche zum Haus der Nonnen. „Es ist mir nicht lieb, dass ich dich von den abtrünnigen Nonnen pflegen lassen muss. Aber du brauchst dringend Hilfe. Ich werde dir heimlich noch Wachholderbeeren und ein Kreuz aus Sargnägeln zukommen lassen, dann bist du gegen das Böse geschützt." Meine Herrin übergab mich der Vorsteherin, die sie noch mit vielen Ermahnungen bedachte. Ich wurde in die Krankenstube gebracht. Darin standen mehrere frisch bezogene Betten. Obwohl ich die einzige Kranke war, heizten sie den Ofen ein und zwei Nonnen wechselten sich zur Wache an meinem Bett ab. Eine Schwester hieß Marianne und die andere Marie. Ich hatte das Säckchen mit Wachholderbeeren unter meinem Kissen, und meine Herrin hatte selbst noch das geschmiedete Kreuz aus Sargnägeln gebracht und unter das linke Fußende des Bettes gelegt. Sie hatte das Bett dazu leicht angehoben, obwohl ich darin lag. „Sage niemand, dass ich das Kreuz hier niederlegte und lass es, wenn du gehst, dort liegen, damit dich der Fluch nicht weiterverfolgt." Ich versprach meiner Herrin, ihren Anweisungen zu folgen. Sie wünschte mir eine gute Genesung. Da sie erst in drei Tagen weiterreiten würden, könnte ich mich so lange ausruhen. Sie lachte, weil sie sich an das Gespräch mit Poppos Knappen erinnerte und sagte zu mir: „Ich habe dem Knappen gesagt, dass dich die Kirche krank gemacht hat. Und er versprach uns, dass er sich in den nächsten Tagen sowohl um Poppo als auch um mich kümmert. Er bemerkte noch, dass du gesund geblieben wärst, wenn du mit am Feuer des Gesindes geschlafen hättest. Ich musste ihm versprechen, dass ich dich beim nächsten Anlass mit am Feuer liegen lasse."

Ich kann mich an nichts Böses während der Zeit in Wiebrechtshausen erinnern. In meinem Fieber träumte ich, dass ich behaglich am Feuer lag und sich die Menschen leise unterhielten. Wenn ich meine Augen aufschlug, sah ich Marie. Marie reichte mir Tee und Suppen. Liebevoll wusch sie mich und bettete mich mehrmals am Tag. Da um Wiebrechtshausen genug Seifenkraut wuchs und die Nonnen daran nicht sparen mussten, wurde auch in meinem Waschwasser das Kraut ausgewaschen und es war dadurch mit einem zarten Schaum durchsetzt.

Meine Herrin reiste ohne mich weiter, denn ich war noch viel zu schwach um aufzustehen. Ich sollte ihr später folgen. Sie würden nach Nienover weiterreisen. Die Vorsteherin hatte ihr versprochen, dass ich unter dem Schutz des Klosters nachfolgen könnte. Als ich mit Schwester Marie alleine war, sagte ich ihr wie beiläufig, dass meine Herrin jede Nonne schützen würde, die ihre Kutte ablege und den Ehebund mit einem Mönch einginge. „Sie hat es sich zur Aufgabe gemacht, dem Paar dann eine wirtschaftliche Grundlage zu verschaffen. Meist sind die Nonnen und Mönche gute Erzieher und Krankenpfleger, da sie lesen und schreiben können und sich in der Medizin auskennen. Martinus Luther war ja Mönch und hat eine entlaufene Nonne geheiratet." „Ist das wahr?", fragte sie mich erstaunt. „So wahr ich hier im Bett liege und es nicht lassen kann zu husten", entgegnete ich ihr. Marie fragte: „Wie ist unsere Herzogin als Mutter? Ich kenne nur diese strenge, fromme Frau, die Befehle erteilt."

„Marie, meine Herrin zeigt nicht, was ihr Herz empfindet. Aber wenn du wüsstet, welch liebevolle Briefe sie an ihre frisch vermählte Tochter schreibt und wie hoch sie den Ehestand einschätzt! Ihr hättet in ihrer Nähe sicheren Schutz, falls ihr einmal ehelichen wollt."

„Was sagte sie denn zu ihrer Tochter?"

„Lass mich meine Augen schließen, dann sehe ich ihre Schrift wie aufgemalt vor meinen Augen."

„Weil ich weiß, dass die Gottseligkeit zu allen Dingen nützlich ist, erachte ich es als meine mütterliche Pflicht, Euch als junge Fürstin in den Rosengarten des göttlichen Wortes zu führen, um darin die edlen Blumen der Weisheit zu brechen. Der Apostel Paulus ermahnt die alten Weiber, die

jungen zu lehren, wie sie keusch und züchtig leben, ihre Männer und Kinder lieben sollen, damit dem Wort Gottes nicht gelästert wird.

Obwohl Ihr abwesend seid, sind doch meine Gedanken immer darauf gerichtet, dass Ihr gottselig, vernünftig und tugendhaft leben möchtet.

Gott hat den Ehestand eingesetzt zur Vermehrung des menschlichen Geschlechts und zur Erhaltung der Ordnung im Staat, denn der Mensch ist von Natur aus auf die Gemeinschaft angelegt. Nur durch Tod oder Ehebruch kann die Ehe getrennt werden. Wie glücklich ist daher eine Frau, der ein frommer Gemahl beschieden ist. Da hat sie Schutz und Schirm. Im Hause herrscht Ruhe, Friede und alles Gute; kurz: es ist ein Paradies auf Erden.

Und das sind die Bedingungen, von denen ein glücklicher Ehestand abhängt:

- *Aufrichtige und ungefärbte Liebe.*
- *Wenn Euer Mann verdrießlich ist, wie es im Beruf oft vorkommt, so sollt Ihr ihm tragen helfen – mit Sanftmut und Freundlichkeit seinen Zorn mindern.*
- *Die Männer sollen ihre Augen nicht auf andere Frauen werfen.*
- *Euer Wille soll deinem Mann unterworfen sein. Auch darf die Frau sich dem Mann nicht entziehen.*
- *Ein tugendsames Weib ist die Krone ihres Mannes; und sollte ein christlicher Mann für ein solches Weib nicht dankbar sein?*
- *Die eigenen Kinder mit Liebe und Strenge und Gottesfurcht erziehen.*
- *Der schönste Schmuck der Frau ist und bleibt der inwendige Mensch mit Christentugenden, die köstlicher glänzen als Gold und Perlen.*
- *Dass es in einer solchen Ehe zu Untreue kommen sollte, ist zu den Unmöglichkeiten zu rechnen, weil jeder in dem anderen sein höchstes Glück sucht...“*

Ich wusste nicht mehr, wie es in dem Handbuch an Anna Maria weiterging. Vielleicht fiel mir noch etwas anderes aus der Schrift ein? Ich öffnete meine Augen und wollte wissen, was Marie zu den Worten sagte. Doch Schwester Marie hielt ihr Gesicht im Stoff des Mantels verborgen und schluchzte: „Wie ich es auch mache, es ist verkehrt." „Nichts, was verkehrt ist, muss verkehrt bleiben", tröstete ich sie und drückte zum Zeichen meiner Verbundenheit ihre Hand. Sie ließ langsam den Stoff fallen und sah mich fragend an. Doch ich fand, ein Lächeln müsste ihr genügen. Erst wenn sie ihren Bernhard geehelicht hätte, würde ich ihr mein Geheimnis vom dunklen Gang erzählen. Oder vielleicht schon zuvor? Damit sie nicht noch einen Ablass entrichten müssten für die heimlichen Treffen? Corvinus hatte uns gesagt, dass nicht nur die Heiligen, sondern ein ganz normaler Mensch einem anderen die Sünden in Jesu Namen vergeben könnte. Ein liebevolles, verständiges Herz würde dazu ausreichen. Seitdem er es gepredigt hatte, ging es mir nicht mehr aus dem Sinn. Und ich prüfte mich immer wieder, bei welchen Sünden ich in der Lage sei, sie zu vergeben. Und ich stellte mir vor, die Menschen kämen zu mir und würden mich fragen, ob ich mit ihnen Nachsicht hätte und ihnen vergeben würde. Und ich merkte, dass ich viel barmherziger war als die Bischöfe der geldgierigen Kirchen. Wenn es nach mir ginge, könnten die Landesherren ihre Henker nach Hause schicken und die Kerkertüren würden offenstehen.

Ich wurde gesund und konnte meinen Herrschaften nachreisen. Leider bedeutete dies den Abschied von Marie, die mich so treu umsorgt hatte. Sie gab mir noch einen großen Beutel bitteren Tees mit. Dreimal am Tag sollte ich davon trinken, damit mein Blut gereinigt werden würde. Ebenso sollte ich stets viel frisches Wasser aus Quellen trinken, die an südlichen Hängen lagen. Ich hätte nicht gewusst, wie dies zu bewerkstelligen wäre, aber mir wurden zwei Mönche mit auf den Weg gegeben, in deren Köpfen wohl alle Quellen Calenbergs aufgezeichnet waren. Mir war klar, dass es mit diesem Vorrecht ein schnelles Ende haben würde, sobald ich bei meiner Herrin war. Die Mönche wurden wieder nach Northeim geschickt; nur der bittere Tee blieb mir erhalten. Mithof mischte für mich denselben grässlichen Tee und befahl mir, ihn solange weiter zu trinken, bis sieben Vollmonde vorbeigegangen seien.

So kam es, dass ich fast ein Jahr einen bitteren Geschmack im Mund und auf den Lippen hatte. Mit niemandem konnte ich darüber sprechen, dass mir der Geruch des Tees von Tag zu Tag grauenerregender vorkam. Mithof sah mit Freuden, dass ich nun nicht mehr so schnell einen roten Kopf bekam, wenn ich mich anstrengte, und da ich durch die Kräuter an Gewicht verlor, trank er selbst nach einem fetten Mahl von dem Tee, damit die Verdauung schneller einsetzte. Hatten wir keine Zeit, um Tee aufzubrühen, so musste ich ein Stück Enzianwurzel kauen. Was immer in dem Jahr geschah, wenn ich mich daran zurückerinnere, spüre ich noch heute, wie sich der bittere Geschmack in meinem Mund ausbreitet. Selbst als Anna Maria eine Tochter gebar und wir zur Feier der Nachricht im Schloss Zuckerzeug verteilten, war der Genuss der Zuckerkringel nur halb so schön.

Als der Kaiser ein Mandat erließ und Erich II. entmündigte, bestellte er Heinrich aus Braunschweig, Sidonies Bruder, Moritz von Sachsen und meiner Herrin Bruder, Joachim II. von Brandenburg, als Pfleger und Regenten über unser Land. Ich wusste, in welch schlimmer Lage wir uns nun befanden und musste meine Herrin, die tobte und schrie, beruhigen.

Als meiner Herrin Schwester zu Besuch kam und sie gar meinte, sich bei uns für immer einnisten zu können, gab ich meiner Herrin, die ihrer Schwester überdrüssig geworden war, den Rat, ihr gegen die Nörgelei und Fresssucht den gleichen Tee zu verordnen, den ich zu trinken hatte und ihr nach jeder Mahlzeit ein winziges Stück Enzianwurzel zu verabreichen. Meine Herrin stimmte mir zu und so hatte ihre Schwester neben den strengen Ratschlägen Elisabeths noch weniger Freude am Essen als ich. Da dauerte es nicht mehr lange und sie wollte eine schöne Kutsche, damit sie weiterreisen könnte. Meine Herrin gab ihr die Kutsche gerne, denn sie hatte es satt, eine Witwe zu trösten, die nicht zu trösten war.

Als die undankbare Schwester vom Schlossplatz fuhr, ging meine Herrin raschen Schrittes in ihr Zimmer, sodass ich Mühe hatte zu folgen. Ich verstand nicht, warum sie nicht, wie üblich, noch eine Weile im Hof geblieben war, um zu lauschen, wie sich Wagen und Reiter entfernten.

„Eine Schande ist meine Schwester. Eine Schande für die ganze Familie. Sie hat keinen Charakter und zeigt keine Stärke, sondern meint, sie wäre dazu geboren, dass sie sich durchs Leben frisst und säuft und üble Reden hält!"

Meine Herrin war wütend. Einzig, weil ich es war, die mit dem bitteren Tee die Schwester vertrieben hatte, traute ich mich noch, mit ihr im Raum zu bleiben. Wenn sich meine Herrin aufregte, warf sie manchmal mit Büchern oder Vasen um sich. Sie achtete nicht einmal mehr darauf, wie wertvoll die Gegenstände waren oder ob sie damit jemanden traf. Ich versuchte dann die Sachen aufzufangen, damit sie nicht Schaden nehmen würden, aber das diente nicht immer zu meinem Besten. Als ich einmal einen Teller auffing, nahm sie ihn mir aus der Hand und zerbrach ihn auf meinem Kopf. Sie war wütend auf mich, weil ich ihr im Wege gestanden hatte. An dem Tag, als der Teller auf meinem Kopf zerbrach und eine Scherbe davon mir ins Fleisch schnitt, war ich froh, mich an den bitteren Geschmack in meinem Mund zu erinnern und an nichts anderes denken zu wollen. Nun, da sie ihre Schwester los war, hätte sie sich doch freuen können!

„Eine solche Witwe ist nicht nur eine Schande für die Familie, sondern für die ganze Christenheit", schimpfte Elisabeth. Ich nickte, obwohl ich eigentlich schon zufrieden war, dass nun der Auslöser vieler Streits gegangen war. „Eine Witwe hat in unserem Land keine Rechte und keinen Trost, aber deshalb soll eine Frau trotzdem um ihren guten Stand bei Gott wissen, und die Mächtigen müssen ermahnt werden." Sie schlug auf den Tisch und rief: „Das soll sich ändern!" Ich sah verwundert auf, denn Elisabeth hatte sich an den Sekretär gesetzt und haute noch einmal mit der Faust gegen die Schreibplatte. „Mir geht schon lange durch den Sinn, dass wir all die erbaulichen Worte aus der Bibel zusammensuchen und niederschreiben sollen. All die Worte, die zum Trost der Witwen gesagt wurden. Alle sollen wissen, dass Gott für sie streitet." Sie sah mich scharf an.

„Setz dich!", befahl sie mir und bot mir ihren Stuhl an. Ich wusste, was kam. Ich hatte all die Worte niederzuschreiben, die ihr jetzt in den Sinn kamen. Ich schrieb so schnell ich konnte, aber es gelang mir doch nicht, alles festzuhalten. Als meine Herrin endlich erschöpft war und ich aufstehen konnte, sagte sie: „Ich werde der Sammlung den Titel geben: „Trostbuch für Witwen", und daran sollen sich die rechtlosen, einsamen Frauen in den Zeiten halten, wo sie verlassen sind und Unrecht leiden."

Ich wusste sehr wohl, was der größte Kummer im Leben meiner Herrin war: Ihr eigener Sohn. Das Elend ihrer Untertanen schnitt ihr ins Herz und mit viel Eifer setzte sie sich für die evangelische Sache ein. Von Erich II. konnte sie sich dabei keine Unterstützung erhoffen und nun waren Heinrich, der alle Reformierten zu seinen Feinden erklärt hatte, durch die Vormundschaft Tor und Tür geöffnet. Bei Tag gab sie sich Mühe, ihr Elend zu verbergen, doch in ihren Träumen tobte und weinte sie; und ich erwachte davon.

Ihr Sohn war ihre größte Freude gewesen. In ihn hatte sie all ihre Liebe und Hoffnung gesetzt und ihm die besten Lehrer zur Seite gestellt. Als sie dachte, nun könne sie endlich die Verantwortung für ihr Land in seine Hände legen, verabscheute er ihren Rat und plünderte sein Land aus. Die Situation nach Erichs II. Entmündigung war viel schwerer, als die Zeit ihrer Vormundschaft. Nun fragte niemand mehr um Erlaubnis und Rat. Heinrich tat, was er wollte. Die Vormünder verhandelten mit Sidonie, widersprachen sich und konnten die Gegend nicht richtig zusammenhalten. Meine Herrin hatte sich in Ilmenau bestens eingerichtet, aber sie wollte ihr Land nicht verlassen, weil sie dann keine Kontrolle mehr über die religiösen und politischen Belange in Calenberg hatte. Als Erich II. wieder in finanzielle Not kam, zog er Steuern ein und schrieb seiner Mutter, sie möge sich doch bitte auszahlen lassen und ihren Witwensitz woanders nehmen. „Nein", rief sie laut, als sie den Brief las. „Soll ich denn mein Lebenswerk dem Teufel überlassen?"

Meine Herrin regte sich immer öfter auf und schrie auch mich an, obwohl ich alles für sie tat. Ich traute mich nicht einmal, ihr zu widersprechen, als sie auf Albrechts Vorwurf, dass ihre Tochter ein aufbrausendes Wesen hätte, zurückschrieb:

„... Meine liebe Tochter Anna Maria hat wohl die aufbrausende Art von ihrem Vater geerbt. Die wilde Art lag Erich I. im Blut. So wird es wohl auf die Tochter übergegangen sein. Also habt Nachsicht mit ihr..."

Als ich die Zeilen gelesen hatte, musste ich laut auflachen. Ich hatte Erich I. nie unbeherrscht gesehen. Stets suchte er, wieder zum Frieden zurück zu finden. Wenn Anna Maria ihre Launen nicht im Griff hatte, so stand sie darin ihrer Mutter nicht nach. Und alles, was ich von meiner Herrin Vater wusste, ließ den Schluss zu, dass der Kurfürst von Brandenburg, der sogar seine eigene Frau hatte einmauern lassen wollen und sich im Leben nahm, was er wollte, wohl selber die wilden Teufel im Blut gehabt hatte, die auch in seiner Tochter und seiner Enkelin weiterlebten.

In den Tagen, als der Kaiser das Interim aufhob, begann meine Herrin wieder zu hoffen. Die Landesherren konnten endlich die religiösen Belange freier ausüben. Als auch Philipp von Hessen aus der Gefangenschaft befreit wurde, nahm Elisabeth Kontakt zu ihm auf und erbat sich die Freundschaft und Unterstützung des Nachbarn. Doch Philipp wollte sich nicht mehr als freundlicher Nachbar geben und an gute vergangene Zeiten anknüpfen. Er fühlte sich von Elisabeth und dem jungen Herzog im Stich gelassen. Außerdem habe er bereits Moritz von Sachsen beauftragt, Heinrich einen Versöhnungsantrag zu übermitteln. Es sei nicht seine Absicht gewesen, mit dem Braunschweiger Haus in Unfrieden zu leben. Es wäre schon genug Blut geflossen, aber das wird nur deshalb gewesen sein, weil sie zu leidenschaftlich lebten und ihre Sünden abbüßen mussten.

Meine Herrin war sichtlich verärgert. Wen hatte sie nun, der ihrem Land den Rücken stärkte, wenn sie sich gegen Heinrich wehren musste?

Ihre stärksten Verbündeten, Philipp von Hessen und Moritz von Sachsen, hatten sich mit Heinrich ausgesöhnt. Sie besannen sich auf ihre Familienbande. Moritz von Sachsen hatte den Passauer Vertrag unterzeichnet, der die Religionsfreiheit der Protestanten gewährleisten solle. Aber ihr Calenberg war durch Erich II. in einem so zweifelhaften Ruf, dass sie sich keiner Seite anschließen konnte. Sie war schutzlos. Es gab nur einen schlagkräftigen Heerführer, der aber mit dem Bann belegt worden war, weil er in seinem extrem revolutionären Wüten rücksichtslos gegen Menschen und Machtstrukturen war. Von Süden nach Norden zog er langsam wie ein Raubritter seine blutige Bahn. Er hatte seinen Feldzug gut vorbereitet und in Braunschweig, Wolfenbüttel und Goslar Heinrichs Gegner zusammengerufen und auf sich eingeschworen. Er brauchte nur noch zu kommen: Albrecht Alkibiades, ein Vetter meiner Herrin.

„Man kann nie wissen, wozu wir ihn noch brauchen", murmelte meine Herrin vor sich hin. Und sie schrieb Briefe an ihn, die niemand sehen durfte.

Erich II. war enttäuscht, weil ihm der Kaiser befahl, in seine Heimat zurückzukehren und dort anständig zu regieren. Er, der alles für seinen Kaiser getan hatte, sollte nun in sein Land zurück, obwohl es doch derselbe Kaiser war, der ihn zuvor entmündigt hatte. Welches Land gab es da zu regieren? So bat Erich II. seine Mutter, sie möge ihn aufnehmen und er wollte von ihr lernen, wie das Land für ihn zurückzugewinnen sei. Sie solle ihm helfen, sein Gebiet wieder an sich zu bringen, und sie dürfe sich sicher sein, dass er ihr Münden nicht antasten wolle.

Erich II. ritt wenige Tage später mit seinem Haufen über die Brücke Mündens. Meine Herrin hatte Befehl gegeben, Erich II. und seine Leute wie den Kaiser selbst zu begrüßen und zu bewirten. Kein Wort der Bitternis oder des Zorns kamen über ihre Lippen, als sie voller Freude ihren Sohn aufnahm.

Erich II. war nicht mehr der stolze, junge Mann, der damals vom Hof geritten war. Er war verbittert, enttäuscht und reumütig. Meine Herrin tröstete ihn und versprach, ihm zu helfen. Ich konnte jedoch in meinem Herzen für den Herzog kein Mitleid empfinden, denn wie konnte sich eines Mannes Geist gebessert haben, wenn er nicht seine Frau zurückgewinnen wollte? Wie wollte er Frieden über sein Land bringen, wenn er Sidonie am liebsten bei den Toten sähe? Ich hatte über Bertha erfahren, dass Erich II. einigen Giftmischern den Auftrag erteilt hatte, Sidonie zu beseitigen, doch die Bürger brachten es nicht über das Herz und berichteten stattdessen Sidonie von dem Ansinnen ihres Gemahls. Nun wurden alle Speisen und Getränke kontrolliert, die Sidonie entgegennahm. Und meine Herrin und ich hatten strikte Anweisung, nie mehr gemeinschaftlich mit ihr zu speisen.

Heinrich war es nicht gelungen, die calenbergischen Landesherren gefügig zu machen. Die Adeligen, die Ritterschaft, alle schuldeten ihm Steuer und wollten ihm nicht huldigen, obwohl er durch des Kaisers Beschluss das Land für Erich II. verwalten sollte. Heinrich hatte eine lange Liste derer, die ihm nicht geben wollten, was ihm zustand. Und er hatte nicht vergessen, wie widerspenstig sich die großen Städte verhalten hatten. Er rüstete seinen Sohn Viktor mit einem großen Heer und Waffen aus und schickte ihn nach Calenberg, um die Städte und Dörfer zu brandschatzen. Als Erich II. hörte, dass große Teile seines Reiches ausgebeutet und zerstört worden waren, rief er den Kaiser an und bat Moritz von Sachsen mit Heinrich einen Friedensvertrag auszuhandeln. Sie antworteten ihm, er solle sich von Viktors Brandschatzern freikaufen. Erich II. borgte sich diese gewaltige Summe von seinem eigenen gepeinigten Volk. Heinrich strich die Gelder ein und ließ ungerührt von der geflossenen Geldsumme seinen Sohn Viktor weiter wüten. Das gesamte calenbergische Land hatte nun endgültig das Vertrauen in Heinrich und erst recht in Erich II. verloren. Ritterschaft und Stände verweigerten Erich II. seine Dienste. Sie warfen ihm vor, er habe das Land ins Unglück geworfen und würde seine Frau vernachlässigen. Ebenso waren sie es leid, von Erich II. erpresst zu werden, da sie für jeden lutherischen Gottesdienst, den sie abhielten, bezahlen mussten. Der Adel und die streitbare Ritterschaft waren es leid, dass kein Religionsfrieden eingekehrt war, wo doch in den meisten Ländern und Städten darüber Freiheit herrschte.

Erich II. blieb nichts anderes übrig: Als reumütiger Sohn übertrug er im Mai 1553 seiner Mutter mit Brief und Siegel die Regierungsgewalt. Er bestätigte darin noch einmal das Recht meiner Herrin, ihren Witwensitz in Münden beibehalten zu können. Hannover und anderen großen Städten sicherte er die Glaubensfreiheit zu.

Meine Herrin bestellte die evangelischen Pfarrer zurück. Sie veräußerte persönliches Eigentum, damit evangelische Gemeinden gegründet werden konnten. Das Land atmete auf, denn Elisabeth war immer eine umsichtige Regentin und die Förderin des neuen Glaubens gewesen.

Doch sie schrieb sich immer noch heimlich mit Albrecht Alkibiades. Erich II. wusste es nicht und sie sprach auch nicht mit den Räten darüber. Ich war deshalb erstaunt, denn im ganzen Reich war das zerstörerische Wirken Alkibiades' bekannt. Der Markgraf führte einen eigenmächtigen Krieg im Stil eines Landsknechtsführers. Kein Bündnis und keine landschaftlichen Verpflichtungen konnten ihn im Zaum halten.

In diesen Tagen gruselte es mich, wenn sich die Nacht über uns senkte und ich neben meiner Herrin lag. Elisabeth schlief tief und fest, um die vielen Pläne am nächsten Tag in die Tat umzusetzen, aber ich sorgte mich sehr. In meinen Träumen glänzten goldene Gefäße, doch wer sie in Händen hielt und daraus trinken wollte, merkte schnell, dass sie mit Blut gefüllt waren und warf sie weit von sich. Die Kühe und Pferde, die in Ställen und auf den Weiden standen, wurden mager und bald darauf hackten ihnen die Greifvögel das zuckende Fleisch von den Knochen.

Ich musste meinen bitteren Tee nicht mehr trinken, doch ich hätte mir gewünscht, ihn bis an das Ende meines Lebens trinken zu dürfen, wenn er mich von den Träumen befreit hätte.

Erich II. war nicht der einzige, der vom Kaiser enttäuscht war. Die Fürsten des Landes begannen zu rebellieren. Es war ihnen inzwischen egal, welchem Glauben die Mächtigen angehörten. Um ihre Position zu stärken, verbündeten sie sich mit jedem.

Es gelang meiner Herrin, Erich II. Hoffnung auf sein Land zu machen. Heinrich müsse dazu nur ein für alle Mal besiegt werden. Und sie wüsste sich auch Rat, schließlich habe sie einen Vetter, den Söldnerführer Albrecht Alkibiades, Markgraf von Brandenburg – Kulmbach, und der sei ein unerschrockener Landsknechtsführer. Selbst Papst und Kaiser hatten ihn schon oft in ihren Dienst gestellt. Da Albrecht Alkibiades jedoch oft über die Stränge geschlagen hatte, war er mit der Reichsacht belegt worden. „Aber er ist immer noch schlagkräftig und versteht es, dem Lauf der Geschichte eine Wendung zu geben", erläuterte Elisabeth ihrem Sohn. „Außerdem wirbt er schon lange Söldner im Regierungsbereich Heinrichs. Heinrich hat genug Feinde im eigenen Land, die auf Albrecht Alkibiades' Befehl in seine Reihen treten werden. Wollen wir ihn zu uns einladen, damit er uns berät? Vielleicht können wir durch seine Stärke wieder unser Land zurückgewinnen?" Erich hatte gut zugehört. Er nickte und sagte: „Noch heute, liebe Mutter. Lass uns gleich dem Markgrafen schreiben."

Albrecht Alkibiades, der seinen griechischen Beinamen „Alkibiades" nach dem ehrgeizigen, hochbegabten antiken Seehelden bekommen hatte, ließ sich nicht lange bitten.

Als er über das Pflaster unseres Hofes jagte, klirrten die Gläser auf den Tischen und wir dachten schon, er wolle in seiner vollen Rüstung auf dem Pferd die Stufen im Haus nehmen. Ich habe ihn nie in Kleidern gesehen. Stets trug er seine Rüstung und legte nur zu den Mahlzeiten seine eisernen Handschuhe ab. Wenn er seinen Hut abnahm, der wie ein großer Fingerhut geformt war, so sah man, dass ihm unter der Kopfbedeckung ein Großteil der Haare ausgefallen waren. Erich II. bewunderte den Vetter seiner Mutter. Dieser Mann war noch größer als er, trotzdem bewegte er sich in seiner Rüstung so wendig wie eine Echse. Nur sein langer Bart, der dem eines Ziegenbockes nicht nachstand, verriet einen Menschen hinter dem Eisen. Er trug ständig einen harten Stock bei sich, den alle zu spüren bekamen, die sich nicht fügten. Selbst bei Tisch fasste er immer wieder nach dem Griff seines Schwertes, um sich zu vergewissern, dass er nicht schutzlos sei. Mir war nicht wohl in der Gegenwart des Feldherrn, obwohl auch ich ihn unverwandt ansehen musste und darüber fast meine Herrin vergaß.

Da sich Albrecht Alkibiades schon lange aus politischen Gründen mit Heinrich überworfen hatte, war es ihm ein Leichtes, gegen ihn anzureiten. Er handelte die Kosten aus und meine Herrin fand bestätigt, was sie schon wusste: Albrecht Alkibiades hatte nur gut besoldete Kämpfer. Sie müsste jedoch für die Kriegsführung Gelder borgen und ihre letzten Wertgegenstände verkaufen. Der Kanzler Waldhausen versprach Elisabeth und Erich II., dass er alles tun würde, um die Landstände auf die Seite Alkibiades zu ziehen. Sie würden einige Zeit verstreichen lassen, bis sich eine gute Gelegenheit bot. Dann hätte der Vetter, sobald er gegen Heinrich reiten würde, die Unterstützung des Calenberger Heeres. „Alkibiades ist unsere einzige Hoffnung", versicherte meine Herrin eindrücklich ihrem Sohn. „Philipp versöhnte sich mit Heinrich und Moritz von Sachsen hat sich, wie so viele andere auch, gegen Alkibiades verbündet. Damit ist er ein Verbündeter Heinrichs. Uns bleibt keine andere Wahl!"

Ehe Alkibiades den Plänen zustimmte, musste Erich II. auf Elisabeths Wunsch hin ein öffentliches Gelöbnis unterschreiben, dass er die evangelische Lehre fördern und unverzüglich den Superintendenten Corvinus und Pfarrer Hoicker freilassen werde. Denn nur unter den Bedingungen war meine Herrin bereit, für ihren Sohn zu streiten und Alkibiades zu unterstützen. Erich II. zögerte nicht. Am liebsten hätte er sich in den Sattel geschwungen und wäre mit Alkibiades in die Schlacht gezogen. „Geduldet Euch, wir schlagen erst zu, wenn es zu unserem Vorteil ausgeht", beruhigte Elisabeth ihren Sohn. „Es ist gut zu wissen, dass Freunde an meiner Seite sind, wenn es zum Streit kommt", sagte Erich II. zu Alkibiades.

Als meine Herrin mit Erich II. allein war, sagte sie: „Bedenke, einen wahren Freund findet man stets für sein ganzes Leben. Alkibiades hingegen ist unser Freund, solange wir seine Arbeit unterstützen. Zudem wird er schon heute unseren Hof als reicher Heerführer verlassen, denn er wird unsere besten Rösser mit sich führen."

Ich erinnerte mich daran, dass Poppo einmal so etwas ähnliches zu meiner Herrin gesagt hatte: „Lass uns nur die Freundschaften pflegen, die ohne Schwert und Geld einhergehen. Christus hielt sich doch auch zu den Schwachen. Und das ist stets der beste Sieg." Damals hatte meine Herrin gelacht. „So soll ich regieren?"

„Leben sollten wir so – wie er es uns gelehrt hat."

Ich vermisste Poppo. Er hatte Elisabeth gesagt, dass er keinen Unfrieden bringen und deshalb in Ilmenau bleiben wolle, um dafür zu sorgen, dass dort alles in Ordnung sei. Sie solle sich mit ihrem Sohn aussöhnen und nicht vergessen, dass auch in Ilmenau ein Zuhause für sie bereitstünde.

So sehr ich an Münden hing und die Bequemlichkeit zu schätzen wusste, jederzeit hätte ich meiner Herrin Kleider und Hausrat gepackt und wäre für immer nach Ilmenau gereist. Wie gerne hätte ich ihr in ihrem neuen Zuhause gedient. Dieser Wunsch entsprang meiner großen Furcht vor den kommenden Tagen. Meine Herrin hatte jedoch große Hoffnungen in die kommenden Auseinandersetzungen gelegt. Sie stärkte Erich II. den Rücken und hieß ihn, furchtlos im eigenen Land nach dem Rechten zu schauen.

Da Erich II. sich nicht mehr schutzlos fühlte, reiste er durch sein Land, wie er es gewohnt war, und sein erster Weg führte ihn auf die Feste Calenberg, wo er sich von einer alten Schuld befreien wollte.

Wenig später schrieb Corvinus an meine Herrin:

„..., dass nach all den Jahren der junge Herr persönlich vorbeigeritten kam und den Befehl erließ, die Kerkertüren zu öffnen. Wir haben dem jungen Herzog die Referenz erwiesen und auch Erich II. hat seinen Hut gezogen. Somit glaube ich, dass die Schmach ein Ende hat..."

Corvinus kehrte nicht als Superintendent zurück, sondern folgte dem Ruf der St. Ägidien Kirche in Hannover. Dort wurde er als Pfarrer eingestellt. Doch es war abzusehen, dass Corvinus nur noch wenige Wochen zu leben hatte. „Ich habe wohl in der Haft zu viel gefressen…", sagte der tapfere Mann und zeigte auf seinen aufgedunsenen Leib. „Ich denke, dass es die Würmer sind, die den frommen Mann bei lebendigem Leib verzehren", gestand mir die bekümmerte Altfrau Bertha. Im vorigen Sommer hatten auch die verendeten Hasen, die in den Feldern gefunden wurden, den Bauch voller Maden. Und was ist der Mensch anderes als ein Tier. Zumal Corvinus drei Jahre im eigenen Dreck bei den Ratten im Loch sitzen musste."

Als Corvinus im Frühjahr starb, machten wir uns auf den Weg, um ihm ein letztes Geleit zu geben. Meine Herrin machte sich Vorwürfe, dass sie Corvins Leben nicht besser beschützt hatte. Sie weinte um ihn wie um einen Bruder.

Doch die Zeit, die sie noch regieren würde, sollte noch mehr Unheil über uns bringen.

Die blutige Schlacht bei Sievershausen und Elisabeths bitteres Ende (1553-1558)

Heinrich war das calenbergische Vorgehen nicht verborgen geblieben, denn die Anhänger Albrecht Alkibiades' häuften sich in seinen eigenen Reihen. Da jedoch viele Verbündete des verrückten Rebellen ausgerechnet aus Calenberg kamen, wies er seinen Sohn Philipp Magnus an, große Teile des calenbergischen Gebietes zu besetzen, um die Kontrolle zu behalten und als Erster angreifen zu können.

Meine Herrin fürchtete kriegerische Auseinandersetzungen. Doch sie führte keine Verhandlungsgespräche und bestellte keine Diplomaten.

Sie wies uns an, alles zu packen, was wichtig sei, denn sie wollte nun einige Wochen von Hannover aus regieren. „Denn dort, wo die Lage angespannt ist, dort werde ich gebraucht." Auch Katharina, ihre jüngste Tochter, sollte mit uns kommen, da sie ihre Jüngste nicht allein lassen wollte. Wir hatten drei Tage Zeit, um zu packen. Meine Herrin hatte ein gutes Dutzend Bedienstete angewiesen, mit ihr zu kommen. Wir würden alle zusammenbleiben und über Göttingen reisen. In Göttingen würde sie auf einen Unterhändler Albrecht Alkibiades' treffen. Doch das wusste nur ich und durfte es niemandem sagen. Wie lange gedachte meine Herrin fortzubleiben? Meine liebsten Freunde kamen nicht mit, denn Elisabeth hatte den Schmied angewiesen, in Münden zu bleiben und statt der Eggen die Schwerter scharf zu halten. Ebenso sollte die Schneiderin im Münden bleiben und von der Stube aus ihre Arbeit treu verrichten. Bertha sollte dafür Sorge tragen, dass das Hofleben aufrecht erhalten blieb. „Und außerdem", sagte sie immer wieder, „kommen wir ja bald wieder zurück."

Am Abend vor unserer Abreise ging ich in die Kapelle und weinte bitterlich. Ich wusste, dass ich diese Räume nie wiedersehen würde, denn ich hatte gelernt, meinen Träumen und Ahnungen zu trauen.

Als ob Bertha meinen Kummer geahnt hatte, traf ich in der Kirche auf sie. „Was bedrückt dich?“, fragte sie mich, als wir gemeinsam aus der Kirche gingen. „Mich bedrückt, dass ich meine Herrin immer weniger verstehen kann. Denn wie kann sie sich mit einem Gegner des Schmalkaldischen Bundes verbünden, mit einem Räuber und Mörder. Und warum gelten in unserer Zeit weder ein Ehrenwort noch die Gebote Gottes?“ „Es wunderte mich nicht, als Alkibiades hier war und mir war klar, dass es nicht nur ein freundschaftlicher Besuch war.“

„Ihr wisst von den Abmachungen?“

„Ich weiß nichts, aber ich kann mir denken, dass Elisabeth mit allen Mitteln um Calenberg und Münden kämpfen wird und Heinrich sich ebenso zeigt. Die Anwesenheit Alkibiades wird jedoch für grausame Opfer sorgen.“

„Träumtest du auch von der düsteren Zukunft?“

„Ich brauche nicht zu träumen Agnes. Ich deute nur die Zeichen.“ Bertha sagte mir, dass sie mir ein warmes Tuch mitgeben wollte. „Du wirst es brauchen“, sagte sie. Ich musste darüber lachen, denn ich hatte bei meiner Herrin noch nie gefroren. „Ich glaube, wir sehen uns nie wieder“, gestand ich der Altfrau. „So hat jede von uns ihre Aufgabe: Du dienst unserer Herrin und ich halte mein Münden in Ordnung.“ Ich musste ihr versprechen, so es möglich sei, ihr Nachricht zukommen zu lassen, wie es uns erginge. „Es fällt mir schwer, meine Herrschaften scheiden zu sehen.“ Ich nahm Bertha in meine Arme. Hatte ich zuvor nur mich selbst bedauert, so wusste ich nun, dass auch Bertha an uns hing und sich sorgte. Doch Bertha ließ sich meinen Trost nicht lange gefallen und herrschte mich an: „Nun geh und tu treu deine Pflicht!“

Meine Herrin hatte gesagt, sie wolle einige Zeit in Hannover bleiben. Ich wusste aber, dass sich die Wünsche meiner Herrin oft nicht erfüllten. Hatte sie nicht Anna Maria versprochen, bei ihrer Hochzeit mit dabei zu ein? Und hatte sie ihr nicht in einem Brief zur Hochzeit gesagt, dass sie zur Taufe ihres ersten Kindes nach Königsberg reisen wollte und ihr Enkelkind und sie in die Arme schließen würde? Doch auch damals war sie verhindert. Als wir nun die Nachricht erhielten, dass Anna Maria einen Jungen geboren hatte, schrieb sie an Albrecht:

„In Eile schreibe ich meinem lieben Schwiegersohn, Herzog Albrecht in Preußen, und gratuliere zur erneuten Vaterschaft. So hat nun Preußen seinen kleinen Prinzen, Albrecht Friedrich. Gott beschütze Euch und möge seine Engel um Kind und Mutter stellen.

Ich kann Euch die frohe Kunde sagen, dass mir Gott meinen lieben Sohn Erich II. wiedergegeben hat und wir auf einem guten Wege sind. Ich bitte Euch, die nächste Post nach Hannover zu senden, da ich mich auf die Vorbereitung und Versorgung der Kriegsleute einstelle. Ich bin mir sicher, dass Albrecht Alkibiades und meinem Sohn der endgültige Sieg zufallen wird. Ich sehe auch meinen Witwensitz in Gefahr, falls Heinrich noch weiter in mein Land einfällt…

So unsere Pläne gedeihen, kann mein Sohn über 4.000 Reiter sowie 100 Fähnlein Fußvolk verfügen. Da es über 23.000 Kriegsknechte werden, sehe ich meine Aufgabe darin, die Kämpfer mit Lebensmitteln zu versorgen, so wie ich mich auch um die Pestkranken in Hannover kümmern möchte, denn die Stadt wird von mehreren Plagen heimgesucht…“

Ich ahnte, was mich in Hannover erwarten würde: Eine Herrin, die tagelang nicht schlief und ihre Kammermeisterin sollte ebenfalls keinen Schlaf finden. Bertha gab uns den gesamten Vorrat an Wachholderbeeren mit und wir mussten ihr versprechen, dass wir nicht die Pest nach Münden tragen würden.

Je weiter wir in den Norden unseres Landes reisten, umso grausamer wurden die Bilder, die sich uns zeigten. Um dem Kriegsvolk die Nahrung zu nehmen, hatte Heinrich die halbreifen Kornfelder abernten lassen und mitgenommen, was essbar war oder die Felder verwüstet und angezündet. Über den Äckern hing noch der Brandgeruch dieser großen Sünde. Als wir nach Hannover kamen, rochen wir das verbrannte Fleisch der Pestkranken. Keiner wollte sich ihrer in den letzten Stunden annehmen. Das sollte sich mit dem Einzug meiner Herrin ändern. Sie befahl, die Kirchen für die Kranken zu öffnen und veräußerte weiteren Schmuck, damit die Kranken versorgt werden konnten. Sie schrieb erneut an ihren Schwiegersohn Albrecht und klagte ihm, dass Moritz von Sachsen an der Seite Heinrichs stehen würde, da er durch den Passauer Vertrag gehalten sei, gegen Alkibiades zu kämpfen. Sie bat Albrecht um finanzielle Unterstützung und darum, seinen Einfluss in Hamburg, Bremen und Lübeck geltend zu machen, denn sie bräuchten noch Artillerie-Geschütze für den jungen Herzog.

Als ich las, dass wir dann unsere Kanonen sogar auf Moritz von Sachsen, Sidonies Bruder, richten müssten, weil er gegen Akibiades kämpfen musste, verbarg ich meine Tränen, denn ich war es Leid geworden, gegen liebgewordene Menschen zu Felde zu ziehen.

Als meine Herrin in Hannover Quartier nahm, sprach sie zu niemandem auch nur ein Wort davon, dass sie Kontakt zu Alkibiades hatte. Doch sie zog durch die Herbergen und sprach feurig zu den jungen Männern, sich auf die calenbergische Seite zu stellen, wann immer sie sich zu entscheiden hätten. Ihr Sohn würde nun seine erlernte Kriegskunst für sein eigenes Land einsetzen.

In den kommenden Tagen überschlugen sich die Ereignisse und ich versuchte, möglichst alles genau in Erinnerung zu behalten, damit ich Bertha einen Bericht geben konnte.

Die Pläne meiner Herrin waren nicht die Pläne Alkibiades'. Hatte Elisabeth davon geträumt, dass sich Erich II. im Kampf gegen Heinrich siegreich hervortun würde und ihn dafür seine Landsleute lieben würden, so schickte Alkibiades Nachricht an Erich II., er solle zum Kaiser reiten und ihm von seiner Bedrängnis berichten, um Hilfe bitten und um die Erlaubnis, Krieg zu führen. Als Erich II. sich noch im Ausland aufhielt, standen sich jedoch die verfeindeten Truppen des Moritz von Sachsen und Alkibiades bereits bei der Leine in Sarstedt gegenüber. Alkibiades zog jedoch weiter und an Braunschweig vorbei, um auch von dort Unterstützung zu holen. Heinrichs Truppen, in dessen ersten Reihen seine zwei legitimen Söhne kämpften und auch ein Sohn Eva von Trotts dabei war, folgten Alkibiades. Moritz' Truppen stellten sich in Sievershausen nahe Hannover Alkibiades in den Weg.

So entbrannte am 9. Juli 1553 gegen Mittag die blutige Schlacht bei Sievershausen. Kurfürst Moritz von Sachsen hatte 8.000 Mann Infanterie, 7.500 Reiter und 25 Geschütze. Alkibiades verfügte über 12.000 Mann Infanterie und 6.000 Reiter. Mehrere Stunden wurde Mann gegen Mann gekämpft. Schwerter wurden gezogen, Streitkolben geschwungen, und die Reiteräxte zertrümmerten die Köpfe und Schultern der Männer. Im Kampf kamen auch die neuen Handschusswaffen mit ihren verheerenden Folgen zum Einsatz. In dem Gemenge wussten die Kämpfer nicht mehr, wen sie vor sich hatten und jeder kämpfte gegen jeden. Weder die Kleidung noch ein buntes Band zeigten, für welche Seite die Landsknechte kämpften. Da Alkibiades' Kämpfer sich dermaßen mutig dem Gegner in den Weg warfen und um ihr eigenes Leben nicht bangten, wich das sächsische Heer immer weiter zurück. Als Alkibiades die Schlacht bereits siegreich geschlagen glaubte, fielen ihm jedoch die sächsischen Reiter in den Rücken und überrannten den Kriegshaufen. Alkibiades ergriff verletzt die Flucht.

In den wenigen Stunden verloren 4.500 Kämpfer ihr Leben und gut 8.000 Verletzte lagen auf dem Feld. Unter den Toten waren mehr als 300 niedersächsische und sächsische Adelige, vier Fürsten und neun Grafen. Die Länder hatten ebenso zweihundertfünfzig Ritter zu beklagen. Die Lebenden betrauerten ihre toten Herrscher und die Heimkehrenden brachten ihren Städten die gefallenen Herren. Die Trauermärsche gingen nach Celle, Goslar, Hannover, Peine, Burgdorf und Wolfenbüttel. Die vielen namenlosen Toten wurden bei Arpke, nahe dem Schlachtfeld, beigesetzt.

Unter den Toten waren auch die beiden Söhne Heinrichs, Philipp und Viktor, die doch das Erbe des Vaters hätten antreten sollen. Sidonies Bruder, Moritz von Sachsen, hatte sich während des Kampfes mehrere Schusswunden zugezogen, die ihn nicht daran hinderten, weiterzukämpfen. Nach der Schlacht entzündete sich jedoch seine verletzte Lende und er starb zwei Tage später. Er hatte darum gebeten, sein Herz und die Eingeweide in der Sievershäuser Kirche zu bestatten, dem Ort, an dem er sein Leben für sein Land gegeben hatte und seinen Körper in seine Heimat zu überführen. Da Moritz jedoch in den eigenen Reihen viele Feinde hatte, weil er zeitweise mit Kaiser Karl V. gegen die Protestanten angeritten war, wurde sein lutherischer Diener des Todes Moritz von Sachsen für schuldig befunden. Er habe wohl die Gelegenheit genutzt, um gegen den „Judas" vorzugehen. So wurde der Körper des zweiunddreißigjährigen Moritz von Sachsen in seine Heimat überführt. Neben seinem Leichnam lag sein durchlöcherter Helm.

Wir erfuhren erst viel später den wahren Ausgang der Schlacht. Meine Herrin hatte der voreiligen Nachricht Glauben geschenkt, dass Heinrichs jüngster Sohn, Julius, der nie in einer Schlacht mitgeritten war, über den Schmerz, dass seine Brüder tot wären, selbst verstorben sei. Ebenso glaubte meine Herrin immer noch an den Sieg Alkibiades', der sich mit seinen verbliebenen Leuten erneut sammelte und Elisabeth um Hilfe bat.

Meine Herrin frohlockte über Heinrich, „dass dem bösen alten Wolf nun endlich alle Zähne ausgefallen seien." Und sie freute sich darüber, dass Heinrich keinen Erben mehr hatte. Sie lieh sich noch einmal Geld von der Stadt Hannover und hatte dadurch bei der Stadt 6.000 Gulden Schulden. Sie versprach, nicht eher die Stadt zu verlassen, als bis sie auch den letzten Heller bezahlt hätte.

Doch das Blatt hatte sich gegen uns gewendet. Julius, der jüngste Sohn Heinrichs, lebte und wurde an der Seite seines trauernden Vaters ein starker Regent. Und während Sidonie über den Verlust ihres geliebten Bruders klagte, trat dessen Bruder, Kurfürst August, in seine Fußstapfen und schloss die Lücke. Alkibiades' neue Angriffe wurden abgewehrt, und da er im gesamten Land für vogelfrei erklärt wurde, floh er nach Frankreich. Auf seiner Flucht verlor er sein Pferd mitsamt seinen Taschen. Dies wurde meiner Herrin zum endgültigen Verhängnis, denn in den Taschen wurden ihre Briefe gefunden. Alle Trauernden gaben nun ihr die Schuld an den Toten und selbst die Brüder Elisabeths wollten ihr in politischen Belangen nicht mehr zur Seite stehen.

Als Erich II. aus Brüssel zurückkehrte, hielt er nicht zu seiner in Bedrängnis geratenen Mutter, sondern söhnte sich mit Heinrich, dem Kurfürsten von Sachsen und dem Landgrafen Philipp aus.

Meine Herrin, die nach Hannover gekommen war, um von dort die Geschicke besser lenken zu können, war nun der Weg nach Münden zurück verwehrt. Die Stadt Hannover verlangte, dass sie zuvor, wie versprochen, alle Gelder zurückzahlen sollte. Ebenso hatte sich Heinrich aufgrund des Verlustes seiner Söhne Rache an Calenberg geschworen und plünderte das bereits verarmte Land weiter aus. Da noch kein Friedensvertrag ausgehandelt worden war, besetzte er Münden.

Elisabeth schrieb an Poppo, er möge kommen und sie nach Ilmenau holen. Poppo schrieb ihr freundlich zurück, dass er nicht kommen könne, da ihm Heinrich den Tod angedroht hatte, sobald er den Fuß auf sein Gebiet setzen würde; ebenso hatte Erich II. ihn gewarnt, sich in die Angelegenheit einzumischen. Innerhalb Calenbergs sei er ein Feind, außerhalb seines Landes wären sie jedoch Freunde, wie es dem Familienstande gebühre und wie er es seiner Mutter schuldig sei.

„… seid meiner Zuneigung und meiner Gebete versichert und versteht, dass ich nicht die Mittel habe, Euch von Hannover auszulösen. Harrt aus und wisst, dass auch ich hier gebraucht werde und nicht auch noch über mein eigenes Land das Unglück hereinbrechen soll. Auch bin ich von der schweren Krankheit, die mich in Königsberg ereilte, noch nicht ganz genesen. Eure werte Mutter hat mich zwar über einige Wochen bei sich aufgenommen, aber ich habe meine alten Kräfte noch nicht wiedererlangt…"

Meine Herrin war wütend, als sie die Worte ihres Gemahls las. „Das ist der Dank, dass ich ihm alles gab, was ich hatte. Der Dank, dass er nun in schönen Gemächern sitzt und von meinem Geschirr isst?" Meine Herrin war selber nicht bei bester Gesundheit und ich wusste, dass sie am meisten gekränkt war, weil Poppo ihr nicht geschrieben hatte, dass er sich nach ihr sehnte. Meine Herrin vermutete, dass eine Mätresse dahintersteckte und das machte sie ungehalten. Ich wusste jedoch eines: Poppo hatte getan, was er konnte und nun war er krank. Er hatte genug zu tun, sein Zuhause, das er nur Elisabeth zuliebe hatte, gut zusammenzuhalten.

Während die Monde vergingen und der Winter über uns kam und wir nur wenig Holz zum Heizen und kein Wildbret auf den Tisch bekamen, handelte die kluge Sidonie in Einbeck auf der Erichsburg mit ihrem Mann, den sächsischen Verwandten und Heinrich einen

Friedensvertrag aus. Es gelang ihr, die Vettern endlich miteinander auszusöhnen. Wie in einem Vertrag bereits ihre Väter vor vielen Jahren beschlossen hatten, wollten sie nun das Land gemeinsam regieren, in Zukunft alle Dinge miteinander absprechen und sich gegenseitig zu Hilfe eilen. Die Landsleute sollten sowohl Erich II. als auch Heinrich huldigen und vor beiden den Kniefall tun. Ebenso sollte es keine Händel mehr um die Harzer Bergwerke geben. Die große Verliererin war meine Herrin. Der Vertrag sah vor, dass Münden im Familienbesitz zu bleiben hatte. Alle politischen Rechte und ihr Anspruch auf den Witwensitz wurden aufgehoben, denn Heinrich sah in Elisabeth die Stifterin zum Krieg und er meinte, dass es in ihrer Gegenwart keinen Frieden geben könne. Als der Vertrag meiner Herrin zur Unterschrift vorgelegt wurde, begann sie zu toben und fühlte sich von aller Welt verlassen. Elisabeth unterschrieb nicht, auch wenn wir Bediensteten es uns heimlich gewünscht hätten, denn dann hätte uns Heinrich freies Geleit gegeben, sodass wir unbehelligt nach Ilmenau hätten reisen können.

Als meine Herrin hörte, dass Sidonie nun von Münden aus regierte, zerriss sie ihr Kleid und rieb sich Asche in die Haare.

Obwohl Erich II. Anweisungen erlassen hatte, dass seine Mutter einen angemessenen Unterhalt und Lebensmittel in Hannover bekommen sollte, so erreichte uns die Unterstützung nicht. Es schien, als ob die Ratsherren, wie bei einer Belagerung uns aushungern wollten. Dabei gingen wir doch frei ein und aus und meine Herrin kümmerte sich um die Armen und Kranken. Einzig ihrem treuen Schwiegersohn, Albrecht in Preußen, gelang es, ihr Gelder und Naturalien zukommen zu lassen. So sandte er uns eine Herde Ochsen und Feuerholz; dazu Stockfisch, Gewürze und Muskatellerwein. Je weniger uns selbst zur Verfügung stand, umso mehr hatte meine Herrin mit den Armen Mitleid. Von dem wenigen, das wir hatten, verschenkte sie auch noch einen guten Teil. Selbst kaum satt, ging sie zu den Kranken, um ihnen etwas zu essen zu bringen oder ihnen aus dem Wort Gottes vorzulesen. Als die bitterkalten Nächte endlich vorbei waren, hörte meine Herrin jedoch nicht auf zu husten und ihre Hände zitterten, sobald sie sich angestrengt hatte. Wir trugen ihr warme Steine ins Bett und gaben ihr ein mit Minze und Lavendel gefülltes Kissen. Wir rieben ihre Brust mit Fuchsschmalz ein und hängten getrocknete Fledermäuse an die Türen. Aber der Husten wurde immer schlimmer.

Selbst als der Sommer kam, ging es ihr nicht besser. Ich war froh, dass ich bei guter Gesundheit war, denn meine Herrin bekam eine Geschwulst unterhalb des Knies, dass wir schon meinten, es wäre die Pest. In unserer Furcht holten wir einen Doktor, der die eitrigen Stellen ausschnitt und mit einem Brei aus Kräutern und Hundekot verband. Mehrere Tage dachten wir, die Herrin würde die Operation nicht überstehen. Doch nachdem sie aufstehen konnte, führte ich sie an meinem Arm, denn es dauerte noch Wochen, bis sie selber wieder auftreten konnte. Fortan war ihr Gang ungleichmäßig. Meine Herrin hatte zwischendurch davon geredet, dass sie doch lieber im Himmel sei, als all das Elend der Erde mit ihrem schwachen Geist und Körper ertragen zu müssen. Elisabeth konnte zwar wieder gehen, aber ihr Husten hielt sich hartnäckig. Sie glich bald selbst einer Kranken aus dem Siechenhaus. Ihre Haare hatten den Glanz verloren und wenn ich ihr das Nachtkleid überzog, konnte ich ihre Rippen zählen. Ich fürchtete, dass sie nie wieder kräftig werden würde, denn sie glich immer mehr den Menschen, die Blut erbrachen, ehe sie verstarben.

Fast zwei Jahre waren vergangen und meine Herrin lebte eher wie eine Nonne, denn wie eine Herrin, als sie den Friedensvertrag unterschrieb. Sie hatte zuvor mit Erich II. eine einmalige Abfindung ausgehandelt und er verpflichtete sich, ihr jährlich eine Pension zu bezahlen.

Meine Herrin hatte immer der Gedanke gequält, dass sie ihre Gläubiger nicht bezahlen konnte. „Ich will nicht als Lügnerin aus Hannover gehen", klagte sie und nahm sich vor, sobald es ginge, ihre

Schulden zu bezahlen. So nahm sie ihre Abfindung, um ihre Schulden zu begleichen und es kam endlich Hilfe vom Kaiser, der ihr und ihrem Mann Poppo einen Schutzbrief ausstellte. Während meine Herrin mit viel Mühe alle ihre Schulden beglich, zahlten ihr die vielen, denen sie stets so freizügig einen Kredit gewährt hatte, ihre Schulden nicht zurück. Der Kirche schenkte sie ein teures Abendmahlsgeschirr zum Abschied, weil die Brüder und Schwestern stets zu ihr gestanden und für sie gebetet hatten. Der Abschied fiel meiner Herrin schwer, denn sie hing an jedem Kloster und jeder Kirche, wie an einem eigenen Kind und bangte um das Wohlergehen ihres Landes. In einer ruhelosen Nacht stand sie auf und ich legte Decken um sie, da sie sich an den Schreibtisch setzten wollte. „Einundvierzig Jahre hat mich Gott geführt", sagte sie. „Ich will es Gott und den Menschen sagen und danken." Dann schrieb sie für ihre Glaubensgenossen ein Gedicht, das diese später über den Spendenkasten der Kirche hängten:

„Elisabeth bin ich genannt,
durch Glück und Unglück wohlbekannt,
das löblich Brandenburgisch Haus,
ist mein Ursprung, da bin ich aus.

Fürst Poppo, Grafen und Herren,
bin ich vermählet in Zucht und Ehren.
Mein vorig Herr Herzog Erich war.
Ich rühme mich, und es ist wahr,
dass ich mit diesen Fürsten beide,
gelebet hab in Lieb und Leide.

Dermaßen, das zu loben ist.
Zuvörderst ist mir Jesus Christ
Allzeit gewest das höchste Gut,
durch seinen Geist bekam ich Mut.

Dass ich mich christlich hab ermannt
Und pflanzt sein Wort in dieses Land.
Darin ich hab gottselig gelebt
Von früher Jugend auf gestrebt.

Ich hab regieret, wie man soll.
Wer dankbar ist, erkennt es wohl.
Die Diener des Wortes halt ich wert
Wie mir selbst Gottes Güt beschert.

Davon hat auch der Arme seine Stücke,
wiewohl ich das nicht Gott anrücke.
Was ich Gutes tue, tut er durch mich.
Sein Gnad wirkt in mir wunderlich.

Ob ich nun drum Verfolgung leid,
so weiß ich doch: es kommt die Zeit,
das mich ergötzen will mein Gott
und retten mich aus aller Not.

Des scheid ich nun und lass das Land,
in dem ich Mutter werd genannt.
Gedenket mein, solang ich lebe
Bittet, dass mir Gott Gnade gebe,
und tue, was gereicht zur Ehr
und sonst nichts mehr. Amen.“

Es war keine leichte Reise: Allein bis wir in Göttingen waren, vergingen zwei Wochen. Katharina musste stets an der Seite ihrer Mutter bleiben, da meine Herrin fürchtete, Erich II. würde ihre jüngste Tochter entführen und gegen ihren Willen mit einem katholischen Fürsten vermählen. Als wir in Göttingen ankamen, wartete dort bereits ein Großteil des Gesindes aus Münden auf uns. So hatte Sidonie noch die Wünsche Elisabeths erfüllt und ihr treue Bedienstete mit auf den Weg gegeben. Die Schneiderin war mit dabei und die Köchin mit ihrer Familie; selbst dem Schmied hatte Sidonie freigestellt, ob er in Münden bleiben oder mit nach Henneberg ziehen wolle. Der Sohn des Schmieds war jedoch in Münden geblieben, da er das Grab seiner Frau nicht allein lassen wollte und nicht einer Herrin dienen wollte, die so viel Unglück über ihn gebracht hatte. Er würde lieber für Erich II. die Eisen schmieden.

Es war, als ob nach der demütigenden Zeit in Hannover nun ein Rausch über meine Herrin gekommen wäre. Sie ritt nicht als bescheidene, zufriedene Gemahlin in Henneberg ein. Mit ihren einundsechzig Bediensteten, Pferden und Lastochsen zog sie dem Zug als Herrscherin voran.

Ich sah das eheliche Unglück kommen, als Elisabeth die schönsten Zimmer im Schloss bezog und Poppo lediglich zwei Kammern blieben. Meine Herrin wollte regieren, obwohl die Henneberger sich bereits gut arrangiert hatten und Veränderungen störend wirkten. War es meiner Herrin nicht genug, wieder Elisa in der Nähe zu wissen und beim Vater ihres Gatten in aller Herzlichkeit willkommen zu sein?

Als sich die beiden Schwestern trafen, freuten sie sich wie kleine Kinder und es war ihnen anzumerken, dass sie unter der langen Trennung gelitten hatten. Als sich Poppo und Elisabeth trafen, achtete meine Herrin so peinlich auf ihre Würde und wahrte Abstand zu Poppo, sodass dieser sich bald danach enttäuscht zurückzog.

Nur zu demonstrativ führte sie den Bediensteten und ihrem Mann vor Augen, dass sie es war, die mehr Mittel einbrachte.

Da sie von ihrem Schwiegervater wegen ihres kranken Beines eine Sänfte und eine kleine Kutsche bekommen hatte, ging sie in Ilmenau nicht mehr zu Fuß. Stets ließ sie sich tragen oder fahren, auch wenn es nur kurze Wege waren.

Bei ihrer Ankunft war ich davon ausgegangen, dass Poppo und meine Herrin wie immer das Bett teilen würden und ich in der kleinen Kammer schlafen würde. Doch Poppo kam in der ersten Nacht nicht in die Kammer meiner Herrin. Und er kam nicht in den Nächten danach. Als meine Herrin an seine Tür klopfte, antwortete er nicht. Als sie die Tür öffnen wollte, merkte sie, dass er abgeschlossen hatte. Am nächsten Tag wurde nicht nur ich Zeuge ihres Streites. Meine Herrin beschuldigte Poppo, sein Ehegelöbnis nicht einzuhalten, denn vor dem Gesetz sei er verpflichtet, Tisch und Bett mit ihr zu teilen. Poppo entgegnete, dass er nicht eher das Bett mit ihr teilen würde, bis sie sich als gute Haushälterin mit dem begnügte, was in Ilmenau möglich sei. Insgesamt seien es über hundert Bedienstete und die könne weder sie noch er verköstigen und bezahlen. Er nannte es lächerlich, dass sie regieren wollte, wo es nichts zu regieren gab. Ebenso könne sie in Henneberg nicht die gleichen Einnahmen erwarten, die sie zuvor in Münden gehabt habe. Die Pension, die sie von ihrem Sohn erhalte, würde nicht für einen so großen Hofstaat ausreichen. Und er schloss seine lange Rede mit den Worten: „Lernt Ihr erst einmal, Eure Bediensteten als meine Bediensteten zu betrachten, so wie Euch meine Mägde und Knechte in allen Stücken unterstellt sind, dann werdet Ihr in mir den liebenden Mann finden, der euch ebenso treu zugetan ist."

Der Streit der Eheleute gab unter uns Bediensteten jedoch keinen Anlass für Zänkereien. Jeder tat, was ihm sein Herr oder die Herrin aufgab – aber wir warteten sehnsüchtig darauf, dass meine Herrin endlich einlenken würde und sich die beiden die Hände reichen würden. Das dauerte allerdings noch lange. Selbst als die Ernte eingefahren werden musste und Poppo Elisabeth um zwei Knechte und Wagenpferde bat, verweigerte meine Herrin ihre Hilfe.

Ursprünglich hatten Poppo und Elisabeth geplant, nach Königsberg zu reisen, aber wegen ihrer Zänkereien und dem angeschlagenen Gesundheitszustand meiner Herrin sagte Elisabeth ab. Elisa und Katharina unternahmen jedoch die weite Reise, zu der ich so gerne mitgekommen wäre. Hatte ich doch den Markgrafen Albrecht noch nie gesehen, der uns so viel Gutes getan hatte.

Poppo, den ich ganz anders kennen gelernt hatte, blieb bei seiner Forderung, dass sich meine Herrin zu fügen habe. Um nicht seinem mürrischen Weib zu begegnen, aß er in seiner Kammer.

So lag es an mir, die Nächte bei meiner Herrin zu liegen und sie nachts im Bett aufzurichten, damit sie genug Luft bekam, wenn sie hustete. Tags setzte sie sich an den Schreibtisch und schrieb an dem Trostbuch für Witwen. Ich wunderte mich, welch wunderbare Worte sie fand und doch, so schien es mir, erreichte keines ihr eigenes Herz, denn wie hätte es sonst sein können, dass sie ihrem Mann nicht entgegenkam, aber forderte, dass er seinen ehelichen Pflichten nachzukommen habe?

Da sich Poppo jedoch auf ihre Anschuldigungen hin taub verhielt, schrieb meine Herrin an Poppos Vater und Bruder; selbst ihren Brüdern und Albrecht klagte sie:

„… mein Herr hat sich von mir gewendet und von mir geschieden. Er hat sich im Bett und bei Tische von mir abgesondert. In seine Kammer will er mich nicht mehr einlassen. Welche Teufel sind in ihn gefahren und muss ich nicht schon unverschuldet so viel Krankheit ertragen… So sich der Herr nicht besinnt, werde ich Poppo vor ein geistliches Gericht stellen und zur Kirchenbuße zwingen, falls auch das nicht helfe, solle er mit dem Kirchenbann belegt werden…“

Meine Herrin ließ die Briefe nicht in Poppos Hände gelangen, da er des Öfteren die Briefe abfing, weil er es satthatte, dass seine Frau andere um Gelder anbettelte, als ob sie dem Hungertod nahe wäre. Dabei verstünde sie es schlichtweg nicht, sparsam zu wirtschaften. Und wovon sie nichts verstehe, das solle sie ihm überlassen und sich fügen.

Doch meine Herrin fügte sich nicht und so setzte Poppos Vater einen Vermittler ein, der einen Einigungsvertrag aushandelte.

Elisabeth gab ihm eine Beschwerdeschrift mit achtundsiebzig Klagepunkten. Zwei Monate später wurden Elisabeth achtundsiebzig Antworten vorgelegt. Der Vermittler fasste einen Vertrag in 13 Artikeln zusammen, in denen Elisabeth unterschrieb, dass sie ihren Gemahl als ihren Herrn anerkenne, ihm den Haushalt überließe und ihm eine liebe Frau sein wolle, wenn er auch gut zu ihr sein würde.

Poppos Strategie war aufgegangen. Ich wusste zuvor nicht, dass meine Herrin in ihm einen Meister gefunden hatte.

Nun war es an Poppo, Elisabeths Freunden zu schreiben:

„... denn die Schande trifft mich, wenn meine Gemahlin herumzieht und sich Gelder erbettelt. Sie hat gewusst, dass sie einen armen Mann heiratet, da ich doch auf mein Erbe verzichten musste, um es an meiner Gemahlin Tochter weiterzugeben. Sie will weiter aufwarten und regieren und obwohl sie so evangelisch und fromm einhergeht und gläubig die Worte setzt, so trägt sie doch viel Gift und Neid in ihrem Herzen...“

Selbst Poppos Vater, der stets zu seiner frommen Elisabeth gestanden hatte, schrieb verzweifelt an meine Herrin:

„Es ist doch eine große Hoffart, dass Ihr die Regierung nicht verlassen könnt. Ist denn der Teufel und Mammon ganz in Euch gefahren, dass ihr das Gut nicht lassen könnt?“

Zwei Jahre, nachdem meine Herrin in Ilmenau eingezogen war, hatte sie sich endlich mit Poppo ausgesöhnt. Ich konnte in meine Kammer und alle Bediensteten dienten den Herrschaften. „Was sollte ich denn anderes tun“, klagte sie. „Mich tot grämen und die vier Wände ansehen? Ich hatte weder Luft noch Frieden, weil er nicht zu mir kam und der ganze Haushalt darunter litt.“

Obwohl meine Herrin sich nun mit Poppo ausgesöhnt hatte und sich bemühte, einen angemessenen Lebensstil in Ilmenau zu führen, so haderte sie doch mit ihrem Schicksal, weil sie keinen Einfluss mehr auf die Geschicke nehmen konnte. Selbst als ihre Mutter in Spandau verstarb und sie zuletzt gebeten hatte, das Herrschen aufzugeben und eine gute Ratgeberin und Trösterin zu werden, war meine Herrin eher gekränkt. Poppo bestätigte den Wunsch der Kurfürstin:

„Herrscher haben wir genug, aber keine guten Hirten, die zu hüten verstehen, was ihnen anvertraut wurde. Und Ihr, werte Gemahlin, wurdet begabt und begnadet, das Wort Gottes auszusäen und die neue Lehre zu fördern. So schaut nun nicht weiter nach dem Gelde.“

Wenn Poppo etwas sagte, was meiner Herrin missfiel, pflegte sie einfach aufzustehen und wegzulaufen. Sie traute sich nicht mehr zu toben und zu streiten oder Gegenstände zu zertrümmern. Sie konnte es auch nicht mehr, weil sie zu schwach geworden war und ihr, sobald sie tobte, die Luft fehlte und ihre Lippen dann blau anliefen. Auch hatte Poppo angeordnet, zerbrochenes Geschirr weiter zu benutzen, damit Elisabeth sehen konnte, was sie angerichtet hatte. Was nicht herzurichten war, hatte er auf eine Schale legen lassen, die uns täglich vor Augen stand.

Während dies für mich wie ein Altar der Buße war, so grämte sich meine Herrin über diese Demütigung und zum Trost flüchtete sie in ihre Kammer, die sie mit einem neuen Gedicht verließ:

„Denn wer Gott vertraut
und seines Herzens Zuversicht auf ihn setzen kann,
der achtet nicht wie groß das Unglück sei,
das ihm auf Erden auf dem Halse liegt.
Er achtet allein nur, ob im stehenden Unglück
Gott sein gnädiger Gott und Herr sei."

Meine Herrin schrieb fleißig an dem Trostbuch für Witwen, das sie zum Weihnachtstag zwei befreundeten Gräfinnen schenken wollte, denn, da sie nun nicht mehr Silber und Gold schenken könne, so wollte sie ihnen doch das noch köstlichere Wort Gottes zukommen lassen. In ihrer eigenen Not fand meine Herrin in der Bibel all jene tröstlichen Verse, die sie in ihr Trostbuch für Witwen aufnahm. Und sie fügte aus ihrer eigenen, bitteren Erfahrung hinzu, wozu eine Frau ebenso bereit sein musste:

„Sünde vermeiden – ist ein Schrein;
Geduld im Leiden – lege drein;
Gut vor Arges – tu dazu;
Freude in Armut – nun schließ zu."

Die Gesundheit meine Herrin hatte sich seit der Versöhnung mit Poppo nicht gebessert, doch anstatt wie früher ihren Willen lautstark kundzutun, redete sie nun vor sich hin und überlegte laut, was sie früher sicher leise gedacht hatte. Ich dachte, sie wollte mit mir reden und ich fragte nach ihren Wünschen, aber dann sah sie verwirrt auf und wusste auch schon nicht mehr, dass sie gesprochen hatte. Seit wir in Ilmenau waren, war es meiner Herrin nicht mehr möglich, auf einem Pferd zu sitzen. Ihr fehlte die Kraft in den Beinen und sie fürchtete auch, durch den Husten das Pferd nicht mehr halten zu können.

Wie wendig waren hingegen ihre Töchter, die, nachdem sie in Königsberg gewesen waren, bald darauf nach Münden reisten, um Sidonie und ihren Bruder zu besuchen. Poppo wäre gewiss gern mit den beiden gereist, doch er blieb bei meiner Herrin und hielt sein Versprechen, dass er stets an ihrer Seite sein wolle, wenn sie ihn brauchte. Und nun, da sie ihn ihren Herrn sein ließ, hielt er sich auch an sein Versprechen und ließ sie in ihrem schwachen Zustand nicht allein.

Katharina und Elisa vermieden es, in Gegenwart ihrer Mutter den Namen Sidonies auszusprechen, denn ihre Mutter ertrug es nicht, ihre Schwiegertochter in Münden zu wissen. Ich wusste jedoch, dass sich die jungen Frauen gut verstanden und sich gewiss viel zu erzählen hatten, wenn sie sich trafen. Ich hätte so gerne ein Zeichen meiner Verbundenheit an Sidonie oder Bertha mitgegeben, aber es ziemte sich nicht, die edlen Damen damit zu belästigen. Sie reisten auch mit Elisas Mann, dem Grafen Georg Ernst, der sein eigenes Personal hatte.

Meine Herrin hatte geplant, die Abwesenheit Katharinas zu nützen, um mit Friedrich von Sachsen über eine Eheschließung ihrer Kinder zu verhandeln. Später könnten sie sich in Gotha mit dem Sohn treffen.

Doch der Plan ging nicht auf, da Katharina nicht wieder aus Münden zurückkam. Erich II. hatte sie, ohne seine Mutter zu fragen, mit dem katholischen Oberburggrafen Wilhelm von Rosenberg von Böhmen verlobt.

Als Elisa mit ihrem Gatten ohne Katharina nach Schleusingen zurückkam und der Mutter den Sachverhalt erklärte, begann meine Herrin nach langer Zeit wieder zu toben. Sie riss die Vorhänge von den Fenstern, zerbrach einen kostbaren Spiegel und schlug mit einem Stuhl um sich. Obwohl meine Herrin nur noch das Gewicht eines Kindes hatte, so war sie in ihrer Wut wie ein wildes Tier, das alles, was sich ihr in den Weg stellte, vernichten wollte. Erst als sie vollkommen ermattet war, trauten wir uns, sie am Arm zu nehmen und in ihr Bett zu geleiten. Obwohl Elisabeth so viele wertvolle Gegenstände zerbrochen hatte, war Poppo mild zu ihr und sprach beruhigend auf sie ein, als sie schluchzend im Bett lag. „Grämt Euch nicht zu früh", sprach er. „Katharina durfte doch ihren evangelischen Glauben behalten, und Erich II. erlaubte ihr sogar, einen evangelischen Pfarrer mit an den böhmischen Hof zu nehmen. Wer weiß, was die Zeit bringen wird. Habt ihr denn vergessen, dass in der Bibel steht, dass denen, die Gott lieben, alle Dinge zum Besten gereichen werden? Und so wahr ich hier stehe, ich zweifele nicht an eurer jüngsten Tochter, die, wie ihr, über einen starken Glauben verfügt."

Ich war sehr froh, dass Poppo so liebevoll zu meiner Herrin sprach. Auch wenn sie sich nicht beruhigen ließ, versucht hatte es Poppo. Mein Herz hatte er jedenfalls erreicht, und er hatte mich wegen dieses Unglücks getröstet.

Vielleicht wäre meine Herrin über dem Kummer gestorben, wenn Erich II. sie nicht zur Hochzeit eingeladen hätte, die im Frühjahr stattfinden sollte. So sammelte meine schwache Herrin alle Kräfte, um wenigstens das Hochzeitsfest erleben zu können.

Als wir zur Reise aufbrachen, betteten wir meine Herrin in weiche Kissen und Poppo hatte dafür gesorgt, dass sie in der besten Kutsche reiste, die Schleusingen aufzubieten hatte. Während der beschwerlichen Tage der Reise freute ich mich darauf, wieder in Münden zu sein, denn in den vielen Jahren, die ich in der Stadt zugebracht hatte, war ich ein Kind des Schlosses geworden und Bertha meine zweite Mutter. Meine Herrin war voller Gedanken und ihre Nächte waren so ruhelos, dass sie des Abends einen Brei aus Baldrianwurzeln und Mohnsamen zu sich nehmen musste, damit sie wenigstens ein wenig Schlaf fand. Auch ich fragte mich beständig, wie es wohl sein würde, wenn ich mit meiner schwachen Herrin in Münden wäre und sie ertragen müsste, dass Sidonie regierte und ihre jüngste Tochter mit einem Grafen verheiratet würde, den sie nicht ausgesucht hatte.

Als wir in Göttingen in Herberge gingen, berichtete der Wirt, dass die Hochzeit doch bereits vor zwei Wochen stattgefunden hätte und Katharina bereits in Böhmen sei. Da begriffen wir, dass uns Erich II. getäuscht hatte. Er wollte seine Mutter bei der Hochzeit nicht zugegen wissen und hatte ihr absichtlich einen falschen Termin genannt. Meine Herrin, die noch nicht einmal am Ziel ihrer Reise war, musste nun erfahren, dass sie sich umsonst auf den langen Weg gemacht hatte. Sie schrie und fluchte die ganze Nacht hindurch und weinte so viele Tränen, dass das Kissen nass war. Das schlimmste jedoch war, dass sie, sobald sie hustete, Blut spuckte.

Wir kehrten in Göttingen um und fuhren, wie es die Gesundheit meiner Herrin zuließ, langsam zurück. Erich II. schrieb sie, dass sie umkehren müsste, weil sie krank sei. Ihren Freunden schrieb sie, sie hätte es sich anders überlegt und wolle nicht zur Hochzeit nach Münden, da sie es nicht ertragen könne, einer katholischen Messe beizuwohnen.

In diesen Tagen verwirrten sich die Sinne meiner Herrin. Ihre Worte passten nicht mehr in diese Welt. Es gab Zeiten, da weinte sie und war unglücklich. Und es folgten Zeiten, in denen sie sang und fröhlich war. Wenn ich dachte, nun habe sie den schlimmsten Kummer überwunden und würde selber fröhlich, so verfinsterte sich ihr Sinn aufs Neue und sie tobte und schrie, als ob sie von aller Welt betrogen worden sei und sie uns nicht kennen würde. Meine Herrin verlebte ihre alten Tage wie ihre Mutter sie auch erlebt hatte. Die Sinne waren verwirrt und sie wusste oft nicht mehr wo sie war. Die Mutter Elisabeths wohnte in dem Zustand einige Wochen bei Luther, bis sie die Pflege nicht mehr leisten konnten und sie in gute Pflege abgaben. Meiner Herrin ging es nicht anders. Zudem kam nie wieder eine Zeit, in der sie gehen oder bei Tisch sitzen konnte. Poppo half mir, meine Herrin zu füttern und zu waschen. Woche um Woche blieben wir bei ihr und sorgten uns um sie. Als sie eines Tages nicht mehr antwortete und atmete, saßen wir tatenlos an ihrem Bett und es waren andere, die den Pfarrer riefen und den Totengräber bestellten. Wir waren ratlos und stumm und begriffen erst, was geschehen war, als die Totenglocke läutete und ich meine Herrin waschen musste. Ich zog ihr das schönste Kleid an. Poppo fragte nach der Zeit, als die Schneiderin das Kleid genäht hatte, erkundigte sich nach dem Stoff, den ihr Erich I. geschenkt hatte. Dann wurde meine Herrin auf einen mit weißen Spitzen bedeckten Tisch gebettet und wir zündeten die Kerzen an, damit alle von ihr Abschied nehmen konnten.

Ausklang (Ilmenau 1558)

Als meine Herrin ihre Augen für immer schloss und ihr Körper im Sarg eingeschlossen wurde, wusste ich nicht, was ich tun sollte. Poppo war es auch leid, ständig von neuem beginnen zu müssen, und so konnte ich im Haus des Grafen Henneberg bleiben. Ich ging all die Wege hin und her, die ich zuvor mit meiner Herrin gegangen war. Ich konnte es auch nicht lassen, auf ihre Schritte zu lauschen und des Nachts auf ihren Atem. Ich wusste, sie ruhte in Frieden. Aber ich fand keine Ruhe. Auf und ab ging ich in den Gemächern, in denen sie zugegen gewesen war.

Ich prüfte ihren Schmuck, säuberte die Bürsten und warte noch immer darauf, dass sie nach mir riefe.

Als mein Blick auf das Tintenfass fiel, das neben dem Stapel frischen Papiers lag, erinnerte ich mich an ihre Worte von damals, als sie mich zwang, Lesen und Schreiben zu lernen. „Ich möchte, dass du Schreiben und Lesen lernst, vielleicht wird es mir einmal das Leben retten." Wie sollte ich ihr, da sie nun tot war, das Leben einhauchen können? Ich musste lachen, als ich darüber nachdachte. Christus macht lebendig am jüngsten Tag. Aber Tinte und Papier? Und dann kam mir der Gedanke: Was wäre, wenn ich das Leben meiner Herrin niederschreiben würde?

Ich nahm den Deckel vom Glas und tauchte die Feder ein. Es war schon lange her, dass ich geschrieben hatte und so setzte ich einen Buchstaben sorgfältig an den zuvor geschriebenen:

„Meiner Herrin Elisabeth, Prinzessin von Brandenburg, will ich treu und ergebenst dienen bis zum eigenen Tode"

Ich hörte, wie sich die Tür zu meinem Zimmer öffnete. Es musste wohl Poppo sein, der eingetreten war. Er trat hinter mich und sah mir über die Schulter. Er las die wenigen Worte, die ich aufgeschrieben hatte. „Willst du über das Leben Elisabeths schreiben?" Seine Frage verblüffte mich. Woher wollte er wissen, was mir erst vor wenigen Minuten in den Sinn gekommen war? „Ich weiß es nicht. Ich bin nicht gebildet genug und im Grunde verstand ich nie die Politik und die Religion und all das, was ein guter Schreiber wissen müsste." „Aber du hast mit ihr gelebt. Du weißt doch mehr als alle anderen. Du brauchst nur über dein eigenes Leben zu schreiben, denn du warst um sie und dir blieb nichts verborgen. An deiner Seite wird sie wieder lebendig werden." „Das soll genügen? Wenn ich aufschreibe, was ich mit meiner Herrin erlebt habe?" Da legte Poppo seine warmen Hände auf meine Schultern und küsste sanft meine Haare. „Ja, Agnes", sagte er, „das genügt." Seine Hände ruhten noch lange auf meinen Schultern. Noch nie hatte mich Poppo zuvor berührt. Noch nie hatte die Hand eines Mannes auf meiner Haut gelegen. Ich spürte, wie ich tiefer und tiefer atmete. Dann tauchte ich die Feder wieder in das Tintenfass:

„Mir wurde gesagt, dass meine Herrin zwei Jahre jünger sei als ich. Ich sollte bei ihrer Vermählung mit Herzog Erich I., Herzog von Braunschweig-Lüneburg und Göttingen-Calenberg, zugegen sein und ihr dann als Kammermeisterin dienen.

„Wer, wer ist die gnädige Frau, der ich dienen soll?", hätte ich am liebsten gleich gefragt. Aber eine solch törichte Frage käme nie über meine Lippen; wurde ich doch seit meinem sechsten Lebensjahr in Adelskreisen erzogen, um meinen zukünftigen Aufgaben in Demut und Verschwiegenheit gerecht zu werden. Ich war im vergangenen Herbst sechzehn Jahre alt geworden. Mein Kopf zählte wie im Fieber alle jungen Prinzessinnen auf. Aber solange mir niemand sagte, zu wem ich geschickt werden würde, war eine solche Mühe vergeblich..."

Zeittafel

24. August 1510	Elisabeth kommt als drittes von fünf Kindern an einem der mächtigsten Fürstenhöfen in Berlin zur Welt. Ihr Vater ist Kurfürst Joachim I. von Brandenburg, der wegen seiner umfassenden Bildung auch den Beinamen „Nestor“ trug. Die Mutter, Elisabeth von Dänemark, ist zeitlebens Luther zugetan und wird deswegen später von ihrem altgläubigen Ehemann verfolgt.
7. Juli 1525	Vierzehnjährig heiratet Elisabeth den vierzig Jahre älteren, verwitweten Herzog Erich I. von Braunschweig-Lüneburg in Stettin. Sie bezieht als Regierungssitz das Schloss in Münden, denn Herzog Erich I. regierte im Teilherzogtum Calenberg-Göttingen mit Sitz in Münden.
1526	Elisabeth (hier „Elisa“ genannt) wird geboren. Elisabeth beginnt mit Erich I. eine Auseinandersetzung um seine Mätresse Anna von Rumschottel. In den Folgejahren wird sie als Hexe denunziert. Anna von Rumschottel gelingt jedoch immer die Flucht. Andere Fürsten sorgen sich, dass auch ihre Ehefrauen ihre Mätressen als Hexen verdächtigen werden.
1528	Erich II. wird geboren.
ab 1529	Die Städte Göttingen, Hannover und Northeim werden lutherisch. Der altgläubige Herzog Erich I. geht gegen die Städte vor.

1532	Anna Maria wird geboren. Eva von Trott, Mätresse Heinrichs von Braunschweig, wird scheinbeerdigt und später zeitlebens mit ihren Kindern versteckt gehalten.
1534	Katharina wird geboren.
1535	Elisabeths Vater stirbt. Ihr Bruder, Joachim II., folgt dem Vater in der Regierung. Elisabeth nimmt ohne Wissen ihres Gemahls das Abendmahl in beiderlei Gestalt und tritt damit zum evangelischen Glauben über. Sie korrespondiert mit Luther und stellt später Corvinus als Superintendenten ein.
1540	Erich I. stirbt in Hagenau (Elsass). Elisabeth übernimmt die Regierung und Vormundschaft für ihren noch minderjährigen Sohn. In der Folge reformiert sie ganz Calenberg-Göttingen. Mit Corvinus erlässt sie die Kirchen-, Schul-, Kloster- und Kastenordnung. Ebenso erneuert sie das Finanzwesen nach dem Vorbild Preußens. Philipp von Hessen geht eine Doppelehe ein.
ab 1542	Es werden in allen Städten und Klöstern Visitationen durchgeführt. Die Güter und Gelder der aufgelösten katholischen Klöster sollen in soziale Belange fließen. Diese Stiftung wird heute von der Klosterkammer Hannover verwaltet.
1545	Erich II. heiratet die evangelische Herzogin Sidonie von Sachsen. Er sichert seiner Mutter die Stadt Münden und die westlichen Gebiete Calenbergs

als Witwensitz zu. Ebenso wolle er die Reformation fördern. Elisabeth unterstützt Heinrich von Braunschweig, um sich gegen die Übermacht des Schmalkaldischen Bundes zu wehren. Es kommt zur Schlacht bei Höckelheim.

1546 Erich II. verweigert den sorgsam vorbereiteten Regierungsantritt. Er beutet sein eigenes Land aus und ruiniert das Lebenswerk seiner Mutter. Elisabeth heiratet in 2. Ehe den drei Jahre jüngeren Grafen Poppo von Henneberg. Er ist der jüngere Bruder ihres Schwiegersohnes. Sie baut sich einen zweiten Wohnsitz in Ilmenau aus, bleibt jedoch weiter in Münden, um zu regieren. Zwischen Kaiser Karl V. und dem Schmalkaldischen Bund entbrennt der Krieg. Philipp von Hessen wird verhaftet, Heinrich von Braunschweig kommt frei. Erich II. kämpft auf der Seite des Kaisers gegen den Schmalkaldischen Bund. Er verliert die Schlacht bei Mühlberg.

1548 Kaiser Karl V. erlässt ein Interim, nachdem einige katholische Bräuche wiedereingeführt werden sollten. Kurfürst Moritz von Brandenburg stellt ein Leipziger Interim dagegen, das wenigstens die evangelische Lehre wahren sollte. Elisabeth beauftragt Corvinus, ebenfalls, eine Gegenschrift zu entwerfen, die 1549 von 140 evangelischen Pfarrern in Münden unterschrieben wurde. Darüber ist Erich II. so erbost, dass er die Pfarrer vertreibt und Corvinus gefangen setzt.

1551 Erich II. wird vom Kaiser entmündigt, da er sein Land nicht regiert.

1552	Erich fällt beim Kaiser in Ungnade und söhnt sich mit der Mutter aus. Corvinus wird schwerkrank aus der Haft entlassen.
1553 – 1555	Heinrich von Braunschweig will sein Land wieder zurück, das vom Schmalkaldischen Bund besetzt wurde. Elisabeth befürchtet, dass er sich auch Calenberg einverleiben will. Da Philipp von Hessen sie nicht mehr militärisch unterstützt, verbündet sie sich mit dem unehrenhaften Albrecht Alkibiades gegen Heinrich von Braunschweig. Es kommt bei Sievershausen zur blutigsten Schlacht im Schmalkaldischen Bund. Elisabeth borgt sich von Hannover Gelder für Kanonen. Calenberg unterliegt. Die Stadt Hannover hält Elisabeth so lange fest, bis sie auf Münden verzichtet und die Gelder zurückbezahlt. Elisabeth zieht zu ihrem Mann Graf Poppo nach Ilmenau.
25. Mai 1558	Elisabeth stirbt in geistiger Umnachtung in Ilmenau

Stammbäume

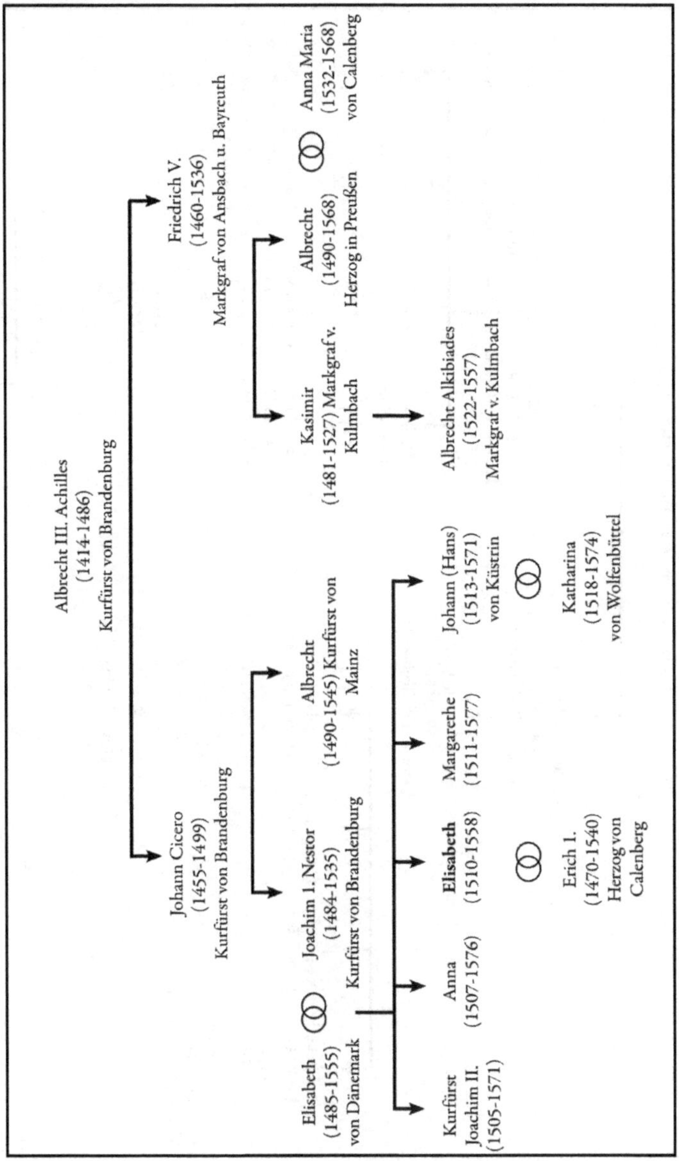
Albrecht III. Achilles (1414-1486) Kurfürst von Brandenburg
Johann Cicero (1455-1499) Kurfürst von Brandenburg
Friedrich V. (1460-1536) Markgraf von Ansbach u. Bayreuth
Elisabeth (1485-1555) von Dänemark
Joachim I. Nestor (1484-1535) Kurfürst von Brandenburg
Albrecht (1490-1545) Kurfürst von Mainz
Kasimir (1481-1527) Markgraf v. Kulmbach
Albrecht (1490-1568) Herzog in Preußen
Anna Maria (1532-1568) von Calenberg
Kurfürst Joachim II. (1505-1571)
Anna (1507-1576)
Elisabeth (1510-1558)
Erich I. (1470-1540) Herzog von Calenberg
Margarethe (1511-1577)
Johann (Hans) (1513-1571) von Küstrin
Katharina (1518-1574) von Wolfenbüttel
Albrecht Alkibiades (1522-1557) Markgraf v. Kulmbach

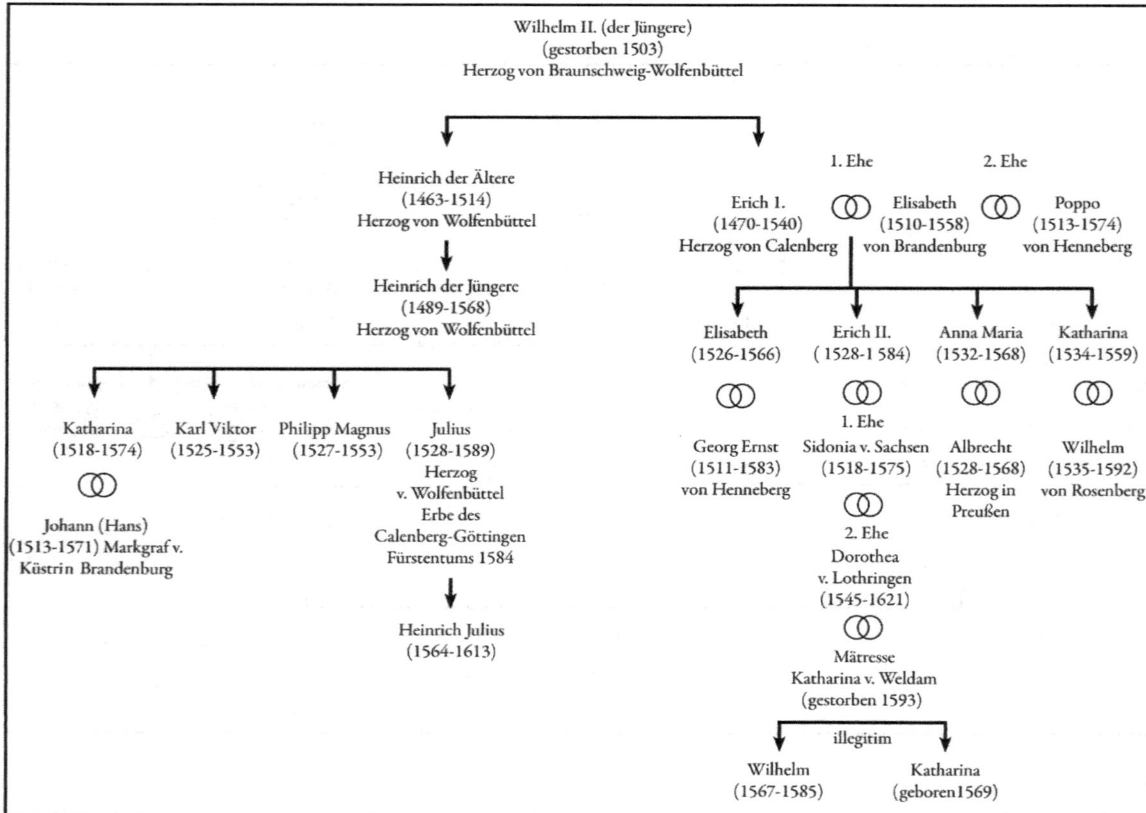
Wilhelm II. (der Jüngere)
(gestorben 1503)
Herzog von Braunschweig-Wolfenbüttel
Heinrich der Ältere
(1463-1514)
Herzog von Wolfenbüttel
Heinrich der Jüngere
(1489-1568)
Herzog von Wolfenbüttel
Katharina
(1518-1574)
Johann (Hans)
(1513-1571) Markgraf v.
Küstrin Brandenburg
Karl Viktor
(1525-1553)
Philipp Magnus
(1527-1553)
Julius
(1528-1589)
Herzog
v. Wolfenbüttel
Erbe des
Calenberg-Göttingen
Fürstentums 1584
Heinrich Julius
(1564-1613)
1. Ehe
2. Ehe
Erich 1.
(1470-1540)
Herzog von Calenberg
Elisabeth
(1510-1558)
von Brandenburg
Poppo
(1513-1574)
von Henneberg
Elisabeth
(1526-1566)
Georg Ernst
(1511-1583)
von Henneberg
Erich II.
(1528-1 584)
1. Ehe
Sidonia v. Sachsen
(1518-1575)
2. Ehe
Dorothea
v. Lothringen
(1545-1621)
Mätresse
Katharina v. Weldam
(gestorben 1593)
illegitim
Wilhelm
(1567-1585)
Katharina
(geboren1569)
Anna Maria
(1532-1568)
Albrecht
(1528-1568)
Herzog in
Preußen
Katharina
(1534-1559)
Wilhelm
(1535-1592)
von Rosenberg

Literaturhinweise

Bartels, Hans, „Geschichte der Reformation in Northeim", Hannover 1918

Boehn von, Max, „Die Mode", Eine Kulturgeschichte vom Barock bis zum Jugendstil, München 1976

Brennecke, Adolf, „Die politischen Einflüsse auf das Reformationswerk der Herzogin" Elisabeth im Fürstentum Calenberg – Göttingen 1538 – 1555

Havemann, Dr. Wilhelm, „Geschichte der Lande Braunschweig und Lüneburg", zweiter Band, Göttingen 1855

Kalthoff, Edgar, „Geschichte des Südniedersächsischen Fürstentums Göttingen und des Landes Göttingen im Fürstentum Calenberg 1285-1584"

„Kleine Landeskunde Südniedersachsen", Hrsg.: Landschaftsverband Südniedersachsen e.V. und der Arbeitsgemeinschaft für Südniedersächsische Heimatforschung e.V., Holzminden 2017

Lehrmann, Joachim, „Hexenverfolgung in Hannover – Calenberg und Calenberg – Göttingen", Hannover/Lehrte 2005

Lilienthal, Andrea, „Die Fürstin und die Macht", Welfische Herzoginnen im 16. Jahrhundert: Elisabeth, Sidonia, Sophia, Hannover 2007

Mager, Dr. Inge, „Elisabeth von Brandenburg und Sidonie von Sachsen. Zwei Frauenschicksale", „Weigert euch des lieben heiligen Kreuzes nicht" (Witwentrostbuch), „Das Ehestandsbüchlein der Herzogin Elisabeth von Calenberg"

Mengel, Ingeborg, „Elisabeth von Braunschweig-Lüneburg und Albrecht in Preußen – Ein Fürstenbriefwechsel" in: Göttinger Bausteine zur Geschichtswissenschaft

Nebig, Ernst-August, „Elisabeth Herzogin von Calenberg", Göttingen 2006

Saathoff, Albrecht, Pastor an St. Albani, „Aus Göttingens Kirchengeschichte“, zur 400- jährigen Gedächtnisfeier der Reformation am 21. Oktober 1929, Göttingen 1929

Steinwede, Dietrich, „Martin Luther“, Düsseldorf 2006

Tschackert Paul, „Herzogin Elisabeth von Münden, geb. Markgräfin von Brandenburg“, 1899

Zeitschrift der Gesellschaft für Niedersächsische Kirchengeschichte, Hrsg.: Cohrs, D. Ferdinand, Braunschweig 1918